KB182514

새 왕의 방패

塞王の楯

옮긴이 이규원

한국외국어대학교에서 일본어를 전공했다. 문학, 인문, 역사, 과학 등 여러 분야의 책
을 기획하고 번역했으며 현재 전문 번역가로 활동중이다. 옮긴 책으로 미야베 미유키
의 『이유』, 『얼간이』, 『하루살이』, 『미인』, 『진상』, 『피리술사』, 『괴수전』, 『신이 없는 달』,
『기타기타 사건부』, 『인내상자』, 『아기를 부르는 그림』, 『구름에 달 가리운 방금 전까지
인간이었다』, 덴도 아라타의 『가족 사냥』, 마쓰모토 세이초의 『마쓰모토 세이초 걸작
단편 컬렉션』, 『10만 분의 1의 우연』, 『범죄자의 탄생』, 『현란한 유리』, 우부카타 도우의
『천지명찰』, 구마가이 다쓰야의 『어느 포수 이야기』, 모리 히로시의 『작가의 수지』, 하
세 사토시의 『당신을 위한 소설』, 가지야마 도시유키의 『고서 수집가의 기이한 책 이야
기』, 도바시 아키히로의 『굴하지 말고 달려라』, 사이조 나카의 『오늘은 뭘 만들까 과자
점』, 『마음을 조종하는 고양이』, 하타케나카 메구미의 『요괴를 빌려드립니다』, 아사이
마카테의 『야채에 미쳐서』, 『연가』, 미나미 교코의 『사일런트 브레스』, 오타니 아키라의
『바바야가의 밤』, 미치오 슈스케의 『N』, 아라키 아카네의 『세상 끝의 살인』 등이 있다.

SAIOU NO TATE by Shogo Imamura
Copyright © Shogo Imamura 2021
All rights reserved.
First published in Japan in 2021 by SHUEISHA Inc., Tokyo.
This Korean edition published by arrangement with Shueisha Inc., Tokyo
in care of Tuttle-Mori Agency, Inc., Tokyo, through JM Contents Agency Co., Seoul

새왕의 방패
塞王の楯

이마무라 쇼고 지음 ◉

이규원 옮김

북스피어

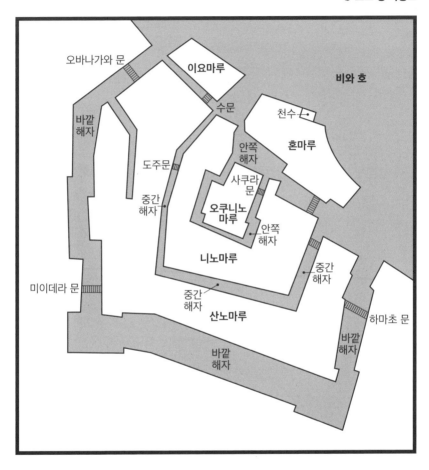

◐ 오쓰 성 지형도

오바나가와 문

이요마루

비와 호

바깥
해자

수문

천수

혼마루

도주문

안쪽
해자

사쿠라
문

오쿠니노
마루

중간
해자

안쪽
해자

니노마루

미이데라 문

중간
해자

중간
해자

산노마루

하마초 문

바깥
해자

바깥
해자

N

프롤로그

남자들의 한탄과 여자들의 비명이 성시를 뒤덮었다. 성시 자체가 통곡하는 것 같았다.

　다들 뒤엉킨 채 앞을 다투며 도망쳤다. 아기가 엄마 손을 놓치고 울어대도 아무도 쳐다보지 않는 모습은 차라리 나은 편이었다. 노파를 밀어 넘어뜨리고 그 등을 밟고 뛰는 자가 있는가 하면 어린 처자를 걷어차며 길을 여는 자도 있었다. 모두 인간이기를 포기한 듯 보였다.

　"멈추면 안 돼!"

　어머니가 내 손목이 부서져라 꽉 쥐고 끌어당긴다. 그렇게라도 하지 않으면 공황에 빠진 인파에 삼켜져 식구들이 뿔뿔이 흩어질 게 틀림없다. 이치조다니현 후쿠이 시 외곽의 계곡에 있던 성시. 동서남이 산으로 막혀 있고 북에는 강이 흘러서 천혜의 요새 같은 곳이었다. 동서가 약 500미터 남북이 약 1700미터라는 좁고 긴 성시에는 무사저택, 사원, 서민의 주거 및 상가 등이 대로를 중심으로 계획적으로 자리잡고, 남쪽과 북쪽에 대문이 있고 남문 뒤 산에는 산성이 있었다. 15세기 후반 교토의 귀족이 대

거 이주하며 교토의 화려한 귀족풍 문화가 꽃피기도 했으며, 이 소설의 배경인 16세기 초에는 인

구가 일만 명을 헤아렸다에 이렇게나 많은 사람이 살고 있었나 하고 놀랐

다. 이미 가을이지만 밀치락달치락하는 사람들의 체온 때문에 몸

이 달아오르고 숨쉬기도 힘들 만큼 답답했다.

"어디로— ——"

말하려는 순간 나를 앞지르는 어느 남자의 팔꿈치에 뺨을 맞아

목소리가 끊겼다.

"성으로!"

어머니는 그것도 모르고 대저택 뒤로 우뚝 솟은 산성을 올려다

보았다.

이치조다니 성이라 불리는 저 산성은 지금까지 함락된 적이 없

다. 이렇게 말하면 매우 잘 지어진 성이라고 생각하겠지만 정말

그런지 어떤지는 모른다. 저 산성에서 전투가 벌어진 일이 한 번

도 없었기 때문이다.

에치젠현 후쿠이 현과 그 근방 지역. 교토에 가까운 교통의 요충이며 쌀 생산이 많아 정치

적으로 중요한 곳이었다의 아사쿠라 가는 그 위세가 당당하여 어지간한

농민봉기는 이치조다니에 접근하기도 전에 진압되곤 했다. 이 땅

은 지난 100년간 아사쿠라 가에 의해 안녕이 확보되어 왔다.

그런 이치조다니가 소란해진 것은 오늘 저녁이었다. 아사쿠라

가의 당주 요시카게는 이만 대군을 이끌고 맹우 아자이 가를 지

원하러 군사를 이끌고 출정했다. 한데 초췌한 몰골로 엉금엉금

기다시피 해서 돌아온 것이다. 병사들은 모두 몹시 수척해져서

눈 밑에 먹을 칠한 듯 눈그늘이 내려오고, 때꾼해진 눈구멍 속에는 공포의 빛이 가물거리고 있었다. 몸에 화살이 박힌 채 돌아온 자도 있고 투구를 잃고 쑥대머리를 한 자도 있었다. 백주대낮에 유령들이 출몰했나 싶을 정도였다.

그 와중에 들려온 한 마디에 이치조다니 전체가 공포에 떨었다.

——오다 군이 오고 있다!

아자이 가를 지원하려던 작전은 실패하고 오히려 아사쿠라 군이 오다 군에 쫓겼다. 에치젠 최남단의 히키타 성에 들어가 버텨 보려고 했지만, 그곳도 이미 오다 군의 맹공에 함락되었다는 소식이 들려왔다. 요시카게는 걸음을 돌려 본거지 이치조다니로 귀환하기로 했다.

그러는 동안에도 오다 군의 추격은 더욱 맹렬해져서 중신과 충신 태반이 도네자카 전투에서 죽고 이곳까지 살아서 돌아온 병사는 오백 명이 채 안 된다.

100년간의 평화는 사람들을 느슨하게 만들기에 충분했다. 이치조다니 농민들은 처음에는 무슨 꿈 이야기를 듣는 기분이었다. 그러나 멀리서 함성과 총성이 들려오자 농민들도 그제야 꿈에서 깨어난 것처럼 허겁지겁 뛰기 시작했다. 누구는 가재도구를 싸고 누구는 입은 옷 그대로 도망쳤다. 그런 와중에도 여전히,

——뒤에 산성이 있으니까 걱정할 거 없어.

라고 여유를 부리는 자도 적지 않았다.

오다 군이 들이닥친 것은 그로부터 1각(약 2시간) 뒤였다. 오다 군은 병사뿐만 아니라 농민들까지 가차없이 공격했다. 사람이든 개든 움직이는 생명은 다 베어 죽이는 서슬에 성시는 벌집을 쑤신 듯 뒤집혔다. 농민들은 지옥의 나찰처럼 날뛰는 오다 군에 쫓겨 북으로 북으로 노망치기 시작했다.

처음에는 부모와 두 살 어린 여동생 가요 네 식구가 함께 도망쳤지만 콩나물시루 같은 인파에 치이다가 정신을 차려보니 어느새 아버지와 가요가 보이지 않았다. 밀치락달치락하는 사람들 사이로 가요가 눈물 젖은 얼굴로 팔을 뻗으며 도움을 청하는 모습이 마지막이었다.

"가요는……."

"걱정할 거 없어."

뒤를 돌아다보려고 했지만 어머니는 더욱 세게 손을 끌어당겨 사람들 틈새로 몸을 비틀어 넣다시피 하며 계속 나아갔다.

이치조다니一乘谷는 그 이름대로 계곡 분지에 자리 잡은 성시다. 성시를 벗어나려면 남향 길과 북향 길 가운데 어느 한쪽을 이용해야 한다. 남향 길로는 오다 군이 쳐들어오고 있고, 심지어 그들보다 먼저 불길이 쫓아오는 형편이었다. 농민들이 전부 북향 길로 몰린 탓에 이동 속도는 소걸음보다 느렸다.

"산성으로 가! 아사쿠라 나리마님이 지켜주실 거다!"

헤어질 때 인파에 가려 얼굴도 보이지 않던 아버지가 그렇게 외쳤다. 우리 가족이 있는 곳은 피란행렬의 중간쯤이려나. 이대로 가다가는 불길에 따라잡힐지 모른다. 아버지는 앞서 가는 아내와 아들만이라도 먼저 보내자고 생각했을 것이다.

어머니는 아버지 말대로 산성을 향해 가고 있었다. 북향 길에 비하면 이쪽이 그나마 인파가 적었다.

"이제 곧 대저택입니다."

이치조다니 농민들이 '대저택'이라고 부르는 곳은 아사쿠라 가의 당주가 대대로 거처하는 집이다. 물론 안에 들어가 본 적은 없지만, 출입을 허락받은 마을 장로들에 따르면 훌륭한 본채와 사랑채 외에 정원과 화단까지 갖춘 매우 화려한 저택이라고 한다. 나 같은 어린아이는 물론이고 어른들도 동화 속 용궁 같은 궁궐을 상상하며 언젠가 한번이라도 들어가는 영예를 누려봤으면 하는 가슴 설레던 곳이다.

대저택은 높이가 4자(약 120센티미터)쯤 되는 토루를 두르고, 그 모퉁이에 망루나 출입문이 설치되어 있다. 그리고 토루 바깥에 폭 5칸(약 9미터)쯤 되는 해자를 파 두었지만 센고쿠 다이묘의 방비로는 미흡했다. 가신의 모반에 대비한 방비일 뿐, 적군이 대대적으로 침공할 때는 대저택 뒤에 있는 산성에 들어가 싸우게 된다고 어릴 때부터 들어왔다.

하지만 농민들에 섞여 도착한 대저택의 서문은 입을 다문 조개처럼 단단히 닫혀 있었다. 대문을 밀기는커녕 손도 댈 수 없었다.

대저택을 지키는 무사 몇 명이 칼을 빼들고 농민들을 위협해서 가까이 오지 못하게 막고 있었던 것이다.

"나리마님은 어디 계시오?"

"어서 오다 군을 물리쳐주시오!"

"물러가라! 꺼지라니까!"

농민들이 비통한 목소리로 애원해도 땀으로 얼굴이 번들거리는 무사들은 칼과 창을 꼬나들고 쫓아내려고만 했다. 바로 뒤에는 오다 군이 쳐들어오고 있다. 당장 대저택 안으로 피해야 한다. 여차하면 뒤쪽에 있는 이치조다니 산성으로 들어가고 싶었다. 그러면 당주 요시카게 나리마님이 보호해줄 테니까. 각지의 다이묘들도 명문 아사쿠라 가를 구하려고 원군을 보내주리라. 이치조다니 농민들이 귀에 못이 박이게 들었던 말이다. 이렇게 긴박한 상황에서도 그 이야기를 의심하는 사람은 없었다.

"어서요! 오다 군이———"

"들여보내 주세요!"

다시 애원하는 소리가 여기저기 터졌다.

그때 입씨름하고 있을 시간이 없다며 농민 한 사람이 무사들의 허락도 없이 토루를 넘어 들어가려고 했다. 그러자 젊은 무사가 그의 멱살을 잡아 자빠뜨리고 가슴팍에 칼끝을 겨누었다.

"물러나라고 했잖나! 반항하면…….'

자빠진 농민의 얼굴이 공포로 굳었다. 그때였다. 무사 중 제일 나이 들어 보이는 사람이 칼을 급히 칼집에 넣고 두 팔을 내밀며 말렸다.

"그만해!"

"하지만······."

"나한테 맡겨. 거기 너희들, 정신 똑바로 차리고 잘 들어라!"

연상의 무사가 군중을 향해 큰 소리로 말했다. 무슨 말을 하려나 궁금해진 이들이 마른침을 삼키며 기다렸다. 잠시 조용해진 탓에 총성과 노성과 비명이 뒤섞인 소리가 멀리서 들려왔다.

"나리마님은 벌써 떠나셨다."

연상의 무사가 외친 한 마디에 모두들 아연실색했다. 군중 가운데 한 사람이 떨리는 소리로 물었다.

"지금······ 뭐라고 하셨소?"

"오다 군의 추격이 예상보다 빨라 이곳 이치조다니에서는 버텨낼 수 없다 생각하시고 조금 전 더 안쪽 지역으로 물러나셨다. 너희도 각자 알아서 목숨을 건사해라. 미안하다······."

토해내듯 단숨에 외치고 다른 무사들에게 신호를 보냈다. 무사들은 일제히 고개를 끄덕이더니 그곳을 떠나기 시작했다.

"우리는 어떻게 하라고?"

"지켜주는 거 아니었나?"

"지금까지 뼈 빠지게 연공을 바쳤는데, 이게 뭐야!"

원망하는 소리가 소용돌이치지만 무사들은 뒤도 돌아보지 않고 물러났다. 다만 방금 비보를 전한 연상의 무사만은 괴로운 얼굴을 하고 있었다.

"지, 지금 장난하나!"

농민 하나가 분통을 터뜨리며 무사에게 달려들었다. 무사는 더는 못 참는다는 듯이 칼을 빼서 휘둘렀다. 날카로운 비명이 터졌다.

"후퇴하는 수밖에 없는 상황이다…… 이러고 있을 때가 아니다. 어서——"

변명하던 무시가 밀을 멈추었다. 다른 농민 하나가 몸을 던져 무사 허리에 있던 와키자시^{호신용 작은 칼}를 뽑아 그대로 무사의 배에 찔러 넣은 것이다. 무사는 턱을 덜덜 떨며 그 자리에 무너졌다.

이로써 농민들의 자제력을 지탱해 주던 최후의 테가 풀려버렸다. 배후의 오다 군 따위는 깨끗이 잊은 것처럼 눈빛이 변해버린 사람들이 아우성치며 무사들에게 달려들었다. 무사들도 창이나 칼로 응전했지만 압도적인 수에 밀려 무참히 짓밟혔다.

지옥도 같은 광경에 몸이 떨렸다. 어제까지만 해도 싸움을 싫어하던 온순한 농민들이 무사를 쓰러뜨리고 선해 보이는 저 나이 든 무사가 피를 토할 때까지 짓밟고 있었다.

이내 몇 사람이 담을 넘어 대저택으로 달려갔다. 누가 빗장을 벗겨 주었는지 안에서 대문이 열리자 앞을 다투어 안으로 몰려들었다. 대저택 안으로 도망쳐 들어간들 오다 군의 맹공을 피할 수 없다는 사실은 어린 나도 알고 있었다. 금품이라도 약탈해서 도망치려는 걸까?

아니, 아무 생각도 없는지 모른다. 군중은 미쳐 날뛰는 한 마리 짐승처럼 대저택 안으로 몰려들었다. 뒤에서 하도 밀어대는 바람에 손가락 하나 움직이기 힘들었다. 총성은 더 가까워지고 뒤쪽에서 잇달아 비명이 터졌다. 오다 군이 밀어닥친 것이다.

"산으로…… 대저택을 돌아서, 산으로 올라가."

가슴이 짓눌려 낯을 찡그린 어머니는 내 손을 잡고 있기도 힘겨워 보였다. 대저택 안에도 산성으로 올라가는 길이 있겠지만 인파 때문에 언제 그 길을 밟을 수 있을지 알 수 없는 상황이다. 그냥 옆으로 빠져 산비탈을 뛰어 올라가라는 말이었다.

"엄마는?"

"너는 작으니까 몸을 숙이면 빠져나갈 수 있어. 어서…… 나는 나중에 갈 테니까."

그때 어머니의 표정은 태어나 처음 보는 것이었다. 어머니의 서슬에 눌려 고개를 까딱하고 사람들 사이에서 몸을 비비적거려 무릎을 구부리고 웅크렸다. 사람들의 다리가 수없이 밀착된 채 흔들리고 있었다. 흡사 어두운 숲속 같은 광경이었다. 이들을 움직이게 만드는 원동력은 죽음에 대한 공포일까 삶을 향한 집착일까. 한껏 숨을 들이마시고 살아 있는 나무들을 비집고 나갔다.

사람 다리의 숲을 간신히 빠져나온 순간 가슴이 터져라 숨을 들이켰다. 온몸은 물을 뒤집어쓴 듯 땀에 젖었다.

"엄마……."

방금 전까지 내가 파묻혀 있던 곳을 돌아보았지만 어머니를 찾을 수는 없었다.

한 덩이로 흔들리는 군중을 향해 검게 번들거리는 갑주로 몸을 감싼 무리가 다가오고 있었다. 마상에서 지휘하는 장수가 뭐라고 외치자 철포대가 주르륵 산개하며 진을 펼쳤다.

"아———"

지휘봉이 내리쳐지는 순간 개구리처럼 땅바닥에 납작 엎드렸다. 굉음과 절규가 머리 위를 어지러이 오갔다. 머리를 감싸고 덜덜 떨던 나는 튀어오르는 공처럼 뛰기 시작했다. 이대로 있다가는 죽을 게 틀림없다. 목숨을 건지려고 몸뚱이와 두 다리를 필사적으로 움직였다.

망설임은 없었다. 쉴 새 없이 들려오는 총성과 단말마의 비명을 듣지 않으려고 애쓰며 오로지 위쪽으로 뛰었다.

이제는 진짜 숲속이다. 길 없는 산을 뛰어 올라갔다. 쌓인 낙엽에 발이 미끄러져 산비탈에 얼굴을 호되게 찧었다. 볼이 찢어졌지만 개의치 않고 더욱 걸음을 빨리했다.

산비탈에는 흙을 파서 산 아래 방향으로 낸 고랑과 도도록하게 쌓아올린 토루가 여러 군데 있었다. 산성을 공격하는 적을 막기 위한 방비의 일부이다. 하지만 그곳에는 당연히 있어야 할 병사들이 없었다. 병사가 보이면 도움을 청할 수 있을 텐데. 아니, 도리어 죽임을 당하게 될까.

평소에는 이처럼 냉정하게 생각한 적이 없었지만, 중대한 위기에 놓이자 어른의 마음가짐이 끌어올려진 모양이다.

정상을 목적지 삼았으니 위로만 올라가면 되는 줄 알았다. 그러나 상황은 그리 단순하지 않았다. 병력 배치를 위해 평평하게 닦아 놓은 비탈에서 다시 구불구불 길이 갈라져 나가고 있었다.

그 길을 따라가면서 산을 올라가는 중이라 믿었는데 어느새 내리막으로 변해 있다. 적을 속이기 위해 미로처럼 만들어 놓은 것이다. 길이 없어도 위쪽으로 올라가야 한다고 생각했지만, 그 생각을 가로막듯이 산비탈은 나무들로 빽빽했고 가끔은 절벽이 나타나곤 했다. 어느 순간부터는 숲을 계속 헤치며 올라갈 엄두가 나지 않았다.

어쩔 줄 모르고 망설이는데 문득 산비탈에 튀어나와 있는 바위가 눈에 들어왔다.

——이쪽이란다.

그 바위를 빤히 쳐다보았다. 특별히 무슨 소리가 들린 건 아니다. 다만 영문은 알 수 없으나 바위가 말을 거는 듯 느껴졌다. 평화로운 일상이 갑자기 깨진 탓에 내 마음도 어느새 이상해진 걸까. 그런 생각도 잠시, 될 대로 되라는 심정으로 바위가 일러주는 쪽을 향해 달리기 시작했다.

성시가 불타고 있는지 이곳까지도 희미한 불빛이 비친다. 움직이면서도 자주 주위를 살펴보았다. 땅에 박힌 바위도 비탈에 걸린 바위도 모두 나에게 뭐라고 말을 건네는 것 같았다. 막상 눈을 감고 귀 기울이면 아무런 소리도 들리지 않는다. 오히려 눈을 떠야 말을 건네준다. 나는 뭔가를 보는 동안 소리를 듣고 있는 셈이다. 그것이 색인지 형태인지 무늬인지는 알 수 없었다. 생각해봐도 전혀 이해할 수 없고 그렇다고 곰곰이 궁리하고 있을 여유가 존재할 리 만무했다. 목소리가 일러주는 쪽으로 정신없이 발을 움직였다.

얼마나 걸었을까. 4반각(약 30분)쯤 지났으려나. 숲 너머에 산을 깎아서 만든 듯한 평지가 보였다. 그곳에서 무사 여러 명이 다급히 움직이고 있었다.

——살았다…….

숲에서 뛰어나가자 가까이 있던 무사들이 깜짝 놀라며 창을 꼬나들었다.

"……어린애냐?"

"도와주세요! 저 밑에서 엄마가…… 마을 사람들이!"

간절하게 애원했지만 무사들의 표정은 모호했다.

"틀렸다. 적의 침공이 너무 빨랐어. 성에서는 이미 철수하기 시작했다."

무사 하나가 씁쓸하게 말했다. 그제야 시야에 들어왔지만, 무사 뒤에 있는 창고 문이 활짝 열려 있었다. 안에는 쌀가마니가 쌓여 있고 가죽자루를 든 무사들이 급하게 드나들었다. 철수하기 전에 자기 먹을 쌀을 챙기고 있는 모양이다.

"이럴 수가……."

작년 가을 휘어지게 여문 황금빛 벼이삭이 바람에 흔들리던 풍경이 눈앞을 스쳤다. 영민들이 수확량의 절반 이상을 다이묘에게 연공으로 바치는 덕분에 무사들은 농사를 짓지 않고도 살아갈 수 있었다. 아사쿠라 나리마님은 귀한 옷과 화려한 가구집기를 들여놓고 교토의 귀족을 초대하여 시를 읊는다고 들었다. 그 돈이 다

영민들의 살림에서 쥐어짜낸 것이다.

영민들이 열심히 일해서 연공을 바치는 이유는 비상시에 무사들이 농민을 지켜줄 거라고 믿기 때문이다. 바로 지금이 그런 비상시 아닌가. 지금 지켜주지 않는다면 아버지 어머니는, 이치조다니 농민들은, 아사쿠라의 영민들은 무엇을 위해 순종했단 말인가.

"우리도 산 너머로 피란 간다. 그러니 꼬마 너도……."

무사가 하는 말을 들으니 뱃속에서 끓던 분노가 입 밖으로 튀어나왔다.

"집어치워……."

"어이, 꼬마! 감히 어따 대고———"

무례하다며 칼을 맞고 죽을 판이지만 아무래도 상관없다는 듯한 나의 모습에 무사들이 발끈했다. 그래도 주눅 들지 않았다. 뭐가 어찌되든 부모와 동생을 구하고 싶었다. 그 간절함이 나를 떠밀었다.

"무슨 무사가 이래! 저 비명이 안 들려?"

비통한 외침에 무사들도 곤혹스러워했다. 그 가운데 하나가 고통스런 표정으로 가만히 말했다.

"할 수만 있다면 구하고 싶다…… 내 처자식도 저 아래 있다."

무사의 시선은 아비규환이 소용돌이치는 이치조다니 성시로 향하고 있었다. 성시 외곽이 벌겋게 물들었다. 오다 군이 불을 지른 것이다. 무사는 이를 악문 채 말했다.

"이치조다니는 벌거숭이다…… 오다 군의 침공에 맞서 도망칠 시간도 벌어주지 못하니."

이치조다니 성시는 교토 시가지를 모방하여 조성되었다. 교토가 그렇듯 외부 공격을 막아내기 힘든 지형이라고 들은 적이 있다.

"새왕에게 의뢰해서 방비를 강화하려던 참이었는데……."

"새왕……."

낯선 말이다. 누가 시킨 것처럼 입술이 절로 움직였다.

"아마 주군 식솔도 미처 피신하지 못했을 거다."

같이 피란가자고 손을 내미는 무사의 말을 뿌리쳤다. 무사들은 무안한 듯 서로 얼굴을 마주보더니,

"미안하다, 꼬마……."

라며 기어드는 목소리로 중얼거리고 더는 지체할 수 없는지 자리를 떴다.

"누가 좀 도와주세요!"

눈에 보이는 다른 무사들에게 도움을 청했다. 아직은 포기할 수 없었다. 어찌 포기할까. 그러나 다들 듣는 척조차 하지 않고 냉담하게 떠났다.

다음 무사, 또 다음 무사에게도 도움을 청했지만 누구 하나 손을 내밀어주지 않았다. 심지어 "걸리적거리지 마라!"라며 걷어차고 떠나는 비정한 무사도 있었다. 여자 옷을 한아름 껴안고 있는 그들의 모습은 어린 나의 눈에도 불난 집을 터는 좀도둑이나 다

름없어 보였다.

마침내 주위에는 아무도 남지 않게 되었다. 산성이 정적에 싸였다. 귀에 들리는 소리는 멀리 성시에서 올라오는 불길한 소음뿐이었다.

조심조심 벼랑으로 다가가 눈 아래 성시를 살펴보았다. 조금 전에 시작된 불길이 빠르게 번지고 있었다. 밑에서 올라오는 후끈한 바람이 뺨을 스쳤다.

무사들은 내 가족이 무사히 도망쳤을 거라고 말했다. 나도 그렇게 믿고 싶었다. 하지만 눈앞에 펼쳐지는 죽음이 소용돌이치는 광경, 산 위까지 넘실거리듯 올라오는 통곡을 들으며 깨달았다. 전부 말뿐인 위로였음을.

저곳으로 내려가면 죽는다, 죽더라도 가족 곁에 있고 싶다, 그런 생각에 왔던 길을 돌아가려고 할 때 뒤에서 노성이 날아왔다.

"어딜 가니! 어서 도망쳐야지!"

천천히 뒤돌아보았다. 한 남자가 서 있었다. 나이는 삼십대 중반쯤일까. 머리를 아무렇게나 뒤로 한데 묶고 입 주위에 종이끈 같은 수염이 있다. 전에 강에서 잡은 미꾸라지가 떠오르는 인상이었다. 투구는커녕 도마루통처럼 둥글게 만들어 몸통을 보호하는 간편한 갑옷도 없이 평상복을 입은 차림새를 보면 무사는 아닌 듯했다.

도망치라고 소리친 주제에 나와 눈길이 마주친 순간 숨을 삼키는 표정이다. 아마 내가 송장 같은 얼굴을 하고 있어서겠지.

"아버지가…… 엄마가…… 가요가…….."

"성시에서 도망쳐 왔니?"

남자는 가까이 걸어와 손등으로 가만히 내 볼을 닦아주었다. 그제야 굵은 눈물이 볼을 적시고 있음을 알았다. 내 몸이 어떤 상태인지도 모를 만큼 넋이 나가 있었다.

"도망쳐야 해."

조금 전에 만났던 무사처럼 이 사람도 내 손을 잡았다.

"돌아갈 거야."

손을 빼려고 했지만 남자는 손아귀에 힘을 주고 놓지 않았다. 그 둔한 통증에 내 손을 끌어주던 어머니가 떠올라 다시 가슴이 미어졌다.

"안 돼. 이미 늦었다."

나도 이미 알고 있는 사실을 그가 말했다. 판에 박힌 위로보다 더 가슴에 사무치는 말이어서 힘겹게 참고 있던 오열이 새어나왔다.

"나도 같이……."

안간힘으로 목을 쥐어짰지만 남자는 손아귀에 더욱 힘을 주며 고개를 저었다.

"네가 죽으면 너희 가족을 아는 사람이 세상에 한 사람도 없게 돼. 그래도 괜찮아? 그거야말로 진짜 죽는 게 아닐까? 설마 네 가족이 너에게 같이 죽어달라고 하겠니?"

남자가 허리를 숙이며 내 얼굴을 들여다보았다. 나는 아무 대꾸도 못하고 빠드득 소리가 나도록 어금니를 꽉 물고 있는 수밖에 없었다. 앙다문 이 사이로 여전히 새어나오는 오열이 닿았는지 남자가 제 이마에 손을 대고 계속 말했다.

"본래 인간은 스스로 목숨을 끊게끔 생기지 않았다. 살아라. 목숨은 지켜야 하느니."

남자의 간절한 생각이 가슴에 스며들어 고개를 까딱했다.

"이 산 뒤편으로 내려갈 거다. 토루를 따라 북서쪽으로 가다가 다테보리해자의 일종으로, 산성 성벽에서 산 아래 방향으로 깊은 도랑처럼 파 놓은 것. 대개 밭고랑처럼 여러 가닥을 파 놓아서 적 병력이 옆으로 이동하지 못하고 일렬로 늘어서도록 유도함으로써 수월하게 격파하려는 것이 목적이다를 만나면 거기서 서쪽 토루를 넘을 거야. 만일 그곳에서 추격을 당한다고 해도 복병굴일인용 참호이 많이 흩어져 있으니까 거기 숨으면 될 게다."

나를 안심시키려는지 남자가 손을 끌어주며 도주 경로를 설명했다. 평상복 입은 사람이 어떻게 이토록 산성 구조에 밝을까. 혹시 인신매매꾼 아닐까? 가슴에 공포가 확 번져 몇 발자국 뒷걸음질했다. 남자는 내 속을 들여다본 것처럼 자신을 소개했다.

"내 이름은 도비타 겐사이라고 한다. 이 성에…… 이곳 성시에 방패를 만들려고 하던 사람이다."

"방패……."

"그래. 이런 꼴을 당하지 않게 해줄…… 목숨을 지켜주는 방패."

"그런 게……."

"가능하다."

겐사이가 단언하며 덤불을 헤칠 때 나는 걸음을 멈추고 뒤를 돌아다보았다.

어제까지 가족과 살던 마을, 늘 웃음이 오가던 마을, 100년을 내려온 이치조다니 성시가 굉음과 함께 소용돌이치는 새빨간 화염에 휩싸여 있었다.

이제는 눈물도 나지 않았다. 겐사이가 말하는 '방패'가 있었다면 평소와 다르지 않은 오늘을 맞았을까. 망연히 그런 생각을 했다.

"가자."

겐사이가 손을 가만히 놓아주었다.

"응."

고개를 희미하게 끄덕이고 덤불로 발을 들여놓는 겐사이를 뒤따랐다. 이제 뒤를 돌아보는 일은 없을 것이다. 아버지 어머니가 살려준 목숨을 끝까지 지켜내자는 결심이 섰다. 구해주지 못한 동생에게 열심히 사는 것으로 빚을 갚겠다고 맹세했다.

겐사이는 망설이는 기색도 없이 산을 내려갔다. 성시의 불빛이 흐릿해졌을 때에야 그는 걸음을 멈추고 주위를 둘러보았다.

"잠깐만."

"⋯⋯?"

"이 산의 형태를 떠올리는 중이다."

"이쪽⋯⋯인 것 같은데⋯⋯."

무성한 나무들 틈새로 짐승들이 다니는 길을 가리키며 내가 툭

던지듯이 말했다.

"이 산에 올라와본 적이 있나?"

의아한 표정으로 묻는 겐사이에게 나는 고개를 저었다.

"아니."

"그럼 어떻게 알지?"

이상한 꼬마라고 여기지 않을까. 얼핏 그런 생각도 스쳤지만 왠지 이 사람은 나를 무시하지 않을 거라는 확신이 있었다.

"바위와 돌들이…… 이쪽이라고 말하는 것 같아서……."

"뭐라고?"

겐사이는 힘 있게 고개를 젓고는 가까이에 박혀 있는 바위를 응시하며 물었다.

"바위의 무엇을 보았니? 색? 모양? 눈이니?"

"눈?"

"무늬라고나 할까. 아무튼 무엇을 보고 그리 생각했지?"

"모르겠어…… 그냥, 보고 있으면 목소리가 들리는 것 같아."

"그래?"

한쪽 눈썹을 쳐들며 쓴웃음을 짓던 겐사이가 다시 바위로 시선을 돌렸다가 새삼 주변을 살펴보았다. 그러더니 고개를 두어 번 끄덕이고 내가 가리킨 방향으로 걸음을 옮겼다.

그렇게 잠시 걷던 겐사이가 풀숲을 헤치며 입을 열었다.

"산에 있는 바위는 그 높이에 따라 눈이 다르다."

한 번도 들어본 적 없는 이야기였다. 무슨 원리가 있나 보다 생각하며 조용히 듣는 수밖에.

"아마 네가 그걸 본 모양이야."

바위의 눈이 표고에 따라 달라진다는 것도 처음 듣는 이야기였다. 나는 그저 들려오는 목소리를 들었을 뿐 그 내용이 옳은지 그른지는 알지 못한다. 이렇게 절박한 상황이 아니었다면 정체 모를 목소리에 귀를 기울였을 것 같지도 않다.

"이름은?"

비탈을 뛰어 내려가는 겐사이가 뒤도 돌아보지 않고 짤막하게 물었다.

"교스케モ介."

"교스케…… 한자로는 어떻게 쓰지?"

겐사이는 여전히 등을 보인 채 말했다.

"교는 좌우가 바뀐 코ㄱ 자 안에 왕ㅌ 자. 스케는 시중드는 이ㅆ
添え의……."

"어려운 한자를 아네. 나보다 배움이 많구나."

겐사이의 목소리가 높아졌다. 아버지는 에치젠에서도 손꼽히는 상감 장인이었다. 물건을 만들어 납품하자면 문서로 계약해야 하므로 읽기 쓰기를 모르면 안 된다며 가르쳐주었다.

"좋은 이름이네."

앞을 가로막는 나뭇가지를 뚝 분지르며 겐사이가 중얼거렸다. 나를 위해 길을 만들어주고 있었다.

"응……?"

교스케가 의아한 목소리를 내자 겐사이가 살짝 돌아다보았다.

"왕을 지킨다."

무슨 말인지 이해할 수 없었다. 겐사이는 다시 앞을 보고 뛰기 시작했다. 이 남자를 따라가는 것 말고는 방법이 없겠구나. 교스케는 그런 생각을 하며 겐사이를 따라 산비탈의 울창한 숲속을 뛰어 내려갔다.

석공의
도시

◉

◉

빨려 들어갈 것처럼 드높은 창공에 흰 구름이 꼬리가 번지는 듯한 형상으로 동쪽을 향해 흐른다.

에이잔 동쪽 산비탈의 암벽 앞에 있는 교스케에게는 마치 산이 구름을 토해내는 모습처럼 보였다.

상쾌한 바람이 지나가며 주위를 에워싼 나무들을 흔든다. 눈앞을 살랑거리며 떨어지는 나뭇잎은 마지막 생명을 불태우듯 빨갛다. 계절은 가을에서 겨울로 옮겨가는 중이다.

암벽에 매달린 석공 수십 명이 정머리를 겨냥해 쇠망치를 휘두르고 있다. 단전을 울리는 둔한 소리, 귓불을 치는 날카로운 소리. 바위의 질, 크기, 타점에 따라 망치소리가 달라져, 한 번도 똑같은 소리가 나지 않는다.

적당한 바위에 앉아 어디로 흘러가는지 알 수 없는 구름을 바라보고 있는데 암벽 앞에 서 있던 단조가 뒤를 돌아보며 말했다.

"작은나리, 잘 보고 있죠?"

"응."

교스케는 시선을 떨어뜨리며 심드렁하게 대답했다.

"잘 보셔야 합니다. 작은나리는 도비타야⋯⋯ 아니 아노슈의 장래를 짊어져야 할 분이니까."

단조가 목덜미를 긁으며 쓴웃음을 짓는다.

단조의 말처럼 교스케는 아노슈라 불리는 장인집단에 속해 있다.

아노슈는 그 이름대로 오미 국近江国国国은 8세기 초 율령제가 실행되면서 설치된 지방 행정 단위. 천황을 정점으로 하는 관료제가 무력화된 센고쿠 시대에도 일본 전역에 66개의 국이 있었으며 20세기 초에야 쓰이지 않게 되었다. 오미는 교토 동쪽의 비와 호수를 둘러싸고 있는 지역으로 지금의 시가 현과 거의 일치한다 아노 땅에 대대로 뿌리를 내리고 한 가지 기술로 세상에 이름을 떨쳐 왔다. 그것은 바로,

——석축.

이라는 돌쌓기 기술이다. 세상에는 이들 말고도 석축을 생업으로 하는 자들이 있지만, 대개 근근이 풀칠이나 하는 수준이랄까. 이 분야에서 아노슈의 기술은 타의 추종을 불허할 만큼 뛰어나다.

아노슈에는 스무 개가 넘는 '패'가 있다. 각 패는 옥호를 내걸고 독자적으로 활동하는데, 이를테면 각지의 다이묘나 사찰로부터 석축 공사를 의뢰받아 그 지방으로 가서 일한다. 한 달 안에 끝나는 작은 수리 공사도 있고 몇 년을 두고 큰 성의 성벽을 쌓는 일도 있다.

"영감이 그런 생각을 하고 있는 건가?"

"행수어른이라 부르시라고 제가 몇 번을……."

단조는 킁, 콧소리를 내며 한숨을 길게 흘렸다.

교스케가 영감이라 부르고 단조가 행수어른이라 부르는 사람은 겐사이, 도비타라는 옥호로 작업을 의뢰받아 세간에서는 흔히

도비타 겐사이라고 부른다.

겐사이는 '아노슈 천년'이라는 유구한 내력에서도 찾기 힘든 천재로 명성이 높고, 다른 패의 행수들도 인정해주는 사람이다.

"영감이 괜찮다는데 왜 그래."

"그렇습니까."

단조는 관자놀이를 손가락 끝으로 긁으며 쓴웃음을 지었다.

교스케는 도비타야의 부행수이며 후계자로 지명되었다. 하지만 다른 패의 행수들이 모두 자기 핏줄에게 자리를 물려주는 것과 달리 교스케와 겐사이 사이에는 아무런 혈연이 없다.

교스케는 에치젠 국 이치조다니에서 상감입사장의 아들로 태어났다. 23년 전 아사쿠라 가가 오다 군의 침공을 받아 이치조다니 성시가 잿더미로 변해갈 때, 교스케가 혼자 산성으로 도망치다가 아사쿠라 가에게 축성 공사를 의뢰받고 사전 조사차 그곳에 와 있던 겐사이와 우연히 마주친 것이 인연의 시작이었다. 겐사이는 교스케를 데리고 화염에 싸인 이치조다니를 떠나 오미의 아노 땅으로 돌아왔다.

겐사이는 자식은 젖혀두고 결혼도 하지 않았다. 소싯적에 평범한 행복을 생각한 적도 있지만 어느 순간을 계기로 석축에 평생을 바치기로 결심했다고 한다.

수하 장인들이 후계를 걱정하여 겐사이에게 부디 마음을 바꿔 혼인을 하고 아들을 낳으라고 권했지만 그는 늘 가볍게 흘려들었다. 그러다가 이치조다니에서 데려온 지 얼마 되지도 않은 교스

케를 수하들에게 소개했다. 겐사이가 교스케 머리에 손을 올려놓고,

"이 아이를 후계자로 정했다."

라며 무두질한 가죽 같은 뺨으로 환하게 웃어서 수하 장인들이 크게 놀라던 광경을 교스케는 기억하고 있다.

"떼기조는 어떻습니까?"

단조는 암벽 앞의 작업이 지체되지는 않는지 힐끗 확인하더니 물었다.

"나는 그동안 내내 쌓기조에만 있었는데 왜 갑자기 떼기조로 가라는 건지……."

교스케는 자기가 앉은 바위를 가볍게 두드리며 투덜거렸다.

아노슈라고 하면 세상 사람들은 돌쌓기 장인을 떠올리지만 실제로는 그렇지 않다. 석축 일은 크게 세 영역으로 나뉜다.

먼저 떼기조. 이들은 석축의 소재인 돌을 떼어내는 일을 맡는다. 아무 돌이나 적당히 떼어내서 가져오는 게 아니다. 돌 크기는 1부터 10까지 대략적인 등급이 매겨지고, 행수가 요구하는 각 등급별 수량을 제공해야 한다. 돌을 정해진 규격대로 떼어내는 작업은 생각보다 어렵다. 정을 세우는 각도와 망치질의 강도도 중요하지만 바위에는 '눈'이라는 것이 있어서 그 눈을 읽고 정을 대지 않으면 엉뚱한 방향으로 균열이 나고 만다. 돌의 눈은 숙련된 장인이 아니면 읽지 못한다. 미숙한 자가 정을 대면 균열이 엇나가 원하는 방향과는 다른 모양으로 쪼개져 버린다. 미숙한 자에

게 쓰이기를 바위가 거절하는 것처럼.

단조는 도비타야 떼기조의 조장이다. 나이는 겐사이보다 두 살 어린 쉰다섯. 교스케가 이곳에 오기 30년 전부터 떼기조 조장으로 일해왔으며, 돌을 공급하는 일에 관해서는 아노 땅에서도 세 손가락 안에 든다는 평가를 받고 있다.

"여기 다음은 운반조로 가신다고 했던가요?"

단조가 눈썹을 쳐들어 보이며 물었다.

두 번째는 운반조. 떼어낸 돌을 석축 현장으로 신속히 옮기는 사람들이다. 돌을 옮기는 일이라고 하면 누구나 할 수 있을 것처럼 들린다. 모르는 사람들은 그리 말하지만 이 작업은 석축의 세 가지 영역 중에서도 가장 힘들다.

평화로운 세상이라면 석축 공사를 느긋하게 진행할 수 있다. 그러나 전란이 그치지 않는 난세라면 사정이 달라진다. 성이 견고해야 함은 물론이고 신속하게 완성하지 않으면 적에게 침공의 틈을 허용하게 된다. 아무리 빨리 쌓고자 해도 자재인 돌이 조달되지 않으면 방법이 없다. 이를 좌우하는 역할이 운반조이다. 비가 오든 눈이 오든, 적이 쳐들어와 화살과 총탄이 쏟아져도 면밀하게 세운 계획대로 돌을 운반한다.

가로세로 두 장(약 6미터)이 넘는 거대한 돌을 옮겨야 할 경우도 있는 만큼 안전에 상당한 주의를 기울여야 한다. 실제로 오다 노부나가가 아즈치 성을 쌓을 때, 언덕에서 대형석을 옮기다가 밧줄이 끊어져 백 명이 넘게 압사하는 사고가 있었다. 그런 참사가 없도록 주의하며 동시에 무슨 일이 있어도 기일까지 돌을 전달하는 것이 운반조의 일이다.

"쯧."

교스케가 가만히 혀를 찼다. 그 의미를 바로 알아채고 단조가 곤혹스런 얼굴이 되었다.

"정말 싫으신가보군요. 하긴 레이지만 만나면 다투시니까."

"녀석이 툭하면 잔소리를 하니까 그러지."

교스케는 흥, 콧소리를 내며 얼굴을 돌려버렸다.

"레이지도 여러 가지로 생각하는 바가 있겠지요."

단조가 차분하게 말했다.

레이지는 운반조 조장으로 겐사이의 유일한 친척이다. 교스케와 동갑이며 선대 도비타야의 삼남이자 현 행수 겐사이의 조카다. 그러므로 레이지는 자기야말로 도비타야의 정통 후계자감이라고 생각했을 텐데. 어디서 굴러먹던 말 뼈다귀인지 모를 교스케가 후계자로 지명되어 못마땅할 것이다.

"그러게 영감이 레이지를 후계자로 정했으면 좋았잖아."

교스케는 될 대로 되라는 투로 말했다. 사실 자신이 레이지였다고 해도 불쾌했으리라 생각한다. 문득 시선을 돌리니 단조가 어느새 웃음기 가신 얼굴로 이쪽을 쳐다보고 있다.

"쌓기조는 그런 안이한 마음으로는 감당할 수 없는 곳이란 거, 잘 아시지 않습니까."

"그야 뭐……."

묘하게도 순한 아이처럼 대답하고 말았지만, 교스케의 이런 모습에는 까닭이 있다.

겐사이는 석축에 대해서는 뭐든지 가르쳐주었지만 그 밖의 일은 알아서 하라는 식이었다. 겐사이를 대신하여 교스케를 알뜰하게 돌봐주고 잘못을 꾸짖어준 사람은 단조였다. 단조는 말하자면 너그러운 숙부 같은 존재다. 때문에 단조가 정색을 하면 이렇게 반응하고 마는 것이다.

"물론 재능이란 부모에게서 자식으로 전해지게 마련이지요. 그래서 대개 혈육을 후계자로 정하는 게 사실입니다."

단조는 잘 알아듣게 타이르는 듯이 말했다.

"허나 혈육보다 더 재능 있는 사람이 있으면 그 사람에게 물려줍니다. 쌓기조 조장은 중요한 자리니까요."

도비타야에서는 쌓기조 조장이 곧 부행수이고 후계자다. 교스케가 바로 그 위치에 있는 것이다.

쌓기조 일에 통달하는 데는 다른 두 조보다 더 긴 세월이 필요하다. 우선 석벽 안에 뒤채움석을 채우는 일을 익히는 데도 최소 15년은 걸린다.

여덟 살부터 본격적으로 수련을 시작한 교스케도 벌써 나이 서른이다. 자기가 책임지고 석축 공사를 진행해 본 적이 아직 없다. 오랜 수련을 거쳤으니 이제는, 하며 의욕을 북돋우고 있던 차에,

"교스케, 내일부터 세 달간 떼기조로 가라."

라는 겐사이의 명령을 받았다. 떼기조 수련이 끝나면 그다음

세 달은 운반조에 가서 수련하라는 지시도 덧붙였다.

"모처럼 큰 공사를 눈앞에 두고 있었는데⋯⋯."

다시 울분이 부글거려 교스케는 혀를 쯧쯧 찼다.

백 수십 년 전부터 각지에 할거한 군웅이 전쟁을 거듭하여 이 나라는 어지러워질 대로 어지러워졌다. 전쟁은 온갖 기술을 빠르게 발전시킨다. 전쟁의 승패에 직결되는 축성술, 그중에서도 아노슈의 석축 기술은 귀한 대접을 받으며 발전해왔다. 교스케도 자신의 주도 아래 성을 쌓고 싶다는 바람으로 오랜 세월을 수련했다.

──하지만 이제 세상이 변했다.

불세출의 영걸 도요토미 히데요시가 천하를 남김없이 제압한 것이다. 그러자 아노슈의 일감이 크게 줄었다.

물론 히데요시가 패권을 잡은 뒤에도 '천하보청天下普請쇼군이 각지의 다이묘에게 인력과 자재를 부담케 하여 시행하는 대규모 축성, 토목, 도로 등 인프라 건설 공사' 명목으로 이루어진 대규모 축성 공사는 여전히 있었다. 히젠 나고야 성도 그렇게 지어졌다. 도요토미 가의 위신을 과시하는 성이라면 경력이 짧은 교스케 같은 장인보다는 경험과 실적이 풍부한 겐사이가 감당해야 한다. 때문에 교스케는 자기 주관 아래 성을 쌓아볼 기회를 잡지 못한 채 답답해하고 있었다.

그러다가 세 달 전에 기회가 왔다. 윤7월 13일 밤 대규모 지진이 일어나 후시미 성의 천수가 무너진 것이다. 하지만 성벽은 석벽 몇 군데만 무너졌을 뿐 대체로 무사한 편이었다. 원래 이 석벽을 쌓은 이도 겐사이였다.

히데요시는 이참에 후시미 성을 지금의 시게쓰야마에서 고하타야마로 옮기기로 결정했다. 따라서 시게쓰야마의 성벽을 해체하여 고하타야마로 옮겨서 다시 쌓아야 한다. 교스케는 겐사이에게 다음 공사는 네가 맡아서 해봐라, 라는 말을 들었던 터라 한창 의욕을 불태우던 참인데,

"이번 공사는 너한테는 무리다."

라며 겐사이가 자기 말을 뒤집었다. 뿐만 아니라 떼기조와 운반조로 옮겨서 일을 배우고 오라고 덧붙였던 것이다. 그 뒤 세 달이 지나 떼기조 수련이 거의 다 끝난 참이다.

"행수어른도 뭔가 계획이 있을 겁니다. 지금까지 쌓기조에서만 일해 온 작은나리를 그래서 떼기조와 운반조에 보내서 배우도록 하는 거겠죠."

"그러겠지."

단조의 말처럼 교스케도 겐사이에게 뭔가 계획이 있을 거라고는 생각했다. 동시에 자기 주관 아래 성벽을 쌓고 싶다는 욕구는 더욱 간절해져서 조바심을 어찌하지 못하고 당장 후시미로 달려가 겐사이와 담판을 지어볼까 하는 충동에도 내내 시달렸다.

지난 세 달간 늘 조바심을 드러낸 탓에 단조를 제외한 떼기조 사람들이 무슨 종기라도 만지듯 자신을 조심스럽게 대하는 기색이 느껴질 정도였다.

"초조해할 거 없습니다. 세상이 평온해도 성은 필요합니다. 난

세의 전투용 성이 아니라 성주의 위세를 뽐내는 성이 되겠지만."

바로 그 점이 마음에 들지 않는다. 성곽의 근본인 석벽의 미는 무엇인가. 눈에 보이는 화려함이나 정연함이 아니라 누구도 깨뜨릴 수 없는 견고함이야말로 석벽의 미 아닌가.

"운반조 일이 앞으로 더 중요해질 겁니다."

"운반조가?"

물론 배우는 데는 쌓기조 일이 더 오래 걸리지만, 그래도 겐사이는 세 가지 일이 다 중요하다고 늘 말했다. 세상이 평온해지면 운반조가 더 중요해질 거라는 말을 이해하기 힘들었다.

"예. 작은나리는 앞으로 성이 어떤 곳에 지어질 거라고 보십니까?"

사람들이 들으면 석축 패의 부행수를 희롱하는 질문이라고 생각할지 모르지만 교스케는 대답을 하지 못했다. 지금까지는 지시받은 장소에 가서 석벽을 쌓아왔을 뿐 어디에 성을 지을지는 자기 소관이 아니었다. 또 지난 이십 수년간의 수련이 힘겨워 그런 것을 생각할 겨를도 없었다.

"그거야…… 수비하기 좋은 곳이겠지."

무난하기 짝이 없는 대답에 단조는 고개를 두어 번 끄덕였다.

"물론 그렇겠지요. 다만 난세에는 한 가지를 더 고려해야 합니다. 바로 이겁니다."

단조는 뒤로 돌아 망치질을 하는 수하들을 손바닥으로 가리켜 보였다.

"그렇군. 채석장 말인가."

"예. 아무리 성을 짓고 싶어도 근처에 좋은 채석장이 없으면 수많은 돌을 끌고 먼 거리를 옮겨야 합니다."

그러자면 상당한 시간과 비용이 필요하다. 언제 전쟁이 일어나 적군이 들이닥칠지 모르는 전국 시대에는 그런 느긋한 공사가 허용되지 않는다.

"그러니까 채석장에 성을 짓는다고 해도 과언이 아니란 말인가……."

"그렇죠. 하지만 바로 그 점이 빠르게 달라지고 있습니다."

천하가 통일되어 전쟁이 사라지자 멀리 떨어진 채석장에서 성을 지을 장소까지 오랜 시간을 들여 돌을 옮기는 것도 가능해졌다. 또 '천하보청' 제도에는 유력한 다이묘에게 인력과 자재를 부담케 해서 반항의 여지를 없애려는 막부의 의도도 있다. 그러므로 축성에 막대한 금액이 필요하다는 점은 막부로서는 오히려 환영할 일이다.

성을 이축하자면 돌이 더 필요하지만, 원래 후시미 성 근처에는 알맞은 채석장이 없기 때문에 이렇게 오미 국에서 실어 나르고 있다.

"그래서 운반조 역할이 커진다는 말이군."

단조는 미소를 지으며 천천히 고개를 끄덕였다.

"행수어른은 변해가는 세상에서도 작은나리가 석축 일을 계속할 수 있도록 안배하려는 생각이시겠죠. 레이지가 어떻게 일하는지 봐두는 것도 나쁠 건 없겠다고 말입니다."

"알겠네. 단조, 그동안 신세 많이 졌네."

교스케는 가볍게 눈인사를 하고 일어섰다. 자신도 돌쌓기에 관해서라면 겐사이에 버금가는 실력을 갖고 있다. 하지만 방금 들은 이야기는 금시초문이었다. 다른 데 정신이 팔려서는 최고 경지에 오를 수 없다는 사정도 있었지만 애초에 교스케는 돌쌓기 외에 흥미를 보인 적이 없었다.

방금처럼 단조는 지난 세 달 동안 한가로운 잡담은 한 마디도 않고 이쪽이 묻는 데만 친절하고 정중하게 대답해주었다.

그리하여 오늘이 떼기조 수련의 마지막 날이다. 이제 오쓰로 가야 한다. 운반조가 '유영'이라고 부르는 막사를 오쓰에 설치해두었다고 들었다. 유영이란 무사가 전투할 때 설치하는 군영 같은 곳으로, 돌 운반을 지휘하는 본부이다.

"예. 도움이 됐는지 모르겠습니다. 그럼 마지막으로 직접 돌을 떼어 보시겠습니까?"

지금까지 교스케는 견학만 했을 뿐 직접 돌을 떼어본 적이 없다. 그래도 단조는 잔소리 한 마디 없이 지켜봐주었다. 이것이 여기로 와서 처음이자 마지막으로 듣는 조언이리라.

"좋지."

설마 수락할 줄은 몰랐는지 단조는 어, 하고 작은 소리를 내며 놀란 표정을 지었다.

"어이, 누가 작은나리께 망치를―――"

"나도 갖고 있어."

허리춤을 가볍게 두드려 보였다.

"그랬군요."

깜빡 잊었다는 듯이 단조가 웃으며 이마를 쳤다.

교스케는 허리에 넓은 가죽 띠를 두르고 다닌다. 띠에는 구멍이 몇 개 있고 늘 망치나 정이 꽂혀 있다. 마치 무사가 칼 두 자루를 차고 다니는 것과 같다. 다만 무사가 허리 왼쪽에 칼을 찬다면 교스케는 오른쪽에 연장을 꽂는다.

이런 차림으로 다니는 사람은 도비타야뿐 아니라 아노슈 전체를 통틀어도 교스케 한 사람뿐이다. 어릴 때 평화로운 일상이 하루아침에 돌변하는 일을 겪은 탓에 늘 연장을 차고 다니지 않으면 마음을 놓을 수 없게 되었는지 모른다.

"작은나리……."

교스케가 가까이 다가가자 떼기조 일꾼들이 일손을 멈추고 시선을 모았다.

도비타야의 후계자를 바라보는 젊은 일꾼들 눈에 선망의 빛이 떠오른다. 누가 꺼낸 말인지는 모르지만 언젠가는 겐사이를 뛰어넘을 수재라는 평판이 나도는 바람에 나이 어린 일꾼들은 경외심을 품고 있었다.

반면 고참들 눈에는 두려워하는 빛이 떠올라 있다. 20년이 넘도록 함께 지내왔지만 제대로 대화를 나눈 적이 없는 사람이 대부분이다. 동료들과 대화한 시간보다 돌과 대화한 시간이 몇 배

나 많으리라. 때로는 눈앞에 있는 돌을 보며,

──너는 어디로 가고 싶으냐.

라고 묻는 모습을 목격한 자들도 있어, 실력이야 인정해주지만,

──자은 나리가 좀 이상해.

라며 험담한 사실도 알고 있다.

선망. 두려움. 혹은 그것이 섞인 경외심. 이유는 각기 다를지 모르지만 모두들 자신에게 미묘한 거리를 두고 있음을 느끼고 있었다.

그래도 교스케는 주변의 시선을 특별히 바꿔보려고 한 적이 없다. 목표를 향해 매진할 시간도 모자란 판국에 괜한 데 신경 쓸 여유가 없으니까.

때문에 자신에게 스스럼없이 말을 건네는 사람은 스승 겐사이, 떼기조 조장이며 숙부 같은 존재인 단조, 그리고 툭하면 잔소리를 날리는 운반조 조장 레이지 정도밖에 없다.

"잠깐 실례."

한 마디 건넸을 뿐인데 떼기조의 젊은 일꾼들이 눈을 반짝이며 고개를 끄덕였다.

알맞은 거리를 두고 서서 실눈으로 바위를 응시하는 동안 주위에 침묵이 흐른다. 정 소리는 깨끗이 사라지고 귓불을 스치는 것은 새소리와 나무들 수런거리는 소리뿐.

──나를 가져다 써.

"그래."

"예⋯⋯?"

떼기조의 젊은 일꾼이 귀를 기울이며 의아한 표정을 지었다. 고참들은 '또 시작이군' 하며 못마땅한 눈빛으로 쳐다보고 있다.

"아냐, 아무것도."

교스케는 일꾼들을 힐끔 돌아보고 손사래 쳤다. 단조도 어느새 뒤에 다가와 팔짱을 끼고 교스케와 바위를 번갈아 보고 있다.

오른손을 허리로 옮겨 정을 뽑아들며 그대로 허공에 던졌다가 왼손으로 바꿔 잡았다. 그 사이에 오른손을 다시 내려 망치를 뽑아 허공에 휘둘러 올려서 자세를 가다듬는다.

"시작한다!"

단조나 젊은 일꾼들에게 하는 말처럼 들렸을까. 혼잣말처럼 들렸을지도 모른다. 그러나 교스케가 말을 건넨 상대는 따로 있다.

연인의 뺨에 손가락을 대듯 정을 바위에 살짝 대고 가볍게 망치를 휘둘렀다. 새된 타격음이 주위에 울려 퍼진다.

"작은나리, 조금 더 세게 때리셔야———"

젊은 일꾼의 말에 뒤를 돌아보았지만 그 일꾼 뒤에 서 있던 단조는 눈을 휘둥그레 뜨고 바위를 응시할 뿐이다.

"물러서라."

"예⋯⋯."

교스케는 젊은 일꾼을 밀어서 두세 발자국 물러나게 했다. 그러자 바위에서 미묘한 소리가 나며 실 같은 가느다란 선이 떠올랐다. 선은 조금씩 굵어지다가 마침내 쪼개지는 소리가 나더니 암벽에서 돌덩이가 데구루루 굴러서 떨어졌다. 돌덩이는 모두가 쳐다보는 가운데 비탈을 구르다가 이윽고 멈추었다. 놀란 표정으로 굳어버린 젊은 일꾼들 사이에서 단조는 천천히 숨을 토했다.

"훌륭하십니다. 이 경지에 이르자면 족히 10년은 걸리는데 그걸 겨우 세 달 만에……."

"지금껏 20년 이상 돌쌓기를 해왔으니까."

겸손이 아니다. 오랜 세월이 바탕이 되었기에 가능했던 일이지 일조일석에 이루어졌을 리 없다. 교스케는 이런 일로 젊은 일꾼들이 주눅이 들면 안 된다고 덧붙였다. 젊은 일꾼들은 동경심에 휘둥그레진 눈으로 쳐다보았다. 고참들도 실력만은 인정하지 않을 수 없는지 팔짱을 끼고 혀를 내두른다.

"그렇다고 해도 역시 대단하다고 말할 수밖에 없군요. 돌의 눈을 정확히 짚으셨습니다."

사실 돌을 떼어내는 작업을 떼기조만 하는 것은 아니다. 쌓기조도 경우에 따라서는 돌을 쪼개어 적당한 형태로 다듬을 필요가 있다. 완력으로 밀어붙이면 못할 일도 아니지만, 자칫 힘만 낭비할 뿐 아니라 단면이 보기 흉해지기 쉽다. 돌의 눈이라 불리는 지점을 읽어내면 적은 힘으로도 쪼갤 수 있고 단면도 깔끔하게 떨어진다. 다만 그 눈을 읽으려면 아무리 뛰어난 사람이라도 10년은 걸린다고 한다.

"아니, 내가 눈을 찾은 건 아냐."

"겸손하시긴."

떼기조의 다른 일꾼이야 모른다 쳐도 단조마저 그렇게 받아들인다. 자신이 돌과 어떻게 어울려 왔는지를 아는 사람은 스승 겐사이뿐이다.

"들리니까."

그의 중얼거림은 주위를 지나가던 바람과 나무들의 수런거림에 묻혀 버렸다. 교스케는 방금 전까지 암벽의 일부였던 돌덩이를 다시 바라보았다. 수천 아니 수만 년의 시간에서 해방되어 마침내 여행길을 나서게 되었다는 기쁨에 들떠 있다. 그는 아무도 알아차리지 못할 만큼 희미하게 고개를 끄덕였다.

에이잔교토 북동쪽에 있는 히에이잔比叡山의 별칭 채석장에서 오쓰는 엎어지면 코 닿을 곳이다. 이튿날 이른 아침에 채석장을 출발한 교스케는 부드러운 가을해가 중천을 조금 지날 무렵 도비타야 유영에 도착했다.

유영流營이라는 말의 유래는 분명하지 않지만 겐사이의 조부가,

"내 조부 시절부터 이미 그렇게 부르고 있었다."

라고 말했다니 적어도 100년이 넘는 시간 동안 쓰이던 말이 분명하다.

중국 전한 시대 초기에 주아부周亞夫 장군이 흉노를 정벌하기 위해 세류細柳라는 땅에 진영을 설치했다는 고사가 있는데, 이 고사를 빌어 쇼군의 군영을 뜻하는 막부를 '유영柳營'이라고 부른다. 어

쩌면 '유영'이라는 단어를 마음에 들어 한 아노슈의 선조가 돌 운반 작업을 지휘하는 막사를 '유영'이라 부르되 다만 한자 유柳를 유流로 바꾸었던 게 아닐지.

교스케가 겐사이와 함께 호소카와 가의 다나베 성에서 성벽 증축 공사를 한 때, 당시 은퇴해 있던 호소카와 유사이細川幽斎센고쿠 시대의 무장이며 노부나가 시대에 십일만 석 다이묘였으며, 당대 최고의 문화인이었다가 그렇게 말했다. 고금의 고사에 해박한 그의 이야기가 묘하게 설득력 있다고 느꼈던 것을 또렷이 기억하고 있다.

유영에 도착하니 도비타야 운반조의 젊은 일꾼들이 급하게 움직이고 있었다. 한낮이라지만 쌀쌀한 계절인데도 모두들 웃통을 벗고 짐을 꾸리느라 여념이 없었다.

"작은나리!"

젊은 일꾼 하나가 알은척을 한다.

"음. 레이지 있나?"

"조장님은……."

젊은 일꾼이 바라보는 시선 끝에서 한 남자가 손가락질을 하며 작업을 지휘하는 중이다.

교스케의 키는 5척 7촌(약 172센티미터)으로 체구가 큰 편이지만 레이지도 5척 6촌으로 결코 작은 키가 아니어서 금방 눈에 띈다. 레이지가 치켜 올린 눈썹을 꿈틀거리며, 빨리 밧줄 걸어! 손과 발을 동시에 움직여라! 라고 소리친다.

"기산타, 왜 손을 쉬고 있나!"

시야가 얼마나 넓은지 저쪽을 쳐다보면서도 이쪽의 젊은 일꾼이 잠깐 쉬는 순간을 놓치지 않는다. 레이지는 뭐라고 소리치려다가 교스케를 알아채고 낯을 살짝 찡그렸다.

"교스케, 걸리적거리지 마라."

땅을 울리듯 저벅저벅 걸어서 이쪽으로 다가온다. 도비타야에서 겐사이를 제외하면 레이지만이 이렇게 교스케의 이름을 함부로 부른다. 교스케도 부행수나 작은나리라고 불러주길 바라지 않는다. 애초에 한솥밥 먹고 자란 제자 사이다.

"영감이 너 일하는 거 견학하라고 했다. 불만 있으면 영감한테 말해."

교스케가 지지 않고 응수하자 레이지도 못마땅한 얼굴로 투덜거린다.

"그럼 네가 알아서 보고 배워라. 나는 가르쳐줄 게 없으니까."

"영감은 모르는 게 있으면 레이지에게 일일이 물어보라고 하던데?"

교스케가 한쪽 눈썹을 쳐들며 말하자 레이지가 요란하게 혀를 차며 몸을 홱 돌렸다. 따라다니며 알아서 배우라고 말하고 싶은 모양이다.

"방해는 하지 마라."

"내가 왔다고 작업에 무슨 지장이라도 생기나?"

"하여간 말 많은 녀석이라니까."

레이지가 제 정수리를 쥐어뜯으며 내뱉듯이 말했다.

"그만하자. 일이나 하자고."

계속 옥신각신해봐야 소용없다. 교스케는 살살 손사래를 치며 화제를 바꾸었다. 유영에는 산에서 떼어낸 크고 작은 돌이 많이 옮겨져 있었다.

돌을 운반하는 방법은 다양하다. 먼저 수레. 직경 3척짜리 바퀴를 단 받침대를 소나 말이 끈다. 이곳 유영에도 사람 품에 안길 만한 비교적 작은 돌들이 실려서 밧줄로 고정되어 있다.

다음은 목도인데 다양한 형태가 있다. 우물 정 자로 짜서 한가운데 커다란 돌을 묶고 여럿이 운반하거나, 막대기 양쪽에 바구니를 달아 혼자 어깨에 메고 나르기도 한다. 후자는 주먹만 한 자갈을 나를 때 쓴다.

'수라'라고 불리는 썰매도 있다. 통나무를 엮어 뗏목처럼 만든 받침대에 밧줄을 달아 놓은 것이다. 여기에 돌을 얹어 여럿이 끈다. 사방 한 장쯤 되는 큰 돌을 옮길 때 사용한다.

마지막으로 굴림대가 있다. 땅바닥에 나란히 늘어놓은 통나무 위에 돌을 놓고 밀어서 옮기는 방식이다. 사람 키를 넘길 만큼 커다란 돌을 옮길 때 쓴다. 이 방법으로 장거리를 옮기자면 시간이 너무 많이 걸리기 때문에 대형석은 석선이라 불리는 배로 운반하고 굴림대는 주로 석선에 실린 대형석을 뭍에 내릴 때 사용한다.

여러 방법들을 조합하여 작업하는 현장을 걸어가면서 교스케가 중얼거렸다.

"양이 굉장하네."

"행수가 주문한 거다."

"기존 성벽을 그대로 옮길 수는 없는 건가……."

후시미 성은 이축이 결정되었다. 기존 성벽에 썼던 돌을 그대로 가져다가 다시 쌓으면 된다. 이번 지진 때 다행히 화재는 일어나지 않았으므로 목재는 재활용될 거라고 들었다.

"쌓기조인 네가 아무 소식도 못 들은 거냐?"

레이지의 말에 가시가 느껴졌다. 사실 쌓기조인 자신이 모르는 사안을 운반조 레이지가 알 리 없다.

"설계하기 전에 떼기조로 자리를 옮겼으니까."

"흠…… 시게쓰야마로 우리 운반조를 호출하지 않았으니 처음부터 새로 쌓겠다는 거겠지."

성을 이축하자면 시게쓰야마에서 고하타야마로 돌을 옮겨야 하는데 그러자면 운반조가 필요하다. 교스케가 떼기조에 있을 때 채석장에서 돌을 너무 많이 떼어낸다고 느끼기는 했지만, 성벽의 규모를 늘리려나 하고 짐작할 뿐이었다.

"이 산에서 내려서 저 산으로 올리는 거, 이게 운반 중에서도 제일 힘든 일이다. 기억해 둬."

레이지는 이쪽을 쳐다보지도 않고 말했다.

"어, 그래?"

"너, 아노슈에 몇 년 있었어? 정말 아무것도 모르는 거냐."

얼빠진 대답에 핀잔이 돌아온다.

"모른다니 하는 수 없지……."

행수가 가르치라니까, 라고 투덜거리며 레이지가 설명을 시작했다. 레이지는 겐사이를 절대적으로 신뢰한다.

"어디에도 똑같은 땅은 없으니 완전히 똑같은 성벽은 쌓을 수 없어. 그건 알지?"

"음."

레이지가 말하지 않아도 쌓기조에서 일해온 자신이 더 잘 안다.

"재활용하지 못할 돌은 버리겠군."

"대체로 3할 정도는 버리게 돼."

지형에 맞춰 돌담을 쌓아야 하니 쓰지 못할 돌도 나온다. 때와 장소에 따라 달라지지만 2할에서 4할 정도는 쓸모가 없어진다.

"돌담을 허문다. 옮긴다. 돌을 평가한다. 부족한 양이 계산되면 떼기조가 채석장에서 그만큼 떼어낸다. 운반조가 옮긴다. 다시 돌담을 쌓는다…… 할 일은 이렇게 여섯 가지다."

"그렇군."

"하지만 완전히 새로 쌓는다면……."

"일이 세 가지로 줄겠지."

"그렇지."

산에서 떼어낸다. 옮긴다. 쌓는다. 채석장에서 떼어낼 양은 많아지지만 그래도 이렇게 하는 편이 더 빠르게 성벽을 쌓을 수 있으니까.

교스케는 현장에 운반된 돌을 쌓는 일을 20여 년간 계속해왔다. 그러므로 떼기조와 운반조가 고생해서 돌을 공급한다는 사실은 알고 있지만 방법과 발상은 전혀 몰랐다고 해도 과언이 아니다. 떼기조나 운반조 일에 관심이 없진 않았지만,

──돌 일은 아무리 오래 배워도 부족하다.

라고 겐사이에게 귀에 못이 박이게 들었다. 실제로 이 나이가 되도록 자기 주관 아래 성벽 쌓는 공사를 허락받지 못했다. 한데 다른 조 작업을 기웃거릴 여유가 어디 있겠나. 그래서 이번에 떼기조와 운반조를 견학하라는 겐사이의 명령을 이해할 수 없었다.

"이제는 서두를 필요가 있다는 건가…… 왜지?"

전란의 시절이라면 성을 빠르게 짓는 것도 중요하다. 노닥거리다가는 적이 언제 눈앞에 닥칠지 모르기 때문이다. 하지만 세상은 도요토미 가가 통제하고 있어 농민폭동을 제외하면 전쟁이 사라졌다. 아노슈로서도 굳이 공사를 늦출 까닭은 없지만 그렇다고 질풍 같은 속도로 쌓을 필요도 없어졌다.

"낸들 아나. 행수한테 물어봐라."

레이지가 거칠게 대답했다. 애초에 빨리 쌓겠다는 것도 겐사이의 뜻은 아닐지 모른다. 아노슈는 어디까지나 기술을 파는 집단이다. 의뢰주가 있어야 성립하며, 어떤 성벽을 쌓을지는 상담을 통해 결정하지만 공사 기일 등은 의뢰주의 뜻을 우선으로 한다. 의뢰주가 요구하는 기일이 급박해도 감당할 만하면 응하고 감당할 수 없다면 거절할 따름이다.

후시미 성은 도요토미 히데요시가 은퇴를 대비하여 지은 성이

다. 그 성을 이축하는 것이니 의뢰주는 당연히 히데요시다. 즉 히데요시가 모종의 이유로 공사를 서두르고 있다는 말이 된다.

"전쟁이 일어나려나⋯⋯."

일개 석축 장인인 교스케는 천하의 정세를 모르지만 이토록 급하게 이축하는 이유라면 달리 생각할 여지가 없다.

"우리야 성벽만 쌓으면 그만이지⋯⋯ 어이! 빨리 밧줄 걸어! 이러다가 해 지겠다!"

레이지는 교스케와 대화하는 틈틈이 밧줄로 고정 작업을 하는 젊은 일꾼들에게 큰소리로 지시했다.

"쌓고 나면 어찌되든 상관없다는 건가?"

요즘 아노슈 중에는 성벽을 쌓고 대금을 받은 다음엔 성이 어찌 되든 상관없다고 생각하는 자들이 많아졌다. 다시 그 성에 불려가 공사하는 일이 없기 때문이다. 아노슈 사이에서는,

──500년이면 고수. 300년이면 하수. 100년이면 초짜.

라는 말이 있다. 아노슈로 밥 먹는 자라면 아무리 서툴게 쌓아도 100년, 200년은 무너지지 않는다. 소소한 수리는 필요할지 몰라도 자신이 쌓은 돌담을 다시 쌓아야 하는 일은 평생 일어나지 않는다.

그렇다고 공사를 대충 마치는 아노슈는 지금까지 없었건만, 이것도 평화의 폐해인지 요즘 일감을 하나라도 더 확보하려는 욕심에 질을 포기해서라도 어떻게든 빨리만 쌓으려는 불량한 자들이 늘고 있다.

"그런 말이 아니잖아. 그랬다가는 우리 기량이 의심받을 텐데."

레이지는 이쪽을 돌아보며 당당하게 대답했다. 도비타야에 그런 자는 한 명도 없다. 도비타야를 통솔하는 겐사이는,

──1000년 가는 돌담을 쌓는다면 그제야 절반 몫 하는 일꾼.

이라고 아노슈의 상식보다 훨씬 높은 목표를 제시하며 어느 패에도 지지 않는 꼼꼼한 작업에 힘써왔다. 일감이 넘쳐나던 난세에도 다른 패들은 공사를 빨리 끝내려고 애를 썼지만 겐사이 패만은 서둘거나 소란피우지 않고 고품질을 지향했다. 그 탓에 일감을 많이 놓쳐, 다른 패에게 도비타야 놈들은 느려터졌다고 비웃음을 사기도 했다.

그러다 전쟁이 잦아들고 세상에 평화가 오자 일감이 전체적으로 격감했다. 공사를 많이 맡았던 패들은 일감이 없었지만 도비타야는 이전과 변함없이, 아니 더 많은 일감이 들어왔다. 각지의 다이묘가 도비타야의 돌담을 높이 평가했기 때문이다.

"내가 해볼 테니까 잘 보고 배워."

방금 지적받은 젊은 일꾼이 여전히 꿈지럭거리자 보다 못한 레이지가 손수 거대한 돌을 밧줄로 묶기 시작했다.

레이지는 손발을 잽싸게 움직이며 이야기를 계속 이어 나갔다.

"지진이나 태풍은 그렇다 쳐도…… 전투를 하다 보면 무너지는 경우가 생기지. 우리는 그저 최선을 다하면 돼."

"그래서는 안 돼."

교스케가 대꾸하자 레이지가 힐끔 쳐다보며 혀를 찼다.

"멍청하긴. 천 명이 지키는 성을 십만 군사가 공격해봐. 아무리 튼튼하게 지어도 함락되게 돼 있어."

"그럴 때도 버텨내는 성벽을 내가 쌓아주지."

레이지는 밧줄을 고리로 만들거나 그 사이로 넣는 등 물 흐르듯이 손을 놀렸고, 필요하면 돌에 빌을 걸치고 힘껏 당겼다. 그러기를 여러 번 반복하니 마침내 매듭이 지어졌다.

"이게 하루아침에 되는 게 아니다. 내가 묶을 때 부를 테니까 그때 와서 또 배워."

레이지가 돌을 찰싹 치며 젊은 일꾼에게 말했다.

"예!"

젊은 일꾼은 볼을 붉히며 고개를 끄덕였다. 호통이 아니라 직접 시범을 보여준다. 레이지가 입이 걸어도 수하들에게 존경받는 까닭을 조금은 알 듯했다.

"아무리 대군이라도 물리칠 수 있는 성을 쌓겠다고?"

"음, 그럴 생각이야."

"이 얘기만 나오면 늘 그 타령이지."

그러면서 질렸다는 표정으로 깊은 한숨을 쉰다. 레이지와 처음으로 크게 다툰 것도 이 이야기 때문이었다. 그 뒤로도 몇 번이나 다투었는지 모른다. 서른 살이나 된 지금이야 멱살을 잡거나 욕을 하지는 않지만 여전히 두 사람의 생각에는 변함이 없다.

18년 전이던가. 오다 노부나가 휘하의 무장 아라키 무라시게가 셋쓰 아리오카 성에서 농성하며 노부나가에게 반기를 든 일이 있었다. 그 반역이 있기 3년 전 아리오카 성을 대대적으로 보수했는데, 그때 성벽을 쌓은 장인이 바로 당시 서른여섯의 겐사이였다.

아리오카 성은 오다의 대군에 맞서 장장 1년을 버티다가 함락되었다. 성주 아라키 무라시게는 함락 전에 도주하고 남은 식솔 여성 스물두 명이 철포나 칼로 몰살되었다. 수하 오백십이 명도 농가 네 채에 감금되어 산 채로 불에 타 죽었다. 그중에는 다섯 살 아이도 있었다고 한다.

──아무리 견고해도 깨지면 의미 없다.

어린 교스케가 그렇게 말하자 이를 겐사이에 대한 비난으로 받아들인 레이지가 격분해서 싸움으로 번진 것이다.

"아노슈가 아무리 철벽같은 돌담을 쌓아도 장수가 어리석으면 제 힘을 발휘하지 못해."

비와 호 물가에서 수면으로 시선을 옮기며 레이지가 말했다.

아라키 무라시게는 셋쓰를 자기 힘으로 차지한 만큼 결코 범용한 인간이 아니었다. 그러나 모반 이후로 분명 명장과는 동떨어진 행동을 보여주었다. 오다의 대군 앞에서 겁을 집어먹고 모든 걸 버리고 도망쳤다. 오랜 농성은 신경을 갉아먹어 사람을 달라지게 만든다. 당시 아라키도 제정신은 아니었으리라. 나중에 스스로를 '도훈道糞'이라는 이름으로 부른 데서도 잘 드러난다. 문자 그대로 길가의 똥이라는 뜻이다. 처자식을 버리고 혼자 도망친 사실이 부끄러워 자학적인 호를 만든 것이다.

"그래도 아리오카 성은 1년이나 버텼어. 영감의 방패가 훌륭했으니까."

아노슈에서는 당시 성을 '방패'라는 별칭으로 불렀다.

"방패를 살리는 것도 장수고 죽이는 것도 장수란 말인가…….
명장은 어떤 사람을 말하는 거지?"

교스케도 먼 데를 바라보았다. 반짝이는 수면 건너편에 오미의
후지산이라 불리는 미카미야마가 솟아 있다.

"낸들 아나. 다만 전하께서 천하무쌍의 장수가 두 명 있다고 하
셨다는 소문이 돌더군."

전하란 농부에서 천하의 주인으로까지 출세하고 지금의 평화
를 가져온 태합太閤 천황을 보필하는 최고위 신료인 관백關白으로 일하다가 아들에게 자리
를 물려주고 은퇴한 사람 히데요시를 말한다. 레이지는 반년쯤 전 교토에
갔다가 입방아 좋아하는 교토 사람들이 그렇게 떠드는 이야기를
들었다고 한다.

"한 사람은 혼다 다다카쓰?"

"당연하지."

오다 노부나가의 맹우로서 도요토미 히데요시와도 천하를 놓
고 겨루던 도쿠가와 이에야스. 나중에 화의를 맺고 도요토미 휘
하에 들어가 지금은 도요토미 정권의 5대 가로 중 수석으로 있다.
혼다 다다카쓰는 그 이에야스의 수하 맹장이다. 40회가 넘는 전
투에 나가 싸우는 동안 한 번도 다친 적이 없으며 히데요시와 싸
운 고마키·나가쿠테에서 도요토미 군을 크게 괴롭혔다. 그 뒤
히데요시가 혼다 다다카쓰를 높이 평가하여 기회 있을 때마다 칭

송하였다는 이야기가 널리 알려져 세상사에 어두운 교스케도 알고 있었다.

"또 한 사람은?"

그렇게 묻자 레이지는 주먹을 입에 대고 헛기침을 하더니 대답했다.

"동쪽에 혼다 다다카쓰라는 천하무쌍의 장수가 있다면 서쪽에는 다치바나 무네시게라는 천하무쌍의 장수가 있다……고들 하더군."

"다치바나 무네시게…….."

들어본 듯한 이름이지만 누군지 전혀 모르겠다.

"지쿠고_{지금의 후쿠오카 현의 남부를 이르는 옛 이름} 십삼만 석의 다이묘에다 진제이_{鎭西규슈의 옛이름} 최고 무장으로 명성이 높지. 놀랍게도 나이가 서른이라더군."

"동갑이네!"

조금 놀라서 목소리가 뒤집혔다. 나이 서른은 엄연한 성인이지만 천하의 쌍벽으로 일컬어지기에는 너무 젊지 않은가. 규슈를 정복하려는 시마즈에 맞서 나이 스물에 특출난 무공을 세운 것을 시작으로 지난 10여 년간 크게 패한 적이 없다고 한다. 지금도 종군하며 열 배나 되는 명군을 가볍게 물리쳤다고 전해지고 있다.

"그런 장수에게 성을 맡기면 호랑이에게 날개를 달아주는 격이겠지."

레이지의 말대로 아무리 아노슈가 견고한 방패를 만들어도 어리석은 장수가 다루면 종이 벽처럼 약해진다. 반대로 명장이 다루면 철벽같은 방비가 되는 것이 현실인지 모른다.

——하지만, 그래선 안 되지.

교스케는 속으로 중얼거렸다. 농성전이 시작되면 성시의 농민도 성으로 피신한다. 농민이 다른 지역으로 떠나버릴 것을 염려한 영주가 농민을 강제로 성에 몰아넣는 경우도 많다. 그 탓에 농민들도 영주 때문에 어쩔 수 없이 전투에 참가하고 함락될 경우 끔찍한 일을 겪게 된다. 그런 억울한 일이 있어서는 안 된다고 교스케는 생각했다.

농성전을 강요받는다는 것은 큰 열세에 있음을 뜻한다. 공격하는 측의 실력이 우월한 경우가 많다. 그 차이를 메우고 적을 물리치는 것이야말로 우리 아노슈의 소임 아닌가.

"너는 의욕이 지나쳐……."

옆에서 레이지가 불쑥 중얼거렸다.

"그건——"

"너를 보고 있으면 새의 강펄강가의 넓은 벌판이 생각나."

레이지는 씁쓸하게 말하더니 몸을 돌려 젊은 일꾼들에게 걸어갔다. 레이지도 교스케의 어린 시절을 알고 있다. 지금까지 숱하게 싸우며 때로는 심한 욕도 했지만 어린 시절만은 들먹이지 않았다. 방금 꺼낸 말도 직언은 아니지만 여태껏 했던 이야기 중에 가장 예민한 한 마디였는지 모른다.

——새의 강펄불교에서 말하는 이승과 저승의 경계에 있는 강 삼도천을 일본 민간 신앙

가만히 몸을 숙인다. 호숫가에는 콩알만 한 자갈부터 두 팔로 안아 겨우 들어 올릴 수 있을 만큼 큰 돌까지 흩어져 있다. 물론 이곳은 강펄이 아니라 호숫가지만.

주먹만 한 돌을 골라 몇 개를 포개 놓았다. 쌓기조는 돌의 무게 중심을 바로 간파할 줄 안다. 세 개, 네 개, 다섯 개를 금방 쌓았다.

"쓸데없는 짓."

일곱 개까지 쌓다가 무너뜨리려고 손을 쳐들었지만 어리석은 줄 알면서도 차마 무너뜨리지 못했다. 교스케의 뇌리에 누이동생 모습이 떠올랐다. 웃는 얼굴을 숱하게 보았을 텐데도 이럴 때 떠오르는 얼굴은 어김없이 마지막으로 보았던, 자신에게 손을 뻗는 간절한 표정이다.

아노슈는 도조신道祖神을 신봉한다. 마을의 경계나 교차로, 세 갈래길 따위에 세워두는 석상 신으로, 마을을 지켜주는 수호신 역할을 맡는다. 그 형상도 다양하여 석상이나 석비 형태가 가장 많지만 오륜탑 같은 복잡한 것도 있고 커다란 돌을 그대로 가져다놓은 것도 있다.

대륙에서 예로부터 모시던 '도조道祖'와, 마을 경계를 지키며 사악한 것을 물리치는 이 나라 고유의 '행신行神'이 합쳐져서 지금의 형태가 된 듯하다.

적을 막기 위해 돌을 다듬어 담을 쌓는 아노슈가, 돌의 모습으로 경계를 지키는 도조신을 받드는 것은 자연스러운 흐름인지 모른다. 그중에서도 아노슈가 신앙하는 것은 '새신塞神'이다.

경계를 세워 악을 막아준다는 점은 다른 도조신과 공통되지만 그 성격은 여전히 모호하다. 마침 한자가 비슷하기 때문인지, 사람이 죽으면 찾아간다는 삼도천의 강펄, 즉 '새賽의 강펄'을 지키는 신과 동일시하는 경우도 있다.

부모보다 먼저 죽은 불효를 저지른 아이는 그 벌로 '새의 강펄'에서 돌탑을 쌓아야 한다. 이 돌탑이 완성되면 부모에게 공양한 셈이 되어 아이도 고역에서 풀려나 강을 건널 수 있다.

하지만 돌탑이 완성되기 직전 어디선가 귀신이 나타나 돌탑을 무너뜨린다. 그런 일이 수없이 반복되므로 아이는 결코 고역에서 헤어나지 못한다.

그럼에도 끝까지 포기하지 않고 계속 쌓으면 신이 나타나 구원해준다. 그 신이 바로 지장보살이라고 하는데, 원래 불교와 무관한 설화이며 유래도 분명하지 않다. 도조신을 받드는 아노슈는 이 지장보살이 바로 새신塞神 혹은 새신賽神이라 믿고 있다.

생각해보면 의아한 이야기다. 지장보살이든 새신이든 도울 마음이 있다면 왜 처음부터 도와주지 않는가. 죽은 아이도 스스로 원해서 죽은 게 아니다. 살고 싶지만 굶주림이나 병 때문에, 혹은 전쟁으로 목숨을 잃는다. 안 그래도 원통한 아이에게 다시 채찍질하듯 고역을 강요하는 의미를 이해할 수 없다. 무엇보다 즉시 구원해주면 되지 않나. 아노슈에 전해 내려오는 설화는 이 의문에 답을 주지 않는다.

신이라는 존재는 인간의 기도에서 힘을 얻는다. 사람들이 사찰을 찾아 참배하는 것은 그 때문이라고 한다. 새신 역시 아이를 얼른 구해주고 싶지만, 아이를 공양하고 싶다고 기도하는 사람이 없으면 새신도 힘이 모자라 아이 앞에 나타나지 못한다. 그래서 아노슈는,

──새의 강펄에서 고생하는 아이를 생각하며 이승에서 돌을 쌓는다.

그렇게 하면 새신이 기도를 듣고 새의 강펄에서 고생하는 아이들을 구하기 위해 모습을 드러낸다는 것이다. 사실인지 아닌지는 알 수 없다. 전쟁과 연관된 축성 기술을 밥벌이로 하고 있다는 떳떳치 못한 입장이 그런 구원의 환상을 낳았는지도 모른다.

어린 교스케는 아노 땅에 온 직후에 그 이야기를 듣고 그대로 믿었다. 매일 밤 꿈에서 누이동생의 마지막 표정을 보며 시달리다가 뭔가 해줄 수 있는 일은 없을지 가슴앓이를 했기 때문이리라.

겐사이가 일하러 떠나 있는 동안은 교스케의 수련이 이른 오후에 끝난다. 그런 날이면 아노를 흐르는 요쓰야 강 강펄로 혼자 나갔다. 강펄에 돌탑을 쌓으면 누이동생 가요를 구할 수 있지 않을까 싶어서.

겐사이가 셋쓰 아리오카 성을 쌓고 있을 무렵, 교스케는 이른

아침부터 미시(오후 2시경)까지 열심히 돌과 씨름한 뒤 역시 강펄로 나갔다.

이를 악물고 커다란 돌을 옮겨놓았다. 그 위에 조금 작은 돌. 다음은 주먹만 한 돌. 그리고 밀감만 한 돌을 얹어놓는다. 아래에 제일 큰 돌을, 위로 갈수록 작은 돌을 놓지 않으면 도중에 무너지고 만다는 것은 아노슈가 아니라도 알 수 있다.

"안 되네……."

세 개, 네 개까지는 잘 된다. 하지만 다섯 개, 여섯 개째가 되면 어느새 균형을 잃고 무너진다. 몇 개를 쌓아야 하는지는 모른다. 다만 하나라도 많이 쌓아야 한다는 충동에 교스케는 마치 자신이 새의 강펄에 갇힌 아이라도 되는 양 자꾸 자꾸 돌쌓기를 시도했다.

저무는 해가 강펄의 자갈들을 붉은 빛으로 물들인다. 해가 떨어지기 전에 한 번만 더, 그렇게 생각하며 돌을 집었을 때, 뒤에서 돌 밟는 소리가 다가왔다.

돌아다보니 겐사이가 턱수염을 썩썩 문지르며 서 있다.

"아버……님."

겐사이는 교스케를 양자로 들이고 도비타야의 후계자로 삼을 거라고 선언했다. 그리고 사람들이 있는 자리에서는 사부님, 두 사람만 있을 때는 아버님이라고 불러야 한다고 단조가 단단히 가르쳤다.

하지만 친아버지 역시 자신에게 상감 기술을 가르친 사부님이었다. 다정한 아버지이자 종종 엄격한 사부님으로 함께 지낸 날들을 가슴에 소중히 간직하고 있다. 겐사이를 아버님 혹은 사부님이라고 부르는 것은 친아버지에 대한 배반이고 함께한 시절을 부정하는 것 같아서 망설여졌다.

"여전히 거북한 게로군."

겐사이는 쓴웃음을 짓고 손가락으로 관자놀이를 긁으며 말을 이었다.

"단조가 한 말은 신경 쓸 거 없다. 그냥 영감이라고 부르든지 해라."

"그건……."

겐사이는 친부와 비슷한 또래여서 영감이라고 부를 만한 나이는 아니었다.

"너, 할아버지 얼굴을 본 적 없다고 했지?"

이치조다니를 떠나 아노로 가는 동안 겐사이는 교스케의 성장 환경에 대해 자세히 물었다. 해서 조부가 타계한 지 오래라는 사실도 알고 있는 것이다. 아버지와 달리 술에 빠져 집안에 돈을 제대로 벌어다 주지 않았던 조부 때문에 식구들이 무척 고생했다고 들었다. 그래서 교스케는 조부에게 별 감정이 없을 뿐 아니라, 직접 본 적이 없는데도 막연한 증오마저 품고 있었다.

"네 할아버지 대역이라고 생각하면 되지 않느냐. 할아버지에게 품은 원망을 나한테 풀면 되겠구먼."

겐사이는 껄껄 웃으며 제 가슴을 주먹으로 가볍게 찔렀다.

"여기에는…… 어떻게?"

셋쓰에 일하러 간 겐사이는 집에 돌아오려면 며칠 걸린다고 들었다.

"일이 없어졌다."

겐사이는 가볍게 손사래 치며 씁쓸한 미소를 지었다.

"네……?"

"아라키 나리마님이 내 돌담을 썩 내켜하지 않는다는구나."

겐사이는 아리오카 성에서 아직 아무도 시도한 적이 없는 돌담을 쌓았다. 전투가 벌어지면 틀림없이 도움이 되리라 확신하고 시공했지만 성주 아라키의 눈에는 아무래도 겉모습이 별로 멋져 보이지 않았던 모양이다.

"겉모습 따위가 뭐라고……."

"그러게. 겉모습 따위가 뭐라고."

교스케가 중얼거리자 겐사이는 똑같은 말로 대답하며 미소를 지었다.

"아무리 화려해도 적을 막아주지 못하면 의미 없지."

다름 아닌 이치조다니라는 땅이, 아사쿠라라는 가문이 그러했다. 교토 풍으로 정연하게 정비된 성시, 아름다운 황토색 회칠로 마감한 벽, 그 위에 얹은 정교한 세공 기와. 아사쿠라 가는 격식을 중시하고 귀족풍 생활을 좋아하며 세상에 위세를 떨쳤다. 하지만 그런 것들은 전투에 아무런 도움이 되지 않아 성시는 하룻밤 꿈처럼 사라져버렸다.

"성은 견고함이 곧 아름다움이야. 그게 전부다."

옆에 선 겐사이는 턱수염을 만지며 온몸으로 바람에 맞서듯 가슴을 활짝 폈다.

"견고함……."

"누가 뭐래도 깨지지 않는 게 최고다. 목숨을 지켜주는 것이 추할 리 없지 않느냐."

정말 그렇다고 수긍했다. 이치조다니에 사는 모든 사람들이 '추하다'고 손가락질한들 부모와 동생의 목숨을 지켜준다면 교스케만은 아름답다고 외칠 것이다.

"물론 어려운 일이지. 인간이 짓는 것은 반드시 인간의 힘으로 무너뜨릴 수 있다."

겐사이는 허리를 숙이고 교스케가 방금 쌓은 돌탑을 가만히 보았다. 손가락으로 밀면 따그르르 소리를 내며 바로 무너질 것이다.

"새왕이 쌓은 성이라도……?"

"너, 그 말을 어디서 배웠지?"

교스케가 묻자 겐사이는 뜻밖이라는 듯이 되물었다.

"다들 그렇게 말하던데."

도비타야 사람들, 그리고 그 밖의 아노슈에게 들었다.

아노슈는 축성뿐 아니라 의뢰주의 설계 상담에도 응한다. 축성에 자신이 없는 의뢰주라면 아노슈에게 설계까지 맡긴다. 아노슈의 기술은 그만큼 높은 평가를 받는다.

이때 일체의 기록을 남기지 않는 까닭은 성곽 설계가 중요한 기밀이기 때문이다. 도면은 전부 머릿속에 그리며 같은 아노슈에 게도 내용을 절대 발설하지 않는다.

축성 기술도 마찬가지다. 아들 중에서도 단 한 명에게만 물려 준다. 물론 전부 구전이다. 그렇게 기술 누출을 막고 의뢰주의 신용을 얻었다.

하지만 그 폐해로 아노슈의 뿌리를 제대로 알 수 없게 되었다. 어떤 패는 무쓰陸奥일본 동북지방, 특히 지금의 후쿠시마 현, 미야기 현, 이와테 현, 아오모리 현을 가리키는 옛 지명에서 흘러들어와 토착한 자들이라고 하고, 또 어떤 패는 아스카飛鳥에 있던 자들이 소가 씨7세기 아스카 시대에 정국을 주도하던 실세 씨족이며 645년 정변으로 멸족되었다를 따라 흘러들어왔다고 전해진다. 도비타야에서는 옛날에 대륙의 일족이 규슈를 거쳐 이 땅에 이르렀다고 믿고 있다. 다만 어느 패에나 공통된 전승이 딱 하나 있다.

아노슈의 선조는 새신賽神의 가호를 받았으며, 어떤 지진에도 끄떡없고 아무리 강력한 대군도 물리칠 수 있는 성을 쌓았다고 한다. 그래서 아노슈들은 선조를 신에 버금가는 자라는 뜻에서 '새왕'이라 부른다.

아노슈 중에 당대 최고의 기량을 가진 자가 새왕이란 칭호를 쓴다. 그리고 지금의 새왕은 도비타 겐사이인 것이다.

겐사이는 씁쓸히 웃으며 입을 열었다.

"내가 쌓은 성벽도 마찬가지다. 사람의 힘으로 무너질 수 있다.

새왕이란 것이 정말 옛날에 있었는지는 알 수 없지만…… 있었다고 해도 무너지지 않는 성을 쌓았다는 얘기는 후세 사람이 덧붙인 게 아닐까. 그래서 신이 아니라 왕인 거지."

왕도 결국은 인간. 아무리 탁월한 기술이 있고 지극히 뛰어난 성벽을 만들었다고 해도 신이 아닌 이상 결코 깨지지 않는 성이란 있을 수 없다. 새왕이란 호칭에는 그런 경계의 의미가 있는 것 같다고 겐사이는 말했다.

"무너지지 않는 성을 쌓는 자가 새왕이라……. 한데, 그런 건가."

겐사이가 혼잣말을 하더니 손을 거칠게 움직여 주먹만 한 돌을 주워들었다.

"무슨 다른 일이……?"

무릎을 안고 앉은 교스케가 치켜뜬 눈길로 물었다.

"흠. 지금 너에게 얘기해봐야 못 알아들을 거다, 애송이."

겐사이는 돌탑을 쳐다보며 턱짓을 했다.

"이 영감태기가……."

겐사이의 몸짓이 너무 얄미워 저도 모르게 그 말이 튀어나왔다.

"그래, 그래야지. 앞으로도 영감이라고 불러라."

놀리려는 걸 알면서도 묘하게 화가 난다.

"나, 새왕이 될 거야. 그래서 영감을 끌어내려 버릴 거야."

"후후…… 기개는 훌륭하구나. 애송이가 과연 그럴 수 있을지 모르겠지만?"

"할 수 있어."

"호오, 그럼 한번 해봐라."

겐사이가 그렇게 말하더니 손에 들고 있던 돌을 돌탑 꼭대기에 살짝 놓았다.

맨 위에 있는 돌은 엄지만 하다. 그 위에 주먹만 한 돌을 얹으면 바로 무너질 줄 알았는데.

"어……?"

돌탑은 무너지지 않았다. 조금도 흔들리지 않는다. 바로 그곳밖에 없다고 할 만큼 무게중심을 잘 찾았다. 마치 땅바닥에 돌을 놓는 것처럼 가볍게, 보는 이의 눈을 의심할 만큼 빠른 솜씨였다.

"애송이."

겐사이는 허리를 펴며 껄껄 웃더니 그곳을 떠났다. 애송이라는 겐사이의 말을 인정하지 않을 수 없었다. 그래봐야 강펄에서 돌탑을 쌓았을 뿐이지만, 겐사이의 솜씨는 그만큼 대단했다.

언젠가 저 사람을 뛰어넘겠다는 투지가 마음속에 소용돌이쳤다. 멀어져가는 겐사이의 뒷모습을 바라보니 그런 감정이 울컥 솟아서 저도 모르게 소리쳤다.

"반드시 영감을 뛰어넘을 거야! 나는 새왕이 될 거다!"

겐사이는 대답 없이 한 손을 번쩍 쳐들어 보이고는 천천히 멀어져갔다.

그날 교스케는 처음으로 겐사이를 의식하고 축성 장인으로서 정점에 오르겠다고 결심했다. 오늘 하루와 작별하는 것을 아쉬워하는 것처럼 강물이 석양을 비춰 아름답게 반짝거린다. 새의 강펄에서 신을 만난다면 이런 심정이 되지 않을까. 콩알만 하게 보일 만큼 멀어졌지만 여전히 거대하게 느껴지는 겐사이의 뒷모습을 쳐다보며 막연히 그런 생각을 하던 것이 지금도 또렷이 기억난다.

출발 당일 아침, 레이지는 꾸려놓은 짐을 마지막으로 점검했다. 밧줄이 느슨해지지 않았는지, 돌을 쌓은 상태에 문제가 없는지를 운반조 조장이 직접 살피는 작업이다. 교스케도 옆을 걸으며 함께 돌아보았다.

어느 수레 앞에서 걸음을 멈춘 레이지가 밧줄에 손가락을 걸더니 활시위처럼 힘껏 당겼다가 놓았다.

"조금 느슨해졌는걸……."

일단 밧줄을 풀었다가 다시 묶으려 하는 모양이다. 레이지가 밧줄로 고리를 만들어 비틀더니 그 속으로 밧줄을 통과시킨다. 모야이 매듭보우라인 매듭이라고 하는데, 가장 단단한 형태의 매듭이다. 마지막으로 수레에 한 다리를 벋대고 힘껏 당겼다. 물 흐르는 듯한 손놀림은 지금까지 이 작업을 수없이 해왔음을 증명한다.

"신참이 묶은 모양이군."

레이지는 중얼거리며 양손을 털었다.

"운반조는 사람이 많아 점검하기가 쉽지 않겠어."

언쟁을 나눌 때와 달리 현장에서 보는 레이지는 믿음직스러운 모습이어서 교스케는 순순히 감탄했다.

짐 준비가 끝나자 레이지는 죽 늘어선 수하들을 천천히 둘러보았다. 그러더니 옆에 있는 교스케가 귀를 막고 싶을 만큼 우렁차게 외쳤다.

"목적지는 후시미! 미리 얘기해둔 방법으로 간다!"

"예!"

수하들의 굵직한 대답 소리가 하늘을 찌른다. 단조가 이끄는 떼기조도 위세가 대단하지만 레이지의 운반조는 그 이상이었다.

먼저 인원부터가 다르다. 떼기조는 서른 명 정도인데 운반조는 백 명이 넘는다. 실제로 일하는 인원을 보면 교스케가 속한 쌓기조도 못지않게 많다. 하지만 그들은 대개 가까운 지역에서 모집한 계절노동 인력이고, 순수한 도비타야만 헤아리면 겐사이와 자신을 포함해도 여덟 명밖에 안 된다. 겐사이가 전체를 지휘하고 교스케가 그를 보좌한다. 나머지 여섯 명이 일꾼들에게 지시 사항을 적확하게 전달하며 돌을 쌓는다. 이에 반해 운반조는 백여 명이 전부 도비타야 소속이다.

교스케는 쌓기조의 일원이므로 평소 운반조 사람들을 공사 현장에서 맞이하는 처지였다. 그들이 도착하기 4반각(약 30분) 전, 산속이라면 1각(약 2시간) 전부터 운반조의 활기찬 구령소리가 들려온다. 그러나 운반조 무리 속에서 듣는 이들의 목소리는 전에 느꼈던 것보다 훨씬 컸다.

교스케가 각자 담당 위치로 흩어지는 수하들을 넋 놓고 보는
사이에,

"석선이 출발한다."

라고 외치며 레이지가 호숫가로 걸어갔다.

석선에는 두 종류가 있다. 하나는 일반적인 형태의 배로 여기
에는 작은 돌을 싣는다. 너무 많이 실으면 전복될 위험이 있으므
로 반드시 흘수선배와 수면이 접하는, 경계가 되는 선을 확인하며 싣는다.

다른 하나는 대형석을 운반하는 배로 도비타야에서는 '잠선'이
라 부른다. 커다란 뗏목을 늘어놓고 통나무 두 개로 연결한 구조
이며, 두 통나무 사이에 돌을 싣고 물에 잠기게 한 상태로 옮긴
다. 부력을 이용하므로 거대한 돌도 어렵지 않게 옮길 수 있다.
목적지와 가까운 강에 다다르면 수라라고 부르는 썰매에 석선을
올려서 물가로 끌어올리고, 거기부터는 굴림대를 이용해서 뭍으
로 올린다.

출발하는 선단을 향해 레이지가 외쳤다.

"내일은 날씨가 궂을지 모른다. 세타가와는 부지런히 통과해
라! 늦으면 안 된다!"

배에서는 수하들이 손을 쳐들어 알았다고 표시했다.

비와 호수에서 세타가와로 들어가 아마가세 계곡을 지난다. 강
폭이 서서히 넓어지는 곳부터 우지가와라 불리는데 이번 공사 현
장인 후시미 바로 옆을 흐른다. 그곳에서 돌을 내릴 계획이라고
들었다. 옮겨야 할 돌의 9할은 배에 실었고, 나머지 돌은 여전히

수레나 목도에 묶여 있었다.

"저 배들이 돌아오면 나머지 돌을 싣게 되나?"

교스케가 묻자 레이지는 흥, 하고 콧소리를 냈다.

"일손을 놀리면 쓰나. 그렇게 한가롭게 움직이면 운반조 일을 못 해."

"그렇다면……."

교스케는 말문이 막혔다.

"메고 뛰어가야지."

레이지가 한쪽 뺨으로 대담한 웃음을 지으며 별일 아니라는 투로 말했다. 긍지인지 자부심인지 모를 감정이 담긴 그의 눈빛을 교스케는 잠깐 동안 멍하니 바라보았다.

오쓰에서 후시미까지는 약 5리(약 20킬로미터). 평범한 길손이라면 쉬지 않고 걸어도 2각 반쯤 걸릴 테고, 실제로는 잠깐씩 쉬어야 하니 3각은 걸릴 것이다. 물론 단순 거리만 계산할 때 이야기고 오쓰에서 교토까지 가려면 오사카逢坂 관문 고개를 통과해야 하므로 시간은 더 소요된다.

더군다나 대량의 돌을 옮겨야 한다면 사정은 완전히 달라진다. 어깨에 멘 목도는 여행봇짐보다 몇 배나 무겁다. 우마가 끄는 수레를 모는 자도 얼핏 편해 보이지만 너무 급하게 몰면 우마가 쓰러질 수 있고 천천히 몰면 일행을 놓치기 십상이다. 사료와 물도 먹여야 하고 여러 가지로 신경을 써야 한다.

"2각이면 도착한다."

레이지는 단언했다. 돌을 옮기면서 평범한 길손보다 빠르게 주파하겠다는 뜻이다. 그러려면 쉬기는커녕 평지에서는 뛰어야 한다. 보통사람만이 아니라 다른 아노슈라도 경악할 만한 속도이다.

"자, 다들 가자!"

운반조 백여 명 가운데 스무 명은 배를 타고 나머지 팔십여 명이 레이지의 호령에 환성으로 호응하며 움직인다.

교스케도 어깨에 목도를 메고 걷기 시작했다. 운반조의 젊은 일꾼들은 부행수가 이런 일을 하면 안 된다며 만류했으나,

"내가 하고 싶어서 하는 일이니 신경 쓰지 마라."

라며 억지로 끼어들었다.

겐사이가 무엇을 위해서 자신을 떼기조나 운반조에 보냈는지 알 수 없지만 여기서 제대로 해내지 못하면,

──근성 없는 놈.

이라 놀리고 백발 섞인 머리를 쓸어 올리며 희미한 웃음을 지을 것이다. 그 모습이 금방 상상되어 부아가 났다.

교스케는 일꾼들과 함께 달렸다. 돌까지 메고 있기 때문에 금세 숨이 차올랐다. 짐이 흔들릴 때마다 목도가 어깨를 파고들어 그 둔한 통증이 고통스러웠다.

한데 다른 일꾼들은 태연한 표정이다. 무사가 늘 창이나 칼을 잡는 탓에 손에 못이 박이듯이 운반조 일꾼들은 어깨가 혹처럼

불룩 튀어나와 있다. 약 2리마다 목도 메는 어깨를 바꾸다 보니 좌우에 모두 혹이 튀어나와 딱 바라지고 껑충 오른 모양이 되었다고 한다.

"어때? 아프지?"

레이지가 옆에서 나란히 뛰며 말했다. 레이지는 박자를 붙이며 힘을 북돋는다. 때문에 직접 목도를 메지는 않는다.

"괜찮아."

교스케는 이를 악물고 대답했다.

"억지로 버틸 것 없어. 힘들면 바로 교대해라."

레이지 외에 세 명이 레이지처럼 맨몸으로 달리고 있다. 누군가 상태가 나빠지면 바로 교대하기 위해서다. 피로가 심한 사람이라도 일단 목도에서 물러나 체력을 회복하며 뛰게 된다. 교체를 관리하는 것도 운반조 조장인 레이지의 몫이다.

"사고치지 않는 거. 운반조에서는 그게 제일 중요해."

이야기를 하면서도 쉬지 않고 고개를 돌려 일행을 살펴보고 있다.

돌을 운반하다 사고가 일어나는 경우는 드물지 않다. 아노슈 전체를 보면 해마다 한두 번은 사고가 일어난다. 한 명이 기절하여 쓰러지면 목도가 균형을 잃어 돌이 땅바닥에 떨어진다. 발등이라도 찧으면 골절 정도로 그치지 않고 다리를 절단해야 하는 경우도 생긴다. 그래도 목숨이 붙어 있으면 다행인 편이다. 목숨을 잃는 사고도 왕왕 일어난다.

"지각하면 안 되니까."

안전을 위해 사고를 경계하는 줄 알았던 교스케는 레이지의 냉정한 충고에 당황했다. 그 마음을 헤아렸는지 레이지는 내처 말했다.

"가령 현재와 같은 편성이라면 한 명쯤 이탈해도 어떻게든 메울 수 있다. 하지만 두 명이 이탈하면 반각, 세 명이면 1각, 네 명이라면 2각이나 늦는다. 그 이상이 이탈하면 한나절이나 하루를 지각하는 사태를 피할 수 없지."

레이지는 담담하게 말을 이었다.

"운반조는 정해진 시간에 정해진 양을 반드시 옮겨야 한다. 그게 전부야. 적이 언제 쳐들어올지 알 수 없는데 돌이 하루 늦어지면 성벽을 쌓지 못해서 함락될 수 있으니까. 그런 일은 절대로 일어나면 안되지."

물론 쌓기조도 사정은 마찬가지다. 성벽을 견고하게 쌓아야 함은 물론이고 1각이라도 빨리 완공하는 것을 중시하고 있다. 그래서 적이 쳐들어오지 않으면 좋은 일이다. 쳐들어올 가능성이 남아 있는 한 가장 빠른 속도로 최고의 성을 쌓아야 한다.

다른 패 중에는 전국 시대 한복판이라면 몰라도 지금처럼 태평한 세상에 적군이 어디 있느냐고 코웃음을 치는 자도 있다. 하지만 언제 누가 모반을 일으킬지 알 수 없다. 만에 하나 그런 사태가 일어난 뒤에 '하루만 빨리 성이 완공되었더라면' 하고 후회해도 이미 엎질러진 물이다.

"완공을 하루 앞당기기 위해 우리 운반조가 죽을힘을 다해 일하고 있다는 걸 새겨둬라."

"돌 전부를 배로 옮기지 않는 것도……."

"음, 시간을 낭비하게 되니까."

바로 대답이 놀아왔다. 일꾼이 전부 배를 타면 필연적으로 배에 싣는 돌은 사람 수만큼 줄여야 한다. 가능한 많은 돌을 싣고 강을 따라 내려가는 편이 좋다.

또한 목적지 가까이에 도착해 배에서 돌을 하역하자면 많은 인력이 필요하므로 뛰어서 먼저 도착한 자들이 배를 기다리는 것이다. 이때 맨손으로 뛰어가지 않고 3할 정도의 돌을 인력으로 옮겨서 공사 현장에 먼저 배달한 후에 선착장까지 달려가 돌을 하역한다.

"각각의 공사에 따라 시간을 가장 단축할 수 있는 계획을 세우는 일이 운반조 조장의 가장 중요한 임무지."

목적지로 향하는 가장 효율성 있는 방법을 세울 때는 날씨나 강물의 유속까지 고려해야 한다. 여러 변수만 확실히 파악할 수 있다면 운반조 일의 8할은 끝난 거라고 레이지는 말했다. 교스케도 아무 생각 없이 옮기지는 않을 거라고 짐작했지만 이렇게까지 면밀하게 계산하는 줄은 몰랐다.

다만 레이지가 아무리 면밀하게 계획해도 날씨가 궂어지고 강물 유속이 느려지는 일이 있다. 지금까지는 사정을 모른 채 돌이 제때 도착하지 않으면 교스케는 마음이 급해져서,

——까짓 돌 운반 정도는 확실하게 해줘야지.

라고 내심 비난도 했는데.

처음으로 운반조 일을 해보니 그냥 '까짓 돌 운반 정도'라고 말해서는 안 되겠다고 생각했다. 이들도 운반 작업을 통해 성벽 공사에 크게 기여하고 있다.

"그동안 미안했다."

뜻밖의 말에 레이지는 눈을 동그랗게 뜨며 놀란 표정을 짓더니 곧 혀를 가볍게 찼다.

"낯간지러운 소리 집어치워. 우리는 나를 테니까 너는 열심히 쌓으면 돼."

"왜 나는 지금까지……."

몰랐을까. 20년이 훨씬 더 넘도록 같은 패에 있었으면서. 더 빨리 알았더라면 좋았을 텐데.

"뒤채움만 15년……이라고 하잖아. 쌓기조에서 일하자면 그럴 여유가 없지."

레이지는 곧은 콧날을 손가락으로 튕겼다.

성벽을 쌓을 때는 먼저 주먹만 한 잡석을 깔고 그 위에 대형석을 앉힌다. 거기에 쐐기돌을 괴어 균형을 맞추며 대형석을 쌓아 올리는 것이 메쌓기의 기본 방식이다.

잡석의 안팎 구별, 방향, 배치 방식에 따라 뒤채움 방식도 무한하다. 그 가운데 최선의 방식을 찾아내야 한다. 배우는 데만 최소 15년 세월이 필요하다고 한다. 교스케는 남보다 빨리 다음 공정으로 진도가 나가는 것을 허락받았지만, 그래도 12년차 되던 해 봄에야 진도를 나갈 수 있었다.

"15년을 배워도 겨우 반 명 몫이지. 한 명 몫을 하려면 30년은 걸린다. 너는 빠른 편이야."

"무슨 말이야?"

"안 듣고 있었냐?"

레이지가 한쪽 눈썹을 쳐들며 말을 이었다.

"지금으로부터 28년 전, 행수어른도 후계자가 되어 떼기조와 운반조로 파견되었어. 단조 영감한테 들었다."

28년 전부터 도비타에서 일해온 사람은 이제 단조 한 사람뿐이다. 레이지도 단조에게 듣기 전까지 몰랐다고 한다. 단조는 레이지에게 이야기를 해줄 때, 네가 속으로 불만을 가질 수는 있겠지만 부디 작은나리를 잘 부탁한다고 신신당부했던 모양이다.

"나한테는 지금껏 한 마디도……."

"왜, 듣기 거북하냐?"

레이지는 고개를 돌리고 씁쓸한 표정을 짓더니 작정한 듯 말했다.

"이제 곧 수련도 끝날 거다."

언제 끝날지 모르는 수련에 23년이나 몰두해왔다. 어떤 의미에서 그것은 새의 강펄에서 돌탑 쌓는 일과 비슷했다. 마침내 끝이 다가온다는 말을 들었지만 좀처럼 실감이 나지 않는다.

조금은 기뻐해야 하는 거 아니냐는 듯이 레이지가 다시 혀를 찼다. 운반조 일꾼들이 박자 맞추는 소리에 싸인 채 교스케는 긴 언덕 끝에 떠오른 하얀 구름을 쳐다보았다.

운반조 일행은 쉬지 않고 달렸다. 도중에 교토 히가시야마를 지날 때는 구경꾼들이 몰려나와 왁자지껄했다. 레이지는 선두를 달리며 구경꾼들에게 길을 비키라고 내내 소리를 질렀는데, 그래 도 용케 목이 쉬지 않는구나 싶어 감탄스러울 정도였다.

구경꾼 중에는 돌을 향해 합장하며 절하는 여인도 있었다. 마 을 어귀마다 새끼줄 두른 돌을 두는 등 아노슈가 신앙하는 도조 신은 민중의 일상에도 깊이 뿌리내리고 있다.

인간의 바람이 깃든 돌은 강하다. 미신인지는 모르지만 레이지 도 도조신을 믿는지 목도를 메고 뛰던 조를 잠시 멈추게 하더니,

"이제 됐습니까, 아주머니?"

하고 의외로 친절하게 말을 건넸다. 돌이 쌓기조에게 운반되기 까지 참으로 많은 일들을 거치고 있었구나. 교스케는 부끄럽다고 느끼는 한편 이제라도 알아서 다행이라고 생각했다.

목도가 어깨를 짓이겨 피부가 벗겨지고 부어올랐다. 이러기를 반복해서 굳은살이 생겨야 쓸 만한 운반조 일꾼이 된다. 교스케 는 고통을 견디며 필사적으로 다리를 움직였다.

"좋아, 이제 조금만 가면 된다! 기합을 넣어!"

후시미 고하타야마 산기슭에 당도하자 레이지는 더욱 기세를 올렸다.

여기까지 돌을 지고 쉼없이 달려왔는데 내처 산을 오르려는 것이다. 보통사람이라면 쓰러지는 자가 속출하겠지만 운반조의 체력에는 놀라지 않을 수 없었다.

"우리는 맨몸이라면 하루 25리100킬로미터를 달리니까요."

옆에서 목도를 맨 일꾼이 씩 웃는다. 곤로쿠라는 남자인데 나이는 마흔이 넘었으려나. 땀을 폭포처럼 흘리지만 피곤한 기색은 조금도 보이지 않는다. 곤로쿠 같은 초로의 남자도 이런 지경이다. 이십대나 삼십대 일꾼들은 천연덕스럽다.

교스케는 후들거리는 무릎을 손으로 두드려서 달래고 마지막 힘을 쥐어짜 고하타야마에 올랐다. 도착하니 해가 막 중천을 지나고 있다. 레이지가 출발 전에 장담했듯이 2각 만에 주파한 것이다.

"오, 왔네. 의외로 빠른걸."

공사 현장에 있던 쌓기조 일꾼 두 사람이 맞아주었다.

──말 한번 한가롭게 하네…….

이쪽 노고에 비해 쌓기조의 대응이 너무나 태평해 보여서 분노가 끓어올랐다.

"조금 더 빨리 나르려고 했는데 미안하네."

레이지는 노여워하기는커녕 흔쾌하게 사과하는 말로 답했다. 레이지에게는 익숙한 장면일까? 아니, 진심으로 돌을 조금이라도 빨리 가져다주고 싶었을 것이다.

실은 교스케도 종종 들었던 응답이다. 그때 자신은 저쪽 쌓기조 편에 있었다. 보는 위치가 다르면 이렇게 풍경이 달라진단 말인가.

"어, 작은나리!"

돌을 내려놓을 때 쌓기조 가운데 한 사람, 자신보다 두 살 많은 반고로가 알아보았다.

"레이지, 작은나리는 운반조를 견학하러 갔을 뿐인데 직접 목도를 메시게 하면———"

반고로가 안색이 변해서 레이지를 힐난하려 하자 교스케가 거친 목소리로 막았다.

"내가 좋아서 한 거다!"

"작은나리……."

운반조가 도착하는 일정은 쌓기조도 알고 있다. 도착하는 대로 물과 밥을 주고 쉬게 한다. 쌓기조 일꾼 중에 가장 신참이 하는 일이다.

평소 밥을 나눠주는 모습을 곁눈으로 보며 잠자코 돌을 쌓던 교스케를, 운반조 사람들은 어떤 눈으로 바라보았을까. 그 생각을 하니 자신에게 몹시 화가 났다.

"당장 식사 준비하지 못하나!"

교스케가 분노를 감추지 않고 소리치자 반고로는 튕겨나가듯 뛰어가 이것저것 지시하기 시작했다.

"호오……."

레이지가 팔짱을 끼며 눈썹을 쳐들었다. 교스케는 살짝 혀를 차고 그 자리를 벗어나 적당한 나무에 기대며 털썩 주저앉았다. 숨이 조금도 가라앉지 않아 가슴은 여전히 들썩거린다. 어깨는 상처에 소금을 바른 것처럼 쓰라리고 다리는 막대기가 되었나 싶을 정도로 탱탱해져 있었다.

보리 섞인 주먹밥이 나오자 운반조 사람들은 맛나게 우적우적 씹어 먹었다. 교스케에게도 가져다주었지만 구토를 참는 것이 고작이라 도저히 목으로 넘길 수 없었다.

눈꺼풀 들기도 귀찮아 실눈으로 턱을 쳐들었다. 무성한 나뭇잎 사이로 붉은 황혼이 빗겨든다. 바람에 나뭇잎이 사락사락 움직이자 그림자도 흔들린다.

"이봐."

그 목소리에 시선을 내리니 바로 앞에 국자를 든 레이지가 보였다. 무뚝뚝하게 내미는 국자에 물이 가득 채워져 있다.

"일단 목부터 축여. 밥은 그다음에 먹고."

입가로 줄줄 흐르든 말든 개의치 않고 국자를 씹을 기세로 물을 들이켠 교스케가 커다란 탄식과 함께 국자를 무릎 위에 떨어뜨렸다.

"힘들었지?"

레이지가 옆에 앉으며 물었다.

"어, 생각 이상으로."

"이제 강으로 내려가 배에 실린 돌을 뭍으로 끌어올릴 거다. 그리고 또 여기로 날라야지. 두 번만 왕복하면 끝나."

전체의 8할 인원으로 3할의 돌을 옮겼다. 남은 돌은 7할. 배를 타고 온 인원이 합류하므로 두 번 왕복하면 마칠 수 있다. 사람들 움직임에 일체 낭비가 없구나. 게다가 먼저 도착한 3할의 돌로 쌓기조는 즉시 작업에 들어갈 수 있을 테고.

"여러 가지를 다 계산했네……."

주먹밥을 조금 베어 먹고 되새김질하듯 한참을 씹었다. 밥알의 희미한 단맛이 평소보다 짙게 느껴졌다.

"당연하지. 우리는 쌓기조 작업이 조금이라도 진척되도록 지원하는 거니까."

"미안하다."

레이지는 다시 사과하는 교스케를 힐끗 보며 쓴웃음을 지었다.

"나도 계속 쌓기조에 있을 생각이었다."

"음."

아노슈의 다른 패에서는 떼기조가 되면 돌만 떼어내고 운반조는 돌 옮기는 일밖에 할 수 없다. 하지만 도비타야에서는 다르다. 우선 입문할 때 처음 3년 정도는 돌쌓기의 기본을 가르친다. 때문에 도비타야 일꾼은 쌓기조는 물론이고 떼기조와 운반조도 기본적으로 돌쌓기를 할 줄 안다.

"말하자면 석축의 기초 공부 같은 거겠지."

레이지는 옛날을 떠올리는지 볼이 미어지게 주먹밥을 먹는 제일 어린 일꾼을 바라보며 말했다.

우선 3년 동안 돌쌓기의 기초를 배우고 나면 실력에 따라 갑을

병 세 등급으로 나눠진다. 가장 뛰어난 갑은 쌓기조, 그 아래 을은 떼기조, 나머지 병은 운반조가 되는 것이다.

그렇다면 레이지는 돌쌓기가 서툴렀을까? 그렇지 않다. 서툴기는커녕 교스케와 으뜸을 다툴 만큼 솜씨가 좋았다.

겐사이기 교스케를 후계자로 삼겠다고 선언했지만 역시 가장 중요한 것은 돌 쌓는 기술이다. 처음 후계자로 지목되었던 자를 제치고 다른 자가 후계자가 되는 사례는 아노슈에서 내다버릴 만큼 흔하다. 레이지도 포기하지 않고 기술을 연마했다.

"하지만…… 기술을 익히면 익힐수록 행수어른이 너를 후계자로 지목한 이유를 알 것 같았다. 분하지만 너는 늘 나보다 한 발자국 앞서 있었어."

부드러운 바람이 불어와 귀 앞에 내려온 레이지의 머리카락을 흔든다.

교스케는 아무 말도 할 수 없었다. 레이지가 내내 자신을 의식한다는 사실은 눈치채고 있었다. 아주 조금, 겨우 반 발자국 정도의 차이지만 자신이 앞서 있었다는 것도 인정한다.

레이지는 바람에 얼굴을 밀어 넣듯이 하늘을 올려다보며 어금니를 꽉 깨문 듯한 말투로 덧붙였다.

"그럴 때 행수어른이 운반조로 갈 생각 없느냐고 하셨지. 아아, 나는 정말 재능이 없구나 하고 마음을 접었던 거야."

일꾼들은 첫 3년을 보내고 담당하는 일이 달라지면 평생 그 일만 하게 되는데 각 조장은 다르다. 레이지도 한동안은 교스케와 함께 쌓기조에 있었고 떼기조 조장 단조도 오래 전에는 쌓기조에 있었다고 들었다. 지금으로부터 9년 전인 덴쇼 15년(1587년) 스물한 살이던 레이지는 겐사이가 권하는 대로 운반조로 옮겼다.

"영감은 너를 의지하고 있어. 나 이상으로."

그제야 교스케도 입을 열었다. 비슷한 또래들을 잘 구슬리고 손아래 수하들에게 존경받으며 나이든 일꾼들에게도 신뢰가 두터운 레이지의 기질은 타고난 것이라고 겐사이는 말했다. 더구나 쌓기의 기초를 배웠음은 물론 쌓기조에서도 으뜸을 다투던 레이지라면 어느 돌부터 보내야 공사가 순조로울지 판단할 수 있다. 도비타야의 오랜 내력을 돌아봐도 최고의 운반조 조장이 될 거라고 했던 말을 기억하고 있다.

"이쪽이 나랑 맞았던 거야. 처음에는 마음고생도 했지만 2, 3년 지나니까 이쪽 일이 꼭 맞는다고 느끼게 되었지."

"그래?"

교스케는 왠지 안도하며 숨을 내쉬었다. 겐사이가 자신을 거둬주지 않았다면 분명 레이지가 도비타야를 물려받았으리라는 생각에 늘 마음이 무거웠기 때문이다.

"도비타야 모두가 돌쌓기의 기초를 배우는 데는 다 뜻이 있다. 특히 운반조에게 그래. 초보자가 저 수레에 돌을 실으면 지금 실린 양의 절반 정도밖에 못 실어."

레이지는 생각났다는 듯이 시선을 내리고 방금 힘을 모아 끌고 와서 아직 돌이 실려 있는 수레를 가리켰다. 높이가 땅바닥에서 한 장이나 된다. 밧줄로 고정해 두었다고 하지만 초보자 눈에는 바퀴가 얕은 구덩이에 빠지기만 해도 바로 무너질 것처럼 보이지 않을까. 물론 엉성하게 실렸다면 맞는 말이다.

하지만 교스케 눈에 비친 수레는 간소하게 쌓은 움직이는 돌담이다. 크고 작은 돌이 단단히 맞물려 있어서 어지간한 흔들림으로는 무너지지 않는다는 사실을 알 수 있다.

운반조는 얼마나 효과적으로 돌을 운반하는지가 중요하다. 이를 위해서 최선의 경로를 검토해야 함은 물론이고 어떻게 하면 한 번에 조금이라도 많은 돌을 나를 수 있는지도 생각해야 한다고 레이지는 말했다.

"누구나 돌을 쌓을 줄 안다는 것이 도비타야의 강점이야. 운반조 일에도 보탬이 돼."

"그래, 덕분에 운반조라고 해도 변두리 무사저택의 돌담 정도는 식은 죽 먹기로 쌓을 수 있어. 그리고 또 하나…… 모두가 돌 쌓기를 할 줄 알아야 하는 이유가 있지."

"가카리…… 말이군."

전란의 세상에는 꼼꼼한 공사만 있는 게 아니다. 때로는 적이 현장을 향해 진군하는 와중에 성벽을 복구해 달라는 의뢰가 들어오기도 하는데, 긴급하게 공사를 강행해야 할 때 도비타야에서는 '가카리'를 발령한다.

가카리가 발령되면 쌓기조는 물론이고 떼기조와 운반조까지 전부 나서서 성벽을 쌓는다. 인력을 모집하는 시간과 수고를 덜

수 있는 데다가 모두 돌 일에 밝은 사람들이므로 같은 인원이라면 배 이상이나 빠르게 작업할 수 있다. 긴급 공사인데도 품질이 좋다는 점 역시 도비타야가 각지의 다이묘에게 귀한 대접을 받는 이유 가운데 하나다.

가카리가 마지막으로 발령된 건 14년 전이다. 당시 열여섯이던 교스케나 레이지도 처음으로 가카리에 소집되었다. 이후로 한 번도 발령되지 않았으니 두 사람에게는 그것이 처음이자 마지막 가카리였다.

"이제 그때와 같은 일은 없겠지."

레이지는 눈을 가늘게 뜨고 이쪽을 지그시 바라보았다.

"걱정 마라."

교스케가 냉큼 대답했다.

"그렇다면 다행이지만."

레이지는 가볍게 콧소리를 내고 수하가 있는 곳으로 뚜벅뚜벅 걸어갔다. 레이지가 한 말의 숨은 의미를 교스케도 알고 있다.

──이제는 개인적인 원한에 연연하지는 않겠지?

라고 말하고 싶은 것이다.

14년 전 일이 마치 어제 일어난 듯 생생하게 떠올랐다. 교스케는 지금까지 겐사이에게 딱 한 번 얻어맞아 보았다.

운반조 일꾼들의 활기찬 목소리가 어지러이 오가는 가운데 교스케는 가만히 뺨에 손을 댔다. 그때를 돌이키니 뺨에서 얼얼한 아픔이 배어나오는 것처럼 기억이 되살아났다.

가카리

14년 전인 덴쇼 10년(1582년) 6월 2일 새벽, 오다 노부나가가 묵고 있던 혼노지本能寺를 아케치 미쓰히데가 불시에 습격했다. 노부나가를 경호하던 병력은 측근을 포함하여 불과 수십 명. 이에 반해 아케치 미쓰히데는 주고쿠 정벌을 지원하러 출동하던 중이어서 만삼천의 대군을 이끌고 있었다. 노부나가는 전투다운 전투를 해볼 겨를도 없이 불길 속에서 죽었다.

그 상황은 이치조다니에 오다 군이 쳐들어왔을 때와 비슷했다. 노부나가는 9년 묵은 응보를 받았다. 교스케는 주먹을 꼭 쥐고 기쁨으로 몸을 떨었다.

노부나가를 처치한 미쓰히데는 기나이천황이 있는 교토와 가까운 다섯 지방를 제압하려고 전국의 다이묘에게 서신을 띄워 같은 편이 되어달라고 호소했다. 오미의 여러 다이묘들이 잇달아 아케치 측에 합류하는 가운데 히노의 영주 가모 가타히데, 가모 우지사토 부자는 그 권유를 물리쳤다.

우지사토의 부인이 노부나가의 딸이라는 점도 영향을 미쳤을 것이다. 가모 부자는 노부나가의 가족을 보호하고 즉시 자기 영지 히노에서 농성하며 저항의 태세를 드러냈다.

오미에서도 손꼽히는 실력을 자랑하는 가모 가의 히노 성을 함락시킨다면 아직 거취를 분명히 하지 않은 다이묘들도 두려움 때문에 미쓰히데 측에 붙을지 모른다. 노부나가의 가족을 탈취한다면 두고두고 흥정의 재료로 쓸 수도 있다. 미쓰히데는 히노 성을 공략할 궁리를 하기 시작했다.

한편 가모 부자가 농성하는 히노 성은 한창 수리 중인지라 아케치의 대군이 공격해오면 제대로 버틸 수 없는 상태였다. 주고쿠 방면을 공략하러 떠난 것은 현재 천하를 제패한 히데요시. 호쿠리쿠 방면에서 싸우던 오다 가의 숙로무가의 가로 중에 고위직 시바타 가쓰이에 등이 미쓰히데에 대항할 만한 대군을 거느리고 있지만, 그 군세가 돌아올 때까지 히노 성이 버텨낼 가망은 거의 없었다.

가모 가는 오미가 본거지이므로 아노슈뿐만 아니라 거기에 속한 도비타야에 대해서도 잘 알고 있었다. 가타히데는 도비타야에 한 자락 희망을 걸었다.

당시 겐사이는 마흔셋. 장인으로서 가장 물이 올랐을 때다. 교스케와 레이지는 열여섯. 교스케는 장차 도비타야를 물려받을 사람으로 지정되었고 레이지도 유망주로 기대를 받고 있었으므로 두 사람은 이때 숙련된 장인들과 함께 불려갔다.

아노슈에도 이미 혼노지에서 노부나가가 죽었다는 소식이 알려져 있었다. 그렇다고 다이묘들처럼 거취를 밝힐 필요는 없었다. 아노슈는 의뢰를 받으면 노부나가가 편인지 아닌지에 관계없이 달려가 공사를 수행한다. 그러므로 뭔가 의뢰가 들어왔으리라는 것은 짐작할 수 있었다.

겐사이는 일동을 둘러보고 방바닥에 깔리는 듯한 목소리로 조용히 말했다.

"가모 가에서 축성 공사를 의뢰했다."

좌중이 웅성거렸다. 이토록 심상치 않은 정세에서 들어오는 공사 의뢰는 예삿일이 아니다.

"그렇다면……."

이때 마흔한 살이던 단조가 먼저 물었다. 그러자 좌중의 웅성거림이 그쳤다.

"가카리다."

겐사이가 날카로운 목소리로 말하자 일동이 우우, 하며 기세를 올렸다.

도비타야 식솔을 총동원하여 축성 공사를 강행하는 방식을 가카리라고 한다. 물론 단어의 뜻이야 잘 알고 있지만, 교스케는 한 번도 가카리를 경험해본 적이 없었다. 마찬가지로 경험이 없던 레이지의 얼굴이 창백해졌다.

축성 공사는 일반적으로 위치와 설계를 먼저 의뢰주와 상의하고 몇 개월 혹은 몇 년 뒤로 마감을 정한 후에 시작한다. 단기간에 완공해야 하는 가카리가 발동된다는 것은 곧,

──전쟁이 목전에 와 있다.

라는 의미다. 상황에 따라서는 전투가 시작되어도 공사를 계속해야 한다.

그렇다면 아노슈가 목숨을 잃는 사태도 충분히 벌어질 수 있다. 실제로 지난 가카리 때는 철포 유탄에 맞고 두 명, 돌을 쌓다

가 화살에 맞아서 한 명, 작업 중 성벽에서 발이 미끄러져 적진으로 추락하는 바람에 생선회처럼 칼질을 당했던 한 명까지, 모두 네 명이 죽었다고 들었다. 레이지가 당황하는 것도 무리는 아니다.

교스케도 당황했다. 하지만 이유는 다르다.

──아케치를 방해하고 싶지 않은데.

라고 생각한 것이다.

오다 노부나가는 이치조다니를 불사르고 아사쿠라 가를 없앤 장본인이며 부모와 가요를 죽인 원수다. 그 원한을 하루라도 잊은 날이 없지만 상대는 곧 천하를 통일하려고 하는 최강의 다이묘였다. 일개 축성 장인이 무엇을 할 수 있겠는가.

거반 체념하고 있던 차에 아케치가 대신 원수를 갚아주었다. 자신을 위해서는 아니지만 아케치가 고마웠다. 때문에 아케치의 발목을 잡는 공사에 가담하고 싶지 않았다.

모두들 급하게 준비하는데 교스케는 혼자 바닥에 앉아 고개를 숙이고 있었다.

"교스케! 빨리 움직여라!"

장인 하나가 소리쳤지만 교스케는 움직이지 않았다. 평소 으르렁대던 레이지조차 무슨 일이냐고 어깨를 흔들었지만 교스케는 그의 손을 가볍게 뿌리쳤다.

"어이."

그 목소리에 교스케가 고개를 들었다.

겐사이가 천천히 다가왔다. 마침내 교스케 앞까지 오자 겐사이는 그를 내려다보며 낮은 소리로 말했다.

"뭐하고 있어. 움직여라."

"싫은데……."

교스케의 대답이 너무나 뜻밖이어서 바쁘게 움직이던 일꾼들도 일순 동작을 멈췄다.

"무섭나?"

겐사이의 물음에 교스케는 고개를 저었다.

"아니."

"그럼 뭐지."

"아케치는 내 부모 원수를 갚아준 은인이니까. 원수를 돕는 성은 쌓고 싶지 않아."

겐사이의 얼굴에 노여움이 떠올랐다. 그래도 교스케는 눈길을 피하지 않았다. 단조가 험악한 분위기에 놀라 달려왔다.

"행수어른, 잠깐만요! 교스케, 어서 사죄드려———"

겐사이가 가볍게 손을 쳐들어 단조를 막았다.

"아노슈의 규율은 알고 있겠지."

"의뢰가 들어오면 그게 누구든 성을 쌓는다. 악인이라고 해도……."

지금 세상 사람들 태반은 미쓰히데를 악인이라 여기겠지만 누가 뭐래도 교스케에게는 노부나가가 악인이다. 미쓰히데는 그를 처치한 영웅이며 노부나가의 가족을 지키고 미쓰히데에게 대항하고자 하는 가모 부자도 악인의 일당이라고밖에 생각되지 않았다.

겐사이가 날카로운 눈빛으로 노려보았다. 남들처럼 두려움에 몸을 떨면서도 교스케는 꾹 참고 말했다.

"악인을 돕는 건 싫은데."

"너———"

겐사이는 교스케의 멱살을 잡고 강제로 일으켜 세우더니 힘껏 뺨을 쳤다. 엉덩방아를 찧은 교스케에게 단조가 달려가 어서 사죄하라고 다그쳤지만 교스케는 고집스럽게 거부했다.

"지금까지 뭘 배운 거냐. 아무것도 모르는 녀석!"

겐사이는 노여움에 목소리가 떨렸다.

"악인을 도우면 이치조다니 같은 참극이 또 일어나겠지…… 나는 그런 공사에 끼어들고 싶지 않아."

"가모 나리가 악인이라고?"

겐사이가 조용히 묻자 교스케는 다시 고개를 숙였다.

가모 가타히데는 기골이 있는 사나이로 농민을 아낀다고 들었다. 또 아들 우지사토는 부친을 뛰어넘는 큰 그릇이라는 말도 들린다. 장담할 수는 없지만 노부나가가 이치조다니에서 저지른 짓을 자행할 것 같지는 않았다.

"영감이야 가모가 악인은 아니라고 말하고 싶겠지……."

교스케는 고개를 돌리고 찢어진 입술에서 흘러내리는 피를 얼른 닦았다.

"글쎄, 과연 그럴까."

예상과 다른 대답이 나오자 교스케는 저도 모르게 겐사이의 얼굴을 쳐다보았다.

"가모 나리가 분별없는 일을 벌이지는 않겠지만, 센고쿠 다이묘인 이상 때와 장소에 따라서는 가혹한 일을 해야 할지도 모른다. 그걸 두고 악인이라고 한다면 악인이 맞겠지."

일꾼들 분위기도 방금 전과는 완전히 달라져 모두 조용히 겐사이 말에 귀를 기울이고 있다.

"모로고모리가 될지도 모른다."

겐사이는 아랫입술을 말아 앞니로 문질렀다.

모로고모리란 농성 전술의 일종으로 지성에 병력을 분산 배치하지 않고 본성에 전 병력을 모으는 것이다. 여자를 포함한 영민 전부를 성으로 불러들이는 경우도 있다.

적의 화공으로부터 영민을 보호하기 위해서이기도 하지만 다른 지방으로 떠나버리지 못하게 하려는 의도도 있다. 가령 적을 물리쳤다고 해도 영민이 떠나버리면 논밭을 경작할 사람이 없기 때문이다. 그러나 성이 함락될 경우 영민까지 전멸할 위기에 빠지기도 한다.

"징병된 병사들도 무사가 아니라 농민이다. 속으로는 싸우고 싶지 않겠지. 살아남아 처자식을 건사하고 싶을 터……."

겐사이는 주먹을 꽉 쥐고 바르르 떨었다.

"오다가 이기든 아케치가 이기든 농민들에게는 상관없는 일이다. 네가 누구보다 잘 알 거 아니냐!"

겐사이는 호통을 쳤다. 비통한 외침이라고 할까. 부릅뜬 눈에 반짝임까지 보였다. 이치조다니의 비참한 광경이 눈앞에 아지랑이처럼 피어올라 가슴이 옥죄고 시야가 이내 흐릿해졌다.

"너에게도 지키고 싶은 게 있지 않나."

겐사이가 문득 온화한 목소리로 속삭이듯 말했다. 이치조다니에서 우연히 만났을 때처럼, 요쓰야가와 강펄에서 돌탑을 쌓을 때처럼 따뜻하고 인자함이 가득한 말투였다.

지금 히노의 농민들은 그날의 이치조다니 농민처럼 전전긍긍하고 있으리라. 도망칠 수 있는 상인들은 그나마 나은 편이다. 대부분은 논밭을 떠나면 당장 살아가기도 힘든 농민들, 남아도 죽고 도망쳐도 죽는 사람들이다.

——가요…….

교스케의 뇌리에 떠오르는 가요는 늘 공포로 표정이 굳어 있다. 뚝뚝 떨어지는 눈물로 볼을 적시고 있었다. 행복한 시절에 웃던 얼굴은 아무래도 떠올릴 수 없었다.

"나는…… 그날의 가요를 지킬 거다."

앙다문 이 틈새로 목소리가 흘러나온다.

겐사이는 말없이 손을 내밀었다.

뛰어난 장인의 손바닥은 놀랄 정도로 아름답다. 감각을 닦기 위해 어릴 때부터 소금으로 문질러 못이 생기지 않도록 해왔으니까.

겐사이는 교스케의 손을 힘주어 잡고 힘껏 당겨서 일으켰다.

그러더니 교스케의 어깨를 찰싹 때리고 일꾼들을 둘러보며 큰 목소리로 외쳤다.

"우리 도비타야가 맡았으니 아무도 죽지 않게 하겠다. 가자!"

일꾼들의 예, 하는 목소리가 정확히 일치하여 판자벽이 떨릴 만큼 방 전체에 울려 퍼졌다.

요청을 받은 날 밤, 도비타야 일동은 한 무리가 되어 아노를 출발했다. 쌓기조 열 명, 떼기조 마흔 명, 운반조 백십 명, 총 백육십 명이다. 모두들 돌 깨는 정, 망치, 말린 밥을 담은 가죽자루를 허리에 차고 5인 1조가 되어 송진을 바른 횃불로 길을 밝히며 뛰어간다. 운반조는 수레나 수라라고 불리는 썰매를 끈다. 아직 돌은 싣지 않았다.

"어디 봐둔 데는 있나?"

겐사이는 뛰어가면서 떼기조 조장 단조에게 물었다.

"근처에 구릉이 있지만 좋은 돌은 없습니다. 가장 가까운 채석장은 동쪽으로 1리 반 떨어진 아마고이다케입니다."

타국 사정은 몰라도 오미의 채석장이라면 단조의 머릿속에 전부 들어 있다.

"멀어!"

겐사이가 날카롭게 즉답했다.

"그러실 줄 알았습니다. 가모 가는 히노 성 한 곳에서만 농성할 계획입니까?"

"일단은 그렇게 알고 있다."

보통 한 성에서만 농성하는 일은 거의 없다. 가까운 지성에도 병력을 배치하여 후방 부대로서 적의 배후를 노리게 마련이다. 다만 병력 차이가 너무 클 때는 이야기가 달라진다. 지성에 배치된 수백 명의 병력에 대하여 적이 같은 수 혹은 두 배쯤 되는 병력을 남겨두고 단숨에 본성을 공략하는 경우를 상정해야 한다.

또 성마다 적당한 수비 병력이라는 것이 있다. 부족하다면 구루와 하나의 성은 성벽 안에 독자적인 벽이나 해자를 갖춘 작은 성을 여러 개 설치하는데, 이 각각을 구루와라고 한다. 흔히 말하는 혼마루, 니노마루, 산노마루 등이 그 예이다 일부를 버리고 수비해야 한다. 가모 가에게는 지성에 병력을 분산 배치할 여유가 없다는 사정도 있으리라.

"그럼 오토와 성에서 가져옵시다."

히노 성 동남쪽에 오토와 성이 있다. 오에이応永1394~1428 연간에 축성되었다고 하며, 다이에이大永1521~1528 연간의 내란에 사용된 뒤 폐성이 되었다. 이 성의 방치된 성벽을 허물어 돌을 이용하자는 얘기다.

"배를 빌리면 더 빨리 나를 수 있습니다."

단조가 덧붙였다. 오토와 성터에서 엎어지면 코 닿을 곳에 히노 강이 흘러 히노 성 뒤로 통한다. 히노 성은 이 강을 해자로 삼고 있으므로 성벽 바로 밑에 짐만 부릴 수 있다.

"그 시절에 방치된 성이라면 충분치 않을 텐데."

겐사이는 다리를 움직이며 고개를 저었다. 그 시절의 성은 돌담보다 토루에 의지하는 경우가 많았다. 혼마루 고텐성 내의 여러 구루와 중에서 중심을 이루는 건물. 성주의 정무 공간 및 생활공간으로 쓰이며 그 일부에 천수가 설치되기도 한다 주변 등 극히 일부분만 돌담을 시공했다.

"그럼 가이카케 성에서도 가져오지요."

단조는 대담한 웃음을 지었다. 떼기조의 한 명이 안색이 변해서 끼어든다.

"조장님, 가이카케 성은 가타히데 나리의 성 아닙니까?"

"은거하는 성을 허무는 것이 조금 마음에 걸리지만요."

단조는 한 마디 끼어든 떼기조 일꾼을 힐끔 보고는 난처한 듯 뺨을 찡그렸다.

가이카케 성은 가모 가타히데가 아들에게 가독을 물려주고 은퇴생활을 하는 곳이다. '산중 저택'이라 불리는데 뒤쪽 험준한 능선에는 전시에 최후 거점으로 쓰일 성을 가지고 있다. 산자락에 있는 저택은 토루와 마른해자 외에 돌담으로 방비했다. 돌로 만든 우물도 있다. 산꼭대기에는 '가이카케 병풍바위'라 불리는 암벽이 있을 정도로 석재가 풍부하다. 기존 성벽을 허무는 정도로 부족하다면 그곳에서 급하게 떼어내는 것도 가능하지 않을까.

이 성은 히노 성의 정남향에 있다. 히노 강의 지류인 기타스나가와가 가까이 흐르고 있어 오토와 성과 마찬가지로 배를 이용해 돌을 나를 수 있다고 한다.

"어떻습니까?"

단조는 막힘없이 설명하고 겐사이에게 낮은 소리로 물었다.

"괜찮군. 가모 나리도 설마 안 된다고 하지는 않겠지."

겐사이는 쾌활하게 웃으며 단조에게 지시를 내렸다.

"떼기조 열 명, 운반조 서른 명은 오토와 성터로. 나머지 서른 명과 여든 명은 가이카케 성으로. 우리 쌓기조는 히노 성에서 먼저 공사를 시작하겠다."

"예."

단조는 힘차게 고개를 끄덕이고 행렬 뒤쪽에 지시를 전했다.

일행은 구사쓰에서 이시베를 향해 밤새 도카이도를 달렸다. 미쿠모에 접어들자 동녘하늘이 밝아오기 시작했다. 쉬지 않고 뛰어온 탓에 얼굴에 피곤한 기색이 보였지만 여전히 사기는 높았다.

"골치 아프게 생겼네."

숨을 헐떡이는 교스케 옆에서 겐사이가 혀를 찼다.

"뭐가?"

"저기를 봐라."

남쪽에 우뚝 솟은 아보시야마 산자락에 무수한 화톳불이 타고 있다.

"저기 고카슈 저택 가운데 하나가 있다. 녀석들이 꽤 많이 모여 있구나."

고카슈란 첩보나 공작을 청부하는 기능집단으로, 흔히 시노비라 불리기도 한다. 오미 땅에는 기능을 파는 집단이 신기할 정도로 많다. 아노슈도 그렇고 겐사이의 시선 끝에 모여 있는 고카슈도 그렇다. 그밖에 기타오미에는 각광 받는 기술을 전부 쏟아서 철포를 제작하는 구니토모슈도 있다.

고카는 논밭을 개척하기 힘든 산촌이라 기능을 팔아서 생활해온 거라고 들은 적이 있다. 그러나 아노나 구니토모를 보면 주위에 평야가 넓어 경작에 큰 어려움이 없다. 오미라는 땅이 교토와 매우 가깝고, 여러 권력이 번번이 도카이도를 오가는 것에 주목한 선인들은 기술을 연마하면 농사짓는 것보다 나은 생활이 가능하겠다고 생각했는지도 모른다도카이도東海道는 혼슈의 태평양 연안 지역, 혹은 그 지역을 관통하여 교토와 에도를 잇는 간선도로를 말한다. 센고쿠 시대의 강대한 다이묘 여러 명이 이 지역 출신이었다.

여하튼 겐사이는 고카슈의 동향이 마음에 걸리는 모양이다.

"저자들, 지금 형세를 살펴보는 거다."

노부나가가 쓰러지자 천하의 추세는 누구도 알 수 없게 되었다. 이를 기회로 남의 영지를 약탈하려는 자도 나올 것이다. 고카슈는 뜻밖의 사태를 경계하며 병사를 모아 즉각 움직일 수 있도록 준비해온 듯하다.

"그렇다면, 혹시……."

"그래, 아케치의 제안에 응할지도 모르겠다. 우리에게 허용된 시간은 더 줄어들겠지."

아케치의 병력이 히노로 쳐들어오려면 앞으로 닷새쯤 걸릴 것으로 보았지만 고카슈가 움직인다면 이야기는 달라진다. 이곳에서 히노 성은 한나절이 채 안 걸린다. 내일 혹은 모레라도 충분히 들이닥칠 수 있다.

"서둘러!"

겐사이는 일행을 더욱 재촉했다. 마흔 살이 넘었지만 누구보다 기력이 충만해 보인다. 계속 움직여 미나쿠치를 지나자 도비타야 일행은 기요타에서 두 방향으로 갈라졌다. 가이카케 성으로 가는 길이 갈라지는 곳이나.

히노 성에 당도한 때는 이튿날 점심. 일행은 여기서 다시 둘로 나뉘어 한쪽은 오토와 성터를 향해 더 동쪽으로 걸음을 옮겼다. 나머지 쌓기조가 배를 수배하는 동안 겐사이는 히노 성 성주 가모 부자를 만나기로 했다.

성 안에는 이미 농민들이 보였다. 젊은 남자들은 병사로 징병되었으리라. 늙은이들은 병량을 나르고 여인들은 취사로 바쁘다.

그때 가모에게 녹을 받는 가신들이 서로 웃으며 지나가는 모습이 눈에 들어왔다. 지금은 힘을 아낄 때라는 듯 나무그늘에서 고개를 숙이고 잠자는 자도 여기저기 볼 수 있었다.

교스케는 전투를 앞둔 성에 들어가는 것이 처음이었다. 뭐라고 할까, 당연히 살벌한 분위기일 줄 알았는데 상상과 달라서 조금 맥이 빠졌다. 교스케의 마음을 들여다본 것처럼 겐사이가 코끝을 긁적이며 물었다.

"예상과 다르지?"

"살기등등할 거라고 생각했는데."

"사람은 뭐든 금방 잊어버리는 동물이니까."

가모 가가 오다의 휘하로 들어간 것은 10년쯤 전이다. 그 후 오다 가의 일원으로 전투에 참가한 적은 있어도 자기 영지를 침략당한 적은 없었다.

마지막으로 전투에 참가한 것은 가모 가가 예전에 모시던 록카쿠 가가 기타오미의 아자이 가와 사투를 벌일 때였다. 가령 지금 서른 살 언저리인 사람은 당시 십대 중반이었을 터이니 똑똑히 기억하리라. 하지만 겨우 10년 정도가 지났을 뿐인데도 사람들은 예전의 공포를 망각한다고 겐사이는 말했다.

"설마. 나만 해도……."

"히노에는 너 같은 놈이 없어."

당연하게도 지금 히노에 사는 사람들은 전쟁에서 '살아남은 자'이다. 가족을 잃은 자는 자신이 그랬듯 차마 잊지 못하겠지만 지난 세월 동안 어떤 자는 죽고 어떤 자는 슬픔을 이기지 못해 고향을 등졌다. 남은 사람들은 전체에 비하면 적은 수가 되고 말았다.

"이래서는 우리가 아무리 애써도 소용없다."

"그래도 튼튼한 성을 쌓는 것이 우리의 임무인데……."

"좋은 기회니까 잘 배워 둬라. 완전무결한 성은 없어. 어떻게든 가족을, 땅을 지키고 싶다는 마음이 성벽에 혼을 불어넣는 거다."

"아무리 뛰어난 성을 쌓아도 지키는 사람들의 사기가 떨어지면 제 성능을 발휘할 수 없다는 건가?"

교스케가 물었지만 겐사이는 고개를 돌렸다.

"그런 얘기하고는 조금 다른데……. 뭐, 언젠가 너도 때가 되면 알게 될 거야."

"아까는 잘 배워두라고 해놓고선."

교스케는 볼을 끌어올리며 투덜거렸다.

"음, 그랬지. 어쨌거나 여기 사람들이 바라는 대로 뛰어난 성벽을 쌓아야 한다는 건 분명하다."

겐사이가 제 이마를 치며 쾌활하게 웃었다. 어제처럼 무서운 모습은 전혀 보이지 않는다. 그러나 곧 숨을 가늘게 내쉬더니 긴장한 얼굴로 말했다.

"너도 같이 가자."

겐사이는 가모 부자를 만나는 자리에 같이 가자며 턱짓을 했다.

알현실로 안내받아 들어가니 상좌에 젊은 남자가 의젓하게 앉아 있었다. 용모가 수려하고 의지가 강해 보이는 눈을 하고 있다. 이 사람이 가모 우지사토구나. 메기 같은 팔자수염을 기른 사람이 부친 가타히데일 테고. 은퇴한 처지이니 당주인 아들을 앞세우고 자신은 옆에 비켜 앉은 모양이다.

양쪽에 가신들이 나란히 앉은 가운데 겐사이는 다다미를 저벅저벅 걸었다. 뒤따르는 교스케가 앉으려고 했지만 겐사이는 앉을 생각이 없어 보인다. 교스케는 자연히 엉거주춤한 자세로 겐사이를 올려다보는 모습이 되고 말았다.

"도비타 겐사이입니다."

뜻밖에도 겐사이는 우뚝 버티고 선 채 고개만 까딱 숙였다.

상대는 사무라이다. 불손한 자로 비쳐도 할 말이 없는 태도였다. 실제로 양쪽에 앉은 가신들이 한순간 안색이 변하고 개중에는 벌써 분노의 신음소리를 내며 무릎을 세우는 사람도 있었다.

"어이, 앉아!"

나이든 가신이 소리 죽여 충고했다. 이번에도 교스케는 바닥에 앉을 뻔했지만 겐사이는 여전히 앉으려 하지 않는다. 겐사이가 왜 그러는지 몰라 당황스러웠다.

"어이, 무례하다!"

마침내 한 가신이 소리쳤다. 호랑이수염을 기른 자못 호걸스러운 남자였다. 겐사이는 곁눈으로 노려보며 대답했다.

"성을 지키기 위해 저희를 부른 줄 압니다만?"

"그렇다. 그것과 네놈의 이 불손한 태도가 무슨 상관이냐?"

"크게 상관이 있습니다."

겐사이는 날카롭게 대답하더니 좌중을 훑듯이 둘러보며 말을 이었다.

"우리는 당장 공사를 시작해야겠습니다. 한가롭게 앉아 있을 시간이 없습니다."

"그래서 우리도 이렇게 너희를 마주하고 있지 않느냐!"

방금 전과는 다른 살집 좋은 중년의 가신이 소리쳤다.

"필요 없습니다. 성을 지키는 데 예의 따위는 도움이 되지 않지요. 당장이라도 적이 쳐들어올지 모르는데 창 한 자루라도 벼리고 화살 한 대라도 더 만드는 편이 낫지 않겠습니까."

교스케는 낯을 찡그렸다. 겐사이의 말은, 당장 전투가 벌어질

판에 여기 앉아 있는 이들이 한가롭게 노닥거리고 있다는 뜻 아닌가. 분노의 불길에 기름을 붓는 거나 다름없었다. 아니나 다를까 가신들이 저마다 호통을 쳤다.

이런 놈의 힘을 빌리는 것은 그만두자. 우리끼리 싸워도 훌륭하게 방어할 수 있다. 그게 안 된다면 사무라이로서 장렬히 산화하겠다는 둥 용감한 말을 하는 자도 있었다.

"역시. 그런 근성이라면 저희도 힘을 보태드릴 수 없습니다. 교스케, 돌아가자."

겐사이는 몸을 돌려 알현실을 나가려고 했다. 의기양양한 가신들 얼굴을 하나하나 쳐다보며 교스케도 쓴웃음을 지은 채 뒤따르려고 했다. 그때였다. 상좌에서 목소리가 날아왔다.

"거기 서라."

목소리의 주인은 가모 우지사토였다. 젊은 나이에 어울리지 않는 적당히 갈라진 목소리가 전장에서도 멀리까지 잘 들릴 듯했다. 겐사이는 몸을 획 돌렸다.

"예."

"주군――"

방금 호통쳤던 호랑이수염이 다시 나서려고 하자 우지사토가 손을 쳐들어 막았다.

"도비타 측의 진의를 들어봤으면 한다."

우지사토는 정중하게 고개를 숙였다. 시골 다이묘라지만 오다 노부나가의 눈에 들어 사위가 된 남자다. 일개 장인에게 취할 태도가 아니었다.

"가카리를 발령하면…… 저희도 목숨을 잃을지 모릅니다. 그러므로 한 가지 조건을 말씀드리고자 합니다."

"뭔가?"

"무슨 일이 있어도 살아남겠다는 각오를 다져주시는 것. 그것만 약속하신다면 저희도 사력을 다하겠습니다."

잠시 방 안에 흐르던 정적을 깨뜨린 것은 희미하게 흘리는 우지사토의 숨소리였다.

"좋다. 우리가 조금 느슨해져 있었나보다……. 지금 당장 여기로 갑옷을 내와라!"

우지사토가 명하자 잠시 후 시동 여러 명이 갑옷을 들고 나타났다. 우지사토는 늠름하게 일어나 좌중이 어리둥절한 표정으로 지켜보는 가운데 갑옷을 착용하기 시작했다.

"오늘부터 전투가 끝나는 날까지 벗지 않겠다고 약속한다. 성내에 있는 모든 자들도 부모형제 처자식을 지키고 싶다면 한순간의 방심도 용서하지 않겠다. 알겠느냐?"

겐사이는 고개를 가볍게 숙이고 다다미에 시선을 떨어뜨린 채 대답했다.

"알겠습니다. 그럼 아노슈 도비타야, 바로 가카리에 들어가겠습니다."

"잘 부탁하네."

겐사이는 절도 있게 고개를 들고 대담한 웃음을 지었다. 우지사토 역시 늠름한 미소로 응했다. 그러더니 뭐든 필요한 것이 있으면 말하라 이르고 두 명의 시동에게 늘 겐사이 곁에 있으라는 지시를 내렸다.

겐사이가 잰걸음으로 알현실을 나서자 두 사람의 대화를 넋 놓고 듣던 교스케는 정신을 가다듬고 겐사이를 뒤따랐다. 우지사토의 명을 받은 시동들도 가벼운 걸음으로 따랐다.

"저분이라면 할 수 있겠다."

겐사이는 앞을 응시한 채 낮은 소리로 말했다.

"과연 가모 나리는 영예로운 명장이시구나."

우지사토는 젊을 때부터 전장에 나갔고 젊은 무사답지 않게 노회한 지휘를 한다고 알려졌다. 힐끔 돌아보니 시동들도 주군에 대한 칭송에 흡족하게 고개를 끄덕인다.

"알겠나. 야전은 모르지만 농성전을 이끄는 명장의 조건은 단한 가지뿐이야."

"그게 아까 말한……."

"살아남겠다는 각오."

각오만 다진다고 뭐가 된다는 말일까. 의아한 기분이 들었지만 겐사이의 눈에서는 자신감이 넘쳤다.

"교스케, 열심히 해라."

"니미럴, 걱정하지 말라니까."

시동들이 놀란 얼굴을 한다. 과연. 두 사람을 사제지간이나 부자지간이라 생각했겠지만 막상 교스케의 거친 말본새를 듣고 의아한 기분이 들었으리라.

겐사이도 시동들의 의문을 알아챘는지 눈썹을 여덟 팔 자로 늘어뜨리며 돌아다보았다.

"이래 봬도 내 제자가 맞소. 말버릇 한번 고약하지요?"

"말은 영감이 혼자 다해놓고."

이래 봬도 스승이다. 어릴 때는 교스케도 경어를 쓰려고 애썼지만 그때마다 겐사이가,

——그 거북한 말투, 어떻게 좀 안 될까? 예의 바르다고 돌 쌓는 기술이 좋아진다면 이렇게 고생할 필요도 없을 텐데, 애송이.

라며 놀리기 일쑤였다. 나이도 먹을 만큼 먹은 어른치고 장난이 심하다고 할지, 가는 말이 고와야 오는 말도 곱다고 교스케도 대거리를 하다 보니 지금 같은 말투로 굳어지고 말았다.

"어이, 애송이, 너도 이젠 좀 보탬이 되어야지?"

"되게 시끄럽네, 영감태기가."

험악한 대거리에 시동들은 역시 의아하다는 듯 두 사람을 번갈아 쳐다보았다.

겐사이는 히노 성 성벽을 둘러보고 즉시 지시를 내렸다.

"남동쪽 성벽은 못쓰겠다. 허물고 돌을 모아 놔라."

교스케도 같은 판단을 내렸다. 히노가와 강물이 해자를 대신하니 남쪽은 압도적으로 튼튼하다. 이쪽을 더 견고하게 하려면 성벽을 강에 더 바짝 붙여서 쌓을 필요가 있다. 그러나 급하게 공사

를 마쳐야 하는 지금은 복잡한 작업을 할 여력이 없다.

히노 성 남쪽에 강을 건너서 조금 더 가야 하는 곳에 허울뿐인 성벽이 있지만, 적군의 도강을 허용하고 나면 제 역할을 할 수 없을 정도로 형편없는 상태였다. 물가에 나가 방어하는 편이 전투하기가 더 쉽다. 그렇다면 차라리 허물고 취약한 장소를 석재로 강화하는 것이 좋겠다는 판단이다.

"교스케, 어딘지 알겠냐?"

"북서쪽 방비가 너무 허술해."

교스케는 냉큼 대답했다.

"그래, 그 정도는 당연히 알아야지."

말은 그렇게 하지만 겐사이가 흡족하게 고개를 끄덕인다.

히노 성 북서쪽. 그 주변만은 해자와 토루 등이 50년 전 방비에서 달라지지 않았다. 오다 가의 세력권에 들어간 덕분에 전투가 사라지자 내내 증축할 생각도 하지 않았으리라.

"10 대 7쯤 되려나……."

"아니, 10 대 8이지."

적군 열 명을 아군 몇 명이 막아낼 수 있는가. 쌓기조에서는 이렇게 실전을 뇌리에 그려 수치를 낸다. 최소라도 10 대 5, 즉 적의 절반 병력으로 방어하지 못할 구조라면 안심할 수 없다.

북서쪽은 도로 폭이 15칸(약 27미터)으로 넓어서 적이 거침없이 쳐들어올 수 있다. 이에 대한 대비로 도로 폭을 좁히거나 직각으로 구부려서 공세를 억제하는 방법도 있지만 지금은 도로 공사를 하고 있을 여유가 없다. 도로 자체를 차단하다시피 성벽을 쌓는 방식이 상책일 거라고 교스케는 생각했다.

"성벽을 쌓을까?"

"아니, 높은 담을 쌓을 시간이 없어."

성벽의 높이를 확보하려면 그에 맞는 두께도 필요하다. 기저부로 갈수록 폭을 넓게 하지 않으면 성벽은 쉽게 무너진다. 지상에서 6척(약 180센티미터) 높이까지 쌓아올리기는 한나절에도 가능하나 더 높이 쌓으려면 성벽 자체의 두께를 늘릴 필요가 있어 한나절에 3척밖에 올릴 수 없다. 더구나 여기에는 탁월한 기술이 필요하다. 시간이 있고 돌이 넉넉하다면 몰라도 이번 공사는 어느 쪽에도 여유가 전혀 없다.

"그리 높지는 않은 성벽을…… 이렇게."

겐사이는 주위를 둘러보다가 적당한 막대를 주워서 쪼그리고 앉더니 땅바닥에 뭔가를 그렸다. 세로로 두 줄을 긋고, 그 사이에 가로로 네 줄을 그은 사다리 모양이다.

"그렇군."

두 사람은 동시에 눈길을 맞추며 대담한 미소를 지었다. 핏줄은 이어지지 않았지만 사악한 계략을 찾아낸 듯한 그 표정은 부자지간처럼 꼭 닮았다는 소리를 종종 듣는다.

그날 중으로 남쪽의 허술한 성벽을 허물기 시작했다. 밤에는 이물에 화톳불을 피운 배가 오토와 성터에서 돌을 가져왔다. 겐사이는 돌을 다 부린 뒤 일꾼들에게 교대로 잠을 자게 했다.

"너도 자 둬."

그렇게 말하는 겐사이야말로 꼬박 하루밤낮을 자지 못한 상태였다.

"그쪽이나 자 두시지."

"돌을 쌓는 건 어디까지나 사람이다. 우두머리는 수하를 쉬게 하는 데도 신경을 잘 써야 하느니."

가카리는 어지간해서는 발령되지 않는다. 난세의 한복판을 살아온 겐사이조차 이번이 여섯 번째다. 전란이 잦아드는 시절에 태어난 교스케는 앞으로 한두 번이나 겪을까. 겐사이는 이번 기회에 가르칠 건 다 가르치자는 심산처럼 보였다.

동녘 하늘에 다시 해가 얼굴을 내밀었다. 잠시 휴식할 때 교스케는 나무에 기대어 4반각(약 30분) 정도 졸았다. 퍼뜩 잠이 깼지만 겐사이는 여전히 한 잠도 자지 않은 듯했다. 원래 있던 성벽위에서,

"다음은 그거!"

라며 돌멩이를 던져 대형석에 명중시킨다. 높은 곳에서 내려다보면 다음에 어느 돌을 올려야 좋을지 알 수 있다고 한다. 겐사이가 지목한 돌은 실제로 빈틈없이 이가 맞는다. 이 일을 할 수 있는 사람은 아노슈에서도 겐사이뿐이다. 선대나 선선대 시절에도 이렇게 즉각적으로 파악해내는 장인은 없었다.

이윽고 가이카케 성의 돌도 속속 도착했다. 뒤탈이 없도록 가모 부자에게도 물어보았지만 히노 성을 지키기 위해서라면 개의

치 않는다고 두말없이 허락해주었다.

"뭐야 이건……."

곧 심상치 않은 분위기를 알아챈 교스케가 중얼거렸다 갑옷 입은 무사, 장창이나 활을 든 병사가 성 안을 뛰어다녔다. 잠결에 시끄러운 소리를 듣고 깬 것이다.

"일어났구나. 적군이 도착한 모양이야."

성벽 위에 양반다리를 하고 앉은 겐사이가 먼 데를 턱짓으로 가리켰다.

"아케치 군인가……."

"아니, 고카슈다. 다음은 그거."

겐사이가 손목을 튕기듯이 돌멩이를 던졌다. 딱, 하는 건조한 소리를 낸 대형석을 일꾼 몇 명이 들어 올려 활차 옆으로 옮긴다.

이곳으로 이동할 때 미쿠모에서 보았던 고카슈. 아무래도 아케치의 제안을 받아들였는지 히노 성을 공략할 태세가 보인다는 정탐의 보고가 있었다.

아케치로서는 오다의 중신들이 기나이로 돌아오기 전에 반드시 해둬야 할 일이 산더미 같을 터인데 이가, 이세 방면을 견제할 수 있는 이곳 히노 성을 함락시키는 일도 포함된다. 물론 차근차근 획책을 꾀하겠지만 시간 여유를 주면 방비가 강화될 테니 고카슈를 부추겨 공격함으로써 방비를 강화하지 못하게 하려는 속셈이리라.

해가 중천을 향해 쑥쑥 올라가는 가운데 교스케를 포함한 일꾼들이 부리나케 돌을 쌓아나갔다. 방비가 비교적 취약한 북서쪽을 강화하기 위하여 겐사이는 하늘에서 내려다볼 때 사다리 모양으로 보이는 성벽을 고안했다.

북서쪽은 마른 해자를 건너면 토루가 몇 군데 있을 뿐 폭넓은 외길이 이어진다. 목책이 여러 겹 설치되어 있지만 이곳에 병력의 태반을 투입한다면 어렵지 않게 돌파할 것이다.

그래서 우선 도로 양쪽에 도로를 따라 돌담을 직선으로 쌓는다. 사다리에 비유하자면 두 개의 기둥에 상당한다. 그 돌담에 직각 방향으로 네 개의 돌담을 쌓는다. 이것은 사다리의 발판에 상당할 것이다. 모두 높이를 8척 정도로 낮게 쌓으니 폭도 2간 정도면 충분하다. 남은 시한까지 지금 확보한 돌만으로도 충분히 쌓을 수 있으리라. 그러나 이 정도 높이라면 적도 돌담 넘기가 그리 어렵지 않다.

──처음부터 넘을 엄두를 못 내게 하면 된다.

겐사이는 턱수염을 쓸며 대담한 미소를 지었다. 우선 8척 높이에 비밀이 있다. 사람에게는 넘을 수 있겠다고 엄두를 낼 만 한 높이와 처음부터 포기하는 높이가 있다고 한다. 그 경계가 바로 8~9척임을 겐사이는 오랜 경험으로 파악해냈다.

"군대라는 조직도 결국은 개인의 집합이지. 누구나 자기만은 죽고 싶지 않다고 생각하게 마련이다."

물론 8척은 마음만 먹으면 충분히 넘을 수 있지만 돌담 상단에 수비 병력을 배치하면 선두에서 공격해오는 두세 명을 어렵지 않게 쓰러뜨릴 만한 높이이기도 하다. 오르는 것 말고 달리 선택지가 없는 상황이라면 몰라도 누가 쉽사리 자신을 희생하려고 하겠는가. 다만 완전히 진로를 막아버리면 대장의 불호령이 떨어져 기어오를 수밖에 없다.

"기어오를 엄두를 내지 않도록 길을 터준다."

겐사이는 뭔가를 집어내는 듯한 몸짓을 하며 씩 웃었다.

사다리 형태라고 했지만 이 부분이 다르다. 적의 진로를 막는 가로로 쌓는 돌담을 완전히 막지 않고 한쪽 구석을 한 간 반 정도 터놓는 것이다. 위에서 내려다보면 1번 담은 오른쪽, 2번 담은 왼쪽, 3번 담은 다시 오른쪽, 4번 담은 왼쪽을 터놓는다. 돌담 간 거리는 약 10간. 이렇게 하면 미로 같은 구조가 되어 적은 갈지자로 침입하지 않을 수 없다. 따라서 일직선으로 침입할 때보다 거리가 두 배 이상 늘고, 더구나 각 돌담에서 수비 병력이 아래를 향해 화살을 쏠 수 있다.

"생각대로 될까?"

과연 그 계산대로 적이 움직여줄까? 조금 불안해서 교스케가 물었다.

"암, 틀림없다."

돌담에 틈을 터둔 모양에 그런 의도가 있음은 적도 알 것이다. 앞서 말했듯이 사람 마음은 적의 책략이라는 사실을 뻔히 알면서도 어김없이 그쪽을 선택하게 마련이라고 겐사이는 단언했다.

"돌을 다룰 줄 아는 것만으로는 하수다. 축성에 달통하려면 사람 마음을 알아야 하느니."

겐사이가 조용히 말했다.

이렇게 겐사이의 지휘로 교차식 돌담을 쌓는 작업은 착착 진행되었다. 하지만 완성을 목전에 두고 적이 나타나고 말았다.

"코앞까지 쳐들어왔다! 여기는 병사들에게 맡기고 후퇴하라는 나리마님의 분부다!"

사무라이 조장이 갑옷을 덜걱거리며 뛰어와서 고했다. 적이 바로 앞까지 쳐들어와 말 울음소리도 들을 수 있었다.

"일이 아직 안 끝났소. 우리는 계속 하겠소. 다음 돌은 그거! 그다음은 저거!"

겐사이는 두 팔을 교차하듯 뻗으며 잇달아 돌멩이를 던졌다.

"곧 화살과 총탄이 날아들 텐데?"

"여기만 다 쌓으면 이 성의 약점이 사라질 거요. 우리가 맡은 이상 끝까지 하겠소!"

겐사이는 돌담 벽면을 주룩주룩 타고 내려가 교스케의 어깨를 탁 쳤다.

"전방으로 가봐야겠다. 네가 할일을 알겠지?"

"어, 일단 저것, 다음은……."

교스케는 바닥에 늘어놓은 돌들을 재빨리 손가락질했다. 겐사이가 잠시 지켜보다가,

"좋아! 맡기마."

하고 미소를 짓더니 잰걸음으로 걷기 시작했다. 그때 하늘을

흔드는 굉음이 울렸다. 일제 사격하는 철포 소리. 전투가 시작된 것이다.

"1번, 2번 돌담은 완성되었다. 3번은 어떠냐?"

적진 쪽에서부터 편의상 1번부터 4번까지 번호를 붙여서 부르고 있다.

"8할 정도입니다."

겐사이의 물음에 단조가 즉각 대답했다.

"4번 돌담이 7할인가. 교스케, 어서 끝내라."

"알고 있다니까. 서둘러라! 적이 온다!"

교스케가 수하들을 질타했다. 이미 완성된 1번, 2번 돌담이 돌파당하기 전에 아직 끝내지 못한 3번, 4번 돌담을 완성해야 한다. 전투는 벌써 시작되었다. 3번 돌담은 겐사이가 진두지휘를 맡고 교스케는 성 쪽에 가장 가깝게 깊숙이 자리 잡은 4번 돌담을 담당하고 있다.

고함소리와 총성이 끊일 새 없이 들려온다. 1번, 2번 돌담 위에 올라가 있는 가모 측 병사가 방향을 바꾸며 들어오는 고카슈를 겨냥해 철포를 쏘고 있다.

적도 당연히 철포를 사용한다. 그러나 돌담 가장자리에 1척 5촌(약 45센티미터) 깊이의 구덩이가 있어, 거기에 들어가 몸을 낮추면 적의 화살과 총탄을 피할 수 있다. 목책이라면 갈고랑쇠를 걸어서 넘어뜨릴 수 있지만, 단단히 맞물린 돌담은 그리 쉽게 무너뜨릴 수 없다.

바람에 화약 냄새가 섞여 있다. 전투가 시작되고 1각(약 2시간) 쯤 지났으려나. 고카슈도 이 돌담 구조가 무엇을 의도하는지 알아챘으리라. 고카슈가 돌담을 넘으려 하지 않는다는 연락이 왔다. 겐사이가 예상한 대로 상황이 전개되고 있었다.

그렇다면 지휘를 맡은 적장은 어떨까. 그는 시간이 걸리더라도 돌담을 하나씩 무너뜨리는 게 낫다고 판단을 내렸다.

하지만 사람은 나약한 동물이어서 아무래도 편해 보이는 '틈'에 마음을 빼앗기게 마련이다. 실제로 전선에서 싸우는 고카슈가 그랬다. 돌담을 넘으라는 명령을 받았지만 병사들은 자꾸만 '틈'으로 모여들었다. 사기는 당연히 떨어졌다. 말하자면 겐사이가 고안한 이 돌담은 사람 마음의 '틈'을 짚은 것이라고 해도 좋겠다.

"좋다, 그것만 쌓으면 완성이다!"

교스케는 남은 대형석 가운데 하나를 지목했다. 수하들이 돌을 활차에 걸어 들어올린다. 교스케가 그 광경을 곁눈으로 보며 4번 돌담 위로 올라갔다.

"젠장…… 벌써 3번 돌담까지 왔군."

1번, 2번 돌담의 틈새에 적병이 가득 차 있다. 돌담 위에 자리한 가모 측 병사는 정신없이 화살을 쏘아 댔지만 그 인원이 2할 정도 줄어들었다.

바로 앞 3번 돌담 위에서 작업을 지휘하는 겐사이의 모습이 보였다. 그쪽도 아직 미완이었다.

그때 굉음이 울리더니 몸을 늦게 숙인 가모 측 병사 몇 명이 쓰러졌다. 고카슈는 철포로 응전하며 진격해온다. 1번, 2번 돌담을 지키는 가모 측 병사 인원이 급격히 줄어들었다.

도로를 따라 양쪽에 쌓은 돌담의 상단은 통로 역할도 하므로, 그곳을 이용하면 적군 사이를 통과하지 않고도 4번 돌담으로 후퇴할 수 있다. 1번 돌담에서 더 이상 저항은 무리라 판단하고 철수하는 병력도 조금씩 보였다.

"놈들이 예상보다 많아……."

적이 끊이지 않고 진입한다. 우르르 몰려드는 모습이 1번 돌담 너머로 보였다. 당초에 천 명 정도일 거라고 생각했지만 다른 호족들도 행동을 함께하기로 했는지 적군은 시시각각 수가 늘고 있었다. 대략 이천 명은 돼 보이는 우글거리는 투구들이 검게 번들거리는 모습은 어딘지 진딧물을 연상케 했다.

아노슈의 돌담은 제 기능을 최대치로 발휘하고 있었다. 그러나 고카슈의 수가 예상보다 많았다. 다른 지방의 정세는 알 수 없지만 오미의 추세는 명백히 아케치 쪽으로 기울고 있으니 무리도 아니었다. 아케치 본대가 도착하기 전에 공을 세워 포상을 받자, 영지를 차지하자는 욕심에 맹공격에 나서고 있다.

"만만치 않군."

고카슈의 공세가 점점 더 강해지더니 3번 돌담의 틈새를 향해 맹렬하게 진격한다. 3번 돌담은 아직 공사가 진행 중이다. 도로 양쪽을 세로로 달리는 돌담이 미처 연결되지 않았다. 그러므로 3번 돌담만 섬처럼 분리되어 후퇴할 길이 없는 상태다.

"단조!"

교스케가 쌓기조 일꾼들 사이에서 일하는 단조를 향해 소리쳤다.

"작은나리! 위험합니다!"

단조는 한쪽 귀를 손으로 막고 한쪽 눈을 감은 채 밑에서 불렀다. 바로 전에도 날카로운 소리가 연거푸 귓불을 쳤다. 날아온 유탄이 돌에 튕겨나는 소리다.

"이대로 가다가는 영감이 뒤쳐져 고립된다! 3번, 4번 돌담 사이로 적군이 들어오기 전에 내가 가보겠다!"

교스케는 적의 살기가 가득한 3번 돌담을 가리키며 외쳤다.

"안 됩니다! 만에 하나 두 분 모두———"

"영감을 포기하란 거냐!"

"행수님은 그럴 각오까지 하셨으니까 작은나리께 4번 벽을 맡기신 겁니다!"

단조도 물러서지 않았다. 겐사이가 이런 상황을 상정하고 단조에게 귀띔해두었으리라 짐작할 수 있었다.

아노슈가 발령하는 '가카리'는 전원이 출동해서 성벽을 쌓는다는 것과 목숨을 걸고 끝까지 성을 지킨다는 두 가지 뜻을 가지고 있다. 이번 공사는 처음부터 의뢰주 측의 상당한 열세가 예상되었다. 그럼에도 겐사이는 어떤 사람이든 예외 없이 모두 지켜낸다는 새왕의 긍지를 품고 망설임 없이 받아들인 것이다. 당연히 죽음을 각오했으리라.

"더는 누구도 죽게 버려두지 않겠다……. 단조, 여길 부탁한다."

교스케는 방금 완성된 돌담에서 뛰어내려 3번 돌담을 향해 맹렬하게 달리기 시작했다.

"작은나리!"

단조가 말리는 소리가 등 뒤로 들렸지만 돌아보지 않았다. 교스케는 3번 돌담에 도착하자마자 도롱농처럼 팔다리를 움직여 기어올랐다. 그때 관자놀이 옆을 총탄이 스쳤다.

돌담과 돌담의 거리는 10간 정도로 그리 멀지 않다. 하지만 이곳에서 보는 광경은 4번 돌담에서 보던 것과는 하늘과 땅만큼이나 양상이 달랐다. 눈에 쌍심지를 켜고 괴성을 내지르는 고카슈가 달려서 지나간다. 그들을 가모 측 병사가 정신없이 총과 활을 쏘아 막으려고 한다. 쓰러진 사체를 밟으며 미친 듯이 쇄도하는 고카슈. 눈 아래 펼쳐지는 광경은 그야말로 지옥도 같았다. 교스케의 뇌리를 스친 것은 그날 이치조다니에 쳐들어오던 오다 군의 모습이었다.

"교스케!"

과거의 참혹한 기억에 잠겨 있던 것도 잠깐, 자기 이름을 부르는 소리에 교스케는 퍼뜩 정신을 차렸다.

"영감……."

철포가 포효하고 화살이 어지러이 날아다니는데도 겐사이는 갈라진 목소리로 수하들에게 여전히 돌쌓기를 독려하고 있었다.

지시 틈틈이 이쪽을 힐끔거리며 날카롭게 소리친다.

"뭐하러 왔어!"

"영감 구하러 왔지!"

"네놈 힘 빌릴 만큼 늙지 않았다! 얼른 4번 돌담으로 돌아가!"

어렵게 구하러 왔는데 이 무슨 말본새란 말인가. 교스케는 피가 확 뻗쳐서 대꾸했다.

"일이 왜 이리 더뎌! 노망났나!"

"네놈 눈으로 봐라. 너 같았으면 절반도 못 쌓았다!"

겐사이는 음식을 탐하는 아귀처럼 몰려드는 고카슈를 가리켰다.

"두 분 다 그만하시오!"

수하 가운데 하나가 비통한 목소리로 외쳤지만 이내 안고 있던 돌에 총탄을 맞아 그 충격으로 엉덩방아를 찧고 말았다.

"바보 같은 자식⋯⋯. 이러다 둘 다 죽을 판이구먼."

겐사이는 이를 갈며 투덜거렸다.

"영감태기, 역시 죽을 작정이었나 보군."

"가카리를 발령한다는 건 죽더라도 지켜내겠다는 거다."

공사 중인 3번 돌담에서 수비하는 가모 측 병력은 적의 총탄에 한 명 또 한 명 쓰러지고 있었다. 그곳에서 작업하는 아노슈 중에는 아직 사망자가 나오지 않았지만 어깨에 총탄을 맞고 고통스러워하는 자, 발등에 돌을 떨어뜨려 무릎을 찧으며 쓰러지는 자가 끊이지 않았다.

"4번 돌담으로 후퇴하려면 지금이 마지막 기회요!"

함성이 소용돌이치는 가운데 교스케가 말했다.

"됐다. 지금 3번 돌담을 포기하면 4번 돌담도 곧 깨진다. 반대로 여기서 버티며 시간을 벌면 오늘을 넘길 수 있다."

"오늘을 넘겨도 전투는 내일 계속될 텐데."

"고카슈 측 피해도 막심해. 내일은 어지간해서는 오늘처럼 공격하기 힘들 거다. 공격하는 양상을 보니…… 애초에 놈들은 오늘로 결판을 낼 심산이야."

즉 오늘만 넘기면 히노 성을 지켜낼 공산이 크다고 겐사이는 파악한 모양이다. 교스케는 이곳에 오자마자 알아챈 사실이 있었다. 겐사이는 3번 돌담을 양쪽의 통로와 서둘러 연결할 생각이 없다. 3번 돌담이 외딴섬처럼 고립되리라 짐작하고 연결에 써야 할 석재를 성벽을 더 높이는 데 쓰고 있었던 것이다. 자신을 사석처럼 버려서 오늘을 버티고 내일로 연결하려는 속셈이다.

"그건 안 돼, 영감."

"성을 지키려면 그 수밖에 없다."

교스케가 반대해도 겐사이는 냉큼 고개를 저었다. 두 사람 얼굴 사이로 화살이 날아갔지만 몸을 젖혀 피하기는커녕 시선도 비키지 않았다.

──뭔가 확실하게 지킬 방법은…….

새삼 주위를 둘러보지만 열세를 뒤집기는 어려울 듯싶었다. 돌담이 없다면 적군은 금세 니노마루, 혼마루까지 쏟아져 들어갈 것이다. 전투가 시작되어도 공사를 멈추지 않은 돌담 덕분에 어렵게나마 막아내고 있다. 처음 예상한 대로 북서쪽이 격전지가 되었지만, 실은 나머지 세 방면에서도 전투가 벌어져 격렬하게 싸우는 중이리라. 어느 방면에서나 적은 병력으로 응전하고 있을 터이니 지원을 비랄 수도 없다.

"화살이 떨어졌다! 여기 화살 좀 줘!"

"여기도 없어!"

가모 측 병사들이 비명을 지른다. 3번 돌담은 시시각각 비장함이 짙어지고 있다.

"이리 된 바에야 전진 돌격하는 수밖에……."

화살이 떨어진 병사가 허리에서 칼을 뽑아들었다. 돌담에서 적진으로 뛰어내려 저승길 길동무를 한 명이라도 더 만들겠다는 기세다.

"멈춰! 개죽음일 뿐이다! 아노슈, 남는 짱돌 없나?"

다른 병사가 어깨를 잡고 말리며 이쪽을 향해 외쳤다.

"이걸 쓰시오!"

도비타야 한 명이 쓸데가 없어 쌓여 있는 자갈더미를 가리켰다. 병사와 석공이 한 덩어리가 되어 3번 돌담을 사수하고 있었다.

"돌격…… 전진…… 자갈……."

그때였다. 눈앞의 광경을 바라보던 교스케의 머리에 어떤 생각이 번쩍 스쳤다.

"영감!"

"왜?"

눈앞에 닥친 고립에 대비하여 돌담 높이를 조금이라도 높이기 위해 겐사이는 이쪽에 등을 보인 채 일꾼들에게 지시를 내리고 있었다. 교스케가 부르자 겐사이가 돌아다보았다.

"방법이 있어! 3번 돌담에서 버티며 고카슈를 물리칠 방법이 있다고!"

"그래서는 버티기 힘들다니까———"

"그게 아냐. 공격하자는 거야."

"뭐라고……."

겐사이가 미간에 깊은 주름을 만들었다.

"일단 뒤로 물러났다가……."

교스케는 방금 떠오른 계책을 빠르게 설명했다.

"어때?"

설명을 마치자 교스케는 겐사이의 의견을 물었다.

"안 돼."

겐사이는 고개를 저었다.

"너는 전쟁을…… 인간을 모른다. 돌담에서 수비하다 보면 인명을 해치는 경우도 물론 있지. 허나 석공인 네가 직접 뛰어들어 인명을 해친다면 언젠가 반드시 업보를 받게 된다."

"그렇다고 해도…… 나는 지켜내고 싶어."

교스케는 쥐어짜내는 목소리로 대답했다.

겐사이의 말도 나름대로 이해할 수는 있었지만 지금 자신은 눈앞의 농민을 지키고 싶다는 생각이 훨씬 강했다.

겐사이는 깊은 숨을 토하더니 자기 자신을 납득시키려는 듯이 두어 번 고개를 끄덕였다.

"알았다."

"괜찮겠지⋯⋯?"

이런 와중에도 아노슈의 긍지에 관한 일이라면 조금도 양보할 리 없는 겐사이가 뜻밖의 반응을 보였다.

"얘기는 네가 꺼냈지만."

쓴웃음을 지으며 고카슈 쪽으로 시선을 향한 겐사이가 작은 소리로 말했다.

"한다면 내가 한다."

"뭐라⋯⋯?"

"내가 책임지고 맡은 일이다."

겐사이는 교스케를 향해 돌아서서 조금 전과는 딴판으로 대담한 미소를 지으며 말했다.

"됐지?"

"음."

평소 겐사이와 교스케는 말다툼이 잦지만 이럴 때만큼은 늘 같은 표정이 된다.

"이제는 도움이 못 되는구나."

겐사이는 적군 너머로 보이는 1번 돌담을 바라보며 말했다. 최전선인 1번 돌담은 이미 적의 침식을 허용하여 가모 측 병력이 한 명도 남지 않았다. 2번 돌담은 병력이 절반까지 줄었고 3번 돌담에서 버티고 있는 상황이다.

겐사이는 3번 돌담 위에 있는 이들에게 큰소리로 말했다.

"형세를 뒤집기 위해서 나는 여기를 떠난다. 그때까지 어떻게든 버텨!"

도비타야 일꾼들은 즉시 예, 하고 소리쳤다. 가모 측 병사들도 저마다 건투를 빈다고 대답했다. 일개 장인이 무엇을 하겠다는 거냐고 무시하는 사람은 없다. 돈으로 고용했다고 해도 아노슈 역시 목숨을 걸고 싸우고 있다는 사실을 그들도 잘 알고 있었다.

"교스케, 따라와라!"

겐사이는 그렇게 말하고 돌담에서 뛰어내렸다. 3번과 4번 돌담에는 아직 적군이 들어오지 않았다. 하지만 가장자리 문에는 적의 사체가 뒹굴고 있다. 한두 명의 침입을 허용했지만 가까스로 틀어막고 있는 것이다. 이제 곧 이곳도 적들로 가득 차리라.

"단조! 쓸 만한 사람 넷!"

겐사이가 짤막하게 말하자 단조는 의도도 묻지 않고 바로 수배를 시작했다. 오랜 세월 보좌해온 단조는 겐사이를 완전히 신뢰하고 있다.

"하즈로쿠, 마타이치, 기주로, 그리고 또 한 명은……."

모두 이십대 후반에서 삼십대로 한창 물이 오른 일꾼들이다.

"제가 갈게요!"

나머지 한 명을 놓고 고민하는 단조에게 레이지가 손을 번쩍 들고 한 걸음 나섰다.

"좋아…… 레이지. 부탁한다."

겐사이는 1번과 2번 돌담에서 후퇴해 온 가모 측 병사들에게 다가갔다. 부상을 처치받는 자, 나무통에 얼굴을 처박고 목을 죽이는 자, 돌담에 기대어 호흡을 가다듬는 자를 포함하여 다들 다가오는 4번 돌담의 공방전을 대비하고 있었다.

"돌담 회랑에 들어온 적을 섬멸해서 사기를 꺾어놓아야겠어. 우리와 함께 다시 갑시다."

겐사이의 한 마디에 모두들 동시에 숨을 삼켰다. 그런 공격이 가능할 리 없다. 인내하며 버티기도 힘든데 무슨 공격이란 말인가, 하는 표정이 생생하게 떠올랐다.

3번 돌담에서 만났던 가모 측 병사들과 달리 이곳에서는 곧 분개하는 목소리가 터져나왔다. 전투도 모르는 아노슈가 주제넘게 나선다, 전황을 읽지 못한다, 라며 저마다 비난을 퍼부었다. 개중에는 아노슈가 돌담 공사를 제때에 마치지 못한 탓이라고 트집 잡으며 책임을 떠넘기려는 자도 있었다.

"우리는 가모 나라나 당신들을 위해 공사를 맡은 게 아니다!"

겐사이가 차분하지만 단호한 목소리로 말하고 가모 측 병사들을 노려보았다. 겐사이의 태도에 병사들 얼굴에 분노가 치달을 때 겐사이가 내처 몰아세우듯이 외쳤다.

"오다 가의 식솔을 구해준 순간 가모 가는 아케치의 적이 되었다. 기나이에서 아케치에 제대로 맞서려고 하는 세력은 가모 가뿐이다. 패배하면 히노 농민들까지 몰살당한다……. 이런 말로 부탁하기에 공사를 맡았던 거다!"

겐사이의 일갈에 가모 측 병사들이 주먹을 꽉 쥐었다. 겐사이는 멈추지 않고 말했다.

"게다가 3번 돌담에서 당신들 동료들이 싸우고 있잖나! 이대로 외면할 생각인가!"

"정말이지 다들 제정신이 아니야."

덩치 큰 남자가 물 마시던 사발을 던져버리고 창을 지팡이처럼 짚으며 일어섰다. 그의 어깨에는 화살 몇 대가 박혀 있었다.

"당신은……?"

"여기 히노 땅 요코야마무라에 사는 요코야마 구나이. 우사야마 성 전투 때 당신을 보았소."

오다 노부나가가 각지의 여러 세력에게 포위되었을 때 아자이·아사쿠라 연합군이 비와 호수 서쪽을 지나 교토로 진격하는 일이 있었다. 노부나가는 다른 방면을 처리하느라 여념이 없어 자기 대신 수하를 교토에 가까운 우사야마 성에 보냈다. 그때도 도비타야에 '가카리'를 의뢰하여 겐사이가 전투 중에도 성벽 공사를 강행함으로써 함락을 모면했던 것이다.

"아, 그때 거기에……."

한 번이라도 가카리를 보았다면 도비타야가 성을 방비하는 데 목숨을 건다는 사실을 모를 리 없다. 요코야마가 금방 이해해준

데는 까닭이 있었다.

"한데…… 어떻게 하면 이길 수 있지?"

요코야마가 야수 같은 눈빛으로 쳐다보았다. 이길 수 있지? 라고 말할 때 눈빛이 더 밝아진 것 같았다. 원래 수비만 하는 전투에는 어울리지 않는 기질인지도 모른다.

"1번과 2번 돌담으로 다시 들어가서 신호와 함께 일제히 공격했으면 합니다."

"알겠소."

요코야마는 자세히 묻지도 않고 대답했다. 요코야마가 손짓을 하자 그의 수하들인지 서른 명 가까운 무사가 모였다. 이를 시작으로 다른 부대 병사들도 무기를 들고 다시 일어섰다. 모두 이백 명이 훨씬 넘었다.

요코야마가 기합을 넣으려는 듯 늠름하게 그을린 뺨을 양손바닥으로 눌렀다.

"자, 갈까."

"확실하게 지킵시다!"

모두 4번 돌담으로 기어오른 뒤 병력을 둘로 나누었다. 도비타야 일꾼들도 둘로 갈라져 한쪽은 겐사이, 다른 한쪽은 교스케의 지휘를 받았다. 겐사이는 레이지에게 교스케 쪽으로 가라고 명령했다.

"교스케, 너는 2번 돌담. 나는 1번 돌담을 맡는다."

겐사이는 턱을 끄덕이며 말했다.

"내가 먼저…… 간다."

교스케는 알았다는 의미로 한쪽 손을 흔들었다.

많은 말을 하지 않아도 뜻이 통한 두 사람은 어울리던 나비가 문득 멀어지듯 반대 방향으로 뛰기 시작했다. 도로 양쪽에 있는 돌담 상단의 통로를 두 무리가 각각 달려가는 것이다.

교스케 뒤에는 레이지를 위시한 도비타야 두 명. 그리고 요코야마 구나이가 직접 이끄는 백여 명의 병력이 뒤따른다. 그들이 폭 2간이 채 안 되는 좁은 돌담 위를 달렸다. 두 명이 나란히 서면 꽉 차는 통로다. 백여 명의 갑옷들이 스치는 요란한 소리 속에서 어깨를 맞대다시피 달리던 레이지가 물었다.

"대체 어쩔 셈인데?"

"돌담으로 공격한다."

"뭐라……."

레이지의 얼굴에 도통 이해하지 못하겠다는 표정이 떠올랐다.

"회랑으로 최대한 많은 적을 끌어들인다."

적들도 거의 함락 직전 단계에서 공방전을 벌이는 중임을 알고 있다. 벌써부터 누가 공을 세울까 하며 기대하는 분위기다.

그런 와중에 1번, 2번 돌담 위로 가모 측 병력이 나타나면 어떻게 생각할까. 전투를 모르는 하수라면 가모 측이 죽기살기로 싸울 작정이구나 하고 주눅이 들지 모른다.

하지만 고카슈를 지휘하는 자는 돌담 공사가 끝나기 전에 벌이는 서전의 중요성을 간파하고 맹공을 가했다. 가모 측 병사들이

만신창이에다 상당히 궁지에 몰려 있음을 알고 바로 지금이 기회라고 생각했으리라.

"우선은 2번 돌담, 이어서 1번 돌담을 허문다. 그렇게 퇴로를 막으며 투석전을 벌인다."

레이지는 놀란 표정이다. 아노슈는 축성이 생업이고 그 기술로 명성을 날린 집단 아니던가. 교스케의 입에서 나온 얘기는 완전한 역발상이었다.

"설마 네가 요석을 알아볼 수 있다는 거야?"

돌담에는 흔히 '요석'이 있다고 하는데 빼내면 돌담이 단숨에 무너진다고 전해진다. 하지만 겐사이를 포함하여 어느 돌이 요석인지 찾을 줄 아는 장인은 아직 한 사람도 없었다. 옛날 초대 새왕은 찾을 줄 알았다고 들었지만 전설이나 다름없는 이야기이고 요석이라는 돌이 존재하는지조차 의문시되고 있다.

"아니, 그런 건 없겠지."

"그럼……."

"한데 모아서…… 이렇게."

교스케는 주먹을 쥐었다가 활짝 펴 보였다.

"거기에 쓰려고 화약을?"

그제야 레이지는 교스케의 계책을 이해했다. 요코야마 구나이에게 부탁해서 철포에 쓰는 화약을 채운 자루를 가져가고 있다. 자칫 유탄에 맞으면 대폭발을 일으킬 터이니 실수로라도 전선으로 가져가서는 안 되는 물건이다. 이것을 이용해서 돌담을 허무는 것이다.

"화약 자루를 돌담에 대놓고 철포로 쏴서 맞추면 되는 건가?"

이야기를 듣고 있었는지 조금 뒤에서 달리던 요코야마가 끼어들었다. 교스케가 대답하기도 전에 레이지가 대답했다.

"아니, 우리 돌담은 그 정도로는 꿈쩍도 안 합니다."

아노슈가 쌓은 돌담은 대통철포는 소통, 중통, 대통으로 나뉘는데, 그중 대통은 75그램~187그램의 탄환을 쏘는 철포를 말한다 한두 발을 정면으로 맞아도 끄떡하지 않는다. 특히 도비타야가 쌓은 돌담이라면 연속 발사를 당해도 능히 버텨낼 게 틀림없다. 여기에는 까닭이 있지만 지금 요코야마에게 설명할 시간도 없고, 설명해본들 바로 이해할 리도 없을 터였다.

"그럼 어떻게……."

요코야마의 목소리에 불안감이 묻어난다. 교스케가 레이지 대신 설명했다.

"성벽은 외부 힘에는 엄청 강하지만 안쪽에서는 어렵지 않게 무너뜨릴 수 있습니다. 구멍을 파서 거기 화약을 넣고…… 쾅!"

교스케는 앞을 바라본 채 주먹을 손바닥에 탁 쳤다.

"이봐, 땅이 아니라 성벽인데?"

"팔 수 있습니다. 엄밀히 말하면 돌을 빼내는 거죠."

요즘은 다양한 방식으로 돌을 쌓고 있다. 아노슈는 메쌓기로 유명하다. 가장 고풍스럽고 높은 강도를 자랑하기 때문이다. 돌이 꽉 맞물릴수록 좋다고 생각하는 사람은 하수다. 땅바닥에 쌓아올리자면 틈새가 많이 생긴다. 이 틈새가 정면에서 오는 충격을 완화하는데 보다 강도를 높이기 위해 유격의 폭과 위치를 계산하며 쌓는다. 그래서 돌담 최상단에 놓은 돌부터 들어내면 충분히 해체할 수 있다. 다만 돌을 분리하는 순서를 그르치면 균형이 무너지고 유격이 사라져 버려서 다음 돌을 빼낼 수 없게 된다는 점이 어렵다. 돌담 해체는 쌓기에 못지않은 기술, 아니 실수할 경우 만회가 어렵다는 점을 생각하면 쌓기 이상의 기술이 필요하다.

"요코야마 나리!"

"알겠다! 방패를!"

적이 돌담 위를 뛰어서 돌아오는 가모 측 병력을 발견하고 화살을 쏘기 시작했다. 수하 병사가 방패를 들어 화살을 막으며 달린다. 레이지도 바로 뒤로 위치를 바꿔 병사의 방패를 의지하며 뛰었다.

"앗――"

방패 틈새로 날아온 화살이 눈앞을 쌩 스치자 교스케가 재빨리 몸을 크게 젖혔다.

"교스케!"

춤을 추듯 자세가 무너지는 교스케를 레이지가 뒤에서 부축해 주었다.

"큰일 날 뻔했다……."

"밑으로 떨어지면 생선회처럼 토막 난다."

돌담 밑에는 눈을 부릅뜬 병사들이 우글거리며 야수와 같은 거친 숨소리가 소용돌이치고 있다. 얼른 다시 뛰면서 2번 돌담으로 방향을 틀었다. 건너편 돌담 상단을 달리는 겐사이가 이쪽을 쳐다보고 고개를 끄덕이는 것이 시야 구석으로 들어왔다.

"돌을 떼어낼 자리를 찾겠다."

교스케가 수하 일꾼에게 말했다. 이미 2번 돌담 뒤까지 적군이 밀려와 있다. 적도 이쪽이 뭔가를 획책하고 있음을 눈치 챘는지 화살로 겨냥하는 모습이 보였다. 요코야마와 병사들은 이쪽에서는 공연히 활로 반격하지 않고 조개가 입을 다물듯 방패로 5간짜리 벽을 만들어 일꾼들을 지켜주었다.

교스케가 눈을 가늘게 뜨고 문득 동작을 멈추었다.

"교스케! 어서!"

꾸물거린다고 생각했는지 레이지가 소리쳤다.

"알아."

가볍게 대답한 교스케가 숨을 토했다.

──네 목소리를 들려줘.

보이지 않는 바람으로 끈을 꼬아 만드는 듯한 느낌. 신경을 예리하게 곤두세우자 끊임없이 들려오는 함성, 철포의 포효, 활시위의 탄식이 조금씩 멀어져간다. 실제로 들리는 목소리가 아니라는 사실은 알고 있다. 눈으로 받아들이면 그 목소리가 뇌리에 솟아오르는 것이다.

"너로구나……. 레이지, 저 돌이다!"

돌담 상단에 끼워져 있던 돌 하나를 가리키며 자신도 그쪽으로 뛰어갔다. 둘이 함께 손을 대고 들어올린다. 엉뚱한 돌이라면 아무리 힘을 주어도 움직이지 않겠지만, 조금 저항하다가 가볍게 들어 올려졌다. 두 번째, 세 번째 돌도 마찬가지였다. 네 번째 돌을 빼낼 때가 되자 레이지에게 자기 다리를 잡아달라고 부탁한 교스케가 방금 생긴 구덩이에 상체를 넣었다. 네 번째, 다섯 번째 돌을 들어낼 때마다 같은 동작을 반복했다.

"아직인가?"

"이제 금방입니다!"

요코야마가 외치는 소리가 들렸다. 대답하는 교스케의 목소리가 구덩이 안에 울리며 돌 틈새에 흡수되었다. 여섯 번째 돌을 빼내자 가득 깔린 자갈이 보였다. 구덩이에서 빠져나온 교스케가 바로 화약을 통째로 넣었다.

"좋아, 잘 됐다. 화승!"

"교스케, 행수는?"

2번 돌담을 무너뜨린 직후에 1번 돌담을 무너뜨릴 계획인데, 1번 돌담 쪽에서도 방패를 나란히 세워 두어서 상황을 파악할 수가 없다. 물론 애초에 예상했던 상황이다. 헤어지기 전에 겐사이가,

──준비가 끝나는 대로 터뜨려라. 나도 반드시 시간에 맞출 테니까.

라고 힘주어 장담했던 것이다.

"영감이라면 틀림없이 끝냈겠지."

다섯 치쯤 되는 화승의 한쪽을 구덩이 속에 집어넣고 반대쪽 끝에 불을 붙였다. 요코야마의 호령으로 방패를 처든 채 2번 돌담에서 통로로 쓰는 돌담으로 물러났다.

"이제 폭발한다."

연기를 피워 올리며 불꽃이 구덩이 속으로 들어가는 양상을 지켜보다가 교스케가 낮은 소리로 중얼거렸다.

다음 순간, 단전을 뒤흔드는 낮은 굉음이 울려 퍼졌다. 눈앞의 광경이 일그러진다. 2번 돌담의 중앙이 산산이 튀어 오르고 돌들이 대통 포탄처럼 날았다. 비명이 터지고 눈에 보이지 않는 거대한 손이 밀고 지나가는 것처럼 돌담은 양쪽 가장자리를 향해 붕괴되어 간다.

"좋아! 1번 돌담은———"

교스케의 외침은 중간에 지워져버렸다. 예정했던 시간과 한순간도 어긋나지 않고 1번 돌담 중앙이 산산이 흩어지며 날아오른 것이다. 그쪽 역시 엄청난 굉음을 내며 무너졌다. 구르는 돌을 제대로 맞고 나가떨어지는 자와 돌에 깔리는 자가 부지기수였고 뒤미처 솟구치듯 일어난 모래먼지에 앞뒤를 분간할 수 없었다.

1번 돌담이 무너져 적의 후속 병력이 차단되었다. 돌 회랑은 감옥으로 변하고 안에 갇힌 자들은 후퇴도 못한 채 우왕좌왕했다.

"쏴라!"

요코야마가 허식 없는 투박한 소리로 지시를 내렸다. 가모 측 병사는 방패를 던져버리고 철포와 활을 쏠 준비를 마친 상태였다. 철포가 날카로운 화염을 뿜는가 싶더니 혼란에 빠진 고카슈 사이에서 절규가 터졌다.

겐사이와 석공들을 호위하던 가모 측 병사들도 1번 돌담에서 통로 돌담으로 피신하여 일세히 사격을 시작했다. 무너진 돌담을 넘어 도망치려고 하는 자들은 등에 화살을 맞고 픽픽 쓰러졌다.

더 깊이 진격하여 3번 돌담에 몰려 있던 적도 이변을 알아채고 앞다투어 도주했다. 성을 지키던 병사들은 이를 기회로 통로를 뛰어와 쉬지 않고 화살을 쏘았다.

"무기를 버리고 항복하라!"

요코야마의 우레와 같은 포효가 터졌다. 인간의 마음이란 묘해서 방금 전까지 무서운 기세로 공격하던 자들이지만 한 명이 창을 내던지자 다른 병사들에게도 금방 항복의 기운이 전염되었다. 승부는 끝났다. 고카슈가 원군을 투입하지도 못한 채 이를 갈고 있지만 성을 지키는 쪽은 빠르게 병력이 늘어나고 있었다.

이만한 규모의 전투에서 수백 명이 한꺼번에 죽거나 포로가 되는 일은 드물다. 고카슈의 사기는 눈에 띄게 떨어지고 가모 측은 지옥에서 생환한 것처럼 의기양양했다.

팔짱을 끼고 상황을 지켜보는 겐사이에게 교스케가 뛰어왔다.

"성공했군요."

적의 공격은 1번 돌담 쪽에서 더 격렬했고 거리도 멀어서 폭파 준비를 마치기까지 시간 여유도 적었는데. 겐사이가 해냈다. 과연 새왕이라 불릴 만하다. 교스케는 자신이 1번 돌담을 맡았다면 결코 제 시간에 끝낼 수 없었을 거라고 생각했다.

"음."

겐사이의 표정이 어둡다.

"이제 화의를 맺을 수 있을지 모르지."

가만 보니 항복하고 끌려가는 자들 중에 일군의 장수로 보이는 갑옷을 입은 자도 여럿이다. 이번에 쳐들어온 자들은 토호 연합 세력이었다. 포로를 함부로 대하면 먼 훗날까지 원한이 남기 쉽다. 포로 석방을 조건으로 적군을 물러가게 할 수 있을지도 모른다. 그렇게 되면 히노 성은 적어도 아케치 군이 도착할 때까지는 방어할 수 있게 된다.

"인간은 어리석구나."

"응⋯⋯?"

"전쟁이 비극을 낳는 걸 알면서도 자꾸 반복하지. 우리가 없었으면 세상도 오래 전에 평온을 찾았을지 모른다."

아노슈가 철벽같은 성벽을 쌓았기 때문에 전쟁이 더 길어진다. 1년이면 끝날 전쟁이 10년으로, 다시 100년으로. 겐사이는 늘 그렇게 생각하는 듯했다.

교스케는 반론하려고 하다가 그만뒀다. 사실 일리 있는 이야기 아닌가.

"저자들에게도 가족이 있을 텐데."

겐사이가 턱짓으로 가리킨 곳에는 항복하기 전에 총탄과 화살을 다 써버린 적군들의 사체가 포개지듯 누워 있었다.

"저자들은 다 각오하고 쳐들어온 자들 아닌가? 우리는 그저 전쟁에 휩쓸린 농민을 지켜준 것뿐이잖아."

"음, 그건 그렇지……."

겐사이는 조용히 대답하고 손바닥으로 뺨을 썩썩 문질렀다.

조금 전의 격전이 거짓말처럼 끝나고 고카슈는 슬금슬금 진을 물렸다.

"저쪽에서도 내가 여기 있다는 사실을 알고 있군."

겐사이가 씁쓸한 표정으로 표정을 일그러뜨렸다. 거리는 멀어도 상대방의 증오에 찬 시선이 겐사이에게 쏠리고 있음을 알 수 있었다. 세상에 널리 알려진 새왕이다. 같은 오미 땅에 뿌리를 둔 첩보 집단 고카슈이니 모른다면 더 이상할 것이다.

겐사이의 옆얼굴은 흠칫 놀랄 만큼 딱해 보였다. 조금 전 드물게 고뇌를 토로했지만, 겐사이는 이렇게 원망의 고리를 만들어가는 데에 무상함을 느끼고 있는 걸까.

"한 가지 분명한 건 있어. 영감은 나를 지켜주었어."

교스케는 냉정하게 단언했다. 오래 전 그날 겐사이를 만나지 못했다면 자신은 여기 서 있지 못했다. 만약 이치조다니 성벽 보수 공사가 제대로 되었더라면 부모와 누이동생 가요가 죽지 않았을지도 모른다. 겐사이의 성벽이 그렇게 쉽게 함락될 리가 없지 않은가.

"고맙다."

겐사이가 이쪽을 힐끔 보며 미소를 지을 때 전장을 진정시키듯 한 줄기 바람이 지나갔다. 겐사이의 살쩍에서 늘어진 머리카락이 희미하게 흔들린다. 오늘도 어딘지 공허감을 풍기는 겐사이의 얼굴을 교스케는 가만히 쳐다보았다.

14년 전의 격전을 떠올리면 지금도 그 처절함이 되살아나 저도 모르게 한숨이 새어나온다. 돌담을 무너뜨려 고카슈의 선봉을 무찌른 직후 가모 우지사토는 포로를 인질로 삼아 강화 교섭을 추진했다.

상대는 토호 수십 명의 연합체로서 복잡한 혼인 관계로 얽혀 있다. 그중 세 명이 포로로 잡혀 있음을 확인한 인척 토호들은 가모 가에게 인질을 살려달라고 호소했다. 이렇게 되자 하나로 단결하여 전투를 계속하기도 불가능해 곧 화의가 성사되었다. 아케치에게는 의리를 보여줄 만큼 보여주었다는 심리도 작용했을 것이다.

결국 아케치 군의 본대는 히노 성에 나타나지 않았다. 그들은 야마시로노 국 야마자키에서 하시바 히데요시에게 대패하자 주고쿠 쪽에서 혜성처럼 재빨리 회군했다.

하시바 히데요시는 그 기세 그대로 천하를 통일하고 지금은 조정에서 하사한 도요토미란 성을 쓰고 있다. 해서 히노 성 전투 이후로 가카리는 한 번도 발령되지 않았다.

"조만간 네가 도비타야의 행수가 되겠지. 우리는 상대가 누구든 의뢰를 받으면 최고의 성을 지어준다. 너, 예전처럼 헛소리를 늘어놓으면 나는 바로 때려치우고 다른 패로 옮겨버릴 거야."

레이지는 코를 킁, 울리고 적당한 돌멩이를 주워 냅다 던졌다.

"우리는 다이묘의 의뢰를 받아 성을 쌓는다……. 그건 전쟁과 관계없이 농민을 지키는 일이라는 서사."

"알면 됐어. 우리는 전장에서 죽는 목숨을 하나라도 줄이고 있을 뿐이야."

레이지는 가늘게 숨을 토하고 늘어진 머리카락을 그러 올렸다.

"그것만으로는 부족해."

교스케가 낮은 소리로 말하자 레이지는 미간을 찡그리며 교스케의 얼굴을 들여다보았다.

저 히노 성 공방전 이후 교스케는 내내 생각해온 바가 있었다. 지금은 세상이 평화롭지만 인간은 예로부터 전쟁을 거듭해왔다. 언제든 평화는 깨질 수 있다. 그렇게 되면 또 비극이 펼쳐질 것이다. 아무리 철벽같은 성벽을 쌓아 피해를 줄이려 해도 거듭되는 전투에 한 명 또 한 명 무고한 농민들이 죽어간다. 그런데도 정말 우리가 사람들을 지켜준다고 말할 수 있을까. 거듭 자문자답하다가 마침내 자신이 지향해야 할 답을 찾아냈다.

"그밖에 지킬 게 또 있나?"

레이지의 물음에 교스케는 나뭇잎 사이로 떨어지는 햇볕에 얼굴을 묻듯이 하늘을 우러르며 한가로운 말투로 대답했다.

"평화."

"평화?"

앵무새처럼 따라 말하는 레이지의 목소리에는 한층 의아함이 묻어 있었다.

"이 세상에서 전쟁을 없애고 싶다."

"어떻게 그런……."

레이지가 놀라자 교스케는 심정을 토로하듯 말을 이었다.

"몇 번을 공격해도 자기 병사만 죽어나갈 뿐이라면 어떻게 될까?"

"그야…… 공격을 그만두려고 하겠지."

레이지는 납득하는가 싶더니 이내 자기 말을 뒤집듯이 말했다.

"하지만 그렇다고 전쟁이 사라지진 않아. 성을 공략하던 측이 충분히 소모되었다 싶으면 이번에는 성을 지키던 측이 역습에 나서지. 아무리 견고한 성벽을 쌓아도 다이묘 한 사람만 득을 볼 뿐이야."

"그 역습도 마찬가지 결과로 끝난다면 어떻게 될까?"

"뭐라고? 너……."

"양 진영이 결코 함락되지 않는 성을 가지고 있다면 서로 건드릴 수가 없겠지. 만약 세상의 모든 성이 그리 된다면……."

교스케는 거기서 말을 멈추고 천천히 턱을 내리더니 레이지의 얼굴을 들여다보았다.

"전쟁은 없어져."

또 뭔가 반론이 나올 줄 알았지만 레이지는 놀란 얼굴로 쳐다볼

뿐이었다. 그의 얼굴에 떠오른 동요하는 그림자를 보며 교스케는
가만히 고개를 끄덕였다.

모순의
업

◉

◉

후시미 성을 옮길 장소인 고하타야마는 나지막한 언덕이다. 정상에 배치될 혼마루는 남북으로 약 3정(약 327미터), 동서로 약 2정이다. 결코 작지 않지만 오사카 성을 비롯한 히데요시의 다른 성에 비하면 특별히 크다고 할 수도 없다.

그러나 혼마루만 보고 성의 효능을 판단한다면 성을 모르는 사람일 것이다. 혼마루 서쪽에 니노마루, 북동쪽에 마쓰노마루, 동쪽에 나고야마루, 남동쪽에 야마자토마루, 남쪽에 시노마루가 배치되고, 북쪽에는 마쓰노마루에 연결하듯 네 개의 구루와가 설치된다. 게다가 니노마루에서 남서쪽으로 산노마루가 뻗어 있고, 거기에서 다시 북서쪽으로 지부노쇼마루가 이어진다. 나아가 방비가 약간 미흡하게 느껴지는 남쪽에는 해자와 토루를 설치할 만큼 방비가 철저하다. 이 모든 구루와가 복잡하게 얽혀 있어 언덕 전체를 남김없이 요새로 만들 예정이었다.

히데요시에게 축성 부교행정사무를 관장하는 각 부처의 우두머리로 임명된 사람은 가타기리 가쓰모토. 저 유명한 시즈가타케 7본창시즈가타케 전투에서 공을 세운 일곱 명의 젊은 무사. 시즈가타케 전투는 오다가 혼노지의 변으로 죽은 뒤 도요토미 히데요시가 오다의 후계자로 올라서게 되는 결정적인 전투였다 가운데 한 명인데, 그 뒤로는 이렇다 할 무공이 없이 후방 병참이나 맡는 신세였다. 다만 장수들이 앞다투어 칭찬할 만큼 성품이 훌륭했다.

가쓰모토는 축성에 그리 해박하지 않다. 한데 왜 축성 부교로 발탁되었을까. 여기에는 히데요시의 계산이 있었다.

——설계는 전적으로 새왕에게 맡겨라.

새로운 후시미 성 설계를 겐사이에게 맡기라고 명한 것이다.

도비타야뿐만 아니라 이노슈의 여러 패는 원래 담당자와 이인삼각 체제로 협의하며 성을 설계하는데 이번에는 겐사이에게 일임하라니. 이는 지극히 드문 일이었다.

겐사이가 당대 최고의 축성 장인을 뜻하는 새왕으로 불리지만, 사실 그도 일개 장인일 뿐이다. 축성을 명령받은 다이묘패권을 쥔 히데요시는 막대한 자금과 인력이 필요한 토목 공사나 축성 공사를 유력한 다이묘에게 부담하게 하는 정책을 폈다 중에는 반발하는 이도 있으리라.

때문에 두드러진 재능은 없지만 인간관계를 빈틈없이 조정할 줄 아는 가쓰모토를 부교로 임명함으로써 다이묘의 개입과 알력을 제거하고 겐사이 뜻대로 성을 쌓게 하려는 것이다.

교스케가 고하타야마로 돌을 운반했을 때, 겐사이는 가쓰모토와 한창 논의하던 중이라 현장에 없었다. 대신 교스케와 레이지에게 보내는 편지를 쌓기조 일꾼에게 맡겨두었다.

——또 다른 공사 의뢰가 들어왔다.

다만 이번에는 축성 의뢰가 아니라 성벽 수리인 모양이다.

겐사이는 한동안 후시미를 비울 수 없으니 새로 들어온 공사를 교스케에게 맡기겠다, 현장을 답사하고 필요한 돌의 양을 계산해서 떼기조에 전해라, 그리고 레이지와 협의해서 돌을 운반하고 서둘러 공사를 시작하라는 내용이 편지에 적혀 있었다.

"현장이 어딘데?"

옆에서 레이지가 들여다보았다.

"오쓰 성."

"엎어지면 코 닿을 데로군. 지금 쓰고 있는 유영을 그대로 쓰면 되겠다."

유영은 떼기조가 떼어낸 돌을 옮겨다가 모아두는 곳으로, 축성 현장이 어디냐에 따라 유영을 설치하는 위치가 달라진다. 이번 후시미 성 공사를 위해 설치한 유영이 오쓰에 있으므로 그대로 활용할 수 있다.

"지금 바로 실어 나르는 게 어떻습니까?"

가까이서 대화를 듣고 있던 운반조 일꾼 하나가 고개를 갸웃거리며 물었다.

"안 돼."

교스케와 레이지가 동시에 말하는 바람에 운반조의 젊은 일꾼이 몸을 살짝 젖히며 놀란 표정을 지었다.

"아무 계획 없이 현장에 돌부터 가져다 두면 자리만 차지하고 작업이 진척되지 않는다. 운반조가 현장 상황에 맞게 운반 일정을 조정해주니까 쌓기조도 괜한 데 신경 쓰지 않고 쌓을 수 있는 거다."

성을 쌓는 공사는 의외로 넓은 면적이 필요하다. 특히 활차 때문에 그렇다. 통나무 세 개를 모아 세워 놓고 가운데 도르래를 단

활차는 대형석을 올릴 때 꼭 필요한 장치지만 쌓는 장소에 따라 해체와 조립을 반복해야 할 때도 있다. 더구나 대형석을 올릴 때는 활차 하나만으로 부족하다. 돌이 너무 크면 두세 개를 엮어서 들어 올려야 한다. 바닥에 돌이 어지럽게 흩어져 있으면 활차 설치는 고시하고 이동도 뜻대로 할 수 없게 된다.

"1년이나 운반조에 있었으면 이제 알 때가 됐잖아. 쌓기조한테 훈계나 듣고!"

레이지는 그 일꾼에게 한심하다는 듯이 혀를 차고 정수리를 긁적이며 하던 이야기로 돌아왔다.

"바로 오쓰 성으로 가겠군."

오쓰 성에 누가 쳐들어오는 것은 아니다. 이삼일 안으로 전쟁이 벌어지는 상황도 생각하기 힘들다. 하지만 전혀 가능성이 없지도 않다. 어떤 사태가 벌어질지 모르기 때문에 아노슈는 공사에서 신속성을 중시한다. 레이지도 잘 알고 있다.

"음, 수련 도중에 손을 털고 떠나서 미안하군."

"괜찮아. 행수어른이 아직 부족하다고 하면 수리 공사가 끝난 뒤에 다시 충실히 갈궈 줄게."

지난 몇 년간 쌓기조에서 일하며 레이지가 운반조로 일하는 모습을 보아왔다. 혈기왕성한 나이치고는 빈틈이 없다고 생각했는데, 최근 며칠에 이르러서야 그 빈틈없음이 얼마나 어려운 일인지 실감했다. 레이지에게 존경심마저 느껴질 정도로.

"한데 오쓰 성의 성주라면⋯⋯."

레이지는 관자놀이를 손가락으로 긁으며 말끝을 흐렸다. 오쓰
성은 아노 땅에서 엎어지면 코 닿을 곳이니 당연히 두 사람 모두
잘 알고 있다. 그곳의 다이묘는 모종의 자랑스럽지 못한 일 때문
에 근처뿐 아니라 열도 전역에서 유명하다.

"반딧불이."

교스케의 표정이 씁쓸하게 굳었다. 그것이 오쓰 성주의 별명이
다. 세상에는 평범한 장수로 알려져 있다.

"고생깨나 하겠군."

변변치 못한 성주는 대체로 참견을 일삼아서 공사를 뜻대로 하
지 못하는 경우가 많다. 레이지의 말은 그런 의미였다.

"뭐 어떻게든 되겠지."

"그만 가봐."

흥이 깨진 투로 말하며 쫓아내는 시늉을 하는 레이지의 손짓에
한쪽 뺨으로만 웃으며 고개를 끄덕였다.

교스케는 혼자 고하타야마를 뛰어 내려갔다. 맨몸이라 걸음이
가볍다. 비록 수리 공사일 뿐이지만 자기가 책임지고 돌을 쌓는
다 생각하니 날아갈 수도 있을 듯하다. 산비탈에 뒹굴고 있는 크
고 작은 돌들이 시야에 들어왔다가 뒤쪽으로 흐른다. 어느 돌이
나 나를 가져다 쓰라고 외치는 것처럼 느껴져 교스케는 속으로
사과했다. 미안, 지금 내가 좀 급하거든. 이런 생각을 하다니, 아
무래도 마음이 너무 들뜬 모양이다. 교스케는 자조하듯 한숨을
내쉬고 아지랑이 아른거리는 산비탈을 경쾌하게 내려갔다.

오쓰 성주의 이름은 교고쿠 다카쓰구京極高次. 교고쿠 가는 우다 겐지天皇의 아들 및 손자가 많이 태어나 생기는 각종 부작용과 부담 때문에 종종 성을 하사하여 신하로 격하시켜 왔는데, 겐지源氏는 그렇게 하사된 성 가운데 하나이다. '우다겐지'는 우다 천황의 황사를 시조로 하는 겐지 가문이라는 뜻이다. 우다겐지 외에도 21개의 겐지 가문이 있다의 혈통인 오미겐지, 다시 오미겐지의 여러 혈통 가운데 하나인 사사키 씨에서 갈라져 나온, 오미의 최고 명문이다. 본래는 기타오미의 슈고다이묘슈고는 막부가 지방 행정단위 국國에 파견하던 지방관인데, 이들의 영향력이 커져 영주로 성장한 자를 슈고다이묘라고 한다였으나 가신 아자이 씨에게 하극상을 당하여 다카쓰구의 부친 다카요시 시절에 그 지위를 잃었다.

다카요시는 미나미오미를 영지로 삼았던 록카쿠 씨의 지원을 받고 아시카가 쇼군 가의 비호도 받으며 가까스로 명맥을 유지했다. 마침내 오다 노부나가가 패권을 쥐고 교토에 나타나자 오다 가와 아시카가 가의 관계가 험악해졌다. 다카요시는 아시카가 가에 의리를 느꼈는지 본인은 은퇴하고 아들을 오다 가에 인질로 보냈다. 그 인질이 아들 다카쓰구였다.

오다 가의 비호 아래 다카쓰구는 아시카가 가와 싸운 공으로 오미 국 오쿠시마에 오천 석을 받았다. 그러나 다카쓰구는 이미 그때부터 변변치 못한 인물이라는 소문이 돌았다. 이후 눈에 띄는 공도 세우지 못하고 새로운 영지도 추가하지 못했다. 전에 받았던 오천 석도 노부나가가 오미를 통제하는 데는 명문 교고쿠 가의 명성이 효과적이겠다는 판단 아래 버리는 셈치고 줬을 거라는 뒷공론이 있었다.

그 교고쿠 가에 다시 비운이 닥쳤다. 혼노지에서 오다 노부나가가 아케치 미쓰히데에게 죽은 것이다. 다만 이는 다른 오다 가의 여러 장수들도 겪은 일이었다. 교고쿠 가가 더욱 곤란해진 까닭은 모반을 일으킨 아케치 편을 들어 히데요시의 거성 나가하마 성을 공격했기 때문이다. 교스케도 만난 적이 있는 가모 우지사토와는 정반대 노선을 택한 셈이다. 가모 우지사토가 젊고 명장이라는 명성이 높은 데 반해 다카쓰구는 선견지명이 없다는 말을 듣는 데는 이러한 내력이 있었다.

미쓰히데가 죽자 겨우 오천 석에 불과한 교고쿠 가만으로는 히데요시에 대적할 수 없었다. 다카쓰구는 영지와 영민을 버린 채 가족과 몇몇 가신만 이끌고 도망쳤다. 먼저 도망친 곳이 아무 연고도 없는 데다가 노선을 선명하게 밝히지 않았던 다이묘가 많은 미노 국이라고 하니 어지간히 경황이 없었던 모양이다. 이 역시 다카쓰구의 오명에 오명을 덧칠했다.

다음으로 누이동생 다쓰코가 시집간 다케다 모토아키의 와카사 국으로 의지처를 옮긴다. 모토아키도 아케치에 동조한 탓에 다카쓰구가 도착했을 때는 그 책임을 지고 할복하여 세상을 떠난 상태였다. 다케다 당주는 가신과 영민을 지키기 위해 할복을 한 마당에, 모든 것을 저버리고 꼴사납게 도망 다니며 연명하는 다카쓰구를 다케다 가신단이 좋게 보았을 리 없다.

다카쓰구는 와카사 국에서도 도망쳐 히데요시와 대립하던 에 치젠의 시바타 가쓰이에에게 달려갔다. 하지만 그 가쓰이에도 시 즈가타케 전투에서 히데요시에게 패하자 다카쓰구는 마침내 어디 에도 의지할 수 없게 되었다.

——이제 끝났구나.

세상 사람들은 그리 생각했을 것이다. 보통은 패장으로서 끌려 가 참수 당하게 마련이다.

한데 다카쓰구는 참수는커녕 지금까지 지은 죄를 전부 사면 받 았다.

항간에는 다카쓰구의 근신하는 자세가 기특했다느니 히데요시 가 차마 명문을 멸하지 못하고 온정을 베풀었다느니 하는 말들이 나돌았다. 실상은 어땠을까.

과부가 된 다카쓰구의 누이동생 다쓰코는 절세미녀로 유명했 다. 다카쓰구가 사면될 즈음 그 다쓰코가 히데요시의 측실로 들 어갔던 것이다. 이로써 다카쓰구에 대한 세간의 평판은 누이동생 을 갖다 바치고 목숨을 건진 전무후무한 우장으로 굳어지고 말았 다.

뿐이랴. 다카쓰구는 목숨을 구하는 데 그치지 않고 오미 국 다 카시마에 이천오백 석으로 영입되었다. 그 후 오천 석으로 복귀 했고, 규슈를 평정한 뒤에는 그 공을 인정받았다는 명목으로 오 미조 성과 일만 석 영지를 받아 마침내 다이묘로 출세하게 되었 다.

운도 타고난 다카쓰구는 덴쇼 15년(1587년)에 교고쿠 가의 가신 아자이 나가마사의 딸 하쓰를 정실로 들였다. 다카쓰구와 하쓰는 사촌지간이기도 하다.

이것이 왜 행운인고 하니, 하쓰의 큰언니가 비할 데 없는 미모로 유명한 차차인데 히데요시가 그녀를 측실로 들인 것이다. 히데요시는 수많은 측실 중에서도 차차와 다쓰코를 특히 사랑했다. 히데요시가 두 측실의 가까운 인척인 다카쓰구에게 감정이 나쁠 리 없다.

덴쇼 18년(1590년), 히데요시가 오다와라의 호조 씨를 멸하여 천하를 통일하자 다카쓰구는 오미 하리마 산성 이만팔천 석을 받고 이듬해에는 종5위하 시종에 임명되었다.

작년, 즉 분로쿠 4년(1595년)에는 특별한 사유도 밝히지 않고 육만 석이 가증되었다. 이때 받은 성이 바로 지금 교스케가 수리하러 가는 오쓰 성이다. 다카쓰구는 하시바라는 성을 허락받고 도요토미 성까지 하사받았다. 올해 들어서는 종3위 참의로 임명되었다.

세간에서는 엄청나다고 해야 할 이 만회극을 다카쓰구의 실력이라고 생각하지 않는다. 누이동생 다쓰코와 아내 하쓰라는 두 여인 덕분이라 보고 있다.

천박한 표현이기는 하지만 달리 말해보자면 두 여인의 '엉덩이의 빛남편이 아내에게 쥐여사는 상태 혹은 공처가를 흔히 '아내 궁둥이에 깔리다'라는 말로 표현하는 데서 유래해, 아내 덕을 보는 것을 '엉덩이의 빛'이라고 표현하곤 한다'에 기대어 출

세했다는 것이다. 그래서 마찬가지로 엉덩이에서 빛을 발하는 곤충의 이름을 빌어,

——반딧불이 다이묘.

라고 장수들뿐만 아니라 농민들도 비웃고 있는 형편이다.

"묘한 일이야."

오쓰의 유영으로 돌아오는 길에 교스케는 막연히 그런 생각을 하다가 저도 모르게 중얼거렸다.

교고쿠 가는 가신 아자이 가의 하극상으로 몰락했고, 그 아자이 가는 아사쿠라 가와 함께 오다 가에 반기를 들다 멸망했다. 이제는 아사쿠라 가도 오다 가에 소멸되었고 교스케는 그 와중에 부모와 누이동생을 잃었다.

교고쿠 다카쓰구의 아내 하쓰는 아자이 나가마사의 딸이다. 신분은 하늘과 땅만큼이나 차이가 나지만 교스케가 어려서 가족을 잃고 고향을 떠날 때 하쓰 역시 어린 나이에 고향에서 쫓겨났다는 공통점이 있다. 하쓰는 그 뒤에도 비극을 겪어야 했으니, 시바타 가쓰이에와 재혼한 어머니가 두 번째 낙성_{하쓰의 어머니는 오다 노부나가의 여동생 이치. 그의 전 남편 아자이 나가마사도 오다니 성이 함락되자 자살했다}을 당하자 남편과 함께 자결했던 것이다.

이번 오쓰 성 수리 공사도 본래대로라면 겐사이가 맡았을 텐데 마침 후시미 성 이축 공사 때문에 교스케가 맡게 되었다. 얼마나 좁은 세상인가. 혹시 뭔가 기묘한 인연이라도 있는 걸까.

오사카^{華版} 관문을 넘자 웅대한 비와 호수가 눈 아래 펼쳐졌다.

석양에 빛나는 호수 수면이 마치 연붉은 비늘을 뿌린 것처럼 눈부시게 아름답다. 경치에 잠시 빠져 있던 교스케는 부질없는 잡념을 떨쳐버리고 오미를 향해 걸음을 내디뎠다.

교스케는 그날 중에 오쓰 유영으로 돌아왔다. 애초의 예정으로는 아직 돌아올 때가 아니었다. 몇 명 남겨두었던 운반조의 젊은 일꾼들이 무슨 사고라도 일어났나 긴장하는 얼굴로 맞아주었다.

"별일 아니다. 일감이 새로 들어왔다."

일동의 얼굴에 안도감이 떠오른다. 그만큼 돌 운반에는 사고가 다반사다.

"먼저 현장을 답사하러 가야겠다."

필요한 돌의 양을 단조에게 전하는 일은 그다음이다. 그때쯤이면 레이지가 돌아와 있을 터이니 떼기조에 부탁해서 돌을 가져다 달라고 하자.

역시 혼자서는 성벽을 쌓을 수 없다. 후시미 현장은 아직 작업 중일 테니까 그때는 쌓기조에서 몇 명을 넘겨받게 될 것이다.

축성 현장에서 쌓기조 일꾼들은 십장 같은 역할을 한다. 실제로 돌을 쌓는 인력은 그때그때 고용하는 농민들인데 특히 부모를 떠나 독립해도 손바닥만 한 전답밖에 물려받지 못하는 차남 삼남이 대부분이다. 그들이 버는 품삯은 살림에 큰 보탬이 된다. 농번기만 아니라면 인력은 쉽게 모집할 수 있다.

게다가 농부들이 석축을 배워두면 본업에도 도움이 된다. 밭을 개간하기 어려운 산비탈이라도 축대를 쌓아 계단식 밭을 만들 수 있기 때문이다. 덕분에 성이 하나 들어서면 그 주변에 계단식 밭이 비약적으로 늘어나는 현상이 발생한다.

공사 현장 주변에서 임시로 고용되는 농부들조차 그 정도인지라 자주 고용되는 아노의 농부쯤 되면,

──이 돌은 이쪽에 놓으면 되겠죠?

하며 석축 요령을 대강 익히는 자도 있다.

"내일 아침 오쓰 성으로 간다."

원래는 유영에 지은 오두막에서 더운 물에 밥을 말아먹고 일찌감치 잠자리에 들 요량이었다. 하지만 이곳으로 오면서 느낀 기묘한 인연이 아직도 마음을 흔들고 있다. 어쩌지. 호수에라도 나가볼까. 자기뿐만 아니라 오미에 사는 자라면 누구나 이 웅대한 호수를 보며 마음을 달랜 적이 있으리라.

한낮에는 호수에서 바람이 불어오지만 해가 지면 뭍에서 부는 바람으로 변한다. 교스케는 바람을 등으로 받으며 오쓰 항구를 바라보고 두 팔을 가볍게 펼쳤다.

노부나가는 히에이잔 엔랴쿠지를 불태워버린 뒤 천태종 세력을 감시하기 위해 산자락인 사카모토에 성을 지었다. 그러나 뒤를 이은 히데요시는 반대로 불교를 보호하는 정책을 폈다. 이로써 오미의 인심은 안정되고 더불어 사카모토에 성을 둘 필요성도 약해졌다.

또 히데요시가 오사카 성을 거점으로 삼고 있다는 점도 있어

오쓰의 항구는 북부 지역과의 유통 중계지로 주목받게 되었다. 이 두 가지 이유로 사카모토 성은 폐성되고 오쓰 성이 지어지게 된 것이다.

오쓰 성의 초대 성주는 히데요시의 친척이며 부교 가운데 한 명인 아사노 나가요시였다. 나가요시는 오쓰에 배가 부족하자 광대한 호수의 여러 항구 마을에서 배를 모아 '오쓰 백척선'이라는 조합을 결성하고 오쓰 항구를 이용하는 짐과 선객은 전부 이 조합의 배만 이용해야 한다는 특권을 주었다. 덕분에 오쓰 항구는 크게 번성했다.

다만 몇 가지 예외를 두어, 사전에 부교의 허락을 얻은 배는 사용할 수 있도록 해주었다. 아노슈도 허가를 받아 돌을 운반하는 배를 따로 운영할 수 있었다.

"저 배는 뭐지?"

오쓰 항구에 몇 척의 배가 정박해 있고 주위에 사람들이 바쁘게 움직이는 모습이 보였다. 오쓰 백척선은 이 시각에 하역을 하지 않는다. 도비타야가 운영하는 배는 지금쯤 전부 우지가와에 정박해 있을 터였다. 새로 돌 나를 일이 생겼나? 아니면 아노슈의 다른 패일까?

"저건 우리 패가 아닙니다."

유영을 지키던 나이 든 일꾼이 대답했다. 한데 그의 태도가 심상치 않다. 애써 대수롭지 않은 척하는 모습이 역력했기 때문이다.

"다른 패인가?"

"글쎄요, 아노슈는 아닐 겁니다."

물론 오쓰 항구를 아노슈만 사용하라는 법은 없다. 무가가 이동할 때 사용하기도 하고 가미가타<small>교토를 중심으로 하는</small> 간사이 지역으로 가는 상인들도 거점으로 이용하고 있다. 다만 도요토미 가가 친하를 차지한 뒤로는 사전에 부교슈<small>막부의 행정관료</small>의 허락을 얻어야 한다.

"저건 구니토모네 배 같은데요?"

한 마디 거들자고 생각했는지, 조금 떨어진 곳에 있던 젊은 운반조 일꾼이 다가오며 말했다.

"이런 멍청한……."

나이 든 일꾼이 미간을 찡그린다.

"왜요?"

고개를 갸우뚱거리던 젊은 일꾼이 교스케의 얼굴을 알아보고 흠칫 놀란다. 교스케의 표정이 몹시 험악했기 때문이다.

"구니토모슈란 말인가."

"예……."

나이 든 운반조 일꾼이 난처한 얼굴로 대답한다. 교스케가 저들을 고깝게 여긴다는 사실을 아는 것이다. 그러나 교스케만 느끼는 특별한 감정은 아니다. 아노슈라면 대개 구니토모슈를 싫어한다.

이유는 단순하고 명확했다. 아노슈가 이 전란의 시대에 최강의 '방패'를 만드는 집단이라고 자타가 인정한다면 구니토모슈는 최

고의 '창'을 만든다는 평판을 듣는다. 애초에 잘 어울리는 관계일
수가 없다.

그렇다면 구니토모슈가 만드는 '창'은 무엇일까.

철포다.

구니토모슈라는 이름의 유래가 되는 기타오미 구니토모무라는
예로부터 대장장이 마을로 알려져 있다.

텐분 12년(1543년), 오스미 국현재의 가고시마 현 동부의 옛 이름 다네가
시마에 표착한 명나라 배에 포르투갈 인이 타고 있었다. 그들에
게서 구입한 철포 두 자루로부터 모든 일이 시작되었다.

그 가운데 한 정은 무로마치 막부 12대 쇼군 아시카가 요시하
루에게 헌상되었다. 요시하루는 이 철포를 똑같이 만들 수 있겠
느냐고 관령무로마치 막부에서 쇼군의 보좌역으로 쇼군을 제외한 최고 지위 호소카와
하루모토에게 물었다. 하루모토는 당시 기타오미의 슈고였던 교
고쿠 가에 문의했다.

교고쿠 가는 영내 구니토모무라에 실력이 뛰어난 대장장이가
있다고 대답했고, 이듬해 텐분 13년에 철포 모조품을 만들라는
명이 떨어졌다. 그렇게 보자면 교고쿠 가도 철포 제작에 깊이 관
련되어 있었던 셈이다.

구니토모무라의 대장장이들은 철포를 낱낱이 분해해 보았지만
포신의 미전尾栓총신 뒤쪽을 밀폐하는 마개. 화약 찌꺼기 등을 청소하기 위해서는 탈착이
가능해야 했는데, 포르투갈 철포는 이를 나사 방식으로 해결했다. 이때 일본의 대장장이가 제작한
나사가 일본 최초의 나사였다 때문에 몹시 고생했다고 한다. 미전은 이 나

라에 없던 나사 방식을 이용하고 있었기 때문이다. 하지만 대장 장이들은 포기하지 않고 반년 뒤에는 최초로 철포를 만들어냈다고 하므로 그 기량이 얼마나 뛰어났는지 알 만하다.

그 후 구니토모무라는 이 나라 최대 생산량을 자랑하는 철포 산지가 되었다. 오다 노부나가가 나가시노에서 다케다 기를 무찌를 때 쓴 대량의 철포 중에도 구니토모슈 산이 많이 섞여 있었다.

현재 천하의 패자가 된 히데요시도 노부나가 밑에서 처음으로 성을 갖게 되었는데, 그곳이 바로 나가하마비와 호수 북동쪽 연안에 있던 지역. 구니토모무라가 이 지역에 있었다였다. 그때부터 구니토모슈를 보호했으니 아노슈보다 긴 인연이다. 덕분에 구니토모슈의 번영은 박차를 가하여 지금은 70개가 넘는 대장간에 오백 명이 넘는 장인들이 일하고 있다.

"작은나리……."

운반조의 젊은 일꾼이 조심스레 불렀다.

"뭐지?"

"주제넘은 말입니다만……. 왜 구니토모를 안 좋게 보시는 거죠?"

운반조의 나이 든 일꾼이 이봐, 하고 말렸지만 두려움을 모르는 젊은이여서 그런지 개의치 않고 물었다.

"철포 산지라면 사카이와 네고로도 있고, 여기 오미에도 히노가 있지 않습니까?"

"어느 놈이나 다 싫다."

교스케는 짧게 콧소리를 냈다.

"하지만 구니토모를 특히 싫어하시는 것 같은데……."

교스케는 가만히 숨을 내쉬었다.

"저놈들은 사람 죽이는 것밖에 생각하지 않으니까."

철포의 주요 산지였던 네고로가 히데요시의 공격으로 괴멸한 뒤 이 나라 철포 생산량은 히노가 3위, 사카이가 2위, 구니토모가 1위가 되었다.

히노 산 철포가 세 산지 중에 제일 저렴했지만 한편에서는,

——히노 철포는 우동 면발

이라는 조롱을 듣는다. 다른 철포에 비해 쉽게 터져버린다는 뜻이다. 물론 우동 면발은 지나친 평이고 일반적으로 사용하는 데는 별 차이가 없다. 다만 연속해서 쏘면 가끔 폭발하는 일이 생겼다. 해서 누군가 시작한 조롱이 악평으로 굳어져 널리 퍼졌으리라.

다음으로 2위인 사카이 산 철포는 화려한 장식이나 상감이 들어가 공예품이나 다름없다. 지체 높은 무사는 아름다운 칼을 찾듯 멋진 철포를 원하므로 사카이 산을 선택하는 경향이 있다.

그에 반해 구니토모 산은 소박하고 강건하다. 어떻게 하면 보다 빠르게, 보다 멀리, 보다 쉽게 적을 쏘아 맞출까만을 고민했다. 오직 기능미를 추구했다고 하면 듣기에는 좋지만, 철포의 본래 용도가 인명 살상임을 고려하면 살상의 효율성을 우선했다고 해도 과언이 아니다.

구니토모무라에 있는 대장간들은 앞 다투어 기술을 연마해 나날이 성능이 향상되고 있다. 목숨을 빼앗는 것과 목숨을 지키는 것, 목적은 정반대이긴 하지만 아노슈와 닮았다.

철포가 등장하자 산성의 전략적 가치는 크게 떨어지고 성벽이 중시되었다. 묘하게도 철포와 축성 기술은 전쟁의 양면으로 서로 경쟁하듯 발전해왔다.

더구나 열도에 60여 개의 주가 있음에도 최강의 방패와 최강의 창을 만드는 장인 집단이 이곳 오미 국에 동거하고 있다는 점도 신기한 일이었다.

"누구지?"

교스케가 물었다. 적을 모르면 대처할 수도 없다. 구니토모슈에도 옥호를 가진 대장간이 70개 이상 있는데, 교스케도 모든 옥호와 주요 대장간을 알고 있었다.

더는 숨길 수 없겠다고 생각했는지 나이 든 일꾼이 한숨을 흘리고 대답했다.

"구니토모 겐쿠로입니다……."

"역시."

아무리 구니토모슈를 좋아하지 않는다 해도 다짜고짜 싸움을 걸 수는 없다. 그 이름이 나오자 왜 감추려고 했는지 알았다.

구니토모 겐쿠로. 나이는 교스케보다 한 살 많은 서른하나. 구니토모슈가 비롯된 이래 최고의 귀재로 명성이 자자한 남자다. 교스케도 이자와 비교당하는 일이 많다.

이유는 우선 두 사람 모두 아노와 구니토모의 미래를 떠맡을 인물로 알려져 있으며 양쪽의 스승이 희대의 재능을 지닌 사람으로서, 지금까지도 번번이 겨뤄온 사이이기 때문이다.

겐쿠로의 스승은 구니토모 산라쿠. 산라쿠三薙란 이름은 하루에 세 지역을 간단히 평정할 만큼 뛰어난 철포를 만든다는 뜻이다. 아노슈의 최고 장인이 '새왕'이라는 이름으로 불리듯이 구니토모 최고의 장인인 그는 '포선砲仙'이란 이름으로 불리며 존경을 받고 있다.

산라쿠는 지금껏 늘 새로운 철포를 제작해 왔고 겐사이는 그에 맞서는 성벽을 쌓아 왔다. 두 사람 덕분에 구니토모와 아노의 기술이 100년쯤 앞당겨졌다고 할 정도였다. 세간에서는 호적수라고 이야기하지만 숙명의 맞수라고 하는 편이 더 와닿는다. 실제로 그 이야기를 전해듣자,

──피차 목숨에 관련된 물건을 만드는 처지. 축국 승부와는 다르지.

라고 말하던 겐사이의 무서운 얼굴을 교스케는 기억하고 있다.

교스케와 겐쿠로는 모두 그런 명장들의 제자지만 두 사람에 대한 세상 사람들의 인식은 천양지차다. 겐쿠로는 이미 자기 손으로 잇달아 새로운 철포를 제작하고 있다. 요즘은 야전에서 다루기가 불편하다는 점 때문에 적극적인 개발이 이루어지지 않던 대통을 집중적으로 연구하여 비거리를 날로 늘려가는 중이다. 그 대통은 히데요시의 눈에도 띄어 조선 출병에도 채택되었다. 자기

손으로 제작한 물건이 바다를 건넜으니 겐쿠로는 의기양양했을 것이다.

교스케는 어떠냐 하면 조만간 오쓰 성 수리 공사는 맡겠지만 아직 주관 하에 성벽을 완성해본 적이 없다. 완전히 뒤쳐진 꼴이다.

"저놈……."

1정쯤 앞에 키가 훤칠한 사내가 이쪽을 바라보고 있다. 표정은 보이지 않지만 구니토모 겐쿠로임을 금방 알 수 있었다. 거리는 멀지만 시선이 뒤엉킨다. 저쪽도 이쪽을 알아보았다.

겐쿠로와는 안면이 있다. 아니, 안면 정도가 아니라 대치한 적이 한 번 있었다. 당연한 말이지만 주먹다짐 같은 건 하지 않았다. 서로가 만든 창과 방패가 부딪혔던 것이다.

지금으로부터 4년 전, 규슈 히고 국에서 농민봉기가 일어났다. 세상에서 말하는 우메키타 잇키의 난이었다.

도요토미 히데요시의 1차 조선 출병 당시 우메키타 구니카네라는 토호 출신의 무장이 사시키 성을 점거했다. 우메키타가 사는 지역에서는 전년도에 쌀을 수확하지 못하여 많은 농민이 굶어죽었다. 그런 곤경에 처했음에도 조선 출병이 결정되자 쌀을 더 징발해야 했다. 우메키타는 농민의 고통을 보다 못해 들고 일어선 것이다.

사실 우메키타도 전국을 평정한 대군을 이길 수 있다고는 생각하지 않았으리라. 조금이라도 오래 저항함으로써 히데요시로 하여금 조선 출병을 체념하게 하려고 했을 뿐.

어떻게 교스케가 그런 사실까지 알고 있을까. 진위는 젖혀두고 그 소문이 열도 전역에 퍼졌기 때문이다. 조선 출병에 불만을 품은 사람은 우메키타만이 아니었다. 아마도 우메키타처럼 불만을 품은 자들이 그의 진의를 널리 퍼뜨림으로써 히데요시로 하여금 생각을 바꾸게 하려고 한 것은 아닐까.

"작은나라……."

운반조의 나이 든 일꾼이 걱정스런 얼굴로 말을 건넸다.

"음."

교스케는 천천히 눈을 감으며 우메키타가 점거한 사시키 성의 성벽을 떠올렸다.

실은 덴쇼 18년 스물네 살의 자신이 수리한 성벽이다. 처음 맡아서 해본 수리 공사였다.

본래 사시키 성은 그 2년 전인 덴쇼 16년(1588년)에 히고 반국 肥後半国 国國은 8세기 초 율령제가 실행되면서 설치된 지방 행정 단위. 센고쿠 시대에 일본 전역에 66개의 국이 있었는데, 천황을 정점으로 하는 관료제가 무력화된 뒤에도 '국'이라는 지역 구분은 그대로 남았고 20세기 초에야 쓰이지 않게 되었다. 쇼군은 각 '국'에 한 명의 지방관 '슈고守護'를 파견하였으나 간혹 두 명을 파견하는 경우도 있었다. 이 경우를 '半國'이라고 한다의 영주가 된 가토 기요마사의 의뢰로 아노슈의 다른 패가 맡아서 성벽을 쌓았다. 아노슈는 의뢰가 들어오면 열도 북쪽 끝에서부터 열도의 남쪽 끝까지 장소를 가리지 않고 달려가므로 드문 일도 아니다.

그 후 성을 더 확장하고 싶다는 요청이 있었다. 하지만 2년 전에 쌓은 아노슈의 장인은 은퇴했고 후계자도 없어서 그 패도 사라진 상태였다. 덕분에 도비타야에 의뢰가 들어왔다.

　공교롭게도 겐사이는 다른 공사에 매달리고 있었다. 기존 성을 확장하는 공시이니 겐사이는 교스게를 파견했다. 이디까지나 가토 기요마사의 지성枝城 가운데 하나를 수리하는 공사였다. 이때는 사시키 성이 우메키타에게 점거되리라고는 상상하지도 못했다.

　우메키타는 목숨을 걸고 반기를 들며 사시키 성을 탈취했다. 모처럼 세상에 평화가 찾아왔는데 여전히 전쟁을 계속하려고 하는 히데요시에 대해서는 교스케도 분노하고 있었기 때문에 자신이 수리를 맡은 성이 절실한 호소에 사용되는 것을 알고 마음속으로 응원을 보냈다.

　사시키 성에서 농성한 병력은 이천 명. 공성 측은 시간이 갈수록 병력이 불어나 무려 삼만에 달했지만 교스케가 공사한 성벽은 토벌군을 쉽게 물리쳤다. 그렇게 버틴 기간이 무려 15일이라고 한다. 심지어 우메키타 군세는 종종 병력을 성 밖으로 보내 사시키 북쪽의 야쓰시로 성을 공략할 정도로 기세를 올렸다.

　——하지만 정세가 변했다.

　공성 측은 사쓰마의 시마즈 군이 중심이었다. 철포가 처음 전래된 다네가시마를 영내에 두었고 철포 제작도 활발했다. 그러나 도입이 너무 일렀던 탓인지 구식 철포로 만족하여 그 성능은 전래 당시와 거의 다르지 않았다. 이를 염려한 시마즈 가는 구니토모 슈에게 최신 철포를 발주하고 그것을 모방하여 자국 철포의 품질 향상을 이루었다. 시마즈 군은 그렇게 얻은 철포를 사시키 성 공략에 투입했다. 그 철포가 바로 구니토모 겐쿠로가 개발한,

──중통.

이라 불리는 철포였다.

소통은 흔히 한 돈(3.75그램)에서 세 돈의 탄환을 쏘는 철포를 가리킨다. 다루기가 쉬워 '철포병'이라고 하면 철포 중에서도 이 무기를 쓰는 병사를 가리킨다.

한편 대통은 30돈에서 큰 것으로는 1관(약 3.75킬로그램)짜리 탄환을 쏜다. 굉장한 위력을 자랑하며 인명 살상보다는 성곽 파괴에 더 효율적이다. 크고 무거워 사람 손으로 옮길 수 없으므로 땅바닥에 설치해 두고 발사해야 한다. 때문에 야전에서는 사용하기가 불편하며, 공성전에서도 적이 성 밖으로 치고 나올 경우 즉각 퇴각하기가 여의치 않다는 결점이 있다.

그러면 중통은 어떤가. 소통과 대통의 중간으로, 4돈에서 10돈의 탄환을 쏘는 철포이며 장대통^{長大筒}이라고 불리기도 한다.

중통이라 불리는 철포는 이미 있었다. 하지만 겐쿠로가 제작한 것은 길이에서 차별화된다. 보통 중통은 총신이 4척(약 120센티미터) 정도인 데 반해 겐쿠로의 중통은 6척이었다. 성에 설치해 두고 공성하는 적에게 쏘는 사마즈쓰^{狭間筒}직역하면 '성가퀴 총'라 불리는 철포만큼 길다.

총신이 길수록 사거리가 길어진다. 그리고 중통에는 표적 겨냥을 돕는 조성照星이라는 조준이 달려 있어서 꽤 정확한 사격이 가능하다. 위력도 소통과는 비교가 되지 않아, 사무라이의 갑옷은 물론이고 그 뒤에 있던 자까지 꿰뚫는다고 들었다.

겐쿠로의 중통에는 특기해야 할 점이 더 있다. 그만한 사정거리와 위력이 있는 철포를 만들면 보통은 다루기 힘들 만큼 무거워지게 마련이다. 그렇다고 철을 얇게 해서 무게를 줄이면 화약의 위력에 총신이 견디지 못하고 터져버린다.

교스케는 그쪽에 문외한이라 어떻게 제작했는지는 알 수 없지만 여하튼 무게가 가벼우면서도 강인한 총신을 자랑했다.

이 '겐쿠로 중통'으로 사시키 성은, 주력이던 사무라이들이 멀리서 쏜 총탄에 쓰러지고, 그 틈을 노려 공성 병력이 쏟아져 들어와 제압당했다. 교스케가 수리한 '방패'가 깨진 것이다.

"저놈이 어딜."

교스케가 불쑥 중얼거렸다. 배를 살펴보던 겐쿠로가 이쪽을 향해 천천히 걸음을 옮기기 시작한 것이다.

겐사이로부터 절대 말썽이 없게 하라고 늘 엄명을 받고 있는지라 옆에 있던 운반조 일꾼이 놀라서 교스케에게 그만 들어가자고 팔을 끌었지만 교스케는 땅에 뿌리라도 내린 양 발을 움직이지 않았다.

"이거 누군가 했더니 도비타의 자제님이군."

겐쿠로가 가볍게 손을 쳐들었다. 사정을 모르는 자에게는 우호적으로 보이겠지만 그 눈은 조금도 웃고 있지 않았다.

"구니토모의 자제님."

교스케는 팔장을 끼며 낯을 찡그렸다. 나이도 한 살밖에 차이 나지 않고 겐쿠로도 아직 행수 자리를 물려받지는 않았으니 자신과 같은 처지다.

"아니, 나는 이제 달라."

"뭐가?"

"우리 양부가 은퇴했거든."

겐쿠로가 양부라 부르는 사람은 구니토모의 최고 실력자로 알려진 구니토모 산라쿠. 겐쿠로도 교스케처럼 친자가 아니다. 산라쿠가 출신을 모르는 어린 고아를 거두었다고 들었다.

겐쿠로가 번쩍 쳐든 손으로 자기 눈을 가리키며 말을 이었다.

"나이 탓에 눈이 흐려서 이제는 정교한 세공을 못하시겠다고 해서…… 지난달에."

"그래?"

몰랐다. 교스케뿐만 아니라 아직은 다른 아노슈도 모르고 있을 소식이다. 그렇다면 겐쿠로는 구니토모 산라쿠의 공방을 물려받아 당주가 된 듯하다.

"분하다고 대놓고 말씀하시더군."

"끝내 우리 영감을 이기지 못해서?"

교스케가 코웃음 치자 겐쿠로는 날카로운 눈초리로 노려보았다.

같은 지역, 같은 시기에 태어난 두 천재. 한 명은 철벽같은 성벽을 쌓는다고 해서 '새왕'이란 이름으로 존경을 받고 또 한 명은 새로운 철포를 끊임없이 제작해서 '포선'이란 이름으로 널리 알려졌다. 두 사람은 물과 기름, 빛과 어둠, 안과 밖의 존재라고 할 수 있다. 이 나라의 오랜 역사에서 가장 전쟁이 빈발하던 기간에 일했다. 두 사람이 만든 창과 방패는 지금까지 수도 없이 겨루어 왔다.

한쪽은 어떤 성이라도 깨뜨리는 최고의 창. 한쪽은 어떤 공격도 물리치는 최강의 방패. 모순이라는 말이 이렇게 딱 들어맞는 경우도 없을 것이다.

하지만 이 세상에 모순은 존재하지 않는다. 어느 한쪽이 반드시 이기게 되어 있다. 어느 날은 산라쿠가 제작한 창이 성을 꿰뚫고, 어느 날은 겐사이가 만든 방패가 창을 이겨냈다. 병사의 수, 병량, 지휘관의 능력 등 다양한 요인이 복잡하게 얽혀 결과를 만드는데 지금까지는 겐사이가 조금 앞섰다고 해야겠다.

"지휘하는 장수가 형편없었을 뿐이야."

겐쿠로가 어금니를 딱딱거리듯이 말한다.

"우리가 그런 말을 하면 볼 장 다 본 거 아닌가?"

자신이 만든 성벽은 물론 명장에게 맡기고 싶다. 가령 레이지와 이야기했던, 서국 최고의 무장으로 칭송이 자자한 다치바나 무네시게 같은 장수에게 맡긴다면 성벽의 성능을 유감없이 발휘해 줄 것이다.

그러나 장인인 만큼 누가 성을 다루든 뭐라고 할 처지가 못 된다. 아노슈는 아무리 어리석은 장수의 의뢰라도 끝까지 버틸 성을 목표로 일하고, 구니토모슈 역시 상대가 아무리 명장이라도 쳐부술 수 있는 철포를 만들고자 하는 것 아닌가.

"너를 상대로 한 싸움에서는 내가 이겼다."

겐쿠로가 사시키 성 전투를 가리켜 말했다.

히데요시의 지원을 받은 수만 명에 비해 우메키타의 병력은 불과 이천 명으로 절대적인 열세였다. 게다가 사시키 성은 본래 도비타야가 아닌 다른 패가 쌓은 성이다. 사실 교스케도 이 부분은 다르게 쌓는 게 좋지 않았을까 하고 아쉬워한 곳이 여러 군데였지만, 자신의 소임은 수리와 약간의 확장뿐이었고, 그 아쉬운 점을 보완하자면 성을 허물고 다시 쌓아야 했다.

해명하고 싶은 말은 많았지만 그래서는 장인의 자격이 없다. 교스케는 땅바닥을 향해 실을 토하듯이 한숨을 흘리며 천천히 고개를 들었다.

"그래, 내가 졌다."

우월감을 드러낼 줄 알았던 겐쿠로가 분하다는 듯이 혀를 차며 말했다.

"하지만 그건 네가 쌓은 성이 아니지 않나."

"마지막으로 만진 건 나니까 내 책임이지."

"나는 완벽하게 너를 때려눕히고 싶은데."

"글쎄, 그럴 기회가 또 있으려나."

교스케는 시선을 거두고 호수 수면을 바라보았다. 저물기 직전의 해가 오늘 하루를 아쉬워하는 듯 강렬한 붉은 빛을 발하여 호수 수면에 한 가닥 빛줄기를 만들고 있다.

인간이 존재하는 한 전쟁은 상존한다. 지금의 평화도 잠시일 뿐 언제 다시 전란이 일어날지 모른다. 다만 다음 전쟁까지는 시간이 걸릴 듯하다. 50년쯤 뒤일까. 어쩌면 100년 뒤일지도 모른다. 그때는 아마 자신은 살아 있지 않을 것이다. 다시는 전쟁이 일어나지 않는 진정한 평화의 시대를 자신의 성으로 만들어내겠다는 꿈은 이루지 못하리라. 시절을 잘못 타고났다고 해야 할까. 그렇다고 전쟁이 사라진 현재를 원망할 수는 없다. 최소한 이 시대만이라도 자신과 같이 가족을 잃는 자가 생기지 않게 하는 것으로 충분하지 않은가.

교스케가 내심 그렇게 자신을 달래고 있는데 겐쿠로가 무시하듯이 웃었다.

"아노는 세상물정을 모르네."

"뭐라······."

자기 한 사람을 무시하는 거라면 몰라도 아노슈를 싸잡아 무시하는 소리에 교스케는 발끈했다.

"이 평화가 언제까지 계속될 것 같나."

"누가 반란이라도 일으킨다는 건가?"

도요토미 가의 천하는 반석과 같다. 우메키타처럼 지금까지 반기를 든 자가 몇 명 있었지만 그 저항은 남김없이 짓밟혔다. 이제는 까딱 잘못으로라도 반기를 들려는 자는 나타나지 않을 것이다.

"아니. 하지만 히데요시도 이제 늙었다. 그분이 죽으면 세상은 다시 어지러워져."

"글쎄."

히데요시의 적자 히데요리는 아직 어리지만 장성할 때까지 가신들이 지켜줄 텐데. 더구나 히데요리에게는 오사카 성이 있다. 전문가인 자신이 봐도 이 성처럼,

──난공불락.

이라는 말이 정확히 어울리는 성은 없다. 이 오사카 성의 성곽도 겐사이가 지휘하여 쌓았다. 가령 도요토미 가의 천하를 위협하려는 자가 있다고 해도 오사카 성을 떠올리면 엄두가 나지 않을 것이다.

"나도 전쟁을 바라진 않아."

"말은 잘하네."

겐쿠로의 말이 뜻밖이어서 교스케는 미간을 찡그렸다.

"정말이야. 전쟁이 없는 세상을 만들고 싶어. 그래서 철포를 제작하는 거다."

"어이가 없군."

구니토모슈는 살인 도구를 만든다. 그런 물건으로 세상의 평화를 이룩하겠다니 가당키나 한 소리인가. 겐쿠로는 교스케가 노려보는 데도 아랑곳하지 않은 채 수면을 달리는 빛줄기를 바라보다

가 그것을 손가락으로 가볍게 덧그리듯이 움직이며 말했다.

"어떤 성이라도 단숨에 깨뜨리는 포. 사용하기만 하면 하루에 만 명…… 아니 십만, 백만이 죽는 포. 그런 물건이 있다면 어떻게 될 것 같나?"

"뭐라고……."

겐쿠로는 문득 표정을 풀며 새삼스레 물었다.

"응?"

"그런 게 나오면 얼마나 많은 인명이———"

"사용하지 않겠지. 만약 사용하면 당장 보복을 당할 테니까."

이쪽이 말을 마치기도 전에 겐쿠로가 말했다.

"그런 뜻인가……."

가령 그런 도깨비 같은 포를 제작할 수 있다고 해도 겐쿠로는 그걸 양쪽 진영에 다 팔 생각이다. 아니, 열도 전역 구석구석에 퍼뜨리려 한다.

"인간은 그걸 사용할 만큼 어리석지 않아. 절대 사용될 리 없는 포가 평화를 낳을 수 있다."

흐음, 그런가. 물론 겐쿠로의 말에도 일리가 있다. 만약 그런 포가 정말 있어서 사용한다면 내일은 그 포가 자신에게 발사될 것이다. 그렇게 되면 보복의 무한 연쇄가 일어나 양자 모두가 소멸할 때까지 멈추지 않을지 모른다. 설사 당장 전멸의 위기는 면한다고 해도 한없이 약해질 게 틀림없다. 제삼의 세력이 틈을 노리고 쳐들어오는 일도 생각할 수 있다.

때문에 막강한 포를 가진다면 서로 견제만 할 뿐 사용하는 일은 없을지 모른다. 이 역시 평화를 얻는 또 다른 방법일 수 있으려나.

하지만 겐쿠로의 이야기에서 한 가지 이해할 수 없는 대목이 있었다.

"그 능력을 어떻게 보여주지?"

겐쿠로의 구상은 말하자면 교스케와는 반대되는 방법으로 평화를 얻겠다는 뜻이다. 교스케는 절대 무너지지 않는 성을 열도에 보급해서 아무도 건드릴 수 없는 상황을 만들 요량이다. 전란 속에서 최강의 성을 하나하나 쌓아나가면 마침내 세상 사람들도 그것이 결코 함락되지 않는 성임을 알게 될 테니까.

한데 겐쿠로가 말하는 궁극의 포가 제작되었다고 하더라도, 세상 사람들이 어떻게 절망스러울 만큼 위험한 포임을 알 수 있을까.

"꽤 예리하군."

겐쿠로는 눈을 솔잎처럼 가늘게 떴다.

"혹시 너……."

"사용하는 거다. 그렇게 하면 모두 알게 되겠지."

"수많은 사람이 죽을 텐데?"

노여움을 참지 못하고 목소리가 거칠어졌다.

"단 한 번뿐이야. 우리가 아무리 뛰어난 포를 제작해도 너희 아노슈는 거기에 대항하는 성을 쌓으려 하지……. 대체 어느 쪽이 전쟁을 계속하게 만드는 거냐."

섬뜩할 만큼 차가운 눈초리에 교스케는 가슴이 두근거렸다.

겐쿠로의 스승 산라쿠는 매우 빠른 속도로 철포를 개량했다. 겐사이는 매번 그 개량을 무효화시킬 축성 방식과 설계를 고안했다. 만약 대항하는 축성술이 없었다면 겐쿠로가 말하는 난세는 더 일찍 끝났을지 모른다는 논리였다.

"그건……."

그날 히노 성에서 보았던 광경이 퍼뜩 뇌리에 살아났다. 겐사이 역시 같은 생각을 하며 번뇌하지 않았던가. 그때는 한사코 부정했지만 교스케도 마음속 어디선가,

──어쩌면 그럴지도 모른다.

라고 수긍했다.

겐쿠로의 말 대로라면 교스케도 가족을 잃지 않았을지 모른다. 실제로 아사쿠라 가는 오다 가가 자군보다 철포를 월등하게 많이 갖고 있다는 사실을 알고 전율했다. 그래서 아사쿠라 가는 기존 방비를 버리고 철포에 대항할 수 있는 성을 만들려고 겐사이를 불렀다. 마침내 공사를 시작하려고 하던 차에 오다 가의 공격을 받아 멸망한 것이다.

만약 아노슈가 세상에 없었다면 어땠을까. 오다 가는 당시 이미 구니토모, 사카이, 히노 등 철포 3대 생산지를 장악하고 있었다. 아사쿠라 가가 이에 맞서 철포를 구하려고 해도 방법이 없었다. 열 정을 마련하는 동안 오다 가는 백 정 천 정을 갖추었고, 그

차이는 계속 벌어질 뿐이었다. 그러면 싸워도 승산이 없음을 깨닫고 아사쿠라 가는 항복의 길을 택했을지 모른다. 그랬다면 오다 가의 철포는 정말로 겐쿠로가 말하는 '쓸 수 없는 포'가 되었으리라.

"세상에는 힘의 차이를 직시할 줄 아는 현명한 자만 있는 건 아니지."

교스케는 간신히 반론을 내놓았다. 전부 희망사항일 뿐이지 않나. 아사쿠라 요시카게는 기량이 변변치 못하다고 알려져 있다. 적군과 아군의 힘의 차이도 이해하지 못하고, 아니 알았다 해도 사무라이가 대개 그렇듯 자부심인지 뭔지를 과시하며 싸우는 길을 택했는지도 모른다.

"때문에 어린아이라도 무서움을 느낄 수 있는 위력적인 포를 만들어야 한다."

"그런 게…… 가능할 리가 없잖나."

부정할 근거는 없다. 그러나 하루에 수천 수만 목숨을 지워버리는 포는 상상하기 힘들다. 겐쿠로는 흥분했는지 장황하게 말했다.

"내가 살아 있는 동안에는 다다를 수 없을지도 몰라…… 하지만 언젠가는 만들어진다. 내 기술이 그 기반이 되어도 상관없어. 게다가…… 원치는 않지만 잠시의 평화를 가져올 방법은 그것 말고도 있다."

"한 가문에만 주겠다는 건가……."

교스케가 신음하듯 말하자 겐쿠로는 조금 놀란 표정이 되었다.

"역시."

겐쿠로가 희미한 미소를 짓더니 검지를 세우며 말을 이었다.

"양부와 나는 잠시 평화로운 요즘 새로운 철포를 여러 점 제작했지. 다음에 세상이 다시 어지러워질 때 그걸 전부 한 가문에만 넘겨서 전쟁을 바로 끝낼 참이야. 새 철포의 위력 때문에 적어도 100년은 칼을 빼드는 자가 없을 거다."

교스케는 등줄기가 서늘해져 마른침을 삼켰다.

──피곤하게 됐군…….

창과 방패. 서로 궁리하고 기술을 갈고닦아 동시에 발달해왔다고 생각하는 사람이 태반이지만, 사실은 다르다. 먼저 창이 만들어지면 거기에 맞서는 방패가 고안된다. 도구의 본성상 방패는 언제나 뒷북을 치게 되어 있다. 그래도 잇달아 제작되는 새로운 철포에 대항할 수 있었던 건 오로지 겐사이의 탁월한 재능에 기댄 바가 크다.

다음 전쟁이 몇 년 뒤에 일어날지는 알 수 없다. 그동안 제작될 새로운 철포는 아무도 본 적 없는 무기일 것이다. 그에 맞설 방패를 쌓는 데는 시간이 걸린다. 겐쿠로의 말처럼 새로운 철포가 존재한다면 천하는 곧 평정될지 모르지만 그 전에 시체가 켜켜이 쌓이리라. 또 수많은 희생이 나올 게 틀림없다.

"이쪽에는, 우리 영감이 있다……."

교스케는 쥐어짜듯이 말했다. 도비타 겐사이의 실력은 누구보다 자신이 잘 안다. 아마 그때도 겐사이는 금방 대항이 가능한 성을 쌓을 것이다.

"자기 손으로 쌓겠다는 말은 하지 않는군."

겐쿠로의 입가에 비웃음이 떠오르자 교스케는 내심 당황했다. 상대의 도발에 말려 필사적으로 대꾸할 말을 찾다가 저도 모르게 본심을 흘리고 말았다. 물론 겐사이를 신뢰한다고 하면 듣기에는 좋겠지만,

──그런 사태가 오면 나는 대응할 수 없다.

는 사실을 본능적으로 감지했기 때문이리라. 싸우기 전부터 패배를 인정해버린 꼴이다. 교스케는 볼품없는 자신에게 화가 나 이를 악물고 시선을 떨어뜨렸다.

"물론 그분이 있지. 하지만 도비타 겐사이라도 내 철포는 막지 못해."

겐쿠로는 동정하는 눈빛으로 쳐다보다가 몸을 홱 돌려 걸어갔다. 교스케는 아무 대꾸도 하지 못했다.

겐쿠로의 말투에는 자신감이 묻어났다. 이 평화로운 시기에 구니토모슈는 새로운 철포를 잇달아 제작하고 있다. 개중에는 우메키타 봉기에 사용된 '겐쿠로 중통'도 있지만, 세상 사람들이 본 적 없는 철포도 있으리라. 평화가 깨지면 그것들이 한꺼번에 모습을 드러내 전장을 날뛸 거라니, 생각만 해도 두려웠다.

만약 지금 저놈을 목 졸라 죽이면 많은 목숨을 구할 수 있을까? 잠시 무서운 상상을 하다가 고개를 가로저었다. 아니, 부질

없는 짓이다. 이미 겐쿠로의 기술은 구니토모에 잘 알려져 있을 테고, 가령 죽인다 해도 새로운 철포를 제작하는 자는 반드시 나타난다. 인간의 기술이란 그런 식으로 면면히 이어져왔으니까.

때로는 제 목숨을 단축하는 결과를 낳더라도 인간은 연구를 마다하지 않는다. 그렇게 생각하면 인간이 기술을 낳는 것이 아니라 기술이 태어나기 위해 인간을 조종하는 것 같기도 하다.

어둠이 밀려오는 가운데 겐쿠로는 어두운 파도를 일으키는 비와 호수를 향해 걸어갔다. 겐쿠로의 윤곽이 흐릿해졌을 때 교스케는 마치 사람이 아닌 무언가를 본 기분이 들어서 아랫입술을 꼭 깨물었다.

이튿날 아침 교스케는 오쓰 성으로 향했다. 성시에는 많은 사람들이 북적여 활기가 넘쳤다. 이 번창도 오쓰 백척선의 영향이 크다. 교스케가 어릴 때만 해도 이 근방의 중요 거점이라면 사카모토 성이었다. 아케치 미쓰히데가 거성으로 삼았던 성이다.

미쓰히데가 야마자키 전투에서 히데요시에게 패한 뒤 사카모토 성은 쓸모를 잃고 폐성되었다. 오쓰 성은 그 사카모토 성의 성곽과 건자재를 재활용하며 지어지고 있다.

오다 노부나가의 아즈치 성 못지않게 웅장하고 화려하기로 유명한 사카모토 성의 건자재이므로 기와 하나에도 정교한 세공이 들어가 교고쿠라는 명문의 성에 걸맞게 호사로웠다.

──언제 봐도 아름답구나.

교스케는 가만히 탄식했다. 보통은 성의 호화로움에 시선을 빼앗기지만 교스케의 눈은 달랐다. 구조 자체의 기능미에 감탄하는 것이다. 이 구조 설계도 스승 겐사이의 작품이다.

오쓰 성은 보기 드문 수성水城이다. 수성 자체가 원래 드물지만, 그중에서도 오쓰 성처럼 수성이라는 이름이 어울리는 성은 아직 본 적이 없다.

3중 해자를 두르고 있어 그야말로 비와 호수에 떠 있는 것처럼 보인다.

제일 북쪽에 있는 혼마루는 호수를 향해 북동쪽으로 돌출되어 있고 사방을 물이 에워싸고 있다. 해자라기보다는 호수 자체라고 해도 무방할 지경이지만, 이 성에서는 '안쪽 해자'라고 부른다.

니노마루는 요凹 자 형태이고, 그 끝이 혼마루와 다리 하나로 연결되어 있다. 니노마루를 감싸듯 더 커다란 요凹 자 형태인 산노마루는 니노마루와 다리 두 개로 연결되어 있고 그 사이 중간 해자도 물이 가득하다.

나아가 산노마루 주변을 바깥해자가 에워싸며 호수와 이어져 있다. 뭍에 가까워질수록 높아지기 때문에 호수 가까운 곳에는 물을 채울 수 있지만, 전부 다 채우지는 못해서 성 정면인 남쪽은 마른해자로 되어 있다. 바깥 해자에는 다리 세 개가 놓여서 성시와 연결되는데 각각 오바나가와 문, 미이데라 문, 하마초 문이라고 부른다.

이 정도로도 충분히 견고하지만, 겐사이는 오쓰 성에 더욱 기발한 착상을 실현해 두었다.

――이요마루와 오쿠니노마루, 참으로 뛰어난 설계로구나.

교스케는 손차양으로 아침 해를 가리며 성을 바라보았다.

이요마루는 전투 시 다리를 치우면 호수에 뜬 성곽처럼 독립된다. 혼마루 북서쪽, 산노마루의 요 사 형태 凸 트머리 너머에 위치한다. 그러므로 산노마루에 적이 침입하면 측면에서 공격할 수 있고 적이 혼마루까지 쳐들어와도 역시 측면에서 혼마루의 아군을 지원할 수 있는 출성出城^{본성을 지원할 수 있도록 따로 지은 소규모 성}처럼 배치되어 있다.

오쿠니노마루 역시 독립할 수 있도록 설계되었고, 니노마루의 요 자 형상 한가운데 위치한다. 그러므로 니노마루에 들어온 적을 어느 방향에서든 공격할 수 있다. 물을 최대한 활용한 잘 고안된 배치이다.

"그런데……."

붐비는 사람들 사이에서 교스케는 중얼거렸다. 이번 교고쿠 가의 의뢰를 한 마디로 요약하면,

――이 성을 더욱 견고하게 만들고 싶다.

라고 겐사이는 편지에 적어놓았다. 방법도 교스케에게 일임한다고 했다. 평성平城으로서는 지극히 견고한 오쓰 성의 위력을 어떻게 더 높여야 할까. 후시미에서 오쓰로 돌아오는 동안 내내 고민하며 일단 대책을 마련해 두긴 했다. 지금 성을 바라보고 있자니 아무래도 그 방법밖에 없겠다는 확신도 든다.

다만 의아했다. 무너진 성벽을 보수하는 공사라면 몰라도 이 평화로운 시기에 어째서 강화 공사를 하려는 걸까. 겐쿠로의 말처럼 은밀하게 전쟁이 다가오는 중인가.

그런 생각을 하며 걷다 보니 어느새 하마초 문에 다다랐다. 문지기에게 성명을 고했다.

"아노슈 도비타 교스케라고 합니다. 교고쿠 나리의 명을 받고 왔습니다."

아노슈는 기존의 공을 인정받아 히데요시에게 향사鄕士 하급 무사계급의 일종으로 평소 자기 마을에서 농사를 짓고 비상시에는 전투에 동원된다. 사무라이는 기본적으로 따로 생업을 갖지 않고 주군이 지정한 곳에서 기거하는 전문 무사 집단이지만 향사는 예외였다 대우를 받고 있다. 지금까지 옥호로 사용해온 '도비타'를 그대로 성으로 삼을 수 있는 것도 그 덕분이다.

"기다리고 있었습니다."

안내역을 맡은 사무라이가 금방 나타나 혼마루로 데려간다. 교스케는 혼마루로 가면서도 성내 구조를 둘러보았다. 훌륭하게 설계된 구조이지만 그간의 평화 때문에 커다란 약점을 안고 있었다.

"이거, 전부 알려져 있을 텐데……."

입가에 씁쓸한 웃음을 지으며 저도 모르게 중얼거리고 말았다.

"뭐가요?"

안내하던 사무라이가 의아한 듯 미간을 좁힌다.

"아, 실례, 아무것도 아닙니다."

적당히 얼버무리고 다시 생각에 잠겼다. 평화로운 시기가 만들어내는 성의 약점이란 바로 노출이다. 성의 구조가 세간에 널리 알려져 버린다.

원래 성의 구조는 보안에 부쳐야 한다. 성의 구조를 아느냐 모르느냐에 띠리 공격의 난이노는 크게 달라진다. 때문에 공격하는 측은 간자를 풀어 구조를 파악하려 하고, 수성하는 측은 최대한 보안을 지키려고 노력한다.

평화시에도 물론 보안이 유지돼야 하지만 현실적으로 어려운 데는 이유가 있다.

영지가 교체되기 때문이다. 다이묘가 영지를 다른 곳으로 옮기라는 명령을 받으면 해당 지역에 새로운 영주가 들어와 거성을 물려받게 된다. 즉 성의 구조를 대대적으로 바꾸지 않는 한 이전 영주들에게 다 파악되어 있는 셈이다.

가령 기후 성의 경우, 오다 노부나가가 명명한 유명한 산성이지만, 노부나가가 아즈치로 간 뒤에는 적남 노부타다가 성주가 되었다. 혼노지의 변으로 노부타다가 죽은 뒤에는 삼남 노부타카가 들어갔고, 그가 히데요시와 싸우다 죽은 뒤에는 이케다 모토스케, 이어서 그의 동생 데루마사의 성이 되었다. 나아가 데루마사가 영지 교체를 명령받자 도요토미 히데카쓰에게 넘어가고, 히데카쓰가 죽자 노부나가의 적손 히데노부에게 돌아갔다. 노부나가 이후에도 여섯 명의 성주를 거쳤는데 그 가신들은 기후 성의 구조를 낱낱이 알고 있지 않겠나. 나아가 기후 성의 전신인 이나

바야마 성 시절까지 포함시키면 성을 아는 자는 더욱 많아진다.

게다가 천하를 장악한 도요토미 가는 다이묘가 모반할 때를 대비하여 모든 성의 구조를 파악해두고 있다. 사람의 입에는 문을 달 수 없는 법. 어느 성이나 대략적인 구조는 알려져 있다고 봐도 좋다.

전에 없던 새로운 무기가 제작되는 것도 공성 측을 압도적으로 유리하게 만드는 요인이다.

"실례지만, 부교 성함이 어떻게 됩니까?"

보통은 보수 공사를 맡은 부교와 교섭하게 마련이다. 그래서 저택에 들어가 논의하게 될 줄 알았는데, 안내역이 곧장 혼마루를 향해 걸어가자 의아해진 교스케가 미간을 좁히며 물었다.

"나리마님께서 몸소 접견하시겠다고 하십니다."

"예……?"

깜짝 놀라 말을 잇지 못했다. 아무리 향사 대우를 받는다지만, 가카리 같은 비상시도 아닌데 다이묘가 일개 장인을 직접 만나는 일은 극히 이례적이다.

혼마루에 들어서자 한층 커다란 저택으로 향했다. 농민들 중에는 다이묘가 천수각에서 기거한다고 생각하는 사람도 있지만, 실은 혼마루 내 저택에서 기거하며 전투 때만 천수로 옮겨서 지휘한다. 큰 방으로 안내받아 들어가니 거기서 잠시 기다리고 있으라고 했다. 안내역을 맡은 가신은 그대로 배석하려는지 방 한쪽 구석으로 가서 앉았다.

──이걸 어떡하나.

자신은 무가의 예의나 법도를 전혀 모른다. 더구나 상대는 근본 없이 벼락출세한 다이묘가 아니라 우다겐지 혈통인 오미겐지의 사사키 씨에서 갈라져 나온 명문. 어떻게 행동해야 할지를 생각하니 이마에서 식은땀이 났다.

뭔가 마음을 진정시킬 방법은 없을까 해서 넓은 방의 다다미를 헤아리기 시작했다. 곱셈을 하면 바로 답이 나오지만, 그래서는 애초의 의도에 어긋난다. 속으로 한 첩 한 첩 헤아려 마흔 첩을 넘길 때 복도를 여러 명이 걸어오는 발소리가 들렸다.

잘은 몰라도 이렇게 해야겠지 싶어서 당황하며 고개를 조아리고 기다렸다.

"미안하다. 오래 기다리게 했구나!"

교스케는 다다미 무늬를 응시하며 입술을 오므렸다. 듣던 이야기와 다르다. 이럴 때 다이묘는 여러 측근들에 둘러싸여 등장한다. 그리고 천천히 상좌에 앉아 배석한 가신이 어떤 자가 찾아왔는지를 고하면 그제야 다이묘가,

──노고가 많다. 고개를 들라.

하는 식으로 근엄하게 이른다. 냉큼 고개를 들어서는 안 되겠지. 두 번째 일렀을 때 조심스럽게 고개를 들면 되지 않을까? 그런데 발소리가 그치기도 전에 머리 위쪽에서 목소리가 내려왔던 것이다.

목소리 주인은 측근인가? 교고쿠 가는 예전에 한 번 멸문을 당

하다시피 한 적이 있어서 대대로 내려온 가신들 태반이 그 와중에 다른 가문으로 흘러가버렸다. 그러다가 빠르게 출세에 출세를 거듭하는 바람에 신분을 불문하고 다양한 자들을 가신으로 불러 모았다고 한다. 예의범절을 잘 모르는 가신이 섞여 있는지도 모른다.

"또 또……."

배석한 가신이 궁시렁거리는 소리가 희미하게 들렸다. 머리를 조아리고 있어서 표정은 확인할 수는 없지만 난처한 감정이 전해졌다. 그런데 '또 또'는 뭘까? 어지간히 불량한 가신이 섞여 있어서 자꾸 이런 실수를 반복하는 걸까?

"마침 옷을 갈아입고 있던 중인데——— 억!"

엉뚱하게 커다란 목소리가 들려서 교스케는 저도 모르게 고개를 들고 말았다.

"어……."

교스케의 두 눈에 믿기지 않는 광경이 들어왔다. 평상복을 입은 통통한 사내가 허공에 떠 있었다.

"에쿠!"

멋지게 얼굴로 추락한 남자는 발에 밟힌 개구리처럼 비명을 질렀다.

"괘, 괜찮으십니까!"

교스케가 엉거주춤 일어날 때, 뒤따르던 시동으로 보이는 젊은 사무라이가 남자에게 달려들었다.

"미, 미안. 하카마발목까지 내려오는 주름 잡힌 하의 자락을 밟는 바람에 미끄러지고 말았다⋯⋯."

남자는 부축을 받고 일어나 손바닥을 쳐들어 보였다. 살집 좋은 얼굴은 그림으로 그려 놓은 듯 동그랗다. 또렷한 쌍꺼풀, 양쪽의 굵은 눈썹은 서로 거리가 멀고 그 가운데 커다란 코가 자리 잡았다. 바로 밑에 입술이 얇은 오종종한 입. 아주 애교 있는 얼굴이며 용맹한 구석은 눈곱만큼도 느껴지지 않았다.

문득 옆을 보니 배석한 가신이 머리를 숙인 채 고개를 살살 저으며 한숨을 흘린다.

"나으리⋯⋯."

"설마――"

잠시 어리둥절해 있던 교스케가 다다미에 이마를 찧을 기세로 힘차게 고개를 숙였다. 둔한 소리가 방 안에 울린다.

――설마 아니겠지⋯⋯.

너무나 우스꽝스러운 등장이어서 얼른 믿기지 않았다. 이 사람이 정말 육만 석 영주이며 종3위 참의 관위를 받아 공경정삼품, 종삼품 이상의 벼슬에 오른 조정 귀족에 오른 남자란 말인가.

"그냥 넘어졌을 뿐이야. 다친 데는 없으니까 걱정 마라."

온화하고 부드러운 말투가 꼭 은퇴한 촌장 같다.

"그렇게 허둥대니까."

가신의 낭패한 목소리가 머리 위로 지나갔다. 방금 전 "또 또"는 뒤따르던 가신한테 던진 소리가 아니라 주군에게 한 말이었음을 알았다. 그렇다면 가신의 이 말본새는 뭐란 말인가. 마치 단조가 자신을 훈계할 때와 같지 않은가.

마침내 남자가 입을 열었다.

"머리를 들게."

"옙⋯⋯."

혹시 몰라서 짐짓 고개 들기를 주저하는 시늉을 했다.

"예의 차릴 거 없다. 이미 한번 고개를 들었잖아?"

큭큭, 하는 웃음소리가 들린다. 교스케는 주저주저 고개를 들었다.

"도비타야 교스케 맞지? 오쓰 재상_{오쓰 재상은 교고쿠 다카쓰구의 통칭. 여기서 '재상'은 일국의 수상을 뜻하는 것이 아니라 율령체제에서 조정회의에 참석하는 참의參議를 가리키는 별칭이다. 실무와는 무관한 명예직} 교고쿠 다카쓰구다."

추태를 드러냈다고 여겼는지 다카쓰구는 조금 멋쩍은 미소를 지었다. 옆에 선 시동 두 명은 웃음을 숨기느라 애쓰고 안내역 사무라이는 대놓고 요란하게 한숨을 흘렸다.

──이분이 반딧불이 다이묘⋯⋯.

막연히 했던 상상과는 너무나 다른 만남에 교스케는 사람 좋아 보이는 동그란 얼굴을 망연히 바라보았다.

"이쪽은 도비타야 겐사이의 아들로⋯⋯."

배석한 가신이 먼저 교스케의 이력을 소개했다. 방금 전 충격이 너무 강렬한 탓에 교스케는 여전히 긴가민가 하는 심정으로 상좌에 앉은 동그란 얼굴을 쳐다보았다. 다카쓰구는 잠시 얌전히 듣다가 손을 쳐들어 말허리를 잘랐다.

"됐다. 잘 안다. 새왕 자리를 물려받을 사람이지?"

가슴이 쿵쿵 뛰었다. 설마 공경에 이름을 올린 다이묘가 자기를 알고 있으리라고는 짐작도 못했다. 교스케가 몸을 움츠리듯이 조아렸다.

"당신 같은 젊은이가 크고 있다는 거, 같은 오미 사람으로서 기특하게 생각한다."

다카쓰구는 만족스럽다는 듯이 둥근 얼굴을 두어 번 주억거렸다. 오미 사람으로 오해하고 있구나. 이럴 때는 제대로 알려줘야 옳은지 그냥 적당히 맞장구치면 되는지 모르겠다. 나중에 아니라는 사실을 알고 불쾌해 하면 큰일인데. 교스케는 마음을 다잡고 긴장한 입술을 열었다.

"죄송합니다만 저는 오미 출신이 아닙니다……."

"아노슈는 다 오미 사람 아닌가?"

다카쓰구는 상체를 내밀며 쌍꺼풀이 진 눈을 깜빡거렸다.

"물론 오미 출신이 많습니다. 제 스승 도비타야 겐사이도 그렇습니다. 허나 석공에 뜻을 두고 아노로 찾아오는 자도 적지 않습니다."

그렇게 해서 오미에 평생 머무는 자도 있고 고향으로 돌아가 석공으로 독립하는 자도 있다. 세상에는 아노슈가 축성 기술을 대외비로 비공개한다고 여기는 사람이 많지만 그렇지는 않다. 축성 기술이 전국 구석구석으로 퍼져서 서민의 생활을 지키는 방패가 되면 좋은 일이라는 것이 아노슈의 공통된 생각이다.

다만 두 가지 조건이 있다. 우선 5년에 한 번은 반드시 아노에 와서 스승 혹은 그 후계자에게 자기 기량을 보일 것. 축성 기술은 하루 게을리하면 사흘치 후퇴한다. 목숨에 직결되는 일이다. 제자가 기술을 유지하고 있는지를 확인해야 한다.

또 하나는 기술을 글로 남기지 말 것. 아노슈의 기술은 구전으로만 전승된다. 물론 글로 쓴 설명을 읽는다고 강고한 성벽을 쌓지는 못한다. 고작 5척 높이조차 마음대로 쌓을 수 없으리라. '뒤채움 15년'이라고 할 정도로 인내가 필요한 수련을 거친 자만이 예리하게 훈련된 감각으로 습득할 수 있다.

게다가 각 패에는 병법에서 말하는 오의 같은 것이 있어서 오직 후계자에게만 전승된다. 교스케는 후계자로 지명되었지만 겐사이로부터 마지막 가르침은 아직 받지 못했다.

"그렇군. 유용한 이야기야. 그럼 도비타 공은 어디 출신이지?"

다카쓰구는 윤기 나는 턱에 손을 대고 혼잣말을 섞어가며 물었다. 고귀한 혈통은 모두 이런가? 아니면 다카쓰구의 성격인가? 호기심이 많은 듯하다.

"에치젠 이치조다니입니다."

"응? 나이를 생각해보면……."

"예. 아사쿠라 가가 멸망할 때 부모와 누이동생이…… 저는 간신히 성을 도망쳐 나왔다가 때마침 공사 현장을 답사하러 와 있던 스승을 만나 구조되었습니다."

"그런가. 큰일을 겪었군……."

다카쓰구는 눈초리를 늘어뜨리며 입술을 깨물었다. 교스케로
서는 또 한번 뜻밖이었다. 모든 다이묘를 피도 눈물도 없는 인간
이라 여기진 않았지만, 방금 그 말은 진심에서 우러나왔음을 느
꼈기 때문이다.

"내 아내도 낙성의 슬픔을 겪었다."

이 말을 들으니 진심으로 공감해주는 까닭을 알 것 같았다.

다카쓰구의 부인 오하쓰는 아사쿠라 가의 맹우 아자이 가 출신
이다. 오다 가는 아사쿠라 가를 멸한 뒤 바로 아자이 가의 영지를
공격했다. 아자이의 거성 오다니 성은 대군에 포위되어 함락되고
오하쓰의 부친 나가마사는 자살로 생을 마감했다. 모친 오이치는
남편 나가마사가 도주하라고 강력히 부탁하기도 했고 노부나가의
동생이라는 점도 있어서 세 딸과 함께 무사히 성에서 도망쳤다.
그 세 딸 가운데 한 사람이 오하쓰다. 오빠도 있었지만 그는 아들
이라는 이유로 어린 나이임에도 무참히 살해되었다.

"그것도 두 번이나……."

가늘게 숨을 토하듯 말하고 다카쓰구는 시선을 떨구었다.

"들어서 알고 있습니다."

오이치는 나중에 오다 가의 숙로 시바타 가쓰이에와 재혼했다.
그러나 가쓰이에는 현 패권자 히데요시에게 아사가타케 전투에
패하고 본성인 에치젠 기타노쇼 성도 함락되었다. 이에 오하쓰의

양부 가쓰이에는 할복했고 모친 오이치도 이때 남편과 함께 자결했다. 세 자매만 목숨을 건졌고 오하쓰는 이후에 교고쿠 가로 출가한 것이다.

다카쓰구는 좌우를 확인하더니 손을 번쩍 들어 가까이 오라고 손짓했다. 다이묘에게 가까이 가도 되는지 몰라 당황하며 옆을 보니 가신이 고개를 살짝 끄덕여주었다. 교스케가 무릎걸음으로 나오자 다카쓰구는 입에 손을 대고 귀엣말하듯 말했다.

"오하쓰는 쾌활하고 현명하다. 사내로 태어났으면 나 따위는 발치에도 미치지 못할 무장이 되었을 게야. 그도 그럴 것이 저 소켄인總見院 님의 조카 아니냐."

소켄인은 오다 노부나가의 계명이다.

다카쓰구가 장난스럽게 웃자 가신이 헛기침을 해서 말렸다. 오하쓰 이야기를 해서가 아니라 주군이 스스로를 폄하하는 듯한 발언을 했기 때문이다. 그러나 다카쓰구는 개의치 않고 오하쓰가 얼마나 뛰어난 아내인지를 계속 이야기했다. 그러더니 마침내,

"참으로 양달 같은 여자란 말이지."

라고 매듭지었다. 교스케는 자기 입술이 늘어지고 있음을 느꼈다. 아내 이야기를 하는 다카쓰구의 표정은 매우 따뜻하고 자애가 넘쳤다. 지금까지 공사 현장에서 다이묘를 여러 번 봤지만 이런 표정을 짓는 다이묘는 한 번도 본 적이 없다.

"다들 그만 물러가지."

다카쓰구는 시동과 배석한 가신에게 명했다.

"하지만……."

"염려할 거 없다. 나 강한 거 알잖나."

눈을 가늘게 뜨고 한쪽 어깨를 쓱 내민다. 인물이 변변치 못하다는 평이 나돌고 있지만 그래도 다이묘다. 무예를 단련하고 있을 것이다.

"황송하오나 나리께서는 궁마도창弓馬刀槍 전부에 서투신 줄 압니다만."

가신이 냉정하게 말하는 바람에 교스케는 하마터면 헉 소리를 지를 뻔했다.

"농담 한번 해봤다. 너무 진지하게 듣는구만. 둘이 하고 싶은 얘기가 있어서 그렇네."

"정 그리 말씀하신다면."

가신이 시동들을 재촉해서 방에서 나갔다. 넓은 방에 단둘이 남았다. 다만 교스케도 조금 전까지처럼 긴장하고 있지는 않았다. 이 남자가 풍기는 명랑한 기운에 편안함을 느꼈다.

발소리가 멀어지자 다카쓰구가 가만히 입을 열었다.

"아내는 그렇게 현명한 사람이지만 여전히 악몽에 시달리고 있다."

"아……."

교스케는 모호하게 맞장구쳤다. 사람들을 물리친 이유는 가신들에게 알리고 싶지 않은 내용이기 때문일까. 교스케도 여전히 그날의 비극을 꿈에서 본다. 주위에 공연한 근심을 주고 싶지 않은 마음은 가슴이 저리도록 이해할 수 있다.

"성이 무너진다는 것은 그토록 무서운 일이라는 게다."

"예. 전부 다 잃게 됩니다."

본인 목숨은 말할 나위도 없다. 가령 살아남는다 해도 가족을 잃고 고향을 빼앗기고 추억이 깃든 기둥까지 전부 잿더미로 변한다. 전쟁은 인재 가운데 가장 극악한 인재이리라.

"내가 아는 사람의 죽음을 지켜보는 것이 괴롭더구나……. 해서 지금까지 최대한 싸움을 피해 왔다."

다카쓰구는 조용히 말을 이어 나갔다. 그의 경험에서 우러나온 말임을 알 수 있었다.

아케치 미쓰히데가 모반을 일으켰을 때는 즉각 그 막하로 들어가겠다고 표명했다. 가모 가처럼 저항하는 모습을 보였다면 지리적으로 볼 때 제일 먼저 공격을 받고 병력 차이 때문에 금세 짓밟혔을 게 틀림없다. 그 뒤 히데요시가 미쓰히데를 무찌르자 다카쓰구는 가족과 몇몇 가신만 데리고 성과 영지를 버린 채 도주했다.

"싸워봐야 승산도 없고 항복해도 죽임을 당할 게 틀림없었지……. 농민에게야 누가 영주가 되든 상관없는 일이고."

듣고 보니 과연 그렇다. 세상의 전쟁은 전부 사무라이의 사정으로 일어난다고 해도 좋다. 사실 다카쓰구가 도주한 덕분에 전쟁이 일어나지 않아 당시 영민들은 누구 하나 죽지 않았다. 그날 아사쿠라 가도 그렇게 했더라면 교스케 역시 가족을 잃지 않고 내내 함께했을지 모른다.

"가신들도 영지를 잃은 나 따위보다 다른 가문을 섬기는 편이 낫지. 나이가 들어 아무도 써줄 것 같지 않은 가신들만 데리고 갔다."

히데요시가 미쓰히데를 격파했다는 소식이 들려오자 다카쓰구는 가신들에게 줄 감장感狀을 밤새 썼다. 감장이란 그 사람의 공적을 주군이 칭송한 증표인데, 다른 가문에 취직할 때 추천장 역할을 한다.

다카쓰구는 실을 뱉듯 숨을 흘리고 이쪽을 똑바로 쳐다보며 단언했다.

"모두가 죽지 말고 살았으면 좋겠다. 나도 죽고 싶지 않아. 소중한 사람과 함께 살고 싶다. 설사 어리석은 장수란 비난을 듣더라도."

교스케는 크게 놀랐다. 도저히 센고쿠 무장의 발언이라고 할 수 없는 나약한 말이 아닌가. 그러나 교스케는 만난 지 얼마 되지도 않은 다카쓰구를 조금쯤 이해할 수 있겠다는 기분이 들었다. 무사로 태어난 게 실수였다고 할 만큼 상냥한 마음씨를 가진 사람이다.

"사실 내가 전쟁에 서툴다는 것은 자타가 공인하는 바이지만."

다카쓰구는 수치스러운 듯이 말하고 관자놀이를 손가락으로 삭삭 긁었다.

"한 가지…… 여쭤도 괜찮은지요."

"아, 괜찮고말고."

"그런 나리께서 왜 성을 견고하게 하시려고."

가족, 가신, 영민의 목숨을 지키기 위해서라면 전부를 버릴 각오가 되어 있는 사람이다. 다시금 난세가 닥친다 해도 강한 세력에 굴하거나 도주하는 걸 마다할 리 없다. 또 도망치면 되지 않느냐고는 차마 말하지 못하고 교스케는 말끝을 흐렸다.

"그때는 내가 어리석었었다……."

당시 다카쓰구는 히데요시가 천하를 차지하리라고까지는 예상하지 못했지만, 아케치의 천하가 오래가진 못할 거라고 확신했던 모양이다. 노부나가의 차남 노부카쓰, 삼남 노부다카, 히데요시를 비롯한 시바타, 니와, 다키가와 같은 숙로들, 그리고 맹우 도쿠가와 이에야스 등이 사방팔방에서 미쓰히데를 공격할 터였으니까. 무사가 아닌 교스케도 당시 이들을 물리치기는 쉽지 않겠다고 생각했던 기억이 있다.

다만 다카쓰구에게 불행하게도, 그 손바닥만 한 영지가 미쓰히데의 영지와 이웃하고 있었다. 저 가모 가조차 그런 조건이었다면 저항을 포기했을지 모른다. 교고쿠 가의 가신들은 감장을 받았지만,

──싸워보지도 않고 도망친 놈들.

이라고 손가락질을 받아 원하는 곳에 취직하지 못했다고 한다. 유랑 중에 가족을 병으로 잃은 자도 있고 실의 속에 할복한 자도 있다.

다카쓰구는 교고쿠 가가 다시 다이묘의 지위를 찾자 궁핍하게 지내던 옛 가신들을 불러들였다. 돌아온 가신들 중에 다카쓰구를 원망하는 자는 없었다. 원망은커녕,

"그때는 어쩔 수 없었지 않습니까."

라며 다들 위로해주었다.

그래도 다카쓰구는 그때 싸웠다면 오히려 죽는 사람이 적지 않았을까 하고 후회하지 않은 날이 없었다고 한다. 최소한 시늉만이라도 일전을 겨루고 도망쳤다면 무사의 긍지를 잃는 사태는 피할 수 있었을 거라고.

"잘 알겠습니다."

교스케는 힘주어 고개를 끄덕였다.

"가모 나리에게 들었다. 도비타야의 힘이 없었다면 히노 성도 위험했을 거라고……. 해서 도비타 씨에게 부탁하자고 생각했던 게야."

가모 우지사토는 그 후 몇 번의 전봉_{막부의 명에 따라 영지를 다른 곳으로 옮기는 것}을 거쳐 아이즈 번 구십이만 석의 태수가 되었지만, 병이 들어 1년 전인 분로쿠 4년에 타계했다. 그는 혼노지의 변 전후의 처신을 칭송받을 때마다,

——당시 최강의 방패가 저를 지켜준 덕분입니다.

라며 많은 사람들에게 자신의 무용을 자랑하기보다 도비타야를 칭찬해 주었다고 한다.

꼭 그래서만은 아니겠지만, 같은 오미에 영지를 두고 있어도

교고쿠 가와 가모 가의 운명이 갈라진 것은 사실이다. 다시 비슷한 상황이 닥친다면 같은 실수를 반복하지 않겠다고 다짐하던 다카쓰구는 가모의 이야기를 마음에 담아두었던 모양이다.

"준비가 되는 대로 보수 공사를 시작하겠습니다."

"도비타 공도 이미 알아차렸겠지만……."

"나리."

교스케가 저도 모르게 다카쓰구의 말허리를 잘랐다. 조금 전부터 그랬지만 일개 장인을 부르는 호칭이 아니었다. 지나치게 배려하실 필요 없다고 말하자 다카쓰구는 고개를 돌리고 잠시 생각하다가 손뼉을 짝 치더니 미소를 지었다.

"도비타라는 호칭이 불편하다면 역시 교스케가 좋겠군."

"편하실 대로."

"그럼 교스케. 이미 알아챘겠지만 나는 전쟁을 몰라. 그러니 설계를 일임하겠네. 뭐 좋은 방안이 있을까?"

"오쓰 성은 제 스승이 설계한 매우 희귀한 수성입니다. 지금도 상당히 견고합니다."

이번 보강 수리를 도비타야에 의뢰한 이유 가운데 하나는 교고쿠 가가 오쓰에 들어오기 전부터 이미 오쓰 성이 자리잡고 있었기 때문이라.

"그럼 더는 건드리지 말자는 건가?"

교스케는 천천히 고개를 저었다. 전부터 단 한 군데는 보강할 여지가 있다 싶었는데 이번에 다시 찾아와 살펴보고 공사가 가능함을 확신했다.

"바깥해자 전체에 물을 채우는 겁니다."

"그러려면 막대한 돈과 시간이 든다고 들었네만……?"

오쓰 성 천수는 호반에 지어져 있고 바깥해자로 갈수록 바닥이 높아진다. 때문에 바깥해자 양 측면의 중간까지는 물이 들어와 있지만 길이가 가장 긴 정면은 마른해자로 되어 있다. 여기에 물을 채우려면 정면 쪽 흙을 대량으로 파내어 바닥을 낮추어야 한다.

한데 정면 쪽을 파 나가면 성벽의 기초가 상당 부분 노출되어 약화될 수밖에 없다. 이를 보완하려면 상당한 돈과 시간을 들여야 한다.

"정면을 전부 굴삭하지 말고 중앙 일부만 굴삭해서 주발 모양으로 만들면 굴삭 작업이나 성벽 쌓는 작업을 최소한으로 줄일 수 있습니다."

"물은 높은 데서 낮은 데로 흐르지 않나. 그래서는 물이 들어오지 않을 텐데?"

맞는 얘기다. 결국 높아진 지면을 넘지 못한 물이 주발 모양으로 파 둔 곳으로 흘러들어가지 못한다. 인력으로 물을 퍼서 나를 수도 없는 노릇이다. 할 수야 있겠지만 늘 물을 퍼 옮겨주지 않으면 해자의 물은 금세 말라버린다.

"반대로 낮은 데서 높은 곳으로 물을 보내면 됩니다."

"뭐라…… 그런 일이……."

"가능합니다."

교스케가 단언하자 다카쓰구는 믿기지 않는다는 듯 눈을 휘둥그레 떴다. 잠깐의 침묵이 흐른 뒤 교스케는 숨을 크게 들이마시더니 확고하게 말했다.

"그리 하면 오쓰 성은 완전한 수성이 됩니다."

자신이 생각하는 구상을 실현하려면 돌이 더 필요하기 때문에 단조의 떼기조에게 돌을 더 떼어달라고 부탁해야 한다. 다음으로 후시미에서 돌아온 운반조에게 그 돌을 오쓰 성으로 가져다 달라고 해야 한다. 나아가 겐사이가 지휘하는 쌓기조에게 인력을 나눠달라고 부탁해야 한다.

유영으로 돌아온 교스케는 세 사람에게 편지를 썼다. 오쓰 성 바깥해자 전체에 물을 채울 계획이라는 내용이었다. 다만 구체적인 방법은 언급하지 않았다. 성이라는 기밀 덩어리를 다루는 아노슈에게는 당연한 규율이었다.

해자를 굴삭하는 인부로는 교고쿠 가에서 영지의 차남과 삼남들을 모아주기로 했다. 이제는 돌과 인력이 준비되기만 기다리면 된다. 한 달 남짓이 지나 세밑을 앞둔 시기에는 공사 준비를 시작할 수 있으리라 예상했다.

사흘 뒤 아노에 있는 단조가, 닷새 후에는 후시미에서 돌아오려고 하던 레이지가, 엿새 뒤에는 여전히 출성 공사를 지휘하고 있는 겐사이가 답신을 보내주었다. 단조와 레이지의 답장에는 긴

글이 적혀 있었다. 내용은 대략 다음과 같았다.

——바깥해자에 물을 채우기는 어려울 텐데. 우선 내가 유영으로 가보겠다.

두 사람 다 백전노장이지만 오쓰 성을 완전히 수성으로 변모시키는 공사는 불가능하다고 여기는 듯하다.

다만 겐사이의 답신은 달랐다. 다카쓰구와 면담한 수고를 위로한 뒤에 무엇보다 일꾼이 다치지 않도록 세심한 주의를 기울여야 한다고 가볍게 언급하더니,

——흥미로운 공사로군. 잘 해봐라.

라는 말로 짤막하게 마무리 지었다. 겐사이는 교스케의 구상을 간파했을까. 아니, 간파했다면 애초에 축성할 시점부터 반영하지 않을 이유가 없다. 즉 겐사이도 교스케의 공법을 짐작하지 못하고 있지만 교스케를 믿고 맡기겠다는 뜻이리라.

겐사이가 갈겨쓴 글을 읽으며 교스케는 대담한 웃음을 지었다.

단조와 레이지는 그로부터 사흘 뒤 유영에 도착했다.

"너 정신 나갔어? 정말 바깥해자 전부를 물로 채우겠다는 건 아니겠지?"

레이지는 만나기 무섭게 몰아세웠다.

"진심이야."

교스케가 정색하고 대답하자 레이지는 이마에 손을 짚고 요란하게 한숨을 지었다. 또 한바탕 붙겠구나 하고 짐작했는지 단조가 끼어들었다.

"말 좀 가려서 하시게. 그런데 작은나리…… 레이지의 말이 맞는지도 모릅니다. 바깥해자 정면 전체에 물을 채우려면 흙을 이만큼은 파내야 합니다."

처음부터 만류할 작정이었는지 단조가 품에서 종이를 꺼냈다. 거기에는 실제로 흙을 얼마나 파내야 하는지가 자세하게 계산되어 있었다.

바깥해자가 지나가는 '게시판 교차로_{사람 왕래가 많은 거리──주로 교차로에 막부의 법령 등을 게시하는 게시판을 세워두었는데, 그런 곳을 '게시판 교차로札の辻'라고 한다}' 부근은 호반보다 3장 6척(약 10.8미터)이나 높다. 이미 2장을 파내어 마른해자로 만들어 둔 데서 다시 1장 6척을 더 파내려가야 수위보다 낮아진다.

바깥해자 정면은 길이가 무려 4정(약 440미터)이나 되고 폭은 평균 15장(약 45미터)이다. 여기에 물이 차도록 흙을 파낸다면 그 흙의 양은 무려 52만 7천 석(약 95040입방미터)이나 된다. 농부들을 고용해도 2~3년은 걸리리라. 오랜 기간은 그렇다 치더라도 막대한 자금이 필요해서 교고쿠 가가 상정해둔 예산을 크게 초과해 버린다.

교스케는 단조가 건넨 종이를 재빨리 훑어보고 돌려주었다.

"애초에 호수 수면보다 낮게 파낼 생각은 없어."

"그게 무슨 말이지?"

레이지는 찡그리듯 한쪽 눈을 가늘게 떴다.

"지금의 바깥해자를 주발 모양으로 만드는 것뿐이야."

"글쎄 그래서는 물이 들어가질 않는다니까……."

"아니, 방법이 있다."

어이없다는 표정을 짓는 레이지에게 교스케가 짤막하게 단언했다.

성벽을 쌓을 때 가장 신경 써야 하는 것이 배수다. 아노슈에게 때로는 적군 이상으로 무서운 존재가 물이었다. 더 정확히 얘기하면 물을 어떻게 빼느냐 하는 문제다. 잘못 쌓으면 성벽 밑에 물이 고이고 만다. 그렇게 되면 흙이 불어나 성벽이 무너진다. 때문에 물이 잘 빠지도록 궁리해서 바닥에 자갈을 채워 배수에 신경을 써야 한다.

토루라면 오랜 기간을 두고 비바람에 서서히 무너지기 마련이므로 정기적으로 손질을 해줄 필요가 있다. 원래 성벽이 만들어지게 된 것도 토루 보수의 수고를 덜기 위해서라는 설이 있다. 때문에 아노슈는 돌 못지않게 물에 대한 지식도 필요하다.

"어떻게……?"

단조는 눈을 가늘게 뜨고 교스케의 얼굴을 들여다보았다.

"바깥해자를 따라 암거를 묻는다."

암거란 일종의 도랑을 말한다. 바깥해자 정면에서 호수를 향해 해자를 따라 긴 수로를 만드는 것이다. 호수에 닿게 한다면 그 길이가 대략 3정 정도 된다. 묻는 깊이는 지표에서 약 2척. 지표에 미세한 경사가 있으므로 묻는 깊이를 동일하게 한다면 수로에도 저절로 경사가 생기겠지만 아직은 물을 끌어들일 수 없다.

"다음으로 나무틀을 짜서 암거에 묻고 흙으로 덮는다."

즉, 땅속에 장대한 빈 공간이 생기게 된다. 이 방법이라면 단조도 아는 바가 있는지 이마를 손바닥으로 짚으며 신음을 흘리듯 말했다.

"으음…… 계단식 논처럼 말이군요."

경작지를 넓게 마련할 수 없는 산간에서는 산비탈을 계단처럼 깎아 논을 만든다. 예전에는 산 위 샘물을 맨 위쪽 논에 대서 아래쪽 논으로 순서대로 흘려보내 물을 채웠다. 물은 높은 데서 낮은 데로 흐르니까. 하지만 산 위에 샘이 없는 극히 드문 사례의 계단식 논도 있다. 그런 논에서 쓰는 방법을 수십 배 규모로 실현하는 것이 교스케의 구상이다.

"아, 그렇지."

빈 공간에 물이 채워질 때 물은 아래에서 위로 역류한다. 왜 이와 같은 현상이 일어나는지는 어느 누구도 상세하게 설명하지 못하지만 사람은 지혜를 발휘하여 원리를 이해하지 못해도 생활에 유용하게 써먹는다. 사실 교스케는 수압과 관련이 있지 않을까 짐작하고 있다.

"잠깐만. 물론 그런 계단식 논은 있지만 수원은 연못 정도가 고작이야……. 호수 속에 어떻게 나무틀을 연결하지?"

레이지가 손을 들어 제지하며 말했다. 수로의 기점을 물속에 묻지 않으면 이 역류 현상은 일어나지 않는다. 연못 정도라면 널 같은 것으로 담을 세워 물을 막아 놓고 수로 공사를 할 수 있지만 이번 공사 대상은 열도에서 제일 큰 호수다.

"우리 기술을 이용하면 돼."

"그게 뭔데……."

"물속에 돌담을 쌓는다."

물속에 둥글게 돌담을 쌓아 물을 막는다. 매우 치밀하고 신중하게 쌓아야 한다. 그래도 틈새로 물이 샐 테니,

"돌담으로 동목을 눌러서 고정시킨다."

"과연."

일반인에게는 낯선 말이지만 석공이라면 당연히 알고 있는 공법이어서 두 사람의 목소리가 겹쳐졌다. 물을 채운 해자에 성벽이 바짝 붙는 구조는 지금은 드물지 않지만, 성벽이 해자의 물속에서 어떻게 자리잡고 있는지를 아는 사람은 뜻밖에 거의 없다. 물밑에서부터 성벽이 쌓여 있지만, 그 성벽 밑에는 당연히 흙이 있다.

흙을 그냥 두고 성벽을 쌓으면 해자 속에서 흙이 물에 유실되어 성벽 기반석이 불규칙하게 침하되고, 그러면 나중에 성벽 전체가 무너지게 된다. 따라서 기반석의 불규칙한 침하를 방지하기 위해 흙바닥에 말뚝을 박아 지반을 단단히 다지고, 굵은 통나무를 사다리꼴로 짜서 바닥에 놓고 그 위에 성벽의 기반석을 놓는다. 이렇게 돌과 함께 쓰이는 통나무 구조물을 '동목胴木'이라고 한다. 말뚝이나 동목은 소나무를 많이 쓴다. 소나무는 물속에만 있으면 몇백 년이 지나도 썩지 않는다. 다만 물 밖으로 노출되면 보

름도 지나기 전에 썩어버린다.

　돌과 동목의 틈새는 점토로 메꾼다. 그리고 나서 돌담 안의 물을 퍼내 호수에 물 없는 돌우물을 만든다. 그 마른 우물에 바깥해자에서 오는 수로를 연결하여 나무틀을 묻고 마지막으로 돌담을 한꺼번에 무너뜨리면,

　"물이 수로를 거꾸로 흐른다."

　교스케가 장담하자 두 사람은 잠시 동안 아무 말 없이 궁리에 빠졌다. 처음 입을 연 사람은 단조였다.

　"준비를 마치려면 시간이 좀 걸리겠군요. 나무틀은 솜씨가 뛰어난 목수에게 맡기는 게 좋겠지요."

　"곧 한겨울이라 도중에 물이 얼어버리면 골치 아픈데."

　레이지의 말이 옳다. 암거를 완성하면 물이 얼어도 문제가 없지만 도중에 물이 얼면 그때마다 작업을 중지해야 한다.

　"그런데……."

　"물속에 돌담이라……."

　단조와 레이지는 쓴웃음을 지으며 얼굴을 마주보았다.

　"할 수 있……을 거야."

　조금 불안한 목소리로 말끝을 흐리자 레이지가 어깨를 툭 쳤다.

　"할 수 있다고 확실하게 말해."

　"되겠지?"

　"재미있을 것 같긴 하다."

레이지는 흠, 콧소리를 내며 팔짱을 꼈다.

"보수 공사는 오는 봄부터 하면 되겠군."

단조는 입가에 주름살을 만들며 이야기를 마무리 지었다.

"두 사람, 고생 좀 해줘."

교스케가 힘주어 말하자 단조는 고개를 천천히 끄덕이고 레이지는 자기 팔뚝을 손바닥으로 철썩 때렸다. 이리하여 오쓰 성 보수 공사는 게이초 2년(1597년) 봄부터 시작하기로 정해졌다. 후시미 현장을 동시에 맡은 도비타야는 세밑인데도 불구하고 준비 작업으로 쫓기게 되었다.

호수에
쌓은 성

열도에 있는 60여 개의 구니國 가운데 눈이 내리는 구니는 많다. 대표적인 곳을 꼽자면, 제일 먼저 떠오르는 것이 무쓰 국, 그리고 일찍이 고시국越国이라고 싸잡아 일컬어지던 에치고越後와 엣추越中, 교스케의 고향 에치젠越前, 그밖에도 시나노, 히다처럼 산지에 자리한 구니도 있고, 서쪽으로는 주고쿠 지방의 이나바, 이와미, 이즈모 등이 있다. 이들 구니에서는 특별히 겨울이 포근한 해만 아니라면 해마다 어김없이 눈이 내린다.

그 점에서 오미라는 구니는 조금 달랐다. 오쓰, 구사쓰 같은 남쪽 땅에서는 눈이 거의 내리지 않고 내린다 해도 쌓이는 일이 거의 없다. 한편 북쪽에서는 다른 나라에 왔나 싶을 만큼 폭설이 쏟아진다. 히데요시가 시바타 가쓰이에를 무찌른 시즈가타케, 요고코余吳湖 근방에서는 1장(약 3미터)까지 쌓이는 일도 드물지 않다. 한 구니에서도 겨울풍경이 이렇게 다른 곳은 찾기 힘들다.

날씨로 말하자면 비와 호수의 동서 양쪽 지역도 그 양상이 전혀 다르다. 서쪽은 히에이잔, 히라산에서 내려오는 차가운 바람 탓인지 동쪽 호반에 거의 눈이 내리지 않을 때도 눈보라가 휘몰아치곤 한다. 일찍이 교고쿠 가가 영지로 받았던 오미 다카시마 근방만 해도 백은을 흩뿌려놓은 듯한 경치를 볼 수 있다.

비와 호수 서쪽 호반의 조금 남쪽에 위치한 아노슈의 본거지 아노, 사카모토는 눈이 없는 해도 있고 내리는 해도 있는데, 쌓이도록 내린다고 해도 정강이까지가 고작이라 어중간한 지역이다.

올겨울은 양상이 조금 달랐다. 새해가 밝기 전에 대설이 내려 사카모토가 온통 흰색으로 뒤덮였다. 하지만 그 뒤로는 눈이 내리지 않아 열흘이 지나기 전에 기의 다 녹아비렸다. 오미 출신인 단조는 그것을 보고,

"올해는 눈이 무섭겠는걸."

하고 예언했다. 그 시기에 대설이 한 번 내리면 새해가 밝을 무렵에는 혹독한 한파가 몰려오게 마련이라는 것이다. 즉, 다음에 쏟아질 눈이 진짜라는 이야기다.

겐사이는 정월에 아노로 왔다가 금세 후시미 성으로 돌아갔다. 후시미는 이곳보다는 낫겠지만 그래도 눈이 내릴 것으로 예상된다. 솜처럼 가벼운 눈이어도 덩어리를 이루면 공포스러울 정도로 무거워진다. 쌓다 만 돌담이 쌓인 눈의 무게를 분산시키지 못해서 무너지는 사태가 간간이 있을 정도다.

"오쓰 성 말인데."

겐사이가 떠나려고 할 때 교스케가 입을 열었다. 도롱이를 두른 겐사이가 커다란 삿갓을 조금 쳐들고 물었다.

"뭐 어려운 점이라도 있나?"

"그게 아니라…… 진짜 해도 괜찮으려나 싶어서."

겐사이는 오쓰 성 바깥해자에 물을 끌어들이겠다는 교스케의 계획에 대하여 구체적으로 어떻게 할 생각이냐고 물어본 적이 없

다. 단조나 레이지에게 전해 들었는지 모르지만, 적어도 두 사람이 직접 이야기를 나누진 않았다.

"할 수 있잖아?"

"음."

"그럼 됐지뭐."

겐사이는 입가에 주름을 만들며 한쪽 얼굴로만 웃었다. 레이지가 말한 대로 교스케를 홀로 서게 하려는 것이다. 제대로 된 행수로 만들기 위한 실전 훈련쯤으로 여기는지도 모른다.

겐사이가 아노를 출발하고 열흘 뒤, 과연 단조가 예상한 대로 눈이 내렸다. 닷새를 밤낮없이 줄기차게 쏟아졌다. 그냥 뒀다간 집밖으로 나가지도 못하게 되므로 눈이 쏟아지는 중에도 제설 작업을 해야 한다. 겐사이가 데려간 사람을 제외한 모든 석공들이 나와서 눈을 치웠다.

"꼭 에치젠 같군."

교스케도 그들과 함께 가래삽을 움직이며 투덜거렸다. 딱히 누구에게 건넨 말은 아니었지만 가까이서 키[革]로 눈을 퍼내던 레이지가 입을 열었다.

"거기도 눈이 많나?"

레이지는 시선을 눈밭으로 내린 채 일손을 멈추지 않았다. 그의 머리에 눈이 얇게 쌓여 있다.

"해마다 족히 한 장은 쌓여."

"눈 많은 곳은 손해가 막심하겠어. 눈이 적은 동네보다 배는 고

생해야 하니."

겐사이의 조카 레이지는 사카모토에서 태어났다. 그래도 기이, 도사, 사쓰마 같은 따뜻한 지방에 비하면 눈으로 고생하는 일이 적은 편이다.

"그렇지."

교스케는 이마의 땀을 훔치고 다시 가래삽을 눈밭에 찔러 넣었다. 숨이 새하얄 정도로 추운 날이지만 몸은 후끈후끈하다. 제설 작업은 그만큼 힘든 노동이다. 이걸 손해라고 한다면 분명 손해일 것이다.

"왜들 그렇게 추운 데서 살까."

겨울이 오기 전에 무리를 이루어 남녘으로 날아가는 새를 본 적이 있다. 조금이라도 따뜻한 곳에서 겨울을 나기 위한 방편이리라. 인간은 대개 한 자리에 머물고 한 자리에서 살다가 죽는다.

"저버리지 못할 것들이 여러 가지니까."

조상 대대로 지켜온 땅 때문인 경우도 있을 것이다. 그보다는 사람과 맺은 인연이나 그 땅에 얽힌 기억을 지키려고 하기 때문인지도 모른다. 그러나 아무리 지키고 싶어도 교스케처럼 어쩔 수 없이 떠나야 하는 경우도 있다.

"그러니까 우리가……"

레이지가 키로 퍼올린 눈을 멀리 던지며 말했다.

"성을 쌓는 거지."

교스케는 온 세상을 덮은 설경 속에서 오쓰 성의 구조를 내내 그리고 있었다. 요즘은 자나 깨나 한 가지 생각뿐이다. 정말 가능할까. 그런 불안을 떨치려는 듯 교스케는 가래삽을 힘껏 눈밭에 찔러 넣었다.

눈이 많으면 봄이 와도 녹는 데 시간이 오래 걸린다. 매화가 흐드러지게 피어도 잔설은 끈질기게 남아 있다.

눈 녹은 물은 대지를 무르게 만든다. 그렇게 약해진 대지를 파내면 스며 나오는 물 때문에 단면이 금세 무너진다. 땅이 다 마를 때까지 끈기 있게 기다린 끝에 교스케를 비롯한 아노슈가 마침내 오쓰 성 개보수 공사에 들어간 것은 4월 초였다.

이번 공사에 참여하는 떼기조, 운반조, 그리고 쌓기조의 모든 일꾼들에게 교스케가 힘을 빌려 달라고 부탁했다.

"걱정하지 마십시오."

처음에는 반대했던 단조도 이제는 잘 될 거라며 믿어주고 있다.

"기특한 소리를 시끄럽게도 하시네. 말 안 해도 다들 잘 안다."

레이지가 야멸차게 타박하지만 입술은 미소를 짓고 있다.

교스케는 교고쿠 다카쓰구에게 부탁하여 영민 중에서 인부를 모았다. 쌓기조 장인들이 인부들을 지휘하여 우선 물 없는 바깥 해자를 파내는 작업부터 시작했다. 물을 역류시킬 예정이므로 호수 수면보다 낮게 파낼 필요가 없고 막자사발 형태를 택하여 작업량을 최대한 줄일 예정이다.

"낫으로 살살 긁어내."

교스케가 일꾼들을 둘러보며 집요하게 그 말을 반복했다. 흙이라는 것은 돌보다 차라리 눈을 닮았다. 어느 정도까지 파내면 단면이 버티지 못하고 무너진다. 때문에 수직으로 파내려가지 말고 비스듬히게 파야 한다. 하지만 그렇게 해도 비가 한바탕 쏟아지면 역시 무너진다.

낫으로 꼼꼼하게 파내면 흙이 무너지는 사태를 막을 수 있다. 그리고 파낸 단면에 물에 적신 삿자리를 대면 폭우라도 쏟아지지 않는 한 무너지지 않을 강도가 확보된다.

"그때그때 가래삽을 물에 적시게. 조금만 더 파면 바닥이다."

대지는 여러 층이 켜켜이 쌓여 있는 구조이다. 땅을 파서 단면을 살펴보면 다양한 사실을 알 수 있다. 가령 고운 토양층 사이에 자갈층이 있다면 홍수가 있었다는 증거다.

언제 적 일인지도 대강 추정할 수 있다. 땅을 파다 보면 토기가 많이 나온다. 사람들의 생활을 보여주는 유물이다. 토기는 연대에 따라 모양이 미묘하게 달라, 자갈층 속에 섞여 있는 토기를 보고 시기를 추정할 수 있다.

그밖에도 녹이 슨 듯한 얇은 층이 있다면 과거에 논이었다는 증거다. 때로는 기둥 흔적, 냇물이 흐르던 흔적, 인간이 낸 물길 흔적 따위도 발견된다. 총체적으로 종합하여 이곳이 축성에 알맞은 곳인지를 판단하는 데 참고하기도 한다.

사람이 종이에 기록해둔 역사에는 기록자의 생각이 섞여 있지만 땅은, 돌은, 대지는 아무것도 숨기지 않고 사실을 알려준다. 이런 것들을 가르쳐준 사람도 겐사이였다.

"나왔군. 여기부터는 그때그때 가래삽을 물에 적셔."

더 파 나가자 푸른 기운이 도는 회색 점토질이 나왔다. 가래삽에 들러붙어 파내기가 힘든 땅이다. 일하는 인부 발에도 진득진득 들러붙어 발이 경단처럼 되고 만다. 간토에서는 적토가 나오지만 기나이에서는 거의 보이지 않는 식으로 지방마다 나오는 토양층은 달라진다.

회색 점토질이 나왔다면 곧 바닥이 가깝다는 뜻이다. 엄밀히 말하면 대지에 '바닥'이란 것은 없는지도 모른다. 하지만 파들어가면 딱딱한 자갈층이 나와 가래삽이나 괭이가 들어가지 않는 곳이 어느 지역 땅에나 있다. 이것을 아노슈에서는 바닥이라고 부른다.

아무리 바깥해자 전부를 깊게 파진 않는다 해도 상당한 시간과 수고가 필요하다. 굴삭을 시작하고 한 달쯤 지나도 아직 목표의 3, 4할에 머물렀다.

"팔 힘만으로는 박히질 않아. 허리를 얹어줘야지."

교스케가 젊은 인부에게 지시를 내린다. 어느 마을 농부의 아들일까. 농기구 다루는 데 능한 농부라 해도 이렇게 깊이 파본 적이 없기 때문에 요령이 다른 듯하다.

"예! 이렇게———"

젊은 인부가 힘껏 가래삽을 찍었지만 아무래도 제대로 박히지 않는다.

"아니야. 내가 하는 걸 봐."

비탈을 미끄러지듯이 마른해자로 들어가 인부에게 가래삽을 넘겨받은 교스케가 끈끈한 흙에 가래삽을 찍고 체중 전부를 실으며 발로 밟는다.

"그리고 이렇게 하면…… 쉽게 떨어져 나온다."

땅에 사각을 그리듯이 밟아간다. 그러고 나서 가래삽을 지렛대처럼 놀리면 흙이 덩어리처럼 쏙 분리되어 나온다.

"고맙습니다."

"한 번 더 보여주지. 잘 봐둬."

자상하게 말하며 다시 한번 시범을 보이던 교스케가 지켜보는 젊은이를 향해 손을 움직이며 물었다.

"이 근처에서 농사짓나?"

"예. 도쿠사부로라고 합니다."

그 이름에서도 짐작할 수 있듯이 농부의 셋째아들이고 나이는 열일곱이다. 차남까지는 어렵게나마 논을 떼어주고 분가시킬 수 있었지만 집안 형편상 셋째아들까지 맞춰줄 순 없어서, 도쿠사부로는 큰형 집에 들어가 눈칫밥을 먹었던 모양이다. 그러다가 큰형이 삯일거리, 즉 오쓰 성의 보수 공사 인부를 모집한다는 소식을 듣고 도쿠사부로에게 권했다고 한다.

"그래? 고생이 많구나……."

빈말이 아니라 진심이었다. 교스케는 고향이 불에 타고 가족을 잃는 불행을 겪었다. 그에 비하면 도쿠사부로가 낫다고 여기는 사람이 대부분이리라. 하지만 고향이 있고 가족과 함께해도 도쿠사부로는 떳떳하게 지내지 못했다. 논도 물려받지 못했으니 시집오겠다는 여자도 없다. 평생 큰형 밑에서 소작을 부치고 이렇게 가끔 삯일을 하며 살게 될 것이다.

"괜히 저 때문에 고생하시게 해서 죄송합니다, 부교님."

향사 대우를 받는 도비타 가는 칼을 차고 다니는 일이 허용되었다. 설사 감독이라 해도 작업을 할 때는 방해가 돼 빼놓고 있지만, 오쓰 재상의 공사를 청부하면서 현장에 다닐 때만은 칼 두 자루를 허리에 차고 있다. 해서 자신을 부교로 오해하고 있는 듯하다.

"나는 부교가 아니다."

"죄송합니다."

교스케는 고개를 갸웃거렸다.

어째서 자꾸 사과하는 걸까. 도쿠사부로로서는 신분이 높고 낮음을 판단하기가 쉽지 않겠구나. 그래도 부교보다 높은 무사일 경우를 생각해서 즉시 사죄했을 테지. 농민의 딱한 습성이라고 해야 할까.

"부교 대신 내가 모든 일을 맡아서 하고 있을 뿐이다. 칼을 차고는 있지만 나는 장인이야."

고용된 인부가 자세한 내막을 알 리 없다. 인부 중에는 품삯이 아쉬울 뿐 오쓰 성 성주가 누구인지조차 모르는 자도 있으리라.

"아노슈를 아느냐?"

이미 시범은 한 번 더 보여주었지만 이야기를 하다 보니 또 가래삽질을 보여주는 꼴이 되었다.

"예. 알고 있습니다."

"오호."

"아……. 저희 어머니가 그러셨습니다."

"뭐라고?"

"제 목숨은 새왕이 지켜주셨다고."

도쿠사부로는 우사야마 성 인근 마을에서 태어났다고 한다. 오다 노부나가를 치기 위해 아자이 · 아사쿠라 연합군은 교토를 향해 비와 호수 서쪽을 따라 진군했다. 그때 노부나가는 수하를 우사야마 성에 보내 저지할 요량이었다. 연합군은 갈길이 멀기 때문에 늘 병량에 주의를 기울여야 한다. 지나가는 길목마다 징발이나 약탈을 당해서는 견딜 수 없다고 판단한 오다 군은 인근 농부들을 포함하여 우사야마 성에 모두 들어가 있도록 명했다. 도쿠사부로 모친은 그때 우사야마 성 안에 있었다는 것이다.

"그때는 가카리였으니까."

오다 군의 의뢰를 받고 우사야마 성으로 달려간 도비타야는 실탄이 어지러이 오가는 가운데 돌담을 쌓고, 무너지면 즉시 수리를 했다. 그리하여 마침내 노부나가의 지원군이 도착할 때까지 버텨냈던 것이다. 애초에 아사쿠라 가가 건재하던 때는 교스케가 아직 어리고 에치젠에서 살던 시절이다. 장차 석축 장인이 되리라고는 꿈에도 몰랐고 가카리에 대한 이야기는 전부 단조한테 들었다.

"어머니는?"

"작년에……."

"그래?"

도쿠사부로의 모친이 우사야마 성에 들어갔을 때는 지금의 도쿠사부로보다 조금 많은 열여덟 살이었다. 그 뒤 햇수로 28년. 사십대 중반으로 타계했다.

"만약 새왕이 지켜주지 않았다면 너는 지금 없었을 거다……라고 귀에 못이 박이도록 들었습니다."

"호오……."

도쿠사부로는 만면의 웃음을 짓고 교스케는 살짝 놀라는 소리를 냈다.

모친이 우사야마 성에 있을 때는 둘째형이 작은 아기였을 무렵이라 나이 차이가 나는 도쿠사부로는 아직 존재하지 않았다. 물론 아노슈만의 공은 아니지만 겐사이가 그때 가카리를 발령하지 않았다면 도쿠사부로는 여기 존재하지 않았을지 모른다. 무엇보다 모친은 도쿠사부로를 비롯하여 세 아들이 지켜보는 가운데 평온하게 삶을 마쳤다고 한다.

아노슈가 자신들도 모르는 사이에 자아낸 목숨이 여기 있는 것이다.

"가르쳐주셔서…… 고맙습니다."

도쿠사부로가 미안한 얼굴로 말한다.

"그래, 열심히 해라."

교스케는 진흙범벅이 된 가래삽을 건네주었다. 도쿠사부로는 순박한 웃음을 지으며 고개를 끄덕이고 다시 교스케가 보여준 시범대로 흙을 파기 시작했다. 교스케는 그 모습을 잠시 쳐나보면서,

──나도 열심히 해야 한다.

라고 새삼 결의하며 진흙으로 미끄덩거리는 주먹을 꼭 쥐었다.

바깥해자에 인력을 몰아넣으면 어깨가 부딪힐 정도로 공간이 답답해져서 작업 효율이 도리어 떨어진다. 인부를 둘로 나누어 동시에 바깥해자에서 호수 쪽으로 이어지는 암거를 파나가게 해야 한다. 깊이는 나무틀이 들어갈 정도인 불과 2척(약 60센티미터)이라고 하지만 길이는 3정(약 327미터)으로 상당히 길다. 여기에 묻을 나무틀은 단조가 목수에게 부탁해서 수배해주었다. 한편 레이지가 이끄는 운반조는 당장 나를 짐이 없어졌으므로 굴삭 작업에 합류하기로 했다.

교스케는 직접 해자 안에 들어가 진흙칠을 하며 지시를 하고 있다. 그러자 위에서 레이지가 소리쳐 물었다.

"슬슬 밥을 내올까?"

조석으로 하루 두 끼가 보통이지만, 아노슈는 작업할 때 점심에도 밥을 먹는다. 단순히 중노동으로 배가 꺼져 힘을 낼 수 없다

는 이유에서다.

점심을 무엇으로 준비하느냐는 작업장에 따라 제각각이지만 이런 성 개보수 공사에서는 대부분 의뢰주에게 사전에 부탁한다. 성주인 교고쿠 다카쓰구는,

──당연히 배가 고프겠지. 나라면 다섯 끼는 먹지 않으면 주저앉아 버릴 거야.

하고 살집 좋은 볼로 환하게 웃으며 흔쾌히 허락해주었다. 이리하여 성내에서 취사를 하여 매일 아노슈가 받아가는 일정이 이미 굳어져 있었다.

"그렇군. 이쯤에서……."

"도비타 공!"

교스케가 손차양을 하고 올려다보았을 때 해자 바깥에서 부르는 소리가 들렸다. 갈라진 목소리가 귀에 익었다. 레이지가 돌아다보더니 교스케는 해자 속에 있다고 몸짓으로 상황을 설명했다.

얼굴을 보인 자는 이번 개보수 공사의 명목상 부교로 되어 있는 다가 마고자에몬이라는 남자였다.

기타오미 이누가미 군 다가 당의 호족으로, 교고쿠 가가 슈고로 있을 시절부터 모셔온 오래된 가신이다. 올해로 예순셋. 하얗게 센 머리카락이 많아서 머리가 잿빛으로 보인다.

혼노지의 변으로 유랑하게 되었을 때, 다카쓰구는 다른 가문 밑으로 들어가라고 권했지만,

──저는 아들도 없으니 나리를 끝까지 모시겠습니다.

라고 고집하며 내내 함께해 왔다고 들었다.

실은 마고자에몬에게도 아들이 있었다. 자그마치 세 명이나. 셋 모두 전란에 아비보다 먼저 죽었다. 외동딸도 시집을 간 상태이다. 다가 성을 가진 분가 집안이 따로 있기 때문에 본인 핏줄은 자기 대로 끊겨도 좋다고 생각하고 있다.

막내아들이 살아 있었다면 교스케나 레이지 또래일 터인지라, 어딘가 아들이 떠오르는 모양인지 마고자에몬은 그런 쓰라린 과거까지 이야기해주었다.

마고자에몬은 장인에게도 하대하는 일이 전혀 없고, 오히려 일종의 존경심마저 품고 있는 듯하다. 때문에 교스케에게 모든 일을 맡기고 자신은 교고쿠 가와 의견을 절충하는 일만 충실히 해주고 있다.

"무슨 일입니까?"

교스케가 미간을 모으며 물었다. 이쪽에서 뭔가를 부탁하지 않는 한 마고자에몬이 찾아오는 일은 지금까지 없었기 때문이다.

"잠깐 올라와주게."

마고자에몬은 곤혹스런 얼굴로 손짓했다. 교스케는 대나무사다리를 타고 해자에서 올라왔다.

"무슨 사고라도 났습니까?"

교스케가 상체를 내밀며 물었다.

"결코 나쁜 일은 아니네만……. 미리 말은 해두어야 할 것 같아서 말이지. 시찰하러 나오시겠다네."

"재상나리 말입니까?"

그동안 다카쓰구는 세 번 정도 작업 현장에 불쑥 나타났다. 처음에는 도비타야 장인들도 황송해했지만,

──개의치 말고 계속하게.

라며 그때마다 가볍게 손을 흔들었다. 그렇지만 성주가 지켜보고 있으니 신경이 쓰이게 마련이다. 더구나 다카쓰구는 굴삭할 때 특별한 요령이 있냐는 둥, 장인은 몇 살부터 수련에 들어가느냐는 둥, 돌은 어디서 가져오냐는 둥 온갖 질문을 던진다. 작업에는 참견하지 않지만 그야말로 호기심이 넘쳐서 이쪽이 대답할 때마다 일일이 감탄하는 소리를 내는데 솔직히 말하면 훼방꾼이나 다름없다.

다행히 교코쿠 가의 가신들이 헤아려주어서, 가령 마고자에몬의 경우 장인이나 인부가 신경 쓰니 적당히 하시라며 거침없이 촉구하기도 한다. 그때마다 다카쓰구도 납득하고 물러나지만, 놀다가 끌려가는 아이처럼 아쉬운 표정을 지으므로 교스케뿐만 아니라 모두가 쓴웃음을 지으면서도 그 모습에 애교를 느끼고 있던 것도 사실이다.

"나리는 안 계시네."

다카쓰구는 히데요시의 부름을 받고 어제 오쓰를 떠났다는데 교스케는 작업에 몰두하느라 전혀 모르고 있었다.

"그럼 어느 분이?"

"부인마님이네."

마고자에몬은 곤혹스런 얼굴로 한숨을 흘렸다.

"허……."

옆에서 안 듣는 척하던 레이지가 저도 모르게 당황하는 소리를 냈다가 제풀에 놀라 입을 막는다. 교스케도 얼굴에 드러내지는 않았지만 내심 놀라기는 마찬가지였다.

부인마님이라면 곧 오하쓰를 말한다. 그이는 다카쓰구의 부인으로 그치지 않는다. 아자이 나가마사의 딸이며 오다 노부나가의 조카딸이며 히데요시의 적자 히데요리의 숙모이며 5대 가로의 수석 도쿠가와 이에야스의 적자 히데타다의 동서이니 전란의 시대를 수놓은 많은 영웅과 인연이 있는 사람이다. 그 오하쓰가 갑자기 자기도 공사 현장을 보고 싶다고 말했다는 것이다.

"그럼 저희가 모두 맞아드려야지요."

"아니, 그냥 하던 일 그대로 하라셨네."

마고자에몬에 따르면 장인들이 실제로 일하는 모습을 보고 싶다고 했단다.

"그렇습니까. 알겠습니다."

"두 분이 다 쉽지 않다니까."

마고자에몬은 잿빛 머리카락을 긁적이며 낯을 찡그렸다.

잠시 후 이쪽으로 걸어오는 여인 몇 명이 보였다. 금사로 수놓은 제일 화려한 옷을 입은 것이 오하쓰인 듯하다. 그 뒤를 시녀 대여섯 명이 따르고 있다.

"레이지."

"알았다."

적어도 현장을 책임진 자신은 나가서 맞아야 한다. 레이지에게 작업 지휘를 맡긴 교스케가 고개를 숙인 채 기다렸다. 옷 스치는 소리가 다가온다. 다카쓰구 때와는 달리 이번에는 마침내 교스케 앞에 멈추고,

──고생이 많아요.

하고 말을 건네리라 예상했건만.

교고쿠라는 가문에는 상식이 통하지 않는 모양이다. 옷 스치는 소리가 빨라지더니 이윽고 교스케 옆을 그냥 지나간 것이다.

"오오."

등 뒤에서 부드러운 목소리가 들려 교스케는 몸을 돌렸다. 오하쓰로 짐작되는 사람이 바깥해자 속을 들여다보고 있지 않은가.

"위험합니다, 마님! 미끄러지기라도 하시면 큰일입니다."

마고자에몬이 손을 내밀며 만류한다. 역시 이 사람이 오하쓰가 틀림없다. 원래대로라면 크게 놀랐겠지만 다카쓰구와의 첫 만남이 너무나 충격적이었기 때문에 왠지 그러려니 받아들이는 자신에게 쓴웃음이 났다.

불쑥 달리기 시작했는지 뒤따르던 시녀들도 황급히 오하쓰를 따라 뛰어가 만류하려고 한다.

"이 정도 떨어져 있으면 걱정할 필요 없겠죠?"

오하쓰는 뒤로 깡총 뛰더니 상체를 숙이고 다시 들여다보았다.

마고자에몬은 이마를 손으로 짚고 땅바닥까지 닿을 법한 깊은

한숨을 내지었다. 그러다가 교스케가 볼을 쓸쓸하게 찡그리고 있는 표정을 보았는지 오하쓰에게 정색하며 고했다.

"마님, 이쪽이 개수 공사를 맡은 사람입니다."

오하쓰가 흠칫 놀라 돌아다보자 까만 머리카락이 바람에 나부꼈다. 속이 비칠 듯 하얀 피부, 곧은 콧대, 시원스러운 눈에 긴 속눈썹이 뻗어 있다. 올해 스물여덟이라고 한다.

"알아보지 못해서 미안해요."

다카쓰구와 마찬가지로 자신과 같은 일개 장인에게 오하쓰는 미안해 하는 얼굴로 고개를 숙였다.

"아뇨, 저야말로 인사가 늦었습니다……. 도비타야 교스케라고 합니다."

"하쓰예요."

오하쓰는 자기 이름을 고하고 쌩긋 웃었다. 그 순박한 웃음에 교스케는 숨이 턱 막혔다.

오하쓰의 모친 오이치는 절세 미녀로 유명했다. 그 맏딸이며 히데요시의 측실로 들어간 요도도노는 모친의 살아 있는 초상이라는 소리를 듣지만 보는 사람에 따라서는,

──오하쓰야말로 모친을 쏙 뺐지.

하고 말한다. 오이치는 웃는 얼굴로 사람들을 매혹했는데 요도도노는 좀처럼 웃는 일이 없었던 모양이다. 반대로 오하쓰는 언제나 웃음이 그치지 않아 얼굴이 모친과 쌍둥이 같다고 한다.

"둘러보시겠습니까."

"부탁해요."

교스케가 묻자 오하쓰는 활짝 웃으며 고개를 끄덕였다.

"발밑을 조심하십시오."

만에 하나 미끄러지기라도 하면 바로 부축할 수 있도록 교스케는 오하쓰 옆에 바짝 붙었다.

"힘들겠어요……."

오하쓰는 그렇게 말하고 입술을 꼭 다물었다.

"예. 파면 팔수록 어려워집니다."

"그래도…… 질퍽거려서 재미있겠어요."

"그럴까요."

한 번도 해본 적이 없던 생각이라 교스케의 맞장구가 모호해지고 말았다.

"어떻게 내려가나요?"

"어……. 그 사다리로———"

"마님!"

교스케가 대나무사다리를 가리킨 직후 마고자에몬과 시녀들 목소리가 동시에 울려퍼졌다. 오하쓰가 불쑥 뒤로 돌더니 사다리에 발을 걸친 것이다. 그 상태에서 무리하게 끌어올리려고 하면 도리어 위험하다. 대나무사다리를 잡고 꽉 버티는 것이 고작이었다.

"마님, 위험합니다. 그만두십시오."

애써 냉정하게 말하지만 긴장으로 목소리가 뒤집혔다.

"천천히 내려갈 테니 걱정할 필요 없어요."

오하쓰가 뜻을 조금도 굽히지 않고 손과 발을 번갈아 움직이려고 한다.

"그런 말씀이 아닙니다. 기모노도 더러워집니다."

"괜찮아요."

──이 부부는 이상하지 않은가.

다카쓰구도 심상치 않은 사람이라고 생각했지만, 그보다 한 수 더한 오하쓰의 대담함에 놀라고 말았다. 레이지를 비롯하여 주위에 있는 장인들과 인부들도 믿지 못하겠다는 듯 망연자실해 보였다.

다치게 둘 수는 없다. 어떻게든 말려야 한다. 숨을 가늘게 토하며 마음을 다잡은 교스케가 한 단씩 사다리를 내려가는 오하쓰를 향해 위에서 조용히 말했다.

"마님, 작업에 방해가 됩니다."

어, 하는 소리를 낸 이는 장인이나 인부만이 아니다. 마고자에 몬이나 시녀들도 마찬가지였다. 오하쓰는 손을 멈추고 이쪽을 가만히 올려다 보았다. 그 눈이 한순간 속에서 젖어드는 듯 보였다.

"알고 있어요……."

오하쓰는 가느다란 목소리로 대답했다.

"그럼……."

"한 마디만. 이 성을 위해 애써주시는 여러분에게 한 마디만 하고 싶어요."

그때 교스케의 뇌리에 떠오른 것은 고향 이치조다니에서 마지막으로 본 어머니의 모습. 결코 멋부리려고 하는 말이 아니라 호소하는 오하쓰의 눈에 떠오른 강한 의지를 느끼고 저도 모르게 밑에 있는 수하들에게 명하고 말았다.

"주고로, 밑에서 도와드려."

"예."

쌓기조 수하에게 교스케가 명하자 한 명은 밑에서 사다리를 붙들고 다른 한 명은 두 팔을 벌린 채 만일의 사태에 대비하는 자세를 취했다. 레이지는 제정신이냐, 하고 힐난하듯 한쪽 눈썹을 쳐들었다.

교스케는 양손으로 사다리를 꽉 붙들고 여전히 지그시 올려다보는 오하쓰를 향해 부드럽게 말했다.

"천천히 내려가십시오."

"고마워요."

오하쓰는 입가에 미소를 짓고 고개를 끄덕이며 한 단 또 한 단 사다리를 내려갔다.

"옷자락 밟지 마시고, 서둘지 마시고……."

"어머님도 예전에 말을 타고 들판을 달리다가 꾸중을 들으셨다고 합니다."

그러니 자신도 이 정도는 할 수 있다는 말일까. 아니면 이쯤이야 별일 아니라는 뜻일까. 어쩌면 양쪽 다일지도 모르겠다. 하긴 천하가 통일된 지금이야 다이묘의 부인에게도 정숙함이 미덕으로 요구되지만, 난세에는 손수 언월도를 들고 싸우는 일도 종종 있었다. 공사 현장을 누비는 정도가 무슨 문제랴.

오하쓰는 마침내 절퍽거리는 바닥에 내려섰다. 당연히 고운 옷자락은 바로 진흙투성이가 되었다. 걱정하는 수하 장인이나 인부들이 마치 꽃에 몰려드는 꿀벌처럼 자연스레 모여들었다.

"괜찮을까?"

레이지가 옆에서 불안스레 물었다.

"아마……도."

방금 전 모습을 보면 장인이나 인부를 질책하는 건 아닌 듯한데. 무슨 이야기를 하려는지는 전혀 짐작이 가지 않았다. 조금 전까지의 활기가 거짓말처럼 사라지고 조용해진 작업장은 새 소리와 바람소리만이 귓가에 감돌았다.

"여러분…… 부디 이 성을……."

오하쓰는 거기서 잠깐 멈추었다가 진흙칠을 한 사람들을 천천히 둘러보며 말을 이었다.

"오쓰 성을 잘 부탁합니다."

오하쓰는 손을 무릎 앞에 모으고 고개를 깊이 숙였다.

일개 장인에게, 영민에게, 떠돌이 인부에게 말이다. 지금까지 수많은 성에 관계해 온 도비타였지만 이런 광경은 한 번도 본 적이 없었다. 아노슈의 다른 패도 마찬가지이리라. 오늘 있었던 일을 들려줘도,

——허풍 떨지 말게.

라고 일소에 부칠 게 틀림없다.

"마, 맡겨 주십시오!"

제일 먼저 대답한 이는 도쿠사부로였다. 젊은 탓에 감격이 극에 달해 저도 모르게 입밖으로 나온 모양이다.

"고마워요."

오하쓰가 기쁘게 미소 짓는 모습이 멀리서도 잘 보인다.

"피곤이 싹 날아갔네요."

"온몸에 기합이 팍팍 들어갑니다요."

"저승에 간 뒤에도 그 말씀을 전하겠습니다."

저마다 한마디씩 떠들자, 반가운 말이군요, 무리하지는 말아주세요, 아이, 뭘 저승에까지, 하며 오하쓰도 여전히 웃는 낯으로 대답해주었다.

"작업이 빨라지겠는데."

레이지가 낮은 소리로 중얼거렸다.

아무리 돈 받고 하는 일이라지만 가혹한 노동이다. 오래 계속하면 지칠 시기도 온다. 그리 되지 않도록 노력하는 것도 우두머리의 책무임을 레이지는 잘 알고 있다. 오하쓰의 한마디로 당장 사기가 오르는 모습이 보였다.

"저희 나리는 다음 새왕이니까 안심하십시오."

과묵한 자가 많은 수하 장인들까지 거든다. 다카쓰구가 그랬듯 오하쓰 역시 주위를 밝게 만드는 뭔가가 있다.

"새왕⋯⋯."

"예."

장인들이 교스케 쪽을 쳐다보자 오하쓰도 고개를 돌려 올려다
보았다.

교스케가 가볍게 인사하자 오하쓰도 쏟아지는 햇빛을 모아낸
듯한 웃음을 보여주었다. 그 볼에 진흙이 튀어 있어 교스케는 저
도 모르게 미소를 짓고 말았다. 다른 가문과 색깔이 미묘하게 다
른 교고쿠 가문에 교스케도 조금씩 끌리기 시작했다.

오하쓰가 공사 현장에 다녀간 뒤로 달라진 점은 두 가지였다.

우선 현장의 사기가 매우 높아졌다. 오하쓰는 방해가 되지 않
는 정도로 또 보러 오마 말했다. 그때까지는 확실하게 진도를 빼
두자고 장인들까지 말할 정도였다.

"너무 의욕을 앞세우다가는 쓰러질라."

교스케는 일단 주의를 주었지만 그리 우려하지는 않았다. 현장
분위기가 좋을 때는 도리어 다치는 사람도 적게 나온다는 사실을
경험으로 알고 있으니까.

사흘 뒤 상의하러 나타난 단조 일행은 몰라보게 활발해진 현장
을 보고 놀란 기색이다. 더구나 모두들 오하쓰 이야기만 하자,

"저도 만나뵙고 싶었는데."

라며 안타까워했다.

두 번째로, 성에서 점심밥을 지어서 가져다주게 되었다.

지금까지는 매번 이쪽에서 성 취사장으로 가서 점심밥을 받아

왔지만,

"왜 가져다주지 않는 거죠? 어려운 일 아니잖아요?"

하며 오하쓰가 허리에 손을 받치고 마고자에몬을 질책하자 성에서 지어 가져다주었다. 그때 볼을 볼록하게 한 모습도 몹시 귀여워 사람들이 저도 모르게 웃음을 터뜨렸다.

다만 마고자에몬은 연락 정도만 할 뿐이며 다른 가신에게도 저마다 역할이 있어 움직일 손이 없다고 설명하자,

"그럼 우리가 해요."

라며 사정을 파악한 오하쓰가 시녀들에게 일러두고 지체없이 척척 지휘를 해 나갔다.

더구나 매번은 아니라지만 오하쓰가 몸소 취사장에 설 수 있는 만큼은 서겠다고 해서 모두 크게 놀랐다. 다들 황송해하면서도 역시 기뻐했다.

"이제 슬슬……."

교스케가 중천에 오른 해를 보고 혼잣말을 하자 잠시 후 점심 식사를 가져온 시녀들이 모습을 드러냈다.

"도비타 님, 오래 기다리셨습니다."

오하쓰의 시녀이며 점심 운반을 지휘하는 가호라는 여인이 인사를 건넨다.

멍하니 있던 교스케도 당황하며 공손히 인사했다.

"고맙습니다."

인부들이 흙으로 더러워진 손을 우물에서 씻고 여인들에게 주

먹밥과 국을 받는다. 접시 대신 댓잎을 사용하고 다 먹으면 다시 모아서 씻어야 한다물에 불린 댓잎을 접시로 쓰기도 하고 도시락으로 만들 때도 썼다.

나무그늘에 모여 볼이 미어지게 밥을 먹고 물로 목을 축이자 모두의 얼굴에서 사라져가던 활력이 금세 돌아왔다.

"도비타 님도."

"예."

교스케는 늘 밥이 모두에게 빠짐없이 돌아갔는지 확인하고 마지막으로 받는다. 댓잎을 받아들고 함지 속에서 주먹밥 세 개를 꺼내 얹었다. 다음은 쓰케모노를, 하고 생각했으나 단지 속이 비어 있다. 인부들이 매일 몇 명씩은 교체되고 있어서, 식사 규칙을 모르는 누군가가 많이 가져가버린 모양이다.

"가호 님."

쓰케모노를 나눠주던 시녀가 젓가락을 든 채 굳어버린 얼굴로 말했다.

"당장 준비해요!"

"그럴 일 아닙니다."

마치 전투 중에 실탄이 떨어진 것처럼 심각하게 말하는 모습에 교스케가 웃으며 말했다.

"그럴 일이 아니라니요. 여러분의 점심은 우리가 책임지고 있어요. 무례를 용서해주세요."

가호가 깍듯이 고개를 숙이자 도리어 이쪽이 미안해져서 몸을 움츠리고 말았다.

"그래봐야 쓰케모노일 뿐입니다. 저 한 사람뿐이고."

"저는 성벽은 잘 모릅니다."

가호가 엉뚱한 이야기를 꺼내 교스케는 고개를 갸우뚱했다.

"그러시겠죠."

"만약 돌이 하나 모자라면 어떻게 되나요?"

"장소에 따라 다르고 금세 무너지진 않겠지만 오랜 시간이 지난 뒤에 무너지는 원인이 될 수 있겠지요."

"그런 겁니다."

"그런 거?"

교스케는 그녀가 말하고자 하는 바를 이해하지 못하고 입술을 오므린 채 그대로 따라 말했다.

"저희도 긍지를 품고 일하고 있습니다. 겨우 쓰케모노 일인분이라 하셨지만 허투루 다룰 수 없지요. 정말 죄송합니다."

가호가 다시 머리를 깊이 숙였다. 작은 가마를 보면서 교스케는 살짝 미소지었다. 책임 지고 소임을 다하고자 하는 모습이 기특해 보였다.

"그럼 부탁합니다."

교스케는 먼저 주먹밥만 받고 일꾼들과 떨어진 나무그늘에 앉았다. 밥때가 되면 서로의 관계가 눈에 띄게 드러난다. 누가 누구와 친한지. 반대로 누가 고립되어 있는지. 현장 인력의 분위기를 살피는 일도 쌓기조 조장의 소임이다. 장인이나 인부의 관계를 원활하게 유지하면 사고도 줄어들고 작업도 빨라진다고 겐사이에게 배웠다.

"도비타 님, 오래 기다리셨습니다."

주먹밥을 먹고 있는데 가호가 단지를 들고 걸어왔다.

"고맙습니다."

젓가락으로 쓰게모노를 덜어주는 가호에게 고개를 살짝 숙였다.

"그럼 천천히 드세요."

"가호 님도 같이 드시죠."

교스케는 떠나려고 하는 가호를 저도 모르게 불러 세웠다.

"저는 나중에 먹을 거라서……."

돌아다보는 가호는 조금 당황한 표정이었다. 오해 살 말이었나, 싶어서 교스케가 내처 말했다.

"다른 뜻은 없습니다. 재상님이나 마님, 교고쿠 가 이야기라도 들을 수 있었으면 해서요."

"그렇다면."

가호가 다시 돌아와 단지를 손에 든 채 눈앞에 섰다. 앉자니 실례라고 여긴 듯한데, 이대로 이야기하는 것도 이상한 모습이라, 교스케는 저도 모르게 쓴웃음을 짓고 말았다.

"이래서는 밥을 넘기기가 힘들겠군요. 앉으시죠."

"예."

가호는 공연히 거스르지 않고 교스케 옆에 앉았다. 장인이나 인부들의 이야기소리가 들려온다. 교스케는 주먹밥을 하나 넘기고 나서 말을 꺼냈다.

"교고쿠 가에는 번번이 놀랄 뿐입니다."

다카쓰구도 예사 다이묘와는 다르지만, 부인 오하쓰 역시 보기 드문 존재였다. 식솔들도 두 사람을 진심으로 좋아하는 기색이고 다른 가문에서는 결코 볼 수 없는 명랑한 분위기가 흐른다.

"드문 일은 아닙니다. 나리도 마님도 늘 그러시니까."

"그렇군요."

교스케는 손에 묻은 밥알을 입으로 떼어 먹으며 대답했다. 역시, 다카쓰구도 오하쓰도 의식하고 하는 행동이 아니구나.

"공사는 잘 되고 있나요?"

가호는 고개를 돌려 이쪽을 쳐다보며 물었다.

"네, 멋지게 만들어 보여드리겠습니다. 공사가 끝나면 완전한 수성이 될 겁니다."

"그럼, 낙성되는 일은 없겠군요."

가호는 안도의 한숨을 짓듯이 윤기 나는 입술로 미소를 지었다.

"아뇨……. 어떨까요."

"네……?"

교스케의 대답에 가호는 한순간 표정이 흐려졌다. 불안을 부추기지 않도록 적당히 대답할 수도 있었지만 목숨을 지키는 물건을 만드는 장인으로서 거짓말을 하고 싶지는 않았다.

"지금 이대로도 견고한 성입니다. 바깥해자 정면에 물을 채우면 더욱 견고해지겠지요. 그렇다고 절대로 낙성되지 않느냐고 묻는다면, 그건 아닙니다."

새왕이 쌓은 성벽은 어떠한 적도 물리친다고 하고, 반대로 구니토모슈 최고 장인인 포선이 만든 포로 공격하면 어떤 성도 함락시킬 수 있다고들 말한다. 고로 양자가 부딪히면 커다란 모순이 생겨나게 된다.

실제로 지금까지 몇 차례 대결해 왔고 결과는 거의 반반이었다. 양자 모두에게 흠결이 있다는 얘기다.

거기에 시간 개념을 집어넣는다면 이야기는 또 달라진다. 공성 측의 병량이 떨어지지 않고 수성 측에게 원군이 오지 않는다고 가정해 보자. 그래도 계속 공격을 받는다면 아무리 강고한 성이라도 언젠가는 함락된다.

난공불락으로 소문난 호조 가의 오다와라 성이 도요토미 히데요시의 대군에게 장기간 포위당하여 함락된 것이 좋은 예다. 이 점에서도 수성 측이 많이 불리하다.

"그런 말씀입니다."

"듣고 보니 납득이 가는군요……."

가호는 눈을 내리깔고 가는 소리로 중얼거리듯이 말했다. 교스케는 가호의 옆얼굴에서 그늘을 느꼈다. 수면에 비친 자기 얼굴에 드리운 그림자와 닮았다는 생각이 든다.

"혹시……."

어떤 예감이 머리를 스쳤다. 가호는 반응을 민감하게 알아챘는지 조금 주저하며 고개를 끄덕였다.

"어릴 때 낙성을 겪었습니다."

교스케의 가슴이 뛰기 시작했다. 가호는 스물여섯 살이라고 들었는데 어릴 때라면 떠오르는 성이 있다.

"오다니……인가요?"

"예."

가호는 자신이 살아온 내력을 더듬더듬 이야기했다. 가호의 부친은 아자이 가의 병사 조장이고 모친은 오이치를 모시는 시녀였다고 한다. 그 두 사람 사이에서 태어난 외동딸이다.

교스케의 고향을 다스리던 아사쿠라 가와 아자이 가는 동맹 관계여서 함께 오다 노부나가와 싸웠다. 하지만 아네가와 전투에서 오다 가에 대패한 뒤 아사쿠라 가의 본거지 이치조다니 성이 함락되었다. 교스케가 부모, 동생 가요와 생이별하고 겐사이와 만난 날의 일이다.

오다 군은 이치조다니 성을 무찌른 뒤 곧장 오다니 성으로 병력을 몰고가 맹공을 가했다. 그리고 아사쿠라 가가 멸망한 직후 오다니 성도 함락되어 아자이 가는 멸망했다.

전투의 와중에 부친은 죽고 성에 있던 모친은 눈먼 화살에 맞아 중상을 입는 바람에 성에서 도망치던 오이치 편에 어린 가호를 맡겼다고 한다.

"그때 일은 거의 기억하지 못합니다. 다만 성이 시뻘건 불빛에 물들던 장면만은…… 지금도 꿈에 나타납니다."

아마 성에서 도주할 때의 기억일 것이다. 오다니 정도 되는 성이 불길에 휩싸이는 광경은 너무나도 강렬해서 어린 나이라도 눈에 각인되었을 게 틀림없다.

그 후 오이치나 오하쓰를 비롯한 세 자매, 시녀와 몇몇 가신과 함께 가호는 오다 기에 거두어졌다. 부모의 원수 오다 가의 밥을 먹고 자란 것이다. 지금의 주인 오하쓰는 오다 노부나가의 조카에 해당하므로 좀처럼 입에는 담을 수 없겠지만, 가호의 얼굴에서는 복잡한 심경이 엿보였다.

그 시절부터 가호는 오하쓰의 시녀가 되도록 키워졌다. 오하쓰가 가호보다 두 살 많지만 두 사람의 마음이 잘 맞는다고 여긴 오이치가 그렇게 정했다고 한다.

인연이란 묘하다. 만약 그때 맏딸 차차의 시녀가 되었다면, 혹은 세 자매 중 막내인 오고의 시녀가 되었다면 가호는 이 자리에 없었으리라.

"그 후 기타노조에."

"그럼…… 가호 님도 두 번."

가호는 고개를 크게 끄덕였다. 혼노지의 변으로 오다 가가 와해된 뒤, 오이치는 시바타 가쓰이에와 재혼했다. 세 자매도 어머니를 따라갔는데, 그때 오하쓰의 시녀 가호도 동행하게 되었다고 한다.

하지만 시바타 가쓰이에는 시즈가타케 전투에서 도요토미 히데요시에게 패하고 기타노조 성도 그날의 오다니 성처럼 화염 속에 무너졌다.

그때 가호는 열두 살. 아직 어렸던 첫 번째 낙성 때와 달리 하늘을 찌를 듯한 함성, 낭패하여 우왕좌왕하는 성내 사람들 표정, 코를 찌르는 연기 냄새까지 기억에 선명하다. 그렇지만 이상하게도 꿈에 나타나는 것은 늘 첫 번째 낙성 광경이라고 한다. 부모에 대한 기억은 전혀 없지만 그 전투로 여의었다는 비애가 그렇게 만드는지도 모르겠다.

"저는 이치조다니 출신입니다. 부모와 여동생을 거기서 잃었습니다. 가호 님과 마찬가지로 지금도 종종 그때 광경이 꿈에 보입니다."

아사쿠라 가 멸망으로부터 겐사이에게 거두어져 지금에 이르기까지 교스케는 자신의 내력을 간략하게 이야기했다. 만난 지 얼마 되진 않았지만 동병상련의 동지애가 느껴졌기 때문이다.

성이 무너지면 수많은 사람이 죽지만 살아남았다고 해도 마음에 깊은 상처를 입는다. 자신이나 가호에게 '낙성'은 그 찰나만이 아니라 지금도 끊임없이 지속되는 것이다.

"시간을 무한대로 놓고 보면 무너지지 않는 성은 없습니다. 그러나…… 안심하십시오."

교고쿠 가의 병력은 삼천 명 정도 된다. 성을 공략하려면 세 배의 병력이 필요하므로 이론상 구천 명가량의 적을 상대할 수 있다. 하지만 오쓰 성을 완전한 수성으로 만들어 두면 예사 성과는 비교할 수 없을 정도로 견고해진다. 다섯 배가 넘는 적, 일만오천 정도까지 견뎌낼 수 있다고 교스케는 보고 있다. 거기까지 설명했을 때 가호는 또 불안한 얼굴로 물었다.

"그보다 많은 적이 쳐들어오면 어떻게 되죠?"

"오쓰 땅에서는 있을 수 없는 일입니다."

오쓰는 교토에서 엎어지면 코 닿는 곳. 현재 겐사이가 이축 공사를 하는 후시미 성하고도 매우 가깝다. 게다가 도요토미 가의 본거지 오사카에서도 하루 밤낮 쉬지 않고 걸으면 도착할 거리. 도요토미 가의 발치라고 해도 좋다. 그런 장소에서 일만오천 병력을 이끌고 모반을 일으킬 수 있는 자는 전혀 없다고 해도 좋다.

"만에 하나…… 아케치 님 같은 일이 또 일어난다면요?"

히데요시의 옛 주군 오다 노부나가를 죽인 아케치 미쓰히데는 천하의 대악인으로 세상에 알려져 있는데도 가호는 경칭敬稱을 붙여서 말했다. 보통은 주위를 의식하며 조심하지만 이야기에 열중하다 저도 모르게 본심을 흘렸으리라. 역시 자신과 마찬가지로 가족을 죽인 노부나가를 좋게 생각하지 않는 듯하다.

"가령 그런 일이 일어나도 모반인이 오쓰를 노릴 것 같지는 않군요."

탁월한 전략적 시각 따위는 없는 일개 장인에 불과하지만 그 정도는 안다.

기나이에 모반이 일어난다면 제일 먼저 후시미 성이나 오사카 성을 노리겠지. 사실 어느 쪽이나 겨우 일만오천 병력으로 쉽게 함락시킬 수 있는 성은 아니다. 내통자라도 있지 않으면 어렵다.

제대로 공략하지 못하고 버둥거리면 기나이의 도요토미 군이 순식간에 달려와 모반인을 버러지처럼 짓밟아버릴 것이다.

백 보, 아니 천 보 양보해서 모반인이 표적을 오쓰 성으로 정했다고 치자. 오쓰 성은 아무리 적게 잡아도 열흘은 버틸 수 있으니 결과는 마찬가지다. 도요토미 군은 불과 하루면 배후를 쳐서 적을 무너뜨리리라. 즉 열흘은커녕 단 하루만 버티면 오쓰 성을 지킬 수 있다는 얘기다.

"안도했습니다."

가호는 가슴을 손으로 누르며 안도의 한숨을 지었다.

사람들이 지금의 가호를 본다면 걱정이 조금 지나치지 않은가 생각할지 모르지만, 무리도 아니다. 낙성 경험은 사람을 비관적으로 만든다. 두 번이나 겪었으니 더욱 그러하다.

자신의 경우는 그 경험이 결과적으로 축성 일에 활용되고 있다.

──어디 구멍이 없을까.

눈을 부릅뜬 채 확인하고 또 확인한다. 적을 백 번 물리쳐도 단 한 번 무너지면 의미가 없다. 아노슈는 겁쟁이라는 소리를 듣는 정도가 딱 좋다.

"만약, 기나이가 전부 적으로 돌아선다면 어떻게 되나요?"

"네……? 그런 일은."

절대로 일어날 리 없다고 단정하려 할 때,

──히데요시는 이미 늙었다. 죽으면 세상은 또 어지러워진다.

라는 겐쿠로의 한 마디가 머리를 스쳤다.

그때는 히데요시에게 히데요리라는 적자가 있고 난공불락의 오사카 성이 있으므로 걱정 없다고 생각했지만 정말 그럴까. 아케치 미쓰히데의 모반도 아무도 예상하지 못했기 때문에 성공하지 않았던가. 세상에 절대란 있을 수 없다. 모반이 없다 한들 히데요시의 죽음으로 다시 난세가 돌아온다면 오쓰 성이라도 무관하기 어렵다.

"만에 하나, 그런 일이 있을 때는……."

자신이 지킨다. 그 말이 목구멍까지 올라왔지만 꿀꺽 삼켰다. 교스케는 아노슈다. 의뢰가 없으면 성에 들어갈 수도 없는 사람이다.

"이야기가 조금 멀리 갔군요. 도비타 님 말씀을 믿겠습니다."

교스케가 말끝을 흐리는 반응을 보고 심술궂은 질문이 되고 말았다고 생각했을 것이다. 하지만 불안을 씻지 못했다는 증거처럼 가호는 애써 웃는 얼굴이었다.

"아뇨…… 예."

"식사를 방해해서 죄송해요. 이제 다들 식사를 마치신 모양이니 저는 뒷정리를 하러 가보겠습니다."

모호한 대답을 들은 가호는 가볍게 고개를 숙이고 다른 시녀들 옆으로 돌아갔다.

그녀를 바라보며 잠시 지난 뒤 교스케는 방금 전 생각을 되새겼다.

가호 말대로 사방팔방이 막히면 어떻게 될까. 일만오천이 넘는 대군이 밀려오고 더구나 원군이 달려올 가망도 없다면? 설마에 우연이 더해져서 위태로운 상황이 도래한다면? 오쓰 성이 아무리 견고하다 해도 후방부대 없는 농성전에는 승산이 없다.

"아니, 딱 한 가지."

길은 있다. 남만·당·천축이라면 몰라도 적어도 이 나라의 농성 역사에는 없던 길, 농성이란 생각을 뿌리로부터 뒤집는 방법이다.

──지키면서 공격한다.

즉 혼노지의 변 당시 히노 성 공방전에서 했던 그것이다. 지키는 데만 몰두하고 공격은 생각지도 않는 존재가 아노슈이기에,

──그래도 괜찮을까?

하고 지금도 생각한다. 그때도 주위는 적들뿐이었고 원군이 바로 달려올 가망도 없었다. 고카슈의 식량도 본거지가 가까운 덕에 충분했다. 이쪽에서 치고 나가 적에게 심대한 피해를 주는 것 말고는 방법이 없었다. 사실 그때의 고카슈는 피해가 컸을지언정 전투를 계속할 여력은 충분히 남아 있었다. 하지만 아케치 미쓰히데의 부탁을 받고 생색을 내려고 했을 뿐, 더 이상 전투를 계속해야 득이 없으므로 물러갔을 뿐이다.

설사 어떤 피해를 입더라도 성을 반드시 무너뜨리고자 하는 적이었다면 양상은 달라졌으리라.

"흐음……."

답은 아직 찾지 못했다. 어떠한 공격도 물리칠 수 있는 성. 자신이 살아 있는 동안에 과연 이를 수 있을까, 그런 생각을 하면서 교스케는 한 입 베어 문 마지막 주먹밥을 쳐다보았다.

바깥해자 굴삭은 순조롭게 진행되어 5월 중순에는 끝낼 수 있었다. 당초 예상보다 보름 정도 빨랐다. 다음으로 바깥해자에서 호수까지 이어지는 암거를 완성시켜 간다. 한곳에 사람이 밀집해서 일하기 불편했던 바깥해자 공사에 비해 이쪽이 보다 요령 좋게 작업을 진행할 수 있다.

파낸 고랑에는 나무틀을 묻고 땅속에 수로를 내는 것이 다음 수순이다.

"어떻습니까?"

바깥해자를 파낸 직후 솜씨 좋은 목수를 수배하던 단조가 나무틀 견본을 건넸다.

물받이 같은 것 두 개를 맞추면 통 모양이 된다. 수로는 미묘하게 구부리거나 기울기를 주어야 하므로 너무 길어져서는 제대로 들어가지 않는다. 때문에 길이는 2척 5치(약 75센티미터) 정도다. 이것을 나란히 연결해 가야 한다.

"딱 좋군."

나무틀에는 못을 하나도 쓰지 않는다. 이른바 짜맞춤이라는 공법으로 사찰 외에 성 천수 등에서도 흔히 사용된다.

"예상보다 빠르군. 시간에 댈 수 있을까?"

"예. 평소 하던 일에 비하면 쉬운 일이라고 합니다."

사찰 본당이나 산문, 본전, 혹은 천수나 문을 만들려고 하면 지극히 복잡한 짜맞춤을 이용해야 한다. 그에 비하면 이 나무틀 구조는 기초 중의 기초. 제자들에게 좋은 훈련이 된다며 목수들이 웃더란다.

이리하여 며칠 간격으로 대량의 나무틀이 유영에 도착하여 검품을 거쳐 오쓰 성으로 운반되었다. 파낸 암거에 나무틀을 넣고 끼워맞추듯이 하며 옆으로 연결해 간다. 완성되면 그 위에 흙을 덮어가는데 이때 단단히 다져주지 않으면 물이 새서 물 흐름이 막혀버린다.

"오늘치다."

유영에서 나무틀을 가득 실은 수레를 끌고 온 레이지가 말했다.

"다행이군. 마침 똑 떨어진 참이다."

"더 빨라진 것 같은데?"

레이지는 작업을 둘러보며 신음하듯 말했다.

"다들 단단히 기합이 들었으니까. 열심히 일해주고 있다."

"너도 그럴 테지?"

"음, 마님이 마음 써 주시니까 기합이 들어가지 않을 수……."

"아니, 이유가 또 있을 텐데."

"응?"

레이지가 안쪽 눈썹을 쳐들고 기분 나쁘게 웃는 바람에 교스케는 고개를 갸우뚱했다.

"이름이 뭐더라…… 가호 님이었나."

"뭔 소리야."

교스케는 콧방귀를 뀌었다. 쓰케모노 소동 때 둘이 앉아 이야기하던 모습을 레이지가 봤던 모양이다.

"그 뒤에도 식사를 내올 때마다 이야기했지?"

레이지는 야유하듯 경쾌한 말투로 물었다.

"인부 인원이 날마다 줄기도 하고 늘기도 하니까 밥이 남지 않도록 상의를 하고 있는 거다."

레이지는 뒷덜미에 손깍지를 끼고 웃었다.

"뭐, 중요한 얘기지."

현장의 인원뿐만 아니라 작업의 내용이 달라져 예산이 변할 경우 의뢰주와 갈등이 생기기도 한다. 그렇게 되지 않도록 양호한 관계를 유지하는 깃도 삭업장을 지휘하는 자의 중요한 소임이다.

하지만 말만 그럴 뿐 변명에 가깝다는 사실을 자각하고 있다. 해가 중천에 다가가기 직전이 되면,

──올 때가 됐군.

하고 기다리는 자신을 의식하고 있었다.

"그럼…… 너는 어땠는데?"

불쑥 던지는 질문의 의미를 이해하지 못해 레이지는 고개를 갸우뚱했다.

레이지는 지금으로부터 6년 전 장가를 들어 아들 하나 딸 하나

를 두었다. 아내는 아노에 사는 농부의 딸이라는데, 처음 어떻게 만나게 되었는지는 들어본 적이 없다.

"그 얘기야? 신출내기 시절에는 성벽 공사를 맡아서 해본 적이 없잖아."

"그래."

"아노에서 논을 만드는 석축을 쌓을 때 알게 됐지. 그 뒤로는 어찌어찌 하다 보니……."

자신을 포함해서 장인들은 어릴 때부터 수련에 몰두하는 날들을 보낸다. 작업장에 나설 수 있게 되었을 때는 이미 스물두어 살이 되어 있다. 그 무렵이 되면 근방에서 혼담이 들어오고 부부가 되는 경우가 대부분이다. 레이지 같은 예는 드문 부류에 속한다.

"오, 너. 역시……."

레이지가 축하한다는 듯 씩 웃었다.

"아니라니까."

교스케는 크게 손사레치며 냉큼 부정했다.

"너도 서른하나야. 자리를 잡아야지. 도비타야 후계자란 녀석이……."

"도비타야는 혈통이 아니잖아."

"그야 그렇지만."

"혈통이라면 네 아들이 물려받으면 되지."

레이지는 겐사이의 조카다. 달리 겐사이의 가까운 친족이 없으니 혈통이라면 그쪽이 정통이 된다.

"무리야."

"모를 일이지."

단정하는 말에 교스케는 미간을 찡그렸다. 레이지의 아들은 아직 세 살이다. 축성 재능이 있는지 없는지는 아직 알 수 없지 않을까.

"……태어날 때부터 팔이 굽어 있었어."

오른손 팔꿈치 쪽이 굽은 채 태어났다고 한다. 아직 분명히 말할 수는 없지만 아무래도 손 감각이 떨어지는 모양이다. 레이지와 아내를 제외하면 겐사이와 몇몇 측근밖에 모르는 일이다.

"그런가……."

"상관없어. 요새 아빠, 아빠 부르면서 무릎에 매달리는데 어찌나 귀엽던지."

레이지는 또 정수리에 손을 포개듯 올리고 하늘을 올려다보며 말을 이었다.

"농사 짓기도 힘들지 몰라. 상인이 좋으려나. 어쨌거나 녀석이 웃으며 살 수 있는 태평한 세상이 계속되기를 바라고 있지."

쌓기조에서 밀려나 의기소침해진 적도 있는 레이지이지만, 최근 몇 년간은 유난히 일에 몰두했다. 아마 아들이 태어나자 사람을 지키고 평화를 지키는 축성이라는 업, 그것을 지탱하는 운반조로서의 자각이 더 강해진 모양이다.

"대단한데."

교스케는 생각한 바를 솔직하게 말했다. 누군가를 지켜주는 데는 힘이 필요하지만 그 원류에는 따뜻함이 있다. 지금 레이지를 보면서 새삼 대단하다고 생각했다.

"아무럼 상관없어. 가호 님을 포함해서 모두를 지켜주는 성을 만들자고."

레이지는 조금 쑥스러운 듯이 웃었다. 교스케가 운반조에 와서 일을 배운 뒤로 레이지가 조금씩 교스케를 믿어주고 있음을 느꼈다. 교스케도 역시 레이지를 의지하게 되었다.

"음, 그래."

"만들자고 하니 말인데…… 다 된 것 같더군."

"뭐가?"

"후시미 성 말이야."

오늘 여기 오기 직전, 새로운 후시미 성 천수각과 전사殿舍를 완공했다는 소식이 유영에 들어왔다고 한다.

"열두 개 구루와도 순서대로 짓고 있어. 그러고 나면 나가야長屋나 차정茶亭도 만들어서 10월경이면 전부 끝날 예정이야."

이번 달 4일에는 히데요시도 천수에 올랐다. 그날은 큰비가 내렸는데 돌담 틈새로 가는 폭포 같은 물줄기가 여러 가닥 흘러나오는 것을 보더니,

──과연 제대로군.

하고 겐사이에게 만족스레 말했다고 한다. 히데요시는 젊을 때부터 토목에 재능을 보여 많은 성을 쌓아 왔다. 어지간한 아노슈 장인보다 보는 눈이 날카롭고 물빠짐이 성벽의 중요한 요소임을

잘 알고 있다. 앞으로 히데요시는 오사카 성을 오가게 되는데, 서서히 후시미 성에 있는 시간을 늘릴 작정이라고 한다. 패권자의 두 성을 지은 겐사이는 역시 새왕이란 이름에 걸맞는 인물일 것이다.

"이쪽은 9월까지 마칠 거다."

딱히 겨루고 싶은 마음은 없다. 후시미 성을 통째로 옮겨 짓는 작업과 오쓰 성의 개보수는 비교도 안 될 만큼 규모의 차이가 크다. 하지만 그 정도 기백이 아니면 겐사이를 평생 따라잡지 못하리라.

"이런 속도라면 가능할 테지만, 괜찮을까."

"뭐가?"

"실은 조금 더 천천히 진행하고 싶은 건 아닌지……."

"바보녀석."

가호에게 마음이 끌리긴 하지만 교스케는 아내를 맞을 생각이 없다. 그럴 마음이었다면 서른하나가 되는 오늘까지 독신을 고집하지 않았겠지.

"그럼, 일하러 갈까."

"이제 곧 점심이니, 근사한 모습 보여줘야지."

계속 농담을 날리는 레이지를 남겨두고 교스케는 일꾼들 쪽으로 걸어갔다. 눈부시게 빛나는 호수 위 하늘에 떼구름이 흘러간다. 그 아래에는 많은 상선이 오가고 있다. 눈앞에 펼쳐진 아름다운 풍경을 보고 있자니 교스케에게는 평화가 그리 쉽게 깨어질 거라는 생각이 좀처럼 들지 않았다.

바깥해자 정면의 흙을 끈질기게 파내고 동시에 암거를 만들어 나무틀을 묻는다. 석축을 생업으로 하는 아노슈에게는 조금 아쉬울 정도로 지리한 작업이 이어졌다.

장마철이라 비 내리는 날도 많았다. 아무리 괭이로 벽면을 긁어 다듬고 있다고 해도 물 먹은 흙이 붕괴되기 일쑤에 바닥이 질퍽거려 작업은 어려워진다. 그래도 인부들은 이쪽이 지시하기도 전에 서로 격려하며 복구에 매달리는 등 사기가 매우 높았다.

당주 다카쓰구와 오하쓰는 날씨에 관계없이 대체로 닷새에 한 번은 현장을 시찰하러 나왔다. 덕분에 현장은 활기가 넘쳤다. 오하쓰의 인기는 변함없이 굉장해서 누군가가 먼눈에 모습을 알아보기만 해도,

"마님 납신다!"

하고 들뜬 소리를 질러 모두 나서서 맞으려 한다.

그러면 오하쓰도 뛸 듯이 기뻐하며, 아니 실제로 토끼처럼 깡충깡충 뛰며 손을 흔들어 주었다.

다카쓰구도 지지 않고 일일이 격려하는 말을 건네니 일꾼들도 감격해서 가래삽과 괭이를 쥔 손에 힘이 들어간다. 사실 다카쓰구는 방해가 될 때도 많다. 부교 다가 마고자에몬이 만류하는 데도 듣지 않고,

"나도 돕겠다니까!"

하며 막 파낸 진흙이 담긴 키를 나르려 하다가 비틀거리는 바람에 사방으로 쏟아버리기도 했다.

처음에는 인부들도 필사적으로 입을 틀어막았지만 누군가 저도 모르게 웃음을 터뜨린 뒤로 현장은 자주 웃음바다로 변하곤 한다.

오쓰 성 개보수에 임하는 장인과 인부 들은 모두 교고쿠 부부를 더없이 좋아하게 되었다.

어느새 계절은 푹푹 찌는 6월로 접어들었다. 마침내 물속에 돌담을 쌓고 틈을 동목棡木으로 구획하여 우물형 담을 만드는 작업에 착수했다. 호수 수량이 줄어드는 여름만 기다리고 있었던 것이다.

교스케는 배후에 장인, 인부를 거느리고 비와 호반으로 나갔다. 자신의 조수로 일하는 몇몇 쌓기조 장인 이외에는 모두 돌을 안고 있다. 한 사람이 들 수 있는 크기의 돌, 두 사람이 함께 들어야 겨우 들리는 크기까지 다양하다.

머리가 익을 것처럼 뜨거운 날씨다. 호수에 디딘 발을 차가운 감촉이 기분 좋게 감싼다. 바람에 잔물결이 일어나 수면에 수없이 줄을 그어놓은 듯한 파문이 떠오른다.

"자, 시작할까."

교스케를 선두로 수십 명의 남자들이 호수로 뛰어들었다. 첨벙 튀어오르는 물보라가 햇빛에 반짝거리며 허공에 희미하게 작은 무지개를 띄웠다.

"굳이 뛰어들 것까지야."

레이지가 호숫가에서 팔짱을 끼고 쓴웃음을 지었다.

이제 직접 돌을 쌓지는 않지만 레이지도 쌓기조 장인 못지않게 잘 쌓는다. 간만에 해볼래? 물었지만 레이지는 거절했다. 교스케가 운반조 일을 제대로 알지 못했던 것처럼 레이지도 요즘 교스케가 돌 쌓는 모습을 보지 못했다. 이 기회에 봐두고 싶은 모양이다.

"미신 같은 거야."

허벅지까지 물에 담그고 있던 교스케는 뒤를 돌아보며 한쪽 볼로만 웃었다.

나른하게 슬그머니 시작하는 것보다 기합을 넣으며 시작해야 일이 더 잘 풀리는 기분이 든다.

"어디 솜씨 좀 볼까."

한쪽 볼로만 웃는 레이지를 향해 가볍게 고개를 끄덕인 교스케는 숨을 크게 들이마시고 수면을 가리켰다.

"우선 그 돌을 여기!"

준비한 돌을 전부 살펴보고 이미 머릿속에는 완성된 형태를 떠올렸다. 호수 밑바닥의 요철도 발바닥으로 확인해둔 상태이고 쌓아올리는 순서까지 전부 기억하고 있다.

"오른쪽에 그거, 왼쪽에 그거."

돌, 수면, 돌, 수면 순서로 손가락을 가리키면 지목받은 인부가 그곳까지 옮기고 놓을 때는 장인이 거든다. 대충 내려놓아서는 곤란하기 때문이다.

돌을 부린 인부들은 다음 돌을 가지러 호숫가로 돌아간다. 쌓을 순서대로 호숫가에 늘어놓은 돌을 들고 다시 작업 위치로 돌아오는 흐름이다. 교스케는 돌이 위치를 순서대로 지시하는 동시에,

"기치지, 위아래가 바뀌었다. 그 정도는 확실히 봐야지."

하고 실수를 지적하거나,

"긴시로, 튀어나온 부분을 확실히 물리게 해라."

하고 주의를 주었다.

망설이는 모습은 전혀 없다. 호숫가에서야 차례대로 놓여 있던 돌이지만, 여기까지 옮기는 동안 인부들은 이리저리 뒤섞이게 마련이다. 그래도 교스케에게는 돌의 목소리가 들리고 있다.

──다음은 나야.

하고 돌이 말해준다. 아니, 엄밀하게는 말해주는 듯한 느낌이겠지만. 겐사이에 따르면 귀가 뛰어난 것이 아니라 특수한 눈을 가졌기 때문이라고 한다.

"너는 너도 모르는 사이에 세 가지를 동시에 보고 있구나."

어릴 때 겐사이가 교스케의 능력을 상세하게 해설해준 적이 있다. 겐사이는 손가락을 하나 세우며 말했다.

"첫 번째 눈은 돌의 '지금' 얼굴이다. 생김새가 유사한 돌 백 개 중에 하나를 섞어 놓아도 너는 즉시 찾아내겠지?"

"응. 하지만 그건 하나도 어렵지 않은데……."

"바보 같은 소리. 그걸 해내려면 예사 장인이라면 10년은 걸려. 평생을 두고 못하는 놈도 있다."

교스케는 얼른 이해가 되지 않았다. 사람 얼굴이 다르듯 돌도 하나하나가 명백히 다르게 보인다. 오히려 똑같아 보인다는 사람의 감각을 이해할 수 없다. 판박이처럼 생긴 쌍둥이 형제를 분간하기가 차라리 더 어렵지 않을까.

"두 번째 눈은 돌의 '왕년'이다. 어떻게 해서 지금에 이르렀는지, 너는 그걸 알 수 있다."

돌의 내력이라고 바꿔 말해도 좋다. 돌은 태곳적부터 거기 존재해 왔다. 어릴 때 위에 올라가 놀던 바위를 어른이 되어 쓸어보면서,

——전혀 변하지 않았구나.

하고 생각하는 사람도 있겠지만 수십 년이 흐르는 동안 조금이라도 형태는 변한다. 낙숫물에 구멍이 뚫리고 바람이 쓸고가는 부드러운 힘으로 표면이 깎이기도 한다. 너무 느리게 변해가기 때문에 인간이 평생을 두고도 알아채지 못할 뿐이다.

겐사이를 우연히 만나 이치조다니에서 도망칠 때 교스케가 방향을 알아챌 수 있었던 까닭은 돌에서 불어 올라오는 바람의 흐름을 감지했기 때문이라고 겐사이는 말했다.

"그런가?"

당시 열 살 무렵이던 교스케는 고개를 갸우뚱했다.

"본인도 잘 모른다는 것이 바로 너의 굉장한 점이야."

겐사이는 그때만 해도 윤기가 있던 볼로 씁쓸한 미소를 지으며 말을 이었다.

"돌의 내력을 알면 그 밖의 중요한 것을 보게 되지."

"돌의 눈……."

교스케가 혼잣말처럼 말하자 겐사이가 신음소리를 내며 고개를 끄덕였다.

똑같이 돌이라 불러도 종류는 다양하다. 대지가 생겨날 때부터 그 자리에 있었다고 생각할 수밖에 없는 돌, 산이 분화할 때 흘러나온 용암이 굳은 듯한 돌. 돌의 역사를 파헤치면 각 돌의 '눈'이 보이는데 거기에 힘을 가하면 큰 수고를 들이지 않고 가장 걸맞은 형태로 가공할 수 있다.

"이 경지까지 오는 데 20년은 걸린다고 봐야지. 여기 도달할 수 있는 사람은 더 줄어든다."

겐사이는 세 번째 손가락을 세우고 잠시 뜸을 두었다가 말을 이었다.

"그리고 세 번째 눈……. 내가 아는 한 그걸 볼 줄 아는 사람은 나뿐이다."

겐사이의 표정에는 확고한 자신감과 희미한 당혹감이 어른거렸다. 겐사이의 젊은 시절 얼굴이 물보라 속으로 사라져간다. 현실로 돌아와 인부들의 활기 넘치는 소리, 물 흔들리는 소리가 귓불에 울리는 가운데 교스케는 속삭이듯 중얼거렸다.

"돌의 '앞날'……."

만들고자 하는 돌담을 위해서는 돌이 어느 정도나 필요한가, 혹은 현재 확보한 돌로 어떤 돌담을 만들 수 있는가. 그것을 간파하는 힘이다.

왜 자신에게 이런 힘이 있는 거냐고 묻자 겐사이는 고개를 가로저었다. 가령 뛰어난 검술이나 창술, 백발백중의 궁술, 아무리 험로라도 주파할 수 있는 마술馬術은 '무사'에게 도움이 되는 재능이다.

그러나 무사이면서 재물과 이익에 밝거나 작물을 키우는 쪽에 더 소질이 있다면 상인이나 농부가 되는 편이 나을지도 모른다.

겐사이에 따르면 사람은 저마다 모종의 재능을 타고난다. 다만 평생에 걸쳐 재능이 무엇인지 깨닫는 자는 적고, 설사 알았다 해도 살리지 못한 채 인생을 끝내는 경우가 태반이다.

자신도 평범하게 살았다면 돌쌓기 재능을 살릴 기회가 없었겠지만 다행히 알게 된 이후로는 하늘이 사명을 내린 거라 생각한다고 겐사이는 말했다.

"다음은 그거, 그다음은 거기 두 사람이 들고 있는 돌이다!"

오늘, 지금 이 작업에도 뭔가 의미가 있다고 믿고 교스케는 쉴 새 없이 지시를 내렸다.

물속에 가라앉은 돌은 보이지 않는다. 보통은 손을 넣어 더듬어야 해서 시간이 걸리지만 교스케의 눈에는 똑똑히 보였다. 때문에 작업은 지체되는 일 없이 이어졌다.

"어디 보자……."

늘어 놓은 돌의 순서가 헷갈리는지 호숫가에 돌을 가지러 돌아간 인부가 당황하는 모습을 보였다.

"아니. 그쪽이다."

레이지는 힐끔 보는 기색도 없이 손가락으로 돌을 가리켰다. 그동안에도 진지한 눈빛으로 돌쌓기를 응시하고 있다.

"수면에 돌 끝이 보인다. 이대로 단숨에 몰아붙이자!"

"예!"

교스케가 기운을 북돋우자 모두 소리를 모아 대답했다.

"레이지! 이제 슬슬……."

"그래. 지금 단조 님에게 알리겠다."

레이지는 즉시 운반조의 젊은 일꾼을 보냈다.

우물형 돌담에 사용하는 동목 때문이다. 기반이 완성되면 끼워 넣고, 고정하듯이 돌을 더 쌓는 것이다. 대량의 돌을 펼쳐놓은 터라 동목을 둘 장소가 없어서 절반을 쌓았을 때 호숫가로 가져올 계획이었다.

"오, 빨리 도착했군."

동목을 운반하는 자들을 이끌고 단조가 나타났다. 예상외로 우물형 돌담을 만드는 속도가 빨라 눈이 휘둥그레졌다.

"그 녀석은 물속이고 뭐고 관계없는 모양이에요. 눈깜짝할 사이더라니까요."

레이지는 손차양을 하고 웃었다. 아직 해가 동녘 하늘에 있다는 뜻이다. 동목을 사용하는 것은 정오 무렵으로 이야기가 되어 있었지만 예상보다 빠르게 작업이 진행되었다.

"동목 보낸다!"

교스케는 호숫가를 향해 이리 오라고 크게 손짓을 했다.

"단조 님, 우리도 거드는 편이 좋겠네요."

"그러게."

동목 설치는 인부에게는 어려운 일이다. 두 사람도 가세하여 작업은 더욱 진척을 보였다. 동목은 조금 휘어지게 만들어져 있어, 옆으로 나란히 우물형 돌담을 짓는다. 커다란 물받이 홈통을 만드는 식이다.

그렇지만 아무래도 작은 틈들이 생기기 때문에 동목 두 장 안쪽에 동목을 하나 더 대듯이 세워서 물 새는 것을 방지한다.

세운 동목을 잇달아 돌담에 끼워 간다. 오쓰 백척선 가운데 한 척이 지나가다가 무엇을 하는지 궁금해진 사람들이 뱃전에 상체를 내밀고 구경했다.

"호수 물은 차가우니 그런 돌 욕조에는 아무도 들어가지 않을 텐데."

하고 깔깔 웃는 자도 있다. 물론 모르는 사람에게는 그렇게 보일지 모른다. 교스케가 콧방귀를 뀌고 모두가 와락 웃자 뱃사람들은 의아한 듯이 고개를 갸우뚱거렸다.

"끊기 좋은 데까지 하자고. 다음은 그 돌. 아니 그 옆에―――"

한참 지시하는데 호숫가에 서 있는 가호가 시야에 들어왔다. 언제부터 거기 서 있었을까. 알아차리지 못하는 사이에 해가 높아져 있다.

점심 준비가 된 것이겠지만 가호는 아무 말 하지 않았다. 자신들이 전에 없이 작업에 열중하는 모습을 알아보고 일단락될 때까지 지켜볼 심산이다. 그 배려를 짐작하니 문득 입가에 미소가 떠올랐다.

"조금만 더……."

기다려달라. 미처 말을 마치기도 전에 가호가 멀리서도 알 수 있도록 고개를 끄덕여 보였다. 교스케도 고개를 끄덕여 답한 뒤 일꾼들을 빙 둘러보고 소리 높여 말했다.

"앞으로 동목 두 개만 대면 정확히 절반이다. 마치고 점심을 먹도록 하겠다!"

저마다 기합이 들어간 목소리로 대답했다. 다시 지시를 내리면서도 교스케는 시야 가장자리에 가호를 두었다. 물 덤벙거리는 소리와 시끄러운 매미 소리가 뒤섞인 가운데 가호夏帆가 쏟아지는 햇빛을 받고 서 있다. 실로 여름의 돛단배라는 이름을 그대로 체현한 듯한 자태에 교스케는 눈부심을 느꼈다.

이튿날 호수 안에 우물형 돌담이 완성되었다. 즉시 물통을 이용해서 돌담 안에서 물을 퍼내는 작업에 들어갔다. 과연 물이 우물형 돌담 안으로 들어오지 않을지 긴장하며 모두들 몸을 움직였다.

"오오……."

감탄하는 소리가 솟았다. 통으로 물을 퍼낼 때마다 수위가 내려간다. 돌담은 제대로 만들어진 모양이다.

　"화살과 총탄을 막는 도비타야 아니냐. 까짓 물 정도 막는 거야……."

　레이지는 자신도 나무통으로 물을 퍼내면서 동목 틈새를 확인하는 교스케를 보고 한쪽 볼로 웃었다.

　"그래, 당연하지."

　말은 그렇게 하지만 무슨 일이든 해보기 전에는 알 수 없다. 솔직히 가슴을 쓸어내린 참이다. 이제 절반을 마쳤다. 지금부터 물을 빨아올려 바깥해자 정면으로 보내는 장치를 만들어야 한다. 그 부분이 잘 되지 않으면 여태 투입한 시간, 노력, 돈이 물거품으로 돌아간다.

　물을 다 빼자 호수 바닥이 드러났다. 모래가 많은 바다와 달리 해조류가 엉킨 자갈뿐이다. 다음은 이 자갈을 제거하는 작업에 들어갔다. 모래바닥이 드러나면 굴삭을 해서 암거를 더 늘린다. 거기 나무틀을 끼워 넣고 묻어가는 것은 마찬가지여서, 이제 날품팔이 인부들도 익숙해진 일이다.

　모든 작업이 끝난 것은 물을 빼고 나서 다시 열흘 뒤였다. 바깥해자 정면의 굴삭은 이미 끝나 있으므로 남은 일은 돌담을 무너뜨려 다시 물을 넣는 것이다. 나무틀 속으로 물이 역류하는지, 그리고 바깥해자까지 다다를지 확인해야 한다.

　마침내 최종 작업을 실행하는 단계에 이르렀음을 부교 다가 마고자에몬이 다카쓰구에게 고한 탓에 일이 커졌다. 다카쓰구와 오하쓰가 지켜보려고 나왔다. 부부가 함께 나타난 것은 이번이 처음이다. 지켜보는 이는 그들만이 아니었다.

──자, 다들 나가서 도비타야가 일하는 걸 지켜보자!

하고 마치 출진이라도 하는 기세로 다카쓰구가 말하는 바람에 가신과 시녀 들도 줄줄이 모습을 나타냈다. 가호도 보였다. 작업을 하던 장인, 인부 들과 합치면 인원은 천 명에 이른다.

"다가 님……."

교스케는 낯을 찡그리며 중얼거렸다. 마고자에몬은 난처한 얼굴을 하더니 한쪽 손으로 절하는 시늉을 하며 사과했다.

"미안하네. 이렇게 시끄럽게 나오실 줄은……."

"시끄럽게라니요. 재상님이잖아요. 다 눈치 채시겠어요……."

"으음. 생각해보니 그렇군."

마고자에몬도 어딘지 맹한 구석이 있다. 교고쿠 가의 사무라이 가문답지 않은 관용적인 분위기를 좋게 보기는 하지만 이번만큼은 달갑지 않았다.

──과연 잘 될까?

아직은 불안하기 때문이다.

그간의 경험으로부터 돌담과 동목으로 물을 막는 작업까지는 그럭저럭 가능하다 싶었지만 지금부터는 미지의 영역이다. 아노슈 역사에서도 들어본 바가 없다.

보통은 실패해도 다시 잘 하면 된다. 기술이란 그렇게 발전해가는 법이다. 하지만 이토록 많은 인원 앞에서, 다카쓰구나 오하쓰가 지켜보는 가운데 실수한다면 큰 낭패다.

"실패해도 괜찮잖아. 배 가르면 그만이지."

흰 이를 드러내는 레이지를 보고 교스케는 한숨으로 대답했다.

다카쓰구는 그런 부류의 인물이 아니다. 설사 실패했다 해도 벌을 내릴 리 없다. 레이지도 잘 알고 있으면서 놀리는 것이다.

"교스케, 준비 다 됐다."

다카쓰구가 손을 좌우로 크게 흔들며 말했다. 구경꾼이 다 모이기를 기다린 꼴이 되어서 교스케도 쓴웃음을 지으며 고개를 끄덕여 보였다.

"알겠습니다."

호수 속 돌담을 무너뜨릴 준비에 들어갈 때 다카쓰구가 천천히 다가왔다.

"이번에 고생 많았다."

"아직 성공한 것은……."

"난 성을 이렇게 살펴보는 게 처음이야."

자주 영지를 옮겼지만 가는 곳마다 이미 성이 있었다. 소소한 성의 파손이나 돌담 붕괴를 수리한 적은 있어도 대규모 개보수는 해본 적이 없다.

장인들이 바삐 오가는 모습을 지켜보면서 다카쓰구는 말했다.

"머리로는 이해하고 있다고 여겼는데 내 눈으로 보니 전혀 딴판이군."

"그…… 말씀은?"

"사람이 안심하고 사는 장소를 만든다는 것이 얼마나 힘든가. 장인들이 얼마나 궁리를 하는가……. 교고쿠 가의 모든 식솔들 몫까지 대신 치하하네."

꼭꼭 씹듯이 말하고 나서 다카쓰구가 고개를 숙이는 통에 교스케는 당황했다. 보통은 있을 수 없는 광경이다. 가신들도 주군의 체통을 지키라고 말려야 할 터이나 다카쓰구의 됨됨이를 알고 있는 교고쿠 가 사람들은 너그러운 시선을 보내며 미소 짓고 있었다.

"재상님, 방금 말씀드렸다시피 아직 성공한 것은―――"

"그래도 노력의 가치는 달라지지 않네. 일이 잘 안 되면 다시 하면 되고."

지극히 자연스러운 말임에도 그간 여러 번 낼망의 위기에 처하고 그때마다 다시 다이묘로 돌아온 다카쓰구가 말하자 무게가 느껴졌다. 교스케의 마음이 사뭇 가벼워졌다.

오쓰 성 바깥해자 정면에서 호수까지는 약 3정 거리가 된다. 호수 속에서 때를 기다리는 장인들에게 신호를 보내기 위해 크고 흰 천을 막대에 매달아 간단한 깃발을 준비해 두었다.

"허물어라!"

교스케가 소리 높여 외치는 동시에 백기가 올라가 좌우로 크게 흔들린다.

잠시 후 호수 속에 있던 장인 하나가 뛰어와 고했다.

위에서부터 돌을 제거해 나가 마침내 동목을 빼냈다. 처음에는 바위 틈에서 솟아나는 물처럼 쪼록쪼록 흘러들었을 뿐이지만, 마침내 단숨에 담장 속을 채워간다고 한다. 틀 속에 물이 흘러갔다는 증거다.

──어서 와라.

바깥해자에서 튀어나온 나무틀을 지그시 응시하면서 속으로 외쳤다. 구경꾼들의 시끄러운 소리도 어느샌가 그치고 모두들 마른침을 삼키며 지켜보고 있다. 차 한잔 마실 시간이 지났다.

──실패했나…….

막 체념하려고 할 때였다. 나무틀에서 물 한 방울이 똑 떨어졌다. 숨을 삼킬 정도의 짧은 시간이 지나고 다음 순간에는 덩어리가 터지듯이 물이 뿜어져 나왔다. 마치 폭우가 쏟아진 날 나무통 같은 수량이다.

"됐다!"

교스케가 주먹을 불끈 쥔 순간, 구경꾼들이 와아 환성을 올렸다. 교고쿠 가의 가신은 감탄하며 나무틀을 손가락으로 가리키고 시녀들은 손을 모으고 깡총깡총 뛴다. 장인과 인부의 구별 없이 서로 어깨를 두드리며 기뻐하고 있다. 가신들 사이로 뛰어들어 환희하는 다카쓰구, 직인들에게 노고를 치하하는 말을 하는 오하쓰의 모습도 보인다.

"교스케!"

레이지가 어깨를 쿡 찔렀다.

"잘 됐다!"

레이지의 어깨 너머로 여전히 흥분을 가라앉히지 못한 무리 속에 아이처럼 순진하게 기뻐하는 가호가 보였다. 교스케가 눈인사를 보내자 가호도 미소를 지으며 목례했다.

레이지는 고개를 기울이며 돌아보았다가 이내 두 사람의 시선을 알아채고 빙긋이 웃었다. 뭐라고 한 소리 듣기 전에 교스케는 선수를 쳐서 이야기를 돌렸다.

"열흘 정도면 해자에 물이 찰 거야."

호수물이 바깥해자 정면의 비탈을 쉴 새 없이 흘러내린다. 이상은 없는지 잠시 경과를 지켜봐야겠지만 이런 상태라면 문제가 없을 성싶다.

"뭐, 나도 끝나버리는 것은 섭섭하다."

레이지가 놀리기를 그만두고 떠들썩한 구경꾼들을 가늘게 뜬 눈으로 쳐다보며 말했다.

"음……. 그래."

한 가지 일이 끝날 때마다 일말의 쓸쓸함을 느낀다. 그것은 마쓰리가 끝난 뒤에 느끼는 슬픔과 어딘지 비슷하다.

아노슈의 돌담은 500년을 버텨야 겨우 제대로 된 장인이라는 소리를 듣기 때문에 평생 같은 장소에 두 번 일하러 오는 일은 드물다. 앞으로 오쓰 성에 다시 와서 해야 할 일은 없으리라.

더구나 이번에는 교고쿠 가의 이해심 많은 사람들에게 둘러싸여 어느 공사보다 충실한 날들을 보낼 수 있었다. 때문에 쓸쓸함도 더하다.

"어쨌거나 오쓰 성은 완전한 수성이 되었어. 철벽이라고 해도 될 거야."

레이지는 자랑스레 말했다.

"아니……."

──이것은 철벽이 아니야.

전에 가호와 한 이야기가 교스케의 머리 한쪽 구석에 내내 남아 있다. 물론 오쓰 성은 방비가 한 단계 더 굳건해졌음이 틀림없으나 만약 전투가 벌어졌을 때 전에 보지 못한 무기나 새로운 전술로 공격해 온다면? 과연 대응할 수 있을지 여부는 닥치기 전까진 아무도 모른다.

고로 철벽 같은 성 따위는 있을 수 없다. 내내 같은 생각이었다. 다만 공사를 진행하는 동안 교스케는 그 문제를 극복할 수 있는 길을 하나 찾아낸 것 같았다. 실행하기 어려운 방법이긴 하지만.

"교스케, 잘해주었다."

다카쓰구가 기뻐하며 걸어왔다.

"정말로 물을 끌어올릴 수 있다니 놀랍구나."

오하쓰도 곁에 있었다. 그 뒤에는 가호도 따르고 있다.

"고맙습니다."

"이제 모두가 안도하겠지."

다카쓰구는 오하쓰와 얼굴을 마주보며 고개를 끄덕였다. 모두라는 말을 하며 그중에서도 오하쓰나 가호, 낙성을 두 번이나 겪은 사람들을 제일 먼저 떠올렸으리라.

"재상님⋯⋯."

교스케가 꺼질 듯한 목소리로 말했다.

"무슨 일이지?"

다카쓰구는 보동보동한 볼에 미소를 띠었다.

"이봐."

레이지가 어깨를 콱 움켜쥐었다.

방금 전에는 철벽이라고 말했지만 레이지 역시 완전무결한 성은 없다고 생각한다. 아노슈라면 누구나 마찬가지 아닐까. 그야말로 상식이지만 의뢰주에게는 결코 고하지 않는다. 공연히 불안만 부채질할 뿐이니까. 지금 교스케는 자못 심각한 얼굴을 하고 있다. 레이지는 교스케가 입에 담으려고 하는 내용을 눈치챘다.

──이 사람들에게는 말해주고 싶다.

낙성의 공포를 아는 그들이기에 이런 개보수 공사로 안심할 수 있다고 쉽게 말해도 되는가 하는 갈등이 인다. 레이지는 고개를 저을 수도 없어서 오른손에 힘을 주고 가볍게 흔들었다.

"아뇨⋯⋯. 아무것도."

"그래? 고생했다."

다카쓰구는 고개를 갸우뚱했지만 본래의 웃는 얼굴을 되찾고 다시 노고를 치하해주었다.

가르쳐준들 무슨 소용인가. 다카쓰구는 자신이 전투에 젬병이라고 하지만, 교고쿠 가도 사무라이 가문이다. 어떤 성도 완전하지 않다는 사실은 이해하고 있을 터. 그렇게 자신에게 타이르고 교스케는 입을 꾹 다물었다.

게이초 2년 9월, 오쓰 성 개보수 공사는 완료되고 도비타야는 오쓰 땅을 떠나게 되었다. 다카쓰구, 오하쓰, 교고쿠 가 가신과 시녀까지도 모두 나와서 성대하게 전송해 주는 바람에 이쪽이 황송해지고 말았다. 물론 가호의 모습도 보였다.

"괜찮겠어?"

레이지가 귓가에 속삭이듯 물었다.

"음."

이제 마음을 부정할 생각은 없다. 자신은 분명 가호에게 끌리고 있다.

하지만 비슷한 길을 걸었다는 동정으로 시작된 마음은 접는 편이 좋겠다고 생각했다. 더구나 자신은 겐사이처럼 평생 결혼하지 않고 업으로 삼은 석축 일을 끝까지 밀고 가볼 심산이다. 교스케는 가호에게 머리를 깊이 숙이고 몸을 돌려 그 자리를 떠났다.

다음달에는 겐사이가 후시미 성 이축을 완전히 끝냈다는 소식도 들어오고 돌과 연장을 보관하는 유영도 철거되었다. 당분간은 성벽 점검이나 사찰의 돌담 보수 등이 있을 뿐, 큰 공사는 없을 터였다.

낮은 데서 높은 곳으로 물을 끌어올려 오쓰 성 바깥해자 정면을 물 해자로 바꿨다는 소문은 이내 퍼졌다. 도요토미 히데요시

조차 소문을 듣고 겐사이에게,

　──자네 못지않은 아들인 것 같군.

　하고 말을 건넸다고 나중에 전해들었다.

　최고 실권자에게 공을 인정받으면 대부분의 아노슈는 뛸 듯이 기뻐하겠지만 교스케는 별 생각이 없고 오히려 불안해질 뿐이었다.

　히데요시 귀에 들어갈 정도라면 온 세상에 이름이 알려졌다고 해도 과언이 아니다. 구조가 알려지면 알려질수록 수비하기 힘들어진다. 성이란 탄생한 순간만 완전하고 시간과 함께 약해지는 물건이기 때문이다.

　이런저런 공사로 바빴던 해가 저물고 다음해가 되자 오쓰 성의 물 채운 해자를 구경하려고 타국에서도 사람들이 찾아오고 있다고 들었다. 성을 이렇게 구석구석 볼 수 있는 것도 평화로운 세상이라 가능한 일이다.

　"작은나리, 잠깐 괜찮겠습니까."

　단조가 꼭 하고 싶은 이야기가 있다며 말을 건넸다.

　"제가 아는 백척선 뱃사람한테 들은 이야기입니다만……. 구니토모 겐쿠로가 오쓰 성을 살펴본 모양입니다."

　단조는 불쾌한 듯이 입술을 일그러뜨렸다.

　"그래……?"

　교스케는 깊은 한숨을 지었다.

　각오한 일이기는 하다. 당장 무슨 난리가 벌어질 리도 없다. 겐쿠로를 비난할 일도 아니다. 난세를 휘저은 구니토모슈라는 '창'은 이렇게 평화시에도 '방패'를 조사하며 더욱 날카롭게 창을 벼리고 있는 것이다.

아무래도 그 평화의 행로가 의문스럽다. 히데요시가 올해 들어 급속히 쇠약해지기 시작해서 자리보전하는 날도 잦다고 들었다. 후계자 히데요리가 있으면 도요토미 가는 확고하리라 생각했지만 전에 겐쿠로가 말했듯 어쩌면 파란이 닥칠지도 모른다.

규모가 작은 공사를 청부하여 오미를 돌아다녀 보니, 최근 오가는 무사들 표정이 굳어 있다. 자신이 어릴 때 보았던 전쟁 생각밖에 없는 무사의 얼굴이다.

──전쟁에 휩쓸리지 말아야 할 텐데…….

오미 하치만의 사찰 돌담을 수리하던 교스케는 오쓰 성이 있는 남서쪽 하늘을 바라보았다. 오늘도 역시 명랑한 대화가 오가고 있겠지. 항구 바람에 살쩍에서 내려온 머리카락을 손으로 눌러 붙이며 막연히 생각했다.

게이초 3년(1598년) 벚꽃이 지는 계절이었다.

태평이
흔들리다

지난해도 몹시 무더웠는데 올여름은 더하다. 이마를 수건으로 닦기 무섭게 다시 땀방울이 맺힌다. 장인들 등에는 땀방울이 무늬처럼 맺혀 있고 훤히 드러낸 구릿빛 가슴은 열기로 후끈 달아올랐다.

"다음은 그거, 그다음은 저거."

교스케는 죽 늘어놓은 돌 사이를 누비며 척척 지시를 내렸다.

"작은나리도 이젠 행수님과 꼭 닮았네."

고참 장인이 일하면서 허허 웃었다. 요즘 들어 자주 듣는다. 사실 교스케는 자신의 기술이 아직 겐사이의 절반 정도밖에 안 된다고 생각한다. 석축 기술이라면 거의 다 배웠을지 몰라도 겪어 온 현장이 압도적으로 적으니 경험치 면에서는 겐사이에 까마득하게 뒤진다. 경험을 더 쌓고 싶지만 아쉽게도 일거리가 많지 않다.

겐사이가 지금의 교스케 나이였을 때는 전란의 파고가 세상을 휩쓴 터라 공사 의뢰가 발에 치일 만큼 많았다. 도요토미 가가 전국을 통일하여 평화가 찾아온 뒤에도 전쟁으로 무너진 성벽을 수리한다든지 영민에게 권위를 과시하기 위해 성을 새로 짓는다든지 하는 일거리가 여전히 있었다. 요즘은 성곽 공사 의뢰가 거의 없다.

지금 하는 공사는 미나미야마시로의 도센보 일대를 다스리는 토호 노도노 가의 요새에서 돌담을 쌓는 일이다. 노도노 가의 요새는 산 위에 있다. 요새뿐 아니라 주거지도 산 위에 있는 보기 드문 구조로서, 영주 이름과 마찬가지로 노도노라고 불리는 곳이다. 이미 지명이 먼저 생겨나고 나중에 그곳을 다스리게 된 영주가 지명을 성씨으로 삼았을 것이다.

요새라고 하지만 촌장 저택보다 조금 나은 수준이라 후시미 성이나 오쓰 성과는 비교가 되지 않는다. 서두르지 않고 느긋하게 작업해도 한 달쯤 걸리려나. 밀려 있는 의뢰들도 이런 작은 공사뿐이다. 그래도 겐사이는 두 가지 공사를 동시에 청부하면,

——이쪽 공사는 네가 가서 해라.

라며 더 큰 공사를 교스케에게 맡겼다. 조금이라도 더 경험을 쌓게 하려는 것이다.

하지만 이번만은 여느 때와 달리 겐사이가 더 큰 공사를 맡았다. 이 요새보다 세 배는 커 보이는 사찰에서 돌담을 쌓는 공사다. 교스케는 그 까닭을 알고 있었다.

돌담을 쌓는 사찰이 자기 고향 에치젠에 있었기 때문이다.

아사쿠라 가가 멸망할 때 오미로 피신한 교스케는 그 후 에치젠 땅을 한 번도 밟아보지 않았다. 뿐만 아니라 다른 사람 앞에서 입에 담은 적도 없다. 겐사이는 우려했을 것이다. 교스케도 아무말 없이 순순히 따랐다.

에치젠에 가게 되면 온갖 감정이 생기겠지. 공사를 해야 하는

자에게는 잡념일 뿐인데. 아직도 단란한 가족을 보면 아버지, 어머니, 동생 가요의 얼굴이 눈앞에 어른거린다.

"작은나리, 준비 됐습니다."

수하 장인이 부르는 소리에 교스케는 상념을 떨쳤다.

"그럼 먹을까."

점심이 준비되었다. 너무 더워서 밥 넘기기도 힘들다. 갓 지은 밥에 물을 부어 뱃속으로 쓸어 넣는 것이 고작이다. 오쓰 성에서 공사할 때와는 달리 이번에는 식사 준비도 전부 자체적으로 해결해야 한다. 오쓰 성 공사는 식사 준비를 비롯하여 교고쿠 가 사람들이 함께 성을 만든다는 자세로 임해준 이례적인 경우였다. 그래서 공사가 끝날 즈음에는 성주 식솔이고 장인이고 인부고 구별 없이 말로 표현하기 힘든 일체감이 형성되었다. 그런 현장은 평생에 다시 만날 수 없을지도 모른다. 겨우 1년 전인데도 새삼 그리움을 느끼며 밥을 삼켰다.

"뭐지?"

교스케는 젓가락질을 멈추고 미간을 찡그렸다. 산으로 난 외길을 뛰어오는 사람이 시야에 들어왔다. 차림을 보아하니 노도노 가문 사람은 아니다. 잠시 후에야 레이지임을 알았다.

이번 공사도 처음에는 떼기조의 단조, 운반조의 레이지와 함께 시작했다. 돌은 현지 조달이 원칙이다. 먼저 단조가 도센보에서 알맞은 채석장을 찾아내어 돌을 떼어냈다. 그 일이 끝난 단조는 일단 오미로 돌아갔다가 다시 에치젠으로 향했다.

유영을 설치하고 기다리던 레이지는 단조가 떼어낸 돌을 이곳 노도노 요새까지 옮겨주었다. 그제까지 돌을 전부 옮긴 레이지는 어제 유영을 정리했을 테고 오늘은 한 발 먼저 오미로 돌아갈 채비를 하고 있어야 했다.

한데 이곳으로 달려오고 있다. 얼굴을 알아볼 만큼 가까워지고 보니 표정도 심상치 않았다. 교스케는 밥공기를 내려놓고 일어섰다.

"레이지!"

이름을 불러도 레이지는 고개만 까딱할 뿐 대답이 없다. 노도노 가 식솔들이나 다른 일꾼들에게는 알리고 싶지 않은 일인가? 레이지는 교스케 옆까지 뛰어와 숨을 헐떡이며 자리를 옮겨서 이야기하자고 눈짓을 했다. 둘이 옆으로 자리를 옮기자 교스케는 더 참지 못하고 물었다.

"무슨 일인데?"

"놀라지 말고 들어…… 태합이 죽었어."

"뭐라고…….

최근 자리보전이 잦았지만 봄부터 조금 회복되어 정무를 보기 시작했다고 들었다. 하지만 대외적인 소문과 달리 사실은 날로 쇠약해지고 있었다고 한다. 그리고 닷새 전인 8월 18일 숨을 거두었다.

"그런데 어떻게 이렇게 빨리 알았지?"

히데요시의 적자 히데요리는 아직 어리다. 히데요시는 아들이 장성하기를 기다리기 위해서라도 조금 더 살고 싶었으리라. 그렇다면 자신의 죽음을 최대한 오래 비밀에 부치려 했을 터. 일개 장인인 자신들에게 그런 정보가 금방 들어올 리 없다. 오히려 무슨 오해가 아닐까 의심했다.

"8월 19일에 태합의 사자가 아노에 왔어."

레이지는 목소리를 더 낮추었다. 히데요시가 사망하고 다음날, 겐사이는 에치젠에 가 있어서 마침 아노에 돌아와 있던 단조가 사자를 만났다. 사자에 따르면 히데요시는 자신의 말을 토씨 하나 바꾸지 말고 겐사이에게 전하라 명령했다고 한다.

──어떻게든 후시미 성을 함락되지 않는 성으로 보완하라. 나는 곧 죽지만 죽기 전에 부탁한다.

라는 내용이었다.

전국을 통일한 패자에게는 사소한 일이다. 누가 죽음을 코앞에 두고 그런 걱정을 한단 말인가. 아니, 오히려 죽기 직전이기에 소소한 일에도 더욱 미련을 느꼈을까. 지부쇼마루 옹성은 조금 더 좁게 했어야 했다, 나고야마루로 가는 오르막 포도는 경사가 너무 완만하지 않은가, 마쓰노마루의 돌담은 두 척 더 높여야 했다는 등 히데요시는 자리에 누워 헛소리처럼 같은 말을 반복했다고 한다. 생각다 못한 히데요시는 자신의 죽음이 알려지는 사태를 감수하고라도 겐사이에게 후시미 성을 더욱 견고하게 수리하도록 의뢰하는 사자를 보냈다는 것이다.

"사자가 단조에게 그런 이야기를 했다고?"

"역시 망설였다고 하더군. 하지만 단조 님이."

패자가 죽었다는 소식이라면 극비 중의 극비다. 도비타야 당주 겐사이 본인이 아니라면 소식을 전하는 것은 너무 위험하다. 망설이는 사자에게 단조는,

——지금까지 우리 아노슈가 성의 구조에 대해서 빌실한 적이 있습니까. 목이 떨어져도 발설하지 않습니다.

라고 단호하게 말했다고 한다. 그제야 납득한 사자가 단조를 겐사이의 대리인으로 간주하고 소식을 전했다.

"결국은 소용없었지만. 태합이 죽었다는 소문이 벌써 파다하게 퍼졌다더군."

단조가 소식을 전하러 유영에 보낸 인편에 따르면 구사쓰 역참에서도 이미 태합의 사망을 운운하는 나그네가 몇 명 있었다고 한다. 사람 입에 빗장을 지를 수 없다지만 이토록 중대한 소식은 역시 퍼지는 속도도 굉장하다.

"영감한테는?"

"에치젠에도 인편을 보냈어."

"태합께서도 임종에 괜한 걱정을……."

"그러게. 귀찮은 일이 없어야 할 텐데."

교스케가 어두운 표정으로 말하자 레이지도 볼을 찡그리며 대답했다. 히데요시가 죽기 직전에 남긴 말이다. 꿈인지 생시인지 모를 상태에서 나온 헛소리이고, 성을 다시 점검했으면 좋겠다는 정도의 심정이었는지 모른다. 히데요시의 상태가 심각했더라도

측근들은 감히 묵살하지 못했을 것이다. 결과적으로 히데요시가 한 말은,

——어떻게든 후시미 성을 함락되지 않는 성으로.

라는 명령이 되고 말았다. 그냥 미련이 남아서 흘린 말로 치부하면 된다. 하지만 측근들이 히데요시의 유언으로 받아들여서 정말로 공사를 의뢰한다면 일이 복잡해진다. 애초에 교스케가 늘 생각하는 것처럼 절대로 함락되지 않는 성이란 있을 수 없다. 자신들은 제한된 예산 안에서 최대한 강고한 성을 만들려고 노력할 뿐이다. 그리고 의뢰주가 만족하면 공사는 끝난다.

그런데 의뢰주가 이미 이승에 없다. 갖은 노력을 다해도 의뢰주가 만족하는지 어떤지를 알 방법이 없다. 그저 '어떻게든 함락되지 않는 성을'이라는 의뢰만 남아, 겐사이가 아무리 공사를 해도 한이 없다.

"가령 다시 후시미 성에 가서 공사를 하게 되더라도 부교가 어느 선에서 그만하라고 하겠지."

교스케는 스스로를 설득하듯이 말했다.

"글쎄. 사공이 여럿 나타나 감 놔라 배 놔라 간섭해서 더 골치 아프게 될지도 몰라."

히데요시는 타계했지만 유지를 받들어 후시미 성의 방비를 철저하게 강화하려는 자. 도요토미 가의 재정에 악영향이 없도록 적당한 선에서 수습하려는 자. 혹은 다시 이축해야 한다는 식으로 주장하는 자도 있을지 모른다.

여하튼 죽은 사람의 의뢰는 받아들이지 않는 게 상책이지만 천하의 도요토미 가인데다 히데요시의 유언이라며 명령한다면 도비타야도 함부로 거절할 수 없다. 그저 아무 일도 없이 모두가 잊어버리기를 기도하는 수밖에.

"힘들게 달려와 줘서 고맙다. 아무튼 상황은 알겠어. 우선 여기 공사부터 끝내야지."

비가 쏟아지든 화살이 쏟아지든 눈앞에 닥친 공사는 마쳐야 한다. 그것이 아노슈의 방식이다. 최고 권력자의 죽음이라도 이 방식을 어지럽힐 수는 없다. 교스케는 그저 담담히 공사를 하면 된다. 겐사이도 그렇게 처신할 것이다. 에치젠에 가 있는 겐사이는 이제 돌을 떼기 시작했으니 적어도 앞으로 네다섯 달 동안은 오미로 돌아오지 않는다. 그동안 후시미 성 따위는 깨끗이 잊어주면 다행이다.

"그럼 나는 이만 아노로 돌아간다."

레이지는 곧 에치젠으로 가서 단조가 떼어낸 돌을 운반할 예정이다. 이렇게 시간차를 두고 떼기조와 운반조 조장을 움직여서 두 현장을 동시에 진행한다.

"레이지……."

교스케는 뇌리에 문득 스치는 생각이 있어 막 떠나려는 레이지를 불러 세웠다.

"응?"

레이지가 돌아보며 물었다.

"단조 영감은 앞으로 한 달 뒤면 돌을 다 떼어놓고 아노로 돌아 가겠지."

"음, 그렇지."

"아노에서도 돌을 좀 떼어 두었으면 좋겠다고 전해줘."

"에헤이. 몇 등급 돌을 몇 개나 떼어놓으라는 거야? 그렇게만 말하면 알 수 없잖아. 한데…… 이 다음에 아노 근처에서 공사가 예정되어 있었나?"

레이지가 의아한 표정으로 고개를 갸웃거렸다.

"아니, 다음 공사는 미노 오가키에 있는 사찰이다."

레이지의 말처럼 당분간 아노 근처에는 공사가 없다. 오미 이외의 지역에서 사찰 두어 군데의 돌담 수리 의뢰가 들어왔을 뿐이다.

"그렇지. 그럼, 왜……."

"상황이 이렇게 됐잖아. 곧 일거리가 쏟아져 들어올지도 몰라. 인근 지역이라면 그 돌로 대응할 수 있겠지."

당장은 아니겠지만 히데요시가 죽었으니 세상에 불안이 번지리라. 앞이 보이지 않는 가운데 다이묘들은 자기 안전을 지키려 들 것이다. 그때 제일 먼저 성의 방비를 굳건히 하자는 생각이 떠오르지 않을까.

"아하. 알았어. 그렇게 전할게."

"응, 부탁해."

레이지는 가볍게 손을 쳐들어 보이고 산을 내려갔다. 세상이

어지러워지면 수리만이 아니라 성을 신축하려는 다이묘도 분명히 나타난다. 특히 도요토미 가는 기나이에 있는 성들의 방비에 신경을 쓸 테니 오미에서 돌을 떼어두어서 나쁠 게 없다. 하지만 교스케 머리에 있는 성은 하나뿐이다. 그 성이 전화에 휩싸일 가망은 거의 없다.

"아무 일도 없으면 다행이지."

교스케는 혼잣말을 했다. 돌은 너무 많이 떼어내면 보관할 장소를 마련하기가 쉽지 않지만 쌓아둔다고 썩어나가는 물건도 아니다. 쓸 일이 없는 편이 좋다. 그러나 술렁거리는 가슴이 묘하게 가라앉지 않는다. 교스케는 애써 평정을 가장하고 일꾼들이 휴식하는 현장으로 돌아갔다.

미나미야마시로의 노도노 요새 수리는 9월 말에 끝났다. 교스케는 공사를 마친 뒤 수하 쌓기조 장인에게 뒤를 맡기고 아노로 돌아갔다. 에치젠에서 돌 떼는 일을 마친 단조는 레이지와 교대하고 돌아와서, 교스케의 지시대로 돌을 떼기 시작했다고 한다.

교스케는 간만에 채석장으로 걸음을 옮겼다. 아노슈가 석두라 부르는 무쇠 망치로 돌을 때리는 메마른 소리가 멀리까지 울렸다.

"작은나리, 오랜만입니다. 노도노 요새 공사는 잘 끝났습니까?"

"잘 끝냈지. 노도노 나리가 좋아하셨어."

"반가운 소식이군요."

단조는 깊은 주름을 만들며 웃었다.

"일러둔 대로 돌을 떼어내고 있네. 행수님은 뭐라고 하지 않았나?"

교스케가 묻자 단조는 잠시 뜸을 두었다가 대답했다.

"아뇨……. 교스케 말대로 곧 일감이 늘어날지 모른다, 미리 떼어 두어서 나쁠 건 없다……라고."

"그런데 왜?"

단조가 의아하게 입술을 오므리는 모습에 교스케가 채석장으로 눈길을 돌리며 물었다.

"방금 작은나리가 행수님이라고 하셔서."

"그리 부르라고 잔소리를 하더니."

"그건 그렇지만요. 통 못들은 척하시더니 오늘은 웬일인가 해서요."

"말이 헛나왔을 뿐이야."

여전히 의아한지 고개를 갸우뚱하는 단조를 힐끔 쳐다보고 짤막하게 대꾸했다. 겐사이는 자신의 속내를 알고 있는 걸까. 왠지 마음에 걸려서 자신도 모르는 사이에 긴장한 모양이다.

"그렇다면 다행이지만. 아니, 다행은 아니죠. 제대로 행수님이라고……."

"또 또."

교스케는 쓸쓸한 미소를 짓고 걸어가 채석장에서 일하는 떼기조 장인들에게 수고한다고 격려하며 돌아보았다. 어느 장인이나 반갑게 웃었다.

"작업은 잘 돼나?"

떼어낸 돌들 사이를 누비듯 돌아다니며 교스케가 물었다.

"예. 7등급 크기까지 등급별로 잘라내고 있는데, 괜찮을까요?"

"충분해."

돌담 쌓는 데는 다양한 방식이 있다. 아노슈가 주로 쓰는 공법은 그중에서도 가장 오래된 '막쌓기'라는 방식이다. 막쌓기는 쌓는 곳의 지형에 맞춰 다양한 크기의 돌을 조합해서 쌓아 올린다. 꼭 떼어낸 돌이 아니라 주변에 널려 있는 돌이라도 괜찮다. 여하튼 돌을 구별하지 않고 쓴다. 그렇지만 쌓는 장소가 정해지지 않은 상태에서 미리 돌을 준비한다면 다양한 크기를 준비해두는 편이 좋다.

"3번 석은 히카에가 긴 것으로 모으고 있습니다."

단조는 채석장을 돌아다니며 설명했다. 석재의 종심을 아노슈에서는 '히카에控え'라고 한다. 가늘고 긴 석재를 틈새에 넣으면 더 강하고 더 높게 쌓을 수 있다.

"조금 짧지 않을까?"

교스케가 미간을 찡그리며 말했다.

"행수님은 이 정도면 충분하다, 작은나리도 지금 실력이면 문제없을 거다, 라고 하셨습니다만."

"음…… 그래."

종심이 짧은 석재로 돌담을 쌓으려면 고도의 기술이 필요하다. 달리 말하자면 실력이 부족한 자는 쓸 수 있는 석재의 폭이 좁고, 실력이 좋은 자는 어떤 석재라도 사용할 줄 안다.

"이쪽 5번 석은 쐐기돌로 쓸 겁니다."

단조가 손바닥으로 가리킨 곳에는 사방 1척(약 30센티미터)쯤 되는 석재가 나란히 놓여 있다. 이쪽은 '마름돌쌓기'라는 공법에 사용한다. 성돌의 접합 부분을 가공하여 밀착 면을 늘리고 틈을 최대한 줄이는 방식이다. 때문에 마름돌쌓기로 만든 돌담은 기어오르기가 어렵다는 특징이 있다. 이런 기술이 있는데 왜 여전히 막쌓기를 하느냐고 의문스럽게 생각하는 사람도 많다. 실제로 다이묘나 부교가,

──일을 너무 얼렁뚱땅하는 거 아닌가?

라고 불쑥 의심하는 경우가 있었다.

하지만 마름돌쌓기 돌담에는 눈에 보이지 않는 중대한 약점이 있다. 돌담은 외부 압력에는 강하지만 내부 압력에는 의외로 약하다. 돌이 빈틈없이 꽉 차 있다는 것은 곧 물빠짐이 나쁘다는 뜻이고, 장마로 담 내부에 물을 품고 있다가 터지듯이 무너지는 상황도 발생한다. 날씨에 좌우되지 않고 수백 년을 버티게 하자면 막쌓기가 더 낫다.

게다가 외부 압력을 견딘다는 측면에서도 막쌓기가 우월하다. 얼핏 틈새 많은 막쌓기가 더 약할 거라고 생각하는 사람이 많지만 계산된 틈새는 충격을 완화해준다.

예전에는 이렇게까지 외부 압력을 걱정할 필요가 없었지만, 난세 말기가 되자 전투에 대통이 등장하게 되었다. 대통 포탄을 맞아 마름돌쌓기 돌담이 부서지는 일도 일어났다. 반면 막쌓기라면 설사 대통 탄이라도 꿈쩍하지 않는다.

　"요즘은 아예 다듬돌쌓기를 추천하는 바보녀석늘이 있다던데."

　"말씀이 심하시네요."

　교스케가 콧방귀를 뀌자 단조는 쉿 하는 소리를 냈다.

　'다듬돌쌓기'는 마름돌쌓기에서 한 발 더 나아간 공법이라고 할 수 있는 쌓기로, 성돌끼리 만나는 접착 면을 철저하게 다듬어 꽉 밀착시켜 틈을 완전히 없애는 것이다. 사람은커녕 쥐새끼 한 마리 발을 걸칠 틈이 없다. 무엇보다 보기가 좋다. 그만큼 다듬돌쌓기가 가진 약점은 더욱 두드러져서 안팎 양면의 압력에 너무나 취약하다. 평상시라면 돌담이 갑자기 무너지는 일은 없지만 전투 때는 위험하기 짝이 없는 쌓기라고 할 수 있다. 급소를 맞출 수만 있다면 대통은 물론이고 커다란 배낙옥焙烙玉토기 속에 화약을 채우고 도화선을 설치한 일종의 수류탄으로도 바깥쪽에서 무너뜨릴 수 있다.

　아직 다듬돌쌓기만으로 구성된 성은 존재하지 않지만 기술 자체는 오래 전에 정립되어 있었다. 아무리 지난 10년간 큰 전쟁이 없었다고 해도 세상이 다시 어지러워지지 말라는 보장은 없다. 그런데도 안이하게 '보여주는 돌담'을 장려하며 돌아다니는 아노슈가 있어서 교스케는 내심 고깝게 여겼다.

　"놈들은 멋 같은 것은 요만큼도 생각하지 않아. 평화로운 시절이라도."

교스케는 부아가 나는 얼굴을 떠올리고 혀를 찼다.

"누구요? 구니토모슈 말입니까⋯⋯."

"응. 구니토모 놈들은 얼마나 낭비 없이 사람을 죽일 수 있을까만 생각하지. 그러니까 강해."

이제 곧 겐쿠로와 겨루게 되지 않을까. 요즘 내내 그런 예감이 어른거리고 있다.

"또 뭐 바라시는 게 있습니까?"

단조는 한숨을 지으며 물었다.

"바른층쌓기에 좋은 돌이 조금 더 있으면 어디서라도 쌓을 수 있겠지."

"알겠습니다."

막쌓기, 마름돌쌓기, 다듬돌쌓기 등은 돌의 가공 상태를 이르는 말이고 쌓는 방식 자체를 가리키지는 않는다. 쌓는 방식에는 크게 '허튼층쌓기'와 '바른층쌓기'라는 두 가지가 있다.

허튼층쌓기는 크기가 제각각인 돌을 쌓는 것. 얼핏 난잡하게 쌓는 듯 보이지만 상하좌우의 돌과 잘 물리게 하는 매우 높은 기술이 요구된다.

한편 바른층쌓기는 돌을 한 단씩 옆으로 고르게 놓아 가로줄이 곧게 나오도록 쌓는 것이다. 높이가 같은 돌을 골라 쌓아야 하지만 기술적으로는 이쪽이 더 쉽다. 두 가지 방식을 구별하는 요령은 가로줄이 곧게 보이면 바른층쌓기, 가로줄이 보이지 않으면 허튼층쌓기이다. 즉 막돌로도 허튼층쌓기와 바른층쌓기를 할 수 있고, 마름돌로도 바른층쌓기와 허튼층쌓기가 가능하다.

그렇다면 아노슈가 장기로 하는 쌓기는 무엇인가. 허튼층쌓기와 바른층쌓기를 모두 잘하고, 두 방식의 중간에 해당하는 쌓기에도 능하다. 기본은 막쌓기이지만 때와 장소에 따라 마름돌쌓기도 한다. 성의 방비를 튼튼하게 하는 데만 초점을 맞춰 임기응변으로 선택한달까. 이를 두고,

──아노식 쌓기.

라고 부르는 사람도 있지만 아노슈에게는 당연한 일이라 특별히 명명한 적은 없다.

──정해진 틀이 없는 것이 아노식이다.

돌쌓기를 처음 배울 무렵 겐사이가 교스케에게 웃으며 했던 말을 똑똑히 기억하고 있다. 굳이 특징을 하나만 들라면 돌담 모서리에서 성돌을 번갈아 맞물리게 놓아 둔각을 만든다는 것 정도일까. 이것은 '시노기스미鎬隅'라고 해서 하중을 분산시키는 데 빠뜨릴 수 없는 아노슈 특유의 방식이다.

"그러나 우리 방식도 언젠가는 사라질지 모르겠군요."

방금 전에 이야기했던 보기에 좋은 아름다운 돌담을 떠올렸는지 단조는 먼데를 보며 중얼거렸다.

"그렇지는 않을 거야."

"그럼 난세가 다시 온다는 말인가요?"

단조는 굳은 얼굴로 물었다.

"물론 그럴 수도 있지……. 하지만 평화로운 세상이기에 더욱 튼튼한 우리의 돌담이 필요한 거야."

세상이 다시 어지러워져도 언젠가는 누군가 평정하리라. 그때 야말로 아노슈의 진정한 무대라고 할 수 있다. 세상에 굳건한 돌담을 쌓음으로써 영겁의 평화를 이루는 것이 교스케의 꿈이다.

"그럴지도 모르죠. 허나 그때는 제가 살아 있지 않겠지요……."

단조는 메마른 뺨을 찰싹찰싹 치며 쓴웃음을 지었다. 단조는 겐사이보다 두 살 아래로 올해 쉰일곱이다. 오십까지 살면 감지덕지라고 하는 세상이니 그렇게 생각하는 것도 무리는 아니다.

"말은 그렇게 하지만 다른 사람도 아닌 단조라면 백 살까지 살지도 모르지."

단조는 아무 대답 없이 망치를 휘두르는 젊은 장인들 쪽으로 눈길을 향했다. 깊은 주름이 팬 눈에는 온화한 미소가 담겨 있었다.

다음 현장인 오가키의 사찰 돌담 공사는 11월에 시작되었다. 이번 공사는 개보수가 아니라 작은 규모나마 돌담을 새로 쌓아야 해서 시간이 조금 걸리는 일이었다. 한편 에치젠의 겐사이는 공사를 마치고 세밑에 돌아왔다는 소식이 도착했다. 그러나 교스케는 당초부터,

──해를 넘겨 공사를 계속하겠다.

고 말해둔 터였다. 세간에 퍼지는 불온한 기운이 날로 짙어졌

다. 어떤 형태가 될지는 모르지만 교스케로서는 언제 폭발하더라도 대응할 수 있도록 지금 받아둔 공사를 마치자고 결심했다.

그리하여 교스케는 게이초 4년(1599년) 정월을 미노 오가키에서 맞았고, 겨우 아노로 돌아온 것은 윤3월 중순이었다. 가도는 상인 왕래가 매우 활발했다. 세상이 어지러워지면 장사도 어려우니 할 수 있을 때 조금이라도 벌어두자는 생각들일까. 종종 쌀을 가득 실은 수레 행렬과도 마주쳤다. 쌀을 비축해두어야겠다고 생각하는 다이묘가 있는 듯하다. 서민부터 다이묘까지 모두가 보이지 않는 앞날에 불안을 느끼고 있었다.

"오, 돌아왔구나."

귀환을 보고하러 가자 겐사이가 반갑게 맞아주었다. 각각 다른 현장에 있던 두 사람이 여유롭게 얼굴을 마주하는 것도 오랜만이다.

"오가키는 잘 끝냈어."

교스케는 자리에 앉으며 말했다.

"그래? 잘 됐군."

예전에는 더 상세하게 보고하라고 요구했지만 요즘은 시시콜콜 물으려 하지 않는다. 오쓰 성 개보수 공사 이후로 교스케를 더욱 신뢰하고 일을 맡기고 있다.

"앞으로 어떻게 할 생각인지 듣고 싶은데."

잠시 뜸을 두었다가 교스케는 무겁게 입을 열었다.

히데요시가 죽자 가신단이 두 편으로 갈라져 대립하고 있다.

한쪽은 전장에서 군대를 지휘하고 돌아온 장수들. 가토 기요마사, 후쿠시마 마사노리, 구로다 나가마사, 가토 요시아키, 호소카와 다다오키 등인데, 이들은 흔히 무단파武斷派라 불린다.

다른 한쪽은 정무에서 중추를 맡은 관료로, 전장에서도 병량 운반 등 후방 지원을 해온 자들이다. 이시다 미쓰나리를 필두로 마시타 나가모리, 마에다 겐이, 나쓰카 마사이에 등이며, 이쪽은 문치파文治派라 불린다.

앞서 거명된 자들뿐만 아니라 그들과 혈연이 닿는 자들, 이해관계가 깊은 자들도 양 파벌로 나뉘어 있었다. 게다가 무단파는 히데요시의 정실 기타노만도코로와, 문치파는 측실이며 적자 히데요리의 생모인 요도도노와 친밀하다고 하니 갈등이 규벌閨閥에까지 미치고 있는 것이다. 이런 정보가 일개 장인인 교스케의 귀에 들어올 정도이니 두 파벌의 대립이 얼마나 심각한지 알 수 있다.

"음, 전쟁의 냄새가 나는군."

겐사이가 팔짱을 끼고 코로 심호흡을 했다. 비유라고만 할 수는 없다. 겐사이는 전쟁이 특유의 냄새를 풍긴다고 늘 말했다.

"가가 다이나곤도 죽었고……."

교스케는 최신 소식을 꺼냈다. 가가 다이나곤이란 도요토미 히데요시의 친구이며 5대로의 차석으로 있는 마에다 도시이에를 말한다. 그 도시이에도 바로 얼마 전, 즉 윤3월 3일에 사망했다. 도시이에가 양 파벌을 견제하고 있었는데, 이제는 그의 억지력도 사라진 것이다.

"나이부 나리도 움직이기 시작했다더군."

겐사이는 신음하듯 말하고 턱을 들어 천장을 보았다. 나이부란 내대신內大臣이므로 이 관직에 오른 5대로의 수석이며 관동 8주 이백사십만 석의 태수인 도쿠가와 이에야스를 말한다. 이에야스와 무단파 다이묘들은 전부터 교류가 있었는데, 도시이에 사후 눈에 띄게 왕래가 잦다고 한다.

교스케가 우리는 어떻게 해야 하냐고 목소리를 낮추어 물었다. 다이묘와 달리 장인은 전장에 나가지 않는다. 그렇지만 항쟁이 격화되면 성을 강화하기 위해 공사를 의뢰하는 다이묘도 있을 테니 장인들도 계속 무시할 수만은 없다.

"의뢰가 오면…… 공사하면 되지."

겐사이의 대답을 교스케도 짐작하고 있었다. 아노슈는 어느 편도 들지 않고 그저 청부한 공사만 묵묵히 해낸다. 아노슈 초창기부터 그리 해왔다. 하지만 이번만은 사정이 조금 다르다.

"고토야 모쿠베에 같은 놈이 앞으로 더 많아질 텐데."

교스케는 분노를 억누르며 낮은 소리로 말했다.

아노슈는 여러 패로 나뉘어져 있고, 도비타야가 그렇듯이 각각 독자적인 옥호를 걸고 있다. 고토야도 그 가운데 하나이며, 행수 이름이 모쿠베에라고 한다. 모쿠베에는 올해가 시작되기 무섭게,

──가가 마에다 가를 모시겠다.

라고 다른 아노슈 패에 선언했다. 마에다 가문 전속 석공이 되

겠다는 뜻이기도 하고 자신이 무사가 되겠다는 말이기도 하다.

"그놈들과는 상종 못해."

교스케는 일갈했다. 이는 특정 가문만을 위해 일하지 않는다는 아노슈에 대한 배반이다. 더구나 모쿠베에가 마에다 가에서 받는 녹봉은 백 석 가량으로 불과 서너 명 정도밖에 부양할 수 없다. 고토야에는 장인이 서른 명 이상 있으니 대부분의 장인들을 저버렸다는 말이 된다.

"다른 자들도 하는 짓이 말이 아니야……."

교스케는 책상다리를 한 무릎 위에서 주먹을 꽉 쥐고 말했다. 오가키에서 이 소식을 들은 뒤 내내 분개했다. 반면에 모임 석상에서 모쿠베에의 선언을 들은 다른 패들은 분노하기는커녕 고개를 숙이고 곰곰이 궁리하는 자가 많았던 모양이다. 아마 고토야처럼 처신할 요량이겠지. 좌중에서 겐사이만이 모쿠베에를 쳐다보며,

──아노슈이기를 그만둘 셈인가?

하고 차분히 다그쳤다고 들었다. 모쿠베에는 고뇌에 찬 표정이었지만 그곳에 있기가 거북한지 이내 자리를 떴다고 한다.

"다음에 올 평화는 길어질 듯하니 모쿠베에는 이게 마지막 기회라고 봤겠지."

겐사이는 분노하지는 않는 듯했다. 다만 어딘지 슬픈 눈빛으로 길게 한숨을 지었다.

지난 10년간은 전쟁이 없어 아노슈의 일감이 격감했다. 조금

남은 일감도 실력 있는 장인이 맡게 되었다. 도비타야는 일감이 끊이지 않았지만 고토야는 수입이 줄어 수하 장인들을 부양하느라 고생했다. 다음에 올 평화가 100년간 이어진다면 고토야는 완전히 말라버릴 터, 큰 전쟁이 터질 기미가 짙어져 몸값이 올라간 지금을 놓치지 말고 특정 가문에 들어가 버리자고 생각했으리라.

"그런 것은————"

말을 꺼내려는 교스케를 겐사이가 손을 들어 말리며 고개를 크게 끄덕였다.

"안다. 변명이라는 거."

아노슈가 특정 세력만을 위해 일하지 않는 이유 중에는 자신을 지키기 위해서라는 점도 있다. 만약 계속 힘을 보태준 세력이 쇠퇴한다면 아노슈도 무사할 수 없기 때문이다.

그보다 더 중요한 이유는 아노슈 자체가 전쟁의 불씨가 되는 사태를 피하기 위해서다. 뛰어난 기술이 한 집단에 집중되면 어느 세력이나 그 집단을 독점하려 하고 서로 빼앗으려 한다. 새신塞神을 신앙하고 사람들의 생명을 지킨다는 명분을 내세운 아노슈에게 있어서는 안 되는 일이다.

"하지만…… 아노슈도 달라질 때가 되었는지도 모르지."

겐사이는 차분한 얼굴로 말했다. 모쿠베에처럼 주군을 섬기는 무사가 될 것인가? 혹은 다듬돌쌓기로 대표되는 '보여주는 돌담'을 쌓아 화가나 칠장이처럼 될 것인가? 계단식 논의 축대 같은 소소한 일거리밖에 없는 가난한 패가 되더라도 끝까지 원칙을 관철

할 것인가? 어떤 모습이 아노슈의 내일인가. 모색하고 헤매고 결단해야 하는 단계에 와 있다고 해도 좋다.

"우리는 어떻게 할 건데?"

교스케는 다시 물었다. 아까는 전쟁이 터지면 어떻게 할 거냐는 물음이었다면 이번에는 다음 평화 시기에 어떻게 일해 나갈 거냐고 묻는 것이다.

"글쎄. 그때가 오면 답을 하지."

겐사이는 말끝을 흐렸지만 이미 그에게 어떤 결심이 섰음을 교스케는 알 수 있었다. 허공의 한 점을 응시하는 그의 눈에 탁한 그림자가 전혀 없었기 때문이다.

세상이 어지럽게 움직이기 시작했다.

우선 겐사이와 단둘이 이야기할 때까지만 해도 알려지지 않았던 사실이지만, 도시이에 사후 얼마 지나지 않아 문치파의 우두머리 이시다 미쓰나리를 무단파 무장들이 습격하는 사건이 벌어졌다.

미쓰나리는 히타치 태수 사타케 요시노부, 5대로의 한 사람인 우키타 히데이에의 가로에게 후시미 성 지부쇼마루에 있는 자기 집까지 호위를 부탁했다. 두 가문 모두 미쓰나리와 인연이 깊다고 알려진 다이묘이다.

습격 사건 후 미쓰나리가 자기 집에 틀어박히자 이에야스가 중재에 나섰다. 이에야스의 중재를 놔두면 자신에게 불리한 결정이

내려지리라 우려한 미쓰나리는 다른 5대로인 모리 데루모토, 우에스기 가게카쓰에게도 중재를 부탁했다. 이때 히데요시의 정실이며 이에야스를 지지하는 기타노만도코로까지 중재에 나섰다. 양 파벌이 뒤엉키는 암투가 펼쳐진 것이다. 결국 미쓰나리는 부교직에서 해임되고 거성인 사와야마 성에 칩거하게 되었다.

이로써 일단 소강상태를 맞았지만 9월이 되자 다시 사건이 터졌다. 오사카 성의 히데요리에게 인사하러 간 이에야스를 암살하려는 계획이 발각된 것이다. 주모자는 부친 도시이에를 이어 5대로가 된 마에다 도시나가라고 하니 누구나 귀를 의심했다. 이에야스는 그를 규탄했지만 오사카 성의 요도도노 등은 날조라며 반박했다고 한다. 이 소식을 들은 겐사이는,

"뭐가 진실인지 알 수 없군. 바로 이럴 때 전쟁이 터지지. 이제 또 이런저런 사건이 일어날 거다."

하고 씁쓸하게 말했다. 그의 말대로 사태는 빠르게 진전되었다.

이에야스는 주모자로 지목된 마에다 도시나가를 치려고 군대를 일으켰다. 마에다 가는 억울하다고 변명하는 사자를 보냈지만 이에야스는 그렇다면 인질을 보내라고 답했다. 사실상 결전이냐 항복이냐 양자택일을 하라고 들이민 셈이다. 결국 도시나가는 생모 호슌인을 비롯하여 중신의 아들들을 인질로 보내고 이에야스를 따르기로 했다.

"작은나리…… 잠깐 괜찮겠습니까."

고토야 출신 장인 하나가 교스케를 찾아왔다. 모쿠베에가 마에다 가의 사무라이가 되면서 방출된 장인들 가운데 한 명이다. 다른 아노슈 패에 자리가 있는지 알아보았지만 다른 패들도 당장 일감이 들어올지 어떨지 알 수 없는 처지인지라 누구를 더 고용하기 힘들다고 거절했을 때 겐사이가,

──우리에게 오라고 해.

라고 포용할 뜻을 밝혀서 고토야 출신 장인들 태반이 도비타야에 들어왔다. 그 장인들이 풍문으로 들은 소식을 알리러 온 것이다. 교스케는 겐사이에게 가서 그대로 전했다.

"모쿠베에가 근신 처분을 받았다는데."

마에다 가가 최근 아노슈를 수하로 들였다는 이야기는 세상에 널리 알려져 있었다. 인질을 보내면서까지 전쟁을 피하려 하는 마에다 가로서는 이에야스에 맞설 생각이 없음을 보여주어야만 했다. 때문에 막 고용한 모쿠베에에게 근신 처분을 내려서 성을 개보수할 생각이 없음을 밝힌 것이다.

"그래……? 모쿠베에가 딱하게 됐군."

겐사이는 동정을 표할 뿐 별말은 없었다.

해가 바뀌어 게이초 5년(1600년), 이번에는 아이즈의 우에스기 가가 모반을 꾀한다는 소문이 퍼졌다. 실제로 무기를 정비하고 낭인을 고용하고 성을 개보수하고 있다고 한다.

4월이 되자 이에야스는 우에스기 가에 모반할 뜻이 없다면 교토로 올라와 해명하라고 요구했다. 그러나 우에스기 가는 마에다

가와 달리,

──무가라면 당연히 해야 할 일을 하고 있을 뿐.

이라며 모반을 꾀하는 것은 오히려 이에야스라고 규탄했다. 이에야스는 격분하여 6월에 우에스기 토벌군을 일으키고 도호쿠의 여러 나이묘에게도 명령을 내려 아이즈로 군대를 보냈다. 이로써 전쟁은 피할 수 없게 되었지만 열도 전역에 더 커다란 충격이 닥친 것은 그다음 달이었다.

"교스케, 어서 행수님에게!"

지난번 공사를 한 오가키의 사찰에 잔금을 받으러 갔던 레이지가 예상보다 빨리 허겁지겁 돌아와 말했다.

"무슨 일인데?"

"기타오미에서 군대가 발이 묶여 있어."

기타오미에 급조한 관문이 설치되었는데 서국에서 뒤늦게 우에스기를 토벌하러 가던 군대가 그곳에 발이 묶여 있다는 이야기다. 군대뿐만 아니라 상인이나 나그네의 왕래까지 막는 바람에 발길을 돌려야 했던 레이지가 상황이 심상치 않음을 깨닫고 급히 돌아왔던 것이다.

"그건……."

"이시다 지부노쇼가 5대로 모리 주나곤, 우키타 주나곤을 내세워 거병했다."

이제 무슨 일이 일어나도 이상할 게 없는 정세이기는 했으나 상상을 뛰어넘는 사태인지라 교스케는 숨을 삼켰다.

관문에 발이 묶인 군대는 바라던 바였든, 혹은 어쩔 수 없어서든 속속 이시다 쪽에 가담하는 듯하다. 이대로라면 열도 전역의 다이묘들이 동서 양 진영으로 갈라져 싸우게 되리라.

교스케는 바로 겐사이에게 달려가 도비타야의 주요 장인들을 모아 회합을 열었다.

레이지가 다시 상황을 소상하게 설명하자 좌중의 안색이 이내 흐려졌다. 사람은 경험한 적 없는 일에 깊은 두려움을 품게 마련이다. 이만한 규모의 전쟁은 아무도 경험한 적이 없거니와 고금을 돌아봐도 유례를 찾기 힘든 사태이므로 무리도 아니었다. 다만 겐사이만은 눈을 감고 말없이 설명을 듣고 있었다.

"새로 들어온 의뢰는 없나?"

겐사이는 설명이 끝나자 바로 눈을 뜨고 물었다.

"아뇨, 아무것도."

단조가 냉큼 대답했다. 교스케보다 먼저 이변을 알게 된 다이묘가 상황 설명도 없이 공사를 의뢰하는 경우도 생각할 수 있다. 그러나 지난 며칠간 새로운 의뢰는 없었고 상담도 없었다.

"앞으로 어떻게 될까요……."

레이지가 상체를 내밀며 물었다.

"나는 전쟁에 문외한이지만 어느 정도는 예측이 되는구나."

겐사이는 그렇게 말머리를 놓고 이야기를 시작했다. 어느 정도는, 이라고 말했지만 겐사이는 축성에 반영하기 위해 실제 전장에서 쓰이는 전술을, 때로는 전체 전황을 관찰하며 계속 궁리해왔다. 전투를 읽는 눈은 어중간한 무장보다 밝다.

"나이부 나리는 이쪽으로 돌아온다."

겐사이는 턱에 손을 받치고 말했다. 이에야스가 이대로 우에스기와 싸우면 미쓰나리 등 가미가타 세력이 그 틈에 기나이를 제압하고 에도로 진군할 것이다. 그렇게 되면 이에야스는 협공을 당하게 된다. 이를 타개하기 위하여 이에야스가 취할 수 있는 유일한 방책은 우에스기를 견제하는 병력을 일부 남겨 두고 이쪽으로 회군하는 것이다.

"그리 되면 가미가타 세력은 서둘러 기나이 주변을 제압해야하고……."

가미가타에서는 이에야스가 열세에 있다고 하지만 가미가타에서도 그를 따르는 다이묘가 나타날지 모른다. 그렇게 되면 미쓰나리 등은 이에야스가 도착하기 전에 기반을 다져놓기 위해 그 다이묘를 무찌르려고 할 것이다.

"그렇다면……."

레이지가 말을 흘리자 향후 상황을 짐작한 일동은 모두 침을 삼켰다. 잠시 흐른 정적을 깨며 교스케가 입을 열었다.

"가카리 의뢰가 올지도 모르겠다는 말이군."

"그렇지."

겐사이가 고개를 크게 끄덕이자 교스케가 물었다.

"그럼 어떻게 할 거요? 이전과는 상황이 다른데."

애초에 가카리가 발령된 사례가 많지 않아서, 교스케도 지금까지 히노 성에서 한 번밖에 경험하지 못했다. 하지만 버텨야 할 기간도, 상대하게 될 적의 규모도 그때와는 판이하게 달라질 텐데. 아노슈라고 어떤 의뢰나 다 받아들이지는 않는다. 무리라 판단되면 거절할 수 있다.

"네가 결정해라."

"허……."

"오늘부터 네가 도비타야의 당주다!"

이런 와중에 승계가 이루어지리라고는 아무도 예상하지 않았기에 좌중이 술렁였다. 다만 교스케만은 겐사이를 지그시 응시했다. 영감의 진의는 다른 데 있다. 그렇게 직감하고 있는 것이다.

"영감……. 행수님은 뭘 하려고?"

교스케의 물음에 겐사이는 장난을 들킨 아이처럼 쓴웃음을 지었다.

"짐작했느냐."

"흠."

"나는 행수로서 마지막 일을 해야겠다."

좌중이 겐사의의 말을 이해하지 못하고 미간을 찡그렸지만 교스케는 이미 그의 마음을 읽고 소리를 높였다.

"안 돼. 그건 일이라고 할 수 없으니까!"

"됐다."

겐사이는 온화하게 고개를 저었다.

"돈을 받는 것도 아닐 테고……."

"이미 받았다."

"나이부가 의뢰한 것도 아닐 텐데!"

두 사람을 제외한 좌중은 도대체 두 사람이 무슨 이야기를 하는 것인지 이해하지 못하고 곤혹스러워했다.

"너도 알지 않느냐. 의뢰주는 나이부 나리가 아니야."

"그건……."

"내 소임은 아직 끝나지 않았다. 의뢰주가 만족하지 않았으니까."

그 한 마디에 단조와 레이지도 짚이는 바가 있는 듯했다. 단조는 수염을 양손으로 모아 쓰다듬고 레이지는 손바닥으로 입을 막으며 고개를 숙인다.

"죽어가는 노인네의 헛소리인데……."

"그럴지도 모르지."

겐사이는 문득 미소를 지었다.

"그럼――"

"그래도…… 손댄 일은 마무리해야 한다. 그게 아노슈의 방식이다."

이제야 좌중도 모두 알아들었는지 어, 소리를 내는 자, 위를 올려다보며 가늘게 숨을 토하는 자, 고개를 젓고 눈빛으로 호소하는 자 등 반응은 제각각이었다.

겐사이는 주먹을 쥐고 부르르 떠는 교스케에게 한쪽 볼로 웃고는 좌중을 빙 둘러보며 단호하게 말했다.

"돌아가신 태합 전하의 의뢰를 받아 나는 후시미 성에 들어가 겠다."

교스케는 일출과 함께 집을 나섰다. 납빛 구름이 하늘을 온통 뒤덮고 죽죽 긋는 빗줄기가 대지를 적시고 있었다. 행선지는 요 쓰야가와 강가다.

어릴 때 여기서 종종 돌탑을 쌓았다. 어린 나이에 죽은 아이는 새의 강펄에서 돌탑을 쌓아야 성불할 수 있지만 돌탑이 완성되려 고 하면 악귀가 나타나 돌탑을 무너뜨린다고 한다. 그때 아이를 구원해주는 것이 아노슈가 신앙하는 '새신'이다. 그런데 이승에서 누군가 돌을 쌓는 공력을 들여야 삼도천에 새신이 나타나 아이를 구원해준다는 이야기가 전해 내려온다. 그래서 교스케는 누이동 생 공양을 위해 돌탑을 쌓았던 것이다.

"젠장."

교스케는 비에 젖은 볼을 손등으로 훔쳤다. 이런 날 비가 오다 니, 부아가 치민다.

돌탑을 쌓으려고 강펄에 나온 것은 아니다. 그저 저택에 있고 싶지 않았다. 오늘 겐사이가 후시미를 향해 출발한다.

그날 교스케는 계속 겐사이를 다그쳤다. 히데요시가 임종하며 내뱉은 말은 공사 의뢰가 아니다. 유언도 아니고 망언일 뿐이라 며 교스케는 통렬하게 쏘아붙였다.

겐사이는 눈을 감은 채 대답이 없었다. 교스케는 흡사 고목을 상대로 설득하는 기분이었다. 생각해보면 겐사이도 늙었다. 처음 만났을 때는 머리카락과 수염이 까맸다. 지금은 흰머리가 더 많다. 무엇보다 많이 수척해졌다.

어디 몸이 안 좋냐며 단조도 늘 걱정하지만 본인은 당치않은 소리라는 듯 웃어넘겼다. 생각해보면 장인치고는 쾌활한 남자였다. 그래서 나이가 느껴지지 않았는데, 입을 다물고 있으니 역시 늙었구나 싶었다.

"교스케, 내 평생의 소원이다. 이것만은 내 뜻대로 하게 놔둬라."

그렇게까지 말하니 교스케도 더는 반대할 수가 없었다. 다만 혼자 후시미로 들어가겠다는 겐사이의 고집만큼은 받아들일 수 없었다. 교스케만이 아니라 단조나 레이지 등 주요 장인들도 같은 생각이었다. 18년 만의 '가카리'다. 아무리 새왕이라 불리는 겐사이리지만 혼자서는 곤란하다.

겐사이는 후시미 성에서 인력을 조달하겠다고 말을 하지만 애초에 병사 한 명이 아쉬운 판에 인력을 모을 수 있다는 보장이 없었다. 설사 인력을 모았다 해도 일머리 없는 자들만 모아서는 될 일도 안된다.

"알았다. 그건 내가 받아들이도록 하지."

모두 반대하고 나서자 겐사이도 겨우 수긍하는 대신 자신이 데려갈 장인을 선정하는 데 두 가지 조건을 내걸겠다고 했다.

"가카리가 상당히 위험하다는 것은 다들 알겠지. 나를 따라가겠다고 자원하는 사람만 데려가겠다."

"모두가 바라고 있습니다."

레이지가 냉큼 말했다.

"고맙긴 한데 조건이 하나 더 있다. 나이든 사람으로 제한하겠
다."

"왜죠. 저희가 도움이 안 된다는 겁니까."

레이지가 따지자 겐사이가 고개를 저었다.

"후시미는 전쟁의 시작에 지나지 않아. 그 뒤로 각지에서 광란
처럼 전투가 이어질 거다. 틀림없이 다른 곳에서도 공사 의뢰가
들어오겠지."

교스케는 다다미로 시선을 내린 채 귀를 기울였다. 겐사이의
말이 타당하다.

"그런데 무쓰에서 오는 의뢰라면 어떻게 하겠느냐. 사쓰마라면
또 어떻게 하겠느냐무쓰는 열도의 동북쪽 끝이고 사쓰마는 열도의 남단인 규슈 아래쪽
에 있다. 아노슈는 장소를 가리지 않는다. 그곳까지 달려가야 한다
면 젊은 사람들이 가는 게 맞다."

"그렇군……."

레이지는 납득한 듯 입을 열었다.

"그러니 젊은 사람들은 남겨두어야 한다. 다행히 후시미는 가
깝다. 나이든 사람만으로도 충분해."

"저희가 가면 안 될까요?"

그때 손을 든 이가 최근 도비타야에 들어온 고토야 출신 장인

이었다. 행수 모쿠베에가 마에다 가에 가신으로 들어가면서 수하 장인들이 일자리를 잃고 말았다. 젊은 장인 몇 명은 그래도 취직할 곳이 있었지만 나이든 장인들은 발붙일 데가 전혀 없었다. 겐사이가 그들을 받아들인 덕분에 고토야 출신의 늙은 장인들은 전부 도비타야에서 일할 수 있었다. 그런 사람들이 열한 명이고, 원래 도비타야에 있던 장인이 네 명, 해서 총 열다섯 명이 겐사이와 동행하기로 했다.

그리고 길을 떠나는 오늘까지 교스케는 겐사이와 거의 대화를 나누지 않았다. 저택에서 마주친 적도 있지만 교스케가 목례를 하면 겐사이도 눈인사만 할 뿐이었다.

──후시미는 너무 위험한데.

교스케는 작은 돌멩이를 주워들었다. 비에 젖은 돌멩이는 색깔이 까맣다.

누가 그렇게 이름 지었는지 모르지만, 5대로의 한 명인 도쿠가와 이에야스를 따르는 자들을 동군, 이시다 미쓰나리를 따르는 자를 서군이라고 부른다. 그동안 도비타야에서도 비와 호수 너머 오미 구사쓰, 혹은 오사카 관문 너머 야마시나 근방에 사람을 풀어서 정세를 살펴보고 있지만 어느 쪽이 우세한지는 알 수 없었다.

오미에 남은 여러 장수를 포섭한 서군이 압승할 거라고 말하는 자가 있는가 하면 도호쿠에서 세력을 늘려가는 동군이 우세하다고 말하는 자도 있었다. 뭐가 사실인지는 명확하지 않다. 원래 전쟁은 뚜껑을 열어봐야 아는 경우가 많지만, 이번에는 열도 전역을 망라한 대란이어서 전모가 잘 보이지 않는 게 당연했다.

다만 기나이와 그 주변에 관해서라면 확실히 서군이 우세했다. 가볍게 잡아도 오만 명이 넘는 군사가 제일 먼저 후시미 성을 치려고 접근하는 중이었다.

한편 후시미 성에는 이에야스가 가신 도리이 모토타다 등을 남겨두었다. 병력 규모는 확실하지 않지만 이천 명 전후로 짐작된다. 이에야스가 회군해 올 때까지 버텨내기란 지극히 힘든 일이었다.

"역시 여기 있었군."

등 뒤에서 목소리가 들려 교스케는 뒤를 돌아보았다. 거기에 삿갓과 도롱이로 여장을 갖춘 겐사이가 있었다. 곁에는 아무도 없다.

"아직 안 갔나보네?"

"말 한 번 뻣뻣하구나. 전송하러 나오지도 않고."

삿갓 테를 들어 올리며 웃어 보인다. 평소보다 젊어 보이는 것은 기분 탓일까.

"늘 하는 일인걸뭐."

교스케도 늘 자기 일로 바쁜 처지라 굳이 전송을 나가는 경우는 드물다. 이번 일도 많은 의뢰 가운데 하나일 뿐이라고 생각한다는 뜻이다.

"뭐, 그렇지."

겐사이는 옆까지 걸어와 희미한 빗소리에 녹아드는 목소리로
대답했다. 잠시 나란히 강물을 바라보았다. 그 무언을 견디지 못
하고 교스케가 먼저 입을 열었다.

"언제 돌아와?"

"너는 알고 있을 텐데."

가카리를 발령한다는 것은 곧 적이 물러가거나 성이 무너질 때
까지 남는다는 뜻이다. 후시미 성에 관한 한 겐사이가 어떻게 행
동하든 십중팔구 후자가 되리라.

"겁 없이 날뛰지 마슈."

"이제 그럴 나이도 아니다."

아노슈는 장인이지 무사가 아니다. 동서 어느 쪽에 붙겠다는
생각은 없고 어디까지나 돈을 받고 일을 할 뿐이다. 설사 성이 무
너지더라도 패장처럼 참수당하는 일은 없다. 이는 전국 시대 내
내 그랬다. 전투 와중에 함부로 움직이다 죽는 일만 없다면 패전
에서도 살아 돌아올 수 있다.

"지금이라도 늦지 않으니 그만두면……."

"그렇게는 안 돼."

교스케가 툭 쏘아붙이자 겐사이가 한숨 섞인 소리로 말했다.

"태합 나리의 부탁이라서?"

"누구의 부탁이든 마찬가지다. 태합 나리라서 거절한다면 그게
오히려 차별이지. 의뢰인은 선별하지 않는 것이 아노슈 방식이
다."

겐사이는 스스로를 타이르듯이 고개를 끄덕이고 천천히 말을 이었다.

"주위에서 다들 전하, 전하 하고 떠받들어왔겠지만 태합이 그 부탁을 할 때는 아마 오와리 농부의 심정이었을 거다. 예전의 너와 별반 다르지 않았을 거야."

"그럴까."

교스케는 모호하게 대답했다.

"교스케. 나는 이번 일을 끝으로 물러날 생각이다."

요즘 겐사이는 두 현장을 동시에 진행해야 하는 경우가 아니면 교스케에게 공사를 맡기는 경우가 늘었다. 그리고 일전에 겐사이가 당주 자리를 물려주겠다고 말할 때 은퇴할 생각이 아닐까 어렴풋이 짐작했었다.

"다음 시대에는 내 자리가 없겠지."

돌담을 쌓는 기술이란 단적으로 사람을 지키는 기술이다. 더 비약하자면 평화를 쌓는 기술이라고 겐사이는 말한 적이 있다. 오랜 평화가 찾아오면 기술을 발휘할 기회도 사라진다. 결국 아노슈 장인은,

——자신을 원하지 않는 세상을 제 손으로 쌓으려 한다.

라는 모순된 존재라고도 할 수 있다.

"태평한 시절에도 일감은 있어. 보여주는 돌담이란 것이 유행할 테니까."

다듬돌쌓기로 대표되는 반지르르한 돌담을 말한다. 겐사이는

보다 실용적인 막쌓기에 애착을 갖고 있지만 그런 돌담이라고 못 쌓는 것은 아니다. 오히려 어지간한 장인보다 아름다운 돌담을 쌓을 수 있으리라.

"내 돌담은 전투에서나 빛을 발하지. 예쁜 돌담은 성미에 안 맞아. 내 기술은 센고쿠에 맞아."

"그건 나도 마찬가지야."

"아니, 너는 달라. 난세와 평화를 잇는 돌담을 쌓을 거다."

"난세와 평화를……?"

교스케가 고개를 돌리며 물었다. 겐사이는 무수한 파문을 그리는 강물을 응시하고 있다.

"그래, 나는 그렇게 믿는다. 그래서 너에게 맡기는 거다."

그 한 마디로 단박에 깨달았다. 겐사이가 왜 이렇게 후시미에 연연하는가 하는 이유.

"전부, 토하게 만들 작정이슈?"

"이제 알겠냐."

지난 10년간의 평화 동안 철포는 한층 진화했다. 10년이라고 하면 짧은 시간처럼 들리겠지만 센고쿠의 여운이 남아 있는 일시적 평화 속에서는 남아돌 만큼 충분한 시간이다.

한편 늘 선수를 빼앗길 수밖에 없는 축성 기술은 철포가 어떠한 진보를 이루었는지를 확인하지 못한 탓에 그다지 달라지지 않았다. 오히려 교스케가 말한 '보여주는 돌담' 쪽으로 진화의 키를 돌리고 있다.

겐사이는 눈을 가늘게 뜨고 이쪽을 쳐다보며 말을 이었다.

"내 기술은 시대에 뒤졌지만 상대방이 자기 패를 전부 드러내도록 최대한 노력할 작정이다."

후시미 성은 이번 대란에서 첫 번째 공성전의 무대가 될 것이다. 즉 10년간 갈고닦은 '공격' 기술인 최신 철포가 일제히 선을 보일 때 겐사이는 그것을 전부 감당하면서 발전된 철포 기술을 남김없이 드러내려고 노력할 요량이다.

"만에 하나…… 죽으면 어쩌려고?"

내내 생각했다. 이 전쟁은 전에 없는 맹공이 예상된다. 진두에서 성벽을 보수하고 개축을 지휘한다면 항복하는 날까지 무사할 가능성이 많지 않다.

"그래서 너를 남겨두는 거다. 내가 파악한 내용을 어떻게든 전달해주마."

"그럼 사람을 바꿔야지. 내가 후시미에 들어가 상대방 기술을 확인해서 전달하는 게 맞지. 그러면 영감이―――"

"그건 무리야. 대항할 기술을, 새로운 돌담을 궁리하기에는 시간이 부족해."

"허튼소리. 영감이 못하면 누가 하라고."

"아니, 너라면 할 수 있다."

겐사이는 단언했다. 물론 교스케도 스스로 실력이 있다고 생각한다. 다른 패의 최고 장인에 견주어도 뒤지지 않을 자신이 있다. 그렇지만 스승은, 겐사이는, 당대 아노슈의 최고 장인인 '새왕' 아닌가.

"간만에 쌓아볼까."

겐사이는 미소를 지으며 쪼그리고 앉았다. 도롱이 스치는 소리
에 반응하듯 교스케가 미간을 모았다.

"뭘……"

"적당한 돌을 골라서 줘봐."

겐사이가 손을 가볍게 내밀었다. 교스케가 어릴 때 하던 돌탑
쌓기를 말하는 것이다. 사실 예전보다 횟수는 줄었지만 월명일에
는 지금도 쌓고 있다.

"왜 갑자기……"

"됐으니까 어서."

손바닥에 빗방울이 떨어진다. 차분하지만 위엄 있는 목소리에
교스케는 적당한 돌을 주워서 건네주었다. 겐사이는 큼지막한 돌
위에 그 돌을 올려놓고 다시 손을 내밀었다.

"다음."

겐사이가 2단, 3단을 쌓아 올린다. 매번 그 자리가 아니면 안
된다고 할 만한 자리를 대번에 파악하는 고수의 기술이다. 한 단
을 올릴 때마다 난이도는 비약적으로 높아진다. 초보자라면 4단
쌓기도 쉽지 않았을 텐데 겐사이는 이미 7단을 올린 참이다. 8단
에 올릴 돌을 건넸을 때 겐사이의 손이 멈추었다.

"힘들겠는걸."

"아마도."

교스케도 힘들겠다고 생각했다. 지금 건넨 돌이라면 어떻게 놓아도 무너지고 만다.

"버틸 만한 돌을 골라주겠나?"

겐사이는 돌탑을 보며 가볍게 말했다. 연한 먹물을 뿌려 놓은 듯한 강펄의 돌밭을 둘러보았다. 수십, 수백, 수천 개 자갈들의 속삭임 속에서 교스케는 바로 이거다 싶은 것을 찾아서 주워 왔다.

"이건 어때?"

"직접 얹어 봐라."

교스케는 신경을 곤두세우고 손에 쥔 돌, 그리고 기반이 되는 돌의 목소리에 귀를 기울였다. 전자는 이렇게 놓아줘, 라고 말하고 후자는 이쪽에 놓아줘, 라고 호소하는 듯하다. 교스케는 돌을 두 손가락으로 집어들고 그 목소리가 이끄는 대로 살살 놓았다. 탑은 조금도 흔들리지 않고 계속 서 있었다.

"어때?"

"으음…… 역시."

"뭐가."

"너는 이미 나를 뛰어넘었다."

"그건 아니지."

겸손이 아니다. 자기 실력은 자신이 제일 잘 안다.

"다르게 말해볼까. 적어도 한 가지는 네가 이미 윗길이다."

겐사이는 끙, 하는 소리와 함께 무릎을 펴고 허리를 가볍게 두드리며 말했다.

"나는 조건만 갖춰지면 8단만이 아니라 9단도 쌓았겠지만 8단에 어울리는 돌을 찾아내는 데 꼬박 하루가 걸렸을 게다. 9단이라면 한 달을 내내 돌아다녀도 맞는 돌을 찾아낼 수 있을지 운에 맡겨야 해."

겐사이는 삿갓을 쳐들고 강펄을 둘러보며 계속 이야기했다.

"적의 새로운 기술에 맞춰 우리도 기술을 개발해야지. 때로는 새로운 축성 방식도 궁리해야 해……. 그 속도는 네가 확실히 더 윗길이다."

"후시미 성에서 구니토모슈의 신기술을 확인했다고 해도 다음 전투까지 허락되는 시간이 한 달이 채 안 될지 몰라. 아니, 지금 정세라면 그보다 더 짧은 경우도 생각해야 해……."

"그렇겠지."

지금껏 두 사람이 의견을 맞춰본 적은 없지만 이미 적은 구니토모슈라고 간주하고 있다. 지난 10년간 주문받은 철포 수량은 구니토모슈가 다른 철포 제작지에 비해 월등히 많다. 그야말로 지나간 전란을 두어 번 치러도 될 만한 물량이었다.

"한데 내가 어떻게 그걸———"

"해야 해."

겐사이는 말허리를 자르듯이 말했다.

"이번 일은 의뢰를 거절할 수도 있었을 텐데 왜 그렇게까지……."

다이묘의 가신처럼 명령을 받으면 반드시 전장에 나가야 하는 입장도 아니고 굳이 공사를 맡아야 하는 상황도 아니다. 이쪽에서 무리라고 판단하면 거절해도 그만이다.

"이번 대란 이후 또 전쟁이 있을지 모르지만 만약 전쟁이 있다면 한쪽이 일방적인 우세를 보일 거다."

다가올 전쟁에서 어느 쪽이 승리하든 그 후에 일어날 전쟁은 천하의 최종 결산이 될 것이다. 궁지에 몰린 측을 향해 차원이 다른 물량으로 최후의 일격을 가하는 전쟁이 예상된다. 막상막하의 전쟁은 아마 이번이 마지막이 되리라.

"최후의 전쟁……, 창과 방패의 대결에서 어느 쪽이 이기느냐에 따라 평화의 질이 달라질 게야."

만약 창이 이긴다면, 병력이 적어도 양질의 무기만 얻으면 천하를 뒤집을 수 있다고 생각하는 자가 나타날 것이다. 방패가 이긴다면 가령 병사를 모아봤자 성 하나 함락시키기도 힘들다고 포기하는 자도 나올 것이다. 평화로 연결되는 최후의 전쟁, 즉 이번 전쟁은 평화의 형태를 결정짓게 될 거라고 겐사이는 말했다.

"게다가 만약 도와달라고 매달리는 자가 나타난다면 너는 저버릴 수 있겠나?"

교스케의 머리에 다카쓰구, 오하쓰, 교고쿠 가의 식솔들, 그리고 가호의 얼굴이 스쳐 지나갔다.

기나이의 대부분이 서군 쪽에 섰다. 교고쿠 가도 원하든 원치 않든 서군 쪽에 서겠다고 표명했다. 그러므로 오쓰 성이 전투에 휘말리는 상황은 상정하기 어렵지만 만약 그들이 부탁한다면, 아니 그들이 아니라도 누군가 애타게 도움을 청한다면 교스케는 외면하지 못할 거라고 생각하는 게 틀림없다.

"못하겠지. 이것은 역할 분담이다. 내가 상대방의 기술을 확인하면 네가 대책을 강구한다. 나도 죽을 생각은 없어. 성이 무너질게 분명해지면 양군에 고하고 탈출할 거다."

최악의 경우 서군에 붙잡히는 경우도 있겠지만, 항복한 일개 장인을 죽이기까지 하랴. 게다가 서군도 겐사이의 기술을 활용하고 싶어 하리라.

"오의 말인데."

당주에게만 알려주는 깊은 기술을 말한다. 겐사이가 제일선에서 물러나려고 하는 지금이 전승할 때가 아닐까.

"가르쳐줘."

교스케가 조용히 말했다.

"실은 이미 다 가르쳐주었다."

"뭐라……? 들은 적 없는데?"

"아니, 가르쳤다. 애초에 기술이 아니었다."

"기술이 아니라고?"

"그래. 늙은이의 잔소리 같은 오의인데……. 선대들은 내내 그것을 가슴에 품고 돌을 쌓아왔다. 말로 전해도 의미가 없어. 이제 곧 너도 알게 될 거다."

겐사이는 거기서 말을 끊었다가 씩 웃으며 덧붙였다.

"내가 했던 말들······. 함께 지낸 날들을 잘 생각해봐라."

"영감이 돌아오지 않으면 답을 맞춰볼 수 없잖아."

교스케가 말하자 겐사이는 익살맞은 표정을 지었다.

"그럼 너는 후시미 성이 무너질 거라고 보는 거냐?"

"서군은 오만이 넘을지도 모른다고 하니까."

"십만이라도 물리칠 수 있다."

"성을 지키는 병력은 겨우 이천 정도라고 하던데."

"천 명이면 충분해."

겐사이는 껄껄 웃어넘겼다.

"터무니없는 자신감이군."

"누가 설계하고 누가 쌓았게. 바로 새왕이다."

제 가슴을 가볍게 치며 겐사이는 한쪽 뺨으로 대담한 웃음을 지었다.

"죽을 작정을 하고 가는 줄 알았는데. 괜한 걱정을 했네."

"오······. 그래서 전송하고 싶지 않다고 토라져 있었던 거냐. 어른이 된 줄 알았는데 의외로······."

"아, 시끄러. 어서 꺼지쇼. 영감태기."

교스케는 허공에 손사래를 치며 거칠게 말했다.

"또 보자, 교스케."

이름을 부르는 겐사이의 목소리가 평소보다 젊게 들렸다. 이치조다니에서 우연히 마주쳤을 때를 방불케 할 정도다. 교스케는 떠나는 겐사이의 뒷모습을 멍하니 쳐다보았다.

꽤 수그러들었지만 비는 여전히 내리고 있다. 다만 구름 사이로 빛이 비껴든다. 콩알만 하게 보일 만큼 멀어진 겐사이도 그것을 느끼는지 삿갓을 쳐들고 하늘을 올려다보았다.

구니토모 겐쿠로는 천천히 걸음을 옮기며 주변을 꼼꼼히 둘러보았다. 양부에게 물려받은 공방은 매우 넓다. 대장간에서만 열 명 정도가 동시에 일하고 있고, 따로 구획된 공방에서는 목재를 가공하는 장인이 일하고 있다. 겐쿠로는 장인들의 작업을 살펴보고 필요하면 지시를 내린다.

"작은나리……. 아니, 행수님. 이 정도면 될까요?"

장인 하나가 묻자 겐쿠로는 그쪽으로 다가갔다. 행수 자리를 물려받고 4년 가까이 지났지만 아직 예전처럼 부르는 것도 무리는 아니다. 선대의 존재감이 여전히 크기 때문이다.

"좀 볼까."

받아든 것은 철포, 특히 철 부분만 있는 물건이다. 겐쿠로는 여러 각도에서 살피다가 때로는 한쪽 눈을 감고 속을 들여다보았다.

"총구를 조금 더 좁게 만들 수는 없을까?"

총탄이 튀어나가는 구멍을 조금 더 작게 만들고 싶었다.

"이보다 더 작게 하면 총탄도 작아지는데 바람 영향을 받아 조준이 불량해질지도 모릅니다."

"가늠쇠 조절에 신경 쓰라고 말해두지."

가늠쇠는 총구 쪽에 있는 조준을 돕는 부분이다. 가늠쇠 붙이는 작업은 다른 장인이 담당하고 있다.

화승총은 한 사람이 만들지 않는다. 각 부분마다 전문 장인이 있어 분업으로 제작된다. 모든 상황을 살피고 총괄하는 것이 행수 겐쿠로의 역할이다.

"알겠습니다. 얼마나 좁힐까요?"

"바늘 하나 정도……. 아니, 머리카락 세 올 정도를 기준으로 하게."

이 정도의 미세 조정이라면 기존의 길이 단위로는 표현하기 어렵다. 이렇게 바늘이나 머리카락에 비유해서 지시하고 장인의 감각에 맡기는 편이 좋다.

"알겠습니다."

"부탁하네."

겐쿠로는 그렇게 이르고 목재를 가공하는 공방으로 걸음을 옮겼다. 이곳에서는 화승총의 나무 부분, 대목臺木이라 불리는 부품을 주로 제작한다. 주로라고 말한 까닭은 겐쿠로의 공방에서는 대통도 제작하고 최근 대통용 받침대를 만드는 작업이 늘어나고 있기 때문이다.

"어떤가?"

겐쿠로가 장인 곁으로 가서 먼저 말을 걸었다.

"예. 행수님 말씀대로 만들어 봤습니다."

굽은 목제 손잡이 같은 것. 기존 화승총에 이런 부위는 존재하지 않는다. 겐쿠로가 고안한 신형 화승총에 붙이는 목재 부품이다. 지금까지 몇 번 시작품을 만들었지만 너무 짧아도 도움이 되지 않고 너무 길면 다루기 불편했다. 굵기도 그렇다. 다소 거칠게 사용하는 부위이기 때문에 얇으면 쉽게 부러진다. 그렇다고 굵게 만들면 무거워서 휴대하기가 고단해진다.

어느 정도 길이를 유지하되 끄트머리는 굵게 만들고 손으로 쥐는 곳은 얇게 가공해서 가장 적절한 형태를 찾고 있다.

"딱 좋군. 내일이라도 부착해서 시험해보자고."

"감사합니다. 한데 이런 말씀 드리기는 뭣하지만 너무 요란한 총이 될 것 같습니다만."

단적으로 말해서 형상이 아름답지는 않을 거라는 뜻이다.

"더 나은 모양이라면 생각해 둔 것은 있네. 대장일이 어려워 시간이 많이 걸릴 것 같군."

이 목제 손잡이는 화승총 측면으로 돌출되는 형태이다. 남만시계에 사용되는 용수철을 사용하면 총 '안'에 넣을 수 있으리라고 상상은 하고 있다. 하지만 구조가 복잡해지기 때문에 세공에 시간이 많이 걸리는데다 어중간하게 만들면 총탄이 발사되지 않을 염려도 있다.

"그렇군요. 우선은……. 이렇게 하자는 거군요."

"그래, 무기는 시간과의 싸움이기도 하니까."

아무리 뛰어난 무기를 제작하려고 해도 실전에 제때 공급하지 못하면 의미가 없다. 실 사용자에게 공급하는 속도가 가장 중요하다. 실전에서 쓰다 보면 새로운 착상도 얻을 수 있다. 착상을 살리면서 무기는 더욱 진화하게 된다.

반대로 일세를 석권한 무기라도 언젠가 폐기되게 마련이다. 인간이 사용한 최초의 원거리 무기는 아마 돌팔매가 아닐까. 즉 돌멩이다.

마침내 활이 생겨나고 그 아류로 석궁이 만들어졌다. 활이 시대의 총아였던 시기는 길었다. 그러다가 마침내 화승총이 출현했다. 아직도 활을 사용하고 때로는 돌멩이도 쓴다. 하지만 역시 지금은 총의 시대다. 총의 위력은 앞으로 더욱 커질 전망이다. 아류로 대통 같은 것도 등장하고 있으니 당분간 주역 자리를 양보하는 일은 없으리라.

"총의 뛰어난 점이 뭐라고 보는가?"

겐쿠로는 부품을 장인에게 돌려주며 물었다. 나무 가공 실력이 뛰어나 작년 여름 미노에서 데려온 젊은 장인으로, 지금까지 무기 제작에 종사한 적은 없었다고 한다. 이번 기회에 조금 가르쳐 두자고 생각했다.

"역시, 멀리 있는 적을 쓰러뜨릴 수 있다는 걸까요?"

"아니, 돌멩이 시대에 활이 나타났을 때도 같은 생각을 했겠지만 돌멩이나 활과 달리 총에만 숨겨진 뛰어난 점이 있네."

"총에만……? 잘 모르겠습니다."

"돌멩이는 던지는 사람의 힘에 영향을 받지. 게다가 명중시키려면 기술도 필요하고."

어깨 힘은 대체로 체구와 비례한다. 키가 5척이 채 안 되는 자와 6척이 넘는 커다란 자가 있다면 위력과 비거리 모두 크게 달라진다.

"힘의 차이를 최대한 메우기 위해 활이 생겨났지만 기술은 여전히 필요하네. 오히려 더 필요해졌다고 해야겠지."

힘이 강한 자는 보다 강하게 시위를 당길 수 있으니 역시 차이가 나게 마련이다. 그러나 돌멩이 시대보다는 확실히 차이가 줄어들었다. 설사 아이의 활이라 해도 사람을 죽일 만한 위력이 있다.

반면 기술은 더욱 필요해졌다. 서툰 자는 겨우 5간(약 9미터) 거리에서도 맞추지 못하지만 달통한 자라면 20간 떨어진 쥐를 꿰뚫는다. 즉 활은 힘의 차이를 기술로 메우는 무기라고 바꿔 말할 수도 있겠다. 그 기술을 익히기 위해서는 오랫동안 수련할 필요가 있다.

"총에 힘은 필요 없네. 방아쇠 당기는 손가락과 발사를 견딜 수 있을 만한 다리, 약간의 힘만 있으면 충분해."

겐쿠로는 허공에서 손가락을 움직이며 말을 이었다.

"물론 기술의 차이는 있네. 능숙한 자라면 30간, 40간 거리에서도 명중시키지. 서툰 자는 어떨까. 처음 총을 잡아보는 자라도 10간 거리에 있는 적을 쏘아 맞추기란 그리 어려운 일이 아니야. 총은 기술의 차이도 크게 매울 수 있어."

활을 처음 잡아보는 자라면 화살을 시위에 메기는 단계부터 어

렵다. 화살을 떨어뜨리지 않고 앞으로 날릴 수 있는 자는 절반이
나 될까. 처음부터 10간 거리에 있는 적을 명중시킬 수 있는 자는
거의 없다.

총에도 탄환 장전을 비롯한 순서가 있으나 특별한 기술이 필요
하지는 않다. 정확히 순서를 밟아나가면 누구라도 쏠 수 있다. 10
간 거리에 있는 적을 맞출 수 있다면 이미 '무기'라고 해도 좋을
것이다.

"처음 잡아보는 자라도 20간, 30간 거리에서 표적을 맞출 수
있도록 하고 장전을 보다 쉽게 만들어 어린아이라도 쏠 수 있도
록……. 사용자가 사격술을 배우는 '시간'을 최대한 줄이도록 한
다. 그것이 우리 구니토모슈가 지향하는 바일세."

겐쿠로가 막힘없이 말하자 장인이 목울대를 꿀렁거렸다.

"아이가 무기를 잡을 필요가 있을까요……."

"있지."

겐쿠로는 냉큼 대답하고 작업에 몰두하는 장인들을 둘러보며
말했다.

"까다로운 사격술 따위는 필요 없네. 누구라도 방아쇠만 당기
면 30간 앞에 있는 적을 죽일 수 있다……. 그런 무기가 경단처럼
저렴해져서 세상에 넘쳐나면 되는 걸세."

"그러면 세상이 험악해지지 않을지……?"

"나는 그리 생각하지 않네. 누구라도 쉽게 적을 죽일 수 있는
무기가 흘러넘치는데 도적떼가 마을을 습격하려고 할까? 남자가

여자를 함부로 범하려고 할까? 전쟁을 일으키려고 할까? 사람은
제 목숨이 제일 귀한 법이야."

"네에……."

장인은 납득한 듯 고개를 끄덕였다.

"언젠가는 그런 세상이 올 걸세. 거기 한몫 거들고 있다 생각하
고 열심히 일하게."

겐쿠로가 장인의 어깨를 탁 쳐주자 장인은 고개를 끄덕이고 하
던 작업으로 돌아갔다. 왠지 아까 전보다 더 긴장한 듯 보인다.

──누구라도 저항할 수 있는 세상을 만든다. 그것을 세상에
보여준다.

이야기하는 겐쿠로의 뇌리에 아버지의 뒷모습이 내내 스쳤다.
양부 구니토모 산라쿠가 아니다. 겐쿠로가 여덟 살 때 죽은 친부
의 모습이다.

겐쿠로는 에이로쿠 9년(1566년), 오미 슈고 록카쿠 씨의 가신
요시다의 적자로 태어났다. 요시다 가의 녹봉은 오백 석으로 많
지는 않지만 적지도 않았다. 중견 가신이라고 할 수 있다.

겐쿠로는 자신을 낳은 직후 타계한 어머니 얼굴을 모른다. 아
버지가 하녀의 손을 빌려 겐쿠로를 키웠다.

아버지 이름은 요시다 우헤에. 정치에 어울리는 성격은 아니었
다. 겐쿠로가 태어나기 전에 부교 보좌에 임명된 적도 있으나 돈
계산을 잘못하는 중대한 실수를 저질렀다고 한다.

병력을 이끌고 전투하는 데도 서툴렀다. 격렬한 전투 중에 혼자 적진에 뛰어들어 수하 병력을 방치한 적도 종종 있었다. 전투 후 상사가 질책하자,

"면목 없습니다. 싸우다 보면 어느새 주위가 보이질 않습니다!"

라고 변명도 없이 양손을 모으고 절하며 사죄했다. 키가 6척에 가까운 거구였던 아버지가 간절히 사죄하는 모습에서 일말의 우스꽝스러움과 애교를 느꼈는지,

──우헤에 공이라면 어쩔 수 없지.

하고 쓴웃음을 지으며 용서해주는 식이었다.

한데 단 한 가지, 가신 중에서도 으뜸을 다투는 뛰어난 기술이 있었다. 궁술이다.

원래 롯카쿠 씨는 궁술을 장려하는 가문이었다. 롯카쿠 씨는 헤키류라 불리는 궁술을 장려했고 당주 요시카타도 상당한 실력자였다.

헤키류는 헤키 단조 마사쓰구日置弾正正次를 시조로 한다. 본래 야마토 사람이라고 하는데, 발자취는 자세히 알려져 있지 않다. 무슨 이유가 있었는지 모르지만 오미로 흘러들어온 듯하다.

그 제자 중에 요시다 시게카타라는 남자가 있었다. 롯카쿠 씨의 수하 호족으로, 가와모리 성을 본거지로 하던 무장이다. 요시다 씨는 주군 롯카쿠 씨와 같은 오미 겐지의 후손이며, 옛날 미나모토노 요리토모源賴朝 밑에서 활약한 사사키 사다쓰나의 동생 이와히데에서 시작된 핏줄이다. 오미 요시다소吉田荘를 지배하여 그

이름을 성으로 삼았다고 전해진다.

요시다 씨의 분가의 분가가 겐쿠로가 태어난 집안이다. 아버지는 어릴 때부터 활쏘기에 천부적 재능을 보였다. 남보다 덩치가 커서 열두 살 때는 어른도 어렵다는 30간 거리에서 명중시킬 수 있었다고 하니 상당한 실력이었던 모양이다.

"나는 활과 어울리는 걸 아주 좋아한단다."

아버지가 미소를 지으며 자주 했던 말이다. 시위를 당기려면 상당한 힘이 필요하다. 그 이상으로 마음가짐은 더 중요하다고 했다. 활을 마주하는 것은 곧 자신과 마주하는 것. 어딘지 좌선을 닮았다. 마음에 미혹이 있으면 화살이 엉뚱하게 날아간다. 흔들림 없이 마주하면 아무리 먼 표적이라도 1간 거리처럼 가까워 보인다고 했다. 때문에 전투만 시작되면 부하들이 안중에서 사라져버린다.

반대로 당신 혼자라면 이야기가 달라진다. 말을 몰아 전장을 달리며 화살을 쏘는 이른바 기사騎射 기술도 남들보다 뛰어났다. 아버지는 화살을 쏘는 순간 이미 다음 화살을 전통에서 뽑아들었다. 하도 잽싼 동작이어서 요술 같다고 혀를 내두르는 자도 많았다고 한다.

정치에 젬병이고 전투 지휘도 서툴지만 활만 잡으면 일기당천이 된다. 센고쿠 무사를 그림으로 그려놓은 듯한 아버지를 가문 사람들은 왠지 좋게 보았다.

이유는 그밖에도 있었다. 록카쿠 가에는 궁술 사범을 따로 두었다. 역시 요시다 성을 가진 사람이지만 본가 쪽이었다. 사범의 실력도 결코 나쁘지 않지만, 활의 신이 편애하고 있다고밖에 생각할 수 없는 아버지에는 감히 견줄 수 없었다. 록카쿠 가의 식솔들은 모두 아버지에게 가르침을 청했다. 아버지도 싫어하는 기색 없이,

"옆구리에 좀 더 힘을 줘. 조금 더, 조금 더."

하며 자상하게 가르쳐 주었다. 그리고,

"사범님에게는 비밀로 하게."

라며 하얀 이를 드러내고 웃었다. 즉 록카쿠 가의 무사들 대부분이 아버지에게 한 번은 궁술을 지도받았고, 종종 아버지를 꾸짖어야 하는 처지에 있는 젊은 상사도 예외가 아니었다. 출세할 가망이 전혀 없는 이 숨은 궁술 스승을,

"우혜에 공이라면 하는 수 없지."

라며 용서해버리는 것이다.

겐쿠로는 어릴 때부터 아버지에게 궁술을 배웠다. 아무래도 아버지에 비하면 재능이 모자랐다. 아버지는 일곱 살 때 10간 떨어진 표적을 십중팔구 명중시켰지만, 같은 나이의 겐쿠로는 열 대 쏴서 한 대 명중하면 괜찮은 편이었다.

"한두 해 제자리걸음을 하다가도 어느 날 갑자기 잘하게 되는 경우가 있다. 기술이란 그런 거니까."

아버지는 풀이 죽은 아들을 따뜻하게 격려해 주었다.

"사람마다 장기가 따로 있는 법. 겐쿠로에게는 뭔가 다른 재능

이 있는지도 모르지."

　당신이 궁술이 뛰어나다고 해서 다른 재능을 깔보는 일이 없었고 아들에게 강요하지도 않았다. 겐쿠로는 아버지를 잘 따랐다. 기쁘게 해드리고 싶어서 궁술도 열심히 수행했다.

　한편 겐쿠로가 보기에 주군 록카쿠 가는 썩 존경할 만한 존재는 아니었다. 겐쿠로가 기억하지 못하는 세 살 시절, 쇼군 아시카가 요시아키를 받들고 상경한 오다 노부나가에게 록카쿠 가는 본거지인 간논지 성을 빼앗겼다. 록카쿠 가는 고카 군으로 본거지를 옮겨 저항하지만, 기세를 탄 오다 가에는 전혀 상대가 되지 않았다. 오미 슈고라는 명문도 초라하기만 했다.

　아니, 오다 가와 싸우기 전부터 록카쿠 가는 쇠퇴일로를 걸어왔다. 서류庶流인 교고쿠 가가 대두하며 영지를 조금씩 빼앗겼다. 록카쿠 가는 교고쿠 가를 오다 가 이상으로 증오했다. 하지만 교고쿠 가도 수하 아자이 가에 하극상을 당해 록카쿠 가 이상으로 궁지에 몰려 있었다. 오미 국의 사사키 겐지 지배가 붕괴한 시절이기도 했다.

　겐키 원년(1570년), 겐쿠로가 활을 막 잡은 다섯 살 때였다. 록카쿠 가가 오다 가에 반격을 시작했다. 마찬가지로 오다 가와 대립하던 아사쿠라 가, 아자이 가와 손잡고 노부나가의 중신 사쿠마 노부모리와 시바타 가쓰이에가 지키는 조코지 성을 공격한 것이다.

　──우헤에의 활약은 귀신 같았다.

겐쿠로는 훗날 록카쿠 가 사람들에게 들었다. 선두에 서서 성으로 달려가 토루 위를 지키는 오다 병사를 화살로 잇달아 쓰러뜨렸다고 한다. 때로는 화살 두 대를 동시에 매겨 두 명을 쓰러뜨리는 남다른 기술도 보여주었다.

결과는 어땠을까. 아버지가 활약한 보람도 없이 성은 함락시키지 못했다. 오다 가와 록카쿠 가 사이는 어찌해볼 수 없을 만큼 역량 차이가 벌어져 있었으니까.

어린 겐쿠로의 운명이 바뀐 것은 덴쇼 원년(1573년) 9월의 일이었다. 그 전달에 록카쿠 가와 동맹을 맺었던 아사쿠라 가와 아자이 가가 연달아 오다 가 손에 멸망하고, 록카쿠 요시하루가 지키는 나마즈에 성도 공격을 당하고 말았다.

록카쿠 가는 첩보에 능한 고카슈와 긴밀한 관계를 맺고 있었다. 오다 가의 정예는 아사쿠라, 아자이 공략의 피로가 남아서 휴식 중이고, 맹장 시바타 가쓰이에의 휘하는 신병뿐이었다. 고카슈가 그런 정보를 가져다주자 록카쿠 가도 반격할 생각을 하게 되었다. 더구나 4월에도 나마즈에 성에서 오다 가의 공격을 격퇴한 바가 있어서 비록 궁지에 몰려 있다고는 해도 록카쿠 가는 자신에 차 있었다.

그 자신감은 불과 하루 만에 함락된 나마즈에 성과 함께 무너져 버렸다.

지난번과 무엇이 달랐을까. 더구나 상대는 신병뿐인데. 차이는 단순했다. 오다 측이 화승총을 압도적으로 많이 보유하고 있었기 때문이다.

나마즈에 성은 마른해자를 늘리고 토루를 높이는 개보수 공사를 했지만 활을 원거리 무기의 주력으로 상정한 성이었다. 화승총이 그토록 많이 투입되는 상황은 예상하지 못했다. 높이를 살린 두석과 활로 방어하려고 했지만 오다 측의 화승총 일제사격에 아군은 픽픽 쓰러졌다.

겐쿠로는 나마즈에 성이 함락되기 직전에 탈출했다. 당주 요시하루가 이미 도망치고 있어서 아무도 뭐라고 하지 않았다. 다만 도망치는 당주를 위해서라도 시간을 벌어야 했던 아버지는 하인과 하녀에게 아들을 맡기고,

"나는 철포 따위에 지지 않아. 나중에 금방 따라갈 테니까."

겐쿠로의 머리를 쓰다듬어주며 씩 웃더니 씩씩하게 전선으로 향했다.

이때 아버지가 아들 일행에게 도망칠 시간을 벌어주고 숨을 거두었다고 하면 미담이 될 테지만 현실은 별로 아름답지 않았다. 아버지가 떠나고 잠시 후,

──요시다 우헤에 공, 총탄에 사망!

이라는 보고가 혼마루에 날아들었다. 겐쿠로가 한창 탈출할 준비를 하는 중이었다. 화승총이라는 물건은 오랜 세월 축적해온 기술을 너무도 쉽게 부수어버렸다. 희대의 궁술 달인이었던 아버지도 예외가 아니었다.

──아버지는 무엇을 위해 궁술을 연마했단 말인가. 이래서는

왜 궁술을 수련한단 말인가.

어린 마음에도 얼마나 분하던지.

겐쿠로는 전선으로 나가는 아버지의 등을 지금도 또렷이 기억하고 있다. 용감한 모습으로서가 아니라 그 후의 상황과 어우러져 슬프고 어딘지 우스꽝스러운 모습으로 눈에 각인되었다.

간신히 목숨을 부지한 겐쿠로는 나마즈에 성을 탈출하여 기타오미의 친척에게 의지하게 되었다. 아버지 같은 훌륭한 무사가 되고 싶겠지? 어디든 좋은 영주를 섬기게 해주마. 그렇게 말하는 친척에게 겐쿠로는 배우고 싶은 기술이 있다고 야무지게 밝혔다.

"화승총……. 철포 장인이 되고 싶어요."

아버지가 활에 얼마나 뛰어난 재능이 있었는지, 얼마나 열심히 훈련했는지를 겐쿠로보다 잘 아는 사람은 없다. 그랬던 아버지를 순식간에 죽인 화승총을 격하게 증오하는 동시에 내심 끌리는 자기 마음도 알고 있었다. 아버지를 죽인 화승총보다 훨씬 뛰어난 화승총을 만든다면 그것들은 무용지물이 되리라. 매우 비뚤어진 바람이긴 했지만 겐쿠로에게는 나름의 복수였던 셈이다.

그리하여 겐쿠로는 무사 신분을 버리고 맨몸 하나로 구니토모 슈의 제자로 들어갔다. 손끝이 매운 구석이 있어서 그쪽으로는 재능을 타고난 듯했다. 남들보다 두 배 빠르게 기술을 익혀서 열다섯 살에 두각을 나타냈다. 아들이 없던 스승 산라쿠가 겐쿠로의 밝은 장래를 보고 양자로 들인 것이 그 즈음이었다.

이제 산라쿠도 은퇴하고 겐쿠로가 공방을 물려받았다. 구니토모슈에는 겐쿠로의 공방 외에도 공방이 여러 군데 있는데, 다른 행수들도 자신을 인정해준다는 사실을 잘 알고 있었다. 구니토모슈 중에 최고 장인에게 주는 이름 '포선'을 물려받을 사람은 구니토모 겐쿠로밖에 없다는 평을 들을 정도로.

계속 공방을 둘러보는데 밖에서 한 남자가 허겁지겁 뛰어 들어왔다. 겐쿠로의 수하는 아니고 다른 공방의 헤이키치라는 중년 사내였다.

"오, 헤이키치 공. 오래간만이군. 안색이 왜 그렇소?"

겐쿠로가 맞아주자 헤이키치는 어깻숨을 쉬며 대답했다.

"큰일 났소이다……."

겐쿠로는 뇌리에 스치는 생각이 있어서 그를 가까이 불러 귀엣말로 물었다.

"전쟁이오?"

그가 고개를 끄덕이며 말했다.

"여기서 멀지 않은 곳에 관문을 설치해서 우에스기를 토벌하러 가는 군대를 막고 있소. 지부노쇼의 수하 장수라고 하더이다."

"알겠소. 우리도 바로 준비해야겠군. 소식 전해줘서 고맙소."

겐쿠로는 직감했다. 천하를 양분하는 싸움이 곧 시작되리라. 철포와 대통 주문이 밀려들겠지. 하지만 이미 우에스기 토벌에 참가한다는 다이묘로부터 대량의 철포를 주문받아 납품하고 있어서 현재 이곳에 남아 있는 물량은 2할 정도밖에 안 된다.

"다들 내 말을 듣게!"

겐쿠로는 방금 헤이키치에게 전해들은 소식, 향후 일어날 사태를 수하 장인들에게 설명했다.

"이번 전쟁은 전란의 시대를 끝내는 최후의 대전이 될 테니 한몫 크게 잡을 기회일세. 동시에,"

숨을 죽이고 듣는 장인들에게 겐쿠로는 침착하게 말했다.

"우리 철포가 가장 뛰어나다는 사실을 과시할 마지막 기회이기도 하네."

"다른 공방에 질 수야 없죠."

갈라진 목소리로 호응한 이는 양부 산라쿠가 어릴 적부터 공방에서 일해 온 교에몬이었다. 지금은 겐쿠로의 보좌역도 맡고 있다.

"이제 우리를 능가하는 공방은 없소."

지난 10년간의 평화로운 시기에 겐쿠로는 다양한 신형 철포를 제작했다. 다른 공방의 추종을 불허하는 숫자였다. 구니토모슈 사람들에게 신형 철포를 보여준 적은 있지만 구경한다고 흉내 낼 수는 없는 것이 태반이라,

──겐쿠로 행수가 보통이 아니군.

하며 모두들 혀를 내둘렀다.

"그러면……?"

"아노슈를 철저히 때려뉘어야지!"

겐쿠로가 단호히 말하자 장인들이 모두 고개를 끄덕였다.

"개전까지 며칠 남지 않았네. 밤낮없이 작업할 테니. 다들 힘써 주시게!"

장인들은 목소리를 모아 대답하고 일제히 작업으로 돌아갔다. 지금부터는 집에 돌아갈 시간도 없다. 하녀들에게 장인들 식사를 챙겨줄 재비를 하라고 일렀다.

"행수님, 참전 의뢰가 오면 어떻게 하실 겁니까?"

망치소리가 요란하게 울리는 가운데 교에몬이 물었다.

신형 철포나 대통이 실전에 투입될 때는 병사들이 사용법을 모르기 때문에 구니토모슈에게 참전을 의뢰하는 경우가 있다. 장인이 직접 전장에 뛰어들어 포술 사범 같은 역할을 해야 한다.

"응해야지. 하지만 아무 데나 응할 수는 없네. 선별해야지."

보통 전투가 이렇게 다발적으로 일어나는 경우는 없다. 이번에는 전국 각지가 전쟁터가 될 것이므로 한 전장만 택하게 되리라.

"조건은요?"

"아노슈 도비타야가 쌓은 성벽이 있는 성. 그 성을 깨는 전투로 한정하겠네."

"알겠습니다."

교에몬은 대담한 웃음을 짓고 하던 작업으로 돌아갔다. 혼자 남은 겐쿠로는 이미 완성된 화승총을 들고 천천히 사격 자세를 취했다.

——기다려라, 교스케.

겐쿠로는 가늠쇠 너머로 그 얼굴을 떠올리고 화문을 열고 방아쇠를 당겼다.

　겐쿠로가 예상한 대로 구니토모슈에 전에 없이 많은 주문이 밀려들었다. 동서 양쪽에 두루 팔 생각이었지만 이것만은 예상대로 되지 않았다. 오미 사와야마의 이시다 미쓰나리가 병사를 보내,

　──앞으로 나이부, 혹은 그쪽 다이묘에게는 철포를 팔지 말도록.

　이라고 명령한 것이다.

　하지만 도쿠가와 가에는 우에스기 토벌령이 떨어지기 전에 이미 철포를 팔았다. 게다가 서군의 주문량이 전에 없이 많은 양이어서 도리어 다행이었다.

　"대통 주문이 많군."

　교에몬이 건네준 주문서를 보며 겐쿠로는 중얼거렸다. 전에도 실전에 대통이 사용된 예는 있지만 다루기가 어려워 충분히 보급되었다고 말하기는 힘든 상태였다. 이시다 미쓰나리는 이번 전쟁에서 대통을 활용할 작정인 듯하다.

　"신형 대통이 있다고 대답해두게."

　"말씀하셨던 소식, 왔습니다."

　"왔나? 당연히 서군 쪽이겠지."

　이번 구니토모슈를 둘러싼 상황에 비춰보건대 답은 정해져 있다.

　"예. 후시미 성을 친답니다."

"역시 그렇게 되는군."

기나이의 다이묘 태반이 서군에 동조하고 있다. 그 가운데 후시미 성은 도쿠가와 가가 남겨둔 이천 병사가 지키고 있는 중이다. 서군으로서는 제일 먼저 이곳을 함락시키려 들 거라고 겐쿠로는 예상했다.

"어떻게 할까요."

"이 성을 함락시키기 전에는 아무것도 안 돼. 다른 전투와 겹쳐지는 일도 없을 테고……. 게다가 무엇보다 후시미 성은 도비타야가 쌓았으니까."

신형 철포를 서군에 판 뒤에 직접 참전하기로 결정하고 한 달. 마침내 후시미로 출발할 때가 되자 양부 산라쿠가 겐쿠로를 불렀다.

산라쿠는 이미 일선에서 물러나 조금 떨어진 거처에서 느긋하게 은퇴 생활을 하고 있었다. 겐쿠로도 사흘에 한 번은 만나지만 호출을 받기는 처음이다.

"다행히 건강해 보이십니다, 아버님."

요즘 일이 바빠 열흘쯤 얼굴을 보지 못했다. 산라쿠는 오랜 세월 일해 온 철포 공방을 떠나고 긴장이 풀렸는지, 특별히 건강이 나쁘지는 않지만 최근 몇 년 사이에 부쩍 늙었다.

산라쿠는 메마른 기침을 한 번 하고 나서 입을 열었다.

"겐쿠로, 후시미에는 내일 출발하기로 했니?"

"예. 다녀오겠습니다."

"어제 고카의 옛 지인에게 소식을 하나 들었다."

"오……. 고카에서."

형태는 다르지만 똑같이 기술을 파는 자로서 산라쿠는 고카슈하고도 오래 전부터 교류해왔다.

"먼저, 후시미 성에 고카 패가 합류한 것 같다. 조심해라."

기나이에는 동군에 동조하는 다이묘가 거의 없다. 그래서 이에야스는 고카슈에게 후시미 성을 지켜주기 바란다고 의뢰한 듯하다. 전장에서 적을 교란하는 작전 등을 펴기 위해서이다.

"닌자 기술은 어둠에서나 힘을 발휘하죠. 햇빛 아래서는 우리의 적이 아닙니다. 벌집으로 만들어버리겠습니다."

"흠……. 그래. 놈들도 대단한 적수는 못 되겠지."

"놈들……이라면?"

산라쿠의 말에서 뭔가를 느끼고 겐쿠로가 되물었다.

"겐사이가 합류하는 모양이다. '가카리'다."

"뭐라고요."

겐쿠로는 저도 모르게 몸을 내밀었다.

"고카슈한테 들은 정보다. 틀림없다. '새왕'이 성에 들어간다니 후시미의 사기도 올라가 있는 모양이야. 오늘쯤 들어갔을지도 모르지."

"정말로……."

후시미 성은 대군에 포위될 테고 원군도 기대할 수 없는 상황이다. 조만간 함락될 예정임은 불을 보듯 뻔하다. 물론 농성하는 측도 잘 알고 있을 터이니 어떻게 시간을 벌 것인가가 중요해진다. 사지나 다름없는 성에 도비타야 당주가 들어가다니, 생각도 못해본 일이었다.

"그쪽 양아들…… 이름이 뭐였더라…….”

"도비타야 교스케입니다.”

"그래, 교스케에게 행수 자리를 물려주었다고 들었다.”

"……그렇습니까.”

겐쿠로는 책상다리를 하고 앉은 무릎 위에서 주먹을 꽉 쥐었다. 전란의 시대 막판에 터지는 전대미문의 대전. 거기서 두 사람이 당주로서 격돌하는 그림은 겐쿠로가 바라던 바였지만.

그 전에 겐사이가 있다. 역대 '새왕' 중에서도 최고라 불리는 사람. 열도에서 명성을 떨친 성은 대부분 이 사람의 손길이 닿아 있다.

"원망스럽구나. 하늘은 내게 재능을 주셨으나 겐사이에게는 더한 재능을 주셨으니.”

"무슨 말씀을. 아버님은 크게 승리하시지 않았습니까.”

두 사람의 대결은 겐사이가 조금 우세하지만 막상막하라고 해도 좋았다. 이렇게까지 자신을 비하할 정도는 아니라고 진심으로 생각한다.

"처음으로 말하지만 내가 이긴 싸움은 군세가 이기고 있을 때뿐이었다. 군세가 막상막하라면 겐사이가 이긴 셈이고 군세가 6대 4 정도로 우세한데도 성을 무너뜨리지 못한 때가 많았다.”

먼데를 응시하는 산라쿠에게 겐쿠로는 아무 말도 하지 못했다. 지난 전쟁을 상세히 조사해본 겐쿠로도 어렴풋이 느끼고 있었으니까.

"나는 목숨 하나를 빼앗음으로써 장차 수많은 목숨을 구하고 있다고 믿었다. 설사 살인자라고 욕을 들어도 말이다. 이제 은퇴하고 돌아보니 내가 과연 옳았나 하는 의심이 든다."

아노슈는 사람을 지키는 집단이라며 농민들이 고마워한다. 반면 구니토모슈는 살인 도구인 철포를 제작한다고 원망을 들을 때도 있다. 사람을 죽여서 밥을 먹고 있다고 경멸을 당하기도 한다. 경멸과 비방 속에서,

──지키기만 해서는 진정한 평화를 이룰 수 없다.

라는 신념으로 애오라지 철포를 제작해 왔다.

산라쿠는 허공을 응시하고 있지만 뭔가를 보는 듯 낯을 찡그리며 말했다.

"그렇게 죽은 사람들 중에 나 같은 자보다 훨씬 평화에 보탬이 되는 사람이 있지 않았을까. 나보다 재능이 뛰어난 자가 있었던 게 아닌가 하는…… 일테면 너 같은 인재 말이다."

"아버님은 그릇되지 않았습니다."

겐쿠로는 힘주어 말했지만 산라쿠는 고개를 저었다.

"너의 대답을 찾아라. 그러자면 겐사이를 뛰어넘어야겠지……. 믿어도 되겠느냐?"

"반드시 뛰어넘겠습니다."

"그때는 네가 '포선'이란 이름을 가져도 아무도 뭐라고 하지 않을 게야."

겐쿠로가 힘주어 고개를 끄덕이자 산라쿠는 고개를 갸우뚱하며 물었다.

"그런데 그 교스케란 너석, 능력은 출중한가?"

교스케는 평화로운 시기에 성 몇 곳에서 개보수 공사를 했을 뿐이다. 산라쿠가 잘 모르는 것도 무리는 아니다.

"출중한 모양입니다."

"그래? 그놈한테도, 아니, 그놈한테는 절대 지지 마라. 너라면 걱정 안 해도 되겠지."

산라쿠는 스스로를 설득하려는 듯이 고개를 끄덕였다.

"구니토모슈의 힘을 세상에 보여주고 오겠습니다."

겐쿠로는 뱃속에서 끌어올린 목소리로 선언했다.

밑바탕

겐사이가 떠난 뒤 교스케는 후시미에 수하 장인들을 보내 정세를 탐색했다. 전에 없는 대란이 터지리라는 것은 누구의 눈에도 명백했다. 일찌감치 기나이에서 도망나온 행상인들을 통해서도 후시미의 상황을 전해 듣고 있었다.

7월 15일, 도쿠가와 가의 가신 도리이 모토타다는 진영을 선명하게 밝히고 후시미 성에서 농성을 벌였다.

이에 7월 17일, 오사카 성의 마에다 겐이, 마시타 나가모리, 나쓰카 마사이에의 3부교는 이에야스가 오사카 성 니시노마루에 남겨둔 루스이야쿠주군이 오랫동안 자리를 비울 때 그 대리로 일하는 고위직를 추방하고 13개조로 정리한 이에야스 탄핵장을 세상에 발표했다. 니시노마루에서 도망친 병력 오백 명은 후시미 성으로 달려갔다. 그곳에서 농성하던 천팔백 명과 합류하여 이천삼백 명으로 불어났지만 그래도 중과부적인 것은 분명했다.

하루하루 새 소식이 날아들었다. 그중에는 서군의 규모에 관한 풍문도 있었다.

"사만이라고 하던데……."

후시미 성을 공격할 군세는 엄청난 대군이라고 했다. 대장은 5대로의 한 사람인 우키타 히데이에. 부장은 고바야카와 히데아키. 여기에 모리 히데모토, 깃카와 히로이에, 고니시 유키나가,

시마즈 요시히로, 나쓰카 마사이에 등이 가세했다.

"교스케."

곁에서 이야기를 듣던 레이지가 불안한 얼굴로 쳐다보았다. 굉장한 수를 상대해야 하리라 각오하고는 있었지만 막상 듣고 보니 생각 이상으로 대군이었다. 더구나 시군은 시간이 지날수록 불어나고 있고 실질적 대장인 이시다 미쓰나리 등도 곧 합류할 터였다.

"걱정 마. 영감을 믿어보자."

교스케는 힘주어 고개를 끄덕이며 말했다.

서군도 후시미 성을 쉽게 함락시킬 수는 없을 거라고 생각하는 듯했다. 우키타 등이 즉각 공격하자고 발언하자 5부교의 한 사람인 마시타 나가모리가 만류했다.

그 이유로 첫째, 성을 지키는 도리이 모토타다는 전형적인 미카와 무사도쿠가와 가를 대대로 모셔온 가신으로 용맹하고 충성스럽기로 유명했다. 훗날 도쿠가와 막부의 중추 세력이 된다이며 밑에도 이름난 용사들이 많다. 상당히 완강한 저항이 있을 것이 불을 보듯 뻔하다.

둘째, 후시미 성은 죽은 히데요시가 돈을 아끼지 말고 튼튼하게 지으라고 명령한 성이다.

──저 새왕이 성벽을 쌓았으며 더구나 새왕이 지금 다시 성에 들어갔다.

마시타는 이런 이유로 무작정 힘으로 밀어붙이는 작전을 반대했다. 이미 겐사이가 후시미 성에 들어가 있다는 사실도 서군 장수들에게 알려져 있었던 것이다.

이에 우키타 히데이에는 생각을 바꾸어 동의하고, 마시타 가의 가신 야마카와 한페이를 후시미 성에 보내 항복을 촉구했다고 한다.

"어림없지."

그 이야기를 듣는 순간 교스케가 뱉어내듯 말했다.

아무리 철벽을 자랑하는 후시미 성이라도 막강한 대군을 상대로 끝까지 버틸 수 있다고 생각하는 자는 아무도 없다. 이번 농성전은 이에야스가 회군해 올 때까지 서군을 얼마나 붙들어 놓느냐의 싸움이다. 그러므로 일전도 겨뤄보지 않고 항복하는 일은 있을 수 없다.

들려오는 이야기 중에 교스케가 가장 주목한 것은 따로 있었다. 일반 사람들 처지에서 보자면, 그리고 서군의 규모 운운에 비하면 사소한 점이겠지만, 교스케는 이쪽이 더 마음이 쓰였다.

"구니토모 겐쿠로가 나섰다고 하던가?"

구니토모슈가 서군에 철포를 대거 공급하고 있다는 소식은 들었다. 그 무기 중에는 아직 아무도 본 적이 없는 신형도 포함되어 있어서, 쉽게 다루기가 힘들겠다고 판단한 이시다 미쓰나리가 포술 사범 역할을 할 장인도 파견해달라고 의뢰했다는 소식도.

요청에 따라 구니토모 겐쿠로를 비롯한 철포 장인 서른 명이 서군 진영으로 들어갔다고 하니 아마 지금쯤 신형 철포나 대통을 다루는 요령을 가르치고 있으리라.

신형 무기의 정체를 알아내느냐 못하느냐는 겐사이의 활약 여하에 달려 있다고 해도 과언이 아니었다.

교스케는 후시미에 있는 겐사이를 향해 힘내라고 속으로 외쳤다.

지난 며칠 사이 가도를 오가는 사람이 많이 줄었다. 후시미는 병마로 미어터질 지경이라는 정도밖에 알려지지 않고 있다. 전투가 시작되면 접근하기가 더 어려워질 터이니 상황 파악이 힘들어지기 전에 젊은 장인들을 보내서 최대한 살펴보라고 지시했다.

"시작되었습니다!"

장인 하나가 안색이 변해서 아노로 돌아왔다. 탄핵장이 나오고 불과 이틀 후인 7월 19일이었다.

"드디어 시작인가."

주요 장인들을 불러 모은 교스케가 넓은 방에 지도를 펴놓고 들여다보았다.

아노슈는 설계 도면을 남기지 않는다. 성은 기밀 중의 기밀이기 때문이다. 그러므로 의뢰하는 측도 정보 누설을 걱정하지 않고 아노슈에게 공사를 맡길 수 있다. 이는 아노슈의 규율 중에 가장 기본이어서, 설사 고문을 당해도 발설해서는 안 된다.

그러나 이번만큼은 빈약한 정보를 토대로 상대방 무기를 연구해야 한다. 그 내용을 수하들과 공유하기 위해 후시미 성의 도면을 그려 두었다. 물론 전투가 끝나면 불태워버릴 임시 도면이다.

겐사이가 아니라 후시미 성을 몇 번 방문한 적이 있는 교스케가 그때 관찰한 것을 떠올리며 그렸다.

"굉음이 엄청납니다. 대단한 철포가 있는 모양입니다……."

장인은 가사토리 고개를 넘어 고하타에서 상황을 살펴보고 있었다. 후시미에서 고하타까지는 직선거리로 약 1리(약 4킬로미터). 총성은 마치 거대한 막이 하늘을 뒤덮으며 닥쳐오는 느낌으로, 너무나 굉장한 폭음이어서 숨 쉬기도 힘들었다고 한다.

"어느 다이묘나 철포를 남아돌 만큼 갖고 있으니까."

레이지가 팔짱을 끼고 말했다.

지난 10년간 열도 내 철포량이 배로 늘었다고 보고 있다. 평화가 찾아와도 다이묘들은 도요토미 가의 명령으로 다양한 토목건축 공사에 비용과 인력을 부담해야 했다. 그래도 창이 부러지고 활시위가 끊어지고 말이 폐사하고 철포를 빼앗기고 병량과 탄환을 물처럼 써야 하는 난세 때보다는 나았다. 그간의 평화시에 다이묘들은 피폐해진 군대를 정비하고 대량의 철포를 갖추었다.

"연합군이라는 점이 걸림돌이 될지 모릅니다."

단조가 문득 생각난 듯 입을 열었다.

"그럴까."

"예. 각 다이묘는 철포전으로 끝내고 싶은 마음이 간절하겠지요."

군세라고 한 마디로 뭉뚱그리지만 그 안에는 다양한 병종이 있다. 창, 활, 기마, 그리고 철포. 특별히 누가 가르치지 않았어도, 그들은 전란의 시절을 뚫고 온 무장들이므로 전쟁에서 가장 강한 병종 비율을 경험으로 알고 있다.

다만 이번에는 단조가 말했듯 연합군이어서 꼭 자기 군세로 승부를 결정지을 필요가 없다. 오히려 자군의 소모를 줄이고 싶어 하는 자가 대부분일 것이다.

소모를 줄이자면 백병전을 피하는 편이 좋다. 즉 거리를 두고 철포로 싸우려 들 것이라는 말이다. 다이묘가 모두 같은 생각일 터이니 창고에서 끌어내고 급하게 사 모으고 해서 철포라는 철포는 전부 끌어 모아서 전장에 가져왔으리라. 그러므로 여느 전투보다 철포병의 비율이 높아져 있다는 말이다.

"음…… 하지만 철포가 그렇게 많다면 금세 한 곳으로 모이겠군."

후시미 성은 남쪽에 우지 강이 흐르고 동쪽으로 산을 등지고 있다. 성을 공략하자면 북쪽과 서쪽 두 방향밖에 없다. 성시에는 많은 무가저택이 나란히 자리 잡고 있고, 그것들을 에두르듯이 바깥해자가 있다. 또 후시미 성 남쪽, 우지 강 좌안에는 무카이지마라는 마을이 있고 그곳에 무카이지마 성이 있다. 이름은 성이지만 요새보다 조금 나은 정도로, 후시미 성의 후방부대 역할을 한다.

하지만 사만 대군에다 그토록 많은 철포가 투입된다면 무가저택 같은 방어벽이 있다고 해도 평지 전투는 농성군에게 불리하다. 더군다나 무카이지마 성 같은 작은 성은 도저히 버텨낼 재간이 없다. 농성군 측도 잘 알고 있을 터이니, 안 그래도 적은 병력을 분산시키지 않으려고 후시미 성에 병력을 모으지 않을까 교스케는 예상했다.

다음 전황이 전해진 것은 이틀 후인 21일이었다.

"후시미에서 도망쳐 나온 스님에게 들었습니다."

돌아온 장인이 그렇게 말머리를 놓고 보고했다.

"서군은 어렵지 않게 바깥해자를 넘어 단숨에 성시로 몰려 들어갔다고 합니다. 농성 측은 잠시 방어전을 펼치다 성시에 불을 지르고 성 안으로 도망쳐 들어가고 서군은 이들을 쫓아 안쪽해자까지 쳐들어갔다더군요."

"무카이지마 성은?"

옆에서 레이지가 물었다.

"농성 측은 애초부터 그곳에 병력을 배치하지 않았던 모양입니다. 서군이 접수했습니다."

"역시."

네 예상이 맞았다고 말하고 싶었는지 레이지는 눈썹을 올리며 교스케를 쳐다보았다.

"신형 철포가 사용된다는 소식은 못 들었나?"

교스케가 장인에게 물었다.

"성시에서 도망쳐 나온 자가 몇 명 있어서 빠짐없이 물어보았지만…… 애초에 문외한이라……."

"뭐 그렇겠지."

"다만 조금 신경 쓰이는 점이."

"뭐지?"

"그 스님이 있던 사찰의 본존 불상이 덩치가 커서 인력과 수레를 어렵게 수배했는데, 거의 다 옮겼을 때 공성군 쪽에서 요란한 고함소리가 들렸답니다."

"총공격이 시작되기 직전에 용케 본존을 옮겼군."

"예. 스님은 간신히 늦지 않게 옮기고 서둘러 도망쳤다고 하는데, 인부 하나가 유탄에 맞았다는 이야기가⋯⋯."

장인은 제 머리를 손가락으로 톡 쳤다.

"뭐라⋯⋯."

"서군이 아직 바깥해자를 건너지 못했는데도 말입니다."

"그 스님의 절이 어디 있지? 어디서 유탄을 맞았지?"

교스케는 연달아 질문을 던지고 도면을 향해 턱짓을 했다.

"교바시 다리 근처에 있는 절인데, 거기서 료가에초 거리 쪽으로 가는 이 근처에서 쓰러졌다고 들었습니다."

"작은나리⋯⋯ 아니, 행수님."

단조가 고쳐 부르며 교스케의 얼굴을 들여다보았다.

일반적인 철포가 사람을 쓰러뜨릴 수 있는 거리는 30간(약 55미터)이 고작이다. 다만 비거리는 조금 더 멀어서 1정(약 109미터) 내지 2정까지 날아간다. 한데 인부가 유탄을 맞은 장소는 바깥해자에서 보자면 훨씬 먼 거리다.

"적어도 2정은 되겠군. 인부가 당한 곳은 틀림없이 머리쪽이라고 했지."

"예. 안면도 목도 배도 아니고 머리입니다."

교스케의 질문이 뜻하는 바를 이해했는지 장인의 표정이 굳었다. 철포에서 발사된 탄환은 어느 지점에서 공중으로 빨려 올라가듯 위로 크게 휜다. 그리고 다시 하강하여 땅에 떨어지는 것이다.

머리에 탄환을 맞았다면 하강 중인 탄환이 분명하다. 정확히 말하면 지상에서 5척(약 150센티미터) 높이였으므로 비거리는 그보다 조금 더 될 거라는 말이다.

"중통의 일종인지도 모릅니다."

전장에서는 2돈(약 7.5그램)에서 3돈쯤 되는 납탄에 맞는 구경을 가진 철포가 가장 널리 쓰이는데 분류상 소통이라고 한다. 그에 대하여 중통은 4돈에서 10돈짜리 납탄에 맞는 구경이며, 위력과 비거리 모두 소통보다 비약적으로 늘어난다.

"아니, 소통일 거야."

중통은 소통보다 다루기가 훨씬 번거롭다. 때문에 철포에 숙달된 자에게만 맡긴다. 그런 자가 고작 20간쯤 되는 해자 건너 농성군을 명중시키지 못할 리 없다. 유탄은 곧 빗맞았다는 뜻이다. 병력의 태반을 차지하는 초보자들에게는 대량으로 제작된 소통이 보급된다.

"이봐…… 설마, 무슨 그런 철포가?"

레이지는 입술을 앞니로 물었다가 놓았다. 무리도 아니다. 소통으로 3정 넘는 거리를 날아가 사람을 살상하다니, 기존 철포보다 성능이 확연히 뛰어나다.

"이제 시작이야. 앞으로 더한 무기가 등장할 거다."

일동의 얼굴에 불안한 기색이 떠오르지만 교스케는 도면으로 시선을 떨어뜨린 채 계속 말했다.

"내기 생각했다면 영감도 당연히 생각하고 있겠지."

"그렇겠죠."

단조가 후우 하고 숨을 내쉬며 말했다. 안심시키려고 한 말은 아니다. 교스케의 생각은 확신에 가까웠다. 아노에 있지만 후시미의 광경이 떠오르고 새로운 소식이 전해질 때마다 더욱 선명해지고 있었다.

23일, 다시 전황이 일부 전해졌다. 이제 도망쳐 나오는 사람은 전혀 없어서, 한 장인이 후시미 성 북동쪽의 불과 5정 떨어진 오구루스까지 접근해서 관찰했다고 한다.

"밤낮 없이 총성이 울립니다. 밤은 물론이고 낮에도 귀가 아프게 돌울림이."

"낮에도?"

레이지가 물었다.

탄환이 돌에 맞는 소리를 아노슈에서는 '돌울림'이라고 한다. 성벽 상부에는 판자담이나 회칠한 담이 설치되어 있다. 이 목재담에 활이나 철포를 쏘는 성가퀴를 뚫어 놓고, 성내 병사는 그 구멍으로 활이나 철포를 쏘아서 응전한다.

낮에는 시야가 좋기 때문에 적이 100발의 탄환을 쏜다면 그중에 적어도 60발, 숙련된 철포대라면 80발은 목재 담에 착탄한다. 다만 밤이 되면 조준이 어려워 30발 정도만 담에 맞고 나머지 70발 가운데 성벽에 맞은 탄이 소리를 내는 것이다.

한데 보고하는 장인에 따르면 밤은 물론이고 낮에도 그 정도는 아니라고 했다. 100발을 쏘았다면 70발, 아니 80발은 성벽에 맞고 있는 것은 아닌가 할 정도로 격렬한 돌울림이 들린다는 얘기다.

"어찌된 거지?"

레이지는 미간에 주름을 만들며 고개를 갸우뚱거렸다.

"후시미 성에는 회칠한 담이 아니라 판자담도 있다. 아마 이곳이 관통되고 있겠지."

추론이긴 하지만 유탄에 맞은 인부가 있던 장소를 감안하면 보통 철포보다 비거리가 더 나가는 철포가 사용되고 있다. 그 말은 곧 위력도 커졌다는 뜻이다. 안쪽해자까지 들어와 있으므로 지금 그 무기를 지근거리에서 쏘아서 판자담에 구멍이 뚫리고 있는 거라고 교스케는 짐작했다.

"그에 대항해서 영감이 대책을 세운 거다."

"어떻게……?"

"판자담 아래 돌담을 더 쌓았겠지. 더 높게."

판자담 안쪽에서 돌담을 더 쌓아 올리고 나중에 판자담을 철거한다. 그러면 원래 판자담이 있던 자리도 돌담이 되는 셈이다. 혹은 판자담보다 높게 돌담을 쌓았을 가능성도 생각할 수 있다. 아무리 위력 있는 철포라도 돌담에 구멍을 낼 수는 없다.

"그럼, 총안은 어떻게 하고요?"

여기서 단조가 의문을 제기했다. 돌담을 높이 쌓으면 물론 그 안쪽은 방어가 되지만 이쪽에서 성 밖으로 공격할 수가 없게 된다. 공격할 마음이 있다면 돌담 위에 올라가야 하는데 그랬다가는 저격을 당하리라.

"만들었겠지. 돌담에 총안을."

"허……."

놀라는 소리가 일제히 나왔다.

"가능해."

레이지의 물음에 교스케는 즉시 대답했다.

"평평한 돌을 쌓고 거기에……."

교스케는 일동을 향해 간단히 설명했다. 단조, 레이지, 숙련된 장인들은 과연, 하고 손뼉을 치며 이해했지만, 아직 젊은 장인들은 듣고도 반신반의하는 모습이다.

"이건 우리도 앞으로 써먹을 수 있겠군요."

단조가 신음을 흘리듯 감탄했다.

"음, 바로 써먹어야지. 걱정할 거 없겠지? 보나마나 영감이 희희낙락해서 지휘하고 있을 거야."

지금까지는 공성전이라고 해도 성시에서 벌이는 공방전에 불과했다. 이제부터가 본격적인 공성전이 될 것이며 아노슈의 본령이 드러날 때다. 전투가 시작되기 무섭게 대응책을 만들어낸 겐사이는 과연 고수라고 할 만하다.

다음 소식은 이틀 후인 25일에 들어왔다. 지난번과 마찬가지로 오구루스에서 상황을 관찰하던 자의 보고에 따르면,

"분명히 총성이 줄어들었습니다. 돌울림이 거의 안 들립니다."

라고 했다. 공격을 중지하진 않았고 함성은 오히려 전보다 더 커졌다고 한다.

흠, 이상한 일이다. 총탄이 뚫지 못하는 '돌벽'을 구축했다고 치고, 가령 총안까지 갖추었다고 해도 공성군이 총격을 자제할 이유가 되지는 않는다.

공성군이 성벽을 기어오르거나 성내로 돌입하기 위해서라면 설사 명중하지 않더라도 철포를 마구 쏘아서 계속 엄호해야 하기 때문이다.

"또 새로운 뭔가가 있었군."

교스케는 직감했다. 굳이 근거를 들라면 차세대 '포선'으로 촉망받는 구니토모 겐쿠로가 있고, 전란의 시대를 헤쳐 온, 역대 행수 중에서도 가장 뛰어나다는 '새왕' 겐사이가 있다. 전투 중에도 기술을 개발한다. 아니, 전투 중이기에 보다 빨리 개발한다.

그 단서는 같은 날 돌아온 다른 장인이 전해주었다. 후시미 성 남쪽의 우지로 파견한 장인이 돌아와 보고한 내용이다.

"서군이 부상 병사를 후방으로 보내고 있습니다. 총탄에 다친 자가 많은 것 같았습니다."

"농성군 측에서도 당연히 반격했을 테니까."

"……그렇죠."

단조의 말에 젊은 장인이 말끝을 흐렸다.

"뭐 마음에 걸리는 거라도 있나?"

"아니……."

교스케가 물어도 젊은 장인은 고개를 서었다.

"사소한 거라도 좋고 엉뚱한 거라도 좋다. 생각나는 대로 말해봐라."

애써 부드럽게 묻자 젊은 장인은 스스로 확인하듯 고개를 몇번 끄덕이고 어렵게 입을 열었다.

"후시미 성에 농성하는 병사가 이천삼백이라고 했나요?"

"음, 나이부가 후시미에 남긴 것이 천팔백. 오사카 성에서 탈출해 온 것이 오백이라고 들었다."

"그렇다면 철포 수량은 690정. 많게 잡아도 920정 정도겠군요."

"잘 배웠구나."

석축 수련은 뒤채움만 15년. 작업이 없는 날이라도 돌을 계속 만져야 하는데 도비타야에서는 10년쯤 전부터 이론도 가르쳐 왔다. 철포가 어지러울 만큼 빠르게 진화하고 있어서 거기에 대항하려면 이론도 배워야 한다는 겐사이의 생각이었다. 마지막은 장인의 감이 좌우할 때가 많지만 그 감을 뒷받침할 지식도 필요하다. 덕분에 군대에서 병종 비율이 어떻게 변화해 왔는지도 가르친다.

가령 오다 가가 나가시노에서 다케다 가와 격돌할 당시는 전체의 1할이 철포병이었다. 철포가 대거 투입되었다고 알려져 있는데도 고작 그 정도였다.

이후로 비율이 점점 늘어서 요즘은 전체의 4할까지 철포병으로 갖추는 부대도 있다. 젊은 장인은 틈틈이 배운 이론을 이번 공성전에 적용하여 농성군 측의 철포 수를 계산한 것이다.

"그 중간쯤이라고 잡는다면 후시미 성의 철포는 800 정도인가. 그게 왜 마음이 걸리지?"

"이미 공성군 측은 사상자가 천 명 가까이 나온 것 같은데, 아무래도 철포에 부상당한 자가 많아 보입니다……."

이 젊은 장인은 일부러 철수하는 행렬과 마주치며 걸어보았다고 한다. 만약 검문을 당하면 신분을 속일 필요 없이 예전에 우지에서 한 공사가 장마로 무너지지 않았는지 확인하러 가는 중이라고 둘러댈 셈이었다.

"과감하군. 하지만 철포를 신경쓰다 보니까 그리 보였을지도 모르잖나?"

레이지는 입 꼬리를 쓱 올리며 물었다.

"물론 일일이 보진 않았습니다. 어디까지나 느낌입니다만……."

"아냐, 말해봐라. 느낀 그대로라도 좋아."

"열에 넷. 아니 다섯 명처럼 보였습니다."

"그건 많은걸."

지금은 철포의 전성기니까 철포로 입는 부상이 가장 많으리라 생각하기 쉽지만 아직은 활에 다치는 부상자가 전체의 4할로 가장 많다. 다음으로 철포가 2할, 창과 칼을 합쳐서 2할, 돌멩이에 맞아 죽는 자도 여전히 1할 정도 된다. 그 비율에 비추어 보면 철포에 당한 자를 4할로 잡아도 지나치게 많은 셈이다.

"기령 사이카슈雜賀衆와카야마 여러 지역의 향사로 구성된 철포 용병집단나 네고로슈根來衆와카야마 현 이와데 시 네고로지根來寺라는 사찰의 승병집단. 주로 철포로 무장하고 용병으로 활약하기도 했다처럼 철포를 뛰어나게 잘 다루는 자들이라도 철포 800정으로 그만한 피해를 주기는 힘든데."

"역시 제가 잘못 봤던 것인지……."

"아니, 뭔가 내막이 있을 거다. 영감이 수를 쓴 거야."

물론 감일 뿐이지만 후시미 성에 철포가 1000정 넘게 있다고는 생각하기 힘들다. 가령 이천삼백 명 모두가 철포로 무장했다고 해도 열에 다섯은 무리다. 철포의 명수라든지 장수의 지휘가 뛰어나다든지 하는 이야기가 아니다. 상식을 뿌리채 뒤엎는 뭔가가 일어나지 않고는 불가능하다.

"적은 여기를 공격하겠지……."

교스케는 도면을 손가락으로 짚으며 혼잣말을 했다.

자신은 무장처럼 전략을 배우진 않았어도 석축 장인으로서 적이 공략하기 쉽다고 판단할 위치를 늘 염두에 두고 성벽을 쌓고 있다. 때로는 예전의 히노 성처럼 일부러 허점을 드러내서 적을 유인하기도 한다.

"북동쪽 단조마루에 비하면 북서쪽 도쿠젠마루가 분명히 더 넓으니 대군의 장점을 살리려면 역시 이쪽을 치겠지."

중얼거리며 교스케가 도면 위에서 손가락을 다시 움직였다.

"지부쇼마루 모서리망루에서도 공격이 가능한 이 옹성에서 적이 상당히 고전하겠군. 으음…… 확실히 이 성벽은……."

옹성에서 지부쇼마루를 바라볼 때 보이는 성벽. 분명 막쌓기는 아니었고 드물게 마름돌쌓기를 했던 사실을 기억해냈다. 그 성벽을 보았을 때 교스케는,

──굳이 돌을 다듬을 필요는 없을 텐데.

하고 의아하게 생각했었다. 이렇다 할 특징이 없는 성벽이었다. 오히려 막쌓기가 강도 면에서는 더 낫다. 마름돌쌓기도 보통 철포에는 끄떡하지 않지만 대포를 쏜다면 무너질 염려가 있다.

마름돌쌓기가 보기에 더 나으니까 부교 혹은 히데요시가 지시했으려니 하고 말았지만 과연 그랬을까? 겐사이가 뭔가 의도가 있어서 굳이 마름돌쌓기를 했다면?

──잘 기억해 봐.

교스케는 눈을 감고 지부쇼마루 성벽을 머릿속에서 그려나갔다. 크고 작은 다양한 성돌의 맞물림이 선명하게 살아난다. 신출내기라면 그런 일도 가능하냐고 의심할 테지만, 바둑기사가 수십 년 전의 기보를 기억하고 그대로 돌을 놓아나가는 것과 비슷하다.

"그래…… 그거야. 무슨 일이 일어나고 있는지 알겠다."

교스케가 손가락으로 도면을 짚으며 말했다.

"이 위는 판자벽이었어. 그걸 철거하고 돌담을 더 높이 올린 곳은 여기다. 철포 총안이 있는 성벽을 만든 거지."

전에 교스케가 예상한 '돌벽'이라고 할 만한 성벽은 이 지점에 만들어졌다고 확신했다.

"분명히 공성군도 옹성을 돌파하기 위해, 그리고 지부쇼마루를 제압하기 위해 사격을 했겠지. 이곳에서 가장 격렬한 총격전이 벌어질 게 틀림없지 않은가."

단조는 고개를 끄덕였다. 때문에 이곳의 성벽을 급하게 더 높이 쌓아올려 방비를 튼튼히 했으리라고 단조를 비롯한 모두가 같은 생각을 했다. 교스케만은 생각이 달랐다.

"그런데도 판자벽이 있었다는 것이 애초에 이상하잖아. 영감은 이곳의 돌담을 더 높일 작정이었어……. 아니, 상황에 따라서는 더 높일 필요가 있겠다고 생각하고 있었어."

천하의 겐사이라도 모든 과정을 완벽하게 예측할 수는 없다. 다만 이 지점에서 격전이 벌어지리라는 점, 구니토모슈가 제작한 철포의 위력이 비약적으로 좋아졌다면 밀릴 수도 있겠다는 점은 충분히 고려했을 테다. 그래서 성벽에 변화를 줄 수 있도록 일부러 '여백'을 남겨두지 않았을까?

"전투 중에 바꾼다……. '살아 있는 돌담'인가."

레이지가 목울대를 꿀럭 움직였다.

시대가 바뀌면 아무리 뛰어난 성벽이라도 제 역할을 못할 수 있다. 그런 현실을 직시하고 끝없이 성벽을 진화시킨다. 설사 전투 직전이거나 전투 와중이라도. 그것이 도비타야, 겐사이의 지론으로 '살아 있는 돌담'이라 부르고 있다.

"이곳을 왜 마름돌쌓기로 했는지, 돌을 어떻게 쌓아 올렸는지 이제야 똑똑히 알겠군. '부채 기울기扇の勾配'로 만들 생각이었던 거야."

교스케가 말하자 일동은 허, 하고 놀라는 소리를 냈다.

옆에서 보면 성벽 외부가 호를 그리듯 휘어져 올라가 마치 부채와 같은 곡선을 보여주는 성벽을 말한다.

이 방식으로 쌓을 때는 밑에서부터 3분의 2까지는 완만한 각도에 직선으로 쌓아올린다. 아래쪽을 직선으로 쌓아올리는 까닭은 그렇게 하지 않으면 위쪽에서 벽면에 곡선을 줄 때 뒤집힌 각도가 되기 때문이다.

나머지 위쪽 3분의 1부터는 성돌 하나를 놓을 때마다 밖으로 밀어내듯이 놓아 기울기를 가파르게 한다. 그러면 호를 그리듯 젖혀지는 곡선이 완성되며, 겐사이가 손질을 가하면 최상부에서는 수직을 넘어 밖으로 돌출되기에 이른다. 이런 기울기는 역시 막쌓기로는 불가능하고 마름돌쌓기를 해야 한다.

"즉 완성했다고 생각했던 성벽은······."

레이지의 볼이 희미하게 굳었다.

"아래쪽 3분의 2였을 뿐. 영감은 나머지 3분의 1을 더 쌓아올린 거야."

"전투 와중에 '부채 기울기'라니. 괴물인가."

레이지가 놀라고 단조도 믿기지 않는다는 듯 한숨을 흘린다.

"더구나 거기에 철포 총안까지 만들고…… 그게 정말 가능할까요?"

"영감이라면 가능해. 그런 성벽과 철포로 반격하면 어떻게 될 것 같나?"

교스케는 젊은 장인들을 둘러보며 물었다.

"그것은…… 엇!"

손을 채찍처럼 들어 올려 다른 손바닥을 내리치자 메마른 소리가 방 안에 울려 퍼지는 가운데 교스케가 한쪽 볼로 웃었다.

"탄환은 튀어서 공성군 머리 위로 빗방울처럼 쏟아지겠지."

성벽에 경사를 주었으므로 탄환이 맞으면 위로 튄다. 작은 총안을 조준해서 사격하면 빗나간 탄환은 모두 성벽에 튕겨나온다. 그렇다고 전혀 사격을 하지 않으면 성벽 위에서 마음 놓고 조준 사격을 할 것이다.

"그래서 마구 쏘는 것을 자제하면서 총성이 줄어든 거군요?"

감탄하는 소리를 내는 단조에게 교스케는 힘주어 고개를 끄덕였다.

"직접 보진 못했지만 그렇게밖에 생각할 수 없지."

"과연. 그럼 어쩌면……."

"그래, 나이부가 회군해 올 때까지 버텨낼 수 있을지도 몰라."

겐사이는 교스케가 이미 자신을 능가했다고 말했지만, 교스케의 생각은 다르다. 착상까지는 비슷해도 격전 와중에 실행해내는 담력, 수하 장인들에게 조금의 빈틈도 없이 지시하는 점에서는 한참 모자란다.

과연 교스케가 상상한 대로였다는 보고가 이어졌다. 26, 27, 28일까지도 농성군 측은 사만 대군을 상대로 한 발자국도 물러나지 않았음은 물론이고 공성군 측에 심대한 피해를 주고 있다고 한다.

그 즈음에는 예상을 뒷받침해주는 증언도 얻을 수 있었다. 서군은 전투가 길어질 줄 생각지도 못했기 때문에 급하게 군량미를 더 조달했다. 군량미 운반에 동원되었던 인부에게 돈을 쥐어주고 전황을 들어보니 인부는,

──성벽에 구멍이 있어서 농성군이 그 구멍으로 조준 사격을 하고 있어요.

라고 손짓을 섞어 가며 조금 낭패한 얼굴로 이야기하더니,

──이쪽에서 철포를 쏘아도 총알이 튕겨 나온다고 합니다.

라고, 물론 자신도 그 광경은 보지 못했음에도 덧붙였다고 한다.

교스케는 시선을 천천히 올려 천장을 응시했다. 인부가 한 말은 더 있었다.

──이시다 지부노쇼 나리가 공성에 가세했다고 합니다.

이 정도라면 처음부터 예상한 바였다. 다만 너무 늦지 않았나 하는 점이 마음에 걸렸다. 미쓰나리에게 후시미 성 공략은 시작일 뿐이므로 한시라도 빨리 함락시켜야 한다. 그러니 좀 더 일찍

가세하여 여러 장수를 독려할 줄 알았는데 전투가 시작되고 열흘이나 지나서라니.

"지부노쇼는 전투에 서툴다고 하잖아. 쉽게 봤던 게지."

"그렇다면 다행이지만……."

다시 오구루스에서 상황을 관찰하던 장인이 숨을 헐떡이며 돌아온 것은 7월 30일 해가 막 기울 때였다.

"성 안에 불을 지르고 적을 불러들인 자가 있다고 합니다!"

"그런 수를 쓴단 말인가……."

"도쿠가와 가 가신은 똘똘 뭉쳐 있다고 하지 않았나. 어떤 놈이 그런 짓을?"

레이지가 거칠게 소리쳤다.

"고카슈 같습니다."

전투 전에 고카슈 육십 명이 도쿠가와 가를 모시고 싶다고 호소하여 후시미 성에 들어갔다는 소식은 들었다. 다른 다이묘는 들이지 않던 도리이 모토타다였지만, 고카슈는 이에야스의 보증서까지 지참하고 있었기에 받아들였다고 한다.

"처음부터 지부노쇼의 계략이었던 거야."

교스케가 느끼던 뭐라고 말하기 힘든 불안감은 적중했다. 서전 緖戰을 화려하게 장식하고 싶었던 미쓰나리는 만일의 상황에 대비하여 고카슈를 들여보내 두었다가 전투가 원하는 대로 풀리지 않자 바로 이용한 것이다.

"고카슈 놈들……."

전에 히노 성 전투 때 도비타야는 고카슈를 박살내는 데 결정적인 역할을 했다. 지금도 오미에서 회자되는 그 일로 고카슈가 도비타야에 원한을 품고 있다는 이야기도 들었다.

──인과응보겠지.

그날 히노성에서 겐사이가 했던 말이 떠올랐다. 교스케가 적극 공격한다는 결단을 내린 것이 지금 이런 형태로 돌아온 거라고 느끼지 않을 수 없었다.

"여기까지인가……."

교스케는 한숨을 지으며 말했다.

아무리 성을 견고하게 하려고 해도 그곳을 지키는 사람이 무너지면 전투가 되지 않는다. 이미 적이 니노마루에 쇄도하는 중이고 혼마루까지 공격하는 모습이 멀리서도 또렷이 보인다고 한다.

불행 중 다행으로 혼마루 남동쪽의 나고야마루에서 야마사토마루까지는 아직 서군 병사가 없는 모양이다. 끝까지 죽기 살기로 저항하면 아군의 피해가 커지므로 성 한쪽을 비워주고 도망치게 하는 것이 공성전의 기본이다.

"영감도 철수할 거다. 맞을 준비를 해라."

겐사이는 성을 탈출한다. 그렇게 믿어 의심치 않던 교스케에게 뜻밖의 소식을 전한 이는, 후시미 성에서 겐사이와 함께 농성하던 장인이었다.

"왜 혼자 돌아왔지?"

"예. 마침 말 한 필을 구할 수 있어서 먼저 왔습니다. 다른 장인들도 대부분 곧 돌아올 겁니다.”

이 남자는 토착 무사의 다섯째 아들로 태어나 장인이 된 색다른 이력을 가진 사람으로 장인치고는 드물게 말을 잘 탔다. 성에서 마련해준 말을 타고 먼저 달려왔다고 한다.

오늘은 아침부터 간간이 빗방울이 떨어지고 있다. 오미는 아직 가랑비지만 후시미 쪽은 비가 많이 내려서 물에 젖은 생쥐 꼴이었다.

“대부분……?”

“예. 겐사이 님과 몇 사람은 아직 성에 남아 있습니다.”

“뭐라고?”

니노마루는 점령당하고 혼마루에서 여전히 공방전이 계속되는 중이라고 한다. 겐사이는 이제 남은 시간이 별로 없다고 느꼈는지 수하 장인들에게 도망치라고 지시했다.

자신은 더 남겠다면서.

“왜지……? 빨리 움직이지 않으면…….”

죽고 만다. 그 말을 입에 담기가 두려워서 삼켜버렸다.

“총성이 그치질 않습니다.”

“어떻게 된 거지…….”

“비가 내리는데도 적진에는 철포를 계속 쏘는 무리가.”

결코 가늘지 않은 빗줄기 탓에 성시의 화재는 그리 심해지지 않았다. 성이 화재에 휩싸여서는 안에서 문을 열어준다 해도 서군이 밀려들어갈 수가 없고 불을 지른 고카슈까지 불길에 휩싸일 수 있으니 비가 내리는 오늘을 노렸으리라.

비가 내리면 화승이 젖어 철포가 무용지물이 된다. 그런데도 밀려드는 적진에서는 총성이 울리고 눈앞에 총탄이 날아가고 있다는 것이다.

"기름종이로 화승을 보호하는 거 아닌가?"

비가 와도 기름종이를 쓰면 어떻게든 발포는 가능하다.

"아뇨, 그렇게 하는 것 같지는 않습니다……. 손으로 비를 가리지도 않고 평소처럼 들고 발포하는 모습을 이 눈으로 보았습니다. 날아온 총탄에 사사고로 님이……."

사사고로는 단조와 동갑이며 최고참 장인 가운데 한 사람이다. 빗속에서도 발사되는 철포에는 뭔가 새로운 장치가 있는 모양이다. 사사고로는 그렇게 생각하고 성벽 밖으로 상체를 내밀어 살펴보다가 날아온 총탄을 이마에 맞고 절명했다.

"위력도 전혀 떨어지지 않습니다. 비에 젖었을 텐데도……."

"뭐지, 그 철포는?"

"겐사이 님도 역시."

천적과도 같은 비를 극복한 철포가 등장한 거라면 앞으로 전투 양상은 크게 바뀐다. 어떻게든 그 정체를 알아내야 한다. 그렇게 말하고 몇몇 장인들과 함께 남기로 했다고 한다.

"바보 같으니……. 할 만큼 했잖아!"

교스케는 아랫입술을 깨물었다. 단조와 레이지도 낯이 창백해졌다. 이제는 금방이다. 앞으로 반나절, 아니 몇 각이 지나기도 전에 후시미 성은 함락될 것이다.

1각 후, 장인들이 거의 다 돌아왔다. 개중에는 팔에 납탄이 박힌 자도 있어서 둘둘 감은 무명천이 붉은 피로 물들어 빗물에 번지고 있었다.

반각 후, 장인 두 명이 더 돌아왔다. 겐사이와 함께 성에 남았던 자들이다. 역시 겐사이는 없었다.

"성에 남은 이는 이제 겐사이 님을 포함해서 세 사람입니다. 지금까지 파악한 사실을 행수님께 전하라고 하셨습니다."

혼마루는 맹공에 노출되어 있지만 도리이 모토타다 이하 병사들은 성을 베개 삼아 죽겠다는 각오로 도망치지 않고 있다. 서군도 더는 퇴로를 열어둘 의미가 없다고 판단했는지 열어두었던 남쪽 포위망을 다시 서서히 닫는 중이라고 한다.

"기존 철포와는 생김새가 조금 다릅니다. 뒤쪽이 퉁퉁합니다. 측면 손잡이 같은 것을 돌려서 총탄을 발사한다고 합니다."

"철포 얘기는 됐다……. 영감은 무사한가?"

목이 떨려 목소리가 뒤집혔다. 빗속에서도 굉음을 내는 철포를 관찰하기 위해 혼마루 밖으로 상체를 내밀던 겐사이는 어느 정도 파악하자,

──우선 이걸 교스케에게 전해라.

라며 두 사람을 내보냈다.

"바보천치 같으니……. 빨리 도망쳐야지."

성내 상황을 들어보니 항복하려고 하는 자는 아무도 없는 듯하

다. 그렇게 되면 공성군 측도 잔인해진다. 장인이니까 살려달라고 한들 전투로 거칠어진 적군은 즉각 죽이고 말 것이다. 이제는 도망치는 길 말고는 살길이 없다.

다시 4반각(약 30분)이 지나기 전에 나머지 두 명이 귀환했다. 그 가운데 하나는 어깨에 박힌 화살을 제 손으로 부러뜨리고 도망쳐 왔다.

"허벅지에 총탄을 맞아 걷지도 못하고……."

총탄을 맞고 엉덩방아를 찧은 겐사이는 그대로 책상다리를 하고 앉아 성벽 위에서 계속 적의 동향을 관찰했다. 잠시 후 작은 소리로,

──그렇군. 잘 알겠다.

라고 중얼거리더니 남아 있던 두 사람에게 자세히 설명해주고 어떻게든 도망치라는 명을 내렸다고 한다.

"구니토모의 신형 철포는…… 부싯돌과의 회전마찰을 이용해서 발사됩니다. 때문에 비가 와도───"

"아버지는!"

"겐사이 님은……."

허벅지에 맞은 탄환이 관통하지 않고 뼈를 부순 모양이다. 겐사이는 움직일 순 있었지만 걷기는커녕 일어서는 일조차 뜻대로 하지 못했다. 두 사람이 들쳐 업고 나가겠다고 했지만 겐사이는 어지럽게 날아오는 탄환에 노출된 채 책상다리를 하고 앉아 가만히 고개를 저으며,

──부탁한다.

라는 한 마디뿐이었다.

"당장 구하러 갑시다!"

젊은 장인의 외침을 신호로 몇몇 혈기 왕성한 자들이 호응했다. 단조가 만류하려고 하는 순간,

"안 돼. 여길 벗어나는 건 허락할 수 없다."

교스케가 날카롭게 일갈하자 일동은 동작을 멈추었다. 실은 자신이야말로 당장이라도 달려가고 싶었지만 이미 늦었다. 겐사이는 아노에 전해달라고 하지 않고 교스케에게 전해달라고 말했다. 교스케는 그 말의 의미를 가슴이 저미도록 잘 알고 있다. 교스케를 위해 겐사이는 목숨을 걸고 구니토모슈의 기술을 알아냈다. '기초'가 되고자 한 것이다.

──바보 같은 영감태기.

피가 배어나올 만큼 주먹을 꽉 쥐고 눈을 감자 성벽 위에 앉은 겐사이 모습이 떠올랐다. 나이가 들어도 허리가 꼿꼿하다. 철포의 구조를 간파했으니 이제는 성벽 아래가 아니라 동녘하늘을, 오미 아노로 이어지는 하늘을 응시하고 있으려나.

8월 1일, 후시미 성이 함락되었다. 7월 19일부터 사만에 이르는 대군을 상대로 무려 13일이나 버텨낸 것이다.

서군은 후시미 성을 함락시키자 휴식도 없이 곧장 각지로 군세를 파견하기 시작했다. 13일의 절반, 아니 닷새면 함락시킬 수 있

다고 믿었던 만큼 서군은 잃은 시간을 만회하려고 필사적이었다. 전략도 크게 바뀌지 않을까.

도쿠가와 이에야스에게 후시미 성을 위임받은 도리이 모토타다는 낙성 때까지 지휘를 계속하다가 마지막에 천수각에서 할복했다. 갈라진 배에서 장을 끄집어내 던져버리는 장절한 최후여서 서군 장수들도 간담이 서늘했다는 이야기가 일찌감치 알려졌다.

동군을 응원하는 서민들 사이에서는 그 굳건한 충의를 칭송하는 소리도 들렸다. 조만간 동군에도 전해져서 사기를 크게 높일 게 틀림없다.

모토타다를 비롯한 무사들의 최후는 전해지지만 겐사이의 소식은 묘연하기만 했다. 도망쳐 나온 장인이 전한 것처럼 성벽 위에 책상다리를 하고 앉아 동녘하늘을 바라보는 모습이 마지막이었다.

결코 흔한 사례는 아니지만 도비타야처럼 전투에 직접 참가하는 장인이 전혀 없는 것도 아니었다. 다만 전투 후 그들이 어떻게 되었는지는 거의 알려지지 않았고 기록이 남아 있지도 않다. 이번에도 역시 그러했다. 전투의 주역은 어디까지나 무사이고, 그들이 다루는 창이나 방패를 만드는 자는 조역이라는 사실을 새삼 알게 되었다.

"고카슈 건은 사정이 조금 복잡합니다."

선전하던 후시미 성이 무너진 결정적 계기는 성 안에 잠복해 있던 고카슈의 배반이었다. 동군 편에 서고 싶다고, 후시미 성에서 함께 농성하겠다고 찾아온 다이묘도 몇 명 있었지만 도리이 모토타다는 이들을 받아들이지 않았다. 그런데 왜 고카슈만 성에 들였는지 고스케는 의아했다. 전투가 끝난 뒤 단조가 고카의 토착 무사를 만나 그 진상을 듣고 왔다.

먼서, 간단히 고카슈라고 말하지만 실은 규모가 다양한 토착 무사 집단이다. 아노슈가 도비타야, 고토야 등 여러 패로 이루어져 있는 것과 비슷하다. 차이가 있다면 전자가 토착 무사면서 기능을 파는 집단이라면 후자는 완전한 기능 집단이라고 할까.

고카슈 중에서도 대관일정 지역에서 영주나 슈고의 대리로 일하는 직책을 맡고 있던 이와마 효고, 후카오 세이주로 등은 이에야스와 가볍지 않은 인연이 있어서 농성전에 가세하겠다며 자원하고 나섰다. 사전에 이에야스로부터,

——고카슈의 기술은 믿음직하다. 이 두 사람이 원한다면 성에 들여도 좋다.

라는 이야기가 있었는지, 모토타다도 이들은 받아들였다는 것이다.

하지만 그들은 이미 대관이었으므로 첩보 기술이 뛰어난 수하들이 떠나고 없는 상태다. 그럴 때 후카오 세이주로를 찾아와,

——은혜에 보답할 기회를 주십시오.

라고 말하는 자가 있었다.

우카이 도스케라는 고카의 토착 무사였다. 영지는 손바닥만 하게 작고 수하도 육십 명이 채 안 되는 사람이지만, 그가 이끄는

집단은 고카에서 탁월한 기술을 가지고 있다고 알려져 있었고, 우카이도 10년에 하나 나올까 말까 하는 수재로 소문났다. 이 우카이의 부친이 전투 중에 죽었는데, 후카오의 수하가 우카이 부친의 머리카락을 잘라서 가지고 돌아왔다. 우카이는 이를 은혜로 여겨 꼭 도와드리고 싶다고 제안했다는 것이다.

"그 우카이가 배반한 겁니다."

단조가 말했다. 애초에 후시미 성을 치기 전에 이시다 미쓰나리는 동료 부교이며 함께 서군에 가담한 오미 고카 미즈구치의 영주 나쓰카 마사이에에게,

──후시미 성에 매복시킬 고카슈가 없겠소?

라고 문의했다고 한다. 그러자 나쓰카는 면식이 있는 우카이를 낙점했다. 우카이는 후카오가 동군에 가담하려는 것을 알고 그에게 잘 보여서 신용을 얻었다고 한다. 그리고 후카오뿐만 아니라 후시미 성의 군세 전체를 손쉽게 속이고 있다가 배반한 것이다.

"우카이는 후카오에게 은혜를 입었다고 하지 않았나……?"

그간의 흐름은 알겠는데 그 점만은 납득할 수 없었다.

"우카이는 평소 속을 터놓고 지내는 사람들에게 이렇게 말했다고 합니다. 후카오가 굳이 내 아버지의 머리카락을 잘라서 가지고 돌아온 것은 저희들의 떳떳치 못함을 면피하기 위해서일 뿐, 후카오는 돌에 깔린 아버지를 그냥 두고 도망쳐온 셈이다. 원한이 있을지언정 은혜가 무슨 말이냐, 라고."

"돌에 깔려…… 설마."

"예. 우카이의 부친은 히노 성 공방전 때 죽었습니다. 그래서 선대에게도 원한이 있다는 겁니다."

"그건 내가 주도한 작전인데."

"우카이도 알고 있다고 합니다. 해서 전쟁이 끝나기 선에 반드시 행수님을 혼내주겠다고."

교스케는 우카이와 면식이 없는데도 일방적으로 원한을 사고 있었던 모양이다. 역시 인과응보라는 겐사이의 말이 옳았다.

"우리가 움직이자면…… 그자도 상대해야겠군."

그자도, 라고 말한 것은 구니토모 겐쿠로가 머리를 스쳤기 때문이다.

격돌하게 된다면 어느 땅, 어느 성에서 하게 될까. 사태는 혼돈에 빠졌고 앞날은 보이지 않는다. 규슈든 오슈든 의뢰가 오면 어디든 달려간다고 장담했지만 이미 각지에서 싸움이 시작되었다고 하니 앞으로 의뢰가 있을 성싶지 않고, 설사 의뢰가 있다 해도 시간을 맞추기가 어려우리라. 그런 정세를 볼 때 의뢰가 온다면 기나이 혹은 그 주변이 아닐까 생각되었다.

"어때?"

"도미타 가에서 문의만 있었을 뿐입니다."

교스케의 물음에 단조는 고개를 저었다.

후시미 성이 함락되고 열흘이 지난 8월 11일, 이세 국 아노쓰 오만 석의 영주 도미타 노부타카의 가로가,

──우리와 함께 성을 지켜줄 수 없겠나?

라고 제안했다. 긍정적인 답변을 하자 가로는 당주에게 보고해야겠다고 돌아갔지만 그 뒤로 소식이 없었다.

8월 22일, 모리 히데모토 등 서군의 삼만 대군이 아노쓰 성을 포위하고 다음날 전투가 시작되었다.

그 이틀 뒤인 8월 25일. 서군의 총공격에 아노쓰 성이 함락되었다는 소식이 전해졌다. 아마 도미타 노부타카의 가로는 아노슈에게 의뢰하기에는 이미 늦었다고 판단하고 그대로 전투에 참가했으리라. 만약 그때 당주의 생각을 확인하려 하지 않고 그 자리에서 결단했다면 도비타야는 아노쓰 성에 늦지 않게 도착할 수 있었을 텐데 급박하게 돌아가는 정세를 도미타 가가 제대로 읽지 못한 셈이다.

"그렇더라도…… 겨우 사흘밖에 못 버텼단 말인가."

역시 병력 차이가 너무 심하면 그 정도밖에 버티지 못한다. 그걸 보더라도 후시미 성이 얼마나 선전했는지 알 수 있었다. 이렇게 서군은 군세를 나눠 각지의 성을 파죽지세로 함락시켰다.

"이제 우리가 나설 자리가 없을 수도 있겠군요……."

"아니…… 반드시 있네."

그렇게 확신했기 때문에 겐사이는 목숨을 던졌던 것이다. 교스케는 조급해지는 마음을 진정시키듯 가늘게 숨을 토했다.

"그런데…… 교고쿠 가는 전란에 휩쓸리지 않고 넘어갈 모양이군요."

"그렇군."

단조가 문득 화제를 돌리자 교스케는 고개를 끄덕였다. 교스케
가 교고쿠 가에 각별한 마음을 품고 있음을 단조도 알고 있는지
모른다.

아이즈의 우에스기 가게카쓰를 토벌하기 위해 오사카를 출발
한 이에야스는 6월 18일 오쓰 성에 들렀다. 다카쓰구는 이에야스
에게 직접,

——기나이가 불안하니 그대는 오쓰 성에 남아주시게.

라는 부탁을 받고 토벌군에 참여하지 않았다.

다카쓰구와 별개로 시나노 이이다의 십만 석을 가진 동생 교고
쿠 다카토모는 미쓰나리와 동행하기로 되어 있었다. 이에 다카쓰
구는 가신 야마다 오이에게 병사 이백을 주고 동생 군세에 합류
하게 했다.

그 뒤 이번에는 미쓰나리가 이에야스 토벌군을 일으켰다. 후시
미 성 같은 소수의 예외를 제외하면 기나이, 오미 같은 오쓰 인근
지방은 순식간에 서군의 깃발로 물들었다.

오쓰 성의 교고쿠 가는 육만 석에 병력도 삼천 남짓이므로 단
독으로 미쓰나리에 저항할 수 없다. 이런 상황은 이에야스도 뻔
히 예측했을 터였다.

"너무하는군."

이에야스가 다카쓰구에게 오쓰에 남아 있으라고 명령했다는
이야기를 들었을 때 교스케는 분개했다. 교고쿠 가를 사석으로
활용해서 조금이라도 시간을 벌겠다는 의도가 아닌가. 종군해서

함께 싸우자고 했다면 이해가 가지만, 서군이 우글거리는 기나이에서 홀로 싸우라는 말은 죽으라는 말이나 마찬가지였다. 동생 다카토모를 종군시킨 것은,

　──네 핏줄을 발탁해 줄 테니까 안심하라.

　라는 뜻이겠지. 후시미 성을 맡은 도리이 모토타다는 이에야스의 가신이지만 교고쿠 가는 가신이 아니다. 독립된 다이묘이고 도요토미 가의 가신이다. 이에야스는 그런 가문을 사석으로 쓸 수 있는 위치가 전혀 아니다.

　이에야스도 자신이 기대하는 대로 교고쿠 가가 서군에 저항할 거라고 생각했을 리 없다. 그래도 오쓰 성은 요충이고, 만에 하나라도 아군이 되어 옥쇄해준다면 그보다 좋은 일은 없다는 정도로 생각하는 게 틀림없다.

　다카쓰구도 물론 알고 있는 듯하다. 서군 우지이에 유키히로가 사자로 찾아와,

　──나이부야말로 천하를 어지럽히는 모반인이다. 우리 편에 서주기 바란다.

　라고 설득하자 다카쓰구는 이에야스에 대한 체면도 있어서 완곡하게 거절했다지만, 같은 오미의 영주 구쓰키 모토쓰나가,

　──기나이 주변은 전부 서군 편이고 그 병력은 십만이 넘는다. 거기 대항해서 버텨낼 수가 없다.

　라고 실상을 친절하게 설명하자 자신도 서군에 서겠다고 표명했다. 이 소식에 이시다 미쓰나리도 크게 기뻤는지 오쓰 성에 찾

아와 고마움을 표하고 서군의 향후 전망을 설명했다고 한다.

——재상님은 그렇게 하는 게 무난하지.

교스케는 다카쓰구의 결단을 전해듣고 가슴을 쓸어내렸다.

다카쓰구는 교스케가 만나본 무사 중에 누구보다 마음이 따뜻한 사람이다. 가신의 목숨을 살리기 위해 다이묘라는 지위와 영지를 다 내던졌던 사람이다. 이번에도 가신들이 피를 흘리는 사태를 회피한 것이다.

이로써 교고쿠 가도 무사해졌다고 할 수 있다. 동서 어느 쪽이 이길지는 아무도 알 수 없지만, 서군이 이기면 다카쓰구는 자신의 공으로 동생 다카토모의 사면을 청원할 것이다. 동군이 이기면 그 반대로 할 테고.

"어렵게 마친 개보수 공사도 쓸모가 없게 되었군요."

단조의 얼굴은 평온했다. 쓸 일이 없는 상황이 최선임을 단조도 이해하고 있다.

"아니, 조금은 도움이 되었는지도 모르지. 오쓰 성이 견고하다고 알려졌기 때문에 동서 모두 공손하게 교섭했다고 볼 수도 있으니까."

"그렇군요."

교스케가 설명하자 단조는 고개를 끄덕였다.

"이제 동서 어느 쪽이 이기는지 결말이 날 때까지 무사히 지내는 일만 남았어."

"오늘 이른 아침에 오쓰 성을 출발하셨다고 합니다."

"그렇지. 하지만 무리는 하시지 않을 거야."

9월 1일, 다카쓰구는 군세를 이끌고 다른 서군 장수들과 함께 오쓰 성을 출발했다. 호쿠리쿠 방면을 공략하는 군세에 편입됐기 때문이다. 내일은 교스케의 고향 에치젠으로 들어갈 예정이며, 동군에 선 마에다 가를 견제하기 위한 작전이라고 한다.

마에다 가는 이미 병력도 많지 않은 니와 가와 싸워서 패했다는 소식이 들어왔으니 앞으로는 크게 움직일 성싶지 않다. 상대가 그런 상태이므로 애초에 전투는 없을지도 모르고, 다카쓰구도 결코 무리한 전투를 벌이지 않겠다고 생각할 터였다. 다카쓰구가 원하는 대로 교고쿠 가는 큰 피해 없이 이번 대란을 넘길 수 있을 것 같았다.

한데 이틀 뒤, 생각지도 못한 일이 일어났다. 오쓰 성 개보수 공사를 할 때 이름뿐인 부교로서 교스케와 함께 일했던 다가 마고자에몬이 아노의 저택으로 달려온 것이다.

"다가 님, 무슨 일이십니까."

교스케는 대문까지 달려 나가서 맞았다. 마고자에몬은 창백한 얼굴로 격하게 어깻숨을 쉬었다.

"도비타 공……."

"어서 물을."

수하 장인에게 시켜 물을 떠오자 마고자에몬은 급하게 물을 들이켜고 숨을 골랐다. 다급한 모습이 심상치 않았다. 교스케의 예상이 빗나가, 호쿠리쿠 방면에서 전투가 일어나 다카쓰구의 신변에 무슨 변고라도 생겼나? 아니, 그렇다면 굳이 자기에게 달려올 까닭이 없지 않은가.

"오쓰에 무슨 일이 있습니까?"

혹시 오쓰에서 성을 지키던 사람들에게 무슨 일이 일어났니. 그러나 마고자에몬은 도리질을 했다.

"나는 오쓰가 아니라 히가시노에서 돌아온 참이네."

"히가시노…… 군대에 계셨습니까?"

히가시노는 에치젠의 한 지역이다. 마고자에몬은 오쓰 성을 지키는 줄 알았는데, 히가시노에서 말을 달려 왔다면 이 헝클어진 모습도 이해할 수 있다.

"그렇다네. 나리께서 한 발 먼저 오미로 돌아가 도비타 공에게 달려가라고 명하셔서."

"한 발 먼저……?"

의미를 이해할 수 없어 교스케는 미간을 찡그렸다.

"교고쿠 가는 군대를 돌려 오쓰 성에서 농성하기로 결정하셨네."

"뭐라고요?"

경악해서 소리를 지른 이는 교스케만이 아니었다. 심상치 않은 상황을 느끼고 모여 있던 단조와 레이지 등 주요 장인들도 모두들 얼굴을 마주보며 웅성거렸다.

"먼저 호적 잔당이 동군에 호응할 움직임이 있다고 위에 보고했네."

호적이란 글자 그대로 호수에서 해적질을 하는 자들을 말한다. 비와 호수에는 오래 전부터 호적이 있었다.

"아직도 호적이 있습니까?"

오다 노부나가가 아즈치 성을 쌓을 즈음, 호운, 즉 호수를 이용한 운송을 방해할 우려가 있다고 호적을 토벌했다. 호적은 그때 대부분 사라지고 잔당도 얼마 안 된다. 동군에 호응할 힘은 남아 있지 않다.

"그렇지. 뻔한 거짓말이야."

숨을 충분히 가라앉힌 마고자에몬이 차분하게 단언하고 말을 이었다.

"그걸 명분으로 시오쓰를 장악해서 화근을 없애야 한다고 진언한 것이지."

시오쓰는 비와 호수 북안에 있는 땅이다. 항구가 있는 호운의 중요 거점 가운데 하나다. 만약 그곳을 동군에 빼앗기면 에치젠으로 진군한 병력은 활동이 크게 제약된다. 마고자에몬의 말에 따르면 호적 운운하며 거짓 진언을 한 까닭은 서군 군세에서 이탈하기 위해서다.

"교고쿠 가는 항구를 제압하겠다는 명목으로 시오쓰로 왔다가 그대로 배를 타고 오쓰 성으로 돌아오고 있네."

실은 사전에 배를 준비시켜 놓았다고 한다. 즉 교고쿠 가는 출발하기 전부터 오쓰 성으로 돌아와 서군과 싸울 작정이었다.

"이유를 모르겠군요…… 왜죠? 교고쿠 가는 형제가 동서로 나뉘어져 있지 않습니까. 나이부도 상황이 상황인 만큼 재상님을 징계까지는 하지 않을 텐데요."

사실 상황이 꼭 계산대로 움직이지는 않겠지만, 적어도 이미 서군 일색인 가운데 오쓰 성만 홀로 싸우기보다는 서군에 붙는 편이 생존 가능성이 높을 것이다.

"오쓰 성에 지부노쇼가 들렀던 사실은 알고 있나?"

"들었습니다."

"그때 서군의 전략을 들었네."

교스케는 의아했다. 교고쿠 가는 명문이고 다카쓰구도 참의이니 관직은 미쓰나리보다 높지만 실제로는 석고石高토지의 생산성을 기준으로 한 영지 면적 육만 석으로 미쓰나리의 3분의 1에도 못 미치는 작은 다이묘이다. 미쓰나리는 격, 실력 모두 다카쓰구보다 윗길이고, 명목상 대장인 모리, 부장격인 우키타 등과도 다른 존재이다. 게다가 다카쓰구의 동생이 동군에 속해 있어 기밀이 샐 위험이 있는데도 미쓰나리가 굳이 전략을 들려주었다는 얘기가 납득이 되지 않았다.

"듣고 보니 그 전략에 오쓰 성이 깊이 관련되어 있더군. 실은……."

마고자에몬은 미쓰나리가 다카쓰구에게 밝혔다는 전략을 막힘 없이 설명하기 시작했다.

미쓰나리가 구상한 전략은 이렇다. 우선 동군이 우에스기 쪽에 정신이 팔려 있는 동안 미쓰나리는 기나이 주변을 완전히 평정하고 동쪽으로 진군해서 미노, 오와리, 미카와 등을 평정할 계획이었다. 하지만 이는 어디까지나 잘 되었을 때의 이야기이고, 이에야스는 십중팔구 우에스기를 견제하는 병력만 남겨두고 회군해 올 것으로 보고 있었다.

"그럴 경우는 오와리 혹은 미노 근방에서 충돌하지 않겠습니까?"

옆에서 듣고 있던 레이지가 끼어들었다.

그동안 도비타야도 정보를 수집해 왔는데, 주로 레이지가 이끄는 운반조의 공이 컸다. 해서 레이지는 웬만한 무장보다 정세에 밝다.

"우리도 그렇게 생각했네만…… 미쓰나리는 오미, 특히 오쓰에서 결전을 벌이기를 바라고 있었어."

"뭐라고요…….'

교스케는 너무 놀라 말문이 막혔다.

"동군을 끌어들일 수 있는 한 최대한 끌어들일 작정인 모양이야."

마고자에몬은 여기에 세 가지 이유가 있다고 했다.

우선 첫째는, 부장격인 우키타는 사기가 높지만 대장을 맡은 모리 가는 소극적이어서 오사카 성에 본대를 두고 머뭇거리고 있다고 한다. 그가 적극적으로 움직이려고 하지 않기 때문에 미쓰나리는 아예 그를 대장으로 앉혀서 뒤로 빼지 못하게 했다고 할 수 있다. 동군이 오미 오쓰까지 회군해 온다면 모리 가도 본격적으로 병사를 움직이지 않을 수 없게 될 거라고 보는 것이다.

두 번째는 병참 문제다. 동군은 대군을 유지하며 먼 거리를 이동해야 하므로 군량 조달이 쉽지 않다. 한편 서군은 기나이를 완전히 제압해두면 군량 공급이 쉽다. 오랜 세월 부교로서 병참을 맡아온 미쓰나리다운 생각이다.

"세 번째는 오쓰 성이 호수에 면해 있어서일세."

우선 오쓰 성에 다카쓰구 병사를 배치하여 동군을 깊숙이 끌어들이고, 나아가 근방에 서군 병사를 전개시킨다. 공성전과 야전을 동시에 치르는 일은 드물지 않다. 일찍이 다케다 가와 우에스기 가가 가와나카지마에서 네 번째 격돌할 때도 그렇게 했다.

"양군이 대치할 때 호쿠리쿠 방면군을 배에 태워 호수를 이동하여 동군을 협공한다는 거지."

"안쪽으로 유인하자는 거군요······."

교스케가 목소리를 흘리자 마고자에몬이 고개를 끄덕였다.

동군으로 하여금 적의 영지 깊숙이 자리한 성을 치도록 유인하겠다는 것이다. 동군으로서는 작전이 잘되면 적의 배후를 제압해 크게 유리해지지만 실패할 가능성도 높아 도박적 요소가 강하다. 실제로 히데요시는 고마키·나가쿠테 전투에서 이에야스를 상대로 이런 작전을 썼다가 실패하여 많은 병사를 잃었다.

이에야스도 당연히 적 진영 깊숙이 들어가면 위험하다는 사실을 잘 알 테지만 미쓰나리가 구상한 대로 진행된다면 이에야스는 저도 모르게 종심 깊숙이 들어오게 된다. 오미에서 태어나 오미를 영지로 관리하고 호운의 중요성을 잘 아는 미쓰나리다운 전략이라고 할 수 있다.

"그럼 사와야마는 어떻게 되는 겁니까."

사와야마는 기타오미에 있는 미쓰나리의 영지다. 동군을 오쓰까지 끌어들인다는 건 사와야마가 이에야스 수중에 떨어진다는 의미이기도 하다.

"지부노쇼는 애당초 사와야마에 병력을 남겨둘 생각이 없었네."

사와야마에 병력을 전혀 배치하지 않으면 오히려 의심을 사므로 각지의 성에 죽음을 각오한 가신들을 조금씩 남겨두고 동군의 공격을 유인해서 함정으로 끌어들일 작정인 듯하다.

호쿠리쿠 방면군은 앞에서도 이야기한 시오쓰에서 배를 타고 비와 호수를 가로질러 동군 배후로 접근하게 된다. 그러려면 시오쓰를 빼앗겨서는 안 된다. 항구를 빼앗기는 사태는 절대로 피해야 하므로 다카쓰구도 그곳을 쳐서 시오쓰 항구를 확보하겠다고 제안했음을 알 수 있었다.

"지부노쇼의 유일한 걱정은 오쓰 성의 방비였던 모양인데……"

"제가 견고하게 만들어버리고 말았다는 겁니까."

미쓰나리는 히데요시가 살아 있을 때부터 도요토미 가의 천하를 뒤흔들 적은,

──동쪽에서 올 것이다.

라고 생각하고 그런 전략을 가지고 있었다고 한다. 일찍이 아케치 미쓰히데의 성이던 사카모토 성이 철거된 후 미나미오미, 비와 호반의 여러 성 중에서는 오쓰 성이 특출하게 견고하지만 바깥해자가 불완전하다는 데 불안을 느끼고 있었다. 그 약점이 개보수 공사를 통해 해소되자 미쓰나리는 자신을 얻은 듯하다.

"이놈이고 저놈이고……."

교스케는 입 안의 살을 깨물었다. 이에야스는 후시미 성을 사석으로 써버렸고 오쓰 성도 그렇게 활용하려고 했다.

미쓰나리 역시 비슷한 발상으로 전략을 짜고 있다. 어떻게 하면 함락되지 않는 성을 쌓을까를 추구해온 교스케의 머리에서는 성을 의도적으로 위험에 노출시킨다는 발상은 아무래도 나오지 않는다. 무엇을 위한 성인가. 그 존재 의미조차 의심스러워진다.

"나리는 이 말을 듣고 결심하셨네. 미쓰나리의 작전대로 한다면…….

"오쓰 일대가 참혹하게 망가지겠죠."

산과 호수 사이에 있는 그리 넓지 않은 땅에 수십 만 대군이 쏟아져 들어와 공성전과 야전을 벌이면 전쟁에 휘말린 영민들 중에서도 많은 사상자가 나올 수밖에 없다. 설사 살아남는다 해도 마을은 불타고 전답은 황폐해지고 어장도 망가져서 당장 살아갈 길이 막막해진다. 그렇게 큰 규모로 전투를 한다면 1, 2년이 아니라 5, 10년이 지나도 끝나지 않을지 모른다. 다카쓰구는 최악의 사태를 피하고자 얼마 전 고개를 숙이고 들어갔던 서군을 이탈하여 오쓰 성에서 농성하며 싸울 각오를 다졌다는 것이다. 그러면 전투는 오쓰 성 주변으로 제한되고 피해도 제한될 테니까.

"나리는 영민 중에 어디 피할 곳이 없는 자들은 전부 성으로 불러들이라고 하셨네. 먼저 오쓰로 돌아가 식량을 샅샅이 모아 성 안에 비축해두는 가신도 있네."

"농민들까지 농성하는 겁니까."

장병만이 아니라 영민도 농성한다. 농민을 지킨다는 다카쓰구의 확고한 의지를 볼 수 있다.

"상황은 알겠습니다."

교스케가 말하자 잠시 침묵이 흘렀다.

마고자에몬이 왜 여기 왔는지 짐작할 수 있었다. 이 자리에 모인 다른 장인들도 마찬가지였다. 젊은 장인들이 긴장하고 개중에는 벌써 몸을 부르르 떠는 자도 있다.

"내가 여기 온 까닭은……."

마고자에몬의 입은 무거웠다. 얼마나 어려운 일인지, 아니 무모한 일인지 알고 있으니까 주저할 수밖에.

교스케는 단조와 레이지에게로 시선을 옮겼다. 눈길이 부딪히자 살짝 고개를 끄덕이는 두 사람을 확인하고 교스케는 조용히 말했다.

"말씀하세요, 다가 님."

마고자에몬은 고개를 숙이고 있다가 이윽고 작심한 듯 고개를 들었다.

"나리는…… 아노슈 도비타야가 도와주었으면 하시네."

"알겠습니다."

교스케가 지체 없이 대답했다. 마고자에몬이 가슴이 벅찬 듯 입술을 오므리는데 교스케가 일동을 향해 소리 높여 말했다.

"도비다야는 오쓰 성에서 일한다. 가카리다!"

"시간이 없다. 당장 채비해라! 수레와 썰매를 전부 준비해라!"

레이지가 냉큼 이어받자 장인들이 일제히 움직이기 시작했다.

"행수."

"음, 돌을 미리 떼어두길 잘했군. 그걸 사용합시다."

단조는 고개를 끄덕이고, 레이지와 달리 엄숙할 정도로 조용한 목소리로 수하들에게 지시를 내렸다. 저택이 마쓰리처럼 소란해진 가운데 교스케는 주먹을 꽉 쥐고 일어섰다.

수하에게 세세한 준비를 지시한 뒤 교스케는 혼자 오쓰 성으로 출발했다.

아노와 오쓰는 엎어지면 코 닿을 곳이다. 종종 근처를 지나며 멀리서 바라본 적은 있지만, 직접 찾아가는 것은 개보수 공사 이후 처음이다. 성에는 엄청나게 많은 화톳불이 타오르며 천수를 희뿌옇게 밝히고 있었다.

다카쓰구는 조금 전 군세와 함께 오쓰 성으로 돌아왔다. 군량과 탄약을 조금이라도 더 비축하기 위해 밤 시간인데도 많은 사람들이 경황없이 움직이고 있다. 영민들의 입성 역시 이미 시작되어서 근방에 사는 농부들을 안내하는 모습도 간간히 볼 수 있었다.

교스케는 다카쓰구와 처음 만났던 큰방으로 안내받았다. 그때와 달리 촛불 여러 개가 켜진 방 안에 다카쓰구가 앉아 있다가 교스케가 들어서자 벌떡 일어섰다.

"교스케……."

눈코입을 중심에 모아놓은 듯한 다카쓰쿠의 동그란 얼굴은 당장이라도 울음을 터뜨릴 것 같은 표정이었다.

"재상님, 오랜만에 뵙습니다."

이미 전시 상태여서 까다로운 예의범절은 생략됐다고 들었다. 교스케는 선 채로 대답했다.

"미안하네."

다카쓰구는 만나자마자 아랫입술을 깨물며 고개를 떨어뜨렸다.

"무슨 말씀이신지."

"이번에는 이렇게밖에 할 수 없었네……."

예전처럼 성과 영지를 버리고 도망칠 수는 없다. 도망친다고 해도 결국 오쓰 성은 서군에 접수되어 전장으로 변하게 되어 있다.

"알고 있습니다."

"이리 되었으니 나이부가 돌아올 때까지 버티는 수밖에 없겠지."

이에야스의 가신 이이 나오마사에게는 이미 사자를 보내 다카쓰구가 농성하며 서군에 맞서기로 한 사실을 알렸다고 한다.

"도착하시려면 얼마나 걸릴 거라던가요?"

"이미 동군 선봉이 미노에 들어와 8월 23일 기후 성을 함락시켰어."

미노까지 들어왔다는 소식은 교스케도 들었지만, 기후 성을 함락시켰단 얘기는 처음 듣는다. 기후 성은 험준한 산성이어서 서군 장수들 중에는 그 성이 쉽게 함락되었다는 사실에 크게 놀라는 자도 많다고 한다.

교스케는 놀라지 않았다. 철포가 널리 보급되었으니 산성은 예전보다 훨씬 함락되기가 쉬워졌다.

"나이부도 이미 이쪽으로 진군하고 있다고 하네. 어디서 동군과 격돌할지 모르지만……."

다카쓰구는 입술을 꼭 다물고 안타까운 듯 고개를 저었다.

오쓰 성 중심으로 수립해둔 전략이 무너진 지금 서군은 새로운 전장을 물색해야 한다. 비슷한 전략을 취하려면 방비가 단단한 성이 필요하다.

"오가키 성 쪽이 아닐까요."

오가키 성은 철포에 대한 대비도 잘 되어 있다. 성벽을 겐사이가 쌓았으니, 근방에서는 가장 단단한 성이라고 교스케는 보고 있다. 서군이 그 성을 거점으로 하지 않을까?

"그렇게 되면…… 9월 중순쯤인가."

다카쓰구는 손가락을 꼽으며 말했다.

"15일로 잡으면 앞으로 열하루. 서군 동태는요?"

"오사카에서도 이미 알고 있네······. 운 나쁘게도 근처에 모리 효부타이후 군대가 있어."

모리 효부타이후는 서군 총대장 모리 데루모토의 숙부 모리 모토야스를 말한다. 만오천을 이끌고 오쓰에서 가까운 오사카^{蓬阪} 관문에 진을 치고 있다. 명령만 떨어지면 즉각 오쓰로 몰려올 것이 분명하다.

"지금 아노로 돌아가서 내일 아침부터 돌을 옮기겠습니다."

내일, 늦어도 모레가 되기 전에 오쓰 성은 포위된다. 그때까지 돌을 조금이라도 많이 나르고 싶었다.

"알겠네. 부탁하네."

교스케는 고개를 숙이고 방을 나섰다. 긴장감에 싸인 성내를 잰걸음으로 걸었다. 성내에는 이미 농민들이 피란중이었다. 무사들은 전투 준비로 바빠서 여인들이 농민을 안내했다.

"교스케!"

"마님······."

이름을 부르는 소리에 교스케는 걸음을 멈추었다. 놀랍게도 오하쓰가 몸소 멜빵을 걸치고 시녀들을 지휘하는 중이었다. 농민들의 잠자리와 취사를 준비하고 있다.

"이번에 교고쿠 가를 위해 애써주시기로 해줘서 고마워요."

오하쓰가 머리를 깊이 숙이자 교스케가 당황하며 만류했다.

"이러시면 안 됩니다. 제 일인걸요."

"목숨이 위태로울 수 있는 일인데……."

"저희는 늘 목숨 걸고 일합니다."

"……잘 부탁해요."

"혼신을 다하겠습니다."

교스케가 떠나려고 하는데 오하쓰를 보좌하는 시녀 한 명에게 눈길이 머물렀다. 가호였다.

"도비타 님……."

"오랜만에 뵙습니다."

"이렇게 교고쿠 가를 위해 달려와 주셔서……."

"그만 됐습니다."

공손하게 인사하려는 가호를 말리며 교스케는 애써 웃음을 지었다.

물론 교고쿠 가에 대해서는 남다른 마음이 있다. 하지만 다른 가문이었어도 의뢰를 받았다면 목숨을 걸고 지킨다. 그것이 도비타야에 대대로 내려오는 규칙이다.

──떨고 있구나.

가호의 손이 잘게 떨리는 모습을 보았다. 얼굴도 종잇장처럼 창백하다. 어려서 겪은 낙성의 기억이 되살아나고 있겠지. 같은 비극을 겪은 교스케는 가슴이 저미도록 알 수 있었다.

"틀림없이 지켜낼 겁니다."

가호의 표정이 조금 풀어진 듯했다. 평소라면 절대로 그러지 않았을 테지만 교스케는 저도 모르게 가호의 손을 잡았다가 이런 경황에 무슨 짓인가 하는 부끄러움이 솟아나 얼른 손을 거두었다.

"그럼 이만."

"예. 기다리고 있겠습니다."

교스케는 눈인사를 하고 다시 걷기 시작했다.

가호만이 아니다. 둘러보니 모두들 얼굴이 굳어 있다. 농민과 그들을 안내하는 시녀들도, 군량을 옮기는 무사들도 그랬다. 어디선가 아이 울음소리가 들리자 다른 아이들도 울어대기 시작했다. 성 안에 가득한 불안을 갈라내듯이 교스케는 더욱 걸음을 재촉했다.

교스케가 아노에 도착한 것은 새벽녘이었다. 마침 제1진의 짐 꾸리기가 끝난 참이었다.

"잠깐 눈을 붙여두는 게 어떻습니까."

단조는 그렇게 권하지만 교스케는 고개를 바쁘게 저었다.

"시간이 부족해. 오쓰 성이 오늘이라도 포위될 판이야."

오사카大阪에서, 혹은 사와야마에서 군세가 출발했다고 해도 워낙 대군이라 이틀은 걸릴 것이다. 하지만 공교롭게도 오사카蓬版 관문에 서군 병력이 있음을 밝히자 장인들은 이내 긴장했다.

"지금 당장 오쓰로 간다!"

교스케가 힘차게 호령하자 모두 기합이 들어간 대답과 함께 움직이기 시작했다. 고토야에서 옮겨온 자들도 있어서 총 인원이 백오십여 명으로 늘어나 있었다. 도중에 레이지가 곁으로 다가와 말을 건넸다.

"시간에 대지 못할지도 모르겠군."

"음."

만전을 기하기 위해 지금 옮기는 돌의 두 배 물량을 실어 나를 예정이었다. 즉 아노에서 두 번 왕복할 계획이었지만 만약 적이 오늘 도착한다면 두 번째 운반은 어려울지도 모른다. 레이지는 그 점을 알기 때문에 평소보다 더 수하들을 재촉하고 있었다.

더구나 오늘 아침 비가 한 차례 뿌려서 길이 진창이었다. 바퀴가 빠져 수레가 움직이지 못하면 교스케도 수레 끌어내는 일을 도왔다. 그래도 계획보다 반각 정도 시간이 더 걸려서 도비타야가 오쓰 성에 도착한 것은 해가 조금 서쪽으로 기운 시각이었다.

"아노슈다!"

무사 하나가 외치자 성내에 환성이 터졌다. 다른 지방 사람이라면 기껏해야 석공나부랭이가 가세했을 뿐인데, 하며 비웃을지 모르지만 오미에 사는 자라면 그들이 일당백임을 알고 있다.

"어디 놓으면 되지?"

"아, 여기로!"

레이지가 서슬 퍼렇게 묻자 교고쿠 가의 무사들이 당황하며 안내했다.

"서둘러! 일각이 아쉽다!"

레이지의 목소리가 살짝 갈라져 있다. 도중에 내내 고함을 질러 기운을 북돋았기 때문이다. 이럴 때일수록 사고가 일어나기 쉽다는 사실을 도비타야 장인들도 잘 알고 있어서 신속하고도 주의 깊게 짐을 풀어나간다.

짐을 8할 정도 부렸을 때 주위가 조금 시끄러워졌다. 무사들이 철포나 활을 들고 안색이 변해서 뛰어다녔다. 귀를 기울이니 멀리서 땅을 울리는 듯한 소리가 들린다.

"행수⋯⋯."

단조가 낯을 찡그리고 불렀다. 교스케는 혀를 차고 가까운 성벽으로 기어 올라갔다.

"왔다!"

교스케가 아래쪽을 향해 말하자 레이지가 올려다보며 외쳤다.

"어떡할까?"

"제2진은 포기한다!"

"젠장⋯⋯."

레이지는 주먹질을 하며 분개했지만 어떨 수 없었다. 전투란 생각대로 풀리지 않는 게 당연하다. 가져온 돌만으로 대응하는 수밖에 없다. 다만 시작부터 꼬인다고 생각하니 한 줄기 불안이 가슴에 스쳤다.

──걱정할 필요 없어. 할 수 있다.

교스케가 스스로를 타이를 때 밑에서 고함소리가 들렸다. 온몸을 갑주로 감싼 마고자에몬이었다.

"도비타 공! 망루에서 보니 적이 이만이 넘어!"

"만오천이라고 하지 않았나요?"

"새로 가세한 모양이야!"

서군은 오쓰 성의 배반으로 배후가 위험해진 사태를 심각하게 보는 모양이다. 미노 걸진을 니루고 우선 이쪽부터 처리할 작정인 듯했다. 지금까지 풀어놓은 첩자들의 보고에 따르면 각지에 흩어진 서군을 오쓰 성으로 집결시키고 있다고 한다. 그들이 전부 모이면 그 규모는 무려,

"사만……."

교스케는 터무니없는 규모를 듣고 말문이 막혔다. 한편 오쓰 성에 농성하는 병력은 삼천이 채 안 된다. 공성전에서는 공성군이 수성군의 3배일 때 동등해진다고 하는데 적의 수는 무려 10배가 넘는다.

"다만 한 가지."

마고자에몬은 좌우를 살펴보고 교스케 바로 아래까지 걸어왔다. 주변의 귀를 저어하는 낌새를 알고 교스케는 쪼그리고 앉아 귀를 기울였다.

"먼저 가세한 오천 병력이 상당히 골치 아픈 적일세."

생각해보면 그렇다. 만오천 군세에 출동 명령은 언제 떨어졌을까. 오늘이다. 다른 지역에 있던 군세에 합류 명령이 떨어진 것도 아마 오늘일 것이다. 그런데 벌써 합류를 마쳤다고 하니 그 기동성이 참으로 전광석화와 같아서 지휘하는 자가 보통내기가 아님

을 짐작할 수 있었다.

"장수는 누구."

교스케가 묻자 마고자에몬은 소리를 낮춰 말했다.

"은행나무잎 깃발."

교스케는 무가 문장에 어두워 미간을 찡그렸다. 마고자에몬은
목울대를 꿀렁 움직이고 내쳐 말했다.

"다치바나 시종이네."

"서국무쌍西国無双 서국, 즉 일본 서부에 둘도 없는 무장이라는 뜻으로 다치바나 무네시
게의 별칭처럼 쓰였다. 흔히 '동국무쌍' 혼다 다다카쓰와 함께 거론되었다……."

다치바나 무네시게. 관위는 시종. 젊어서부터 세운 공이 헤아
릴 수 없이 많은 사내이다. 스스로도 명장 소리를 듣는 고바야카
와 다카카게가,

──다치바나 가의 삼천 병력은 다른 가문의 일만에 필적한다.

라고 평했을 정도다. 전국을 통일한 히데요시에게는,

──견줄 자가 없는 용장이로고.

라는 최대급 찬사를 받았다. 마고자에몬이 눈치를 본 것도 납
득할 수 있다. 조만간 아군에게도 알려지겠지만 이름만 듣고 벌
벌 떤다고 해도 이상하지 않을 정도의 남자였다.

"돌아가는 판이 영 갑갑하군."

교스케는 흘러내린 앞머리를 그러 올렸다. 예전에는 자신이 쌓
은 성을 그 명장에게 맡기는 꿈을 꾼 적도 있다. 도리어 적으로
맞서게 될 줄은 생각지도 못했다.

땅은 젖었지만 모래먼지가 무럭무럭 피어올랐다. 적이 얼마나 많은지 알 수 있다. 그야말로 구름 같은 대군이었다.

"어서 와라."

교스케는 호수 위를 쓸고 지나가는 바람 속으로 가는 숨을 흘리고 적군을 노려보며 작은 소리로 중얼거렸다.

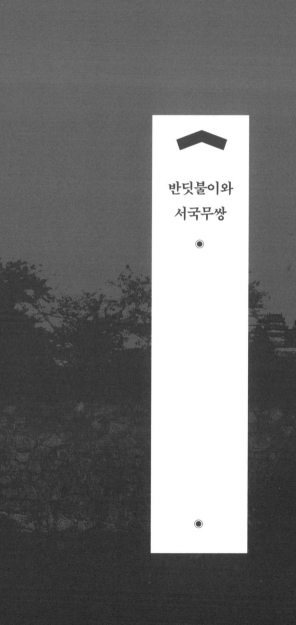

반딧불이와
서국무쌍

오쓰 성은 순식간에 포위되었지만 바로 전투가 벌어지진 않았다. 서군에서 항복을 촉구하는 사자가 왔다. 요충지 오쓰를 무혈로 되찾을 수 있다면 그보다 나은 일이 없다는 서군의 계산이 빤히 보인다.

공성군 대장은 서군 총대장 모리 데루모토의 숙부 모리 모토야스. 숙부라고 하지만 모토야스는 모리 모토나리의 늦둥이로 태어난 팔남으로 데루모토보다 일곱 살이나 어려서 올해 마흔하나였다.

조선에서는 주군 데루모토의 대리로 출정했고, 벽제관 전투에서는 천여 명을 베어 승리의 발판을 마련하는 등 무장으로서의 역량도 높다는 평이다. 사자는 그 모토야스의 복심이었다.

원래대로라면 사자를 만나는 자리에 교스케 같은 장인은 배석이 허락되지 않지만 다카쓰구는 함께 싸우는 처지이므로 모든 상황을 있는 그대로 보기 바란다고 말하고,

──도비타 아무개.

라는 무사로서 말석에 자리하는 것을 허락했다.

"모리 가의 가신 하야마 쇼지로입니다."

사자는 먼저 이름을 밝히고 고개를 숙였다. 영리한 눈에서 재기가 느껴진다. 아울러 견디기 힘든 불쾌한 기운도 감지되었다.

다카쓰구에 대한 세간의 평은 여인들 덕으로 출세한 '반딧불이 다이묘'이기 때문인지 상대를 얕잡아보는 마음이 얼굴에 드러났다.

"재상님이 모반이라니, 뭔가 착오가 있을 거라고 주군은 말씀하셨습니다."

팽팽한 분위기가 감도는 가운데 하야마가 이야기를 시작했다.

원래는 적대하려는 것이 아니었다고 넘겨서 교고쿠 가에 퇴로를 터주려는 속셈이다. 이는 주군 모리의 지시일까 아니면 공성군 장수들의 총의일까. 여하튼 군세로 위협하면서 슬쩍 호의적인 모습을 보여주면 바로 넘어오리라 짐작하는 듯했다.

"흐음."

뭐라고 대답해야 할까 궁리하는지 다카쓰구가 모호하게 반응했다.

교스케보다 훨씬 상좌에 앉은 교고쿠 가의 가신 다가 마고자에몬이 다카쓰구에게 눈짓을 보냈다.

──저쪽에서 이렇게 나오니 오해였다고 대답하고 시간을 버는 편이 좋겠습니다.

라고 호소하는 눈빛이다.

어차피 정해져 있는 싸움이지만 한나절 아니 일각이라도 시간을 끌 수 있다면 최대한 끌어두는 게 좋다. 다른 가신들도 같은 생각을 하며 기대에 찬 눈빛으로 주군을 쳐다보았다.

다카쓰구도 마고자에몬이 보내는 눈짓을 알아차렸는지 미간에 주름을 모으고 쳐다보았지만 무슨 말을 하고 싶은지까지는 이해하지 못한 모습이다.

"외람되지만, 하야마 공."

마고자에몬 맞은편에 앉은 가신이 사자를 부르며 끼어들었다.

"무슨 일이오?"

하야마가 그쪽을 돌아보자 마고자에몬은 이때다 싶은 표정이 되었다. 자신이 보내는 눈짓을 주군이 알아채지 못하는 기색이라 고민스러웠는데 그의 마음을 읽은 다른 가신이 사자를 부르며 시선을 끌어주었다. 마고자에몬은 소리 내지 않고 입모양만 크게 움직였다.

'시간을 버세요.'

"무슨 일이오?"

사정을 모르는 사자가 가신에게 재차 물었다.

"아니…… 주군께서는 매사 숙고를 하십니다. 잠깐 시간을."

"그렇군요. 알겠소."

하야마가 겨우 그 이야기였냐는 듯 살짝 비웃는 기색이다. 모두가 그쪽 대화에 정신이 팔려 있었지만 마침내 좌중의 시선이 일제히 마고자에몬 쪽으로 향했다. 그런데 마고자에몬이 손으로 이마를 짚고 고민하는 표정인지라 좌중은 무슨 일인지 의아해하는 분위기가 되었다.

교스케만이 눈앞에서 벌어지는 상황을 잘 이해하고 있었다. 다른 이들과 달리 내내 마고자에몬과 다카쓰구를 쳐다보고 있었기 때문이다.

──재상님까지.

이런 상황인데도 교스케는 웃음을 참느라 애썼다.

다른 가신이 하야마에게 말을 걸어서 시선을 끌어주는 동안 다카쓰구까지 그쪽을 쳐다보고 있었던 것이다. 마고자에몬은 열심히 입술을 놀려서 뜻을 전하려고 했지만 정작 다카쓰구가 그를 전혀 쳐다보지 않았다.

"무슨?"

"흠. 숙고하는 중이오."

사자의 물음에 다카쓰구가 대답했다. 가신이 말한 대로 대답하자 사자는 어이없다는 듯이 한숨을 지었다.

"응?"

다카쓰구가 그제야 마고자에몬의 표정을 알아채고 눈을 가늘게 떴다.

사자 하야마가 의아해하는 것도 각오했는지 마고자에몬이 작심한 듯 다시 입술을 움직였다.

'시간을 버세요.'

여전히 알아듣지 못한 다카쓰구가 상체를 마고자에몬 쪽으로 기울이며 얼굴을 들여다보았다.

마침내 하야마도 마고자에몬이 주군에게 뭔가 의견을 전하려 애쓰고 있음을 알아채고 쓴웃음을 지었지만 그 내용까지는 아직 알지 못하는 모습이다.

'뭐라고?'

이번에는 다카쓰구가 소리 없이 입술을 움직였다.

'시간을.'

마고자에몬은 천천히 그리고 명확하게 입술을 움직이며 양손으로 뭔가를 살짝 미는 시늉을 했다.

"뭘 떼어내라고?"

"그게 아니고요."

다카쓰구가 그만 소리 내어 말해버린 탓에 마고자에몬도 덩달아 소리 내어 말했다가 엇, 하며 입을 손으로 막았다.

"아하, 길게 끌라고?"

"나리!"

마고자에몬이 비통한 소리를 냈다. 우스꽝스럽게 들리는 이 대화에 혹자는 한숨을 짓고 혹자는 웃음을 터뜨리고 말았다. 교스케 역시 입술을 깨물고 웃음을 참았다.

하야마도 이 상황이 어처구니가 없다는 듯 화를 내기보다 씁쓸하게 말했다.

"길게 끄는 것은 외람되지만 곤란합니다."

"아니…… 그건……."

다카쓰구가 곤혹스럽게 얼굴을 찡그렸다.

"나도 그렇게 생각하오. 당신들 생각을 무시할 마음은 없소."

다카쓰구는 의젓하게 고개를 끄덕이며 대답했다.

"과연 재상님이십니다. 그러면 오해가 있었음을 인정하시고 즉각 성문을 열어서———"

"아니, 오해가 아니오."

"그러면 본인 의지로, 나이부 편에 서시겠다는?"

하야마의 표정이 돌변했다. 낮은 목소리로 으르듯이 말하자 가신 일동도 표정이 딱딱하게 굳어버렸다.

"그렇소만 특별히 나이부 편이라는 말도 아니오."

한편 다카쓰구의 말투는 여전히 온화하다. 희롱당한다고 생각하는지 하야마의 얼굴이 이내 노기를 띠었다.

"말장난을 하시는 겁니까."

"아니, 본심이오."

다카쓰구는 사자를 지그시 쳐다보며 말을 이었다.

"지부노쇼는 오쓰에 진을 치고 기다렸다가 동군을 쳐부수겠다고 하시더군."

"그렇습니다."

"수완이 좋은 사람 아니오? 물론 그렇게 하면 승산이 높겠지. 하지만 우리 오쓰는 어찌 되겠소?"

좌중은 잠시 정적에 싸였다. 다카쓰구는 눈을 감고 가만히 숨을 토했다가 눈을 뜨더니 교스케가 지금까지 들어본 적이 없는 강력한 투로 말했다.

"누굴 바보로 아나!"

"뭐라고요······."

하야마가 놀라서 눈이 휘둥그레졌다.

"지부노쇼에게는 지부노쇼의 생각이 있겠지. 마찬가지로 나이부에게도 나이부의 생각이 있겠고. 그럼 나도 한 마디 해야지. 교고쿠에게도 교고쿠의 생각이 있다고."

말을 할수록 다카쓰구의 목소리는 점점 뜨거워졌다.

"교고쿠의 생각?"

"그렇소. 교고쿠 가는 나이부 편이 아니오. 오쓰 농민 편이지. 이 땅을 절대로 전장으로 만들지 않겠소."

"아까는 우리 쪽 생각을 무시할 마음이 없다고…… 그리 말씀하시지 않았는지?"

"맞소. 걱정해주는 건 고맙소. 그러니 거짓말로 시간을 벌려고 하기보다는 당당하게 싸우겠소."

"농민을 지키겠다고 하셨지만 성내로 불러들인 농민들이 오히려 전쟁에 휩쓸릴 판국이 아닙니까?"

하야마의 입가에 연민의 미소가 떠올랐다. 동서 양군이 오쓰를 전장으로 삼아도 죽는 농민은 나온다. 오쓰 성에서 싸워도 마찬가지다. 어디로든 도망가면 그만이라고 생각하는 자도 있겠지만 사정은 그렇게 간단하지 않다. 제대로 걷지 못하는 노인도 있다. 갓 태어난 아기도 있다. 예전에 이치조다니의 교스케가 그랬듯 농민들이 따로 피란 갈 데가 있을 리 없다. 교스케는 정말 운 좋게 겐사이를 만났을 뿐이다.

"음, 하지만 농민을 지켜내는 걸 보여주겠소."

다카쓰구의 시선이 교스케에게 향했다. 교스케는 힘주어 고개를 끄덕였다.

"과연 얼마나 버틸 수 있을지."

하야마는 이젠 틀렸다고 생각했는지 노골적으로 비웃었다.

"반딧불이도 스무 날은 날아다니지요."

다카쓰구가 미소 지으며 응수하자 하야마는 아무 말 없이 좌중을 흘겨보며 방을 나갔다.

다카쓰구의 대담한 행동에 가신들은 놀란 눈이 되어 마주보았다.

"후우. 말해버리고 말았네……."

긴장해서 온몸이 굳어 있었는지 다카쓰구는 숨을 토하고 난처한 표정으로 좌중을 둘러보았다. 감동으로 몸을 떨던 가신도 다시 돌아온 다카쓰구의 본모습을 보며 쓴웃음을 지었다.

"공연히 염장을 질렀나. 나, 어설프던가……?"

자신 없이 작은 소리로 말하는 다카쓰구에게 마고자에몬이 말했다.

"물론 저들은 나리 말씀에 흥분할 겁니다."

"그럴 거야……."

어깨를 툭 떨어뜨리는 다카쓰구에게 마고자에몬이 고개를 강하게 저었다.

"허나 그보다는 저희가 더 흥분했습니다. 농민들을 끝까지 지켜내겠습니다."

마고자에몬이 힘주어 말하자 가신 일동도 단호하게 고개를 끄덕였다. 다카쓰구 역시 아랫입술을 굳게 끌어올리고 한 사람 한 사람에게 일일이 고개를 끄덕여 주었다.

이내 오사카 성에서 사자가 왔다. 히데요리의 생모 요도도노는 다카쓰구의 부인 오하쓰의 맏언니다. 이 전투는 다카쓰구에게 승산이 없다고 보고 화의를 수선하려는 것이다. 이미 포위하고 있던 서군 장수들도 사자에게 길을 열어주었다.

하지만 오하쓰는 이를 주저 없이 거절했다. 적어도 오하쓰와, 다카쓰구의 여동생이자 히데요시의 측실이 된 마쓰노마루도노만이라도 성을 나가는 편이 좋겠다는 권유도 정중하게 거절했다고 한다. 오하쓰도 남편 다카쓰구와 함께 끝까지 싸울 각오였던 것이다. 이리하여 오쓰의 농민과 교고쿠 가의 존망이 걸린 대결이 시작되었다.

교스케는 사전에 다카쓰구로부터 뭐든 해줄 일이 있으면 최대한 들어주겠다는 말을 들은 터였다. 교스케는 그 말을 믿고 작전회의에서 한 가지 부탁을 했다.

"장인들을 경호할 병력이 필요합니다."

도비타야는 유탄이 어지러이 날아다니는 가운데서도 움츠러들지 않고 일한다. 그렇다고 아무 대비책도 세우지 않는다면 적의 표적이 되어 제대로 일을 하지 못하리라. 방패 등으로 보호해주고, 만에 하나 적이 쳐들어올 때는 경호해주면서 함께 성 안으로 철수해줄 병력이 있었으면 했다.

"백 명이면 되겠나?"

"좋습니다."

마고자에몬은 끄응, 하는 소리를 내며 인원을 말했다. 욕심대로 하면 이백 명이라고 말하고 싶었지만 삼천 병사밖에 없는 교고쿠 가에게는 백 명이 한계일 것이다.

"그럼 누가 적임일까……."

마고자에몬이 궁리하는데 나란히 앉은 가신 중에서 누군가 말했다.

"다가 공. 제게 맡겨 주십시오."

체구가 바위 같은 사내였다. 입 둘레에 호랑이수염을 기른 무서운 인상이다. 교스케는 미간에 주름을 모으며 생각했다. 어딘가 낯익은데.

"자네라면 더 바랄 나위가 없지만……. 별일이군. 보통은 전공을 세우려고 선봉에 써달라고들 하는데."

"이 전투의 결과는 도비타야의 활약에 달렸습니다. 이들을 지키는 것이 가장 큰 공이라고 봅니다만."

호랑이수염이 호쾌하게 웃었다. 도비타야를 높이 평가하는 데 놀란 이는 교스케만이 아니라 마고자에몬도 마찬가지인 듯했다.

"도비타야를 잘 아는군? 요코야마."

──요코야마?

역시 어디서 들은 이름 같다. 사내가 상체를 내밀어 아랫자리에 앉은 교스케를 쳐다보았다. 교스케도 그제야 기억이 살아났다.

"오래간만이네. 교스케."

"요코야마 구나이 님 아닙니까."

"뭐야. 자네들 아는 사이였나?"

마고자에몬이 놀라서 두 사람을 번갈아 보았다.

"다가 공, 제가 교고쿠 가 이전에 어느 가문을 모셨는지 잊으셨군요."

"가모 가……. 그렇군. 히노 성에서?"

"맞습니다."

요코야마가 무릎을 치며 대답했다.

요코야마 구나이. 지금으로부터 18년 전, 교스케에게 첫 '가카리'였던 히노 성 공방전에서 형세를 역전시키기 위한 계책이 실행될 수 있도록 도와준 사무라이 대장이다.

"오랜만입니다. 수염 때문에 얼른 알아보지 못했습니다."

"그렇겠지. 10년쯤 전부터 길렀네."

교스케가 말하자 요코야마는 수염을 쓱쓱 문질렀다.

"지금은 교고쿠 가에?"

"음. 가모 가의 석고가 삭감되어 많은 가신들이 떠나지 않을 수 없었네. 나도 그때."

가모 우지사토는 지금으로부터 5년 전인 분로쿠 4년, 마흔의 나이로 세상을 떠났다. 뒤를 이은 아들 히데유키는 아직 어린 열세 살, 더구나 영민하기로 유명한 부친에 비하면 기량이 떨어졌다고 한다. 때문에 중신들이 대립하여 내분이 일어나고 말았다.

그러자 히데요시가 징벌을 내려 2년 전인 게이초 3년 정월, 아이즈 구십이만 석에서 우쓰노미야 십팔만 석으로 이봉되었다. 영지가 5분의 1로 삭감되자 가신들을 방출하지 않으면 도저히 꾸려나갈 수 없었다.

우지사토를 사모하여 그 가문에 있었던 요코야마는 고향 오미로 돌아와 일자리를 찾았는데 그의 무용에 주목한 교고쿠 가에서 영입을 제안한 것이다.

"당신들이 어떻게 일하는지는 내 눈으로 보았네. 어지간한 무사보다 용감하고 죽음을 두려워하지 않더군."

"맡은 일을 할 뿐입니다."

교스케는 멋쩍게 웃었다.

"그걸 못하는 사무라이가 많네."

요코야마도 역전의 용사다. 이번 전투가 얼마나 치열할지 아는 만큼 전투의 성패는 도비타야의 활약 여하에 달려 있다고 진심으로 생각하는 듯하다.

"내가 나서도 좋겠나?"

요코야마가 입 꼬리를 쓱 올리며 물었다.

"물론입니다. 잘 부탁합니다."

이리하여 요코야마 구나이가 이끄는 병사 백 명이 도비타야를 지켜주기로 했다. 그동안에도 도비타야 사람들은 분초를 아끼며 성벽을 점검해서 불안한 곳이 보이면 보이는 대로 고쳐나갔다.

"정말 그래도 되겠느냐."

작전회의가 끝나기 직전, 다카쓰구가 물었다.

"예. 그렇게 하지 않으면 버틸 수 없습니다."

도비타야는 최전선에 나설 계획이었다. 경험이 적은 병사라면 비명을 지르며 도망칠 법한 아수라장이 벌어질 위치이다.

"게다가…… 교고쿠 가에 관계없이 저희 역시 질 수 없습니다."

차분하게 말하는 교스케의 뇌리에 구니토모 겐쿠로의 노려보는 얼굴이 떠올랐다. 맑게 웃는 겐사이의 얼굴과 함께.

"지금 뭐하자는 거야!"

겐쿠로는 분노에 겨워 주먹을 꽉 쥐고 대지를 짓밟듯 걸음을 옮겼다.

"침착하세요, 행수."

교에몬이 달랬다. 양부가 어릴 때부터 일하고 있었다는 고참 장인으로, 무가로 치면 가로에 상당하는 사람이다.

"어떻게 침착할 수 있나. 사람을 불러놓고 쓰질 않겠다니."

조금 전 여러 장수가 모인 작전회의에 불려갔다. 그 자리에서 대장 모리 모토야스에게 들은 말은,

──이번에는 후방에서 지켜보기 바란다.

라는 것이었다.

후시미 성 공방전에서는 구니토모슈도 전선에 나서서 병사들에게 철포 사용법을 가르치고 때로는 시범을 보이며 직접 철포를 쏘았다. 이 전투를 위해 만든 신형 철포는 다루기가 매우 까다롭

기 때문이다.

또 대통을 쏘자면 구니토모슈의 도움이 더욱 필요하다. 탄환을 장전할 줄도 모르는 자들이 대부분이고, 가령 장전을 할 줄 알아도 조준 역시 어렵다. 포신 각도가 새끼손가락 하나 정도라도 어긋나면 탄환이 엉뚱한 방향으로 날아간다.

비거리를 맞추기 위해서는 한 줌도 아니고 차 수저 하나 정도의 세심한 화약 조절도 필요하다. 그날의 풍향, 풍속 혹은 습도에 따라서도 오차가 발생한다. 제대로 훈련하지 않은 자가 다룰 수 있는 물건이 결코 아니다. 즉 구니토모슈를 후방으로 빼겠다는 것은 신형 철포와 대통을 사용하지 않겠다고 선언한 거나 마찬가지다.

"쥐뿔도 모르면서."

겐쿠로는 여전히 분노를 드러냈다.

후시미 성 공방전에서는 이시다 미쓰나리의 요구에 따라 구니토모슈도 선발대 천 명 정도와 함께 크게 활약했다. 사정거리를 늘린 철포로 멀리 있는 적을 척척 명중시켰다. 상대방 탄환은 이쪽까지 날아오지도 못했고, 설사 탄환을 맞아도 별 위력이 없었다. 그래서 일방적으로 총격을 가하는 상황이었다.

이시다 가의 가신은 구니토모슈 신형 철포의 뛰어난 성능에 크게 놀랐고 나중에 전장에 나타난 미쓰나리도,

──이 물건이 전쟁 양상을 크게 바꾸겠구나.

라며 혀를 내두르고 감탄했을 정도다.

대통의 효과도 확인되었다. 지금까지는 대통의 비거리가 그다지 멀지 않아 최전선에 투입했다. 그러나 적이 성 밖으로 반격하고 나올 경우 대통은 간수하기가 힘들기 때문에 쉽게 빼앗기거나 파손되는 난점이 있었다.

겐쿠로는 이 점을 개선하기 위해 심혈을 기울였다. 그 결과 10년 전과 비교할 수 없는 비거리가 나오고 위력도 향상되어 최전선이 아니라 진의 중간쯤에서 쏘더라도 성을 공격할 수 있게 되었다. 이로써 적이 성 밖으로 출격해 나와도 빼앗길 염려가 없어졌고 가령 열세에 빠져도 철수할 여유가 생겼다. 후시미 성 전투에서도 이시다 가의 진에서 포격을 하여 피해를 입혔다.

당초에는 구니토모슈, 즉 압도적인 '화력'이 후시미 성 전투를 끝낼 거라고 모두가 생각했다. 하지만 전투는 그렇게 쉽게 끝나지 않았다.

"겐사이 놈. 죽어서도 방해를 하다니……."

교에몬은 씁쓸하게 입술을 일그러뜨렸다.

전투가 시작되고 며칠 만에 분위기가 달라졌다.

──적이 성벽에서 반격하고 있다!

라는 보고가 들어왔다. 성벽이 완성되었고, 더구나 거기 총안까지 있다는 것이었다.

거리를 두고 조준 사격을 할 수 있다고 해도 성을 함락시키려면 결국은 병력이 성 안으로 쳐들어가야 한다. 적은 이쪽의 탄환을 막고, 접근하는 병력에 총격을 가했다.

철포 성능이 압도적인데도 그 우세가 상쇄되고 있는 셈이다. 이런 일을 해낼 수 있는 자는 겐사이와 그가 이끄는 도비타야밖에 없다. 문제는 또 있었다.

──탄환이 튕겨 나와 도저히 쏠 수가 없다!

라는 현장 보고가 속속 들어왔다. 전투 중에 성벽이 새롭게 보강되어 성벽 상부가 이쪽을 향해 비스듬하게 돌출되었다. 아노슈가 '부채 기울기'라고 부르는 구조다.

총안을 통해 조준 사격하는 적을 견제하려고 이쪽에서도 철포를 쏜다. 빗나간 탄환이 성벽의 '부채 기울기'에 맞으면 아래쪽으로 튕겨져 나와 아군에 피해를 준다. 밑에서 날아오는 탄환의 각도까지 계산한 기울기인 것이다.

천하의 겐사이라도 아무런 사전준비 없이 이렇게 할 수는 없다. 후시미 성을 설계할 때부터 미리 생각해두었으리라 짐작되었다. 그렇다면 처음부터 '부채 기울기'로 쌓았으면 되지 않을까? 피아를 떠나 누구나 그렇게 생각할 테지만, 전혀 그렇지 않다. 공성군은 전투가 시작될 때까지 무기를 감출 수 있지만 수성군은 전모가 알려지고 만다. 겐사이는 이 약점을 보완하기 위해 성벽을 완성하지 않고 과감하게 도중에 멈추어서 비장의 수단을 감추었던 것이다.

"공은 고카슈가 다 가져갔군요."

교에몬은 혀를 찼다. 겐사이의 대응책에 부딪히자 겐쿠로는 신형 철포를 투입할지 말지 고민했다. 전쟁은 후시미 성으로 끝나지 않는다. 도비타야에는 아직 교스케가 있으니 어디에선가 또 부딪힐 것이다. 지금 모든 패를 까 보이면 상대방이 대응책을 마련하기 쉽다.

그동안 미쓰나리를 따라 전투에 참가했다. 구니토모슈나 아노슈와 마찬가지로 오미에 있는 또 하나의 기능집단도 움직였다. 고카슈이다.

고카슈는 도리이 모토타다, 그리고 그 주군 도쿠가와 이에야스마저 속이고 후시미 성에 들어가 있었다. 그들이 불시에 배반하여 성 안에 불을 지르고 서군 군세를 성 안으로 불러들였다.

덕분에 그간의 교착은 단숨에 풀렸다. 후시미 성문이 활짝 열리고 서군의 장수들이 물밀듯이 쳐들어갔다. 그래도 후시미 성의 저항은 여전히 완강하여 화살이 빗발치듯 쏟아졌다.

공교롭게 비가 내리는 바람에 고카슈가 모처럼 감행한 방화도 널리 번지지 않았다. 게다가 화승이 비에 젖어 철포를 쓸 수 없었다. 활을 이용한 공방전이라면 높은 곳에 자리한 수성군이 압도적으로 유리하므로 서군 기세는 크게 둔화되었다.

──이걸 사용해 주십시오. 저희도 함께 가서 사용법을 알려드리겠습니다.

그때 겐쿠로가 미쓰나리에게 진언했다. 아직 써본 적이 없는 신형 철포. 바로 지금이 써야 할 때라고 생각한 것이다. 겐사이도 슬슬 성을 빠져나갈 때가 되었으니 이 철포를 파악하지는 못할 거라고 생각하기도 했다.

신형 철포는 비가 와도 개의치 않고 발사할 수 있다는 강점을 가지고 있다. 이 철포를 사용하여 간신히 버티고 있던 후시미 성도 함락시킬 수 있었다.

하지만 결과적으로 최고의 공은 구니토모슈가 아니라 낙성의 계기를 만든 고카슈에게 돌아갔다. 고카슈는 공성군에도 참가해서,

——최전선에는 구니토모슈가 아니라 저희를 세워주십시오.

라고 호소하여 허락을 받았다. 구니토모슈도 전투에서 활약했지만, 그 사실보다는 탄환이 성벽에 튕겨 나왔다는 사실이 더 인상 깊게 남았다. 일반 철포보다 위력이 강한 만큼 탄환이 튕겨 나오는 강도도 강해서 아군에 많은 피해를 끼쳤다.

사람이라는 동물은 상대를 해친 기억은 금세 잊어도 자신이 당한 피해는 오래도록 기억한다. 탄환이 빗발치듯 튕겨 나오는 사태를 겪고,

——구니토모슈 철포는 영 시원치 않아.

라고 비방하는 자도 많았기 때문에 이런 사태를 맞이했을지도 모른다.

"그자는 결사적으로 움직이고 있어. 우리 철포를 쓰지 않으면 비참하게 당할 텐데."

겐쿠로가 신음처럼 말했다. 오쓰 성에는 저 도비타 교스케를 비롯한 도비타야 사람들이 들어가 있다고 들었다.

더구나 겐사이가 막판까지 남아 있었다고 한다. 겐사이의 얼

굴을 아는 자가 성벽 위에서 내려다보는 그의 모습을 보았다. 어쩌면 빗속에서 사용한 신형 철포에 대한 정보를 이미 교스케에게 알렸는지도 모른다.

후시미 성에서는 구니토모 철포를 사용했다가 비난을 듣기도 했지만 사용하지 않았다면 피해가 두 배, 아니 더 컸으리라고 겐쿠로는 확신했다. 때문에 지난번 참석한 작전회의 석상에서도,

──구니토모 철포가 아니면 아노슈에 대항할 수 없습니다.

라고 강하게 주장했으나 아무도 귀를 기울이지 않았다.

"왜 그러세요?"

교에몬이 안색을 살피듯 물었다.

"우리는 장인이지 무사가 아니야. 무사들을 제쳐두고 뛰쳐나가 공을 세울 수도 없고…… 장수들이 한시라도 빨리 현실을 파악하기를 기다리는 일 말고는 방법이 없네."

겐쿠로도 알고 있었다. 답답하지만 이것만은 어찌해볼 길이 없다.

"구니토모 공!"

뒤에서 큰소리로 부르는 소리에 겐쿠로가 뒤를 돌아보았다.

"저분은……."

역시 몸을 돌려 바라본 교에몬이 말을 잇지 못한다.

손을 크게 흔들며 이쪽으로 걸어오는 이는 늠름하고 탄탄한 체구에 키가 6척(약 180센티미터)이 넘는 대장부다. 뚜렷한 눈썹, 시원한 눈매, 높은 콧대는 미남이면서도 용맹함을 보여주는 인상

이다. 겐쿠로는 그를 지난번 군사작전 석상에서 처음 만났다.

"시종 나리."

서국무쌍으로 명성이 자자한 다치바나 무네시게였다.

"구니토모 공, 잠깐만."

일개 장인을 만나면서도 기다리게 하기가 미안하다는 듯이 그는 잰걸음으로 다가왔다. 겐쿠로와 교에몬이 고개를 숙였다.

"그럴 것 없어."

무네시게는 곁에 오자 쾌활하게 말했다.

"무슨 일이십니까."

겐쿠로는 슬몃 의심이 생겼다. 작전회의 석상에서 뒷전으로 밀려난 만큼 나를 전선 후방으로 물리는 정도가 아니라 아예 진에서 내보내기로 했나. 그 소식을 무네시게가 전하려고 온 걸까.

"우리 가문의 군막으로 와주지 않겠나?"

"네……?"

"후시미에서 활약했다는 이야기를 들었네."

"알고 계셨습니까."

"그럼."

무네시게는 후시미 성 전투에 참가하지 않았다. 전장에 있던 자에게 상세하게 전해 들었다고 한다.

"고맙습니다."

아는 사람은 보면 안다. 게다가 이렇게 쫓아와서까지 치하해주다니, 그나마 위로가 된다. 고맙다고 말하는 겐쿠로에게 무네시게가 뜻밖의 제안을 했다.

"모리 공에게는 내가 말했네. 구니토모슈를 쓸 마음이 없다면 나한테 맡겨달라고."

"정말입니까? 모리 나리는 뭐라고 하시던가요?"

"처음에는 못마땅해 하다가 승낙해 주었네."

무네시게가 쾌활하게 웃었다.

"왜 저를."

"이 성은 그리 쉽게 함락될 성이 아니야. 자네들 힘이 필요하다고 보네."

겐쿠로는 등줄기로 번개가 스친 듯 몸을 떨었다.

"아닌가?"

무네시게가 진지한 표정으로 물었다.

"그 말씀이 맞습니다."

겐쿠로가 확고하게 말하자 무네시게는 고개를 크게 끄덕였다.

"호수보다 높은 바깥해자에 물을 채워 두었더군. 아노슈가 공사했다던데."

"예. 그자들이 지금도 성 안에 있습니다. 놈들은 전투 중에도 성벽을 수리합니다."

"들었네. 골치 아프군. 그 패의 우두머리가 누군지 알고 있나?"

"도비타 교스케라는 자입니다."

여기까지 잇따라 문답을 나누었지만 겐쿠로는 이 대목에서 숨을 깊이 들이마셨다.

"뛰어난 자입니다."

"그래? 일단 내 군막으로 와주게."

무네시게는 다시 한번 부탁했다. 겐쿠로도 자신을 인정해주는 무네시게에게 이미 호의를 품었다. 모리 가도 허락했으니 거절할 이유가 없었다. 이리하여 겐쿠로를 비롯한 구니토모슈는 다치바나 가 밑으로 들어가게 되었다.

다치바나 가의 진은 여러 세력의 후방에 자리하고 있었다. 모토야스가 무네시게에게,

──후방을 부탁합니다.

라고 강력하게 부탁했다고 한다. 모토야스는 오쓰 성 함락이 그리 어렵지 않다고 보고 있었다. 총대장을 낸 모리 가 사람으로서 공을 세우고 싶을 것이다.

무네시게는 섣불리 거스르지 않고 받아들였다. 무엇보다 일단은 모리 가의 면목을 세워주기 위해서였다. 또 다른 이유는,

"쉽지 않을 거다. 반드시 내가 나설 기회가 온다."

그렇게 확신하고 있었기 때문이다.

하루가 지나 8일, 모리 가의 진에서 소라고둥이 울리며 마침내 총공격이 시작되었다. 오쓰 성 동쪽의 하마초 문은 쓰쿠시 히로카도, 서쪽 미이데라 문은 고바야카와 히데카네, 북서쪽 오바나가와 문은 대장 모리 모토야스와 고카슈 등이 공격에 나섰다. 처음부터 총력으로 임했다. 동서 결전이 언제 시작될지 모르므로

오쓰 성 따위는 한시라도 빨리 해치워야 한다는 분위기다.

다치바나 군 오천은 후방을 지키고 있다. 그들이 진을 친 온조 지는 나지막한 구릉이어서 전황을 한눈에 볼 수 있었다.

"겐쿠로, 시작되었다."

무네시게가 자리에서 일어서며 말했다. 장인 중에는 겐쿠로 말고도 구니토모 성을 가진 자가 있기 때문에 무네시게는 그를 이름으로 부르기로 했다. 그는 겐쿠로에게 자기 군막에 머물며 함께 전황을 지켜보자고 말해주었다.

"저 바깥해자는 물이 있고 없고에 따라 효과가 많이 다르다. 용케 물을 채웠군."

무네시게가 턱에 손을 대며 감탄했다. 오쓰 성의 성문은 세 개다. 북쪽은 비와 호에 면해 있고 남쪽에는 바깥해자만 있을 뿐 성문이 없다. 성문 세 곳 중에 미이데라 문과 오바나가와 문은 서쪽에 있으므로 전장을 크게 파악하자면 동서에서 성을 협공하는 형세가 된다.

만약 남쪽 바깥해자에 물이 없다면 공성군은 해자를 지나 성벽에 접근할 수 있었으리라. 물론 수성군도 그렇게 간단하게 접근을 허용하지는 않겠지만, 적어도 수성군을 견제하며 병력을 분산시킬 수 있었을 텐데 해자에 물이 있어서 그런 견제를 할 수 없는 상황이다.

"저기에 어떻게 물을 채웠을까?"

무네시게는 입술을 내밀고 고개를 갸웃거렸다.

"그건……."

겐쿠로는 사전에 오쓰 성을 조사해 두었다. 땅속에 통을 묻고 수압을 이용하여 호수 물을 역류시키고 있다고 고했다.

"재미있는 걸 고안했군. 그럼 물을 막으려면 통을 파괴하면 되는가?"

"그렇습니다. 허나 그것은 땅속에, 성벽 바로 옆에 묻혀 있습니다."

"다가갔다간 적에게 알맞은 표적이 되겠군."

지휘채로 어깨를 치며 무네시게는 쓴웃음을 지었다. 이러저러는 사이 고바야카와 군세가 성문에 육박했다. 그러자 성에서 화살과 탄환이 빗발치듯 쏟아졌다.

"화살과 탄환이 꽤 많은데."

"예……."

겐쿠로가 설명하려고 하자 무네시게가 손을 들어 막았다.

"저쪽이 계단형으로 되어 있군."

"훌륭하십니다."

겐쿠로는 고개를 끄덕였다. 담에 가려져 이쪽에서는 보이지 않지만, 오쓰 성 성벽의 상부는 세 개의 단을 이루고 있다. 첫 번째 단과 두 번째 단은 철포대가 자리한다. 성벽에는 위아래에 총안이 뚫려 있어 철포를 쏠 수 있다. 세 번째 단은 일어서면 가슴 위가 나오도록 되어 있어 편안하게 활을 쏠 수 있는 구조다.

"쓰쿠시 공은 안 되겠군."

무네시게는 동쪽으로 시선을 옮기고 관자놀이를 손으로 바쁘게 긁어댔다.

쓰쿠시 군은 간신히 적의 총격을 막으며 뒤로 물러선 채 성문에 접근하지 못하고 있다. 무네시게에 따르면 군세에서 공포의 기운이 뚜렷해 슬쩍 건드리기만 해도 와르르 무너질 판이라고 한다.

"수성군도 알 거야. 곤란하군……."

무네시게가 불평한 직후, 성문이 힘차게 열리며 적이 달려 나왔다. 그 수는 약 오백. 기마를 선두로 쓰쿠시 군을 향해 과감하게 돌격을 감행했다.

"저 깃발은 아카오 이즈노카미입니다."

평소 교고쿠 가와 친하다는 가신이 옆에서 진언했다.

"이름난 맹장이군."

무네시게가 이번에는 지휘채로 손바닥을 치며 전장을 둘러보았다. 공성군은 동서로 나뉘어 있어서 모리 군과 고바야카와 군은 쓰쿠시를 지원하러 달려갈 수 없다. 아니, 쓰쿠시 군이 무너지는 중이라는 사실을 알지도 못하고 있다.

"도토키, 오백을 끌고 쓰쿠시 공을 지원해라."

"옙!"

무네시게의 명령을 받은 이는 도토키 쓰레사다. 다치바나 사천왕으로도 꼽히는 무장이다. 쓰쿠시 군이 반 정(약 54미터) 혹은 1정씩 마구 밀리는 가운데 도토키 군세가 흙먼지를 일으키며 달려간다. 수성군도 원군을 보았는지 깊이 추격하지 않고 큰 호를 그리며 돌아서 성 안으로 후퇴하기 시작했다.

"기동이 좋군. 반딧불이 다이묘 주제에 제법 하는걸."

쓴웃음을 지으며 말하는 이는 역시 다치바나 사천왕의 선두로 꼽히는 유후 고레노부이다.

"잘 알 텐데. 교고쿠 가는 강하다."

무네시게가 말하자 유후도 고개를 끄덕였다. 사실 다카쓰구의 장수로서의 능력은 빈말로라도 뛰어나다고 할 수 없다. 다만 가신 중에 쟁쟁한 사무라이 대장이 많다. 사람들은 사무라이들이 교고쿠라는 명문의 가신이 되고 싶어 하기 때문이라고 여기지만, 무네시게는 꼭 그런 이유만은 아니라고 생각했다.

"그 사람은 가신들의 호감을 사고 있는 거다."

무네시게 입가에 희미한 미소가 떠올랐다. 다카쓰구는 자신의 무력함을 부끄러워하지 않는다. 가신들이 있기에 자기도 있을 수 있다고 기탄없이 공언한다. 무엇보다 가신의 재능을 시샘하지 않고 매사 과감하게 맡기지만 책임은 전적으로 자신이 지겠다는 각오가 되어 있는 사람이다. 다카쓰구 밑에서라면 유감없이 재능을 발휘할 수 있다고 생각하니까 우수한 인재가 모일 뿐 아니라 가신들이 모두,

──주군에게는 내가 꼭 필요하다.

라고 생각하는 경향이 있다. 색다른 가풍이다.

"웬만한 다이묘가 다스리는 가문보다 훨씬 강하다고 봐야 한다."

무네시게가 새삼 강조하자 가신 일동은 일제히 고개를 끄덕였다.

"시종님! 저쪽에서도!"

겐쿠로가 가리킨다. 모리 가가 공격하는 오바나가와 문도 활짝 열리고 수성군이 뛰어나오며 공격했다.

"내가 잘못 보았나. 저래서는 오히려 밀릴 텐데."

쓰쿠시 군과 달리 모리 군은 주눅 드는 기미가 없었다. 그런 군세를 상대로 수성군이 성을 나와 돌격하다가는 도리어 적에게 성 안으로 들어올 틈을 줄 수 있다.

아니나 다를까, 수성군은 한번 격돌했지만 함성을 지르는 모리 군에 밀려 바로 퇴각했다. 경황없이 후퇴하느라 성문도 제때 닫지 못했다. 모리 군은 틈을 놓치지 않고 성 안으로 빨려 들어가듯 쳐들어갔다.

"이대로 그냥 끝나버리면······."

겐쿠로의 가슴에 복잡한 감정이 올라왔다. 아군의 승리를 기뻐해야 마땅하지만 이대로 끝나버리면 자신이 활약할 무대가 사라진다. 무엇보다도 자신이 강적이라고 인정한 교스케가 이토록 허망하게 패하다니 아깝다는 생각도 들었다.

"아니야, 성에 들어가도 측면의 이요마루에서 공격할 테니 쉽게 점령할 수는 없을 거다."

"그렇군요······."

쉴 새 없이 총성이 들려왔다. 이요마루를 감싸는 화약연기를 보니 수성군이 저지하고 있음을 짐작할 수 있었다.

"이상한데."

무네시게의 눈이 반짝 빛나는 듯했다. 그때였다. 성 안에서 굉장한 폭발음이 터졌다. 한 번이 아니라 두 번, 세 번 이어졌다. 이내 비명이 들리고 모리 군 병사들이 성 밖으로 뛰쳐나왔다.

"함정이 있었군."

무네시게가 중얼거릴 때 폭발음이 한 번 더 터졌다. 모처럼 성 안으로 쳐들어갔지만 퇴각이 불가피해 보인다. 동료의 부축을 받으며 도망쳐 나오는 자도 간간히 보였다.

"아노슈인가."

이 자리에서는 성 내부가 보이지 않지만 겐쿠로는 확신했다.

"역시 만만찮군."

무네시게는 숨을 가늘게 토하고 겐쿠로를 돌아보며 짤막하게 말했다. 그 얼굴이 아쉽기보다 어딘지 유쾌해 보이기까지 하여 겐쿠로도 고개를 크게 끄덕였다.

폭풍전야라는 말처럼 오쓰 성은 정적에 싸였다. 이윽고 적진에서 뭔가 둔하고 묘한 소리가 길게 울려 퍼졌다. 고둥소리다.

"온다!"

아노슈를 보호하는 요코야마 구나이가 외쳤다. 각 부대마다 시동이 한 명씩 배치되어, 전투가 시작될 때 다카쓰구가 맡겨둔 훈시를 전달하도록 되어 있다고 들었다.

적진에서 용맹한 고함소리가 오르자 아직 어리고 실전 경험도 없는 시동의 얼굴이 공포로 돌처럼 굳었다.

"어서 말씀을 전하시지요."

교스케는 시동을 진정시키듯 온화하게 말했다. 시동은 입을 꾹 다문 채 고개를 끄덕이고 도비타야와 요코야마 부대에게 다카쓰구의 훈시를 낭랑한 목소리로 암송했다.

"나를 위해 싸우지 않아도 좋다. 교고쿠 가를 위해 싸우지 않아도 좋다. 우리가 항복한다고 해서 저들이 농민을 죽이지 않을 거라는 보증이 전혀 없다……."

전투를 앞두고 이런 훈시가 괜찮을까 하며 미간을 찡그린 것도 잠시, 시동은 단숨에 남은 훈시를 암송했다.

"오쓰 농민을 위해 싸우자. 오쓰의 존망이 이번 전투에 달렸다. 한 사람 한 사람이 열심히 싸우자!"

요코야마 부대가 기세를 올렸다. 다른 부대에도 똑같은 훈시가 토씨 하나 다르지 않게 전달되고 있으리라. 여기저기서 잇달아 함성이 터지더니 마침내 소용돌이처럼 성내를 휩쓸었다.

"뭐가 전투를 모르신다는 거야."

교스케는 기세등등한 함성에 싸여 중얼거리고 환한 미소를 지었다. 아니, 다카쓰구가 정말 변변치 못하고 전투를 지휘하는 장수로서는 2류 3류인지 모른다. 다만 장수들을 통솔할 만한 그릇이라고 확신했다.

"교스케."

요코야마는 당장이라도 뛰어나갈 기세로 교스케를 불렀다.

"모처럼 작업을 시작했는데 오늘은 그만해야겠습니다. 요코야마 님 가까이서 전황을 지켜보다가 형세가 불리해지면 언제든 나설 수 있도록 대기하겠습니다."

"알겠네."

요코야마는 참전하지 못해 분하다는 듯 주먹을 꽉 쥐어 보였지만 뺨에는 웃음이 있었다. 전장은 생물이다. 적이 어떻게 나올지 알 수 없다. 내일부터는 적의 동향에 즉각 대응하겠지만, 첫날인 오늘은 시간을 들여 준비를 마쳤다.

교스케가 향한 곳은 니노마루 북서쪽 끝. 산노마루와 니노마루를 연결하는 도주문遽住門이 들어선 곳이다. 그곳에서 산노마루의 오바나가와 문을 감시한다. 오쓰 성에는 성문이 세 개 있는데, 그중에 오바나가와 문과 미이데라 문은 가까워서, 성문이 돌파당하면 이곳으로 적이 모일 터였다.

"바깥해자의 효과가 바로 드러나는구만."

이동 중에 요코야마가 감탄했다. 지난번 개보수로 바깥해자에 물을 채워 둔 덕분에 적은 그리 쉽게 성벽을 돌파할 수 없다. 더구나 성벽 위에 돌계단을 만들어 보다 많은 철포병이 동시에 외부를 향해 공격할 수 있게 했다.

"오바나가와 문도 견고하군."

담당한 위치에 도착하자 요코야마는 손차양을 하고 말했다. 적은 파쇄추까지 준비해서 성문을 부수려 했지만, 화살과 탄환이 비오듯 쏟아지자 뜻대로 바짝 접근하지 못하고 있다. 다른 성문에서도 사정은 마찬가지이리라.

"그래도 모리 군은 주눅 들지 않겠지요."

서군 총대장 일족인 만큼 자신이 공을 세워야 한다고 생각하겠지.

"오, 동쪽은 성 밖으로 치고나간다!"

동쪽에서 북소리가 울리자 요코야마가 고개를 힘차게 저었다. 공성군이 무너질 경우 이쪽에서 강력하게 치고나가기로 이야기가 되어 있었다. 하마초 문을 공략하는 쓰쿠시 군이 무너진 모양이다.

"쓰쿠시 군이 가장 취약하다고 하셨죠. 요코야마 님에게 저렇게 약한 적은 어울리지 않습니다."

교스케가 부러워하는 요코야마를 달랬다.

"그렇지. 나는 아노슈를 한 명도 다치지 않게 하는 게 소임이야."

새삼 자기 자신을 타이르듯 요코야마가 고개를 끄덕였다.

"저쪽은……."

남쪽에서 흙먼지가 피어오르자 교스케가 눈을 가늘게 뜨고 바라보았다.

"다치바나 군이다. 쓰쿠시를 지원할 생각이군."

"금방 출동하는군요."

"다치바나 시종은 특별해. 어찌된 일인지 후방을 맡고 있지만…… 최전선에 서지 않아 우리에게 천만다행이야."

요코야마의 기질이라면 기필코 다치바나와 대결하고 싶다며 흥분하고도 남을 텐데 그런 인물이 이렇게 말할 정도라면 다치바나 무네시게라는 남자가 얼마나 강한지 짐작할 수 있었다.

"꽹과리가 울리는군. 계획한 대로다."

교스케가 중얼거렸다. 동쪽에서 퇴각 신호인 꽹과리가 울리고 있다. 성문을 열고 치고나가더라도 무리하거나 깊이 추격하지 않기로 정해두었다. 다치바나 가에서 원군이 달려오자 하마초 문을 뛰쳐나간 부대는 성 안으로 철수했다.

"어떻게 되고 있나?"

산노마루에서 이쪽을 향해 무사 하나가 소리쳐 물었다. 오바나가와 문을 지키는 미타무라 이즈모, 기치스케 부자의 부대에 속한 무사다. 어느 쪽에서든 성 밖으로 치고나갔다가 철수할 때가 자신들이 행동에 나설 호기라고, 역시 미리 이야기되어 있었던 바다.

병력 차이가 크면 조개가 입을 다물듯 성문을 잠그고 버티기만 하면 된다고 대부분의 사람은 생각할지도 모르지만 성을 움직이는 것은 어디까지나 사람이다. 수비 일변도 전투가 되면 긴장이 풀어지거나 주눅이 들어서 십중팔구 빈틈이 생긴다. 아무리 오쓰 성이 견고하다고 해도 다르지 않다. 그러므로 출격도 필요하고 과감히 유인해 들이는 전술도 써야 한다.

"시작합시다!"

교스케가 양손으로 손나팔을 만들어 큰소리로 외쳤다.

"알겠다!"

무사는 고개를 크게 끄덕이고 사라졌다. 잠시 후 오바나가와 문이 활짝 열리고 미타무라 부자 부대가 출격했다. 말 우는 소리, 창검 부딪히는 소리가 가득하다.

"밀어붙여!"

모리 군의 사무라이 대장일까? 전장에서 단련되었을 거친 목소리가 여기까지 들려온다. 미타무라 부대는 퇴각하기 시작했지만 미처 성문을 닫을 여유가 없다. 미타무라 부대가 니노마루로 통하는 도주문을 향해 도망쳤다.

쫓아 들어오는 적군 속에 가장 빠르게 추격하는 집단이 있었다.

"고카슈입니다."

지금까지 잠자코 있던 단조가 입을 열었다. 단조는 늙었어도 눈이 매우 좋다. 많은 사람 틈에서 낯익은 남자의 얼굴을 알아보았다고 했다.

"그렇다면 저자는 우카이 도스케겠군."

마상에서 한 무리를 지휘하는 남자가 있었다. 흔히 닌자라고 하면 말은 타지 않는다고 생각하기 쉽지만, 그들은 영주라는 일면도 지니고 있다. 색다른 기술을 가진 토호인 셈이다.

"저놈들만은 절대로 용서 못해……."

레이지가 이를 갈았다.

"아니⋯⋯."

"왜 그래?"

원한은 또 다른 원한을 낳는다. 우카이는 예전에 자신이 만든 괴물이라고 교스케는 생각했다.

"아무것도 아니야. 내가 막아보겠나."

교스케는 겐사이에게 대답하듯 말했다.

"놈들이 놀라고 있어."

레이지가 콧소리를 냈다. 성 안에는 돌탑이 몇 개나 세워져 있다. 어느 성에서도 찾아볼 수 없는 모습에 고카슈 무리가 당황하는 기색이다.

"자, 공격!"

교스케가 외치는 소리가 들리지는 않았겠지만 귀를 찢는 총성이 동시에 터졌다. 여기에서 보면 돌탑이 불을 뿜는 듯하다. 적군이 비명을 지르며 픽픽 쓰러졌다.

돌탑 속에 들어가 있던 네다섯 명의 병사가 아주 작게 낸 총안을 통해 철포로 조준 사격을 이어갔다.

"잘 되고 있어."

단조의 목소리가 조금 들떠 있다.

"정말⋯⋯ 굉장한 걸 고안했군."

"돌 망루는 우리가 고안한 게 아닙니다."

교스케는 전황을 지켜보며 대답했다.

부젠 국현재의 규슈 오이타 부근에 나가이와라는 성이 있다. 쓰치미카도

시절^{83대 천황 쓰치미카도. 1195~1231년} 쌓은 성으로, 그 성벽의 총연장이 무려 7정이나 된다. 언제 쌓았는지는 분명하지 않지만 그곳에 돌로 만든 망루가 있고 총안까지 갖췄다.

──고안해 낸 사람은 우리의 먼 선조겠지.

생전에 겐사이가 그렇게 말했었다. 기술은 날로 진보하지만 개중에는 시대와 맞지 않는다는 이유로 계승되지 못하고 잊히는 경우도 있다.

당시는 철포가 없어서 원거리 무기는 오로지 활이었다. 좁은 망루 속에서는 활을 다루기가 쉽지 않은 까닭에 돌 망루는 그리 널리 퍼지지 못했다.

돌 망루가 있다는 소식을 듣자마자 젊은 교스케를 데리고 나가이와 성까지 찾아간 겐사이는 철포가 보급된 요즘은 돌 망루가 큰 도움이 될 거라며 부활시켰다.

다만 원래 돌 망루는 성벽에 부속된 시설이었다. 지금처럼 성 안에 따로 쌓는 형태는 교스케가 고안했으니, 제아무리 백전노장이라도 당황할 수밖에.

성벽과 분리하여 따로 돌 망루를 구축하면 그 안에 들어간 자는 비상시에 도망칠 방법이 전혀 없다. 망루에 들어가려면 죽을 각오가 필요하다. 그럼에도 교스케가 돌 망루를 쌓았던 이유는, 교고쿠 가에서 확실하게 기선을 제압했으면 좋겠다는 의견을 피력한 데다 본인도 성공할 자신이 있었기 때문이다.

사수는 두 사람. 나머지 세 사람은 장전을 맡는다. 멈춤 없이 총격이 이루어지는 가운데 요코야마는 무릎을 쳤다.

"저건 흡사 삼국지연의의 석병팔진石兵八陣같군."

교스케는 눈을 동그랗게 떴다. 제갈공명이 오의 대군을 당황케 하여 물리쳤다는, 돌을 쌓아서 만든 진형을 말한다. 애당초 사실성에 의문이 드는 이야기라고 여겼음에도 혹시 소실에 뭔가 돌쌓기의 단서가 있을지 모른다고 생각해서 교스케도 읽어보았다.

"요코야마 님은 의외로 박식하시군요."

"놀리지 말게."

일제히 철포를 쏘면 적의 선두만 쓰러트릴 뿐이나 망루가 난립한 덕에 사방에서 탄환을 맞는 적은 도저히 버틸 수 없다.

"이제 시간이 됐습니다."

혼란에 빠진 적에게 더욱 타격을 가하듯 폭발이 일어났다. 돌 망루 속에서 배낙옥에 불을 붙여 밖으로 굴린 것이다. 연달아 꽝음이 터지고 폭풍에 날아가는 병사도 여기저기 보였다.

역시 돌 망루니까 가능한 공격이다. 배낙옥은 위력이 강해 아군의 부상을 방지하려면 밧줄을 달아 멀리 투척해야 하지만 이번에는 가까이서 폭발해도 돌 망루가 막아주므로 무사할 수 있었다.

그 사이에도 총격은 멈추지 않았다. 순식간에 무너진 적군은 엉금엉금 기다시피 해서 퇴각했다. 서전은 이쪽의 압승이었다. 일어서서 전황을 살피는 교스케를 단조가 불렀다.

"행수."

"응?"

말을 탄 한 남자, 우카이 도스케가 아직도 후퇴하지 않고 이쪽을 응시하고 있었다. 아무래도 아노슈를 알아차린 듯하다.

"도비타 교스케!"

우카이가 큰소리로 불렀다. 원래 목소리가 큰 사람이지만 발성 요령이라도 익혔는지 총성과 비명을 뚫고 이곳까지 닿았다.

"내가 반드시 너를 죽인다!"

우카이의 온몸에서 살기가 피어오르는 것 같았다. 단조는 얼굴을 찡그리고 레이지는 혀를 찼다. 교스케는 아랫입술을 꼭 깨물었다. 누군가를 지킨다는 것은 때로는 누군가를 해치는 일이기도 하다. 그런 의미에서는 교스케 역시 원한을 만들어내는 사람이라고 할 수 있다.

"피하지 않겠다."

교스케는 망설이는 자신에게 기운을 불어넣듯 목소리를 짜냈다.

우카이가 말머리를 돌려, 혼란 속에서 무너져가는 고카슈를 간신히 수습하여 성 밖으로 퇴각했다. 이날 서군은 대책을 강구하기 위해서인지 더는 공격하지 않았다. 이리하여 첫날의 공방전은 교고쿠 가의 우세로 끝이 났다.

9일 새벽부터 다시 전투가 시작되었다. 서로 입을 맞춘 것처럼 총성이 활발해졌다. 어지러이 날아다니는 화살도 크게 늘어서 심할 때는 푸른 하늘이 검게 보일 정도였다.

새벽에 모리 가의 사자가 다치바나 가의 군막으로 찾아와,

——다치바나 공께는 오늘도 후방을 부탁드립니다.

라고 통고했다. 이렇게까지 견제하는 것은 공성군 중에서도 특히 무네시게의 8명이 지지한 탓이다. 모두가 힘을 모아 성을 함락시켰다 해도,

——서국무쌍 덕분에 이겼다.

라는 말이 세상에 퍼질 것이 뻔하니 모리 모토야스는 일단 다치바나 가에 기회를 주지 않고 자기 능력으로 함락시키려는 속셈이다.

"모리 공도 마음고생이 그치질 않는군."

무네시게는 뒷전으로 밀려나서도 모토야스를 동정하는 말을 했다.

무네시게에 따르면 모리 가의 속사정이 복잡하다고 한다. 당주 모리 데루모토가 서군 대장으로 추대되었지만 일족은 하나로 뭉치지 못하고 제각각이었다. 개중에는 동군에 붙는 편이 더 낫다며 적극적인 전투를 삼가야 한다고 주장하는 자도 있다. 모토야스는 강력한 서군 지지파이다. 모리가 무공을 세울수록 동군 측으로 기울 수 없게 된다. 그래서 더더욱 오쓰 성은 모리 가가 중심이 되어 함락시켜야 한다고 생각하는 듯하다.

"겐쿠로, 어떻게 보나?"

무네시게는 옆에 있는 겐쿠로에게 물었다. 겐쿠로도 어제 전황

은 알고 있다. 구루와 내부에 쌓여 있는 여러 개의 돌탑에서 총격이 이어졌고 배낙옥까지 굴러나왔다고 들었다.

"이대로 공방전이 계속되면 당분간 걱정할 일은 없다고 봅니다만 아까도 말씀드렸다시피 어제와 같은 일이 있다면……."

오늘은 전투에서 교스케가 어떻게 나올까를 계속 탐색했다. 그리고 염려되는 바를 무네시게에게 미리 이야기해 두었다.

"알겠네. 잠시 지켜보지."

무네시게는 의자에 앉아 눈앞의 공방전을 차분히 바라보았다. "오늘도 쓰쿠시 공은 엉거주춤한 모습이군. 무너지면 즉각 지원할 수 있도록 준비해 두게."

"이미 그렇게 해두었습니다."

어제 패주하는 쓰쿠시 부대를 지원했던 도토키가 쓴웃음을 지으며 대답했다.

"오, 말하는 사이에 뛰어나왔네."

무네시게가 지휘채로 하마초 문을 가리켰다. 어제와 같이 오쓰 성에서 한 부대가 성문을 열고 뛰어나와 쓰쿠시 군을 향해 돌격하기 시작했다. 도토키는 벌써 말에 올라 병사를 이끌고 지원하러 달려갔다.

"저쪽은 괜찮아 보이나?"

무네시게가 이쪽을 보며 물었다.

"예. 다만 오바나가와 문에서 어제처럼 적이 치고 나오면 위험합니다."

"흠······."

무네시게는 턱에 손을 받치고 신음소리를 냈다. 겐쿠로의 진언에 처음에는 무네시게도 고개를 갸웃거렸지만 겐쿠로가,

──공성전에서 도비타야 교스케가 어떻게 나올지는 제가 가장 잘 압니다.

라고 단언하자 무네시게는 겐쿠로의 눈을 지그시 들여다보았다. 믿는다는 뜻이다.

무너지려는 쓰쿠시 군을 도토키 부대가 달려가 지원하자 공성군은 퇴각하여 성 안으로 들어갔다. 그 직후였다. 무네시게가 낮은 소리로, 그러나 명확하게 소리쳤다.

"겐쿠로."

"역시 나오는군요······."

어제와 다름없이 오바나가와 문도 활짝 열리며 교고쿠 군이 뛰쳐나왔다. 이런 상황이 벌어지면 위험하다고 겐쿠로가 호소했었던 모습이다.

"어떻게 하지?"

"들리지는 않겠지만······ 그래도 전해야 합니다. 제가 잠깐 진을 떠나도 되겠습니까?"

"좋아, 알겠네."

무네시게는 의자에서 쓱 일어나며 내처 말했다.

"나도 가겠네. 내가 함께 가면 모리 공도 귀를 기울여주겠지."

"그러나, 시종님이 진을 벗어나시면······."

"내가 자리를 비운다고 실수할 가신들이 아니야. 오히려 너무 나선다고 늘 눈총을 주거든."

무네시게가 장난스러운 표정을 짓자 옆에 늘어선 가신들이 그렇죠, 맞습니다, 하며 맞장구를 친다. 무네시게는 다카쓰구를 가신들에게 사랑받는 당주라고 평했지만, 그 역시 못지않게 신뢰를 받고 있다.

"자네 혼자 가면 모리 공이 문전박대를 할지 몰라. 내가 함께 가지."

무네시게는 아침 해를 받으며 새하얀 이를 드러냈다.

"어서."

겐쿠로는 장인이기는 하지만 원래는 무가의 아들이었으므로 승마도 익혔다. 무네시게가 준비해준 말을 타고 모리의 군막을 향해 달렸다.

무네시게가 불쑥 나타나자 군막은 소란스러워졌다. 모리의 가신 중에는 달려나와 길을 막으려는 자도 있었지만,

"급박한 일이다."

라고 무네시게가 차분히 타이르며 손을 살짝 들어서 물리치자 그 위엄에 떠밀리듯 뒤로 물러났다.

"안녕하십니까, 여러분."

군막에 들어서자 모토야스를 중심으로 중신들이 나란히 앉아 있었다. 무네시게가 나타났다는 소식을 이미 들었는지 모토야스는 벌레 씹은 표정으로 맞았다.

"다치바나 공께는 후방을 부탁드렸을 텐데요."

"가신들이 만반의 준비를 해놓고 있어서 제가 할 일이 별로 없습니다. 해서 이렇게 찾아뵐 수도 있는 거죠."

"하지만 만에 하나――"

"다치바나 기에는 만에 하나도 있을 수 없습니다."

무네시게는 날카롭게 말허리를 잘랐다. 모토야스는 어금니를 깨문 듯 입을 꾹 다물고 있다가 이윽고 숨을 깊이 들이마시며 마음을 가다듬었다.

"어이."

"됐습니다, 금방 끝날 테니까."

모토야스가 가신에게 의자를 가져다주라고 명했지만 무네시게가 손을 들어 사양했다. 모토야스도 더 권하지 않고 본제를 꺼냈다.

"중대한 일이라고 하셨다는데, 무슨 일입니까."

"돌 망루 건입니다."

"그것을 돌 망루라고 하던가……."

"모르시는 게 당연합니다. 제 고향 근처 나가이와 성에 있던 것입니다. 열도는 물론 조선에서도 보지 못한 물건입니다."

무네시게는 두어 번 고개를 끄덕이고 말했다.

"나가이와 성에서는 성벽에 부속되어 있었습니다. 듣자 하니 여기 오쓰에서는 구루와 안 여기저기 난립해 있다더군요."

"……그렇소만."

"아까 오바나가와 문이 열리고 성 밖에서 격렬한 공방전이 있던데⋯⋯. 어떻게 하실 생각이신지?"

"이미 대책은 강구해 두었습니다."

"그만두시는 게 좋습니다."

무네시게가 불쑥 말하자 좌중이 술렁거렸다.

"틀림없이 성공할 거요."

"그렇지가 않습니다. 여기 구니토모 겐쿠로에 따르면 그 돌 망루 속에는 이제 적군이 없습니다."

좌중이 술렁거리자 모토야스가 진정시키고 나서 무겁게 입을 열었다.

"그만한 망루를 쌓아 놓고, 더구나 훌륭한 성과를 올렸는데 그걸 오늘 사용하지 않을 리가 없잖습니까."

"겐쿠로."

"예."

무네시게가 부르자 겐쿠로는 한 걸음 성큼 나가 생각한 바를 말하기 시작했다.

"그걸 쌓은 자는 아노슈의 도비타 교스케가 분명합니다. 그자는 병사를 한 명이라도 다치지 않게 하는 것을 지향합니다."

"그게 가당키나 한가."

모토야스는 별 바보 같은 소리를 다 듣겠다는 듯이 코웃음을 쳤다.

"그렇습니다. 현실적으로 어려운 일입니다. 그러나 그들은 늘 그걸 추구하고 있습니다…….”

그 남자 이야기를 하면 전장에서 허망하게 산화한 아버지의 뒷모습이 뇌리를 스치며 겐쿠로의 신경을 곤두서게 만들지만 지금은 상념을 꾹 눌러두고 설명을 계속했다.

“돌 망루에 들어가는 자에게는 퇴로가 없습니다. 처음에는 이쪽이 생전 처음 보는 망루에 당황하리라 예측하고 성공을 확신했겠지만 이제는 누가 보더라도 대책을 강구할 게 뻔한 상황에서 위태로운 작전을 시도할 리 없습니다.”

“망루 안에 사람이 없다면 그보다 좋은 일이 없겠지. 그대로 밀어붙여 니노마루를 함락시켜야겠군.”

“돌 망루 안에 사람이 없다면 성문을 단단히 닫고 있으면 그만입니다. 그런데 왜 성문을 열고 나와서 공격하는 모험을 감수했을까요. 당연히 교스케의…… 아노슈의 함정입니다.”

“그렇다면, 역시 사람이 없을 리가 없다. 만반의 준비를 해두고 기다리지 않겠나.”

모토야스의 대답을 겐쿠로는 어느 정도 짐작하고 있었다. 겐쿠로는 교스케의 사고방식으로 보건대 돌 망루를 이틀째 사용할 리 없다고 믿었다. 때문에 성문을 여는 상황이 함정처럼 보일 수밖에 없다.

반면 모토야스를 비롯한 대부분의 가신들은 돌 망루를 사용할 생각이 있으니까 성문을 열고 나오지 않았겠나, 유인 작전까지는 아니라도 돌 망루가 뒤에 대기하고 있으니 안심하고 공격을 감행하는 모양이라 짐작할 것이다. 논리의 출발점부터 크게 다르니 좀처럼 귀를 기울이지 않을 거라고는 생각하고 있었다.

"이자는 태평한 시기에도 늘 아노슈 도비타야를 연구해왔습니다. 모리 공…… 믿어주시오."

무네시세의 말에 모토야스는 아랫입술을 깨물고 말했다.

"그렇게 공을 가로챌 심산———"

"그런 마음은 털끝만치도 없습니다. 이번 전투의 대장은 모리 공입니다."

무네시게가 말허리를 잘랐다. 목소리는 나지막하지만 박력이 있었다. 무네시게는 자세를 바꾸어 온화한 말투로 말했다.

"무엇이 위험한지는 확실히 알 수 없지만 나도 뭔가 예감이 좋지 않습니다. 역전의 용사이신 모리 공도 위기를 느끼실 겁니다."

"그야…… 의심스럽기는 하다만."

사실 일부러 적을 성 안으로 끌어들여 돌 망루로 공격할 필요는 없다. 산노마루 앞에서 적을 확실하게 막아내고 돌파당할 때 사용해도 늦지 않다. 어제는 사기를 위해 서전에서 어떻게든 전과를 올리고 싶어서라는 이유로 설명할 수 있지만 오늘도 굳이 성문을 열고 나오는 데는 모토야스도 위화감을 분명히 느꼈다.

"우카이 공이 자기한테 맡겨 달라, 고카슈가 선봉에 서겠다고 했소이다."

조금 전에 모토야스가 이미 강구했다고 한 대책은 아무래도 고카슈 우카이 도스케가 헌책한 듯하다.

돌 망루는 까다로운 방해물이 분명하지만, 안에서 철포를 쏘고 배낙옥을 내보내는 것을 보면 틀림없이 그만한 틈새가 있다. 적보다 훨씬 많은 철포를 전면에 배치해서 잠시도 밖을 내다볼 수 없을 정도로 난사하겠다. 겁을 먹은 적이 돌 망루 안에서 웅크리고 있을 때 단숨에 거리를 좁혀서 총안에 철포 총구를 집어넣고 안에 있는 자를 몰살하겠다는 계획이다.

"우리는 총격을 맡고, 돌격은 고카슈가 맡기로 했습니다."

"우카이 공은?"

"이미 조금 전에……."

턱짓을 하는 모토야스의 볼이 일그러져 있다. 모토야스도 결코 범장은 아니다. 무네시게와 이야기하며 냉정을 되찾자 자신이 조금 성급했음을 깨달았다.

그때 문득 함성이 커졌다. 모토야스가 일어나 군막 밖으로 나갔다. 무네시게와 겐쿠로도 뒤를 따랐다. 마침 공성군이 오바나가와 문으로 침입하는 중이다. 많은 철포병이 선두에 서고, 일제 사격 직후에 돌격할 고카슈도 성문에 빨려 들어가고 있었다.

"늦었군."

무네시게가 안타깝게 주먹을 꽉 쥘 때 총성이 일제히 울렸다. 총성은 제2진, 제3진으로 쉴 새 없이 이어졌다. 모토야스가 말한 대로 아군 철포병이 난사를 시작한 모양이다.

어제는 성문으로 들어간 직후에 도망치는 자, 들쳐 업혀서 나오는 부상자도 많았다. 오늘은 아직 그런 자는 없었다.

"괜한 걱정이었나……."

불안을 품고 있던 모토야스가 자기 자신에게 들으라는 듯 말했다.

"모리 나리, 아군 철포는 전부 구니토모 산이지요."

"음, 그런데?"

"적의 대응이 없는 것 같습니다."

"뭐라……."

"어제 확인했지만 교고쿠 가는 히노 철포를 사용합니다. 지금 히노 철포 소리가 들리지 않습니다."

"그걸 구별할 수 있나?"

"그렇습니다."

겐쿠로는 단언했다. 같은 구니토모 철포라도 공방에 따라 총성은 미묘하게 달라진다.

산지가 다르면 그 차이는 더욱 두드러진다. 구니토모 철포와 사카이 철포는 철심의 기본적 구조가 비슷해서 구별하기 힘들지만, 만드는 법이 확실히 다른 히노 철포라면 틀림없이 구별할 수 있다.

구니토모와 사카이는 철심에 가는 강철을 나선상으로 감아서 총신을 만든다. 히노 철포는 커다란 강철판 하나를 감아서 만드는 재래식을 채택하고 있다. 아니, 엄밀하게 말하면 신형 구니토모 철포는 제조법을 비밀에 부쳤으므로 그 제조법을 모르는 히노에서는 강도를 높이기 위해 얇은 강철판 세 장을 겹쳐 통 모양으로 말아서 만드는 독자적인 방법을 채택했다. 그러므로 총성은 낮고 어딘지 둔한 느낌이 있다.

"그렇다면────"

모토야스의 안색이 파리해졌다. 그때 성 안에서 하늘을 뒤흔드는 씽음이 터졌다.

"역시 돌 망루 안에 적이 있는 것 아닌가."

그렇게 봐서 그런지 모토야스 얼굴에 안심하는 기색이 엿보였다. 아마도 어제처럼 적이 배낙옥을 던진 소리라면 돌 망루에 사람이 있다는 뜻일 테고 다른 함정은 없으리라 짐작했기에 나온 표정이다.

"아니, 아무래도 상황이 이상합니다."

무네시게는 잘생긴 눈썹을 가운데로 모았다.

"그렇습니다! 폭음이 어제보다 훨씬 큽니다!"

겐쿠로는 숨을 삼켰다.

"뭐라고?"

모토야스가 말하는 순간, 하늘로 빨간 물체가 날아올랐다. 종이처럼 보이는 것이 불타고 있었다.

마치 푸른 하늘에 빨간 물감을 뿌리는 듯한 물체는 마침내 산산이 흩어져 산노마루로 떨어졌다.

"헉."

다시 대기를 뒤흔드는 꿩음이 터졌다. 조금 전보다 더 커서 모두들 저도 모르게 귀를 틀어막을 정도였다. 겐쿠로만이 이를 악물고 굉음을 견디며 소리를 추적했다. 폭음에 이어 땅울림 같은 소리, 나아가 그 너머로 아우성치는 소리가 들렸다.

"뭐냐…… 무슨 일이 일어나는 거냐!"

하얀 연기와 모래먼지에 뒤섞이듯 산노마루 상공이 흐려지자 모토야스가 비통한 소리를 지르며 시선을 집중했다.

"히노 철포다!"

겐쿠로가 소리쳤다. 대량의 히노 철포가 발포되었다. 수성군이 일거에 반격에 나섰다는 증거이다. 비명, 고함, 또 비명. 산노마루에서 대체 무슨 일이 일어나고 있는지 상상도 할 수 없었다.

"모리 공! 즉시 원군을!"

모두 망연자실한 가운데 제일 먼저 소리친 이는 무네시게였다. 이제 아군이 밀어붙이는 상황이라고는 생각할 수 없다. 곧 도망쳐 나오리라 짐작한 그때.

"어, 어어!"

모토야스는 저항 없이 고개를 끄덕이고 수하에게 급히 원군을 보내라고 명령했다. 과연 무네시게가 생각하는 대로였음이 그 직후에 밝혀졌다. 오바나가와 문 밖으로 아군 병사들이 속속 도망쳐 나왔다. 모두들 도망치느라 경황이 없어 성문에서 적체되고, 저 살겠다고 동료를 밀어내는 병사도 보였다.

"고카슈가 전혀 보이지 않는다."

무네시게가 말한 대로 도망쳐 나오는 것은 모리 가의 병사뿐이었다. 의욕이 만만하던 우카이 도스케가 이끄는 고카슈 병사들이 보이지 않았다. 모토야스의 명령으로 출동한 원군이 모리 군의 후퇴를 도왔다.

실제로는 50을 세는 동안보다 짧은 시간이겠지만, 겐쿠로에게는 반각에 상당할 만큼 길게 느껴졌다. 마침내 고카슈로 보이는 자 몇 명이 기어나오다시피 성문을 도망쳐 나오는 모습이 보였다.

"도대체……."

오바나가와 문이 천천히 닫히기 시작했다. 공격해 들어간 인원보다 도망쳐 나온 인원이 분명히 적다. 특히 고카슈는 9할 정도가 나오지 않고 있지 않은가.

이때 척후로 나가 있던 자가 뛰어와 비통한 소리로 전황을 보고했다.

"고카슈 거의 괴멸! 우카이 도스케 공 사망!"

"아――"

모토야스는 차마 목소리가 나오지 않는지 주먹을 덜덜 떨었다.

"교스케……."

닫히고 있는 성문을 보며 겐쿠로는 중얼거렸다. 마치 오쓰 성 자체가 한 마리 거대한 짐승처럼 병사들을 탐욕스럽게 먹어치우고 아가리를 닫고 있는 것처럼 보여서 정체 모를 떨림이 온몸을 치달았다.

첫날 승리를 거둔 뒤 한밤중인데도 작전회의가 열렸다. 전쟁은 이제 막 시작된 참이다. 들뜨지 말고 긴장을 늦추지 말라는 의미도 있을 것이다.

하지만 교스케가 내놓은 의견이 온 가문에 파문을 일으켰다는 이유가 더 크다.

──내일은 돌 망루를 사용하지 않겠다.

라고 선언한 것이다.

그 이유를 가신 일동에게 설명하기 위한 자리였다. 처음에는 의아해하는 자도 있었지만 교스케가 까닭을 설명하자 모두 납득해 주었다.

이튿날 아침, 다시 공성군이 맹공을 시작했다. 교스케를 비롯한 아노슈, 그리고 요코야마가 이끄는 호위 부대는 어제와 같은 장소에서 시시각각 변하는 전황을 지켜보고 있었다.

"서군도 꽤 필사적이군."

요코야마의 말대로 하룻밤이 지나자 서군의 공격은 더욱 거세어졌다. 그들로서는 오쓰 성 따위는 한 주먹에 깨버리고 한시라도 빨리 서군 주력부대에 합류하고 싶을 것이다.

"놈들은 철포를 쉬게 할 생각이 없는 모양이야."

원정을 하게 되면 가져갈 수 있는 화약의 양에도 한계가 있는데 기나이는 서군이 장악하고 있어서 군량과 탄약 보급에는 걱정이 없는 듯했다. 그렇다면 이쪽도 신경 써야 할 것이 있다.

"레이지."

"음, 그렇게 나올지도 모르지."

말을 하지 않아도 레이지 역시 알고 있었다. 상대가 화약을 아낌없이 써서 성벽을 무너뜨리는 전술을 택할 가능성을.

"일단은 걱정할 거 없지만…… 음."

도비타야가 쌓은 성벽은 그리 어설프지 않다. 가까이서 폭발이 일이니도 꿈쩍하지 않는다.

"일부라면 망가질지 모르지."

원래 성벽은 외부 압력에는 매우 강하지만 내부 압력에는 의외로 취약하다. 서툴게 쌓으면 큰비가 내렸을 때 안에서부터 붕괴하는 경우도 있다. 레이지가 염려하는 상황은 적이 성벽까지 접근해서 성벽 틈새에 화약을 채워 넣는 것이다. 그런다고 심하게 무너지지는 않겠지만 전투 중이라도 수리를 시도해야 한다.

"돌 망루에 돌을 많이 소모했으니 별로 여유가 없을 거야."

"그렇지."

하루 더 돌을 운반하려 했는데 성이 의외로 빨리 포위되고 말았다. 교스케가 보기에는 그럭저럭 버틸 수 있을 것 같지만 부족한 돌이 나중까지 영향을 미치지 않으리란 법이 없어 걱정이다.

"나간다!"

요코야마가 컬컬한 목소리로 외쳤다. 아군의 반격에 적이 잠시 물러났다. 그 기회를 놓치지 않고 어제처럼 성문을 열고 미타무라 부자의 부대가 출격했다. 고함이 어지러이 오가는 가운데 미타무라 부대는 종횡무진으로 휩쓸고 다녔지만 애초에 중과부적이다. 마침내 슬슬 후퇴하기 시작했다.

"더 들어와라."

적이 돌 망루에 대한 대책을 세워두지 않았다면 깊이 추적해오지 못한다. 이상하게 들릴지 모르지만 적의 우수성을 믿는 작전이다.

"왔다!"

성문으로 후퇴하는 미타무라 부대를 모리의 철포병들이 쫓아왔다. 뒤에서 고카슈도 바짝 따르고 있다. 이쪽에서 예상했던 움직임이다.

"저런! 이즈모 공이―――"

요코야마가 낯을 찡그렸다. 구루와 안으로 쫓아 들어온 적의 철포병이 빠르게 전개하는데 미타무라 부대는 아직 성 안쪽 깊숙이 도망치지 못한 상태였다. 미타무라의 부친 이즈모는 후미에 남아 수하들에게 어서 후퇴하라고 질타하고 있었다. 귀를 찢는 총성이 울려 퍼졌다. 화약연기에 시야가 막히기 직전, 말을 탄 미타무라 이즈모가 허공으로 넘어지는 모습이 보였다.

"젠장……."

교스케는 아랫입술을 깨물었다. 모든 일이 예상대로 진행되진 않는다. 적은 맹렬한 사격을 멈추지 않았다. 돌 망루에서 반격이 없는 것을, 감히 밖을 내다볼 겨를도 없기 때문이라고 믿는 듯했다.

―――그만 멈춰.

교스케는 속으로 중얼거렸다. 원한은 원한을 부른다. 겐사이가 말한 '인과응보'다. 한번 움직이기 시작하면 힘으로 끊어내는 수밖에 없다는 각오를 하고 있지만, 안이한 생각인지 몰라도 상대가 스스로 멈춰주기를 바라는 마음도 있었다.

"멈추질 않는구나……."

교스케가 중얼거린 그때였다.

굉음이 하늘을 찌르자 난립한 돌 망루들 사이를 달리던 고카슈 일부가 삭제되듯 동시에 쓰러졌다. 돌 망루 하나가 통째로 폭발해버린 것이다.

돌 망루에는 한 사람도 들어가 있지 않았다. 대신 가지고 있던 배낙옥을 전부 쌓아 두었으니 고카슈가 총안에 화승총 총구를 찔러 넣고 발포하자 폭발할 수밖에. 내부의 폭풍에 망루의 돌들이 사방팔방으로 날아가고 적의 비명소리가 소용돌이쳤다. 동시에 돌 망루 속에 들어 있던 종이 수십 장이 불타며 하늘로 날아올랐다.

새벽부터 돌 망루를 손질했다. 우선 망루의 지붕에 상당하는 돌을 들어내어 기름에 흠뻑 적시고 다시 올려놓았다. 불이 붙어 날아오른 종이가 스치면 상부 돌에 불이 붙고 가까이 박아둔 배낙옥에도 불이 옮아 폭발하게 만들었다. 우카이가 공격을 멈추면, 아니 멈추지는 않더라도 퇴로가 없는 돌 망루 속의 병사를 학살하려 하지 않았다면 어땠을까. 가능성 희박한 소원을 빌어 보았지만 역시 우카이는 멈추지 않았다.

"후우———"

단조가 팔을 쳐들며 외면했다. 똑바로 쳐다볼 수 없을 만큼 처참한 폭발이다. 남은 일곱 개 돌 망루가 연달아 폭발하여 구루와 안에 들어온 모든 사람에게 돌조각이 튀었다. 모리 부대는 엄청난 피해를 입고 큰 혼란에 빠져 도망치기 시작했다. 특히 맨 앞에서 들어오던 고카슈는 병력의 태반을 잃고 남은 몇 명도 대부분 부상을 입었다.

"그만 포기해!"

들릴 리 없다는 사실을 알면서도 소리쳤다. 교스케의 눈 아래로 보이는 전면 성벽 위에서, 그리고 이요마루에서도 일제 총격이 시작되어 적은 픽픽 쓰러졌다. 잠시 후 계획한 대로 미타무라 부대가 성문을 닫기 위해 돌아왔다. 선두에 선 자는 이즈모의 아들 기치스케가 분명했다.

배낙옥 연기가 뭉게뭉게 소용돌이치는 가운데 교스케는 우두커니 서 있는 우카이 도스케를 보았다. 날아온 돌조각에 부러졌는지 오른팔을 안고 있었다.

우카이는 망연자실한 표정으로 주위를 둘러보다가 마침내 교스케와 눈길이 마주쳤다.

"네 이놈, 도비타 교스케!"

우카이는 하늘을 향해 야수처럼 포효했다. 문득 부모와 누이동생을 잃고 해소할 길 없는 분노에 시달리던 스스로의 모습이 떠올랐다. 교스케가 실처럼 가는 숨으로 호흡을 고르며 먼지로 자옥해진 허공을 향해 떨리는 목소리로 조용히 중얼거렸다.

"이제 끝내자."

이따위 전쟁. 우리 대에서. 내가 성벽으로 평화를 만들고야 말겠다. 여러 가지가 뒤섞인 상념을 담아 교스케가 그렇게 말할 때, 선두에 있던 미타무라 기치스케와 우카이의 모습이 교차했다. 다음 순간 우카이의 모습은 미타무라 부대라는 파도에 삼켜져 땅으로 흡수되듯 사라졌다.

성문이 닫히고 다시 성 바깥과 공방전이 재개되었다. 적도 더이상의 피해가 두려웠는지 아침과는 달리 과감하게 공격하지는 않았다. 이리하여 이틀째 공방전도 교고쿠 가가 압도적으로 우세한 가운데 히에이잔 너머로 해가 떨어졌다.

모리 가의 철포대에도 많은 사상자가 나왔지만 선봉을 맡은 고카슈의 피해는 막심했다. 혼란의 와중에 우카이 도스케도 죽었다. 고카슈는 괴멸했다고 해도 좋았다.

이 패배 소식이 전해지면 다른 공격부대도 열세로 몰릴 것이다. 일단 전군을 추스르기 위해서라도 이제는 멀리 포위한 채 철포와 화살을 쏘는 정도로 공방전이 이어졌다.

해가 저문 뒤 다치바나 무네시게의 제안으로 급히 작전회의가 열리고 겐쿠로도 말석에 앉았다.

"적은 상당히 강하다……."

모리 모토야스는 주눅 드는 기분을 떨쳐내려는 듯 이를 악물었다. 무네시게는 이런 상황에서도 모토야스의 면목을 세워주기를 잊지 않았다. 그는 원망하는 말은 한 마디도 하지 않고 고개를 끄덕였다. 모토야스는 긴 한숨을 짓고 말했다.

"다치바나 공."

"예."

"내일부터 전방을 맡아주지 않겠소?"

전군의 소모가 심한데다 오쓰 성 공략은 동서 결전이 시작되기 전까지만이라는 기한이 있었다. 모토야스도 더 이상 이것저것 따질 계제가 아니라고 생각했으리라.

"알겠습니다. 그럼, 어떻게 공격할까요?"

무네시게가 묻자 모토야스는 망설임을 떨쳐내듯이 대답했다.

"그것도…… 다치바나 공의 생각을 듣고 싶소만."

사실상 지휘를 맡기겠다는 말이다. 무네시게는 그 말을 듣고서야 자기 생각을 일동에게 말하기 시작했다.

"다들 반딧불이 다이묘라고 비웃고 있지만 교고쿠 가에는 전투에 능한 자가 많고 결속도 매우 단단합니다……."

무네시게는 한숨을 돌리고 계속했다.

"게다가 아노슈에서 가장 기량이 뛰어난 도비타야도 성 안에 있습니다. 만만한 상대가 아닙니다."

이제는 아무도 이의를 제기하지 않았다. 작전회의는 무네시게의 독무대로 진행되었다.

"현재 동군은 이미 미노까지 와 있습니다."

서군 본대에서는 전령이 잇달아 쏜살처럼 달려오고 있었다. 이미 동군 본대가 집결하고 있다는 것. 이에야스의 아들 히데타다의 지휘 아래 나카센도中山道교토와 에도를 잇는 가도. 도카이도東海道가 태평양 연안을 따라가는 가도라면, 나카센도는 산악이 많은 혼슈 중심부를 통과하는 가도이다를 이동 중인 별동대가 합류하면 바로 결전이 시작될 전망이라는 것. 그 닐짜는 이미 15일에서 20일 사이가 되리라는 것. 그러므로,

──오쓰 성을 한시라도 빨리 함락시키고 이쪽에 합류하라.

라고 요구하고 있다.

"쉬지 않고 달려간다 해도, 늦어도 13일 중으로는 오쓰 성을 함락시켜야 합니다. 내일이 벌써 10일입니다."

"앞으로 나흘 남았나……."

모토야스는 사태의 심각성을 새삼 실감한 듯 신음처럼 말했다. 지금 이대로라면 한 달이 지나도 함락될 성싶지 않았다.

"꼭 오바나가와 문을 고집할 필요는 없지 않겠소?"

하마초 문을 담당한 쓰쿠시 히로카도가 끼어들었다. 오바나가와 문을 들어서면 산노마루 북쪽 끝에 돌 망루들이 보인다. 도비타야는 이곳을 중심으로 함정을 쳐 놓고 상황을 살피고 있다고 봐도 좋을 것이다. 생존한 고카슈 몇 사람에 따르면, 우카이 도스케도 아노슈가 니노마루에서 이쪽을 바라보고 있다고 말했다.

"아니…… 하마초 문과 미이데라 문에도 대비책을 세워 놓았을 겁니다. 성 구조로 볼 때 원래 그 두 성문의 방비가 견고합니다. 가장 지키기 힘든 성문이 오바나가와 문이니까 놈들도 그곳에 가장 신경을 쓰고 있다고 봐야 합니다."

"가장 약했던 오바나가와 문이 아노슈에 의해 견고해졌다면, 더욱 더…….."

다른 두 성문으로 병력을 돌리면 된다. 쓰쿠시는 그렇게 말하고 싶었겠지만 무네시게는 생각이 다른지 고개를 저었다.

"시간이 한 달이고 두 달이고 여유가 있다면 그것도 한 가지 방법일 터이나 앞으로 나흘밖에 남지 않았다면 적이 세워 둔 대책을 깡그리 깨부수어서 전의를 송두리째 없애버리기 전까지 성은 함락되지 않습니다."

적이 가장 믿고 의지하는 대책을 쳐부순다. 지금 교고쿠 가에게는 아노슈 도비타야가 바로 최고의 대책이다. 무네시게는 정면으로 맞설 각오를 굳히는 듯했다.

"우선 오쓰 성 바깥해자가 문제입니다."

무네시게는 일어나 펼쳐둔 지도를 손가락으로 짚었다. 이곳이 마른해자라면 압박을 가하여 수성군의 병력을 분산시킬 수 있겠지만 해자에 물이 채워져 있으므로 수성군은 늘 최소한의 병력으로도 수비가 가능하다.

"이걸 깨버립시다."

"가능하겠소?"

모토야스의 목소리에 불안한 울림이 섞인다.

"구니토모슈를 이대로 제가 데리고 있게 해주십시오."

무네시게는 그렇게 말하고 겐쿠로 쪽을 힐끔 쳐다보았다.

"그건 상관없지만…….."

"우선 오쓰 성을 벌거숭이로 만들어 봅시다."

무네시게는 자신만만하고 단호한 목소리로 말했다.

공성전 사흘째인 10일 아침이 밝았다. 간밤에 작은 배 한 척이 화톳불도 피우지 않고 오쓰 성으로 들어왔다. 동군과 서군의 상황을 탐색하고 있는 교고쿠 가의 수하가 탄 배였다.

——빠르면 13일. 늦어도 14일에는 결전이 시작될 전망.

실제로 동군인 이에야스 진까지 가서 듣고 온 전망이었다. 전쟁은 상대가 있는 법이니 완전히 전망대로 되리라고 장담할 수는 없지만 적어도 이에야스는 그렇게 생각하고 있다고 한다.

"앞으로 사나흘 남았나. 그때까지는 기필코 지키자."

교스케는 손차양을 하고 포위한 적군을 둘러보며 말했다.

어찌된 영문인지 다치바나 군이 후방으로 빠져 있다. 가장 경계하던 구니토모슈도 전선에서 보이지 않는다. 이대로 시간이 흐르면 오쓰 성을 지켜낼 수 있겠다고 확신했다.

——겐쿠로.

적진 어딘가에 있을 숙적을 교스케는 속으로 불러보았다. 이대로 나오지 않으면 고맙겠다고 생각하는 한편으로 마음 한 구석이 내내 걸린다.

두 사람 모두 전쟁이 사라지도록 만들겠다는 이상은 같지만 거기에 도달하기까지의 여정은 크게 다르다. 과연 어느 쪽이 옳을까. 겐쿠로와의 대결이 끝나면 답이 드러나려나.

"교스케!"

레이지는 저도 모르게 '행수'가 아니라 이름을 부르며 적군을 가리켰다. 적진에 변화가 생겼다. 마치 커다란 뱀 한 마리가 꿈틀대듯 정연하게 움직이는 집단이 눈에 들어왔다.

"드디어 나오는군."

다치바나 군이다. 하마초 문의 쓰쿠시 군과 자리바꿈을 하듯이 진을 펴나간다.

"우리도 저쪽으로 옮길까."

요코야마 구나이가 물었다.

"원래 하마초 문은 그리 쉽게 무너지지 않아. 다치바나 군은 미끼일 뿐 역시 오바나가와 문이 본무대가 될 거야. 대부분의 인력은 이곳에 남기겠다, 단조."

"맡겨주세요."

단조가 힘차게 고개를 끄덕였다.

"레이지, 따라와."

"음."

도비타야 장인들과 경호 역할인 요코야마 부대는 그대로 오바나가와 문에 남기고 교스케는 레이지와 함께 하마초 문으로 들어갔다. 이곳을 지키는 장수는 가와카미 고자에몬이라는 사람이다. 호청년 인상을 풍기지만 작전회의 석상에서 기필코 나리를 지키겠다고 열의를 보이던 모습을 잘 기억하고 있다.

"가와카미 공!"

"도비타 공! 왔군!"

쾌활하게 대답하는 가와카미이지만 손이 희미하게 떨린다. 들킨 것을 알아챘는지 가와카미는 애써 웃음을 지으며 말했다.

"아, 전투를 앞두고 흥분한 거요. 서국무쌍이라면 적수로서 부족함이 없는 인물이니까."

"저들의 의도를 모르겠습니다. 이곳은———"

"알고 있소. 당황하지 않고 신중하게 지켜낼 거요."

"든든합니다."

그런 대화를 나누는 동안에도 다치바나 군과 쓰쿠시 군이 교체하고 있었다.

"옵니다."

교스케가 중얼거리는 순간 다치바나 군 쪽에서 고함소리가 올랐다. 수많은 목소리가 한 덩어리가 되어 고막을 흔드니 온몸에 소름이 돋았다.

"뭐야…… 저건…….."

그들의 기세가 상상을 훨씬 뛰어넘는지 가와카미가 놀란 표정이 되었다. 다치바나 군의 함성이 파도가 일렁이듯 번져나갔다.

"성문에 접근하지 못하게 하라! 활과 철포를 쏴라!"

가와카미는 정신을 가다듬고 수하에게 지시했다. 그때 다치바나 군의 전위가 재빨리 좌우로 전개하자 푸른색이 띠 형상으로 퍼졌다.

"저, 저건 대나무다발인가?"

가와카미가 크게 놀란다. 대나무다발은 말 그대로 청죽을 끈으로 단단히 묶은 것이다. 5척에서 6척 길이로 고르게 자른 대나무를 7~8개씩 묶은 후에 세 묶음 정도를 끈으로 단단히 결속해 방탄 방패로 삼는다.

　다케다 가의 가신이었던 요네쿠라 단고노카미 시게쓰구라는 병법에 정통한 사람이 고안했다고 알려져 있다. 대나무는 가벼운 데다 분해해서 옮기기가 쉽다. 그러면서도 탄환을 튕겨낼 정도로 강인하다.

　요즘은 대나무다발도 꿰뚫을 만큼 강력한 철포 역시 제작되므로 점토나 자갈을 천에 싼 다음 대나무다발 사이에 끼워서 강도를 높인 대나무다발이 주류가 되고 있다.

　그 탓에 대나무다발이 상당히 무거워져서 여러 사람이 힘을 모아 운반해야 한다. 게다가 다양한 각도에서 사격하면 대나무다발을 나르는 자를 쓰러뜨릴 수도 있다.

　하지만 지금 눈앞에 전개되고 있는 물체는 일반적인 대나무다발과는 모양이 달랐다.

　"대나무다발수레……."

　"저것이 그건가?"

　교스케가 저도 모르게 말하자 가와카미가 힘차게 돌아다보았다. 들어본 적은 있어도 직접 보기는 처음이라고 한다.

　대나무다발수레는 역시 말 그대로 바퀴 달린 받침대에 대나무다발을 부착한 것이다. 다치바나 군은, 대나무다발 네 개를 정면에 나란히 세워 수레에 고정했다. 대나무다발 뒷자리에 다섯 명은 탈 수 있겠다. 그런 수레가 대충 봐도 20대. 빈틈없는 벽처럼 나란히 늘어선 수레들이 다가오고 있었다.

"간밤에 만들었나."

교스케는 입술을 꼭 깨물었다. 다치바나 무네시게가 아무리 명장이라지만 출전할지 어떨지도 모르는 공성전을 위해 대나무다발수레를 준비해왔다고는 생각할 수 없다. 달리 말하자면 준비해온 거라기엔 수레 수가 너무 적었다. 간밤에 대나무를 자르고 수레를 만들어 최대한 애쓴 결과라고 보는 편이 타당하리라. 졸지에 만든 물건치고는 잘 만들어져 있었다.

——과연.

구조가 훨씬 정밀한 물건을 어렵지 않게 만드는 집단이니 저정도 되는 물건이라면 식은 죽 먹기겠지.

"거기 있군."

겐쿠로가 이끄는 구니토모슈는 다치바나 군에 속해 있다고 직감했다.

"아무리 대나무다발이 높다고 해도 공격하자면 얼굴을 드러내야 한다. 그때를 노린다!"

가와카미가 명령하자 철포대가 표적을 정하고 대기했다. 그러나 적은 대나무다발수레에서 전혀 얼굴을 내밀지 않았다. 조금씩 접근하더니 성문 전면에서 북쪽으로 비껴 이동했다. 비와 호수로 향하고 있다. 그곳에는 성문도 없고 성을 지키는 망루도 없다. 모두들 의아해하는 가운데 교스케만은 숨을 삼켰다. 누구의 눈에도 보이지 않지만 그곳에는 중요한 것이 있기 때문이다.

"가와카미 공, 적은 얼굴을 내밀지 않을 겁니다! 화살을 쏘아주십시오!"

"왜?"

"놈들이 노리는 것은 성문이 아닙니다!"

"그게 무슨———"

"부탁합니다!"

가와카미는 이해를 하지 못한 채 교스케의 서슬에 눌려 궁대를 전면에 세웠다.

"쏴!"

무수한 화살이 포물선을 그리며 허공을 날아 대나무다발수레 위로 쏟아졌다. 그 순간 수레를 밀던 자들이 일제히 나무판을 쳐 들었다. 경쾌하고 메마른 소리가 전장에 울렸다. 무수한 화살은 나무판에 박힐 뿐이었다.

바깥해자 가까이까지 다다르자 대나무다발수레에서 내리는 자들이 있었다. 그들 손에는 괭이나 가래삽이 들려 있다.

"역시…… 검은괭이로군."

'검은괭이'란 토목을 전문으로 하는 집단을 말한다. 이들을 거느린 다이묘는 드물지 않지만, 다치바나 가의 '검은괭이'는 놀랄 정도로 통제가 잘 되고 있었다. '검은괭이'는 대나무다발수레에서 일제히 뛰어내려 몇 명씩 조를 이루어 괭이나 가래삽으로 땅을 파기 시작했다.

"그런 수를 쓰겠다는 건가!"

가와카미도 그제야 알아차린 듯 궁대와 철포대를 번갈아 세워서,

"괭이나 가래삽을 든 자를 노려라!"

하고 연거푸 명령을 내렸지만 탄환은 대나무다발수레에, 화살은 나무판에 막혀 효과를 발휘하지 못했다. 성문 돌파를 위해 대나무다발수레를 전면에 세운 거라면 성벽에 접근했을 때 반드시 뛰쳐나오는 순간을 노릴 수도 있을 것이다.

또 성문과 연결된 다리까지 대나무다발수레를 밀고 오면 기름과 마른나무를 던지고 불화살을 쏘아 불사를 수도 있을 것이다. 하지만 바깥해자까지만 다가와 땅을 파는 '검은괭이'를 보호할 뿐이니 달리 손쓸 도리가 없었다.

상황을 깨달은 사무라이 대장도 있는 듯했다. 지난 이틀 동안 하마초 문을 열고 출격하는 부대를 지휘하여 전과를 올린 아카오 이즈노카미가 뛰어왔다.

"가와카미!"

"아카오 공……."

"도비타 공도 같이 계셨군. 저들은……."

"예. 다치바나는 바깥해자에서 물을 뺄 생각입니다."

교스케가 목울대를 꿀럭거렸다.

"아카오 공 부대로 저들을 몰아낼 수는 없습니까?"

가와카미가 묻자 아카오는 낯을 찡그렸다.

"저걸 보게. 이미 우리가 성 밖으로 치고나갈 상황에 대비하여 만반의 대책을 세워 놓고 기다리고 있네. 과연 시종답군."

적진의 양 옆에 기마대를 중심으로 한 부대가 대기하고 있었다. 이쪽이 대나무다발수레를 몰아내려고 출격하면 두 부대가 즉각 움직여 협공해올 것이다. 그렇게 되면 아카오 부대는 궤멸 위기에 빠지리라. 무네시게는 그것까지 계산에 넣고 있었다.

"그러면……."

"아무튼 화살과 탄환을 계속 쏴서 방해하는 수밖에 없네. 나도 가세하지."

출격을 포기한 아카오 부대가 창을 활과 철포로 바꿔 들고 방어전에 나섰지만 적이 쳐들고 있는 나무판만 바늘겨레처럼 될 뿐 이렇다 할 성과를 올리진 못했다. '검은괭이'는 묵묵히 작업을 계속했다.

"행수, 아무래도 다치바나가 다 알고 있는 모양이야."

레이지가 아래쪽을 보며 가만히 말했다.

"역시 대단하군."

다치바나 군은 왜 하마초 문으로 왔을까. 이쪽이 만반의 태세를 갖추고 대기하는 오바나가와 문을 피하기 위해서도, 취약한 쓰쿠시 부대를 지원하기 위해서도 아니다. 하마초 문 근처의 무언가를 노리는 것이 분명했다.

"나는 다치바나 부대에 구니토모슈가 있다고 본다."

교스케가 말하자 레이지는 분하다는 듯 혀를 찼다.

"그놈이라면, 바깥해자에 물을 대는 구조도 알까……?"

그때 방어전을 지휘하던 가와카미가 다시 달려왔다.

"도비타 공, 아무래도 저지할 수가 없네. 저들은 왜……."

"땅속에 묻힌 나무틀을 피괴히려는 겁니다."

"과연. 수로가 끊기면 서서히 말라갈 테고……. 하지만 앞으로 네닷새 정도는 별 효과도 없을 텐데?"

가와카미는 기쁜 표정을 짓다가 이쪽의 어두운 얼굴을 보고 의아한 표정이 되었다.

"아뇨, 전면 해자의 수위는 금세 절반으로 떨어질 겁니다. 동서쪽 바깥해자는 거의 마른해자가 될 테고요."

바깥해자 남쪽 전면은 주발 모양으로 파냈고, 양 옆의 해자는 호수를 향해 완만한 경사를 이루고 있다. 나무틀을 통해 전면으로 흘러들고 있기 때문에 물은 해자 전면에서 양 옆 해자로 흘러넘쳐 호수를 향해 돌아간다. 호숫가와 충돌하며 균형을 유지함으로써 3면의 해자에 물이 차 있는 것이다. 나무틀 수로가 파괴되면 균형이 무너져 전면 해자는 주발 부분에는 물이 남겠지만 양쪽 해자의 물은 전부 호수로 빠져나가 맨땅이 드러나고 만다.

"그런 거였나."

가와카미는 놀라는 얼굴이 되었다. 교고쿠 가의 가신이라고 해도 바깥해자에 물을 대는 구조를 잘 알고 있을 리는 없다. 사실 바깥해자 전면은 땅이 높아 물을 대기 위해서는 대대적인 토목공사가 필요했다. 그 공사 규모와 비용을 최대한 줄이는 방법으로서 땅속에 나무틀 수로를 묻고 수압을 이용해 물을 끌어올린 것이다. 당연히 물은 높은 데서 낮은 데로 흐른다. 나무틀이 파괴되면 해자의 물은 비와 호수로 돌아가 태반이 사라지리라.

"출격해서 물리치는 수밖에 없지만, 적이 저렇게 대비책을 세워두었으니…… 유감이지만 방법이 없습니다."

남은 방법은 조금이라도 압박을 가해 작업을 늦추는 정도다. 가와카미, 아카오 두 부대는 쉴 새 없이 철포와 활을 쏘고 돌멩이를 던져서 방해했지만, '검은괭이'는 대나무다발수레와 나무방패의 보호 아래 조금씩 작업을 진척시켰다.

3년 전 이곳에 물을 대려고 분주하게 뛰던 날들, 성공했을 때 모두 환하게 웃던 얼굴이 뇌리에 살아났다.

해가 중천을 지날 무렵, 마침내 땅속의 나무틀이 드러나 파괴되었다. 탁류가 일어나거나 하지는 않았다. 물은 그저 조용히 호수로 돌아갔다. 다치바나 군은 이쪽이 수리할까봐 그동안에도 대나무다발수레를 물리지 않고 있었다. 농성하는 처지인데도 불구하고 오늘만은 이쪽이 공성군인 듯한 착각마저 들었다.

해가 능선 너머로 떨어질 즈음에는 바깥해자 전면의 수위가 절반 이하로 떨어지고 동서 양쪽 해자의 물은 완전히 빠졌다. 호수에서 파도치는 물소리만 허망하게 들려왔다. 바깥해자에 물을 채운 탓에 사라졌던 호수의 목소리가 돌아온 것이다.

마른해자라도 방어력이 있으므로 적도 손쉽게 넘어올 수 없겠지만 해자에 물을 채우기 위해 쏟은 시간과 노력이 단 하루 만에 무로 돌아간 상황이 농성하는 사람들 모두의 마음을 크게 뒤흔들었음은 분명했다.

"이렇게 되었으니 내일부터 더 강력하게 공격해오겠지. 산노마루로 물러나는 것도 생각하고 있어야겠어……."

교스케는 레이지에게 씁쓸하게 말했다.

"아마 그렇게 되겠지. 돌 망루는 더이상 쓸 수 없어. 다음은 뭐로 대처하지?"

"버티느냐 물러서느냐. 한쪽을 택하면 나머지 한쪽은 잊어야 해."

"내일은 넘길 수 있다고 해도 모레는 어떡하지?"

"그때는 니노마루에서 시간을 버는 수밖에."

"결전이 사흘 뒤라면 몰라도 닷새 뒤라면 버틸 수 없을 거야."

지금부터는 하루 한시를 세심하게 계산할 필요가 있음을 레이지도 잘 알고 있다.

"돌이 부족하니 어쩔 수 없지."

교스케는 팔짱을 끼고 씁쓸하게 말했다. 산노마루를 적에게 점거당하기 직전에 성벽을 스스로 무너뜨려 석재로 활용하는 방안을 생각하고 있었다. 그 돌을 니노마루와 혼마루에 사용하면 되지만 상당히 위험하고도 어려운 일이다.

"돌만 있으면 버틸 수 있을까?"

레이지가 가만히 숨을 토하고 짐짓 가볍게 물었다.

"무슨 수로 돌을 구해————"

"버틸 수 있냐고."

"너 설마……."

"내가 가져올게."

레이지는 교스케를 뚫어져라 쳐다보며 단호하게 말했다.

"말도 안 돼. 적에게 포위되어 있잖아."

"세 방향은 그렇지."

"뭐……?"

"호수를 통해 돌을 들여오면 돼."

본거지 아노에는 떼어 둔 돌이 있다. 오늘 밤 호수를 통해 탈출하여 이틀 안에 돌아오겠다고 레이지는 말하는 것이다.

"안 돼. 봉쇄당해서 돌아올 수 없게 될 거야."

서군도 공성전을 위해 배를 준비했으며, 전투 첫날에는 배를 이용해서 공격하려는 움직임도 있었다. 그러나 오쓰 성은 호수 쪽으로는 더욱 방비가 강하고, 애초에 배가 가까이 접근하기도 어렵다. 식량이 떨어지기를 기다리는 작전이라면 전면봉쇄를 해야 하지만, 서군은 전투로 결판 지을 요량이어서 호수 위로 병력을 분산시키기보다는 육상에 집중해 왔다. 하지만 돌을 실어오려고 한다면 서군도 배를 띄워 막으려고 하리라. 군선이 아닌 석선은 성에 닿기 전에 가라앉고 만다.

"가라앉는 일은 없을 거다."

교스케는 신음소리를 냈다. 레이지의 계획대로라면 배가 가라앉는 일은 없을지 모르지만 성으로 돌을 실어들일 수 있느냐는 또 다른 문제다. 게다가 배를 움직이는 자들이 목숨을 잃을 위험이 있다.

"역시 안 되겠어. 너무 위험해. 지금 가지고 있는 돌로 어떻게든 헤보자."

레이지는 잠시 말이 없었다. 바람이 휘익 지나가자 호수 수면에 줄무늬 같은 파문이 일어났다.

"교스케…… 너를 처음 보았던 날을 지금도 똑똑히 기억한다."

무슨 엉뚱한 소리인가 싶어 미간을 찡그리는 교스케에게 레이지는 호수로 시선을 향하며 미소를 지었다.

"음침한 놈이구나 싶었는데,"

"시끄러."

"돌 쌓는 재능은 얄미울 정도로 뛰어나더군. 처음에는 지지 않으려고 기를 썼지만 어느 날인가 차이를 깨달았지……. 화가 났지만 한편으로는 네가 가진 능력을 확인하고 싶다는 생각도 들었다."

레이지는 흘러내린 머리카락을 그러 올리며 말을 이었다.

"그래서 운반조 일을 충실히 해왔어. 언젠가 올 이런 날을 위해. 그 언젠가가 바로 지금이다."

"레이지……."

"네놈 한 사람의 승부가 아니야. 운반조를 무시하지 마라."

레이지는 야무지게 헛기침을 하고 대담한 웃음을 보였다.

"알겠다."

"무슨 일이 있어도 돌을 이 자리에 가져다 놓겠다. 그러니까 패배하면 나한테 혼날 줄 알아."

교스케가 배에 힘을 주고 말했다.

"부탁한다, 레이지."

레이지는 교고쿠 가의 배를 빌려 수하 운반조 마흔세 명과 함께 성을 빠져나갔다. 다행히 저녁부터 하늘이 잔뜩 흐려서 달빛이 사라진 야음을 틈탈 수 있었다. 서군도 알아챈 기색이었지만 그때는 이미 레이지가 탄 배가 상당히 멀리까지 가버린 상태였다.

누군가 탈주한 거라고 생각했는지 아니면 이미 엎질러진 물이라고 생각했는지, 서군의 군선은 추격하지 않았지만 만약의 사태에 대비하여 오쓰 성에서 약 10정 떨어진 호수 위에 배를 계속 띄워두었다. 예상한 대로 호수 쪽도 봉쇄된 것이다.

——내일은 더 치열하게 공격하겠지.

레이지가 탄 배가 보이지 않게 되자 교스케는 뒤를 돌아다보았다. 서쪽에서는 계속 검은 구름이 흘러들고 있었다. 내일은 비가 내릴지도 모른다. 그렇게 되면 적도 화승총을 뜻대로 사용하지 못한다. 먹구름이 더 몰려오기를 기도하며 교스케는 얼룩덜룩하게 먹물을 뿌려 놓은 듯한 밤하늘을 바라보았다.

11일 새벽부터 비가 쏟아지기 시작했다. 호우로 변하지는 않지만 약해지지도 않는다. 거의 일정한 빗줄기를 유지하고 있어 오늘 하루는 내내 이런 비가 이어질 전망이다.

멀리서 보니 수면에 물안개가 끼어 있다. 오쓰와 구니토모무라는 남북의 차이는 있지만 모두 비와 호반인지라 오미에 오래 살아온 겐쿠로에게는 낯익은 풍경이었다. 겐쿠로는 시선을 앞쪽으로 옮겨 멀리 있는 오바나가와 문을 바라보았다. 어제 교전이 끝난 뒤 무네시게는,

──오바나가와 문 쪽으로 진을 옮긴다.

라고 명령했다.

하마초 문 쪽에 친 진은 바깥해자의 물을 빼는 것이 목적이었다. 이를 위해 밤새 대나무다발수레를 만들라고 명령했다. 성문을 깨려 했다면 대나무다발이 아무리 많아도 피해가 나오지만, 땅을 파서 나무를 수로를 망가뜨릴 목적이라면 이처럼 알맞은 물건도 없다. 구니토모슈도 대나무다발수레 만드는 작업을 거들어 최대한 많이 만들었고, 덕분에 바깥해자의 힘을 크게 약화시키는 데 성공했다. 이로써 사방에서 압박을 가할 수 있게 되었다. 적의 방비도 허술해질 것이다.

"드디어 때가 왔다. 이삼일 안에 결판을 낸다."

무네시게는 들뜬 기색도 없이 평소와 다름없는 말투로 말했다.

13일까지 이 성을 함락시키면, 오쓰 공성군의 다른 부대가 제시간에 대지 못하더라도 다치바나 군만은 미노로 달려가 14일에 서군 본대와 합류, 근방에서 벌어질 결전에 참가할 계획이다.

오바나가와 문을 공략하기로 정한 까닭은 그곳에 가장 공을 들이는 아노슈를 깨부수어 수성군의 사기를 꺾기 위해서이지만 이유는 하나 더 있다.

"고카의 죽음을 헛되이 할 수 없다."

공격이 뜻대로 되지 않고 있을 때도 그렇게 말할 수 있는 무네시게는 역시 큰 그릇이었다.

고카슈의 제안대로 치른 지난 번 전투는 패배로 끝났지만 일정한 소득은 있었다. 미처 후퇴하지 못한 수성군을 공격하는 과정에서 지휘관 미타무라 이즈모를 죽인 것이다. 무네시게는 이 점에 착안하여 한 가지 계책을 내놓았다.

"도토키, 할 수 있겠지?"

"신중하게 선발해 놓았습니다."

무네시게가 묻자 다치바나 가의 숙장宿將 도토키가 대답했다. 특히 말을 잘 타는 백여 명을 선발하여 오바나가와 문을 열어젖히고 산노마루로 난입한다. 수성군이 니노마루로 후퇴하기 시작하면 사냥개가 먹잇감을 쫓듯이 추격해서 산노마루와 니노마루를 잇는 도주문까지 단숨에 도달할 계획이다.

수성군은 그곳에서 갈팡질팡할 것이다. 아군을 피신시키려고 성문을 열면 도토키 군이 추격하던 기세 그대로 니노마루로 쏟아져 들어온다. 그렇다고 성문을 열지 않으면 아군이 도토키 군에게 죽임을 당하게 된다.

"재상님은 부하들이 죽게 내버려두지 않을 게야."

그렇게 장담했다. 교고쿠 다카쓰구는 자애로운 남자다. 그것이 교고쿠 가의 결속을 낳고 있다고도 할 수 있지만 센고쿠 무장으로서는 어설프다. 강점과 약점은 늘 함께하기 마련이라고 무네시게는 말했다.

"또한 백 명 정도라면 성 안에 들어와도 금방 섬멸할 수 있다고 생각하겠지."

무네시게는 손가락으로 턱을 매만지며 말했다.

니노마루는 수성군으로 가득하고, 그들은 성벽 위에서 철포와 활로 도토키 부대를 공격할 것이다. 다치바나 군 본대가 접근하기 전에 섬멸해서 성문을 무사히 닫을 수 있다고 생각할 게 틀림없다.

그렇게 되지 않게 하려면 도토키 부대가 버텨내는 동안 다치바나 본대가 신속하게 달려가 지원할 필요가 있다. 도토키 부대를 공격하는 수성군의 철포병과 궁병을 다치바나 본대가 철포로 저격해야 한다는 뜻이다.

"시간이 많지 않은 걸 잘 압니다……. 그러나 꼭 오늘을 택할 필요는 없지 않습니까?"

도토키는 손바닥을 하늘로 가리키며 물었다. 지금도 빗줄기가 볼을 적시고 있다.

비가 내려도 기름종이로 화승을 보호하면 발포는 가능하지만 취급이 까다롭고 불발이 많아진다. 반면에 수성군은 화승총을 쓸 수 없다고 해도 화살을 빗발처럼 쏠 수 있다.

도토키 부대가 버티는 동안 본대의 철포대와 궁대를 니노마루에 들여보내 수성군의 사수를 쓰러뜨려야 하는데, 한 장소를 지키며 수비하는 수성군과 달리 이리저리 뛰어다녀야 하는 이쪽은 화승의 불씨를 꺼뜨리기가 쉽다. 활밖에 쓸 수 없는 전투라도 높은 위치에 있는 수성군이 유리하다. 그 점을 염려한 도토키가 고개를 갸웃거리며 말했다.

"내일은 비도 그칠 텐데요."

무네시게가 눈짓을 하자 겐쿠로가 함에서 총 한 자루를 꺼냈다.

"도토키 공 부대에는 이것을."

"단통인가."

단통이란 총신이 짧은 철포를 말한다. 명중률은 조금 떨어지지만 운반과 취급이 쉽다. 말을 발포음에 길들여 놓기만 하면 마상에서도 쏠 수 있다.

"물론 우리 말들은 철포 소리에 익숙하지. 그런데 이것은 꽤 통통하게 생겼군……."

도토키는 단통을 받아들자 지판地板본체 옆에 대는 얇은 금속판으로, 각종 격발 관련 장치를 이 금속판에 리벳으로 고정한다을 살펴보며 말했다.

"저희 신형 철포는 빗속에서도 쏠 수 있습니다."

"호오."

지금까지 무네시게 외에는 비밀로 해왔으므로 도토키가 놀라서 눈이 휘둥그레졌다.

"나도 처음 들었을 때는 허풍이라고 생각했는데 물건을 보고 납득했네."

무네시게가 말하자 도토키는 총을 새삼 찬찬히 살펴보았다. 기존 철포에 비해 지판 주위가 통통하게 생긴 까닭은 그 속에 장치가 들어 있기 때문이다.

"실은 조금 더 작고 가볍게 만들고 싶었지만 지금은 이게 최선입니다."

"그럼, 화승은 어디에 끼우지?"

도토키는 총을 거꾸로 들고 총신을 들여다보기도 하며 물었다.

"화승은 사용하지 않습니다."

허, 하고 놀라는 소리를 내는 도토키에게 겐쿠로는 철포의 본체 부분을 가리키며 계속 말했다.

"용수철의 회전력으로 불꽃을 일으킵니다."

이 신형 철포는 기존 화승총과 구조가 많이 다르다. 본체 내부에 용수철이 들어 있다.

"우선 이것을 감아야 합니다."

겐쿠로는 철포를 받아들고 도토키가 주목하지 않았던 다른 부품을 잡아 보였다. 끝이 가늘고 육각형으로 되어 있는 나무 손잡이였다. 동일한 모양의 구멍이 철포 본체에도 있다. 그곳에 끼워 넣고 회전시켜 지렛대 힘으로 용수철을 감아올리는 것이다.

"이렇게 하면 됩니다."

회전에 저항을 느끼는 순간 멈춘다. 더 이상은 용수철이 감기지 않는다.

"이제 화승총과 마찬가지로 탄환을 넣고 방아쇠를 당기면 발사됩니다."

겐쿠로는 허공에서 손가락을 구부리며 설명했다.

방아쇠를 당기면 용수철이 복원되는 힘으로 쇠바퀴가 회전한다. 그 쇠바퀴에 부싯돌이 마찰되어 불꽃이 일어나 화약에 점화되는 방식이다. 불씨 걱정을 할 필요 없이 비가 내려도 충분히 쏠 수 있다. 후시미 성 전투 때도 수성군은 마지막까지 완강하게 저항했지만 비가 한 차례 쏟아지자 공성군이 철포를 쏠 수 없다고 방심했다. 그때 이 신형 철포를 투입하여 성을 함락시킬 수 있었다.

"이런 물건을 당신들이 만들었단 말인가……."

"아뇨, 남만 장인이 이미 만들고 있었습니다."

혀를 내두르는 도토키에게 겐쿠로는 고개를 저었다.

"그럼 왜 보급되지 않았지? 빗속에서도 쏠 수 있는 철포라면 다들 군침을 흘릴 텐데."

"우선 만들기가 매우 어렵습니다. 우리도 이걸 만드는 데 5년이나 걸렸습니다."

남만 상인에 따르면 이 철포는 90년쯤 전에 등장했는데 기존 철포에 비해 구조가 복잡한 탓에 모방할 수 있는 자가 많지 않았다. 열도에는 아직 들어오지 않아서 겐쿠로는 풍문만 듣고 제작하느라 많은 시간과 수고가 필요했다.

"5년씩이나……."

"예. 품도 훨씬 많이 들고, 대량 제작에 어울리지 않아서 가격도 엄청 비싸집니다."

그 탓에 남만에서도 제작되고 100년 가까이 지나도록 거의 보급되지 않았다. 귀족을 비롯한 신분 높은 일부 사람들의 애완용 총이 되었다고 한다.

"이해했네."

도토키는 여전히 신기한 듯 철포를 들여다보며 고개를 끄덕였다.

"단통이 50정 있습니다."

"그렇군. 성 안으로 뛰어 들어가서……. 이렇게?"

도토키는 총을 들고 위쪽으로 쏘는 시늉을 했다.

"그렇습니다."

"잘 되겠지, 도토키?"

두 사람의 대화를 지켜보던 무네시게가 입을 열었다.

"범에 날개를 단 격이죠."

"겐쿠로는 이런 신형 철포를 장통으로도 100정 정도 가져왔으니 자네를 바로 뒤따라가서 지원할 수 있네."

따라서 신형 철포는 총 150정. 이 전투에 동원할 수 있는 전부이다. 다치바나 가의 철포병이 오십 명에 구니토모슈 오십 명, 이렇게 신형 장통 100정이 빗속을 달려 니노마루에 들어간 도토키 부대를 지원하며 수성군을 저격한다는 작전이다.

"사용법을 말씀드리겠습니다."

겐쿠로가 말하자 도토키는 고개를 끄덕였다. 신형 철포는 사용법도 기존 철포와 다르다.

"한데 이 철포 이름은?"

"저희는 '바퀴식'이라고 부릅니다."

도토키 물음에 겐쿠로는 숨을 크게 들이마시고 말했다.

오랜 시행착오와 고심 끝에 모방해낸 신형 철포이다. 상대가 어떤 대책을 취하든 겐쿠로는 이 철포로 니노마루까지 함락시킬 수 있다고 믿어 의심치 않았다.

──기다려라.

겐쿠로는 오바나가와 문 안에 있을 그에게 마음속으로 말을 건네며 빗줄기가 가늘어질 기미가 보이지 않는 흐린 하늘을 올려다보았다.

내일은 비가 내릴 것이다. 날씨를 예측할 능력은 없지만 누구나 확신할 만큼 밤하늘이 잔뜩 흐렸다. 이따금 낯을 내미는 달도 윤곽이 희뿌옇게 뭉개져 있다.

"아마 내일은 적이 승부수를 던지겠지."

교스케는 수하 장인들을 모아 놓고 말했다.

"후시미 성 전투에서 썼던 그거겠군요."

단조는 미간을 찌푸렸다. 교스케는 말없이 고개를 끄덕였다.

후시미 성이 함락되기 직전, 겐사이는 도망치려면 얼마든지 도망칠 수 있었지만 수하 대부분을 먼저 피신시킨 뒤 자신은 남았다. 빗속에서도 위력이 전혀 줄지 않는 철포를 직접 확인하기 위해서다.

그러다가 납탄을 맞아 걷지도 못하게 되자 곁에 남아 있던 마지막 장인에게,

──교스케에게 전해라.

라고 철포에 대한 정보에 자기 의견을 보태서 장인을 내보냈다.

겐사이가 낙성 때까지 남아 있었음을 겐쿠로도 알고 있을까. 설령 알았더라도 성과 최후를 함께하기 위해 남았다고 생각하지, 설마 교스케에게 총의 정보를 전달했다고는 짐작하기 어려우리라. 내일 비가 내리면 겐쿠로는 그 신형 철포를 사용하고 싶어 할 것이다.

"선대는…… 그걸 톱니바퀴식 철포라고 불렀다."

교스케는 일동을 둘러보며 말했다.

겐사이는 빗속에서도 발포할 수 있다는 사실만이 아니라 어떤 구조인지도 예측했다. 탄환이 발사되는 순간 본체 옆에서 날카로운 불꽃이 튀는 것을 보았다고 한다.

"비가 내리면 철포는 사용하기가 매우 어렵지요. 이쪽이 그렇게 생각한다는 것을 역이용할 겁니다."

교스케는 요코야마를 보며 말했다. 빗속에서도 쓸 수 있는 철포를 이용할 거라고는 생각했지만 그 사실을 어떻게 대책에 반영

할 것인가. 이것은 교스케와 같은 장인보다 요코야마가 해야 할 고민이다.

"그렇지. 단통도 들고 나올 거라고 생각해도 좋겠지?"

"단통도 점화 방식만 조금 다르겠죠. 아마 들고 나올 겁니다."

"그렇다면 그건 기마병에게 주겠군."

적은 산노마루 공방전에서는 작전을 노출하지 않고 오바나가와 문을 돌파할 때 드러낼 공산이 크다. 아마 철포로 무장한 기마대를 먼저 보내서 도망치는 아군을 추격하겠지, 도주문을 열고 니노마루로 피신하려는 아군과 함께 니노마루로 밀고 들어와 후속 다치바나 본대가 달려올 때까지 도주문을 닫지 못하게 방해하리라. 자신이라면 그렇게 할 거라고 요코야마는 말했다.

"말 위에서 철포를 쏘면 말이 놀라서 날뛸 텐데……."

단조의 의문에 요코야마가 손을 쳐들며 말했다.

"니노마루에 들어오면 말을 내리고 도보가 되겠지. 게다가 다치바나 가의 기마무사라면 마상에서도 충분히 철포를 쏠 수 있을지 모른다."

군마 훈련에 상당한 공을 들이는 다치바나 가는 대포가 굉음을 내는 상황에서도 돌격한다는 소문이 있다.

"빗속에서도 철포를 쏠 수 있다면 니노마루에 먼저 쳐들어간 선행부대는 버티며 싸운다. 그 사이에 본대가 뒤따라 들어오면……."

요코야마는 주먹으로 손바닥을 탁 쳤다.

"결국 니노마루에 적을 들여놓으면 패한다는 겁니까?"

교스케는 손으로 턱을 받치고 신음소리를 냈다.

"다시 돌 망루……를 사용할 수도 없을 텐데요?"

"음."

교스케는 궁리하는 중이라 대답이 건성이었다. 속에 있는 자가 반드시 죽게 되는 돌 망루는 다시 쓰지 않겠다는 교스케의 생각은 요코야마도 알고 있다.

"기병을 묶어둘 수 있다면 좋을 텐데…… 목책이라도 세울까?"

"그래서는 철수하는 아군도 발이 묶입니다."

교스케는 바삐 고개를 저었다. 도병으로 싸우는 자에게는 큰 방해가 되지 않지만 기병만 막는 방법. 한 가지 떠오르는 것은 히노 성에서 사용했던, 돌담을 여러 개 쌓아 방해하는 방법이다. 그렇게 하면 기병은 이리저리 선회하느라 속도를 줄일 수밖에 없겠지만 요코야마에 따르면 다치바나 군은 훈련이 잘 되어 있으며, 기마대를 먼저 보낸다면 정예들일 거라고 한다. 기수를 돌리는 정도는 식은 죽 먹기일지 모른다.

더구나 하룻밤 만에 그렇게 높은 돌담을 쌓을 수도 없다. 뭔가 공사 시간을 단축할 방법은? 자문자답하는 교스케의 뇌리에 언젠가 겐사이가 했던 말이 떠올랐다.

——낮은 담이라고 쉬운 건 아니다.

교스케가 허구한 날 자갈로 뒤채움을 하는 기본 수련을 마치고 처음으로 돌담을 쌓는 현장에 섰을 무렵이었다. 성벽을 쌓겠다고 의욕이 충만해 있었지만, 겐사이가 준 일은 논밭을 구획하는 돌담 공사였다. 무릎 높이에 불과하여 돌담이라고 부르기도 민망한 수준이었다. 계단식 논처럼 단차가 크지 않지만 약간의 고저 차이가 복잡하게 섞여 있어서 밭두둑으로는 해결하기 어려운 땅이었다. 불만을 표하는 교스케에게 겐사이가 던진 말이 그 한 마디였다.

실제로 낮은 돌담은 맞물리는 곳이 적어 약하기 때문에 돌을 높이 쌓을 때와는 다른 기법이 필요하다. 아직 미숙했던 교스케는 고저 차이가 복잡한 땅에 그런 담을 쌓느라 혼쭐이 났던 기억이 있다.

"그거다."

교스케는 눈을 부릅뜨며 벌떡 일어나 장인들에게 방금 떠오른 방법을 설명했다. 다 듣고 난 단조가 환한 얼굴로 손뼉을 쳤다.

"과연 보병은 방해하지 않고 기병은 완전히 묶어놓을 수 있겠군요."

"해봅시다!"

도비타야 사람들이 일제히 움직이기 시작했다. 그거라면 하룻밤 사이에 만들 수 있다는 확신도 있었다. 요코야마 수하들이 화톳불을 피워 주위를 밝혀주었다.

"이건 다치바나 가의 정예라도 방법이 없을 거다."

요코야마는 잇달아 들어서는 '돌담'을 보고 쾌활하게 웃었다. 교스케가 예측한 대로 인시(오전 4시경)까지는 전부 마칠 수 있었다.

──겨우 시간에 댔다.

모두들 잠깐 눈을 붙일 때 교스케만은 다시 한 번 돌담을 점검하며 돌아보았다.

11일, 서군은 전보다 늦장을 부리는지 미시(오전 10시경)가 돼서아 큰북괴 소라고둥이 울렸다. 적노 제법 지쳤다는 증거이리라. 어제까지와 마찬가지로 서군은 성문 세 곳에 맹공을 퍼부었다. 물이 사라진 바깥해자를 넘으려고 하는 자도 있어서 그들도 상대해야 했다. 안 그래도 수가 부족한 상태에서 병력이 분산되니 성문 수비가 절로 약해져서 적군은 성문까지 육박하고 말았다.

그중에서도 진을 옮겨 오바나가와 문을 공격하는 다치바나 군의 맹공이 날카로웠다. 성문은 파쇄추에 내내 비명을 올렸다.

"더는 못 버팁니다!"

요코야마가 침방울을 튀기며 소리쳤다. 오바나가와 문의 빗장이 쩍쩍 소리를 내며 뒤틀리기 시작하고, 아군이 안쪽에서 밀고 있지만 차차 열리고 있었다. 아니나 다를까 다음 타격에 성문이 부서졌다.

"들어온다!"

요코야마가 연달아 외쳤다. 파쇄추가 즉시 뒤로 물러나고 자리 바꿈하듯 기마대가 쏟아져 들어왔다. 기마대는 도망치는 병사들을 바짝 쫓아가지만 기마무사들은 도망치는 병사의 등을 찌르려고 하지는 않았다. 오히려 도망치다 뒤처지는 자는 놔둔 채 진흙을 날리며 구루와 속으로 거침없이 달렸다. 이쪽이 예상하던 움직임이다.

측면에서 견제하는 이요마루에서도 비 때문에 철포 소리가 띄엄띄엄했다. 애초에 사정거리 밖이었고, 어제부터 호수 위에 배치된 적의 수군도 이요마루를 압박해서 방해하고 있었다.

"도주문은?"

"열려 있습니다!"

산노마루로 서군이 들어오면 주저 없이 도주문을 활짝 열어 후퇴하는 아군을 수용한다. 뒤따라오는 기마대는 교스케가 쌓아 놓은 돌담 때문에 틀림없이 멈출 것이다.

"어서 도망쳐!"

들리지도 않겠지만 눈 아래를 도망치는 아군을 향해 교스케가 외쳤다. 히힝거리는 말 울음소리가 여기저기서 들리고 뒷발로 꼿꼿이 일어서는 말도 보였다.

"됐다!"

교스케는 주먹을 불끈 쥐었다.

간밤에 자신이 만들어 둔 그것은,

──장지해자.

였다. 장지해자는 마른해자 안에 토담 비슷한 벽으로 문살 같은 칸을 만들어 둔 것을 말한다. 사다리처럼 한 열로 만들면 밭고랑처럼 보인다고 해서 '고랑해자', 장지 문살처럼 칸을 만들면 '장지해자'라고 불러서 구별하기도 한다. 이 해자는 오다와라의 호조

씨가 잘 활용했으며 야마나카 성의 장지해자는 특히 훌륭했다.

다만 하룻밤 새 흙을 파서 토담을 쌓기란 도저히 불가능해서 땅을 파는 대신 허리 높이의 낮은 돌담을 쌓아 장지해자처럼 만들었다. 굳이 이름을 붙이자면 '장지 돌담' 정도가 될까.

허리 높이라면 병사는 쉽게 뛰어넘을 수 있다. 말도 역시 쉽게 뛰어넘을 수 있지만 다음 돌담 앞에서는 도움닫기를 못하므로 막힌다. 그것을 노리고 낮은 돌담을 쌓은 것이다.

"아군이 다 들어왔다!"

요코야마는 교스케의 어깨를 치며 기쁨을 드러냈다. 철수하는 병사는 돌담을 기어 넘어 잇달아 도주문을 통과했다. 한편 적 기마대는 발이 묶인 상태에서 뒤따르는 기마대가 멈추지 못하고 밀어닥치자 혼란을 빚기 시작했다.

"침착해라! 추격은 포기한다!"

기마대에서 커다란 소리로 명령하는 장수가 있었다.

"도토키 쓰레사다로군. 다치바나 사천왕 가운데 한 사람이다."

요코야마는 조선에 건너갔다가 알게 되었다고 한다. 도토키는 자기 부대를 진정시켰다. 장지 돌담에 막혀 처음 구상했던 작전이 무산되었음을 깨닫고 뒤따라 올 다치바나 군 본대를 기다리는 듯 보였다. 그 사이에 아군은 철수가 끝나 도주문을 닫았다는 보고가 들어왔다.

마침내 교스케 시야에 철포를 든 많은 병사들이 들어왔다. 다치바나 가의 병사만이 아니었다. 도마루 같은 간소한 갑옷으로 무장한 자도 섞여 있었다. 구니토모슈라고 봐도 틀림없다.

"겐쿠로……."

교스케는 그들 속에서 겐쿠로를 확실히 보았다. 간소한 갑옷만 입었을 뿐 투구나 전립戰笠도 쓰지 않고 철포만 들고 있었다. 겐쿠로가 도토키에게 다가가 뭐라고 말하는 모습이 보였다. 그러자 도토키가 마상에서 수하에게 명했다.

"돌을 들어내라! 밖으로 실어내라!"

병사들이 장지 돌담을 무너뜨리고 돌을 하나하나 들어내기 시작했다. 도토키가 지휘하는 기마대가 그들을 보호하듯 가로막아 서고 철포대가 주위를 경계했다.

"행수!"

"낭패군."

돌아다보는 단조의 표정이 굳어 있었다. 교스케도 머리에서 핏기가 싹 가시는 느낌이었다.

적이 장지 돌담을 넘어 더 안쪽으로 접근했을 때 일제히 활을 쏘아서 오늘도 산노마루를 지켜낼 계획이었다. 당연히 장지 쌓기에 사용된 돌도 회수할 생각이었는데 적은 일찌감치 위험을 느끼고 피해를 최소로 줄이기 위해 추격을 멈춘 채 돌을 빼앗는 데 중점을 두고 있었다.

적의 전술에 맞춰 다종다양한 쌓기로 대응하려고 해도 그 재료인 돌이 없다면 곤란하다. 아노슈에게 돌은 철포 탄환이나 다름없다.

안 그래도 애초에 계획한 만큼 돌을 가져오지 못해서 레이지가
돌을 보급하기 위해 성을 빠져나간 지금, 장지 돌담에 사용한 돌
이 전부였다. 이것마저 빼앗기면 새로 돌담을 쌓을 수 없다.

"산노마루를 빼앗기면 오쓰 성에는 이제 돌이 없다."

교스케는 입속의 살을 깨물었다.

기존 성벽을 허물어 새로 쌓는 성벽에 활용하는 방법도 있지만
오쓰 성은 수성이고, 이요마루를 비롯한 구루와의 성벽이 호수
바닥에 닿아 있다. 유일한 예외가 산노마루 안쪽 성벽인데, 이마
저도 적에게 빼앗기면 큰일이다.

서군이 산노마루에 쳐들어왔을 때 다른 성문에서도 신속하게
철수하기로 이야기가 되어 있었다. 미이데라 문, 하마초 문을 지
키던 수성군도 이미 니노마루로 퇴각했다.

"쏴라!"

"어서 쏴라!"

다치바나 군이 돌을 들어내는 것을 막으려고 여기저기서 사무
라이 대장들이 공격을 독려하는 목소리가 들린다. 그러나 아무리
기름종이로 화승을 보호해도 불씨를 꺼뜨리는 철포가 속출했다.
일단 꺼지면 빗속에서 다시 불을 붙이기란 숙련된 자라도 쉽지
않다.

"안 됩니다!"

철포병이 울부짖듯이 외치는 소리가 여기저기서 들렸다.

"이봐!"

"이거 어떡할 거야!"

어떻게든 다시 불을 붙이려고 허둥대다가 갑옷의 빗방울을 날려서 옆자리 병사의 불까지 꺼뜨리는 자. 젖은 화승을 교환하러 뛰어가는 동료 때문에 흙탕물을 뒤집어쓰는 자. 동료 때문에 불씨가 꺼지자 욕을 퍼붓는 자, 누가 꺼뜨리고 싶어서 꺼뜨렸냐고 대꾸하는 자. 차분할 수 있는 상황이라면 이야기는 달라지겠지만 초조감이 사람 마음을 격하게 뒤흔들고 불화를 불러서 모든 것이 제대로 돌아가지 않았다.

"화살을 쏴!"

띄엄띄엄밖에 발포하지 못하는 철포로는 승부가 나지 않겠다고 생각한 사무라이 대장이 궁대를 앞에 세웠다. 바쁘게 화살을 쏘지만 적은 적절한 거리를 두고 있는데다 나무방패를 이용하여 잘 막아냈다. 서군도 방어만 하는 것은 아니었다. 도토키 부대로 달려간 철포대가 전개를 마치고 니노마루 궁대를 향해 일제 사격을 했다. 수성군 몇 명이 비명과 함께 쓰러지는 모습도 보였다.

"저 물건인가……."

겐사이가 톱니바퀴식이라고 했던 철포다. 빗줄기는 굵어지고 있었다. 보통은 열에 일고여덟까지 불발이 되는데, 눈으로 확인하는 한 모든 철포가 불을 뿜고 있었다.

궁대도 질세라 응전하려 했지만 서군 철포대는 두 개조로 구성되었는지 다시 총성이 일제히 울렸다. 아무래도 이래서는 돌을 실어내는 적을 막을 수 없겠다고 생각했다.

"교스케, 내가 가겠다."

요코야마가 총성에 찡그린 얼굴을 가까이 기울이며 말했다.

"달리 방법이 없다."

말리는 교스케를 뿌리친 요코야마가 수하를 데리고 도주문으로 달려갔다. 잠시 후 요코야마를 선두로 백 명쯤 되는 부대가 산노마루로 나갔다. 장지 돌담을 감안해서 요코야마를 포함한 전원이 도보였다.

"나온다! 막아라!"

이것도 예측하고 있었는지 도토키가 창을 휘두르며 외쳤다. 도토키 부대와 요코야마 부대가 교스케의 눈 아래서 충돌했다. 칼과 칼이 부딪히고 활시위가 울고 총성이 비의 장막을 찢는 소리들이 뒤섞여 전쟁의 소리로 화하였다.

"쫓아버려!"

요코야마는 수하를 질타하며 자신도 말을 탄 적을 겨냥해 창을 내질렀다. 공성군은 다치바나 가뿐만 아니라 어제까지 주력으로 싸우던 모리 가의 깃발을 등에 꽂은 병사도 보이는 등 시간이 갈수록 불어났다. 마침내 요코야마도 무리라고 판단했는지 아군을 추슬러 니노마루로 퇴각하기 시작했다. 다행히 장지 돌담은 아직 대부분 남아 있어서 추격당하는 일은 없었지만 상황이 변하지는 않았다.

"젠장……."

다시 화살을 메기던 수성군 병사 하나가 저격당했다. 쏜 사람은 구니토모 겐쿠로. 구니토모 철포는 사정거리도 일반 철포를 능가하고 조준도 잘 맞는다. 결국 수성군은 고개 들기도 어려워졌다.

교스케는 자신이 쌓은 장지 돌담이 무너지고 돌이 들려나가는 모습을 포복한 채 지켜볼 수밖에 없었다. 그날 서군은 니노마루를 공략하려고 하지는 않았다. 대신 장지 돌담의 돌은 저녁때까지 전부 들려나가 버렸다.

천둥의
철포

◉

◉

빗줄기는 가늘어질 기미가 없고 저녁에는 바람까지 거세어져 어둡게 탁해진 비와 호수가 넘실거리며 파도를 일으켰다. 가까이서 보면 빗방울이 만드는 파문임을 알 수 있지만 멀리서 보는 수면은 거친 줄칼로 갈아놓은 목판처럼 보였다.

하루 종일 쏟아진 비 때문에 무네시게는 머리부터 발끝까지 푹 젖어 있었다. 그럼에도 다치바나 가의 진으로 돌아와 일찍 쉬기는커녕 의자에 앉아 기다릴 것도 없이 장병 한 명 한 명을 일일이 치하해주었다.

"겐쿠로, 다 봤다. 굉장하더군."

무네시게는 겐쿠로에게 흥분한 목소리로 말했다. 그의 볼에도 빗방울이 흘러내리고, 언제 튀었는지 진흙도 묻어 있었다. 다치바나 가의 가신들은 이런 무네시게를 위해서 죽어도 좋다며 투지를 불태운다. 이 사내가 왜 명장 소리를 듣는지 짐작할 수 있었다.

"감사합니다."

겐쿠로 역시 그에게 끌리고 있어서 대답에 절로 힘이 실린다.

"적도 훌륭했다. 어느새 돌로 장지해자를 만들어 두다니, 놀랍더군."

"그게 아노슈…… 아니, 도비타야입니다."

겐쿠로에게 도비타야는 적이지만 적이 칭찬을 받는데도 불쾌하지 않았다. 자신이 숙적으로 인정한 교스케라면 그만한 능력은 보여주리라 생각했다.

"그러나 이제 도비타야도 별 수 없게 되었습니다."

겐쿠로는 젖은 볼을 손등으로 훔쳤다. 조금 전 장지해자의 돌을 전부 들어냈다. 그리고 산노마루에서 퇴각했다. 도비타야가 다음에 무슨 수를 쓰고자 해도 돌이 없다. 철포로 치자면 탄환이 다 떨어진 셈이다.

"음, 내일…… 늦어도 모레까지는 함락시켜야 한다."

무네시게는 잠시 생각한 다음 말했다. 나이는 젊어도 경험이 풍부한 이 무장은 오쓰 성이 함락되는 과정을 전부 내다보고 있는 듯했다.

모레라면 13일이다. 동서 양 진영의 결전은 미노지금의 기후 현 남부에서 늦어도 20일, 빠르면 15일에 치러지지 않을까 하고 무네시게도 예상하고 있다. 가장 빠르게 시작되는 경우를 상정할 때 이틀이란 시간은 결전에 늦지 않게 합류할 수 있는 한계선이다. 오쓰 성을 공격하는 사만의 군사, 그중에서도 서국무쌍으로 명성이 높은 무네시게의 합류는 서군의 사기를 드높이리라. 실제로 다치바나 가 하나만으로 전국을 좌우할 수 있음은 오늘의 일전을 보더라도 알 수 있다.

"다만 한 가지, 어제 빠져나간 배가 마음에 걸리는군."

무네시게는 눈을 가늘게 뜨고 비와 호수 쪽을 보았다.

"레이지일 겁니다."

어제 오쓰 성에서 배 몇 척이 빠져나갔다. 겐쿠로는 아마 그들이 도비타야 운반조일 것이며, 조장의 이름은 레이지라고 어제 무네시게에게 말해두었다. 돌을 충분히 반입해두지 못했으니 전투가 길어질 때를 대비하여 과감하게 보급을 결심했을 거라고.

그러자 무네시게는 즉시 여러 장수들과 상의하여 오쓰 성을 호수 쪽에서도 포위하기로 했다. 임박한 결전을 앞두고 군량 보급을 위해 징발해 둔 오미의 배들을 이용했다. 그리고 오쓰 성 내에 돌이 부족하리라 예측하고,

──지금 있는 돌을 빼앗자.

라는 결단을 내린 이도 무네시게였다. 그래서 오늘의 작전이 결행되었다.

"실은 돌을 가지러 가는 척하며 전멸이 두려워 일부를 탈출시켰을 가능성은 없나?"

무네시게의 물음에 겐쿠로는 고개를 저었다.

"도비타야에 관한 한 그럴 가능성은 없습니다."

"도비타야를 옹호하지 마라."

무네시게가 껄껄 웃으며 말하자 입가의 굴곡을 따라 빗방울이 흘러 떨어졌다.

"죄송합──"

"아니, 자네가 말했으니 맞겠지."

무네시게는 손을 가볍게 저으며 거듭 물었다.

"그럼, 자네 예상도 변함없나?"

"예. 여느 운반조라면 모레쯤 돌아오겠지만 도비타야의 운반조라면 내일 중에 올지도 모릅니다."

어제 이미 무네시게에게는 그렇게 고해 두었다.

"그렇더라도 도비타야는 무사가 아니라 일개 장인일 뿐, 언제 돌아오든 우리 포위망을 뚫지 못할 게야."

징발한 배에는 서군 각 장수에게서 차출한 병력을 가득 태우고 철포와 불화살까지 준비했다. 돌을 실어 느려진 배가 도착하면 불덩이가 될 터이다. 천하의 도비타야라도 이곳에 무사히 돌아오기는 힘들다. 다음 결전을 위해 배에 군량을 싣는 작업을 갑자기 중단하고 이쪽으로 돌렸지만, 우리가 이렇게 많은 배를 징발했다는 사실을 수성군은 아마 모를 것이다.

만반의 준비를 해두었음에도 겐쿠로는 일말의 불안을 떨쳐내지 못하고 있었다. 교스케의 석축 재능이나 아무리 길이 험해도 돌을 운반해냈던 레이지의 이력에서 느끼는 불안이 아니었다.

──놈들은⋯⋯.

버텨낼 것이다. 그 한 가지 목적을 위하여 뭐든지 할 놈들이다. 도비타야의 강고한 의지를 알기 때문에 느끼는 불안이다.

그리고 불안은 현실이 되었다. 날짜가 바뀌고 자시(오전 1시 전), 찢을 듯한 총성이 주위에 울려 퍼졌다. 어떻게 그 시각인지 알았느냐 하면, 빗줄기가 조금 가늘어져 구름 사이로 10일 남짓 되어 보이는 달이 낯을 드러내고 있었기 때문이다.

겐쿠로는 벌떡 일어나 다치바나 가의 본진으로 달려갔다. 어이쿠, 야습이다 싶었는지 다른 장수들의 진에서도 다급하게 움직이는 기척이 들렸다. 하지만 곧 야습은 아님을 알았다. 총성이 호수 쪽에서 들려오고 있었던 것이다.

"겐구로, 놈들이 정말 왔구나."

무네시게는 이미 갑옷차림으로 의자에 앉아 있었다. 자다 일어난 기색이 전혀 보이지 않는다. 이 용장은 마리지천의 화신이며 잠을 한 숨도 자지 않는다 해도 납득하겠다. 그러나 무네시게도 사람이니 잠을 자야 한다. 승리를 눈앞에 둔 지금 무네시게가 쓰러진다면 오쓰 성 함락도 장담할 수 없게 된다. 더구나 오쓰 성을 함락시키면 동서 결전에 참전하기 위해 즉시 달려가야 한다. 이렇게 무리해도 막판까지 버틸 수 있을까 하고 겐쿠로는 조금 불안해졌다.

"걱정 말게. 반각 정도 잤으니까. 나는 어릴 때부터 잠 욕심이 없었거든."

내심 놀라는 겐쿠로를 알아챈 무네시게가 장난스럽게 웃으며 말했다.

"나는 어느 전장에서나 늘 이랬네. 힘을 남기겠다는 생각은 털끝만치도 없어. 게다가 이번 적은 그럴 여유를 전혀 주지 않는다는 걸 새삼 통감하기도 했고."

지휘채를 꾹 쥐는 무네시게의 몸에서 투지가 피어오르는 것처럼 느껴졌다.

"가늘어졌다고 해도 여전히 비가 내리고 있어. 이래서는 철포도 불화살도 제대로 쏘지 못해. 이 틈을 노렸겠지. 간밤에 자네철포 몇 정을 배에 실어 두길 잘했군."

겐쿠로가 이 전투에 제공할 수 있었던 신형 바퀴식 철포는 150정. 도비타야 운반조가 돌아올 때도 비가 계속 내릴 경우를 대비하여 그중에 20정을 다치바나 가의 배에 실어 두었었다.

"혜안이셨습니다. 그나저나……."

"정말 빠르군."

무네시게는 턱에 손가락을 짚으며 신음처럼 말했다. 돌아오더라도 내일 점심때는 지나서일 거라고 생각했었다. 미리 떼어 두었다고 해도 돌을 썰매로 끌어다가 배에 실어야 한다. 아무리 서둘러도 이 시간에 돌아오기는 어렵다. 아니, 유일하게 가능한 방법이 하나 있다.

"놈들 역시 한 잠도 안 잤겠군요."

겐쿠로는 낮은 소리로 말했다. 날짜가 바뀌었지만 탈출부터 귀환까지 꼬박 하루. 잠도 휴식도 없이 짐을 꾸렸다고밖에 생각할수 없다. 그 전날도 전전날도 도비타야 사람들은 야밤에 돌을 쌓았으니 운반조 사람들도 거의 잠을 자지 못했을 텐데. 그럼에도불구하고.

"후후…… 이 싸움, 제대로 싸우는 것은 잠에 취한 자들뿐인가."

무네시게가 유쾌하게 한쪽 얼굴로 웃을 때 다시 총성이 울렸다. 소리로 알 수 있었다. 바퀴식이 아니다. 비가 내리고 있지만 빗물을 피할 수 있는 도모야카타배 고물의 조타 공간에 설치하는 비바람을 피할 수 있는 작은 오두막를 갖춘 배도 있다. 그런 배에서라면 일반 화승총도 육지에서보다 편하게 쏠 수 있다.

호수 위에 내기하는 배들은 여러 다이묘의 혼성군이다. 모리 가의 배가 가장 많고, 이어서 고바야카와 가, 다치바나 가, 쓰쿠시 가로 이어진다. 백 척이 넘는 배로 봉쇄하고 있으니 은밀히 접근하면 몰라도 이쪽이 발견한 지금은 몇 척의 배로 봉쇄를 뚫을 수는 없을 터.

도비타야 운반조도 아마 야음과 비를 틈타서 접근하려고 했겠지만 발각되었으니 이제 포기하고 도망치리라고 겐쿠로를 포함한 모두가 생각하고 있었다.

"배가 세 척! 도망치지 않고 오쓰 성으로 향하고 있습니다!"

상황을 살피러 호숫가로 나갔던 척후가 달려와 보고했다.

"뭐라……."

겐쿠로는 아랫입술을 깨물었다.

겐쿠로도 레이지를 본 적이 몇 번 있다. 일에 열심이지만 결코 무리하지는 않는 냉정함도 겸비한 사내라고 느꼈다. 레이지를 아는 사람들에게 들은 이야기도 인상과 일치했다. 9할 9푼 실패가 예측되는 지금, 결코 무리한 짓을 감행할 남자라고는 생각할 수 없었다.

──죽을 작정이냐.

달리 해석의 여지가 없었다. 아니면 이유가 뭐란 말인가. 레이지는 겐사이의 친척이며, 아들이 없는 겐사이의 후계로 알려졌지만 겐쿠로와 마찬가지로 겐사이는 교스케를 양자로 들여서 후계자로 삼았다. 그 후 운반조로 자리를 옮긴 레이지가 교스케의 무모한 명령에 따르다가 죽는다……. 그렇게 교스케에게 최후의 반항을 보여주려고 악에 받쳐 있는 것은 아닐까.

"그 각오, 정중하게 받아주지."

무네시게가 그렇게 말한 직후 하늘이 한순간 밝아졌다. 불화살이다. 준비해둔 양에 비하면 조금 미약하지만 그래도 주위가 밝아지며 가느다란 빗줄기도 드러났다. 그때 겐쿠로는 도비타야의 배를 똑똑히 보았다.

"진심이구나……."

겐쿠로는 목울대를 울컥거렸다. 놀랍게도 뱃전을 빙 두르듯이 돌담이 쌓여 있었다.

"배에 돌담을 쌓은 겁니까! 성을 떠났던 자들은 운반조일 텐데요?"

젊은 장인이 기가 막히다는 표정으로 물었다. 아노슈는 채석장에서 돌을 떼어내는 떼기조, 돌을 공사 현장까지 나르는 운반조, 돌담을 쌓는 쌓기조의 세 조로 구성된다. 어제 성을 빠져나간 자들은 틀림없이 운반조였다.

"운반조 조장 레이지는 쌓기조에서 교스케와 함께 수련한 석공이다."

그렇게 대답한 이는 고참 장인이며 겐쿠로를 보좌하는 교에몬이다. 그렇지만 교에몬도 거반 아연실색한 표정으로 계속 말했다.

"그러나 운반하는 돌에다 돌담까지 쌓으면 배가 너무 무거워서 속도가 안 날 텐데."

애초에 아노슈의 배는 돌 운반을 위해 일반 배보다 부력이 강하고 흘수선이 얕도록 만들어진다. 그래도 운반하는 돌에다 아무리 얕다고 해도 돌담까지 쌓으면 배가 너무 많이 잠겨서 느려지게 마련이라고 교에몬은 말했다.

"저게 느린가?"

겐쿠로는 턱짓으로 호수 쪽을 가리켰다.

"전혀……."

"생각해보면 알 수 있는 일이야. 돌을 따로 실은 게 아니군."

"그렇군요."

교에몬은 그걸 몰랐다는 듯 제 이마를 손으로 짚었다. 배에 싣는 돌의 양은 달라지지 않았다. 운반하는 돌로 돌담을 쌓은 것이다.

"저렇게 했는데도 배가 움직일 수 있다니."

돌을 실은 배는 안 그래도 조타가 어렵다고 한다. 그러므로 백척이 넘는 선단의 틈새를 누비듯이 움직이겠다는 것은 제정신이 아니다.

"이놈이고 저놈이고 다 죽기를 각오했군."

겐쿠로는 레이지를 쉽게 보았던 자신이 부끄러웠다. 죽음으로써 교스케에게 반항하겠다는 따위의 의도는 전혀 없었다. 성을 지키기 위해 자기가 할 일은 다하겠다, 그 흔들림 없는 각오가 느껴졌다.

"오노는 강하다, 도비타야. 각오해라."

무네시게가 대담한 미소를 지으며 말했다.

오노 시게유키. 오쓰 성에서 돌을 빼앗는 작전에서 활약한 도토키 쓰레사다와 함께 다치바나 사천왕으로 꼽히는 남자다. 무네시게의 장인 도세쓰로부터,

——강하고 용감하고 지모를 갖추었다.

라는 평을 받고, 지금까지 50장이 넘는 감장感状을 받은 역전의 무장이라고 한다. 다치바나 가에서는 오노를 보내 호수 위에서 오쓰 성을 포위하고 있다.

"그래 어디 해봐라."

겐쿠로는 주위에 들리지 않을 만큼 작은 소리로 중얼거렸다. 도비타야에는 교스케만 있는 것이 아니다. 그래서 강하다. 레이지가 실패하리란 것을 알면서도 마음속 어디에선가는 어디 한번 돌파해보라며 기대하는 마음도 있어, 자신도 모르게 희미한 미소가 떠올랐다.

구름 사이로 비껴드는 달빛이 허공에서 뒤섞이는 비와 비말을 하얗게 비추고 있다. 물안개 속에서 레이지는 팔뚝으로 눈언저리

를 훔치며 큰소리로 외쳤다.

"숙여!"

그 소리를 신호로 레이지가 탄 1번 선의 장인들이 돌담 뒤에 몸을 숙였다. 근처에서 움직이는 2번 선, 3번 선 사람들도 움직였나. 다음 순간 오쓰 성을 봉쇄하고 있던 선단에서 수많은 불화살이 밤하늘로 날아올랐다. 아침이 왔나 착각할 정도로 하늘이 붉게 변했다.

"제법이군."

레이지는 밤하늘에 뜬 무수한 붉은 점들을 보며 돌담에 밀착하듯 몸을 낮추었다. 바람 가르는 소리, 호수에 떨어져 불이 꺼지는 지지직 소리가 주위에서 잇달아 올라왔다.

"죽거나 다친 사람은?"

레이지가 일어서서 다른 배에 물었다.

"없소!"

"이쪽도."

"좋아. 이대로 돌파한다! 도비타야 운반조의 기개를 보여줘라!"

"예!"

돛이 없어 노를 저어야 한다. 다시 일제히 노를 잡고 젓기 시작했다. 호흡이 정확히 맞고 있지만 그래도 돛배만 한 속도는 나지 않는다. 다만 지금의 조건이라면,

──우리가 이긴다.

라고 레이지는 생각했다. 이 조건에 맞추려고 이 시간에 도착

했으니까.

우선은 밤 시간이라는 조건. 야음을 틈타 접근해야 하기 때문이다. 여기 오기까지 눈은 어둠에 익었고, 애초에 운반조는 밤눈이 밝다. 전시에는 화톳불 없이 희미한 달빛에 의지해서 돌을 나르기도 했다.

두 번째 조건은 바람. 오미에서는 해가 지면 뭍에서 호수 쪽으로 바람이 분다. 여름이면 그 특성이 더 뚜렷해진다. 돛을 올리면 배는 호수 가운데 쪽으로 밀려날 것이다. 적선을 바짝 스쳐지나가야 하는 상황은 각오했다. 차라리 물가에 정박해 있는 적선이 훨씬 까다롭다.

마지막 조건은 비. 비가 내리면 철포를 쏘기가 힘들어지기 때문이다. 신형 철포는 다르겠지만 수가 많지 않을 것이다. 내일이면 잠시 이어지던 비도 그치리라. 즉 오늘밤이어야 세 가지 조건이 다 갖춰진다. 그래서 잠도 휴식도 마다한 채 돌을 싣고 서둘러 돌아온 것이다.

사실 이 조건들을 모두 충족시켜도 부담감이 조금 줄었을 뿐 상당히 어려운 일이라는 사실에는 변함이 없다. 그야말로 죽음을 각오하지 않으면 안 될 일이다.

"우릴 봤다! 온다!"

오쓰 성 주위에 정박해 있던 작은 돛배들이 움직이기 시작했다. 야음, 바람, 비, 이 조건 속에서 돛배를 조타하기는 매우 어렵다. 봉쇄 중인 배들은 서로 충돌하느라 제대로 움직이는 배는 절반 정도밖에 안 되는 듯하다. 그 절반의 배와 마주칠 때도 그들이 레이지의 배로 옮겨 타는 상황을 경계해야 했다. 그리고 철포와 활 공격도 주의하며 돌파할 생각이었다. 가장 원치 않는 사태는 배들이 닻을 내리고 위치를 지키는 경우였다.

"몸을 숙여!"

곧 배 한 척이 다가와 레이지는 목이 터져라 외쳤다.

뱃전을 빙 두른 돌담에는 노를 움직일 구멍이 뚫려 있다. 보통 사람이라면 그런 게 가능할까 고개를 갸웃거리겠지만, 돌다리도 놓을 줄 아는 아노슈에게는 결코 어려운 일이 아니다. 그래도 돌 담은 그리 높지 않아 상체를 펴고 노를 저으면 어깨 위가 돌담 위로 드러날 수밖에 없다. 그러므로 적이 공격할 때는 몸을 숙여야 한다.

귀를 찢는 듯한 총성이 호수 위에 울려 퍼졌다. 분명 배 위에서 철포를 들고 있는 인원보다 총성이 적다. 화승이 비에 젖어 불발되는 경우가 많은 것이다. 그래도 탄환이 돌에 맞아 날카로움과 둔탁함이 섞인 섬뜩한 소리를 냈다.

"노를 저어!"

"하지만 금방 또 철포가———"

"웬만해선 안 맞아!"

거짓말이 아니다. 철포 탄환은 의외로 명중률이 낮고, 가령 맞더라도 즉사하는 경우는 매우 드물다. 하물며 마구잡이로 쏘는 지금은 명중률이 더 떨어진다. 위험하기로 보자면 여기만 위험한

게 아니라 성에서도 마찬가지였다. 레이지는 새삼스레 공포를 드러내는 수하를 질타했다.

"마음 단단히 먹어!"

모두 분발하자 움직임에 활기가 생겼다. 귓가를 스치는 탄환소리에 레이지는 낯을 찡그리면서도 몸을 숙이지는 않았다. 자신이 돌아온 사실을 알고 여기저기서 불을 밝히는 오쓰 성을 똑바로 쳐다보았다.

"미안하다……."

레이지는 작은 소리로 중얼거렸다. 그에게는 처와 아들딸 두 아이가 있다. 성격 좋은 아내. 아빠 무릎에 앉는 것을 좋아하는 딸. 그리고 팔이 굽은 채 태어난 아들. 자기가 죽으면 고생길이 훤하다. 타인을 지키기 위해 처자식을 저버리는 아버지가 되고 만다.

그렇더라도 지금 여기서 도망칠 수는 없다. 앞으로 허다한 곤경을 겪을 아들을 떳떳하게 격려할 수 없게 된다.

"새왕을 돕는 것……. 이게 아버지의 일이란다."

아노에서 기다리고 있을 가족에게 전해지기를 기원하며 레이지는 비에 흐릿해지고 전쟁으로 거칠어진 오미의 하늘을 바라보았다.

적이 공격을 그치면 다시 노를 젓고, 가까이 오면 돌담에 몸을 숨기며 버틴다. 개중에는 이쪽 배로 건너오려는 용감한 적도 있지만, 어떤 자는 눈가늠을 그르쳐 호수에 빠지고, 돌담에 매달리는 데 성공한 자는 석공의 몽둥이에 맞아 물로 떨어진다. 호수로 떨어지는 돌도 한두 개 있지만, 레이지가 쌓은 돌담은 그 정도에는 꿈쩍도 하지 않는다.

철포의 굉음, 탄환이 허공을 가르는 소리, 탄환이나 사람이 물에 떨어지는 크고 작은 물소리, 다양한 소리들이 뒤섞이는 가운데 배는 착실하게 오쓰 성으로 가까이 간다.

"바보녀석, 엎드려——"

레이지가 젊은 수하의 머리를 손으로 누르는 순간 적의 배에서 철포가 불을 뿜었다. 어깨 뒤쪽에 열감이 느껴져 레이지는 이를 악물었다.

"우욱……."

"조장!"

"스쳤을 뿐이다. 괜찮다."

레이지는 안간힘으로 말하고 몸을 일으켜 주위를 향해 소리 높여 외쳤다.

"성에서도 우릴 봤다! 원군이 올 거다!"

오쓰 성의 아군도 이쪽 상황을 파악하고 적선을 향해 철포와 활로 원호 사격을 시작했다. 혼마루와 이요마루 사이의 해자로 연결되는 수문이 열리고 배 몇 척이 나온다. 서군 배들은 배후에서 적이 나타나자 혼란에 빠져 흩어지고 있다. 레이지의 배들이 그 한가운데를 가르며 돌진했다.

"저것은…… 또 다치바나인가."

레이지가 시선을 집중하며 중얼거렸다. 오쓰 성 가까이에 닻을 내리고 오쓰 성의 수군과 교전하면서 조금도 물러나지 않는 배 몇 척이 있었다. 희미하게 보이는 깃발은 다치바나 가의 문장이었다.

"저쪽도 작심했군."

레이지는 진저리를 치며 한쪽 얼굴로 웃었다. 오쓰 성의 사정거리에 감히 들어오는 행위는 분명 무모한 일이다. 그래도 여전히 수문 가까이에서 버티는 것은 전멸을 당하더라도 레이지를 막겠다는 각오의 표명이었다. 상당한 각오를 굳힌 장수가 이끌고 있을 것이다.

"돌파한다!"

레이지는 주위를 둘러보고 조용히 말했다. 다른 배의 일행들도 일제히 고개를 끄덕이는 모습이 보였다.

"버텨내!"

다치바나 가의 배에서 철포가 발포되었다. 돌담 뒤에 몸을 피했지만 그 뒤에도 철포 소리가 그치지 않아 몸을 제대로 펼 수도 없었다. 불발이 거의 없는 것을 보니 신형 철포를 가지고 나온 모양이다. 한 조의 인원은 그리 많지 않지만 여섯 개 조 정도로 나눠서 쉴 새 없이 발포하고 있다.

"교스케…… 우린 괜찮다. 부탁한다…….."

레이지가 가만히 말했다. 이래서는 노 저을 새도 없다. 수성군은 레이지 측이 맞을까 염려하여 발포를 주저할 테지만 어쩔 수 없는 상황이다. 아무리 화살이 빗발쳐도 기죽지 않을 테니까 원호 사격을 바랐다.

"조장, 무리예요!"

수하가 몸을 숙인 채 외쳤다.

"그 녀석은 내 마음을 다 안다. 믿어라!"

레이지가 그렇게 소리친 직후 수많은 화살이 밤하늘을 나는 광경을 보고 주먹을 불끈 쥐었다. 이요마루와 혼마루 쪽에서 무수한 화살이 날아왔다. 마음이 전해졌구나. 아니 교스케가 부탁해 주었겠구나, 라고 확신했다.

"이게 마지막 기회다. 가자!"

일제히 노를 젓기 시작했다. 개중에는 아군 화살이 어깨에 박혀 쓰러지는 자도 있고, 바로 일어나 다시 노를 잡는 자도 있었다. 레이지는 2번 선, 3번 선에게 먼저 들어가라고 명하고 자신이 탄 1번 선을 수문으로 접근시켰다. 이제 10칸(약 18미터), 5칸, 3칸──.

화살이 빗발치는 중에도 레이지는 다치바나 가의 배에서 철포로 이쪽을 겨냥하는 집단을 시야 구석으로 확인했다. 적도 화살에 노출되어 있다. 개중에는 몸이 화살투성이가 된 채로 철포를 들고 이쪽을 겨누는 자도 있었다.

"엎드려!"

모두 도마뱀처럼 뱃바닥에 납죽 엎드린 찰나, 오늘의 가장 커다란 굉음이 울려 퍼졌다. 배가 움직이던 관성으로 계속 나아가는 것을 느꼈다. 그 직후, 귀를 찢을 듯한 환성이 터졌다. 조심스레 고개를 드니 이미 수문을 지나고 있었다. 출격하여 원호해준 아군 배들도 잇달아 돌아왔다. 수문을 통과하면 오쓰 성의 안쪽 해자이다. 적선은 집중 공격이 두려워 따라 들어오지 못한다. 적신돌이 호수 위에서 원망스러운 듯 흔들리고 있었다.

그칠 줄 모르는 환성 속에서 배는 화톳불이 비추어주는 해자를 나아갔다. 니노마루와 오쿠니노마루를 연결하는 사쿠라 문 근처 선착장에 많은 사람이 모여 있다. 교스케와 도비타야 사람들도 보였다.

"레이지, 그 상처는……."

"스쳤을 뿐이다. 나 말고 부상자가 있다. 즉시 처치해야 해."

해자를 이동하는 동안 수하의 부상을 확인했다. 십수 명이 크고 작은 부상을 당했지만 목숨을 잃은 자는 기적적으로 아무도 없었다.

"그 전에……."

레이지는 가늘게 숨을 내쉬고 선착장의 교스케를 올려다보며 말했다.

"운반조, 배 세 척에 돌을 최대치로 싣고 운반을 완수했습니다."

다시 귀를 찢을 듯한 환성이 터졌다. 모두들 적의 맹공에 주눅이 들어 있었을 터. 그 반동도 있어서 첫날 이상으로 사기가 올랐다.

"잘 해주었다."

"할 일을 했을 뿐."

교스케가 끌어올려 주려고 손을 내밀자 레이지는 대담한 웃음을 지으며 손을 잡았다.

돌담은 크고 작은 다양한 돌로 구성된다. 돌은 생김새도 제각각이다. 아무리 둥글게 다듬은 돌이라도 자리에 따라서는 쓸모가 없을 수 있고, 찌그러지고 못생긴 돌이라도 중요한 자리에 쓰일 수 있다. 돌도 저마다의 힘을 발휘하는 의미 있는 자리가 있다. 그런 돌을 다루는 아노슈도 마찬가지 아닐까. 이제는 진심으로 그렇게 생각하고 있다.

"이제 네 차례다. 부탁한다, 새왕."

그러자 교스케가 씁쓸하게 웃으며 대답했다.

"싱겁기는. 아직 아무도 인정해주지 않았다."

"그럼, 내가 맨 처음이군."

"걱정 말고 맡겨."

교스케는 낮고 힘 있게 말하며 레이지의 손을 힘껏 끌어올렸다.

갑옷을 입은 중년 남자가 다치바나 가의 군막에 들어섰다. 오른쪽 어깨에 한 대, 왼쪽에 두 대의 화살이 박혔고 총탄이 스쳤는지 볼에도 피가 흐르고 있다. 호수의 봉쇄를 위해 다치바나 가에서 차출된, 다치바나 사천왕 가운데 한 명인 오노 시게유키다. 오노는 무네시게 앞에 무릎을 꿇고 신음처럼 말했다.

"면목 없습니다……. 막지 못했습니다."

불쑥 나타난 석선 세 척은 맹공을 받으면서도 한 척도 침몰되지 않고 마침내 수문 안으로 사라졌다.

"아니다, 어쩔 수 없지. 그렇게 죽기 살기로 나왔으니……, 짐작하고 있었다."

오쓰 성 포위에 가담한 어느 다이묘도 이곳에 수군을 데려오지 않았다. 바다와 달리 호수에 배를 띄우려면 놀랄 정도로 막대한 수고와 돈이 들기 때문에 처음부터 생각도 하지 않았고 호수 인근 지역에서 어선을 징발하여 수군을 급조했다. 이미 많은 어선이 교고쿠 가에 징발되어 있던 탓에 구사쓰나 모리야마 등 호수 동쪽까지 가서 어렵게 수를 채웠다.

나아가 수군을 한 가문이 도맡아 관리하지 않은 탓에 여러 다이묘 가의 배가 섞여 있었다. 육상 전투도 손발이 맞지 않으면 무너지기 마련이지만 수상 전투에서는 더욱 그러하다. 적은 이쪽이 혼란에 빠지기 쉬울 때 풍향을 읽고 치고 들어왔다.

수문을 통과시키면 끝이다. 그러므로 수문 가까이 정박해서 일체 움직이지 않는 작전이 정답이다. 다만 그렇게 하면 수성군의 철포나 활 공격에 노출될 뿐 아니라 적 수군이 배후를 칠 수 있고 실제로 그렇게 되었다. 모든 다이묘가 손발을 맞춰 대응하면 모르지만, 다치바나 가가 아무리 용맹하다 해도 한 가문이 모든 상황에 대응할 수는 없다. 도비타야가 목숨을 걸고 돌파하겠다 각

오하고, 다치바나 가를 제외한 다이묘들의 배가 덩달아 움직이기 시작하면서 승부는 났다고 해도 과언이 아니다.

"그래도……."

오노는 아쉬운 듯 말했다.

"내일, 도토키와 함께 선봉을 맡아라. 그때 만회하면 된다."

"알겠습니다."

무네시게가 명하자 오노는 힘주어 고개를 끄덕였다. 오노에게 장황한 위로 따위는 필요 없고 다음 기회를 주는 편이 차라리 낫다고 생각하는 것이다. 무네시게가 가신 한 사람 한 사람을 속속들이 파악하고 있음이 엿보인다.

"시종님, 도움이 못 돼드려서 죄송합니다."

군막 옆에서 대화를 듣고 있던 겐쿠로도 사죄했다. 비에 거의 영향을 안 받는 신형 철포는 과연 비가 내리는 호수 위에서 일정한 효과를 거두었다. 다만 수가 충분하지 않았다. 조금 더 많이 제작해서 가져왔다면 하는 아쉬움이 있었다.

"아니, 충분히 도움이 됐다. 내일도 활약해주기 바란다."

무네시게는 그렇게 말하고 가신에게 명해서 오쓰 성의 도면을 가져오게 했다. 이 야밤에 회의를 열 기운이 남아 있다니, 이제는 놀랍지도 않다. 주요 가신들이 도면을 들여다보았다. 빗줄기는 많이 가늘어져 거의 이슬비가 되었다. 그래도 종이 도면에는 시간이 갈수록 반점이 나타나고 있었다.

"어디 볼까……."

무네시게는 의자에서 일어나 도면 옆으로 걸어왔다.

사실 오쓰 성의 구조는 이미 잘 알고 있다. 이 도면은 전투 중에 죽은 고카슈 우카이가 만든 것이다. 평화는 성의 구조를 낱낱이 드러내는 빈틈을 허용한다. 겐쿠로도 전쟁이 일어나기 전에 오쓰 성을 돌아보아서 익히 알고 있지만, 우카이가 제작한 이 도면에는 오류가 없었다.

"니노마루는 꽤 까다로운 구조다."

이미 바깥문을 돌파하여 산노마루까지는 수중에 넣은 상태이다. 다음 목표인 니노마루로 들어가는 문은 동서 양쪽에 있다. 한쪽을 돌파해도 나머지 한쪽 문을 안에서 열려면 빙 돌아가야 한다. 그렇게 이동하자면 호수 위에 뜬 것처럼 자리 잡은 '오쿠니노마루'에서 가하는 공격에 노출되어야 하고, 또 니노마루에 남아 있는 적들도 반격할 것이다. 이쪽이 안에 쳐들어가는 데 성공해도 수성군은 재탈환하기가 쉬운 구조다.

"이런 구조로 안쪽에서 성문 여는 것을 막을 테지."

좌중이 의아해하는데도 아랑곳없이 무네시게는 계속 말했다.

"먼저 동문부터 깬다. 성공하면 니노마루를 점거하려고 하지 말고 그대로 혼마루를 친다."

"그것은……."

겐쿠로는 저도 모르게 말을 흘렸다. 그것은 정상적인 전술이 아니다. 니노마루에 적군이 남아 있는데 혼마루를 공격한다면 협공을 받아 섬멸당하기 쉽다.

"일단 들어보겠나."

무네시게는 좌중을 가볍게 제지하고 지휘채로 도면을 문지르며 계속했다.

"동문을 깨고 거의 동시에 서쪽 도주문도 깬다."

동문을 맡은 아군이 혼마루로 향하면 니노마루에 남아 있던 적은 배후를 치려 할 텐데 그 적군을 서쪽 도주문을 돌파한 아군이 뒤에서 공격한다는 작전이다.

"그 수밖에 없겠군요."

좌중이 납득했지만 겐쿠로는 전혀 이해하지 못하고 놀란 얼굴을 하고 있다.

"황송하오나…… 그게 가능할까요?"

계산한 대로 성문을 거의 동시에 깨는 것이 작전의 성공 조건이다. 탁상에서야 얼마든지 말할 수 있지만 실전에서 뜻대로 되리라고는 장담할 수 없다. 전투에서 이미 맹활약 중인 도토키가 무네시게를 대신하여 대답했다.

"겐쿠로. 이건 우리 가문…… 아니, 주군께서 장기로 삼는 전술이다."

선대 도세쓰가 건재할 무렵 무네시게는 이 작전을 처음 시도해서 성공했다. 대단한 무공 때문에 뇌신電神이라고도 불리던 도세쓰였지만,

──사위가 나보다 윗길이구나.

라며 쓴웃음을 지을 정도였다고 한다.

"어떻게······."

"간단해. 견디는 거다."

성문을 돌파할 수 있다고 확신한 단계에서 적이 모르게끔 살짝 힘을 늦춘다. 적이 숨을 돌리고 공세를 취하면 다시 맹공하여 병력을 소모시킨다. 늘 '조금만 더' 밀어붙이면 깰 수 있는 상태를 유지하는 것이다. 무엇을 보고 그런 상태인지를 판단하느냐 하면 병사의 소모, 사기, 실탄의 양, 성문이 부서진 정도 따위를 종합적으로 보고 판단한다. 원래 전투 재능을 타고난 사람이지만 어려서부터 다양한 전장에서 갈고닦은 감이라고밖에 말할 수 없다.

돌파에 성공하기 직전이라는 상태를 유지하려면 이쪽도 그만큼 병사와 사기를 소모해야 한다. 그래서 무네시게는 견딘다는 표현을 했던 것이다.

"다이묘들이 모이면 혹자는 공을 세우고 싶어 하고 혹자는 자기 군사를 잃을까 두려워해서 서로 손발이 맞지 않는 경우가 많았다. 이번 수상 봉쇄 작전처럼."

무네시게는 설명하듯이 말했다. 다치바나 가가 성문을 깨도 다른 가문에서는 맹공은커녕 안도하고 공격을 늦추는 경우가 간간이 있었다고 한다.

"때문에 우리가 맞춰주는 수밖에. 그런 생각으로 이 전술을 자주 썼지."

"과연."

"이번에는 자네 철포도 있지 않은가. 틀림없이 성공할 수 있을 게야."

시차를 두지 않고 성문을 깨면 니노마루의 적은 도망갈 곳이 없다. 최후까지 싸우려는 자도 있을지 모르지만 항복해서 포로가 되는 자도 속출할 것이다. 오쓰 성의 병력 절반 이상이 니노마루에 있다. 그 병력을 잃으면 오쓰 성은 더 버틸 수 없어서, 다음 혼마루를 공격하기도 전에 항복할지 모른다. 설령 적이 항복하지 않더라도 니노마루를 공격하던 기세 그대로 혼마루를 함락시키겠다고 무네시게는 말했다.

밤이 물러가고 미시(오전 10시경)부터 공격이 재개되었다. 동트기 전 무네시게는 총대장 모리 모토야스를 찾아가 전술을 상의했다. 모토야스도 다치바나 가가 그동안의 전투에서 여러 성문을 동시에 깨는 전술을 자주 써왔음을 알고 있었다. 이번에 그 발상을 듣고 혀를 내두르더니,

──그렇게 하면 성공할 수 있겠군.

하며 두말없이 찬성했다. 서군 본대에서 동서 간 결전이 곧 시작될 거라는 서장이 연달아 도착하고 있다. 한시라도 빨리 달려가야 한다는 초조함도 작용했으리라.

"지금이다."

공격을 시작하고 2각(약 4시간) 정도가 지났을 때 무네시게는 공격 중인 서쪽 도주문을 보면서 중얼거렸다. 즉 이제는 언제라도 깰 수 있는 단계에 들어섰다는 것이다. 다치바나 가의 철포병과 구니토모슈로 구성된 철포대는 점점 발사 간격을 줄여갔다.

성벽 위의 수성군은 제대로 된 반격은 물론이고 얼굴 내밀기도 힘들어졌다.

일진일퇴의 공방이 펼쳐졌다. 모든 진행이 다치바나 군에 의해 조절되고 있다는 사실을 수성군은 알아차릴 수 없을 터였다. 그로부터 4반각(약 30분) 남짓. 성 동쪽에서 북소리가 요란하게 울렸다.

"돌격!"

무네시게가 엄숙하게 명했다. 동쪽 성문을 깼다는 신호이다. 진에서 소라고둥이 울리자 다치바나 군이 단숨에 도주문을 공격하기 시작했다.

——이것이 서국무쌍…….

지금까지도 다치바나 군의 용맹함, 잘 통솔되는 움직임에 번번이 놀랐지만 이번에는 기세의 차원이 달랐다. 미간에 총탄을 맞고 쓰러지는 자를 옆으로 치우고 돌진하는가 하면 쏟아지는 화살에 고슴도치가 되어서도 파쇄추에서 손을 떼지 않는다. 아수라장 같은 전투에 겐쿠로는 숨을 삼켰다.

"오노가 들어갔다! 도토키도 뒤따른다! 나도 들어간다!"

간밤에 호수 봉쇄에 실패한 오노 부대가 오명을 씻겠다는 듯이 성문으로 쏟아져 들어갔다. 이 기회를 놓치지 않으려고 본진의 무사들까지 들여보낼 작정인 것이다.

"뭐지……."

말을 끌어다가 막 올라타려고 하던 무네시게가 고개를 살짝 갸웃거렸다.

"왜 그러십니까?"

"뭔가 이상해."

무네시게는 멀리 서쪽을 바라본 뒤 귀에 손을 대고 귀를 기울였다.

"역시 도비타야가 뭔가 해놓은 게로군."

돌은 보급되었다. 겐쿠로도 무네시게도 도비타야가 아무 대책도 세우지 않았을 리 없다고 생각했다. 지금까지 보았던 돌 망루, 장지해자에 대해서라면 이쪽에서도 대책을 세워 놓았다. 그러나 니노마루에서 들리는 인마의 소리로 판단하건대 그 어느 쪽도 아니었다.

그때였다. 오노 부대의 전령이 안색이 변해서 달려왔다.

"무슨 일이냐."

"전진을 하지 못하고 있습니다!"

전령은 비통한 목소리로 보고했다.

"오쿠니노마루에서 측면 공격을 하나?"

진격하는 다치바나 군을 오쿠니노마루 수성군이 철포로 견제하는 모양이라고 무네시게는 이해했다. 한데 어째서 총성이 활발하게 들리지 않는 걸까.

"기, 길이 없습니다!"

"뭐라…… 그게 무슨 말이냐."

전령은 펼쳐 둔 도면으로 달려가 한 지점을 가리켰다.

"구조가 달라졌습니다. 여기에 돌담이."

높은 돌담이 남북으로 뻗어서 니노마루 동서를 양단하고 있다는 것이다.

"수성군은?"

"그게 한 명도 없어서……."

"뭐라고……."

무네시게는 도면을 지그시 바라보며 낮은 소리로 중얼거렸다.

"여기인가."

도주문을 들어서자 협공하기 위해 오른쪽으로 꺾어졌다. 왼쪽으로 가면 막다른 길이 나오는데, 그 막다른 곳의 니노마루 끝과 혼마루의 거리는 불과 3칸 정도다. 애초에 이 근처의 구조가 미묘했다.

"숨은 다리다."

무네시게가 드물게 감정을 드러내며 혀를 찼다. 성에 쳐들어온 적군의 배후를 숨은 문이나 숨은 다리를 이용하여 칠 수 있는 성이 있다. 호조 가의 5대를 지탱해준 오다와라 성이 대표적으로, 여기저기 숨은 문이 있었다. 이번에는 숨은 다리를, 반격을 위해서가 아니라 도주를 위해 사용한 것으로 보인다.

"음, 이미 늦었나."

그때 무네시게가 도면에서 가리킨 곳에서 연기가 피어올랐다. 니노마루의 수성군이 도망친 뒤 다리에 불을 놓은 모양이다.

"징을 울려! 모리 공에게도 알려라!"

동쪽에 있는 모리 부대를 향해 즉시 전령이 달려갔다. 잠시 후 징이 울렸다.

"겨우 하룻밤에 그게 가능한가."

무네시게의 얼굴에는 이미 웃음이 사라졌다. 전령에 따르면 돌담의 높이는 2장(약 6미터)이 넘고 길이는 1정(약 109미터)이나 된다. 니노마루의 동서를 멋지게 갈라놓았다고 한다.

"쌓기조뿐만 아니라 떼기조와 운반조까지 가세해도 어렵습니다. 교고쿠 가 사람들, 그리고 성으로 피란한 농부들까지 동원했을 겁니다."

많은 인력이 있다고 되는 일이 아니다. 돌 일을 모르는 자들을 부리면 작업이 지체되는 일이 왕왕 있다. 교스케의 지휘가 얼마나 적확한지, 또 성에 있는 자들이 얼마나 단합되어 있는지를 보여주는 증거다.

"전투 와중에 구조까지 바꾸다니."

"다만……."

겐쿠로는 어떤 사실을 깨달았다. 무네시게도 고개를 끄덕인다.

"알겠나."

먼저 숨은 다리를 불태웠다는 것은 니노마루를 완전히 포기했다는 뜻이다. 아마 동쪽을 지키던 수성군도 곧 퇴각하리라. 그럼 혼마루만 남은 셈이다.

아무리 혼마루의 수비가 단단해도 이만한 대군의 공격을 받으면 사흘을 버티지 못함을 수성군도 알고 있다. 잘 알면서도 혼마

루만 남겨서 버티겠다는 각오를 굳혔다. 뒤집어서 보자면,

"앞으로 며칠만 버텨내면 이 결전이 끝난다는 사실을 알고 있다는 말이 된다."

무네시게는 지휘채로 손바닥을 탁 치며 말했다. 외부에서 정보를 얻는 방법은 얼마든지 있다. 호수 너머에서 수상한 연기가 오르는 일도 여러 번 있었다.

"나이부가 이쪽에 손을 뻗고 있다는 뜻이기도 하지."

서군 본대에서 전하는 보고는 결전이 그리 멀지 않았다고만 할 뿐 구체적인 날짜는 알려주지 않고 있다. 이를 통해 무네시게는 동군 이에야스가 뭔가를 꾸미고 있지 않나 추측했다.

"조금 어려우려나."

"네……?"

"아니다. 일단 회의를 열자고 하겠군."

병사의 함성, 말 우는 소리, 철포 소리 등 전장을 물들이는 온갖 소리가 오가는 허공을 올려다보며 무네시게는 가만히 숨을 내쉬었다.

모든 공성군이 잠시 퇴각하자, 무네시게의 말대로 모리 모토야스가 회의를 소집했다. 각 다이묘와 그 가로들이 참가하고, 겐쿠로도 무네시게의 배려로 말석에 앉았다.

모두 표정이 침통하여 좌중에 답답한 분위기가 흐르는 가운데 먼저 무네시게가 입을 열었다.

"면목 없습니다, 모리 공."

지난번 상의한 대로 고바야카와 부대는 동문을 깨고 들어가자 즉시 오른쪽으로 돌아 혼마루 성문을 맹공했다. 니노마루에 남은 패잔병은 서쪽에서 다치바나 부대가 처리할 예정이었다. 한데 돌담에 막혀 뜻을 이루지 못하는 와중에 배후에서 역습까지 당해 엉금엉금 기다시피 산노마루로 퇴각했던 것이다.

"아니오……. 니노마루가 양단되어 있을 줄 누가 알았겠소."

모토야스는 벌레 씹은 표정으로 고개를 저었다.

"수성군 말입니다만."

"음, 결전 날짜를 알고 있는 모양이오."

모토야스도 결코 어리석은 장수가 아니므로 그 점은 짐작하고 있었다.

"무슨 말씀입니까."

쓰쿠시 히로카도가 영문을 몰라 놀란 얼굴로 물었다.

"이 시점이라면 수성군이 천 명 정도로 줄어들어도 이상하지 않을 거요."

무네시게가 상황을 정리해서 설명했다.

보통 수성전에서 지금처럼 혼마루만 남은 단계라면 수성군은 적어도 병력의 2, 3할이 사망하거나 포로로 잡히거나 도주한 상태이게 마련이다. 많을 때는 7할에 이를 때도 있다. 부상자까지 포함하면 그 비율은 더 높아진다.

그러나 오쓰 성의 수성군은 산노마루, 니노마루로 질서 있게 퇴각함으로써 병력을 대부분 보존했다. 물론 오산도 있었다. 그 래도 잃은 병력은 백 명 정도에 불과하다. 교고쿠 가는 당초 삼천 병력으로 오쓰 성에서 농성했다. 즉 전투 개시 당초와 거의 다르 지 않은 이천구백 명 정도가 남아 있는 셈이다. 오쓰 성 혼마루를 확실하게 지키는 데는 이천 정도도 넘치도록 충분하다. 사기가 떨어지기는커녕 올라 있는 상황이다.

"이걸 하루 이틀에 함락시키기는 매우 어려운 일이오."

천하의 무네시게도 초조한 기색을 드러낸다. 깊은 한숨이 새어 나오고 좌중은 답답한 분위기에 갇혔다.

"물론…… 뭔가 방법이……."

모토야스가 머리카락을 그러 올릴 때 겐쿠로가 저도 모르게 입 을 열었다.

"있습니다."

좌중의 시선이 일제히 쏠렸다.

"말해봐라."

무네시게가 낮은 소리로 말했다.

"대통을 쓰면 됩니다."

이번 전투를 위해 겐쿠로는 대통 한 문을 가져왔지만 아직 쓰 지 않고 있었다.

"바보 같은."

콧방귀를 뀐 이는 쓰쿠시 히로카도였다. 모토야스도 전처럼 무 시하지는 않았지만 얼굴에 낙담한 기색이 비쳤다. 백전노장의 무

장들에게 대통이란,

　——그저 그런 무기.

　일 뿐이었다. 대통의 인명 살상 능력은 매우 낮다. 우선 조준을 해도 거의 적중하지 않고, 가령 적중해도 한두 명 쓰러지는 정도다. 성문 따위를 부수는 데 사용할 수는 있으나, 확실히 명중시키려면 포대를 전선 앞에 가져다 놓아야 하며, 따라서 적이 반격하고 나오면 금세 빼앗기거나 파괴된다. 게다가 발포하려면 매우 어려운 기술이 필요해서 굳이 이 무기를 사용하려고 하는 자가 거의 없다.

　오히려 수성군에게는 효과적인 물건이다. 이번에 이시다 미쓰나리의 주문으로 대통 10문을 제조해서 납품했지만, 그것도 야전 진영을 설치할 때 방어용으로 사용할 거라고 했다. 여하튼 그런 사정으로 대통에 대한 무장들의 평은 매우 인색하다.

　쓰쿠시가 한 말은 그나마 나은 편이고, 장수들 중에는,

　"철포나 뚜드려 만드는 대장장이가 감히 어디라고 나서나!"

　라고 욕설을 하는 자도 있었다. 대통이라는 무기의 성능이 아니라 애초에 철포 제작 자체를 비천하게 여기는 자가 여전히 많은 것이다. 잇달아 나오던 비난이 그쳤을 때 겐쿠로는 배에 힘을 주고 낮은 소리로 말했다.

　"대통은 이 전투를……. 아니, 이 난세를 끝장내 줄 수도 있는 물건입니다."

　"뭐라……."

이자가 지금 무슨 소리를 지껄이나, 라는 듯이 장수들이 낯을 찡그렸다.

겐쿠로는 숨을 깊이 들이쉬고 잠깐 눈을 감았다. 어떤 성이라도 부숴버리는 포가 있다면 진정한 태평을 만들 수 있다. 그렇게 믿고 일해 왔다. 그러한 태평을 위해서는 포의 위력을 한번쯤 세상에 보여줄 필요가 있다. 지금이 바로 그때다. 겐쿠로는 감은 눈을 뜨고 단호하게 말했다.

"천수를 무너뜨려 보이겠습니다. 혼마루에서 버티는 자들의 의지처를 까부수는 것입니다."

좌중이 술렁거리는 가운데 겐쿠로는 계속 말했다.

"수성군이 대부분 살아 있어서 오히려 다행입니다. 공포는 사람을 통해서 커지게 마련이니까요."

결사의 각오를 굳힌 백 명만 남아 있다면 그들은 어떤 공포에도 무너지지 않겠지만 거기에 백 명의 심약한 자가 섞이면 공포가 순식간에 전파되어 이백 명 전체가 벌벌 떨게 되는 법이다. 지금 오쓰 성 혼마루에는 많은 영민들이 피란해 있으니 일단 공포가 만연하면 아무리 훌륭한 장수라도 그들을 진정시킬 수 없을 것이다.

"어디서 발포하지?"

모토야스가 몸을 앞으로 기울이며 물었다.

"모두에게…… 세상에 보여주어야 합니다. 나가라야마長等山에서 발포합니다."

오쓰 성 서쪽에 엔조지圓城寺, 별칭 미이데라三井寺를 품은 나지막한 산이 있다. 그 산에 올라가 오쓰 성 혼마루를 겨냥해 대통을 발포할 생각이다.

"과연 닿을까……?"

장수들이 방금 전보다 더 술렁이는 가운데 모토야스가 입을 열었다. 나가라야마에서 오쓰 성까지는 약 10정 남짓. 아무리 높은 곳에서 발포해도 보통 대통이라면 3정이 한계다. 가령 천수까지 날아가더라도 이미 파괴할 만한 위력을 잃고 만다. 이시다 미쓰나리에게 건넨 대통도 그런 대통이었다.

이곳에 가져온 대통은 다르다. 포신 길이는 한 치 한 푼 단위로, 두께는 손가락 감각으로밖에 알 수 없을 정도로 미세하게 조절해서 만들어낸 물건이다. 바퀴식 철포와 마찬가지로 숙련된 장인만이 만들 수 있고, 제조에 수고가 너무 많이 들어 대량 제조에는 어울리지 않는다.

"라이하雷破라면."

하늘에서 울리는 천둥조차 꿰뚫는다는 뜻을 담아 명명한 혼신의 작품이다.

모토야스는 숨을 가만히 내쉬고 팔짱을 끼며 신음하듯 말했다.

"허나…… 대통을 발포하면 따로 공성전을 펴기가 힘들다."

혼마루를 겨냥해 대통을 계속 발포하면 아무리 명중도가 높다고 해도 일부는 빗나가게 마련이다. 가령 빗나가는 포탄이 전혀 없다고 해도 공성군은 불안해한다. 머리 위로 포탄이 날아가는

데 누가 침착할 수 있으랴. 지휘관을 무시하고 도망치는 자가 나올지도 모른다. 그렇게 되면 오히려 이쪽이 무너질 수도 있다. 즉 얼마 남지 않은 시간을 오로지 대통에 의지해야 한다는 말이다.

"이 중대한 국면을 오로지 구니토모슈에게 맡기는 방법이 과연 옳을까요."

"역시 대통으로만 함락시키기는 무리입니다."

"혼마루를 향해 죽기 살기로 돌격해야 하지 않겠습니까."

라고 여러 장수가 다시 반대하는 목소리를 내자 회의의 분위기는 겐쿠로의 안을 기각하는 쪽으로 기울려고 했다. 그때 무네시게가 엄숙하게 입을 열었다.

"좋은 작전입니다."

좌중이 물을 끼얹은 듯 조용해졌다. 무네시게는 무엇을 보고 있는지 허공의 한 점을 응시하며 말을 이었다.

"솔직히 사흘 안에 함락시키는 건 어렵다고 봅니다."

"시종님까지……."

여러 장수들 사이에 속닥거리는 소리가 들린다. 무네시게가 겐쿠로를 쳐다보며 물었다.

"겐쿠로, 포탄이 농민에게 날아갈 수도 있나?"

"그럴 수 있습니다."

겐쿠로는 정직하게 대답했다. 듣기 좋은 말로 얼버무릴 생각은 요만큼도 없었다.

"그 대통으로 다 끝낼 수 있다는 건가?"

"그러기 위해 만들었습니다."

이제 태평이 멀지 않았다. 전쟁을 일으키려는 어리석은 생각을 다시는 품지 않도록 대통의 위력을 보여주자. 그러자면 희생도 필요하다. 겐쿠로는 속으로 그 말을 되뇌며 자기 자신을 설득했다.

"그런가……."

무네시게는 다시 하늘을 올려다보며 조용히 말했다.

"그렇다면, 농민을 포격했다는 오명은, 내가 감당하기로 하지."

"그건……."

"이 포격은 다치바나 가에서 명령한 거요. 여러분에게는 폐를 끼치지 않겠소. 모쪼록…… 잘 부탁합니다."

무네시게가 좌중을 향해 머리를 깊이 숙였다.

이렇게까지 말하니 아무도 입을 열지 않았다. 모토야스는 입을 한 일 자로 꾹 다문 채 눈을 감고 있다가 마침내 가만히 숨을 토한 후 눈을 뜨고 무네시게를 똑바로 쳐다보며 늠름하게 말했다.

"알겠소……. 오쓰 공성전의 총대장으로서 명령하겠소. 대통으로 오쓰 성을 포격하시오."

이튿날 아침 즉시 대통을 옮기기 시작했다. 다치바나 가 병력도 구니토모슈를 도와 수레를 밀었다. 처음에는 모리 모토야스가 믿어주지 않아 대통을 사용하기는커녕 제안조차 해볼 수 없었다. 해서 천으로 둘둘 감아 수레에 실어 놓은 상태였다. 건장한 사내들이 구령을 맞추어 나가라야마로 가는 언덕길을 밀고 올라갔다.
수레를 미는 무리에 끼지 않고 있던 겐쿠로가 종종 오쓰 성을 돌아보며 눈어림으로 거리를 쟀다.

"이곳에 설치한다."

나가라야마를 7부쯤 오른 곳. 15평쯤 되는 평평한 공간에서 겐쿠로가 명했다. 모두 어깻숨을 쉬지만 휴식 시간을 주지는 않았다. 산으로 밀어 올리는 데만 한나절이 흘러서 해는 벌써 중천을 지나고 있다. 무네시게를 비롯한 여러 장수의 예상에 따르면 동서 간의 결전이 이제 얼마 남지 않았다. 한가롭게 움직일 여유가 없었다.

짐을 부리기 시작하는데, 니노마루에서 언제 병력을 철수시킬지를 상의하던 무네시게가 다가왔다.

"무슨 문제는 없나."

"예. 서둘러 준비하겠습니다."

"부탁하네."

무네시게는 손차양을 하고 대통을 보며 고개를 끄덕였다.

"시종님……."

"응?"

"괜찮겠습니까?"

자신에게, 구니토모슈에게, 대통에 운명을 걸어도 괜찮겠느냐는 뜻이다. 대통에 승부를 맡기는 분위기를 만든 이는 분명 무네시게였다.

"실은 무리라고 생각했다."

무네시게는 한쪽 눈썹을 올리며 쓴웃음을 지었다. 나이치고는 심상치 않다고 할 만큼 많은 전장과 사선을 겪어왔기 때문에 알 수 있다. 이대로 가면 남은 시간 안에 혼마루를 함락시키기는 지극히 어렵다. 가령 함락시킨다 해도 수성군보다 피해가 몇 배는 크고 병사의 피폐도 심할 것이다. 어느 쪽이든 동서 간 결전에 시간을 맞출 수 없을 텐데, 그렇다면 이겨도 의미가 없다.

"나는 수많은 죽음을 보아왔어. 열도뿐만 아니라 이국에서도. 나 하나 악인이 되어서 수많은 죽음을 막을 수 있다면 그것으로 족하다고 진심으로 생각하네."

무네시게는 먼 데서 시선을 돌려 엄숙한 목소리로 계속 말했다.

"그렇게 큰소리를 쳐놓았으니 못하겠다는 소리는 하지 않겠지?"

"맡겨주십시오."

겐쿠로가 대답하자 천이 확 치워지고 대통이 모습을 드러냈다. 다치바나 부대에서 감탄하는 소리가 터졌다.

"이것이 라이하인가……."

햇빛을 받아 검게 번들거리는 대통을 올려다보며 무네시게가 탄식을 흘렸다.

전장 9척 9치(약 3미터). 둘레는 1척 1치. 구경은 2치 9푼 2리. 탄환은 1관 50돈(약 3.9킬로그램). 실로 거대한 대통이다. 구경을 균일하게 제조하는 것부터가 어렵다. 이 문제를 해결하는 데는 주조가 훨씬 쉽다.

하지만 주조를 하면 아무래도 쇠가 물러져서 발사의 충격을 버텨내지 못하고 포신이 터져버릴 염려가 있다. 때문에 겐쿠로는 단조하기로 결심했다. 방법은 도검 단조와 똑같다. 쇠망치로 때려서 쇠를 단련하는 것이다. 두께 3푼의 쇠판을 동심원상으로 열 장을 겹치고 접합해서 포신을 만들었다.

단조는 전통적인 공법이지만 장인의 기술에 따라 완성도가 크게 달라진다. 라이하라고 명명한 이 대통을 완성하기까지 3년의 세월이 걸렸다.

"받침대에 올려놓아라."

겐쿠로가 명하자 구니토모슈가 라이하를 수레에서 미끄러뜨려서 내렸다. 그리고 미리 제작해 둔 받침대에 올려놓았다. 받침대에는 바퀴가 있어 발사와 동시에 뒤로 밀려남으로써 충격을 흡수하도록 되어 있다.

"화약을."

겐쿠로가 직접 화약을 채웠다. 적정한 양을 파악하기가 매우 어렵기 때문이다. 철포보다 몇 배나 많은 양을 사용하므로 자칫 실수해서 폭발하면 주위 사람들까지 심대한 피해를 입는다. 또 양을 그르치면 비거리가 나오지 않아 포탄이 위력을 잃는다. 수하의 도움을 받지만 세세한 조정은 겐쿠로가 직접 해야 한다.

화약통에서 주걱으로 퍼서 겐쿠로에게 넘겨주는 젊은 장인의 손이 희미하게 떨린다. 이 일에 뛰어든 지 1년 남짓. 지금은 수련생으로 공방에서도 잡무만 맡고 있다. 이렇게 많은 화약을 다루고 있으니 만일의 사고가 있어서는 안 된다고 긴장한 탓도 있겠으나 그 이유만은 아닐 거라고 겐쿠로는 생각했다.

철포든 대통이든 결국은 한낱 물건일 뿐이다. 다만 이렇게 화약과 탄환을 장전해 가다 보면 이 물건에도 숨결이 깃든다고 느낄 수밖에 없는 이상한 기운을 발한다. 보통사람도 그렇게 느낀다고 하니 장인이라면 비록 경험이 일천하더라도 더더욱 분명하게 느끼리라. 그리고 라이하의 숨결은 보통의 철포와는 명백히 다르다. 와룡이 비상할 때를 엿보는 듯한 압도적인 위엄이 있다.

"걱정 마라. 나한테 맡겨라."

겐쿠로가 부드럽게 말해주자 젊은 장인은 흠칫하며 고개를 바삐 끄덕였다.

이어서 탄환을 집어넣는다. 포탄은 넉넉하게 준비했다. 여느 전투처럼 발포한다면 닷새는 버틸 정도이니 이번 전투에는 포탄이 부족할 염려는 없다.

준비가 착착 진행되고 있을 때, 겐쿠로는 눈 아래로 보이는 오쓰 성의 천수를 엄지와 검지 사이에 들어오도록 손을 뻗고 바라보았다. 거리와 각도를 측정하는 독자적인 방법이다. 손가락 형태를 몇 번인가 바꾸며 계속 측정했다.

"포신을 소지 하나만큼 위로, 절반만큼 오른쪽으로."

"예."

고참 교에몬이 대답하고 수하에게 지시했다.

"남남서 역풍인가……. 포신을 2리 위로. 터럭 한 올만큼 왼쪽으로."

겐쿠로는 라이하와 오쓰 성을 거듭 견줘 보다가 마침내 조용히 말했다.

"됐다."

겐쿠로는 천천히 몸을 돌렸다.

"잘 됐나?"

무네시게의 물음에 겐쿠로는 고개를 끄덕이고 말했다.

"준비가 모두 끝났습니다. 만일의 사태가 있을 수 있으니 시종님과 여러 가신 분들은 20칸쯤 물러나 주십시오."

모두 그의 말대로 따랐다. 제작에서 발포 준비까지 한 치의 빈틈도 없다고 자신하지만, 철포라는 것에 절대란 있을 수 없다. 완벽한 물건이라도 신의 노여움을 샀다고밖에 볼 수 없는 폭발 사고가 생길 수 있음을 겐쿠로는 잘 알고 있다.

"겐쿠로."

"예……."

"생각이 많겠구나……."

무네시게는 보는 이가 흠칫할 만큼 허탈한 미소를 지었다. 이분은 속에 감춘 고뇌도 다 들여다보시는구나, 라고 생각했다.

"예……."

"부디 용서해주십시오……. 이게 제 대답입니다."

무네시게가 하늘을 우러르며 말했다. 명장으로 이름을 날린 친부와 장인 두 어르신을 향해 고하는 듯했다. 무네시게는 시선을 이쪽으로 내려 겐쿠로를 똑바로 쳐다보며 엄숙히 말했다.

"우리는 같이 싸우는 거다."

"알겠습니다."

겐쿠로는 힘주어 고개를 끄덕이고 수하에게 소리 높여 명했다.

"발포 준비!"

먼저 1칸 반 길이의 화톳불_{다리 달린 쇠 바구니에 장작을 넣고 피우는 조명용 불}을 피웠다. 모두 대통에서 물러나고 겐쿠로만 곁에 남았다. 바람이 시시각각 흐름을 바꾸었다. 발포 직전에 풍향이나 풍속이 바뀌면 다시 조정이 필요하다.

이제 곧 작렬하리라는 것을 모르는 바람은 조금 전부터 아무 변화 없이 웃고 있는 듯하다.

──도비타 교스케.

멀리 오쓰 성에 있을 숙적을 불렀다.

우리는 죽음을 만들고 죽음을 파는 자라는 말을 들어 왔다. 하지만 도검을 단조하는 자도 매한가지 아닌가. 창 자루를 깎는 자도, 활을 당기는 자도, 나아가 군마를 기르는 자도, 군량미를 파는 자도 그렇다. 이 난세에 전쟁과 무관한 일을 찾기가 더 어렵다. 그런데도 어떤 일은 예술로 칭송받고 어떤 일은 본래 전쟁용이 아니었다고 으스댄다. 다만 철포만은 공예나 애호의 영역으로 보아주지 않고, 전쟁이 아니면 쓸모없는 거추장스러운 물건처럼 말한다. 난세의 업을 전부 짊어져 왔다는 생각마저 든다.

철포 맞은편에 있다고 여겨지는 성벽도 그렇다. 처음부터 전쟁을 위해서 만들어졌으면서 아름다움도 칭송받는 존재가 되었다. 그러나 도비타야 겐사이와 그 뒤를 이은 교스케는 어디까지나 아름다움이 아니라 성벽 본래의 의미를 추구해 왔다.

우리는 무엇을 위해 존재하는가. 저 숙적과의 싸움을 끝내기 전에는 그 답을 알 수 없을 것 같았다.

"자, 간다."

작게 중얼거린 겐쿠로가 지금껏 살아오면서 내지른 소리 중에 가장 커다란 목소리로 외쳤다.

"라이하, 발포!"

하늘 밑이 빠졌다. 그렇게밖에 표현할 수 없는 굉음이다. 뒤미처 고저가 뒤섞인 섬뜩한 소리가 울리고 그 직후에 비명이 온 혼마루에 터져 올랐다.

"무슨 일이냐!"

아노슈에게 할당된 오두막에서 향후 적의 공격에 대비하여 혼마루의 어디를 강화해야 할까 주요 장인들을 모아서 한창 의논하던 중에 일어난 일이다. 단조가 일어났을 때는 이미 교스케가 나는 듯이 오두막 출구로 뛰고 있었다.

"레이지, 시간을 재!"

"알아!"

지난 번 돌을 반입하다가 다친 팔뚝에 천을 감아 목에 건 레이지도 벌써 그를 뒤따르고 있었다.

　밖으로 나오니 많은 병사가 우왕좌왕하고 있다. 그들을 지휘해야 할 사무라이 대장도 망연자실한 얼굴이다.

　영민들은 조금 떨어신 건물에서 먹고 자기 때문에 아직 모습은 보이지 않지만 대신 그쪽에서 이상한 소리가 들렸다. 비명이 분명했다. 수많은 사람들의 비명이 합쳐지면 이런 소리가 되나? 당연히 들어본 적은 없는 소리지만 누에_{전설상의 괴물. 원숭이 머리에 호랑이 수족, 너구리 몸통, 뱀의 꼬리, 호랑지빠귀 소리를 가지고 있다고 한다} 울음소리라면 이렇지 않을까.

　“아아…….”

　사무라이 대장이 턱이 떨어진 것처럼 맥없이 입을 벌리고 천수를 올려다보고 있었다. 오쓰 성 천수는 5층 4단_{층은 내부 바닥면 기준. 단은 외부로 보이는 처마지붕 기준}. 그 가운데 밑에서 두 번째 층의 팔작지붕 박공 언저리에 직경 3척쯤 되는 커다란 구멍이 뚫렸고 주위로 기와가 흩어져 천수 밑까지 떨어져 있다.

　“행수.”

　단조가 뒤늦게 따라와 신음하듯 불렀다.

　“대통이다…….”

　교스케는 이를 악물었다.

　“니노마루에서 병력을 물린 이유가…….”

　해 뜰 무렵 공성군이 니노마루를 비우고 산노마루로 물러나 진을 쳤다. 피 흘려 빼앗은 니노마루에서 그냥 물러나다니. 교고쿠 다카쓰구는 즉시 주요 가신을 모아 회의를 열고 이것이 의미하는 바를 의논했다.

논쟁이 벌어졌지만 답을 얻지 못해, 적에게 휘둘리지 말고 일단 혼마루를 견고히 지키는 데 전념하자는 결론을 내렸다.

이 포격으로 공성군이 니노마루에서 물러난 이유가 밝혀졌다. 유탄에 맞지 않기 위함이 분명했다.

"어디서 쏘는 건지……."

교스케는 천수의 착탄점을 살펴보았다. 각도를 보면 산노마루에서 발포한 건 아니다. 그곳에서는 회칠 담 때문에 천수를 조준하기가 어렵다. 가령 산노마루에서 쏘았다면 밑에서 올라오는 포탄일 터이므로 이런 각도로 착탄할 수 없다. 게다가 산노마루에서 쏘려고 했다면 니노마루를 점령한 병력을 굳이 물릴 필요가 없었다. 분명히 더 먼 거리에서 발포했다. 어디일까. 오쓰 성 옆에는 나지막한 구릉도 없는데.

교스케가 주위를 살펴볼 때였다. 다시 강렬한 폭음이 울려 퍼졌다.

"행수! 저기――"

젊은 장인이 외치는 소리도 폭음에 지워져버렸다. 교스케도 폭음을 듣자마자 반사적으로 고개를 돌렸다.

풍경이 천천히 흐르고 시간이 느려진다. 푸른 하늘에 떠오른 검은 점은 점점 커졌다. 실을 길게 끄는 듯 아름다운 선을 허공에 그리는 점은 넋 놓고 바라볼 만큼 아름다웠다. 열을 받아 조금 둔한 붉은빛으로 변하는 모습까지 알아볼 수 있었다.

"물러서!"

포탄이 다시 천수에 떨어졌다. 마침 팔작지붕 박공 사이에 떨어져 기왓장들이 휘날리는 종이가루처럼 산산이 흩어지며 날아올랐다. 비명소리가 더욱 커졌다. 두 번째 포탄에 그제야 정신을 차렸는지 도망쳐, 엎드려, 하고 외치는 교고쿠 가의 가신들로 짐작되는 목소리도 섞여 있었다.

"326!"

온전한 손으로 한쪽 귀를 막은 레이지가 외쳤다.

첫 번째 굉음이 들렸을 때 즉시 대통임을 알았다. 레이지에게 시간을 재라고 시킨 것은 다음 포탄이 날아오기까지의 시간을 가리키는 말이었다. 남만에서 대통이 수입되고 어떤 무기인지 알려지자 도비타야에서는 일정한 속도로 수를 헤아리는 훈련을 하게 되었다. 겐사이의 지시로 시작한 훈련이었다.

──대통이 발포되는 간격을 알면 그 사이에 복구 작업을 할 수 있을 것이다.

라는 이유에서였다.

"빠르군……."

교스케는 침을 삼켰다.

지금까지 대통이 사용된 전투는 많지 않다. 겐사이는 그 드문 기회를 놓치지 않으려고 종종 규슈까지 건너가 실제로 대통이 발

포되는 현장을 살펴보았다. 그 결과,

──대통의 발포 간격은 대략 500 전후.

라는 하나의 기준을 이끌어냈다.

당연히 오차가 있어서 400 정도 만에 발포되는 경우도 있고 600이 시나도록 발포되지 않는 경우도 있다. 다음 포탄을 발포하려면 포신 청소도 필요하므로 익숙지 못한 자가 발포를 담당하면 숙련된 자보다 시간이 두 배나 걸리기도 한다. 그러나 어느 정도 훈련을 거친 사수라도 일정 속도를 넘을 수는 없다.

그 이유도 겐사이가 대통을 가까이서 관찰하여 파악해 냈다. 발포 간격이 뜸한 까닭은 철포와 다르지 않았다. 화약 폭발로 포신이 뜨거워지기 때문이다. 포신은 달궈지면 휘게 된다. 사람 눈으로는 확인할 수 없을 만큼 미세한 휨이지만 그 상태에서 발포하면 발포 방향도 휜다. 또 화약 폭발력에도 미세한 변화가 생겨 비거리가 달라진다. 나아가 포신이 계속 달궈져 있으면 최악의 경우 파열할 염려도 있다.

한데 레이지가 헤아린 수는 기존에 파악했던 간격보다 훨씬 짧았다.

"악에 받쳐 무리하는 거겠죠."

단조의 말에 교스케는 고개를 저었다.

"아니야, 놈이 실수할 리가 없어. 이만한 간격도 견뎌내는 대통이라고 봐야겠지."

순간적으로 교스케가 생각했다. 주물이 아니라 단조로 제작했을까. 단조로 대통을 제작한다면 무모한 말처럼 들리겠지만 저 남자라면 가능할지 모른다.

"교스케……."

레이지는 손가락으로 허벅지를 톡톡 두드려 수를 헤아리면서 턱짓을 했다.

"나가라야마에서 쏘는 거야."

발포음을 듣고 나서 고개를 돌렸으니 불꽃은 보지 못했지만 나가라야마에 피어오르는 연기가 보였다. 저렇게 먼 데서 발포할 줄은 생각도 하지 못했다. 화약 양을 늘리면 날아오지 못할 거리는 아니지만 명중시키기란 매우 어려운데 이미 날아온 포탄 두 개가 모두 천수에 적중했다. 대단한 명중률이다.

"도비타 공!"

어깻숨을 쉬며 달려온 이는 다가 마고자에몬이었다.

"다가 님, 재상님은요?"

"무사하시네. 죽은 사람도 없고. 다만 시녀 하나가 계단을 굴러서 다쳤네."

천수는 전시에 지휘관이 거주하는 공간은 아니다. 다카쓰구나 오하쓰는 천수 옆 저택에서 기거한다. 다카쓰구는 천수에 오르는 일이 거의 없고, 밤낮 가신들이나, 함께 농성하는 농민들을 찾아다니며 격려하고 있다. 그래서 아마 무사하리라 생각했지만, 만일의 사태라는 게 있으므로 이렇게 무사하다는 이야기를 들으니 마음이 놓였다.

"적은 천수만 노리는 듯 보이지만, 혹시 바뀔지도 모릅니다. 서쪽 벽 가까이 붙어 있어야 안전합니다."

"서쪽? 동쪽이 아니고?"

"서쪽입니다."

크게 놀라는 마고자에몬에게 교스케는 단언했다.

대통에서 멀어지려고 동쪽으로 피하는 것은 포술을 모르는 사람이다. 저 대통이 비거리를 더 늘릴 수 있다면, 혹은 포탄이 빗나간다면 동쪽이 오히려 더 위험하다.

한편 탄도를 보건대 서쪽의 회칠 담 바로 옆에 착탄시키기는 어렵다. 유일한 우려는 포탄이 회칠 담을 뚫는 경우인데 기존 대통보다 위력이 훨씬 강하지만 천수가 파괴된 양상으로 보건대 포탄 한 발로 회칠 담을 관통시키지는 못할 것으로 보였다.

"알겠네. 모두에게 그렇게 전하고————"

마고자에몬이 몸을 돌리는 순간 나가라야마 정상 부근에서 이번에는 분명히 햇빛마저 압도하는 불빛이 번쩍였다.

"엎드려!"

교스케 목소리가 대통의 포효와 겹쳐져서 지워졌다. 까마귀의 단말마 같은 날카로운 소리가 닥쳐와 천수의 샤치호코천수 등 성곽 용머리 양쪽 끝에 돌출시키는 장식물로, 호랑이 머리에 물고기 몸을 한 전설상의 동물를 날려버리고 지나갔다. 포탄이 머리 위로 넘어간 것이다. 사람들의 비명이 전보다 더욱 커졌다.

"넘어갔어……."

교스케는 일어나 눈을 가늘게 떴다. 포탄이 성 위를 넘었다고 확신했다. 엄청난 사정거리에 모두 말문이 막혔다.

"다가 님."

"아, 알겠네. 서쪽이란 말이지."

마고자에몬은 돌아가면서도 불안한 얼굴로 나가라야마 쪽을 연방 힐끗거리며 확인했다. 포격을 겪으면 이렇게 변할 수밖에 없다.

"308이야."

레이지도 일어서며 혀를 찼다.

"간격이 짧아지고 있어."

이제는 구니토모슈가, 아니 구니토모 겐쿠로가 저 대통을 제작했음을 의심치 않았다. 실제로 나가라야마에서 발포하는 자도 겐쿠로가 분명하다. 발포 간격을 더 좁히는 까닭은 이쪽을 초조하게 만들려고 무리하는 걸까? 아니면 저 대통의 본령을 아직 보여주지 않은 걸까. 교스케는 후자이리라 직감했다.

"지금까지 30이다. 이어서 헤아려."

레이지는 운반조 고참에게 시간 재는 일을 맡기고 교스케 곁으로 왔다. 행수 교스케, 두 측근 단조와 레이지가 머리를 맞대고 상의했다.

언제 또 포탄이 날아올지 모르는 상황이다. 믿기지 않을 만큼 차분한 모습이다. 백전노장인 무사라도 당황할 상황이다. 대통이라는 무기가 그만큼 알려져 있지 않았기 때문이다.

"속셈이 뭘까요."

단조가 물었다.

"그러게요. 이 정도로는 함락되지 않아요."

레이지가 대답하며 고개를 끄덕였다.

대통의 위력은 물론 대단하지만 그것만으로 성은 결코 함락되지 않는다.

가령 포탄이 사람이 밀집한 곳에 떨어진다고 해도 실제로 사망자는 두세 명이며, 많아야 대여섯 명이 고작이다. 살상 능력이라는 점에서는 철포가 더 무섭다.

대통이 철포보다 나은 점은 파괴력이다. 성문을 쉽게 부술 수 있으므로 그 구멍으로 병력을 들여보내는 용도로 쓸 수 있다.

"아직 우리가 모르는 이유가 있어."

온갖 목소리가 어지러이 오가는 가운데 교스케는 단언했다.

적은 니노마루에 있던 병력을 철수시켰다. 그러므로 성문을 깨부술 속셈은 아니다. 가령 그런 의도라도 이쪽에서 성문을 돌담으로 막는 대책이 있다. 교고쿠 가로서는 혼마루를 치고나가 공격할 생각이 없고, 거북이 등껍질 속에 목을 감추듯 견고하게 지키기만 할 생각이다.

"이제 발포할 시간이 되지 않았나?"

저쪽의 의도를 짐작하지 못한 가운데 교스케는 레이지가 시간 재는 역할을 맡긴 운반조 일꾼에게 물었다.

"아, 예. 지금 293, 294, 295……."

"쏘았다."

나가라야마에서 섬광이 번쩍였다. 이제는 귀를 찢는 듯한 소리에도 놀라지 않는다. 바람의 흔들림을 느끼는 여유조차 있었다. 교스케가 재촉할 필요도 없이 도비타야 사람들이 대피 자세를 취했다.

착탄하는 순간, 지금까지 들었던 소리 중에 가장 낮은 소리가 울렸다. 토대가 되는 돌담 바로 위, 천수 1층의 회칠한 벽면에 명중했다. 탄환이 벽에 박혀 안쪽에서 흙이 부슬부슬 떨어졌다. 탄환은 엷은 황토색을 띠었지만 이내 짙은 청록색으로 돌아갔다.

"다친 사람은 없나?"

큰소리로 외치며 달려온 이는 도비타야를 경호하는 요코야마 구나이였다. 그는 일전의 전투에서 몇 군데 창상을 입었다. 가벼운 부상이지만 곪지 않도록 천을 교체하러 간 사이에 포격이 시작되었던 것이다.

"보시는 대로 부상자도 없습니다."

"그래? 여하튼 저걸 막아야 해."

요코야마의 말이 몹시 빨랐다. 용맹한 요코야마라도 대통에는 역시 당황했는지 안면이 잔뜩 굳어 있다.

"막는 것은 어렵습니다."

"뭐라고······."

"그래도 사람들을 모두 서쪽으로 피하게 하면 사망자는커녕 부상자도 안 나올······."

"바보 같은 소리. 벌써 난리도 아니야!"

요코야마가 안색이 변해서 등 뒤쪽을 가리켰다.

첫 포격으로 교고쿠 가신단과 농성하는 농민이 모두 충격을 받고 두 번째 포격부터 행동이 달라지기 시작했다. 무릎을 안고 벌벌 떠는 자, 정처 없이 우왕좌왕 뛰어다니는 자도 있고, 교고쿠가의 무사와 시녀 중에는 농민에게 달려가는 자도 있었다. 세 번째 포격 이후에 동요는 더욱 두드러져 새로운 행동도 나타나기 시작했다.

"성문을 열라는 건가요?"

교스케는 아연실색하고 말았다.

"그래. 여기저기 번지더니 한 무리를 이루어 구호처럼 외치고 있네."

요코야마는 아랫입술을 꼭 깨물었다.

농민 가운데 누군가 한 사람이 말했다.

──이젠 틀렸어. 성에서 나가야겠어.

평정심을 잃었는지 그런 말을 반복했다고 한다. 교고쿠 가신이 달랬지만 다른 곳에서도 이구동성으로 같은 말이 나오기 시작해 처음에 말을 꺼낸 자는 목소리를 더 키웠다. 그러자 세 번째, 네 번째 사람이 나오고 남녀노소 할 것 없이 금세 수십 명으로 불어났다. 개중에는 교고쿠 가가 항복하면 당장이라도 포격이 그칠 것이다, 나리에게 호소할 테니 만나뵙게 해달라고 가신을 압박하는 자까지 나타나 이대로 가다가는 폭동이 일어날 판이었다.

"이걸 노린 건가."

교스케는 주먹을 꽉 쥐고 나가라야마를 바라보았다.

농성하는 농민들도 전투에 참여한다. 다만 남자는 군량과 탄약을 나르고 여자는 취사를 맡거나 부상자를 돌보는 식이다. 직접 전장에 서지 않으니 철포 탄환이나 화살에 노출되는 일은 없었다. 그런 와중에 겪은 포격의 충격은 굉장했다.

"재상님은."

다카쓰구라면 이 사태를 간과할 리가 없다.

"농민을 만나 이야기해보겠다고 하시지만 이 상태에서 만나면 나리의 생명이 위험해질 수도 있어. 아예 저택에서 못 나오시게 가로들이 막고 있네."

"그렇게까지……."

농민의 불만이 빠르게 높아지고 있다는 뜻이다.

"여하튼 저 대통을 막아야 해. 그러자면 회의를 열어야 하는데, 농민들 달래느라 경황이 없어 좀처럼 모이지 못하고 있네."

"뭔가…… 뭔가 방법이……."

교스케가 신음처럼 말했다. 당장 떠오르는 묘책이 없었다. 이 전투에서 지금이 가장 위험한 때임을 느끼며 곧 화염을 뿜어낼 나가라야마를 노려보았다.

맡은 위치를 벗어날 수 있는 사람들은 모이길 바란다고 마고자에몬이 요청했다. 여섯 번째 굉음이 울려 퍼진 직후였다.

"대책을 세울 모양이군. 가자."

뭐든 수를 내야 한다. 독단적으로라도 움직이려고 하던 요코야마가 따라오라며 손을 크게 휘둘렀다.

"단조, 같이 가지. 레이지."

"음, 여긴 내게 맡겨."

긴급한 상황에서 열리는 회의라면 즉결즉단이 필요할 테니 조언할 수 있는 사람을 한 명 더 데려가고 싶었지만 이 자리에 남아 장인들을 통솔할 사람도 필요하다. 전자를 단조, 후자를 레이지로 정하는데 단조가 만류했다.

"행수님, 레이지를 데려가세요."

앞으로 도비타야를 짊어질 자가 대책 결정에 참여해야 한다. 자신은 그 결정에 따르겠다. 단조의 말은 짧았지만 그런 생각을 읽을 수 있었다.

고개를 끄덕인 교스케가 방금 한 말을 거두고 레이지와 함께 마고자에몬에게 달려갔다. 혼마루 서쪽, 지난번에 레이지가 돌을 반입한 수문 근처였다. 무장들이 소나무 아래 웅크리듯 모여 있었다. 그동안 작전회의에는 서른 명 정도가 모였지만 지금은 교스케와 요코야마를 포함하여 열 명 남짓뿐이다.

다가 마고자에몬 외에 오바나가와 문 공방전에서 부친 이즈모를 잃은 미타무라 기치스케, 하마초 문에서 대나무다발수레를 함께 막아낸 젊은 사무라이 대장 가와카미 고자에몬도 보였다. 다카쓰구는 안전을 위해 저택에 감금하다시피 했다니 당연히 모습이 보이지 않는다. 모두 거친 목소리로 격렬하게 논쟁하고 있었다.

"저걸 어떻게든 처리해야 합니다!"

가와카미 고자에몬의 주장이다.

"대통 따위 그냥 놔둬도 문제없소."

미타무라 기치스케가 낮은 소리로 반론했다.

"지금은 다들 나서서 농민들을 달래고 있지만, 그래서는 농민의 동요를 끝까지 막을 수 없습니다……. 나가라야마까지 달려가서 대통을 처리합시다."

"말이 되는 소리를 해야지! 사만 병력을 돌파해야 하는데 대통까지 갈 수나 있겠나."

가와카미는 나가라야마 쪽을 가리키며 말했지만 미타무라는 격하게 고개를 저었다.

"그럼 미타무라 님은 어떻게 하자는 겁니까!"

"이미 여러 번 말했지만 대통에 죽는 사람은 거의 없소. 서쪽 벽에 바짝 붙어 있으면 더 안전하지. 이치를 알아듣게 설득해서 농민을 진정시키는 수밖에."

"바보 같은 소리……. 군중은 이럴 때 이치대로 움직이지 않는다는 걸 잘 아시지 않소."

미타무라와 가와카미가 서로 노려보는 가운데 마고자에몬이 양자를 번갈아 쳐다보며 입을 열었다.

"두 사람 모두 흥분하지 말게. 이런 때일수록 침착해야 하느니."

"다가 님."

요코야마가 이름을 부르며 끼어들자 마고자에몬이 돌아보았고, 좌중의 시선도 일제히 요코야마에게 쏠렸다.

"오, 요코야마. 도비타야도 와주었군."

"300······."

레이지가 교스케에게 귀엣말로 전했다.

"여러분, 곧 대통이 발포됩니다!"

그때 다시 뱃속까지 뒤흔드는 폭음이 울렸다. 사무라이들도 몸을 낮추었다.

날아온 포탄이 정확히 혼마루 이시오토시성벽 위에 짓는 천수각이나 망루에서 성벽 밖으로 돌출되는 곳 바닥에 구멍을 뚫어 성벽에 접근한 적을 공격할 수 있도록 해 놓은 것에 맞고 튕겨 나와 데구루루 굴렀다. 다행히 근처에 아무도 없어서 다친 사람은 없었지만 대통 발포가 신호가 된 듯 멀리 들리는 농민들의 목소리가 한층 커졌다.

"이것 말고는 방법이 없습니다. 내가 목숨을 걸고 나가라야마를 치겠소."

가와카미가 벌떡 일어서자 몇 사람도 고개를 끄덕였다.

"잠깐! 가와카미, 침착해."

마고자에몬이 어깨를 잡았지만 가와카미가 냉큼 뿌리쳤다.

"농민의 목을 베느니······ 적진에 돌격하는 편이 낫습니다."

가와카미가 으르렁거리듯이 말한다. 그에게 자중하라고 말한 미타무라에게도 딱히 대책은 없었다. 그는 아랫입술을 깨물고 고개를 숙였다.

"나와 함께 돌격할 사람을 모집하러 가겠습니다. 그럼 이만."

세 사람을 데리고 자리를 뜨려고 하던 가와카미가 요코야마 앞에서 걸음을 멈추었다.

"요코야마 님……."

"말리지는 않겠다."

"함께 나가 싸우지 않겠습니까?"

가와카미가 열띤 목소리로 말했다.

"마음은 간절하나 나리께서 도비타야를 지키라는 임무를 주셨다. 나에게는 그게 전투다."

요코야마는 주먹 쥔 손에 더 힘을 주어 손톱이 살에 박혀 피가 배었다. 본심은 가와카미와 함께 한 가닥 희망을 걸고 나가라야마로 돌격하고 싶은 것이다.

"알겠습니다. 무운을 빕니다."

"음."

짧은 대화를 나눈 뒤 가와카미가 뛰어나갔다. 잠시 후 농민들의 비명이 조금 수그러들었다. 우리가 나가라야마로 달려가 대통을 멈추게 할 테니 안심하라고 설득한 모양이다.

"이럴 때는…… 어찌해야 옳단 말이냐……."

마고자에몬이 머리를 감싸며 신음하듯 말했다. 이렇다 할 대안이 없으니 마고자에몬이나 미타무라도 가와카미를 강하게 말릴 수가 없다.

교스케는 여기 와서 다카쓰구가 얼마나 큰 존재인지 새삼 느꼈다. 다카쓰구라는 개인은 언뜻 보기에 종잡기 힘든 인물이고 빈말로라도 전투를 잘 안다고 말할 수 없다. 가령 적군에 속한 다치바나 무네시게에 비하면 발치에도 못 미치지만 다카쓰구가 그 자리에 있는 것만으로도 가신들은 왠지 단단히 결속한다. 실로 돌담의 요석 같은 존재이다. 그 다카쓰구가 모습을 드러내지 못하는 지금, 가신들은 뿔뿔이 흩어지고, 가고자 하는 방향도 분명하지 않다.

"윽———"

교스케의 얼굴이 긴장으로 굳었다. 대통이 또 발포되었다. 포탄은 지도리박공지붕 경사면에 삼각뿔 형태로 내는 박공을 아슬아슬하게 스쳐 다시 호수 쪽으로 사라져갔다.

"정확히 300이었어. 막 말하려고 했는데."

레이지도 분하다는 듯이 혀를 찬다.

"간격을 얼마나 더 단축하려는 건지……."

일단 연사하고 나서 간격을 오래 두고 대통을 식히는 방식으로 나오려는지도 모른다. 상대는 이렇게 마구 포격하는데도 이쪽에서는 대통의 성능조차 확실히 알지 못한다. 명백히 열세에 몰렸다.

"출격 준비가 끝난 모양이군."

요코야마가 턱짓을 하며 말했다.

조금 떨어진 곳에서 한 무리의 병력이 이동하고 있었다. 그 수는 약 오백. 말을 탄 가와카미가 농민들의 간절한 바람이 담긴 성원에 고개를 끄덕이고 있었다. 한 무사가 대열을 벗어나 이쪽으로 뛰어왔다.

"이토…… 너도 가느냐."

마고자에몬이 그렇게 묻고 입을 꾹 다물었다. 이토라고 불린 젊은 사무라이가 힘주어 고개를 끄덕인다.

"상황이 이렇게 혼란스러우니 저희 모습이 안 보이면 농민들은 우리가 변심했다고 오해하고 더 동요할지 모릅니다. 그러니 출격하는 자들의 이름을 다가 님께 보고해둘까 합니다."

이토는 그 대목에서 숨을 한 번 크게 들이마시고 출격하는 자들의 이름을 막힘없이 고하기 시작했다.

"가와카미 고자에몬, 이시구로 마타베에, 신보 기에몬, 나카쓰기 가쿠베에, 야마다 미자에몬, 야마다 헤이베에, 이소노 하치자에몬……"

이름이 하나씩 거명될 때마다 남는 자들은 미묘하게 반응했다. 아무개라면 출격할 거라는 납득. 아무개가 출격한다고? 하는 놀라움. 각별히 친한 사람이나 친족인지도 모른다. 이토는 다양한 반응을 보이는 남는 자들을 향해 계속 이름을 나열했다.

"이시카와 히키에몬, 시노하라 소베에, 시노하라 우헤에, 고제키 진에몬, 미우라 고에몬, 가가와 마타에몬, 오가와 사콘에몬, 후지오카 마타에몬, 하야시 고로효에, 마부치 인사이…… 그리고 소인 이토 가쿠스케, 이상입니다. 모쪼록 여러분, 주군을 잘 부탁 드립니다."

"알았다."

역시 아무도 그들을 붙잡지 못했다. 마고자에몬은 고뇌를 억누르듯 고개를 주억거렸고, 이토라는 젊은 사무라이는 해맑은 웃음으로 응했다.

"온힘을 다해 대통을 막겠습니다. 그럼 이만."

곧 오쓰 성 혼마루 성문이 열렸다. 그와 동시에 출격 발기인 가와카미의 커다란 목소리가 들렸다.

"오쓰 성을 위해, 주군을 위해, 농민을 위해 우리는 이제 지옥으로 들어간다! 서국무쌍이라면 우리 상대로 나무랄 데 없지 않은가. 이제——"

가와카미의 그 당당한 말소리도 대통의 천둥소리에 지워졌다. 대통이 발포되면 잠시 세상의 모든 소리가 다 날아가 버린 듯한 기분에 빠진다. 한순간의 무음 속에서 가와카미를 비롯한 오백여 기가 성문으로 빨려드는 것처럼 출발했다. 성문이 둔한 소리를 내며 다시 닫히고 굵은 빗장이 황급히 질러졌다.

사람들은 총안을 통해 혼마루 밖을 내다보며 가와카미 무리를 눈으로 좇았다. 교스케 왼쪽에 레이지가 있었다. 하지만 총안이 허락하는 시야가 좁아 가와카미 무리는 금세 보이지 않게 되었다.

"니노마루를 나갔다."

위에서 목소리가 내려와 교스케는 흠칫하며 올려다보았다. 거기에는 성벽에 올라가 우뚝 선 요코야마가 있었다. 살쩍에서 흘러내린 머리카락이 바람에 흔들리고 있다.

"요코야마 님……."

"155다."

교스케가 말을 멈추자 레이지가 재빨리 현재의 숫자를 고한다.

"제대로 봐두어야 다음 대책을 생각하지. 그렇게 쉽게 포탄에 맞는 건 아니겠지?"

"……알겠습니다."

교스케도 성벽 위로 기어 올라가려고 했다. 레이지는 말려도 소용없다고 생각했는지 다치지 않은 손으로 밀어 올려 주었다. 교스케와 요코야마는 성벽 기와 위에 나란히 섰다.

그때는 이미 가와카미 부대도 산노마루까지 나갔다. 성에서 철수한 공성군에 의해 성문은 활짝 열려 있었다. 성문에 닿기 직전에 가와카미 부대에서 함성이 오르고, 그들은 달리는 기세 그대로 성문 밖으로 뛰어나갔다.

이미 예상하고 있었는지 성 밖에 진을 치고 있던 적군이 가와카미 부대를 에워싸듯 전개하며 일제히 활을 쏘았다. 아군을 살상하는 사태를 피하기 위해서인지 철포는 사용하지 않는 듯했다.

날아드는 화살이 너무 많아 가와카미 부대의 상공이 메뚜기 떼가 나는 것처럼 꺼매 보였다.

가와카미 부대가 속도를 더 높였다. 겨냥이 미처 따르지 못하는 가운데 검은 구름 뚫듯이 돌파한 가와카미 부대는 기세 그대로 적군으로 치고 들어갔다.

함성이 한층 높아졌다. 사방팔방에서 적군이 공격해도 가와카미 부대는 파고드는 송곳처럼 맹렬하게 진격했다.

"이시 기라……."

요코야마가 기도하듯 중얼거렸다.

1정, 2정, 3정. 가와카미 부대의 기세가 수그러들기는커녕 더욱 드세어진다. 앞으로 나아갈수록 송곳은 조금씩 가늘어졌지만 아군이 쓰러져도 개의치 않고 계속 돌진한다.

오백에 불과한 가와카미 부대에 적 대군은 지진이라도 만난 양 후들후들 흔들리고 있었다.

"가와카미 공."

교스케 역시 목소리가 떨렸다. 마침내 가와카미 부대는 나가라야마 기슭까지 돌진했다.

문득 거기서부터 진격이 느려졌다. 산기슭에 진을 치고 있던 적은 지금까지와 달리 완강하게 버텼다. 가와카미 부대는 돌격을 반복했지만 그때마다 격퇴되었다. 모래먼지 속에 흔들리는 깃발은 그들이 다치바나 부대임을 말해주고 있었다.

"뚫어, 가와카미!"

요코야마의 포효에 응하듯 가와카미 부대는 다시 돌격을 감행했다. 그제야 다치바나 부대도 비로소 밀려났지만 그 직후 가와카미 부대는 좌우에서 공격을 받아 와해되고 파도에 삼켜지듯 사라져갔다.

더 이상은 어렵다고 포기하고 몸을 돌려 성으로 도망쳐 돌아오려고 하는 병사가 속출했다. 그래도 적은 굳이 추격하려 들지 않았다. 공연한 살육은 하지 않겠다는 여유일까. 아니, 그보다는 출격의 목표가 무산되었음을 성에 전하라고 놔두었을 것이다.

"400."

레이지가 밑에서 수를 고했다. 지금까지 포격 간격은 늦어도 300대였다. 400을 넘긴 것은 처음이다. 겐쿠로가 완급을 조절하고 있는 걸까? 아니면 연사가 한계에 달한 걸까? 혹시 다른 의도가 있을까?

다음 포격은 535. 포탄은 낯을 찡그린 교스케 머리 위 아주 높은 곳을 통과한 다음 천수 2층 지붕에 명중하여 기와를 날려버렸다. 나가라야마 기슭에서 지향하는 자의 모습이 사라지고 포로로 잡힌 병사도 간간이 보일 때였다. 마치 이번 출격은 헛수고였다고 고하는 듯한 포격이었다.

"이 소식을 전하면…… 농민들은 더 절망할 텐데."

요코야마도 포격에 어지간히 익숙해졌는지, 아니면 나가라야마 산기슭의 무참한 광경에 정신이 팔렸는지, 포격 순간에도 한쪽 귀만 손으로 막을 뿐이었다.

"어떻게 해야……."

교스케는 입술을 찢어져라 깨물었다.

뭔가를 할 필요 없이 그저 포격만 견디고 있으면 이 전투는 이긴다. 농민들이 이해해주기만 하면 해결된다. 그래서 효과적인 대책이 전혀 떠오르지 않았다.

다가 마고자에몬, 미타무라 기치스케가 성으로 도망쳐 돌아온 자를 헤아렸다. 그 수는 이백 명이 채 안 되었다. 백 명 정도가 포로로 잡힌 듯하니 나머지 이백 명은 죽었다고 봐야 한다.

병사들의 목격담을 종합하면 출격 직전에 명단이 보고된 주요 사무라이 대장이 전부 죽었다. 거기에는 명단을 고한 이토 가쿠스케도 포함된다.

특히 가와카미의 분전은 대단했다고 한다. 그는 화살에 맞아 날뛰는 말에서 추락했고, 얼른 일어나다가 옆구리가 창에 관통되었다. 그래도 가와카미는 칼을 뽑아 창 자루를 베어내고 적을 베어 쓰러뜨렸다. 그러더니,

──누구든 한 사람이라도 저길 올라가 대통을 막아라!

라고 포효하며 뛰기 시작했지만 열 걸음도 못 가서 적에 포위되어 사방에서 날아오는 창에 찔려 절명했다.

출격한 부대가 괴멸했다는 소식은 농민들에게도 전해졌을 것이다. 다시 천둥소리를 닮은 굉음이 성 안에 울리고 그 틈에 새된 비명도 들린다. 그 뒤에도 포격이 이어져 농민들의 목소리는 더 커지고 광기를 띠게 되었다.

"다가 님!"

한 남자가 안색이 변해서 뛰어왔다. 가와카미와 동갑인 오구라 신베라는 젊은 가신이다.

"무슨 일이냐."

"더 이상 농민을 진정시킬 수가 없습니다! 말리던 혼고 공이 농민들에게 짓밟혀……."

마침내 농민 가운데 누군가가 우리 손으로 성문을 열자고 선동하며 교고쿠 가의 가신들과 충돌했다. 가신들은 양팔을 벌리고 막았지만 혼고 사에몬이라는 가신이 넘어져 농민들 발에 짓밟혀 기절하는 중상을 입었다고 한다. 다른 부대 병력이 달려와 가까스로 농민들을 막고 있지만, 농민들의 흉포함이 갈수록 심해져 앞으로 4반각 이상 버티기가 어려울 듯하다.

"혼고 공이……."

미타무라의 얼굴이 일그러졌다. 교고쿠 가에서 손꼽히는 용맹한 가신이며, 미타무라 부자가 활약할 때 함께 싸우며 많은 적을 베었다. 그런 남자가 쓰러졌다. 적에게가 아니라 같은 편이어야 할 농민들에게.

"성문이 열리면 끝장이다!"

마고자에몬은 안타까움을 감추지 못하고 비통하게 외쳤다.

그때, 교스케의 뇌리에 되살아나는 광경이 있었다. 오래 전, 그가 어릴 때 고향이 무너져가던 광경이다. 추격하는 오다 군의 함성, 붉은 화염에 물드는 밤하늘, 원숭이 짖는 소리를 닮은 비명, 공황에 빠져 옆 사람을 자빠뜨리고 짓밟으며 도망치는 사람들.

아버지와 누이동생은 그 혼란 속에서 잃었고, 손잡고 도망치던 어머니도 너 먼저 피하라고 인파 밖으로 자신을 밀어내면서 헤어졌다. 그 후 가족을 한 번도 만나지 못했다. 이미 아무도 살아 있지 않으리라 생각한다. 지금, 여기서, 그때와 같은 사태가 일어나려 하고 있다.

다만 그때와는 다른 점이 있다. 예전에는 자신들이 오다 군에게 유린당했지만 지금은 버티기만 하면 성을 지켜낼 수 있다. 더구나 자신은 낙성을 막는 기술을 가지고 있지 않은가.

물론 그 기술을 실현하면 얼마나 비난을 들을지 알고 있다. 감수하고라도 감행해야 할까. 고심하던 교스케가 마침내 각오를 굳혔다.

"사람들을 진정시킬 방법이 딱 하나 있습니다."

"오, 정말인가!"

마고자에몬이 지푸라기라도 잡는 심정으로 몸을 내밀었다.

"예. 성 안에 담장을."

"뭐라⋯⋯."

"돌담으로 성문을 막자는 겁니다."

교스케의 한 마디에 모두 놀란 얼굴이 되었다. 그 대책을 생각하고 있었지만 입 밖에 내지 않던 레이지가 머리를 긁적이며 심연에라도 닿을 법한 한숨을 길게 흘렸다. 교스케는 점점 커지는 까닭 모를 두근거림을 억누르며 단숨에 말했다.

"밖으로 나가면 바로 죽습니다. 그러나 지금 상태로는 농민들이 듣지 않겠지요. 차라리 도망칠 수 없다는 사실을 깨달으면 농민들도 차분해지지 않을까요. 차분해질 수만 있다면 이 성은 함락되지 않습니다."

"주군이 허락하실 리가 없네……."

"그러니까 다가 님이 각오를 단단히 해주셔야 합니다. 다가 님과 저희 도비타야가 단독으로."

잠깐의 침묵이 흐르는 동안 다시 대통이 포효했지만 움찔하는 사람은 아무도 없었다. 포탄은 합각머리 박공 중앙에 명중하여 둔한 소리를 내며 땅에 떨어졌다.

"알겠네. 부탁하네."

마고자에몬이 말하자 교스케는 고개를 끄덕이고 뛰기 시작했다. 도비타야 경호를 맡은 요코야마와 레이지가 따라 뛰었다.

"교스케."

레이지가 불렀다. 목소리가 희미하게 떨리고 있다.

성문을 나가면 살 수 있다는 보장이 전혀 없으니 우리가 나서긴 하지만, 목숨을 지키는 돌담을 이런 용도로 사용해도 될지, 아노슈로서 잘못된 행동이 아닐지 교스케는 내내 자문자답했다. 그리고 마침내,

"악귀라는 욕을 들어도 모든 사람을 살리고 싶다."

는 결론을 내리고 실행하기로 마음먹었다.

"나도 함께 짐을 지겠다."

레이지가 단호하게 말했다.

"모두 작업에 들어간다!"

단조가 데리고 있던 아노슈 곁으로 돌아온 교스케가 선언했다.

단조만은 뭔가 이변이 있음을 알아차린 듯 벌써 표정이 날카롭다.

"천수의 기초를 수리하는 겁니까?"

"서쪽 담을 돌담으로 보완하는 게 우선일 텐데요."

수하 장인들이 저마다 한 마디씩 하는 가운데 교스케가 잠긴 목소리로 명령했다.

"지금부터 4반각 안에 혼마루와 니노마루를 잇는 성문을 안쪽에서 막는다. 하고 싶지 않은 사람은 빠져도 좋다……. 전부 내가 책임진다."

장인들이 충격을 받고 숨을 죽인 것도 잠시, 이내 튕겨나가듯 벌떡 일어나 일제히 움직이기 시작했다. 구구한 지시는 내릴 필요도 없었다. 서로 필요한 말만 나누며 썰매에 돌을 싣고 다 실은 썰매는 성문을 향해 끌고 간다. 성문 가까이 도착하면 돌을 부려서 늘어놓았다.

교스케는 쌓기조를 데리고 성문으로 와서 늘어놓은 돌들을 대강 둘러보았다. 일일이 다듬을 여유가 없다. 마침맞은 돌을 순서대로 가리키며,

"저걸 갑1, 을1, 병1, 갑2, 병2."

하고 지시를 내렸다. 따로 도면을 보면서 하는 지시가 아니라 도비타야만의 독자적인 전달법이다. 바둑판의 눈을 표현하는 요령과 비슷하다. 다만 바둑판과 다른 점은 표현 대상이 평면이 아니라 입체라는 것. 이런 식으로 말하면 돌을 어디에 놓으라는 지

시인지 전달된다.

"호박돌을 촘촘히 깔아. 다음은 병3, 정1, 무1, 정2, 경1……. 아니지! 경1이라니까."

돌을 엉뚱한 곳에 놓으려는 자가 있어서 목소리가 거칠어졌다. 잇달아 쌓여서 돌담의 기초가 완성되는 동안에도 새 돌이 운반되어 부려지고 그때마다 교스케의 뇌리에 그려져 있는 돌담의 완성 형태가 달라져간다. 숨 돌릴 시간도 아끼며 교스케는 계속 지휘했다.

"신6, 단단히 물려!"

옆에서 단조가 거들었다. 교스케가 성문을 막겠다고 했을 때 단조는 한 마디도 하지 않았다. 교스케가 결정한 일이라면 설사 아노슈의 본분에 맞지 않아 보여도 따르겠다는 각오가 되어 있다.

"을11에 호박돌 일곱 개 깔아. 다음은 갑12, 병13, 경12, 정12는 유격을 주고. 다음은 신13……. 시끄럽다!"

또 대통이 하늘을 찢는다. 교스케는 움찔하지도 않고 슬쩍 돌아볼 뿐이었다. 포탄이 처음으로 천수 최상층에 명중해 난간을 날려버렸다.

"서둘러! 임12, 을12, 갑13……."

교스케는 손과 입을 정확하게 움직였다. 돌담이 성문의 7할 정도를 막을 만큼만 쌓여도 보통사람은 결코 허물지 못한다. 성문을 나갈 수 없다고 체념시키는 데 충분하다. 돌담이 6할을 넘어

곧 완성되려고 할 때였다. 뒤에서 함성과 함께 요란한 발소리가
다가왔다.

"요코야마 님!"

"어……. 도비타야를 지켜라!"

요코야마는 수하 오십여 명에게 태세를 갖추도록 명령했다. 뒤
를 돌아보지 않고도 교스케는 알 수 있었다. 농민들이 가신들을
뿌리치고 성문으로 몰려오고 있는 것이다. 이미 돌담도 보았으리
라. 괴조怪鳥처럼 귀를 찢는 비명, 해명海鳴 같은 성난 고함소리가
귓바퀴를 흔들었다.

"막아! 여긴 못 나간다!"

요코야마가 큰소리로 외쳤다. 돌담만 보고 벌써 체념하여 주저
앉는 자도 절반쯤 되었다. 나머지 절반은 더욱 흥분해서 달려들
더니 요코야마의 수하들을 밀어내며 돌담으로 다가서려고 했다.

"왜 성문을 막는 거요!"

"너희들도 사무라이와 한패냐!"

농민들이 험악한 욕설을 퍼부었다.

"당신들 전쟁에 장단 맞추는 거 이젠 지긋지긋해!"

"아이들이 있잖아. 이 짐승 같은 놈들아!"

남자만이 아니라 여인들도 겁 없이 욕을 했다. 나가게 해달라
고 호소하던 어머니의 모습이 또 머릿속을 스쳤지만 교스케는 애
써 떨쳐냈다.

그러고는 묵묵히 마무리 지시를 내렸다. 요코야마 등 가신들도

열심히 막아주고 있지만 더욱 거칠어지는 농민들의 압박에 오래 버틸 성싶지 않았다.

"도비타 님!"

귀에 익은 목소리가 들려 교스케가 저도 모르게 흠칫하며 돌아다보고 말았다. 오쓰 성 바깥해자 공사를 할 때 대화를 나누던 도쿠사부로였다. 부모 땅을 맏형이 물려받고 둘째형은 분가해 나갔지만 셋째아들인 도쿠사부로는 물려받을 땅이 없어 맏형 집에서 농사를 거들며 살고 있으며, 좋은 일자리가 있으면 집을 떠나 일한다고 했다.

도쿠사부로는 우사야마 성에서 멀지 않은 마을 출신이다. 모친은 우사야마 성으로 피란을 했다가 '새왕', 즉 선대 겐사이 덕분에 살 수 있었다며 죽을 때까지 고마워했다고 들었다.

──만약 새왕이 지켜주지 않았으면 너는 여기 없었다.

모친은 도쿠사부로에게 누누이 말했다고 한다.

"도쿠사부로……."

교스케의 목소리가 들렸는지 입술을 읽었는지 모르지만, 자신을 기억하고 있음을 안 도쿠사부로가 소리쳤다.

"도비타 님! 이건 뭡니까! 어떻게 되고 있는 겁니까!"

"대통 포격 후에 적군이 쳐들어올 것에 대비해서 성문을 막고 있다!"

요코야마의 수하 하나가 큰소리로 대답했다. 눈치껏 나서주었겠지만 대통이라는 말이 튀어나오자 다시 포격을 떠올린 농민들이 비명을 질렀다. 대통이 이미 농민들의 마음을 무너뜨리고 있다. 게다가 농민들도 바보가 아니다. 이 돌담이 그런 대책이 아님을 알고 있었다.

"바보 같은 소리 마시오! 이건 누가 봐도 우리를 가둬두겠다는 거 아니오?"

교스케는 어금니를 꽉 물었다. 혼란이 극에 달한 가운데 또 다른 사무라이가 두 팔을 내밀며 소리쳤다.

"서쪽 벽 밑으로 가면 포격에 맞아 죽을 일은 거의 없다! 여기서 이러고 있을 시간이 있으면 당장 그리로 피해라!"

"거의 없다니…… 죽을 수도 있다는 말인데…… 그러다 진짜 죽으면 누가 책임질 거요?"

아무도 대답하지 못하는 가운데 주먹을 부르르 떨고 있는 교스케에게 도쿠사부로가 일그러진 얼굴로 목이 터져라 비통하게 외쳤다.

"새왕이라는 사람이 겨우 이런 거나 쌓는 거요! 도비타 교스케!"

"병15, 정16……. 이제 끝났다."

교스케는 거칠어진 숨을 고르려고도 하지 않고 조용히 마지막 지시를 마쳤다. 장인들이 돌을 쌓고 있을 때 나가라야마에서 다시 포효가 터졌다. 농민들은 날카로운 비명을 지르며 땅에 엎드렸다. 이번 포탄은 최상층의 화등창火燈窓위쪽을 아치형으로 만든 장식창을 뚫고 천수 안으로 들어갔다. 안에 사람이 없으니 아무도 다치지 않았겠지만 발포가 거듭될수록 명중률이 높아지고 있다.

"밀어서 무너뜨려!"

농민 가운데 하나가 벌떡 일어나 선동했다. 농민들 눈에 간신히 남아 있던 이성이 사라지고 광기에 사로잡혔다 싶을 때였다. 농민들 뒤쪽에서 단호한 목소리가 날아들었다.

"잠깐 기다리세요!"

"가호 님……."

교스케는 크게 놀랐다. 인파 틈새로 몇몇 시녀가 보이는데, 그 선두에 가호가 있었다. 다른 시녀가 소매를 잡아당겼지만 부드럽게 뿌리치는 모습도 보였다. 가호가 혼자 달려오려고 하자 다른 시녀들이 만류하려고 뒤따라 달려왔음을 짐작할 수 있었다.

"방해하지 마———"

"문을 열어달라고 제가 설득할게요."

농민으로 보이는 남자가 사나운 목소리로 반응하자 가호가 야무지게 그를 막았다. 누가 밀어내지 않아도 농민들이 자연스럽게 길을 터주었다. 가호가 천천히, 단호하게 걸음을 옮겼다. 5칸, 3칸, 1칸, 그리고 숨결이 느껴질 만큼 다가선 가호가 조용히 말했다.

"성문을."

"안 됩니다."

교스케는 천천히 고개를 저었다.

"농민들을 더는 못 막아요. 막는 이들을 밀어내고 돌담을 무너뜨려서라도 농민들은 나갈 거예요."

"방금 돌담을 완성했습니다. 이젠 아무리 애써도 무너뜨릴 수 없어요."

그 말에 숨을 죽이고 지켜보던 농민들이 술렁거렸다.

"그렇다면 도비타 님이 치워주세요."

"적은 우리가 대통이 무서워 성문을 열고 나오기를 기다리고 있습니다. 그 순간 적군이 다시 파도처럼 밀고 들어오겠지요. 그리 되면 이 성은 끝장입니다."

"그래도 상관없어요."

"지금 무슨 말을 하는지 알고나 있습니까……? 우리가 멋대로 그런 짓을━━"

"마님도 같은 생각이세요."

"뭐라……."

오하쓰도 다카쓰구와 마찬가지로 저택을 나와 사람들을 진정시키고 싶어 했으나 시녀와 가신들이 저택에 붙들어 놓았던 모양이다. 오하쓰는 머리카락이 헝클어지도록 저항해서 다카쓰구를 막을 때보다 더 애를 먹었다고 한다.

가호도 늘 오하쓰 옆에 있었다. 대통이 발포될 때마다 시녀들도 비명을 질렀다. 가호는 입을 꼭 다물고 떨리는 손으로 다른 손을 누르며 간신히 버텼다.

━━적군도 항복한 사람들을 설마 죽이지는 않을 테니까 성문을 엽시다. 나리도 같은 생각일 거예요.

오하쓰는 가신들에게 호소했다. 그러나 가신들은 함부로 고개를 끄덕일 수 없었다. 그때 도비타야가 돌담으로 성문을 막고 있다는 이야기가 날아들었다. 여니 마니 논쟁하기 이전에 돌담이 완성되면 더는 방법이 없게 된다. 오하쓰는 사람들이 감시하고 있어서 움직일 수 없었다. 오하쓰는 낯이 창백해진 가호를 걱정하는 척하며,

──나가서 성문을 열라고 하세요.

라고 살짝 귀띔했다. 가신과 시녀들의 신경은 오하쓰에게 쏠려 있었다. 가호는 빈틈을 놓치지 않고 저택 밖으로 뛰어나갔다. 가신들은 오하쓰에게 정신이 팔려 있었고, 시녀들만 뒤따라 나왔다. 시녀들도 의견이 나뉘어졌다. 사실 이 경황에 온전히 생각하는 것이 가당키나 할까.

"열어주세요."

가호가 다시 호소했다.

"안됩니다. 성이 함락되면……."

"그게 얼마나 끔찍한 일인지 나도 뼈저리게 알고 있어요."

목소리에 비로소 떨림이 섞였다. 어릴 때 가호도 낙성을 겪었다. 그 두려움은 지금도 여전한 것이다. 두려움을 극복하려는 가호의 올곧은 시선을 견디지 못하고 교스케는 단숨에 말했다.

"가령 농민을 죽이지는 않는다고 해도 재상님은 할복하게 할 겁니다. 마님에게도 누를 끼칠 게 분명합니다. 나중에 동군의 나이부 나리가 승리한다고 해도 교고쿠 가가 기개 없이 항복했다고

징계를 받아 가문이 사라질지 모른단 말입니다."

"그래도 성문을 여는 쪽에 운명을 거는 수밖에 없어요."

"그럼 나한테 운명을 거십시오. 아무도 못 나갑니다."

갑자기 분노가 치밀었다. 가호가 말을 듣지 않아서가 아니다. 이 말을 하고야 마는 자기 자신에게 화가 나 목소리가 거칠어진 것이다.

"서쪽 성벽 밑에 피신하면 백중 구십구까지는 포탄을 맞을 일이 없습니다. 버티기만 하면 이기는 전투란 말입니다!"

가호는 입을 꼭 다물고 고개를 떨어뜨렸다. 그러고는 꺼질 듯한 목소리로 중얼거렸다.

"그럼 포탄을 맞을지도 모른다는 말이군요……."

한순간 이곳이 전장이라는 사실을 잊을 만큼 정적이 찾아왔다. 바람 우는 소리, 비와 호수의 잔물결 소리마저 들릴 정도였다. 가호는 힘주어 고개를 들고 말했다.

"백 중 하나는 맞는다는 말이군요! 성 안에 있는 것이 더 위험하잖아요! 나리도 마님도 성문을 열기를 바라십니다!"

가호의 볼에 눈물이 그치지 않고 흘러내렸다. 낙성을 정말로 두려워하는 사람은 가호일까 자신일까. 아니, 둘 다 두려워하고 있지만 가호는 농민을 살리려는 교고쿠 가의 생각을 지켜주기 위해 그 공포를 뛰어넘으려 하고 있다.

"쏜다!"

레이지가 외치는 순간 대통이 다시 통곡을 터뜨렸다. 사람들의 얼굴이 일제히 하늘로 향한다. 다만 교스케와 가호만은 서로를 노려보고 있다.

"이건 뭐지?"

요코야마가 나가라야마 쪽을 보면서 외쳤다. 탄도가 지금까지와 달랐다. 천수를 크게 빗나가 사람들 머리 위를 지난 포탄이 비와 호수로 사라졌다. 비거리가 여전히 굉장했다. 조준 실수일까 아니면 다른 의도가 있는 걸까. 머리 위로 포탄이 지나가자 비통하게 소리치는 것은 농민만이 아니라 그들을 막고 있던 병사들도 마찬가지였다.

"행수……. 혹시,"

단조가 얼굴을 가까이 하며 말했다.

나가라야마에서 이 돌담이 보이는 걸까? 시력이 좋은 자라면 색깔 차이를 통해 성문에 뭔가가 새로 들어섰음을 알지도 모른다.

그게 아니라도 오랜 숙적인 구니토모슈라면, 구니토모 겐쿠로라면, 교스케가 다음에 어떤 수를 쓸지 읽어낼 수 있을지도 모른다.

"당장 이곳을 벗어나시오!"

교스케가 팔을 휘두르며 주위에 외쳤다.

"그러니까 길을 터달라고 하고 있잖소!"

"이제 그만 돌담을 치워!"

포격에 몸을 움츠리고 있던 농민들이 다시 일어나 비난을 시작했다.

"그 말이 아니오! 대통이———"

교스케는 다급하게 호소하지만 아무도 귀를 기울여주지 않았다. 가호를 믿어봐야 소용없다고 생각했는지 농민들이 앞 다투어 날려들었다. 마침내 요코야마의 수하들을 밀어내고 돌담까지 다다른 자도 있었다. 도비타야 사람들도 막아보지만 소용이 없었다.

돌담을 기어오르려다가 발이 미끄러져 떨어지는 자도 있고 인파와 돌담 사이에 짓눌린 자도 있었다. 돌담 앞 공간이 콩나물시루처럼 밀치락달치락거렸다. 분노에 찬 고함과 비명소리의 도가니로 변했다.

"가호."

교스케는 남자들에게 떠밀려 비틀거리는 가호의 팔을 잡아주며 다른 손으로 끌어안았다.

"빨리…… 성문을 열라니까요. 이대로 가다가는 깔려죽는 사람이 나올지도 몰라요!"

가호가 품에서 올려다보며 호소했다.

"그 전에 먼저 여기를 벗어나야 해! 대통이 이곳을 노리고 있어!"

"네?"

가호가 놀라는 순간 다시 대통이 기염을 토했다.

"254다!"

인파 속에서 레이지의 목소리가 들렸다. 이제까지와는 비교할 수 없을 만큼 간격이 짧아졌다. 지금이 고비라 판단하고, 포신이 터질 가능성을 무릅쓴 채 절차를 생략하고 있음이 틀림없다. 포탄은 돌담 꼭대기를 스치듯이 맞고 튀어 올라 성문 지붕을 밑에서 위쪽으로 날려버렸다. 나뭇조각과 기와가 비처럼 쏟아져 내렸다.

농민들도 적이 어디를 조준하고 있는지 알게 되었다. 아비규환이 소용돌이치고 분위기가 돌변하여 모두 앞 다투어 성문 앞에서 달아나려고 했다. 하지만 심한 밀집 상태인지라 몸을 돌리기도 쉽지 않았다.

밀지 마! 막아! 거기 앞은 뭐하는 거야! 저마다 아우성을 쳐서 혼란은 심해지고 있었다. 요코야마는 새빨개진 얼굴로 인파를 헤치며 교스케 곁으로 왔다.

"다친 데는?"

"없습니다만……."

"이젠 아무도 말을 안 들어. 수하들에게 어서 피하라고 하게! 나도 그렇게 명령하겠네!"

"알겠습니다."

교스케와 요코야마는 각자 수하들에게 이 자리를 빨리 피하라고 명령했다. 병사와 장인들도 그제야 도망치기 시작했다.

"우리도 빨리 피해야 해!"

요코야마는 앞장서서 인파를 누비듯 헤치고 나갔다. 밀집 상태는 조금 풀렸지만 그래도 여전히 소걸음을 벗어나지 못하고 있었다.

그때 다시 천지가 흔들렸다.

"빌어먹을!"

교스케의 외침도 지워졌다. 직전 포격으로부터 아직 300을 헤아리지 못한 상태였다.

저 탄도는 인파 한복판에 떨어질 듯 보였다. 교스케로부터 3칸도 떨어지지 않은 위치였다. 마구 울어대는 아이들. 그 아이를 꼭 안은 여인의 모습이 인파 틈새로 보였다.

"피해!"

교스케가 즉시 뛰어들었다. 풍경이 느리게 흐른다. 바람을 가르는 소리가 귓불에 닿는다. 돌아보지 않고 한 팔을 뻗어 모자를 떠민다. 그 순간 우는 아이 얼굴이 옛날의 자기 얼굴과 겹쳐져 보였다.

"교스케!"

누군가 자기를 부르는 소리가 들린 순간, 충격이 스치더니 마치 요석을 잃은 돌담이 무너지듯 발밑부터 맥없이 무너져가는 느낌이 들었다.

거뭇한 흙이 보인다 싶더니 다음 순간 파란 하늘이 보인다. 뭐지. 이건 꿈인가. 눈을 뜨고 깨어나면 아노 저택에서 다시 수련하는 날들이 시작되면 좋겠다, 하고 생각한 순간 시야가 검은 그림자에 뒤덮여 아무것도 보이지 않게 되었다.

──역시 꿈이군.

교스케는 주위를 둘러보며 생각했다.

어느새 강펄에 서 있었기 때문이다. 아노는 아니다. 한 번도 본 적이 없는 강펄이다. 크고 작은 자갈이 우글거리고 안개 때문에 잘 보이지는 않지만 강펄이 끝도 없이 이어져 있다.

이곳이 강펄이라면 강물도 흐르겠지. 강물은 빠르지도 느리지도 않다. 강 건너편은 초원인가? 아니 모래밭인가? 그곳에도 안개가 끼어서 잘 보이지 않지만 이쪽과는 달리 강펄은 아닌 것 같다.

아침은 아직 멀었나? 어서 깨어나야지. 교스케는 그런 생각을 했다. 오미하치만에 있는 사찰의 돌담도 수리해야 하고, 오미조의 촌장이 저택을 다시 지으며 의뢰한 돌담 공사도 있다. 그밖에도 요즘은 태평한 세상다운 다양한 공사 의뢰가 동시에 쏟아져 들어와 고양이 손이라도 빌리고 싶은 상황이다.

──뭐였더라……?

또 한 가지 중대한 일, 매우 급한 일이 있었던 것 같은데 무엇인지 영 생각이 나질 않는다. 평소 걸으며 생각하는 버릇이 있어서 걷다 보면 문득 묘안이 떠오르곤 한다. 꿈속에서도 효과가 있는지는 의심스럽지만 어디 한번 시험해볼까 하고 강펄을 걷기 시작했다. 그래도 기억이 나지 않으면 나중에 깨어나서 단조에게 물어보면 되겠지. 또 잔소리를 하겠지만.

아노의 강펄과는 역시 다르다. 무엇이 다르냐고 물으면 대답하기 어렵지만. 비슷한 점도 있다. 굳이 말하자면 사방에 깔린 돌들이 속삭이는 소리라고 할까? 나를 가져다 써, 나를 사용해, 하고 호소하는 것 같다.

잠시 걷던 교스케가 움찔하며 걸음을 멈추었다. 안개 속에 작은 그림자가 보인다. 정체 모를 짐승인가 아니면 요괴인가. 꿈속이니까 뭐든 있을 수 있고, 꿈이라고 생각하니까 주저주저 다가갈 수도 있다.

그림자가 움직인다. 더 가까이 가보니 사람 그림자였다. 강펄에 주저앉아 뭔가를 하고 있는 것 같다.

"설마."

저도 모르게 그런 말이 입으로 흘러나온다.

한 걸음 또 한 걸음 다가간다. 발에 밟혀 달그락거리는 돌 소리가 생생하여 도저히 꿈 같지가 않다.

사람 그림자는 차차 또렷해진다. 아무래도 쪼그리고 앉은 아이, 그것도 여자애 같다.

"가요……."

교스케는 숨을 죽이고 걸음을 멈추었다.

안개 속에 떠오른 사람 그림자의 정체는 30년쯤 전에 생이별한 누이동생 가요였다. 가요가 이쪽 목소리를 듣고 돌아보았다. 하지만 그것도 잠시, 다시 눈길을 원래대로 돌린다.

"그거."

몇 단 쌓아 올린 돌탑 앞에서 가요는 작은 돌 하나를 쥐고 그 위에 가만히 올려놓았다. 익히 보던 광경이다.

──새의 강펄.

어려서 죽은 불효자식은 업을 씻기 전에는 극락정토에 가지 못한다. 그 업을 씻는 방법은 돌탑을 쌓는 것. 그 일을 하는 장소가 새의 강펄이다.

이제야 또렷이 생각난다. '가카리'를 발령하고 오쓰 성에서 농성하던 것. 며칠간 공방전을 벌인 끝에 공성군은 대통을 발포하기 시작한 것. 포탄으로부터 모자를 구하려고 몸을 던진 것. 한데 이곳이 새의 강펄이라면,

"나는……."

죽은 건가? 신기하게도 무섭지는 않았다. 죽음보다 머릿속을 더 많이 차지한 의문이 있기 때문이다.

"여긴 어디지!"

교스케는 다급하게 고개를 돌리며 주위를 확인했다. 새의 강펄이라면 나타날 텐데, 아이들이 돌탑을 완성하려고 하면 허물어버린다는 악귀가.

쾅, 하는 메마른 소리에 교스케는 뒤를 돌아보았다. 가요 앞에 있던 돌탑이 튕겨나가듯이 흩어져버렸다. 자신과 가요 외에는 아무도 없었다. 악귀는 눈에 보이지 않는 존재인가?

가요는 잠깐 고통스러운 표정을 짓다가 곧 아무 일도 없었다는 표정으로 다시 돌을 쌓기 시작한다.

"가요, 내게 맡겨."

교스케가 가요 손에서 돌을 빼앗으려고 했는데 손이 스르륵 지나쳐버린다. 가요의 손도 돌도 만져지지 않는다. 얼른 발밑의 돌을 주우려고 했지만 결과는 마찬가지였다.

"네가 어른이라서 그런가……."

교스케는 제 손을 응시하며 말했다.

"아니, 그 옆에 있는 돌이야. 그걸 초석으로 삼고 거기서 왼쪽으로 두 번째———"

돌을 만질 수 없다면 가르쳐주자고 생각했지만, 가요는 교스케의 말이 들리지 않는지 아무 반응도 보여주지 않는다. 그럴 리 없다. 아까는 뒤를 돌아다보았지 않은가. 다시 간절하게 불렀지만 역시 반응이 없다.

그때 교스케는 알아차렸다. 가요의 눈은 절망에 물들어 있지 않다. 앞을 똑바로 보고 이를 악물며 다시 돌탑을 쌓아올리고 있다. 이 짓을 수백 수천 수만 번을 반복했겠구나 생각하니 오열이 치받혔다. 가요는 아직도 열의를 잃지 않았다.

"가요…… 가요……."

교스케는 자꾸 불렀다. 나는 죽었을 텐데 눈물이 그칠 새 없이 흘러 볼에 온기마저 느껴졌다. 다시 돌을 하나 얹어놓은 가요가 미소 지으며 말했다.

"포기하지 마."

그 순간 몸뚱이가 하늘로 빨려드는 것처럼 느껴지고 주위가 빛에 휩싸였다.

문득 소란해진 탓에 조금 전까지 무음 속에 있었음을 깨달았다. 사람들이 바쁘게 움직이는 기척이 들리고 누군가 얼굴을 들여다본다.

"가요……."

이름을 불러보지만 곧 가요가 아님을 알았다. 눈앞에 있는 얼굴은 눈물을 흘리며 입을 꼭 다물고 있는 가호의 얼굴이다.

숨이 막힐 정도로 짙은 화약연기 냄새가 주위를 감돌고 있다. 대통을 계속 발포했지만 이렇게 짧은 간격으로 발포한 적은 없었다. 더구나 아직 한나절도 지나지 않았다. 조준이 불가능한 밤이 올 때까지 계속 발포해야 하고 내일도 모레도 마찬가지일 것이다. 한번 발포할 때마다 대통 내부에 화약을 놓는 자리를 깨끗이 청소해 두어야 한다. 포신이 뜨겁게 달궈져 휘지는 않았는지도 확인할 필요가 있다. 혼신의 힘을 기울여 제작한 '라이하'는 어렵게 단조 작업을 통해 제작했지만 이렇게 혹사하다가는 포신이 터질 수 있다는 염려가 머리를 스쳤다.

"다음, 준비!"

겐쿠로는 수하 장인들을 재촉했다. 장인들은 맡은 역할을 막힘없이 해내고 있다. 발포할수록 포탄 장착 속도는 착실하게 빨라지고 있지만, 그래도 꼼꼼함은 놓치지 않는다.

──놈은 무엇을 하고 있을까.

그 사이 겐쿠로는 오쓰 성을 바라보며 혀를 찼다.

성 안에서 사람들이 바쁘게 움직이는 모습은 이곳 나가라야마에서도 눈으로 확인할 수 있었다. 무수한 검은 점들이 우왕좌왕하다 멈추다 하는 모습이 개미를 방불케 했다.

혼마루 동쪽으로 속속 사람들이 모이고 있었다. 농민들이 교고쿠 가의 제지를 뿌리치고 성문을 열려고 하는 모양이다. 대통의 특성상 포탄이 떨어지기 어려운 서쪽 담 옆으로 사람들을 유도하는 자도 보이지만 전체적으로는 극히 일부일 뿐이다. 사람의 심리를 겨냥해서 발포하자는 노림수가 통한 듯하다.

저만한 인원이 쇄도하면 교고쿠 가의 가신들이 아무리 막으려 해도 돌파될 수밖에 없을 텐데.

실제로는 그렇게 되지 않았다. 아마도 도비타야가 대책을 세운 게 분명하다고 겐쿠로는 확신했다. 조금 전 수십 명이 동쪽으로 돌을 옮기는 모습이 보였다. 이곳에서는 보이지 않지만 아마 성문 안쪽에 돌담을 쌓았을 것이다. 이로써 혼마루와 니노마루를 잇는 유일한 길이 막히고 말았다.

교에몬이 손을 들어 준비가 끝났음을 알리자 겐쿠로는 초조함을 떨치려는 듯 날카롭게 외쳤다.

"쏴!"

굉음이 울려 퍼진다. 튀어나간 탄환이 천지간을 찢으며 날아간다.

"좋아."

겐쿠로는 주먹을 꽉 쥐었지만 또 다른 초조함이 올라와 아랫입술을 깨물었다. 처음으로 천수 최상층에 명중했지만 난간 일부만 부수었을 뿐이다.

──이대로는 결판이 안 나겠군.

우선 나가라야마에서 포격해서는 좀처럼 조준한 대로 명중되지 않았다. 거리도 멀지만 히라比良에서 내려오는 바람의 영향도 크다. 게다가 천수에 명중되었다고 해도 방금처럼 치명적인 타격을 주지 못한다.

겐쿠로가 다음 장전을 명령했을 때, 산기슭에서 사람이 달려 올라와 다치바나 무네시게에게 뭐라고 보고했다. 무네시게는 심각한 표정으로 고개를 몇 번 끄덕였다.

"무슨 일이 있습니까?"

그가 떠나자 겐쿠로가 무네시게에게 물었다. 무네시게는 잠깐 주저하다가 결심을 굳힌 듯 입을 열었다.

"오늘 나이부가 기후에 도착했다고 하는군."

"벌써……."

"언제 결전이 시작되어도 이상할 게 없는 단계까지 왔어."

서군의 주력은 오가키에 있는데 동군이 기후에 들어왔다. 이제 엎어지면 코 닿을 거리까지 접근한 셈이다. 무네시게의 예상으로는 당장 오늘 전투가 시작되지는 않겠지만 내일 이후에는 언제 시작되어도 이상하지 않은 상황이라고 한다.

"상황이 어렵게 됐다."

무네시게는 신음하듯이 말하고 회의를 위해 산을 내려갔다.

결전이 시작되기 전에 합류하려면 이미 출발했어야 한다. 하지만 오쓰 성을 함락시키지 못한 채 떠나면 후방을 공격받을 가능성도 있고, 만일 결전에 패했을 경우 퇴로가 막히고 만다.

무네시게는 결전이라고 말하지만, 완패만 하지 않으면 오사카 성으로 물러나 농성하며 충분히 만회할 수 있다. 오쓰 성을 그대로 두고 간다는 것은 그 길목이 완전히 끊겨버림을 의미한다.

——오늘 안에 함락시키면 만사 해결된다.

겐쿠로는 입안의 살을 깨물었다.

오쓰 성이 함락되느냐 마느냐는 천하의 추세를 결정짓는 열쇠 가운데 하나임이 틀림없다. 솔직히 이시다 미쓰나리의 운명이 어떻게 되든 겐쿠로에게는 상관없는 일이다. 자신을 믿어준 무네시게를 비롯한 사만 장병의 목숨이 달려 있다는 점이 중요했다.

——우리는 무엇을 위해 여기까지 왔나.

겐쿠로는 눈을 감고 자책했다.

죽음을 낳는 무기를 만드는 자신들을 악의 화신처럼 말하는 자도 있다. 철포나 대통에 가족을 잃은 자들이 특히 그렇다. 한 사람도 죽이지 않고 전쟁을 끝낼 수 있다면 얼마나 좋을까, 라고 겐쿠로도 생각한다. 그것이 이 난세를 끝낼 결전이라면 더욱 그렇다.

"당신들 말이 맞다."

본심은 한 사람도 죽이고 싶지 않다. 한 사람의 생명을 제물로 백 명을 구한다. 백 명의 영혼을 제물로 천 명을 살린다. 구니토 모슈는, 양부는, 그렇게 믿으며 분별없는 비난을 감수해온 것 아닌가. 앞으로 한 번만 더 그런 비난을 감수한다면 모두를 구원할 수 있다. 그런데도 전에 없이 가슴이 불안하기만 하다.

——놈도 이렇지 않을까.

시간이 갈수록 성문을 열고 도망치려는 농민이 모여들어 멀리서 봐도 인파를 이루었다. 돌담으로 성문을 막다니 아무리 생각해도 그놈답지 않다. 하지만 이런 안이한 말을 하다가는 희생자만 많아지리라는 건 자기가 봐도 분명했다. 자신이 내세운 고상한 이상과 전쟁이라는 현실 사이에서 갈등했기 때문일까?

"악인이라고 욕하려면 얼마든지 욕해라."

작은 소리로 흘린 이 말은 교스케에게 한 말이 아니다. 전쟁이라는 현실을 애써 무시하고 나태하게 살면서 시끄럽게 비난만 퍼붓는 세상이라는 괴물에게 한 말이다. 무네시게도 산을 내려가 이 자리에 없으니 지금이라면 그의 명성에 상처를 내지 않을 거라는 데 생각이 미친 겐쿠로는 마음을 굳히고 막 장전을 끝낸 수하 장인들에게 조용히 명령했다.

"혼마루 성문을 조준해라."

"성문은 눈으로 확인이 안 됩니다."

"위치는 대강 알고 있으니 충분하다. 명중시킬 수 있다."

"많은 농민이 몰려 있습니다. 죽는 자가 나올 수도……."

"알고 있다."

겐쿠로가 쥐어짜듯이 말하자 교에몬은 몸을 떨며 고개를 끄덕였다. 그리고 포신 방향을 손수 조절했다. 젊은 장인 중에는 동요를 감추지 못하는 자도 있다.

——이래도 되겠어?

석양을 받아 광택을 발하는 라이하가 그렇게 묻는 듯 느껴져,

"그래, 이게 구니토모슈다."

라고 겐쿠로는 작은 소리로 대답했다. 이어서 교에몬에게 낮은 소리로 지시했다.

"쏴."

점화하자 라이하가 요란하게 포효했다. 포탄은 직전의 발포 때보다 조금 앞쪽에 떨어졌다. 지붕기와가 날아가는 모습이 보였다.

"다음."

망설임을 떨쳐내듯 즉시 다음 장전을 재촉했다.

발포된 세 번째 포탄이 허공을 가른다. 도망치려고 아우성치는 인파. 포탄은 그 한복판에 떨어졌다.

자신은 지금까지 수많은 살인 도구를 세상에 뿌려왔다. 그것들이 세상에 참된 평화를 가져다주리라 믿었다. 그리고 자신이 만든 무기에 사람이 죽는 광경을 눈앞에서 본 적도 있다. 하지만 지금처럼 선명하게 본 적은 한 번도 없었다.

발포 간격을 줄여 라이하는 잇달아 네 번째, 다섯 번째, 여섯 번째 포효를 했다. 라이하가 자신에게 간절하게 호소하는 듯한

느낌이 들어서 겐쿠로는 견디지 못하고 신음했다.

"날 용서해라……."

그때였다. 한 남자가 황급하게 말을 몰아 산을 올라왔다. 다른 장수들과 회의를 하고 있어야 할 무네시게였다. 어차피 돌아오리라는 것은 알고 있었지만 너무 빠르다. 아마 알아채기 무섭게 달려왔으리라. 무네시게는 말에서 가볍게 뛰어내려 숨결이 닿을 만큼 가까이 다가섰다.

"겐쿠로!"

"성만 함락되면 더 고민할 게 없습니다."

겐쿠로가 뒤집힌 목소리로 말하자 무네시게는 그의 생각을 다 이해한 듯 숨을 가늘게 토했다.

"멈춰."

"모두 제 책임입니다. 시종님 명성에는————"

"그런 건 아무 상관없다."

겐쿠로는 그의 위엄 어린 목소리에 압도되었지만 여전히 고개를 저었다.

"이겨야 합니다. 안 그러면 저희 구니토모슈가 이 난세를 살아온 의미가 없습니다."

순수하게 더 나은 철포 제작 기술만을 추구하며 정진해온 장인도 있다. 자신이 노력하면 이 세상에 그만큼 빨리 평화가 올 거라고 믿는 장인도 있다. 그러나 철포 장인이 무엇을 추구했든 간에 세상 사람들은 철포 장인들을 싸잡아서 비난하지 않았나.

"정말로 죽이고 싶은 것은 아니잖은가."

불쑥 핵심을 찌르고 들어오니 겐쿠로는 말문이 막혔다.

"내가 짊어지겠다고 말했을 텐데? 사람을 죽이는 것은 무기를 만드는 자네들이 아니야."

"에……?"

"늘 그것을 사용하는 자들, 즉 우리들이다."

무네시게는 겐쿠로를 똑바로 쳐다보며 계속했다.

"아무리 근사하게 말해도 결국 전쟁은 살인이지. 서국무쌍이라고 하지만 서국에서 가장 살인을 잘한다는 말에 지나지 않아."

"그건 아니지요……."

겐쿠로는 간신히 말했다.

"아니긴. 전쟁에 휩쓸려서 무고한 농민을 죽인 것도 한두 번이 아니야. 가문을 지키기 위해, 가신을 지키기 위해, 태평한 세상을 지키기 위해. 이렇게 변명한 것이 몇 번인지 모른다……."

이렇게 말해주는 사람도 처음이다. 그래서 더욱 패배하게 놔두고 싶지 않은 마음이 간절해지는 것이다. 겐쿠로는 기어드는 목소리로 말했다.

"하지만…… 이제는 이미……."

"지금부터라도 괜찮다. 사람은 그렇게 생각했을 때 걷기 시작하지."

지금까지 들어온 수많은 무례한 말들이 되살아난다. 무네시게의 말에 겐쿠로는 입술을 깨물며 고개를 떨어뜨리는 수밖에 없었다.

"하지만…… 그렇게 해서는……."

시간에 대지 못할지도 모른다. 그래도 무네시게는 고개를 저었다.

"들어봐라, 겐쿠로. 전쟁이 있는 한 사람은 죽을 수밖에 없지. 허나 네가 구하고 싶은 농민에게 포격하는 건 다른 문제다."

침묵을 대답으로 받아들였는지 무네시게는 겐쿠로의 어깨에 손을 얹으며 고개를 끄덕이고 성문으로 발포하지 말라고 명령했다.

"원래대로 천수를 노린다. 그렇게 해서 이길 것이야."

무네시게는 방금 전의 엄격한 말투에서 일변하여 자애 넘치는 목소리로 말했다. 그때 교에몬이 다가와 귓엣말처럼 고했다.

"행수, 라이하에 이상이 생겼습니다."

철포 장인들이 말하는 '화도'에 변형이 생기고 말았다. 이래서는 화약의 폭발력이 제대로 실리지 않아 조준이 틀어지거나 최악의 경우는 포탄이 발사되지 않고 폭발해버리는 일도 생길 수 있다.

중간부터 포격 간격을 단축했다고 해서 그렇게 쉽게 망가질 리는 없다. 무네시게와 마찬가지로 라이하 역시 자신에게 이 포격을 멈추라고 호소하는 것처럼 느껴졌다.

"수리하겠습니다."

겐쿠로의 목소리가 떨렸다. 오쓰 성시에 대장간이 있다. 그곳에서 일부 부품을 분해해서 본래 형태로 되돌려야 한다. 포신은 분해할 수 없기 때문에 변형된 화도는 망치로 주의 깊게 때리거나 풀무를 이용해서 모양을 바로잡는 수밖에 없다. 내내 신경을 곤두세워야 하는 끈기가 필요한 작업이다.

"시간이 얼마나 걸리겠나?"

"보통은 사흘 정도입니다…… 그러나 내일 아침까지 마쳐보겠습니다. 그러니까———"

"알았네."

말을 마치기도 전에 무네시게가 대답했다.

"한 가지 더……. 부탁이 있습니다."

이제 망설임은 없었다. 천수를 완전히 파괴해서 라이하의 명성을 세상에 알려야 한다. 이대로는 시간이 부족하다. 이를 해결할 가장 좋은 방법은 하나.

대통을 성 가까이 옮겨놓고 발포하는 방법이다. 다만 대통은 일단 설치하면 쉽게 움직일 수 없어서 적의 습격을 받으면 빼앗길 위험이 있다. 지금은 산노마루와 니노마루까지 점령했지만, 적이 지난번처럼 죽음을 각오하고 출격을 감행한다면 순식간에 빼앗기거나 파손당할지도 모른다.

"오바나가와 문이 유일한 위치인 것 같습니다."

겐쿠로는 마음에 두고 있던 장소를 무네시게에게 고했다.

오바나가와 문은 오쓰 성 서북쪽에 있는 성문이다. 일전에 겐쿠로도 바퀴식 총으로 공격하던 곳이다. 오바나가와 문에서 천수까지는 불과 3정 반. 호수에 떠 있는 섬 같은 구루와인 이요마루

너머로 발포하려는 것이다. 그 위치라면 충분히 천수를 명중시킬 수 있다.

적이 혼마루에서 성문을 열고 출격할 경우, 니노마루를 가로질러 도주문을 지나 산노마루로 나온 뒤 오바나가와 문으로 달려오는 최단 경로를 이용해야 하지만 니노마루는 도비타야가 돌담으로 막아놓았다. 이것이 방해가 되어 크게 우회하지 않으면 오바나가와 문에 도달할 수 없다. 여기밖에 없다고 겐쿠로는 예측했다.

"이요마루는 여전히 적의 수중에 있다. 그곳에서 철포를 쏘면 당할 수 있는 곳인데?"

"부탁드립니다."

겐쿠로는 뱃속에서 오르는 열을 그대로 목소리로 토했다. 그곳에서 포격을 하면 확실하게 이긴다고 장담할 수는 없다. 그렇더라도 자신을 믿어준 이 사람을 위해 전력을 다하고 싶었다. 고뇌를 없애준 이 사람의 기대를 배반하고 싶지 않았다.

"괜찮겠지. 다만 우리도 다시 니노마루에 병력을 투입하겠다."

"그것은……."

대통을 최전선에 두면 아무래도 적이 출격해서 빼앗아가는 상황도 생길 수 있다. 이를 막기 위해서는 군대를 배치하는 수밖에 없다. 그래야 성을 더 빨리 함락시킬 수 있는 것도 사실이다. 그런데도 그렇게 하지 않았던 이유는 대통의 유탄에 아군이 당하는 사태를 피하기 위해서였다. 나가라야마에서 원거리 사격을 하는 경우 그럴 위험성이 상당히 높다.

"설마 네가 아군을 맞추겠느냐."

무네시게가 대담하게 웃었다.

"아뇨, 그 자리라면 천수에 백발백중시킬 수 있습니다."

"좋다. 밤중에 움직이겠다."

남은 시간을 생각하더라도 아마 이번 작전이 마지막 승부가 될 것이다. 무네시게와 나눈 대화를 들었을 리 없는데도 아직 식지 않은 라이하가 미소를 짓는 듯 느껴져서 겐쿠로는 다시 한 번 부탁한다고 속으로 말을 건넸다.

새왕의
방패

◉

◉

"깨어나셨어요!"

가호가 주변에 알리자 교스케를 들여다보는 면면이 속속 늘어난다. 단조, 레이지 그리고 수하 장인들이다. 모두 얼굴이 일그러져 있다.

"여기는……."

"서쪽 저택입니다."

가호가 눈가의 눈물을 손가락으로 훔치며 대답했다.

"어떻게…… 된 거요."

교스케가 일어나려다가 온몸에 통증이 치달아 낯을 찡그렸다.

"어느 여인과 아이를 밀쳐내서 포탄을 맞지 않게 해주셨잖습니까."

그 말을 듣고서야 기억이 살아났다. 눈물로 젖은 아이 얼굴도 분명히 기억난다.

"두 사람은?"

"조금 까지기만 했을 뿐 괜찮습니다."

"다행이군요…… 나는……."

마음을 다잡고 턱을 당겨 아래쪽을 보았다. 포탄에 맞았다면 팔다리를 잃어도 이상하지 않은 상황이다. 다행히 전부 무사했다. 오른팔, 왼팔, 오른다리, 왼다리를 순서대로 움직여보았지만 저린 곳도 없다.

마침 그때 시녀 하나가 물 사발을 가져다 주어 가호가 천을 적셔 입술을 두드리고, 다시 꼭 짜서 목을 닦아 주었다. 목의 통증이 한결 나아져 교스케는 명료한 목소리로 물었다.

"지금은?"

모두들 얼굴을 마주보는 가운데 단조가 물음을 이해하고 이야기했다.

"행수는 1각 반(약 3시간) 정도 혼절해 있었습니다. 이미 해가 졌습니다."

"대통은……?"

"그 뒤에도 아주 짧은 간격으로 세 발이 연속 발포되었는데 이후로 거짓말처럼 포격이 멈추었습니다."

"그래?"

고장이라도 났나? 간격을 더 줄였다면 대통이 고장난대도 이상하지 않다. 지금 생각하면 연사도 그렇고 애초에 성문을 조준한 것도 겐쿠로답지 않았다.

"농민들도 일단 안정을 찾았습니다."

농민들이 도비타야 행수가 다치는 장면을 본 데다가, 해가 저물어 어차피 돌담 철거가 어려워졌다는 사실도 깨달았겠지. 거기다 성주가 오늘밤 중으로 결단을 내린다니 잠시 기다려 달라고 농민들에게 고한 영향이 가장 컸다고 한다.

"재상님은 뭐라고 하셨나?"

"마님이 밤중에 이목을 피해 재상님에게 가셨습니다. 지금 두 분이 이야기하시고 계십니다."

"그 말은 곧."

"개성開城하게 될 것 같습니다. 농성 중인 모든 사람의 안전을 보장한다는 조건으로 재상님이 항복하실 생각이십니다……."

뒤로 갈수록 단조의 목소리가 잠겼다.

"내가 재상님을 만나 뵐 수 없을까?"

교스케는 배에 힘을 주고 상체를 일으켰다. 장인들이 걱정하며 부축해주는데 가호의 안색이 빠르게 변했다.

"설마…… 또."

교스케는 이를 악물고 고개를 저었다.

"성문을 막은 돌담은 철거한다고 약속하지요. 그다음에……."

교스케는 계속 말하려다가 문득 주변을 둘러보았다.

"요코야마 님은 어디 계시지?"

오쓰 성에서 농성한 뒤로 도비타야 경호 임무를 맡은 요코야마는 내내 곁에 있어 주었다. 이곳 서쪽 저택 외부에서 경호하고 있는 걸까? 그렇다면 자신이 깨어났다는 사실을 알려줘야 하지 않을까 싶어서 물었는데, 일동의 얼굴이 비통하게 일그러졌다.

"설마……."

단어를 고르며 머뭇거리는 듯한 단조를 젖혀두고 입을 연 사람은 레이지였다.

"그때, 행수가 몸을 던져 그 모자를 밀쳐내서 살려주었지. 그리고 요코야마 공이 행수를 지켜주려다가 포탄에 맞고 돌아가셨어."

본래 포탄은 교스케의 얼굴 쪽을 직격할 터였다. 포탄이 떨어질 자리로 몸을 던졌으니 당연한 일일 텐데 교스케가 갑자기 몸을 던진 순간 다른 한 사람도 움직였다. 요코야마가 모자를 떠밀어낸 교스케의 목깃을 잡고 뒤로 힘껏 잡아당겨 자빠뜨렸다고 한다.

"과연 난세를 헤쳐 온 용사야."

레이지는 슬픔을 띤 목소리로 말을 이었다.

포탄은 요코야마의 왼쪽 오소데여러 장으로 구성된 갑옷에서 어깨와 옆구리를 보호하기 위해 측면에 대는 조각에 직격하여 그를 옆으로 5칸(약 9미터)이나 날려버렸다. 마침 교스케를 뒤로 잡아당긴 순간이었다. 살짝 설맞은 교스케도 머리를 맞은 탓에 혼절할 정도의 충격이었다.

요코야마는 바닥에 내리꽂히듯 머리부터 떨어졌다. 놀라서 달려간 사람에 따르면 아주 잠깐 동안 호흡이 있었으나 매우 불규칙했고 그나마 이내 멎어버렸다고 한다.

나중에 안 사실인데, 요코야마는 머리에 피를 흘렸어도 정작 포탄을 맞은 어깨는 뼈 하나 부러지지 않았다. 어깨에 맞은 포탄이 궤도를 바꾸어 위쪽으로 튕겼기 때문인지도 모르지만 포탄을 빗겨 맞고도 견뎌내는 단단한 체구를 가리켜 레이지는 용사라고 표현했을 것이다. 튕겨난 포탄이 떨어진 곳에는 다행히 아무도 없어서 추가적인 사망자는 물론 부상자도 없었다.

"요코야마 님이⋯⋯."

"마지막에 숨이 희미하게 붙어 있을 때⋯⋯ 요코야마 님이 행수 이름을 불렀다는군."

레이지는 그렇게 말하고 입술을 꼭 깨물었다.

"만나 뵈어야겠어."

교스케가 담요에서 윗몸을 일으켰다. 조금 전까지 느끼던 둔한 통증은 어느새 사라졌다. 아무도 교스케를 말리지 않았다.

요코야마가 누워 있는 곳은 저택 안이 아니었다. 혼마루 구석 땅바닥에 깐 거적 위에 뉘어져 있었다. 농민들까지 들어와 있는 혼마루는 이미 산사람으로도 미어터질 지경이어서 어쩔 수 없는지 모른다.

단조, 레이지 외에 요코야마 부대의 무사 몇 명이 교스케를 따라왔다. 가호도 만류하지는 않았지만 걱정을 하며 따라와 주었다.

요코야마 외에도 많은 사체가 누워 있다. 사체는 거적이나 찢어진 천막 천 등에 덮여 있었다. 교스케는 안내받은 곳에 가서 가만히 천을 치웠다.

레이지가 이야기한 대로 볼이 조금 까졌을 뿐 이렇다 할 외상은 없었다. 흡사 잠든 기색이어서 흔들어 깨우면 일어날 것 같았다.

"요코야마 님⋯⋯."

고맙습니다, 라는 말조차 진부하게 느껴져 이름 말고는 아무 말도 할 수 없었다. 전장에서 듣던 용맹한 포효가 아니라 쾌활한 웃음소리가 귓가를 맴돌았다.

도저히 죽었다고 느껴지지 않았다.

——늘 알고 있었지.

아버지나 어머니, 가요, 그리고 겐사이하고도 이렇게 헤어졌다. 작별은 세상 어디에든 찾아오며 왕왕 예기치 않게 닥친다는 사실을. 요코야마와 마지막으로 나눈 대화가 무엇이었는지도 떠올릴 수 없을 만큼 어이없게 이별은 찾아왔다. 이별을 마구 뿌려대는 전쟁이라는 놈을 항상 자기 손으로 끝장내고 싶었다.

전부 다 끝난 뒤에 해도 돼. 요코야마의 목소리가 들리는 듯하다. 교스케는 합장을 하지 않고 다시 천으로 사체를 덮은 뒤에 나가라야마 쪽으로 시선을 옮겼다.

——역시.

여기 올 때부터 의식하고 있었다. 나가라야마에서 무수한 횃불이 꿈틀거리고 있다. 이미 예상하고 있던 바다.

"도비타야."

교스케가 깨어났다는 소식을 들었는지 마고자에몬이 화톳불을 밝힌 성내를 잔달음질로 다가왔다.

"괜찮나?"

"예. 요코야마 님 덕분입니다."

마고자에몬은 금방이라도 울 것처럼 입을 꾹 다물며 고개를 끄덕였다.

"지금 적진의 동향이─────"

"니노마루에 병력을 투입하기 시작했지요? 그것도 동쪽에만."

마고자에몬이 말을 마치기도 전에 교스케가 말했다.

"그걸 어떻게……."

"짐작하고 있었습니다."

교스케가 추측하는 바가 맞으면 병력이 투입될 가능성이 높았다.

"재상님을 만나 뵙게 해주십시오."

의아해 하는 마고자에몬에게 교스케가 말했다. 돌담을 철거하는 일도 덧붙이자 마고자에몬은 고개를 크게 끄덕였다.

"한 가지 청이 있습니다. 가호 님도 함께 가주실 수 없겠습니까?"

가호가 놀란 얼굴이 되었다.

"지켜봐 주셨으면 합니다."

교스케가 내처 말하자 가호는 당혹감을 떨치듯 고개를 힘주어 끄덕였다.

"마님도 계시니까 시녀인 자네가 있어도 무방하겠다."

마고자에몬이 그렇게 말해주었다.

다카쓰구는 북서쪽 끝 마장馬場 옆 마구간의 부속 건물에 있다고 한다. 그 주변에도 역시 건물 안에 자리가 없어 밖에서 자는 사람이 종종 보였다. 안이든 밖이든 그다지 편하게 잠들지 못하는 듯하다. 불안한 눈으로 밤하늘을 바라보는 자도 있다. 며칠 전까지 통곡하던 하늘은 어이가 없을 만큼 맑게 개어 만월을 앞둔 커다란 달이 성내를 은은하게 비추고 있었다.

"요코야마도 후회는 없을 걸세."

길을 안내하던 마고자에몬이 불쑥 말했다. 뭐라고 대답할 새도 없이, 아니 대답할 새를 주지 않으려고 했던 것인지 바로 다카쓰구가 있는 건물 앞에 도착했다.

마고자에몬이 문을 두드려 신호를 보내자 문이 열리고 한 남자가 얼굴을 비쳤다. 남자는 주위를 확인한 뒤 손짓으로 불러들였다. 사방등을 앞세워 어두운 복도를 지나 안쪽의 한 방으로 안내되었다.

촛대 몇 개가 켜져 있고 그리 넓지 않은 방에 몇 사람이 갇힌 듯 앉아 있었다. 다카쓰구와 그 옆에 오하쓰도 보인다.

"왔느냐."

좌중의 눈길이 일제히 쏠리는 가운데 다카쓰구는 평소와 다름 없는 온화한 말투로 말했다.

"예."

"몸은 어떠냐."

"요코야마 님 덕분에."

"아까운 사내를 잃었어."

다카쓰구는 안타까운 듯 입술을 깨물었다.

"돌담은 철거해줄 테지?"

"제가 주제넘은 짓을 해서───"

"아니, 제가 지시한 일입니다. 도비타야에게는 아무런 잘못이 없습니다."

교스케가 사죄하려고 하자 마고자에몬이 말허리를 잘랐다.

"이해하네."

다카쓰구는 교스케와 마고자에몬을 번갈아 쳐다보며 말했다.

"개성하신다고, 들었습니다."

"그렇게 하기로 했네. 하쓰도 이해해주었어. 다만…… 아직."

다카쓰구는 그렇게 말하고 서로 붙어 앉아 있는 가신들을 바라보았다. 아직 반대하는 가신이 많고, 좀처럼 납득하지 않는 모습이었다.

"돌담 철거는 자네도 찬성하겠지."

다카쓰구는 허탈한 미소를 지었다. 교스케의 대답이 가신들을 설득할 재료가 되리라 믿었을 것이다.

"아닙니다."

"뭐라……."

다카쓰구를 비롯하여 방에 있던 모두가 의아한 얼굴이 되었다. 교스케 머리에 꿈에서 만난 가요의 목소리가 살아났다. 그 목소리에 답하듯 가만히 고개를 끄덕이며 교스케는 흔들림 없이 또렷한 목소리로 말했다.

"성을 끝까지 지켜야 합니다."

농성파 쪽에서 감탄하는 소리가 흘러나왔다. 그들이 눈을 반짝이며 교스케를 쳐다본다. 반면 항복파는 놀란 표정으로 변했다.

개중에는 분노를 드러내는 자도 있었다. 다카쓰구는 애잔하게 눈썹을 축 늘어뜨렸다. 교스케 뒤에 선 가호의 숨결이 거칠어지고 있다.

"교스케, 그만하면 충분했다. 전쟁은————"

"충분히지 않습니다."

다이묘의 말허리를 자르는 것은 불경하기 짝이 없는 짓이다. 그러나 교스케 눈에는 명문가를 물려받은 다이묘가 아니라 모두를 위해 목숨을 던지고자 하는 한 사내의 모습이 비쳤다. 교스케는 흥분하지 않고 차분하게 말을 이었다.

"성을 내주는 것은 생사여탈권을 적에게 내준다는 의미입니다. 합의를 지키겠다고 목숨 걸고 약속해도 막상 항복하면 그 약속이 지켜지지 않은 사례는 많습니다."

"대통이 혼마루 가까이에 설치되면 혼란은 더욱 심해질 테지. 우리가 내부에서 무너질 게야……. 그렇게 되면 어차피 끝이다."

"알고 계셨습니까."

나가라야마의 많은 횃불이 산기슭으로 내려오고 있었다. 아마도 대통을 옮기는 움직임이리라. 오늘의 공격으로 아무리 구니토모슈의 대통이라고 해도 천수를 무너뜨릴 수 없음을 알았으니 이쪽의 사정거리에 들어오는 위험을 감수하고라도 대통을 가까이 가져다 놓으려는 것이다. 다카쓰구도 짐작하고 있는 듯하다.

"어디에 가져다놓을지는 모르지만……."

"아니, 알 수 있습니다. 오바나가와 문입니다."

교스케가 분명하게 말했다.

이유는 세 가지다. 우선 니노마루를 돌담으로 분단해둔 것이 오히려 수성군에게 불리하게 작용해서 아군이 오바나가와 문으로 접근하기가 매우 힘들다는 점. 둘째는 그 자리가 천수에 가장 가까운 곳이라는 점. 가장 결정적인 셋째는 병력의 움직임이다. 적은 니노마루에 병력을 들여보내며 혼마루 성문을 깨겠다는 의지를 보이고 있다. 그런 목적뿐이라면 니노마루 전체에 병력을 배치해도 좋으련만 동쪽에만 배치하는 중이다. 지금까지 공방전을 벌이며 수성군이 돌담으로 니노마루를 분단해 두었다는 점도 영향을 미쳤겠지만, 여기에는 의미가 하나 더 있다. 서로 제휴하며 혼마루 성문을 공격하는 병력이 대통의 사정권에 들어오지 않게 하려는 것이다. 즉 동쪽을 포격하는 일은 없다고 봐도 좋다.

"그렇다면 개성을 더 서두르는 게 좋겠군."

"저에게……. 도비타야에게 맡겨주실 수는 없겠습니까."

"그것은……."

"포격을 막아내겠습니다."

교스케의 이 말에 좌중이 모두 낙담을 감추지 못했다. 가와카미 고자에몬을 비롯한 오백여 명이 포격을 막기 위해 나가라야마로 출격했다가 옥쇄하지 않았던가.

교스케 바로 옆에서 목소리가 들렸다. 가와카미를 말리려고 했던 미타무라 기치스케이다.

"가와카미는 문무에 두루 뛰어난 무사였다……. 태평한 시절이 없어도 필시 큰 역할을 했을 사람이다. 나 같은 것보다는 그분이 살아남아야 했다. 그때 좀 더 강력하게 말렸다면……. 후회를 금할 수 없다."

미타무라는 어깨를 떨며 계속 말했다.

"그밖에 다른 사람들도 일기당천의 무사들이었다. 그런데도 성공하지 못한 일이다. 지금 이 가문에 그 일을 해낼 무사는 남아 있지 않아."

"그만하면 됐네, 교스케."

다카쓰구는 차분히 말하며 고개를 저었다.

"가와카미 님들의 죽음을 헛되이 해도 되겠습니까."

그러자 미타무라가 벌떡 일어나 교스케의 멱살을 잡았다.

"이놈, 한 번만 더 그따위로 지껄여라."

"얼마든지 말씀드릴 수 있습니다. 나리들은 재상님을, 마님을, 오쓰 농민을 지키고자 아무리 승산이 희박해도 맞서 싸운 게 아닙니까."

"그걸 누가 모르나. 하지만 아무리 해도 안 되는 일이다……."

미타무라는 분노로 목소리를 떨며 고개를 떨어뜨렸다.

"여러분은 오해하셨습니다. 대통을 치겠다는 게 아닙니다. 포탄을 멈추게 하겠다는 겁니다."

"무슨 말이냐……."

미타무라가 맥없이 멱살을 놓았다. 좌중이 웅성거리는 가운데 교스케는 숨을 가늘게 토하며 단언했다.

"오바나가와 문에 대통을 설치할 것에 대비하여 이요마루에 돌담을 쌓겠습니다."

좌중이 일제히 허어, 하는 소리를 냈다.

"이제 돌이 없다고 들었는데———"

누군가 그렇게 말하다가 이쪽의 의중을 눈치 챈 듯 말을 멈추었다.

"성문 앞 돌담을 허물면 돌이 나옵니다."

"잠깐만. 오바나가와 문은 이요마루 바로 앞이다. 그 위력에 버텨낼 수 있겠느냐?"

"포탄을 맞은 자리는 무너질 겁니다."

일반적으로 메쌓기 돌담은 대통의 포격 정도로는 꿈쩍도 하지 않지만 저 대통의 위력은 심상치 않다. 계속 포격을 당하면 서서히 무너지리라 예상하고 있었다.

"그렇다면 소용없지 않느냐."

"무너지면 복구할 겁니다."

"뭐라———"

놀란 얼굴을 하고 있는 좌중을 천천히 둘러보며 교스케는 말허리를 잘랐다.

"새의 강펄처럼. 무너뜨리고 또 무너뜨려도 포기하지 않고 계속 쌓는 겁니다."

포탄이 날아오는 가운데 돌을 옮기고, 포탄에 맞아 흔들리는 돌담에 올라가며, 상대방이 지쳐 떨어져나갈 때까지, 동서 결전이 시작되는 그때까지, 복구하고 또 복구한다.

"이요마루는……."

미타무라가 목울대를 꿀럭거렸다.

"압니다. 일단 그곳으로 건너가면 전투가 끝나기 전에는 돌아오지 않겠습니다."

교스케가 주저 없이 대답하자 좌중은 거짓말처럼 조용해졌다.

이요마루는 호수 위에 외딴 섬처럼 분리되어 있는 구루와다. 성과 연결되는 다리는 이미 사라졌다. 배로 건널 수는 있지만 대통이 공격을 시작하면 돌아올 수 없다.

"교스케, 하나 묻겠네."

다카쓰구가 입을 열자 좌중의 시선이 일제히 쏠린다.

"예."

"돌담을 철거하면 성을 나가려는 농민을 막을 수 없는데, 그래도 되겠느냐."

교고쿠 가에서 더 이상 힘으로는 막을 수 없다는 의미이다.

"농민은 재상님을 믿고 결정을 기다리고 있습니다. 그러니 재상님은 저를 믿고 결정해 주십시오."

자신도 모르는 사이에 교스케도 목소리에 열기를 띠었다. 더는 아무도 죽게 하고 싶지 않았다. 똑같은 생각을 하고 있을 다카쓰구를 포함해서. 교스케의 생각은 오로지 그뿐이었다. 다카쓰구는 천천히 눈을 감았다.

"그대들, 괜찮겠나?"

아무도 이의를 제기하지 않고 일제히 고개를 끄덕였다.

"마고자에몬, 즉시 농민들을 모아주게. 내가 직접 말하겠네."

다카쓰구가 결연히 말하자 이를 신호로 다들 손을 맞잡거나 서로의 어깨를 두드려주었다. 이 방에 도착했을 때 감돌던 침통한 분위기는 사라지고 어느 얼굴에나 확고한 결의가 배어나고 있었다.

"교스케 공."

갑자기 활기를 찾은 좌중에서 교스케를 부르는 사람이 있었다. 지금까지 다카쓰구 옆에서 잠자코 있던 오하쓰였다. 오하쓰가 옷자락 스치는 소리를 내며 가신들 사이를 지나 다가왔다.

"고마워요."

오하쓰가 머리를 깊이 숙였지만 교스케는 놀라지 않았다. 오하쓰의 성정을 익히 알고 있었으니까.

"가호."

오하쓰는 뒤를 돌아보며 상냥하게 불렀다. 돌아다보니 뒤에 있던 가호가 고개를 숙이고 있다.

"마님은……."

"남편이 할복하면 농민은 살릴 수 있을지 모릅니다. 허나 솔직히…… 남편이 죽기를 바라는 아내가 어디 있겠습니까."

오하쓰의 목소리는 점점 울음기를 띠어갔다.

"가호는 어때요?"

오하쓰의 물음에 가호는 고개를 숙인 채 어깨를 잘게 떨었다.

"저는……."

"마음을 속이는 건 그만하세요."

"저는…… 이제는…… 정말 싫습니다."

모든 소리가 사라졌나 싶을 정도의 정적 속에서 물방울 떨어지는 희미한 소리만 울려 어두운 바닥에 얼룩이 스몄다. 가호가 눈물이 뚝뚝 떨어지는 얼굴을 들고 떨리는 목소리로 말했다.

"지켜주세요……."

"약속합니다. 이번에는 정말로."

눈물로 볼을 적시는 가호의 어깨에 손을 얹으며 교스케는 단언했다.

잠시 후 천수에서 상황을 살피던 자가 달려와,

──횃불이 오바나가와 문 쪽으로 이동 중입니다.

라고 보고했다. 뭔가 경황없이 움직이는 기미도 포착되었다. 적도 숨길 생각이 없는 모양이다. 작전을 준비하는 모습은 교스케가 예측한 대로다.

시시각각 긴장이 높아지는 가운데 농성하는 사람들이 천수 앞 대광장에 소집되었다. 수많은 화톳불이 밤하늘을 형형하게 밝히고 있다. 남녀노소 불문하고 모두가 불안한 얼굴이다.

"어, 나리다."

어미 품에 안겨 졸린 눈을 비비던 사내아이가 천수를 가리켰다. 높은 난간에 다카쓰구와 오하쓰가 나란히 모습을 드러냈다.

군중 사이에 웅성거림이 일어났다.

"혼란한 와중이라 의견이 금방 모아지지 않아 너희를 오래 기다리게 했다. 미안하구나."

다카쓰구는 소리 높여 말하고 둥그런 얼굴을 깊이 숙였다. 오하쓰도 남편을 따라 고개를 숙였다. 사람들도 이 부부의 인품을 알고 있어서 교스케가 그랬듯이 놀라는 자는 없었다.

"방금 전 의견이 모아졌다. 지금부터 성문 앞 돌담을 철거하겠다."

안도의 탄식이 번져나갔다. 기쁨의 목소리를 내는 자도 있었다. 소리가 잦아들기를 차분히 기다렸다가 다카쓰구는 농민에게 선언했다.

"다만 나는 계속 싸울 생각이다."

이보다 더 또렷하게 들릴 수가 있을까 싶을 정도로 낭랑한 다카쓰구의 목소리와 군중의 놀라는 웅성거림이 멋지게 겹쳐졌다.

"도비타야가 성문을 돌담으로 막은 이유는 너희들의 목숨을 지키기 위해서였다. 성을 나가겠다는 자는 말리지 않겠다. 하지만 여기 있는 편이 더 안전한 게 사실이다."

항복했다가 가혹한 일을 당할 수도 있다고 솔직하게 이야기했다. 항복이란 원래 그런 법이다. 때문에 최후의 수단이라고.

성문을 열면 적이 물밀듯 쏟아져 들어올 테고 농민을 함부로 살상하려 들지는 않겠지만 혼란의 와중에 죽거나 다치는 사람이 나올지도 모른다.

감추지 않고 전부 이야기한 다음,

"거짓말은 하지 않겠다. 나는 이제 아무도 죽지 않기를 바란다."

라고 다카쓰구는 소리 높여 외쳤다. 진심이 전해졌는지 고개를 힘주어 끄덕이는 자, 입을 막고 눈물짓는 자가 속출했다. 다카쓰구는 숨을 크게 들이마시고 강력하게 선언했다.

"도비타야가 이요마루에 돌담을 쌓을 것이다."

다시 동요하는 듯한 웅성거림이 일어났다. 돌담을 쌓아도 포탄에 맞으면 무너지는 곳이 있겠지만 다음 포탄이 날아들더라도 다시 쌓아서 복구하고 또 복구하여, 적의 포탄이 다할 때까지, 적이 기진맥진할 때까지 반복할 거라고 이야기했다.

"성을…… 천수를 지켜내고 싶을 뿐이야! 우리 목숨 따위는 안중에도 없는 거다!"

농민들 사이에서 이런 말이 터져 나오자 사람들이 일제히 그쪽을 바라보았다. 소리친 자는 도쿠사부로였다. 어지간한 용기가 아니면 할 수 없는 말이다. 그야말로 죽음을 각오했으리라. 도쿠사부로는 턱을 덜덜 떨면서, 그럼에도 찌를 듯한 눈으로 다카쓰구를 올려다보았다.

"나와 오하쓰는 여기서 움직이지 않겠다."

다시 땅울림 같은 술렁거림이 일어났다. 천수 밑에 있던 교스케도 처음 듣는 이야기여서, 깜짝 놀라 다카쓰구를 올려다보았다. 다카쓰구는 미소를 짓고 있었다.

"눈길을 끄는 거라면 내 주특기야. 뭐니 뭐니 해도 나는 반딧불이 다이묘 아니냐."

다카쓰구가 엉덩이를 팡 때리자 군중 사이에서 쿡쿡거리는 웃음소리가 들렸다. 한 꼬마가 환하게 웃는 얼굴로 반딧불이!라고 소리치자 어머니로 보이는 여인이 황급히 아이의 입을 틀어막는다. 그러나 다카쓰구는 노여워하기는커녕, 그래 반딧불이, 반딧불이란다! 하며 꼬마를 향해 웃어보였다. 마침내 요란한 웃음소리가 터졌다. 가신들은 쓴웃음을 지으면서도 흐뭇하게 바라보았다.

"지부노쇼는 이곳 오쓰를 결전의 전쟁터로 쓰려고 했다. 나는 도저히 받아들일 수 없었다. 그래서 이렇게 된 것이다."

다카쓰구가 표정이 일변해서 차분하게 이야기하자 사람들은 모두 입을 꼭 다물었다. 정적 속에서 다카쓰구의 목소리가 낭랑하게 울렸다.

"도비타야는 그런 우리를 돕기 위해 망설임 없이 성에 와 주었다……."

그 대목에서 다카쓰구는 한껏 숨을 들이마시더니 오늘 낸 소리 중에 가장 우렁찬 목소리로 말했다.

"나는 새왕을 믿는다. 너희도 모두 나를 믿어보지 않겠나."

환성이 터지거나 하지는 않았다. 그러나 농민들 머리 위에서 피어오른 뜨거운 열기가 보였다. 초점을 잃었던 농민들 눈에 생기가 돌아오고 있었다. 이제 모두가 불평은커녕 동요도 사라져

한 덩어리가 되고 있음을 느꼈다. 교고쿠 가에서 잃어버렸던 요석이 지금 다시 나타나 덜컥 하며 맞물리는 것 같았다.

다카쓰구가 이쪽을 내려다보며 고개를 끄덕이자 교스케는 있는 힘껏 외쳤다.

"공사를 시작하다!"

도비타야 면면이 우렁차게 대답하고 일제히 움직였다. 남은 시간은 앞으로 5각이 채 안 된다. 오바나가와 문에 대통이 설치되지 않을 가능성은 전혀 없었다. 틀림없이 설치된다. 교스케는 생각했다. 이 전투가 전국 시대를 석권한 창과 방패의 마지막 대결이 되리라.

교스케의 지시로 도비타야는 즉시 성문 앞 돌담을 해체하기 시작했다. 보통사람은 돌담을 어떻게 해체해야 하는지 짐작도 못할 테지만 도비타야가 모두 달라붙자 반각 정도 만에 돌무더기로 돌아갔다.

해체한 돌을 레이지의 지휘 아래 썰매에 실어 선착장으로 옮기고, 거기서 다시 배에 실었다. 그동안 마고자에몬을 비롯한 교고쿠 가 가신들을 따라 이동하는 농민들이,

"잘 부탁합니다!"

"믿고 있겠습니다!"

라고 도비타야 장인들을 격려하기도 했다.

배 몇 척이 왕복하며 이요마루로 돌을 날랐다. 이제 배 한 척이

면 운반이 끝날 즈음인데도 달은 여전히 동녘하늘에 머물러 있었다. 돌담을 해체한 지 2각도 지나지 않았다. 레이지가 이끄는 운반조의 뛰어난 활약 덕분이다.

본래 다리로 연결되는 구루와이기 때문에 이요마루에는 선착장이 없었다. 그래서 먼저 도착한 자들이 활차 달린 망루를 세우고 배에서 돌을 부렸다. 이것은 험준한 벼랑에서도 돌을 떼어내야 하는 떼기조가 내세우는 기술로, 지시를 내리는 단조의 목소리도 기운이 넘쳤다.

운반 작업이 전부 끝났을 때 달은 중천을 지나고 있었다. 자시(오전 0시 이후) 즈음. 교스케는 장인들을 전부 소집했다. 젊은 장인들이 들고 있는 횃불의 불빛 아래 긴장한 얼굴들이 어둠 속에 나란히 섰다.

"내가 망설인 탓에 작업이 힘들어졌다. 미안하다."

교스케는 먼저 사과하고 고개를 숙였다. 명령하면 따른다. 모두 그것을 당연하게 생각하지만, 입술을 꼭 깨무는 자도 있는 걸 보면 역시 힘든 작업이었음을 짐작할 수 있다.

"이제 망설임은 사라졌다. 우리가 할 일은 명명백백하다. 성을, 재상님을, 농민을 끝까지 지켜낸다. 아마도 이 난세에 마지막 임무가 될 것이다."

교스케가 말하자 각자 고개를 끄덕였다. 레이지는 장인들을 둘러본 다음 한 발 나서서 교스케에게 말했다.

"다시 명령을 내려 주시게."

"음……."

교스케는 숨을 한껏 들이마시고 조용히, 그러나 단호하게 말했다.

"가카리다!"

"예!"

장인들이 씩씩하게 각자 일할 곳으로 가는 가운데 교스케는 돌무더기 사이를 걸어 다니며 서쪽 방향을 살펴보았다. 이곳에서 엎어지면 코 닿을 데인 오바나가와 문에 화톳불들이 꿈틀거리고 있다. 역시 구니토모슈는, 겐쿠로는 더 이상 숨길 생각이 없는 모양이다.

저쪽도 이요마루에 많아진 화톳불을 보고 이쪽이 무엇을 할지 알아챘음이 틀림없다. 다 알면서 어느 쪽도 물러나려고 하지 않는다. 서로 날짜를 합의하고 결전을 벌이는 모양새다. 자존심을 걸고 치르는 전투가 되는 것이다.

"갑1, 을1, 병1, 정1, 갑2, 을2, 술1, 을2, 갑3, 경1, 신1……."

막힘없이 돌을 가리키며 쌓을 자리를 척척 지시해 나가는 교스케의 뇌리에는 이미 완공된 돌담의 도면이 완성되어 있다.

겐쿠로가 노리는 것은,

──십중팔구 천수다.

오바나가와 문 북쪽에서 천수까지의 거리는 약 3정 반(약 380미터). 천수 높이는 약 8장(약 24미터), 직선 탄도를 막으려면 이요마루 안에서도 최대한 오바나가와 문 가까이에 돌담을 세워야

하며, 대통과의 거리는 약 1정 정도로 교스케는 예상했다. 그 위치에서 탄도를 막을 수 있는 돌담 크기는,

──높이 2장 7척(약 8.2미터), 폭 20칸(약 36미터).

으로 계산했다.

"기8, 경8, 신9……. 아니, 그건 을7이다."

교스케는 물 흐르듯이 지시하면서 돌을 쌓는 장인들의 실수도 놓치지 않았다. 머릿속이 더없이 맑다. 특히 어려운 위치나 충격을 완화하는 데 중요한 요석 등을 놓을 때는,

"내가 하겠다."

라며 직접 나서서 오감을 최대한 발휘하여 돌을 놓기도 했다.

달의 윤곽이 희미해서 미리 각오는 해 두었지만, 밤이 깊어질수록 어디서랄 것도 없이 안개가 밀려오기 시작했다. 오바나가와 문 쪽의 화톳불들은 여전히 꺼지지 않고 불빛들이 희뿌옇게 흔들리고 있었다.

"더 빨리 움직여!"

"꾸물거리지 마라."

레이지와 단조가 장인들을 질타했다. 이런 규모의 돌담이라면, 더구나 저 대통에 버텨낼 만큼 튼튼한 돌담이라면 시간에 겨우 댈까 말까 하는 상황이다. 도비타야 전원이 물 마실 시간까지 아끼며 밤새 움직였다.

마침내 동녘하늘이 희뿌예지기 시작했다. 아침이 다가오고 있다. 하늘과 안개의 경계가 모호해지고 시간이 흐를수록 진보랏빛

이 주변으로 번져간다.

"그건 3조의 병30으로……."

교스케가 마지막 돌 하나의 위치를 지정하자 모두가 감탄의 함성 혹은 안도의 한숨을 흘렸다. 이미 새벽녘이라고 해야 할 시각이다. 아침 해를 가로막듯 한밤부터 자욱하게 끼기 시작한 안개는 더욱 짙어지고 있다.

안심하고만 있을 수 없는 상황인지라 장인들의 얼굴은 이내 긴장으로 바뀌었다. 여기부터가 진짜 전투, 아니 폭풍전야라고 해야 할까.

"행수, 다가 님이."

돌담을 완성한 직후에 단조가 뛰어왔다. 이요마루 동쪽, 배에서 돌을 부린 곳에 다가 마고자에몬이 탄 배가 와 있다는 전갈이다.

"잠시 휴식."

교스케는 전체 장인들에게 지시하고 레이지, 단조와 함께 그곳으로 갔다. 해자를 내려다보니 작은 배에서 마고자에몬이 이쪽을 올려다보며 말했다.

"오, 도비타 공. 끝났나?"

"방금. 겨우 시간에 댔습니다."

"역시."

횃불에 비친 마고자에몬의 얼굴에 미소가 떠올랐다.

"무슨 일이 있습니까."

돌담이 완성되면 횃불을 흔들어 신호를 보내기로 되어 있었다. 안개로 시계가 나빠졌다고 해도 횃불 신호라면 어렵지 않게 전달될 텐데, 하며 교스케는 의아해했다.

"다친 사람은 없나."

교스케는 평소 공사 부교 마고자에몬에게 공사 중에 돌이 무너져 다치는 자가 나온다는 이야기를 한 적이 있다. 마고자에몬은 그 이야기를 기억하고 이번에도 그런 사고가 일어난다면 그만 혼마루로 철수하자고 생각했을 것이다.

"걱정해주셔서 고맙습니다. 무사합니다."

교스케가 대답하자,

"다행이군."

마고자에몬은 일단 안도하는 표정이 되어 두어 번 고개를 끄덕였다.

"니노마루에 들어온 적군은?"

"현재까지는 움직임이 없네. 아마 이들도 대통과 제휴해서 움직일 거라고 봐야겠지. 농민들은 이미 피란했네."

"재상님은…… 정말로?"

다카쓰구는 오하쓰와 함께 천수에 남겠다고 불쑥 선언했었다. 교스케 무리가 이요마루로 건너올 때까지도 마고자에몬을 비롯한 많은 가신들이 말리는 중이었다.

"전혀 말을 듣지 않으시네. 고집이 쇠심줄 같은 부부라니까."

마고자에몬은 못 말리겠다는 듯이 말했다.

다카쓰구는 천수에 남겠다고 고집했다. 오하쓰에게도 좀 말려 달라고 부탁했지만,

——나도 같은 생각이에요.

라며 오히려 다카쓰구를 응원해서 가신들도 말문이 막혔다고 한다.

다카쓰구는 가신들을 설득하려 했다. 이렇게라도 하지 않으면 농민을 납득시킬 수 없다. 한번 뱉은 말이니 지키겠다. 애초에 항복하면 할복해야 할 몸이라 이래 죽으나 저래 죽으나 마찬가지라고 했단다.

승낙을 안 해 주시면 함께 천수에 있겠다고 버티는 가신도 있었지만, 다카쓰구는 너희는 농민 곁에 있어 주기 바란다며 거절했다. 니노마루에 다시 적군이 진을 쳤으니 그들을 막으려면 한 명이 아쉬운 상황 아니냐. 그리고 마지막에는,

——오랜만에 명군 흉내 좀 내게 해 달라.

며 웃음을 보였다고 한다.

"말씀은 그리 하셔도 손을 달달 떠시고 뺨은 돌처럼 굳어 있더군."

마고자에몬은 한숨을 흘리지만, 그런 다카쓰구를 진심으로 좋아하는 기운이 전해졌다.

"기필코."

지켜낸다. 교스케는 힘주어 고개를 끄덕였다.

"도비타 공."

마고자에몬은 정색을 하고 늙어서 메마른 볼을 긴장시키며 말했다.

"공사 부교로서 그대들과 함께 일한 것을 자랑스럽게 생각하네."

"저희야말로."

"부탁함세."

마고자에몬은 고개를 숙이고 노꾼에게 혼마루로 돌아가라고 명령했다. 이제 전투가 끝날 때까지 도비타야는 혼마루로 돌아갈 수 없다는 뜻이다.

교스케는 마고자에몬이 탄 배를 바라보다가 다시 막 완성된 돌담으로 돌아갔다. 미세한 물방울들이 눈앞을 떠다닌다. 안개가 너무 짙어 바로 앞에 있을 그것도 보이지 않는다. 횃불마저 이미 꺼져서 더욱 그렇다.

하지만 분명히 있다. 숨을 죽이고 있지만 숨결이 느껴졌다.

──어느 쪽이 옳은가.

안개 속을 뚫어져라 쳐다보며 교스케는 내심 물었다.

응답은 물론 없었다. 그 사내도 같은 질문을 던졌으리라. 이번 전투가 끝나면 답이 나오리라 예감하는 것도 피차 마찬가지 아닐까.

교스케가 돌담 위에서 꼼짝도 하지 않고 안개 속을 응시하기를 4반각. 바람이 희미하게 움직이기 시작했다. 안개가 허공으로 녹아드는 양 옅어져간다.

"그럼 그렇지."

교스케는 조용히 뇌까렸다.

농담이 구분되기 시작한 안개 사이로 오바나가와 문이 또렷이 보였다. 이쪽을 향하고 있는 대통은 짐작보다 훨씬 크다. 안개 때문인지 요상하게 검은 빛을 발하고 있다. 주위에는 대통을 지키는 백여 명의 병력, 발포를 준비하는 수십 명의 구니토모슈, 그리고 포 옆에 서 있는 구니토모 겐쿠로 모습도 보인다. 거리는 불과 1정. 역시 표적은 천수가 틀림없다.

이요마루에 누가 건너와 무엇을 하고 있는지 겐쿠로 역시 짐작하고 있었으리라. 안개가 가시기 전부터 교스케의 존재를 알고 있었던 것처럼 겐쿠로는 이쪽을 똑바로 올려다보고 있다. 두 사람의 시선이 허공에서 뒤엉켰다.

겐쿠로의 입이 희미하게 움직인다. 뭐라고 말한 듯하다. 목소리는 들리지 않는다. 하지만 서로가 알고 있음을 확신하고 교스케가 대답했다.

"어디 쏴 봐라."

교스케는 몸을 틀어 밑에서 휴식 중인 수하들에게 외쳤다.

"예상하던 대로다."

모두 일제히 벌떡 일어나 준비에 들어간다. 사다리를 타고 돌담에서 내려온 교스케에게 레이지가 말했다.

"거기 있는 게로군."

"응."

"어떻게 생겨먹은 대통이야?"

"네가 직접 봐라."

이번에는 레이지가 다치지 않은 한쪽 손만으로 익숙하게 사다리를 올라가 오바나가와 문 쪽을 살펴보았다.

"굉장하네."

레이지는 바로 내려와 씁쓸한 얼굴로 말했다.

"그야 나가라야마에서 호수까지 포탄을 날릴 수 있는 포니까."

"그런 포가 바로 1정 앞에……. 역시 겁나는군."

레이지가 혀를 찼다.

"드디어 시작이다. 오늘만 버텨내면 이긴다."

교스케가 확고하게 말하자 레이지는 미간을 펴며 숨을 토했다.

몽환에서 빠르게 깨어나듯이 안개가 시시각각 옅어졌다. 니노마루에 보이는 적군의 무수한 깃발이 활발하게 움직이는 모습도 보였다. 시야가 완전히 맑아지면 최후의 전투가 시작되리라.

사람이 다 사라졌나 싶을 만큼 정적이 주위를 감쌌다. 발밑에 종다리가 내려와 귀엽게 좌우를 둘러보다가 뭔가에 놀란 듯 허공으로 날아올랐다. 한 마리가 아니다. 성 안의 새가 다 날아올랐다.

"모두 힘내자!"

교스케가 장인들에게 말한 순간 창의 울림이 귓불을 쳤다. 쇠붙이와 바람이 자아내는 소리가 들리는 것도 잠시, 둔한 굉음이 울려 퍼지고 돌담이 크게 작렬했다.

"이 정도냐……."

돌담에 올라가 무너진 곳이 없는지 확인한 교스케가 아랫입술을 깨물었다. 메쌓기 돌담은 유격 공간이 충격을 흡수하기 때문에 정면 공격에 매우 강한데도 돌 몇 개가 무너졌다. 재빨리 고개를 돌려 오바나가와 문을 보니 대통에는 벌써 다음 포탄이 장전되고 있었다.

"저쪽도 시작되었습니다!"

단조가 외쳤다. 니노마루에서도 웅장한 함성이 터지며 적군의 총공격이 시작된 것이다.

교고쿠 가도 지지 않았다. 거의 같은 크기의 함성이 터져 오르며 병사들이 성벽 위로 얼굴을 내밀고 철포로 일제 사격을 시작했다.

"온다!"

교스케가 낮은 소리로 말하는 순간 다시 하늘을 꿰뚫는 굉음이 터졌다. 대지가 흔들리고 돌담이 삐걱거리고 모래가 부슬부슬 떨어진다. 장인 중에는 그 강렬한 위력을 가까이 목격하고 진저리를 치는 자도 있었다.

"150도 헤아리지 못했는데!"

레이지가 얼굴을 가까이 기울이며 말했다. 조준하는 시간이 생략되어 나가라야마에서 쏘던 때보다 간격이 짧아지리라 예상은 했지만 그보다 훨씬 더 짧았다. 구니토모슈도 최후의 결전에 혼신의 힘을 다해서 임하는 것이다.

여섯 번째 탄이 돌담을 때리는 순간 둔한 소리가 울렸다. 보지 않아도 알 수 있다. 돌담 건너편에 크게 무너진 곳이 생겼다.

"가자!"

교스케의 호령과 함께 도비타야 백이십여 명이 즉시 움직였다. 사다리 몇 개가 일제히 걸리고 쌓기조가 잇달아 돌담 위로 올라갔다. 돌담 위에 올라선 즉시 몸을 틀어, 밑에서 올려주는 다른 사다리를 받아 바깥쪽에 걸치자 이번에는 그 사다리를 타고 바깥쪽으로 내려간다.

"그곳은 괜찮다! 저쪽에 돌을 끼워!"

교스케가 돌담 위에서 지시했다. 보기에는 크게 무너진 것 같아도 돌과 돌이 단단히 맞물려 있는 곳은 걱정이 없다. 반대로 얼핏 전혀 무너지지 않은 것처럼 보여도 또 포탄을 맞으면 붕괴할 자리가 있다. 그곳을 순식간에 간파하고 보수를 해야 한다.

"100이 넘었어!"

레이지가 밑에서 외쳤다. 복구 작업은 아직 끝나지 않았다. 교스케가 오바나가와 문을 바라볼 때 마침 포탄 장전이 끝나 불을 댕기려 하고 있었다.

"온다!"

장인들이 재빨리 흩어져 땅바닥에 뛰어들듯 엎드리는 모습을 확인하고 교스케도 돌담 위에 납작 엎드렸다. 낮은 폭음이 고막을 때린다.

다음 순간, 돌담이 격하게 흔들렸다. 돌에 댄 교스케의 귓불이 돌담의 신음소리를 분명하게 들었다.

"어서 작업을 재개해! 또 금방 날아온다!"

교스케가 튕겨나듯 벌떡 일어나 명령하자 장인들이 돌 복구 작업을 재개했다. 방금 전 포탄이 스쳐서 사다리가 부러진 걸 확인하고 다른 사다리를 가져오라고 하려는데 레이지가 벌써 밑에서 사다리를 밀어 올려주었다. 보이지 않지만 소리만 듣고 파악한 것이다.

"작업을 오래 끌지 마."

"그래."

교스케는 새 사다리를 받아 올려 옆에 있는 장인에게 건네고 다시 오바나가와 문을 바라보았다. 구니토모슈가 급하게 움직이며 대통에 새로운 숨결을 불어넣는 가운데 겐쿠로가 이쪽을 지그시 응시하고 있었다.

"얼마든지 받아주마."

동쪽에서 함성이 커진다. 적군의 공세가 더 강해지고 있다. 아군 역시 한 발자국도 물러서지 않아, 혼마루에서 쏜 무수한 화살이 화사한 아침 햇살 속에 쏟아져 내리고 있었다.

라이하는 화톳불에 둘러싸여 천천히 나가라야마에서 내려졌다. 수성군이 눈치 채지 않을까 염려하는 소리도 있었지만,

"어차피 알 거다."

라고 겐쿠로는 냉큼 대꾸했다.

니노마루 동쪽으로 병력을 재투입할 예정이다. 그 사내라면 그것이 의미하는 바도, 어디서 포격할지도 간파하겠지만.

라이하를 옮기는 동안 겐쿠로는 성시에 있는 대장간을 찾았다. 라이하를 새삼 꼼꼼하게 확인해보니 다행히 포신 근처의 마개 하나가 튀어나와 구부러져 있을 뿐이었다. 이 정도라면 구니토모까지 돌아가지 않고도 해결할 수 있다.

겐쿠로는 손수 망치를 잡았다. 미리 풀무에 불을 넣어 두게 했으므로 시간을 더 단축할 수 있다.

수리 작업을 시작하고 2각이 흘렀을 때 교에몬이 찾아와 보고했다.

"행수, 라이하가 오바나가와 문에———"

"쉿."

겐쿠로는 숨을 날카롭게 불어 말을 막았다. 마개를 사방에서 살펴보며 마지막 확인을 하던 참이었다.

"좋아. 라이하는 다 운반했나?"

겐쿠로가 돌아보며 물었다.

"예. 벌써 오바나가와 문에."

"가보지."

겐쿠로는 수리한 마개를 천으로 잘 싸서 오바나가와 문으로 향했다.

어느새 안개가 짙어지고 있었다. 햇불에 의지하여 걸어가니 이슬에 촉촉이 젖은 라이하가 시야에 날아들었다.

——수리는 잘 되었나?

라이하가 그렇게 묻는 것 같아서 겐쿠로는 고개를 살짝 끄덕였다. 수리한 마개는 한 치도 어긋나지 않게 딱 맞았다. 오히려 전보다 더 잘 맞는다 싶을 정도였다.

"저쪽 동향은 어떤가?"

겐쿠로가 교에몬에게 물었다.

"예. 이요마루에서 횃불이 움직였습니다. 그냥 병력을 투입한 것뿐인지도 모릅니다만……."

"아니, 들어와 있어."

겐쿠로는 단언했다. 사람은 보이지 않는다. 침침한 불빛도 가끔 보이는 정도다. 하물며 돌담 같은 것은 전혀 보이지 않는 가운데 겐쿠로는 이요마루에 숙적이 와 있다고 확신했다.

모든 준비가 끝나도 겐쿠로는 쉬지 않고 이요마루 쪽을 노려보았다. 마침내 동녘하늘이 희뿌예지고 느리기는 해도 안개도 옅어졌다.

창과 방패, 어느 쪽이 강한가.

——곧 답이 나온다.

겐쿠로는 속으로 중얼거렸다.

아침 해가 비껴들 즈음, 옅어진 안개 속에서 이요마루의 자태가 떠오른다.

"준비해라. 곧 포격이 시작된다고 시종 님께도 전해라."

수하 장인들이 바쁘게 움직이는 동안 안개는 더욱 옅어져 이요마루의 전모가 드러났다. 어제까지도 없던 돌담이 시야를 가로막고 있다. 높이는 3장이 채 안 되는 정도. 여기서 보여야 마땅한 천수가 완전히 차단되어 있었다.

겐쿠로가 사전에,

──아마 이요마루에 돌담을 쌓을 것.

이라고 수하들에게 예고했지만, 장인들은 막상 눈으로 확인하자 얼른 믿기지 않는지 놀라는 표정이다.

겐쿠로가 응시하는 돌담 위에, 마치 이곳에 자신이 있음을 알았다는 듯 한 남자, 도비타 교스케가 이쪽을 내려다보고 있었다.

교스케가 대담하게 웃는 얼굴까지 또렷이 보인다. 무슨 말을 하고 싶을지도 짐작이 갔다.

"시작하마."

겐쿠로가 작은 소리로 고하자 교스케는 몸을 돌려 돌담 너머로 모습을 감추었다. 곧 교에몬이 옆으로 다가왔다.

"행수, 준비가 끝났습니다."

이미 장인들이 담당 위치에서 겐쿠로의 명령을 기다리고 있었다. 겐쿠로는 일행을 빙 둘러보며 불타는 듯한 아침 햇빛을 받는 볼을 긴장시켰다.

"이제 끝장을 내자."

과연 무엇을 끝장 내자는 말일까.

전란의 세상을?

창과 방패의 대결을?

같은 오미에서 태어나고 자란 악연을?

겐쿠로 자신도 명확히는 알 수 없는 말이 흘러나왔다.

일제히 고개를 끄덕이는 장인들을 확인하고 겐쿠로가 큰소리로 외쳤다.

"싸라!"

라이하가 포효했다. 하늘을 향해 완만한 호를 그리며 날아산 포탄이 돌담 중앙에 박혔다. 돌담이 살짝 흔들리고 돌 하나가 굴러 떨어지자 장인들이 감탄하는 소리를 내질렀다.

모르는 사람이 보면 고작 돌 하나에 야단을 떤다고 하겠지만 충격을 흡수하는 메쌓기 돌담의 견고함은 대단해서 돌 하나를 무너뜨리려 해도 여러 발을 쏴야 할 때가 있다. 하물며 이 돌담은 예사 아노슈가 아니라 새왕이란 명성에 걸맞은 자가 쌓았으므로 더욱 그러하다.

"다음, 어서!"

"어서 청소해라."

"포신을 확인해라!"

그동안 장인들은 겐쿠로가 지시하기도 전에 손발을 척척 맞춰 다음 포탄 장전을 서두르고 있다. 라이하라면 새왕의 방패도 뚫을 수 있다는 자신감이 장인들을 더욱 분발하게 했다.

"저쪽도 시작했군."

니노마루에서 함성이 오르더니 혼마루를 향한 총공격이 시작되었다. 방금 그 포격이 전투 재개의 신호탄이었던 셈이다. 성 안에서도 총격이 계속되고 무수한 화살이 쏟아져 내렸다.

아군 측에 주눅이 드는 모습은 없었다. 그중에서도 한 가문의 깃발이 성벽 가까이 육박했다. 은행나무 잎 무늬. 다치바나 가의 문장이다.

"시종님."

겐쿠로는 동쪽을 바라보며 중얼거렸다.

이 전투에서 무네시게가 처음으로 직접 전선에 섰다. 향후 동서 결전에 참전해야 하니 그만두기를 권하는 가신도 있었지만 무네시게는 뜻을 굽히지 않았다. 그만큼 겐쿠로의 활약을 믿어주었다. 다만 그와 별개로,

──저 반딧불이는 내가 아니면 못 잡는다.

라고, 여유를 부려도 되는 적수가 아니라고 생각하는 듯하다.

"행수, 준비가 끝났습니다."

"쏴라!"

교에몬의 보고와 동시에 겐쿠로는 준비한 막대기를 휘둘렀다.

라이하가 다시 사납게 포효했다. 포탄이 파고들자 돌담이 덜그럭거린다. 고통스러운 듯 둔탁한 소리를 내지르는 돌담에서 모래먼지가 푸슬푸슬 떨어지는 모습이 보였다. 효과가 있다.

"다음!"

겐쿠로는 날카롭게 명령했다. 세 번째, 네 번째, 다섯 번째 탄이 연거푸 발사되고 여섯 번째 탄이 직격한 순간 일부가 무너져 돌 몇 개가 벗겨지듯 떨어져나갔다.

"좋아. 이대로 단숨에ーーーー"

"아니, 놈들이 나타났다."

평소의 그답지 않게 흥분해서 주먹을 휘두르는 교에몬이었지만 겐쿠로는 그를 말리듯 말허리를 잘랐다.

다음 순간, 돌담 너머에서 사람이 하나둘 나타났다. 도비타야 장인들이다.

돌담에 올라선 그들이 밑에서 올려준 사다리를 받아 올려서 반대쪽에 걸치더니 그 사다리를 타고 내려왔다. 돌담을 넘어온 것이다. 모두 물 흐르는 듯 매끄럽게 움직이고 속도도 매우 빨랐다.

돌담 위에 다시 교스케도 나타났다. 그는 손가락으로 가리키며 지시를 내리고, 담을 넘은 장인들은 벌써부터 돌담을 복구하기 시작했다.

"녀석들, 제정신인가……."

교에몬이 목울대를 꿀럭거렸다.

"저게 도비타야지."

겐쿠로가 진저리를 치며 말하더니,

"서둘러라! 바로 발포한다."

하고 수하들을 질타했다.

막대기 끝에 천을 감아 만든 기다란 연습용 창 같은 것으로 포신 내부를 닦아낸다. 그리고 미리 적정량을 덜어놓은 화약을, 이어서 포탄을 넣고 또 다른 막대기로 세게 밀어 넣고 다진다. 그와 동시에 다른 장인이 역시 사전에 덜어 둔 화약을 화약접시에 올린다. 인간이 라이하를 조작한다기보다 라이하가 인간을 수족처럼 부린다고 생각될 만큼 막힘없는 동작이다.

준비가 끝나자 자루가 긴 횃불을 든 자가 나서고 다른 자들은 라이하에서 멀찍이 물러나 귀를 막았다.

교스케는 돌담 위에서 지시를 내리면서도 이쪽 동향을 살피고 있어서, 즉시 장인들에게 뭐라고 외쳤다. 장인들은 작업을 중단하고 몸을 낮추어 시야에서 사라졌다. 교스케도 돌담 위에서 미끄러지듯 모습을 감추었다.

"쏴라!"

겐쿠로가 날카롭게 소리치며 막대기를 휘둘렀다. 화약연기가 피어오른다. 햇빛을 받아 포탄은 더 까맣게 보이고 돌담은 더 하얗게 빛나고 있다. 검은 포탄에 얻어맞은 흰 담이 소리와 함께 흔들리고 동시에 도비타야 장인들의 비명도 들렸다.

"어떠냐."

이번 일격으로 돌담이 무너지리라 기대하지는 않았다. 실제로는 돌 한두 개 떨어지는 정도였다.

겐쿠로가 물은 것은 돌담 상태가 아니라 마음이었다. '가카리'를 발령하여 전투 중에도 일하는 도비타야라지만 눈앞에서, 더구나 이렇게 가까이서 대통이 자신을 향해 발포되는 경험은 처음이리라. 마음이 공포에 짓눌려 다시 일어서지 못하지 않을까.

그렇게 결판이 난다면 너희는 최소한 죽음은 면할 수 있지 않느냐.

──이제 일어서지 마라.

라는 생각과 동시에,

──일어나서 덤벼봐라.

라는 바람도 있었다. 겐쿠로는 스스로의 마음에서도 모순을 느끼며 바람에 흔들리는 화약연기 너머로 시선을 집중했다.

"행수, 도비타야가!"

교에몬이 가리킨 곳에서 마치 입이라도 맞춘 양 도비타야 장인들이 일제히 일어나 돌담을 복구하기 시작했다. 겐쿠로는 분별없이 미소를 짓고 말았다. 나만 답을 찾고 있었던 게 아니구나. 놈들도 이 전투가 끝나면 답을 알게 되리라 확신하고 있는 것 아닐까.

"간다!"

겐쿠로가 그렇게 말한 상대는 수하들이 아니라 돌담 위에서 다시 지시를 내리기 시작한 숙적이었다.

교스케는 잰걸음으로 돌담 위를 걸으며 고쳐야 할 곳, 보완할 곳, 끼워 넣을 돌을 지목해 나갔다. 쌓기조 장인들이 그의 지시대로 움직였다. 하지만 돌담은 모두 같지 않다. 무너지기라도 하면 그 순간 다른 돌들이 틈을 메우며 맞물려진다. 겉보기에 다르지 않아 보여도 내부에서 힘의 균형이 크게 변한다. 그러므로 떨어진 돌을 그냥 끼워 넣어주면 되는 일도 아닐뿐더러, 무엇보다 돌들이 꽉 조여져서 다시 끼워 넣을 수 없는 경우도 있다. 이럴 때는 새 돌을 채워줘야 한다.

"단조."

교스케는 돌담 안쪽에 있는 단조를 불렀다.

돌담 복구에 쓸 돌을 작은 것부터 차례대로 땅바닥에 남북으로 가지런히 늘어놓았다. 돌 크기별로 1부터 10까지 번호를 매긴다. 이렇게 예비 돌을 안쪽에 준비해 두는 것은 경우에 따라서는 망치로 깨서 다듬어야 하기 때문이다. 게다가 대통의 포격 각도를 가능한 한 '지우기' 위해 돌담을 이요마루에 최대한 가까이 쌓은 탓에 쌓기조 장인들이 자유롭게 움직일 만한 공간이 없어서기도 하다.

"3번 석, 각 있고 선은 완만한 거."

"예."

교스케가 말하자 단조는 바로 수하에게, 저거, 이거, 하고 돌 두세 개를 준비하게 했다.

3번 석은 아기 머리통만 한 크기를 뜻하고, 모서리각이 있어야 하며, 면이 완만한 곡선을 이루는 돌을 달라는 뜻이다. 다분히 경험에 의지한 바가 커서, 길게 말하지 않아도 척척 알아듣는다.

"오른쪽이다. 각 하나."

교스케가 한 번 쓱 보고 결정하자 그 말을 받아서 레이지가 날카롭게 외쳤다.

"가라!"

운반조 한 명이 달려가 떼기조 장인에게 돌을 받아 돌담에 걸쳐둔 사다리 밑에서 다리를 크게 벌리고 돌을 던져 올렸다.

　사다리 중간에서 기다리고 있던 운반조 장인이 두 발로만 능숙하게 중심을 잡고 양손으로 돌을 받아서 다시 기합을 넣으며 위쪽으로 던져 올린다.

　"떨어뜨린다!"

　돌담 위에 있던 운반조가 그 돌을 받아 돌담 밑에서 기다리는 쌓기조 장인에게 던졌다.

　"거기 틈새에 넣어."

　교스케가 지시하자 쌓기조 장인이 방금 떨어진 돌을 비틀어 넣다시피 해서 끼워 넣었다. 틈이 빈틈없이 채워지자 작업을 한 쌓기조 장인조차,

　"와아."

　하고 저도 모르게 감탄하는 소리를 냈다.

　"온다! 엎드려!"

　교스케는 대통의 장전 작업에도 눈길을 떼지 않았다. 장인들이 재빨리 흩어져 땅바닥에 구르듯이 엎드렸다. 교스케는 한쪽 무릎만 꿇고 최초로 대통이 불을 뿜는 순간을 보려고 응시했다.

　배를 후벼 파는 듯한 굉음과 화약연기. 포탄이 튀어나온 줄은 알았지만 너무 빨라서 육안으로는 추적할 수 없었다. 돌담에 맞은 순간이 되어서야 간신히 포착했다. 돌담 전체에 전해지는 충격을 무릎으로 느꼈다. 새삼 놀라운 위력이었다. 모래먼지가 눈높이까지 날아올라 떨리고 있다.

"살벌하군."

저도 모르게 입에서 그런 소리가 나왔다. 버틸 수 있다고 자신하고는 있지만 두려움이 확 올라와 마음을 어지럽게 휘저었다. 대통의 진정한 공포는 그 위력보다는 너무나 쉽게 사람 마음을 부리뜨려놓는 점에 있다.

"무너진 곳은 없습니다!"

쌓기조 장인이 이쪽을 올려다보며 두려움을 떨치듯 외쳤다. 너나없이 두려운 것이다. 그래도 자기가 맡은 바를 다하려고 열심이다. 교스케는 애써 미소를 지으며 끄덕였다.

"도비타야 돌담이 그리 쉽게 당할 것 같으냐. 일단 철수해라."

장인은 고개를 바삐 끄덕였다. 다른 자들도 사다리를 올라가 안쪽으로 피했다. 몇 발 맞으면 또 어딘가가 무너질 것이다. 그때마다 밖으로 나가 복구를 반복할 뿐이다. 다만 애초의 형태에서 멀어지기 때문에 복구할수록 난이도가 높아진다.

──언제까지 계속할 셈인가.

반각, 1각, 반나절로 계속되면 이쪽도 체력이 고갈되어 결국 제시간에 복구를 마치지 못할지 모른다. 구니토모슈로서는 이쪽이 버텨내지 못할 때까지 포신이 터지지 않는 선에서 계속 발포할 것이 틀림없다.

다시 포격에 돌담이 흔들렸다. 셋, 넷, 다섯 번째 포탄을 맞은 충격이 겹쳐 모서리 일부가 와르르 무너졌다.

"막아!"

함성이 소용돌이치는 전장에서 다시 쌓기조 장인들이 일제히 사다리를 뛰어 올라간다. 조금이라도 빨리 가려고 사다리를 내려갈 때는 원숭이처럼 중간에 뛰어내리는 자도 있었다.

교스케는 주저 없이 지시를 내리고 쌓기조는 지시에 따라 재빨리 움직였다. 저쪽도 마찬가지여서 수하를 재촉하는 겐쿠로와 연방 눈길이 마주쳤다.

"끝까지 받아주마."

교스케는 화약연기 속에 있는 겐쿠로에게 그렇게 중얼거렸다.

대통이 포효를 시작하고 얼마나 지났을까. 해는 중천으로 접어들고 있다.

"그게 아니야. 정신 똑바로 차리고 들어!"

지시와 달리 엉뚱한 돌을 옮기려고 하는 떼기조 장인을 단조가 질타했다.

"마고하치, 히사키치와 교체해!"

피로에 절어 몽롱해진 운반조 장인에게 레이지가 외쳤다.

"그 돌은 내가 놓겠다!"

극도로 섬세한 작업일 경우 교스케가 돌담 밖으로 뛰어내려서 직접 쌓았다. 쌓으면 무너지고 쌓으면 무너지고를 내내 반복한다. 눈에 보이지 않는 무언가에 사로잡혀 수없이 동일한 시간대를 반복하는 기분이었다.

시간이 지날수록 격렬한 노동에 몸이 달아올라 장인들의 이마는 땀으로 번들거리고 등에도 문양처럼 땀자국이 떠올랐다. 다음 포격까지의 짧은 시간 동안 국자로 물을 마시고 소금을 핥아 탈진을 예방하는 것이 고작이고, 밥 먹을 틈조차 없었다.

1각 정도가 지나자 더 깊은 피로의 파도가 밀려왔다. 아침에 비하면 작업이 늦어지는 모습도 눈에 띄기 시작했다.

"모두 피해!"

쌓기조가 재빨리 흩어지자 대통에서 섬광이 번뜩였다. 이쪽이 복구 중이어도 구니토모슈는 당연히 개의치 않고 포격한다. 오히려 작업을 방해하려고 기를 쓴다.

"젠장……."

교스케는 주먹을 꽉 쥐었다. 둔한 소리를 내며 돌담이 부서졌다. 지금까지도 부서진 곳을 고치고 다시 부서지기를 반복해 왔다. 하지만 마침내 방금 부서진 곳을 다 복구하기도 전에 다른 곳이 붕괴한 것이다.

"서둘러!"

장인들 사이에 감도는 절망의 기운을 떨쳐내려는 듯이 교스케는 마른 목을 쥐어짰다. 쌓기조 인력을 둘로 나누어 동시에 작업을 진행했다. 교스케도 돌담 밖으로 내려가 방금 무너진 곳 앞에서 속으로 소리쳤다.

──대체 어디 있는 거냐.

질문한 상대는 인간이 아니다. 어딘가에 있을 단 하나의 돌.

돌담에는 균형을 유지하는 요석이라는 돌이 있다고 일컬어진다. 하지만 그것만은 아무리 숙련된 장인이라도 알 수 없고, 애초에 그런 돌이 존재하는지조차 의심스럽다고 생각되어 왔다.

이제야 비로소 교스케는 요석이 있지 않을까 느끼기 시작했다. 돌담 속에 깃든 힘이 이전과 달리 어딘가 한 점에 집중되는 듯했기 때문이다.

한 번 쌓은 돌담은 수백 년은 물론이고 더러 수천 년 동안이라도 '속'을 보여주지 않는다. 이렇게 쌓자마자 무너지는 모습은 평생 처음 본다. 그렇기에 느끼는 바가 있다.

──그 말이 맞았군.

겐사이의 말이 머리를 스쳤다. 석축에 평생을 바친 겐사이지만, 다 늙어서도 새로운 것을 발견할 수 있었다며 몹시 기뻐했었다. 장인은 자신이 성장할 만큼 다 성장했다고 느꼈을 때 은퇴해야 한다. 그러나 새로운 기술을 추구하자면 평생을 바쳐도 부족하다. 언젠가는 교스케도 아노슈의 어느 누구도 알아내지 못한 기술을 발견하게 될 거라고 겐사이는 말했었다.

"내가 발견해주마."

쏟아지는 햇살에 윤곽이 하얗게 빛나는 돌들을 향해 교스케는 중얼거렸다. 아직은 요석이 어느 돌인지 알 수 없지만 그것이 승패를 좌우하리라는 기분이 들었다.

그 뒤에도 대통은 동일한 간격으로 불을 뿜었고 그때마다 장인들은 대피했다가 다시 돌아와 복구했다. 새로 크게 무너진 곳이 없어서, 4반각이 채 안 되는 동안 두 군데를 모두 복구할 수 있었다.

"행수, 혼마루가!"

돌담 밑에서 단조가 뒤쪽을 가리키며 외쳤다. 미시(오후 2시경)가 조금 지났다. 적군 중에 해자로 뛰어내리는 자가 속출하고 벌써 혼마루 성벽에 많은 병사들이 도마뱀처럼 들러붙어 당장이라도 성벽을 넘을 기세로 오르고 있었다.

"제발 버텨라."

기도하는 심정으로 신음처럼 내뱉는 교스케의 눈에 문득 누군가의 모습이 스쳤다.

"재상님……."

천수 난간에 사람 그림자가 보인다. 다카쓰구가 틀림없다. 유탄을 맞을지 모르는 상황에서도 아군을 격려하는지, 멀리서 봐도 요란하다 싶을 만큼 팔다리를 바삐 움직이고 있다. 무슨 말을 하는지 이곳에서는 들리지 않지만 곧 혼마루에서 터질 듯한 함성이 올랐다.

성벽에서는 이미 궁병이 윗몸을 드러내고 활을 쏘고 있었다. 그때 문득 국자를 든 사람이 성벽 위에 나타났다. 순간 비명의 양이 몇 배로 늘어났다. 펄펄 끓는 물을 끼얹은 것이다. 성벽에 매달려 있던 적군이 해자로 툭툭 떨어져 물보라를 일으켰다. 거기에 궁병까지 공세를 강화하자 적진에서 후퇴를 명하는 징소리가 울렸다.

"버텨냈군요."

단조가 안도의 한숨을 지었다.

"그래, 우리도 기필코 버텨내자."

다카쓰구가 주저 없이 천수 난간에 나선 것은 교스케 일행을 신뢰하고 있기 때문이다. 교스케는 새삼 결의를 다지며, 전혀 피로한 기색을 보이지 않는 뇌신의 화신 같은 대통을 노려보았다.

해가 서쪽으로 크게 기울어 붉은빛으로 녹아든다.

쾅, 쾅, 쾅, 하며 그동안에도 일정한 간격으로 대통이 포효했다. 하늘을 나는 기러기 떼가 놀라 바쁜 날갯짓으로 방향을 바꾸었다.

"어이——— 온다!"

교스케가 다급하게 외쳤다.

포신이 터지는 사태를 걱정하는지 구니토모슈는 종종 포신을 꼼꼼하게 청소했다. 지금도 그렇게 청소하는 중이었는데, 갑자기 장탄을 하고 대통에서 급히 물러나는 사람과 자리바꿈하여 긴 횃불이 다가섰다. 숨어서 포격 준비를 진행하여 이쪽이 방심하도록 유도한 것이다.

"어서!"

쌓기조는 땅바닥에 엎드렸지만 돌을 옮기고 돌아오던 고로쿠라는 젊은 운반조 일꾼이 사다리를 오르는 중이었다. 고로쿠는 당황한 나머지 발을 헛디뎌 쩔쩔매느라 시간을 끌었다. 얼굴이 공포로 얼어붙은 그를 향해,

"손!"

교스케가 손을 아래로 뻗었다. 고로쿠가 손을 맞잡은 순간 교

스케는 양손으로 있는 힘껏 끌어올렸다. 바람 가르는 소리가 닥쳐오고 메마른 소리와 함께 사다리가 산산이 부서지며 돌 두어 개가 무너져 떨어졌다.

"행수님…… 감사합……."

새파랗게 질린 고로쿠가 떨리는 목소리로 말했다. 교스케가 끌어올리기 무섭게 머리를 꾹 눌러주어서 화를 면했다. 조금만 더 늦었으면 지금 이렇게 숨을 쉬고 있지 못했을 것이다.

"고로쿠, 미안하다……. 내가 제대로 감시하지 못했다. 물러가서 쉬어라."

"하, 할 수 있습니다."

고로쿠는 일어서려고 했지만 무릎이 후들거려 제대로 서지 못했다.

"어, 어……. 걱정 없습니다……."

고로쿠가 억지웃음을 보였다.

"무리다. 어이, 레이지!"

"알겠다."

레이지는 벌써 안색이 변해서 돌담 밑에 달려와 가슴을 쓸어내렸다. 즉시 다른 운반조 일꾼에게 명해서 고로쿠를 부축해 내리게 했다.

"교스케."

"그래……. 놈들도 많이 초조한 거야."

곧 해가 지려고 한다. 땅거미가 지면 정확한 조준이 힘들다. 그때까지만 버티면 오늘 하루는 넘길 수 있다.

"이제 얼마 남지 않았다! 기합을 넣어!"

"예!"

교스케의 고함에 도비타야 일동이 소리 높여 대답하고 남은 힘을 쥐어짜 일했다.

──어서 저물어라.

시시각각 해가 기울어 마침내 에이잔에 절반쯤 가려졌다. 어지러이 뒤섞여 길게 드리운 그림자들이 서서히 희미해지고 허공에 남색을 조금씩 풀어 놓은 것처럼 주위가 어두워졌다.

오늘처럼 밤이 오기를 애타게 기다린 적은 태어나 처음이다.

"온다!"

이쪽에서도 대통이 잘 보이지 않게 되었다. 교스케는 희미하게 보이는 겐쿠로의 그림자나 횃불의 움직임을 통해 발포를 짐작하고 큰소리로 주의를 주었다. 폭음과 함께 포탄이 날아온다. 황혼에 물들어 보이지는 않았다. 돌담을 때리는 소리를 신호로 엎드려 있던 쌓기조가 일제히 일어섰다.

"잘 버티고 있습니다! 아무 데도 무너지지 않았습니다!"

쌓기조의 기뻐하는 목소리가 들리자 교스케는 가만히 숨을 내뱉었다. 다음 순간. 저쪽 횃불의 위치가 이상함을 느끼고 교스케가 소리쳤다.

"한 발 더 온다!"

저쪽도 남은 시간이 거의 없다고 느끼는지 포신 청소를 생략하고 연달아 포격할 작정이다. 그 찰나, 어둠 속에 빛이 번쩍이고 중후한 소리가 울려 퍼졌다.

"빨리!"

아직 엎드리지 않은 쌍기조가 보여서 교스케가 재차 소리쳤다. 흠칫 놀라 시선을 전방으로 향했다. 포탄이 똑바로 날아오고 있다. 시간이 일그러진 듯 경치가 천천히 흘렀다.

발밑이 사라졌다. 철의 관통과 돌의 튕김이 겹쳐지는 소리가 지금까지와는 달리 조금 새된 느낌이었다. 돌담 모서리에라도 맞았을까.

아래에서 위쪽으로 그림자가 휙 스쳤다. 포탄이 돌담에 맞고 위쪽으로 튕겨 올라간 것이다. 마침내 대지에 흡수되듯 떨어진 포탄은 뜨겁게 달궈진 검붉은 색을 띠고 무서울 만큼 빠른 속도로 선회했다. 땅에 떨어지는 둔한 소리, 흙을 파는 날카로운 소리가 들리다가 이윽고 포탄이 숨을 거둔 것처럼 회전을 멈추었다.

"교스케, 400을 넘었어."

뒤에서 레이지의 목소리가 들렸다. 이제는 이목구비도 알아보기 힘들 만큼 어두워졌다. 아직 방심할 수는 없지만, 500을 넘도록 아무 일이 없고, 마침내 1000을 넘자 레이지도 수 헤아리기를 멈추었다.

"끝났군……."

장인 가운데 누군가가 가만히 말하자 모두가 기쁨의 소리를 질렀다. 서로 어깨를 두드려주는 자도 있고 지칠 대로 지쳐서 주저

앉는 자도 있었다. 니노마루에서 들리던 함성도 어느새 그쳤다. 떼기조의 한 장인에 따르면 조금 전부터 들리지 않는다고 한다. 일몰 후의 공성전은 피해가 크다고 보고 중지 명령을 내렸을 것이다. 방금 전의 포격은 차마 포기하지 못하고 쏜 마지막 한 발이었는지도 모른다.

"이겼군요, 행수."

단조도 돌담 위에 올라와 탄식을 흘렸다. 나이가 들어도 정정한 단조지만 역시 지친 기색이 뚜렷해서 하루 만에 볼이 빠져 보인다.

교스케는 대답 없이 오바나가와 문에서 시선을 떼지 않았다. 레이지 역시 돌담 위에 올라와 바깥 상황을 살폈다.

"레이지."

"그래. 가만 있지 말고 이럴 때 물이라도 마시고 쉬어 둬야지!"

레이지가 수하들을 나무랐다.

대통에는 아마도 바퀴가 달려 있는 듯했다. 포격하는 순간 뒤로 밀려나면서 포신 방향도 조금 틀어진다. 그래서 아무리 표적이 가깝다고 해도 포격할 때마다 대통 방향을 조절해야 한다. 이렇게 어두우니 저쪽에서도 천수가 보이지 않으리라. 낮에 하던 대로는 조준은 불가능하지만 교스케는,

──더 쏘지 않을까.

그렇게 느끼고 있었다. 감이라고 해도 좋다. 굳이 이유를 찾자면 저쪽에 가득 찬 살기가 가시지 않는 느낌이 들었기 때문이다.

"행수, 이걸!"

운반조 한 사람이 사다리를 올라왔다. 바깥 상황을 주시하는 교스케를 생각해서 그랬겠지만, 그의 손에 횃불이 들려 있었다. 순간 레이지는 놀라서 말문이 막혔다. 교스케가 갈라진 목소리로 날카롭게 외쳤다.

"이런 바보자식———"

"떨어져!"

그때 오바나가와 문에서 빨간 점이 떠올랐다. 기름과 송진을 듬뿍 칠한 횃불이다. 불씨를 남겨두었다가 횃불에 불을 붙인 것이다. 지금까지 질리도록 들었던 둔한 굉음이 울리고 밤하늘에 반짝이기 시작한 별들도 흔들렸다.

"아아……."

운반조 장인이 머리를 감싸 쥐며 조심조심 일어섰다. 내던져진 횃불이 땅바닥을 희미하게 비추고 있다.

"죄송합니다!"

운반조 장인이 비통한 소리로 사죄했다.

"숨을 죽이고 있었을 뿐이다. 조만간 또 쏠 거다."

교스케가 신음처럼 말했다. 처음부터 어둠 속에서 포격할 작정으로 기다리고 있었다가 횃불이 올라와 돌담이 드러나자 서둘러 조준을 하고 발포한 것이다.

돌담에 또 무너진 곳이 나왔다. 복구를 위해 주변을 횃불로 밝혀야 한다. 그렇게 하면 적도 돌담을 더 잘 볼 수 있게 된다. 젠장, 다시 쳇바퀴 돌듯 같은 짓을 반복해야 하나.

"어서 횃불을 밝혀!"

이제는 어둠 속에 있는 게 불리하다. 가지고 있는 횃불과 화톳불을 전부 밝히라고 명령했다. 교스케는 나뒹구는 횃불을 집어들고 돌담 바깥으로 내려가 부서진 곳을 비추었다. 그리고 흩어진 돌 사이를 돌아다니며 쌓기조 장인과 돌담 위의 일꾼들을 향해 조용히 말했다.

"작업을 재개한다."

"이봐, 신참들, 벌써 우는 소리 내지 마라."

단조가 손뼉을 치며 일갈했다.

"젠장, 그만하고 잠 좀 자자, 이놈들아."

레이지가 지긋지긋하다는 듯이 혀를 차고 움직이기 시작했다.

오바나가와 문에도 잇달아 불이 켜졌다. 저쪽도 숨죽이고 기다리기를 그만두고 불을 밝히며 발포 작업을 시작한 듯하다. 이쪽도 서둘러 화톳불에 불을 댕겼다. 석축 장인이어서 그렇겠지만 교스케는 어둠 속에 멍하니 떠오른 돌담이 어딘지 몽환적이고 요염하게 느껴지기까지 했다.

다시 대통이 포효했다. 첫 포탄은 돌담이 가볍게 튕겨냈지만 두 번째 포탄은 화톳불에 명중했다. 나무 부서지는 메마른 소리와 함께 불티가 허공을 날았다.

"불나지 않게 단속해라."

레이지가 소리쳤다. 주변에 불에 탈 만한 물건은 없지만 즉시 물을 끼얹어서 껐다. 하필이면 돌이 맞물리는 자리에 맞았는지 세 번째 포탄에 돌 일고여덟 개가 굴러 떨어졌다.

"온다!"

즉시 복구에 임하는 쌓기조에게 교스케가 외쳤다. 오바나가와 문에서 움직이는 횃불을 보고 내뱉은 경고였다. 하지만 포탄은 날아오지 않았다.

"무슨 일이 생겼나……."

300을 헤아리도록 대통이 발포되지 않자 쌓기조 장인들이 의아해 하며 엉거주춤하게 일어설 때였다. 밤하늘이 일그러졌다. 대통이 발사된 것이다.

그림자가 날아와 화톳불에 명중했다. 주위가 문득 어두워진 탓에 그림자가 빛을 먹은 것 같은 착각이 일어난다.

"왔다!"

"빗맞았다!"

장인들이 저마다 소리친다. 모두 사실이지만 교스케는 더욱 중대한 사실을 알아차렸다.

"놈들이 화톳불을 조준하고 있다!"

교스케가 외친 직후 대통이 또 포효했다. 빗나갔다고 안도할 새도 없이 포탄이 날아오고 화톳불은 허공으로 날아올랐다. 돌담이 다시 어둠 속으로 사라졌다.

"교스케, 이거 곤란한데."

레이지가 돌담으로 올라왔다.

"그래, 이쪽의 불을 줄여서 복구 작업을 방해할 작정이야."

어떻게든 이기기 위해서라기보다는,

——이래도 작업할 수 있냐?

라고 시험하는 느낌이다. 교스케가 레이지에게 물었다.

"남은 화톳불이 있나?"

"떼기조 위치에 운반조가 움직이는 길을 밝히기 위한 불만 남아 있어. 더 이상 파괴되면 그쪽 불을 가져다 쓰는 수밖에 없겠는데. 그러면 떼기조가 돌을 판별할 수 없게 돼."

"얼른 다가 님에게 달려가 횃불과 화톳불을 달라고 해."

이요마루 동쪽 끝과 혼마루 서쪽 끝의 거리는 20간 정도여서, 소리를 지르면 대화도 가능하다. 때문에 그 자리에 늘 사람을 배치해서 서로 연락을 취하도록 해두었다.

"조장, 제가."

레이지에게 말한 사람은 조금 전 가까스로 포격을 피한 고로쿠였다. 여전히 경련이 멎지 않고 있다.

"부탁한다."

레이지가 대답하자 고로쿠가 이요마루 동쪽으로 달려갔다. 포격은 계속되었다. 물론 백발백중일 리는 없지만 그래도 세 발을 쏘면 화톳불 하나가 허공으로 날아갔다.

"젠장……."

화톳불이 당초의 절반으로 줄어들자 교스케가 제 허벅지를 치며 분노했다. 다시 커다란 움직임이 느껴졌다. 니노마루에서 함성이 터지고 대통과는 다른 굉음이 울려 퍼진 것이다. 이 굉음이 의미하는 바는 하나밖에 없다.

"철포…… 야습인가."

우연일까? 아니, 미리 입을 맞추었겠지. 방향과 거리로 보건대 적은 혼마루로 들어가는 성문을 깨려고 공격하고 있다.

──어떻게 하지?

교스케는 머리를 벅벅 긁었다.

심각한 상황이다. 현재 쌓기조는 어떻게든 복구 작업을 할 수 있지만, 화톳불을 더 사냥당하면 복구 작업이 느려질 게 분명하다. 돌담 안쪽에 놓은 화톳불을 이쪽으로 옮기면 떼기조는 돌 모양을 판별할 수 없고 운반조는 발밑이 보이지 않으니 운반 작업도 많이 지체될 판이다.

급히 화톳불을 가져다 달라고 혼마루에 연락을 지시한 직후 적군이 맹공을 퍼붓기 시작했다. 이쪽에 사람을 보낼 여유가 없을 것이다.

"또 온다! 화톳불에서 떨어져!"

교스케가 깜짝 놀라며 소리쳤다. 장인들이 어둠 속으로 숨듯이 도망쳤다. 다시 대통이 발포되고 서쪽 화톳불이 허공으로 날아올랐다가 땅바닥에 사납게 내동댕이쳐졌다.

"화톳불은 어떻게든 해결하겠다. 불빛이 있을 때 빨리 복구해라!"

지시는 했지만 딱히 대책은 없었다. 손놓고 있을 수는 없으니 당장 할 수 있는 일을 지시했을 뿐이다.

"아니야, 거꾸로 놔!"

어둠이 깊어 교스케는 눈을 비비며 말했다. 역시 손 말이 어두워지자 실수하는 자도 많고 교스케도 앞이 제대로 보이지 않았다. 계속 이 어둠 속에 있다가는 목숨이 위태롭다.

쩔쩔매는 동안 다시 대통이 빨간 불을 뿜었다. 이번에는 화롯불이 아니라 돌담을 노린 듯했다. 포탄이 맞은 위치가 나빴는지 커다란 소리를 내며 또 다른 곳이 무너졌다.

──큰일이군.

무너진 곳은 두 군데. 화롯불도 점점 수가 줄고 있다. 어디부터 손을 써야 할지 알 수 없는 상황이다.

"아직이다! 먼저 한 군데만 복구해라!"

그래도 포기할 수는 없어서 교스케는 망설임을 뿌리치며 지시했다.

시시각각 화롯불은 줄어들어 4반각이 지났을 때는 주위가 거의 암흑에 가까워졌다. 달빛이 있어서 그나마 다행이지만, 그조차 두터운 구름에 막히면 발밑도 보이지 않았다.

여기까지인가, 하는 생각이 들기 시작할 때였다. 이요마루 동쪽이 희미하게 밝아지기 시작했다. 적이 해자를 건너 배후를 치나? 아니, 대낮에 교고쿠 가가 잘 싸운 덕분인지 적군이 해자를 건너려는 모습은 보이지 않았다.

"저것은──"

교스케가 손차양을 하고 바라보았다. 많은 횃불이 건물 모서리를 지나 이쪽으로 오고 있다. 레이지와 단조를 비롯한 장인들도 이변을 알아채고 마른 침을 삼키며 지켜보았다. 그들은 누구인가? 일찌감치 알아채고 몸을 떠는 자도 있고 젊은 장인 중에는 흐느껴 우는 자도 있었다. 교스케도 올라오는 오열을 간신히 참았다.

"돌을 비추어라!"

"아노슈를 도와라!"

무리에 있는 사람들이 저마다 말했다. 횃불을 들고 있는 사람들은 교고쿠 가의 가신들이 아니었다. 오쓰에 사는 농민들이었다. 쉰 명 가까운 그들이 한 사람도 빠짐없이 횃불을 들고 있다.

"당신들이 왜……."

단조가 입을 손으로 막으며 물었다.

"실은……."

농부 하나가 전말을 이야기했다.

화톳불 요청은 혼마루에 잘 전달되었지만 야습에 대응하느라 경황이 없어 이쪽에 인력을 보낼 여유가 없었다. 거절할 수밖에 없다는 고통스러운 결정을 내리려 할 때, 잠시 기다려 달라며 나서는 사람이 있었다. 교스케의 멱살을 잡았던 미타무라 기치스케였다.

미타무라는 오쓰 농민들이 피란해 있는 곳으로 달려갔다. 아노슈가 아침부터 잠시도 쉬지 못하고 방어하고 있다. 포격에 무너

지는 돌담을 그때그때 복구하고 있다. 너무 지쳐 다리가 후들거
려도 기어코 일어나 여러분에게 했던 맹세를 지키려 하고 있다.
하지만 어둠 때문에 작업이 어려워져서 누군가 횃불로 비추어주
어야 하는데 이쪽은 야습을 막느라 여유가 없다.

　　──부디 도와주지 않겠나!

　마지막에는 그렇게 외쳤다고 한다.

　이에 한 젊은 농민이 일어섰다. 이어서 상인 한 명이 아내에게
불안한 얼굴로 고개를 끄덕이며 일어서고, 또 어느 농민은 자식
들 머리를 살짝 쓰다듬으며 일어났다. 지원자가 속속 나왔다.

　다행히 적군도 밤중에는 해자를 넘으려 하지 않기 때문에 무사
히 해자를 건널 수 있었다. 다만 일단 이요마루로 건너가면 도비
타야와 마찬가지로 전투가 결판나기 전에는 혼마루로 돌아올 수
없다. 즉 패하면 죽음도 각오해야 한다. 잘 알면서도 오십여 명이
작은 배를 타고 대량의 횃불과 함께 이요마루로 건너왔다는 것이
다.

　"도비타 님!"

　교스케를 부르는 사람이 있었다. 도쿠사부로였다. 그가 처음
일어선 사람이었는지를 누군가 일러주었다. 도쿠사부로는 불티
날리는 횃불을 쳐들고 만감이 교차하는 눈빛으로 쳐다보았다.

　　──새왕이라는 사람이 겨우 이런 거나 쌓는 거요!

　돌담으로 성문을 막았을 때 도쿠사부로는 그렇게 교스케를 비
난했다. 그때는 아무 대답도 할 수 없었지만, 마음을 굳힌 지금이

라면 분명하게 말할 수 있다. 교스케는 똑바로 쳐다보며 대답했다.

"새왕이 무슨 일을 하는 사람인지 지켜봐주게."

도쿠사부로는 입술을 꾹 다물고 고개를 끄덕였다.

"아노슈 도비타야의 가카리가 어떤 것인지 보여주자!"

횃불이 환하게 비추는 가운데 교스케는 돌담에 올라가 밤하늘을 향해 포효했다. 장인들도 큰소리로 호응했다. 지금까지 의기소침해 있던 사람들이 기운을 되찾고 놀라운 속도로 돌을 옮기며 돌담을 복구해갔다.

대통은 또 화톳불을 노리고 발포되었지만 농민들에 의해 금세 새로운 화톳불이 세워졌다. 그런 대응이 잠시 계속되자 구니토모슈도 이변을 알아챘는지 표적을 화톳불에서 다시 돌담으로 바꾸었다.

──우리만 있는 게 아니다.

모두에게 지시를 내리는 동안에도, 손수 돌을 안고 있는 동안에도 교스케는 내내 그 말을 되뇌었다.

──어떻게든 가족을 지키고 땅을 지키고 싶은 사람들의 마음이 돌담에 혼을 불어넣는 것.

언젠가 겐사이가 했던 말이 떠올랐다.

혼마루를 지키는 자들의 함성, 농민들의 격려, 도비타야 장인들의 힘찬 목소리, 이 모든 것이 뒤섞여 몸으로 스며드는 듯한 느낌에 정체 모를 기운이 솟았다.

겐사이는 오의가 '기술'이 아니라고 말했었다. 언어로 가르쳐줘도 의미가 없다고 했고, 이미 전했다고도 했다. 하나일 때는 전혀 볼품없는 돌이라도 모으고 서로 물리면 강고한 돌담이 된다. 사람 역시 마찬가지 아닌가.

다이묘부터 농민까지 마음이 하나가 된 오쓰 성. 그것이야말로,

──새왕의 방패.

의 실체가 아닌가.

교스케는 보이지 않는 힘에 등을 떠밀리는 듯 질타와 격려를 계속했다.

둥근 달이, 허다한 별이, 어두운 밤이 머리 위를 달려서 지나갔다. 대통은 일정한 간격으로 진동을 반복하고 그 사이사이 돌이 약동했다. 이제 모든 사람의 몸은 한계에 다다랐지만 고개를 숙이는 장인은 한 명도 없었다.

"좋아, 다음 위치로!"

교스케가 수십 번째의 복구를 마쳤을 때 동녘하늘이 희뿌예지기 시작했다. 토한 숨을 흐트러뜨리는 호수바람에 그리운 향기가 희미하게 섞여 있었다. 가을의 끝자락이 이제 바로 저기까지 와 있다.

그때 혼마루의 한 구석에서 웅성거림이 일어났다. 무슨 일인지 의아해하는 것도 잠시, 단조가 곧 이유를 알아냈다.

"행수! 저기를!"

단조가 가리킨 곳은 동북동 방향. 비와 호수 건너 구사쓰 근방일까? 새벽하늘을 향해 한 줄기 연기가 피어올랐다.

"오늘인가⋯⋯."

교스케는 새벽하늘을 향해 중얼거렸다.

다카쓰구는 가신을 선발해서 동생 다카토모에게 보냈었다. 다카토모는 이에야스와 함께 움직이고 있다. 그들이 동군의 동향을 호수 건너편에서 봉화로 알리기로 약속해 주었다. 지금까지도 몇 번인가 봉화가 올라서 결전이 다가오고 있음은 인지했다. 그리하여 모두가 이제나저제나 다음 봉화,

──동군과 서군의 결전이 임박.

이라는 기별을 기다리고 있었다. 오늘 혹은 아무리 늦어도 내일쯤 결전이 벌어진다.

"온다!"

지금까지보다 더 힘찬 목소리로 레이지가 알렸다. 거의 이틀간 계속되는 포격 중에서도 이렇게 신속한 포격은 처음이었다. 봉화를 목격한 적도 남은 시간이 전혀 없음을 알고 여기서 승부를 내기로 작정한 것이다.

이미 주위가 밝아져서 횃불을 밝힐 필요도 없었다. 이제 그만 이요마루 동쪽으로 피하라고 권했지만 농민들은 떠나려고 하지 않았다. 근처에 몸을 숨긴 채 주먹을 꼭 쥐고 응원해주었다.

그리고 여전히 이쪽을 향해 열띤 시선을 보내는 두 사람. 천수

최상층 난간에서 다카쓰구와 오하쓰가 아침 해를 등지고 있었다. 난간을 잡은 다카쓰구의 손에 오하쓰가 손을 포갠 모습은 도무지 센고쿠 다이묘답진 않지만 실로 잘 어울리는 부부 같다고 생각했다.

"교스케!"

포격과 함성 사이의 짧은 틈에 다카쓰구의 외침이 들려왔다. 당장 울음을 터뜨릴 것 같은 목소리지만 더이상 한심하게 들리지 않는다. 교스케는 씩씩하게 고개를 끄덕이고 갈라진 목소리를 쥐어짜냈다.

"재상님을…… 오쓰를 지켜라!"

쌓고 또 쌓아도 곧 포격이 이어졌다. 끝까지 돌파당하지 않으려고 필사적으로 외쳤다. 패하더라도 농민은 죽지 않을 수 있다. 하지만 다카쓰구는 죽을 것이 확실하다. 오하쓰도 뒤를 따르리라.

"행수, 더 이상은."

단조의 얼굴이 파랗게 질려 있었다. 결전이 시작되고 처음으로 네 군데나 무너지자 돌담이 균형을 유지하지 못하고 비명을 지르고 있다. 앞으로 한 발만 더 제대로 맞는다면 전체가 붕괴할 우려도 있었다.

파손된 위치를 파악하고 필요하면 떼기조에게 돌을 준비하라 지시하고 운반조는 나르고 쌓기조는 복구하게 한다. 난해한 작업에는 교스케가 직접 돌을 들었지만 아무리 서둘러도 거쳐야 하는 공정은 달라질 수 없는데, 이렇게 연사를 당하면 아무래도 쫓아갈 수가 없다.

"큰일이군!"

레이지의 목소리도 굉음에 지워졌다. 포탄이 돌담을 물어뜯는 날카로운 소리가 울리고 이어서 저음이 빠르게 뒤따라온다. 이미 무너진 두 군데 사이를 직격당하자 돌담이 크게 무너진 것이다.

교스케는 돌담을 내려가 파손된 상태를 확인했다. 이로써 구니토모슈는 오바나가와 문에서 천수를 일부라도 바라볼 수 있게 되었다. 서둘러 복구에 들어가야 한다. 아니, 다카쓰구에게 천수에서 피하라고 촉구하는 게 먼저일까. 모르겠다.

──포기하지 마라.

절망적인 상황 속에서 자기 자신을 질타하는 교스케의 귓불에 겐사이의 목소리가 되살아났다.

──돌의 목소리에 귀를 기울여라.

수십 수백 수천 번을 들어왔다. 아노슈의 원점이다.

"걱정 마, 영감."

교스케는 하늘을 향해 속삭이듯이 대답하고 일변하여 모두에게 큰 목소리로 외쳤다.

"레이지, 자갈을! 단조, 돌을 전부 가져와!"

장인들은 무엇이 시작될지 알지 못하는 표정이지만 단조는 울먹임을 애써 참고 레이지는 한쪽 뺨으로 대담하게 웃었다.

"부탁한다!"

레이지는 자갈 한 주먹을 건네주며 말했다.

교스케는 눈을 가늘게 뜨며 숨을 깊이 마셨다. 무너진 곳의 형태를 뇌리에 생생하게 그려내고 돌담 바깥쪽으로 떨어진 돌과 안쪽에 늘어놓은 돌을 번갈아 살펴보았다. 거기에 집중하면 할수록 잡음이 사라지고 자신과 돌을 하늘에서 내려다보는 광경이 뇌리에 살아났다.

"그걸 갑14로."

자갈을 한 알 던졌다. 자갈이 돌에 맞아 딱, 하는 메마른 소리를 냈다.

"을15, 정14, 병14."

한 자리에 선 채로 잇달아 손목만 움직여 자갈을 던지며 돌을 지목해 나갔다. 장인 중에는 경이롭다는 표정으로 몸을 떠는 자도 있었다. 이것은 생전에 겐사이가 하던 지시 방식이다.

"얼른 해! 더 빨리 할 수 있잖아!"

레이지의 재촉에 장인들도 동작이 빨라진다. 교스케도 신경을 곤두세울 대로 곤두세우고 입과 손을 더 빨리 움직였다.

"무22, 기21, 경23, 신21, 무23, 정22."

돌 하나하나가 다음은 나예요, 나를 쓰세요, 라고 호소한다. 거기에 즉각 대답해주면 돌은 만족스러운 얼굴로 옮겨져 돌담 속에 쌓였다.

"병33."

그때까지 멎어 있던 시간이 움직이기 시작한 것처럼 한 줄기 바람이 지나가고 저 멀리 바라다 뵈는 나무들이 수런거린다.

"귀신인가?"

토루에 몸을 숨긴 교스케 옆에 레이지도 엎드려 새 자갈을 건네주었다. 그의 볼이 흥분으로 풀어져 있다.

"천하의 구니토모라도 이 속도에는 못 따라올―――"

"그렇지 않아."

교스케가 고개를 살짝 젓자 레이지는 영문을 몰라 미간에 주름을 잡았다. 교스케는 조금 떨어진 곳에 있던 단조를 불렀다.

"찾았어."

"설마……."

그 한 마디로 짐작을 했는지 두 사람이 숨을 죽인 가운데 교스케가 힘차게 고개를 끄덕였다.

"요석이다."

초대 새왕만이 간파할 수 있었다는 요석. 교스케도 내내 허풍일 거라고 생각해 왔다. 하지만 방금 전 귀를 세우고 있을 때 분명히 들렸다.

"요석이 비명을 지르고 있어."

그 요석에 희미하게 금이 가 있었다. 아마 방금 전 새된 소리가 울렸을 때였을 것이다. 그 포격이 구니토모슈에게는 회심의 일격이었던 셈이다.

"그 돌이 깨지면 돌담은 더 쌓을 수 없어."

엄밀하게 말하면 돌담 비슷하게 흉내 낼 순 있지만 포탄을 튕겨낼 만한 강도도 없고 충분한 높이까지 쌓을 수도 없다. 눈 밑이 꺼매진 레이지가 숨을 흘렸다.

"정면으로 맞지 않았기를······."

"그래, 이것만은 기도하는 수밖에 없다."

교스케는 고개를 끄덕이고 레이지에게 내처 말했다.

"혼마루에 전해줘. 요석이 깨지면 더는 아무것도 할 수 없다고. 그때는 신호를 보낼 테니 두 분을 모시고 천수에서 피신해달라고."

"여기까지 왔는데······."

아쉽다는 듯이 레이지가 낯을 찡그렸다.

"여기까지 왔으니까."

교스케는 결연히 말했다. 더는 돌담을 복구할 수 없게 되고 천수가 무너지면 아군 전체는 엄청나게 동요하리라. 하지만 오쓰성의 핵심은, 모두의 마음속 버팀목은 천수 따위가 아니다. 교고쿠 다카쓰구 그 사람이다. 그가 아군을 다시 격려한 것을 보면 앞으로 하루 정도는 더 버텨낼 수 있다고 믿고 있음이 분명하다.

"알겠다."

레이지가 입을 꾹 다물고 고개를 끄덕이더니 천수를 향해 달려갔다. 포격은 그 직후에 있었다. 돌담은 흔들리면서도 포탄을 튕겨냈다. 역시 방금 복구한 자리를 노리고 있다. 요석의 존재는 알지 못하는데도 겐쿠로 역시 뭔가 냄새를 맡았다.

"일단 다른 곳을 복구하겠다."

교스케는 다시 자갈을 던져서 지시를 계속했다. 구니토모슈의 포격은 회를 거듭할수록 간격이 짧아졌다. 역시 요석 주변을 집중적으로 노리고 있다.

"행수!"

포격에 다시 돌이 굴러 떨어지자 한 장인이 비통하게 외쳤다.

"호들갑떨지 마라!"

포탄이 잇달아 날아와 복구는 종종 중단되었다. 교스케는 겐쿠로도 자기 인생을 걸고 임하고 있다고 확신했다.

──공격이 먼저인가 수비가 먼저인가.

상쾌한 햇살이 볼을 비추는 가운데 교스케의 뇌리에 떠오른 것은 일찍이 겐쿠로와 나눈 대화였다.

세상에 창이 있어서 전쟁이 일어나는가 그것을 막는 방패가 있어서 전쟁이 일어나는가. 아니, 어느 쪽도 옳지 않으며, 인간이 있는 한 전쟁은 그치지 않을지 모른다.

하지만 그 말을 긍정하면 인간은 인간이 아니게 된다. 그렇다면 창과 방패는 무엇을 위해 존재하는가. 인간의 어리석음을 보여주고, 똑같은 과오를 저지르지 않게 하기 위함이 아닌가?

아무도 나서지 않는다. 아니, 나설 수 없다. 그저 숨을 죽인 가운데 교스케는 직접 일일이 꼼꼼하게, 그러면서 흐르는 듯 돌을 쌓아 나갔다.

여러 사람의 얼굴이, 지나온 날들이 돌에 떠오르고 그 속에 깃들어가는 느낌이었다. 나는 혼자가 아니다. 아니, 언제나 혼자가 아니었다.

전부 쌓고 나서 오바나가와 문을 바라보았다. 그 너머에 100년의 평화가, 1000년 후의 미소가 있다고 믿고서.

"쏴봐라."

그 목소리는 스스로도 놀랄 만큼 침착했다.

대통이 화염을 뿜었다. 여지껏 본 중에 가장 빠르다. 화약을 늘렸는지 소리도 명백히 달랐다. 천둥이라도 지워버릴 만하다. 포탄이 바람을 휘감으며 날아와 충격과 함께 엄청난 굉음이 울려퍼졌다.

혼마루에서 공방전을 벌이는 함성, 분노의 고함소리가 소용돌이치는 가운데 교스케는 사다리를 내려가 돌담을 확인했다. 돌이 몇 개 떨어져 있었다. 빨갛게 달궈진 포탄이 돌담에 박혀 뭔가를 태우는 듯한 낮은 소리와 함께 하얀 연기를 올리고 있다.

포탄이 박힌 자리는 요석이 있는 곳이었다. 요석은 정확히 둘로 쪼개진 채 맞물린 것처럼 포탄을 막아내고 있었다. 아파하기보다 오히려 자랑스레 웃고 있는 듯 보였다.

"알고 있어."

교스케는 요석에게 중얼거렸다. 패배를 인정하기 싫다. 하지만 그보다 소중한 것이 무엇인지 지금은 잘 알고 있다.

교스케는 하늘을 향해 가늘게 숨을 토하고 돌담으로 다시 올라갔다. 이미 눈치 채고 입술을 꼭 깨문 레이지에게 교스케는 분명하게 말했다.

"혼마루로 가라. 재상님과 마님에게 즉시 천수를 떠나시라고 고해라."

이 돌담은 쭉정이나 마찬가지다. 무너지는 건 시간문제다. 천수를 떠나야 한다. 레이지는 아쉬워했지만 그래도 순순히 고개를 끄덕이고 다시 이요마루 동쪽을 향해 뛰어갔다.

신기하게도 포격이 멈추었다. 그렇게 연사한 탓에 대통이 과열되어 식히는 중일까? 혹은 이쪽에 뭔가 커다란 변화가 있음을 눈치 채고 상황을 살피고 있을까. 어쨌거나 포격이 재개되면 지금까지의 완강함이 거짓말처럼 사라지고 돌들이 우수수 떨어져나와 무너질 것이다.

──면목 없습니다. 이제부터는 나리께 맡기겠습니다.

교스케는 천수를 쳐다보며 속으로 사죄했다.

우리는 이요마루에 남겨진다. 이제 몇 각이 지나면 이곳에도 적군이 물밀듯 들어와 무사하지 못하리라. 하지만 혼마루는 여전히 격렬하게 저항하고 있어서 이틀 정도는 더 버텨낼 수 있을지 모른다.

지금쯤이면 이요마루 돌담이 붕괴할 거라는 보고를 들었을 텐데. 교스케 일행도 이요마루 동쪽으로 물러나려고 할 때, 어찌된 영문인지 다카쓰구가 피하지 않고 난간에 다시 모습을 드러냈다. 다카쓰구 역시 이쪽을 내려다보고 있다. 너무 멀어서 표정까지는 알 수 없지만 교스케 눈에는 왠지 미소 짓는 것처럼 느껴졌다.

"들으라……."

다카쓰구가 내지른 커다란 목소리. 교스케의 귀에도 분명히 들렸다. 교스케는 한순간 그 의미를 이해하지 못해 멍한 표정이 되고 말았지만 이내 절망이 밀려왔다. 혼마루에서 탄식 비슷한 목소리가 터졌다. 적에게도 들렸는지 술렁거림이 번져나갔다.

양측에서 화살과 총탄이 멈추고 전장에는 한순간 기묘한 정적이 찾아왔다. 다카쓰구는 여전히 이쪽을 쳐다보고 있다. 교스케는 다카쓰구가 역시 웃고 있다고 확신했다. 처음 만났을 때 교스케의 마음을 끌어당겼던 그 웃음이다. 다카쓰구는 두세 번 고개를 끄덕이고 조금 전보다 더 커다란 목소리로 전쟁의 끝을 고했다.

에필로그

위로는 파란 하늘이 펼쳐지고 아래로는 동풍에 살랑거리는 파란 호수가 반짝거린다. 이 풍경을 보고 있자니 오미가 푸른 천지 사이에 낀 땅임을 새삼 실감했다.

"이리 가져오게."

교스케가 수건으로 이마의 땀을 찍어내며 말한다.

어제 태풍이 불어 이 일대가 엄청난 비바람에 휩쓸렸다. 그 탓에 근방 촌락의 계단식 논을 지탱하던 돌담이 무너져버려 복구하는 중이다. 다른 장인은 데려오지 않고 교스케 혼자 일하고 있다.

"여기입니까?"

이 계단식 논의 주인은 한키치라는 삼십대 농민이다. 한키치는 양손으로 수박만 한 돌을 안고 왔다.

"그래, 조금만 더 하면 끝나네."

"도비타 님…… 수고료 말씀입니다만, 그래도 조금은 받아주셔야지……."

한키치는 고개를 조아리며 말했다.

"필요 없다니까."

"하지만, 그럴 수는……."

한키치는 결코 살림이 넉넉하지 않다. 분가했지만 논밭을 충분히 물려받지 못해 이렇게 계단식 논을 개간했다. 그 논을 지탱하

는 석축도 직접 쌓는 수밖에 없었고, 그래서 이번처럼 태풍에 쉬
무너지고 말았다. 도비타야가 쌓은 석축이 무너졌다면 모르되,
자기 혼자 엉성하게 쌓아서 무너진 석축을 복구하는데 수고료를
안 받겠다니, 너무나 죄송하다. 한키치는 그렇게 말하고 싶은 것
이다.

"자네 혼자 힘으로는 이 정도가 한계야. 싸게 해줄 테니까 다음
에는 우리한테 맡기게. 그때는 품삯을 받을 테니까."

"감사합니다."

한키치는 양손을 무릎 앞에 모으며 머리를 조아렸다.

이제 복구가 8할 정도 끝났다. 돌과 일일이 이야기하며 남은 작
업을 해나갔다. 조금 떨어진 곳에서 어, 하는 소리가 들린다. 한
키치의 여섯 살배기 아들 젠타였다. 한키치의 아내는 산후조리를
잘못하여 젠타를 낳은 직후에 죽고 말았다. 한키치는 홀아비 몸
으로 아들을 키우며, 논일을 할 때도 데리고 다닌다.

교스케는 위험하니까 떨어져 있으라고 젠타를 타일렀지만 무
슨 일이든 흉내를 내고 싶은 나이인지라 어깨너머로 보며 작은
돌을 쌓고 있었다. 그게 아차 하는 실수로 무너져버린 것이다.

"젠타, 내가 해주랴?"

교스케가 말하자 젠타는 도리질을 했다.

"아니. 내가 할래."

"그래?"

교스케가 환한 미소를 지을 때 그를 부르는 소리가 들렸다. 계

단식 논에 막혀 보이지 않던 사람이 이윽고 모습을 드러내자 한키치가 그쪽에도 고개를 숙였다.

"오."

"뭐가 오야."

레이지다. 여기까지 뛰어온 모양이다. 이마에 땀이 흐르고 표정도 영 못마땅하다.

"왜?"

"바보자식…… 이런 날까지 막일이냐."

레이지는 정수리를 벅벅 긁으며 타박했다.

"하루라도 빨리 해주는 게 낫잖아."

"그건 그렇지만……. 거의 다 했군. 내가 거들 테니까 빨리 끝내."

"그래, 부탁한다."

교스케는 미소를 지으며 고개를 끄덕였다. 도비타야의 행수와 부행수가 겨우 계단식 논의 석축을 복구하다니 한키치는 황송해서 필요 이상으로 머리를 조아리고 있다. 두 사람이 달라붙자 작업은 금방 진척되어 마무리 단계로 접어들었다.

"이봐, 교스케."

석축을 쌓던 레이지가 정색하고 불렀다.

"응?"

"늘 말하려고 했던 건데……. 나는 네가 이겼다고 생각한다."

"글쎄."

"그때, 요석이 깨지지 않았다면————"

"졌다고도 생각하지 않아. 애초에 이기고 지고가 없으니까. 지금은 진심으로 그렇게 생각한다."

레이지는 뭔가 더 말하려 했지만 교스케가 말허리를 자르며 웃음을 지었다.

계절이 한 바퀴 돌아 오쓰 성 공방전으로부터 1년의 세월이 흘렀다. 그때 구니토모슈가 쏜 포탄은 멋지게 요석에 적중했다. 더이상 복구는 무리라 판단하고 교스케는 다카쓰구에게 천수에서 피하라고 촉구했다.

그때 다카쓰구가 소리친 한 마디가,

————이제 오쓰 성문을 열겠다.

라는 것이었다.

모두 아연실색하는 가운데 다카쓰구는 마고자에몬에게 즉시 준비하라고 명령했다. 돌담을 쌓지 못해도 이제는 민심이 동요하지 않는다. 전투를 계속할 수 있다고 가신들이 호소했지만 다카쓰구는 부드럽게 물리쳤다.

천수가 벌집이 되더라도 주눅들지 않고 계속 싸울 태세를 보인다면 적은 결국 농민을 겨냥해 포격할지 모른다. 당장은 모르겠지만 만에 하나의 일도 일어나는 것이 전쟁이다. 그렇다면 이쯤에서 마무리하는 것이 최선이라고 다카쓰구는 주장했다.

항복하기로 결정하자 다카쓰구는 신속하게 행동했다. 해가 높아지기 전에 성에서 가까운 엔조지園城寺에 가서 머리를 밀었다.

이때만 해도 다카쓰구는 죽음을 각오하고 있었지만 뜻밖의 일이 일어났다.

──교고쿠 재상의 용감한 모습은 참으로 훌륭했다.

라며 죽음을 면해준 것이다. 이는 공성전에 참가한 장수 모두의 총의라고 했다. 대신 오쓰를 떠나라는 명령이 떨어졌다.

그래서 다카쓰구는 다가 마고자에몬, 미타무라 기치스케 등 칠십여 명의 가신과 함께 고야산와카야마 현 산간 오지에 있는 종교도시. 일본의 대표적인 불교 성지으로 떠났다. 전송하러 나온 교스케에게 다카쓰구는 푸르스름한 까까머리를 매끄럽게 문지르며,

"어때? 잘 어울리나?"

하며 하얀 이를 보이고 씩 웃었다. 눈물을 참지 못하고 엎드리는 교스케에게,

"다 네 덕분이다. 훌륭했어."

라고 온화하게 말했다. 적장들에게조차 죽이기에 아까운 인물이라고 평가받은 일 또한 너희 덕분이라고 말하고 싶은 것이리라.

다카쓰구는 그 한 마디를 남기고 오쓰를 떠났다.

가을바람이 추웠는지 콩알만 한 크기로 멀어졌을 때 다카쓰구가 요란하게 재채기를 하며 머리를 쓰다듬었다. 그 모습이 자못 다카쓰구다워서 교스케는 눈물을 흘리면서도 따뜻한 미소를 지었다.

그날 미노 국 세키가하라에서 동서 양군의 결전이 치러졌다.

결과는 도쿠가와 이에야스가 이끄는 동군의 승리였다. 모리 모토 야스, 고바야카와 히데카네, 쓰쿠시 히로카도, 그리고 다치바나 무네시게가 이끄는 정예 사만 병력은 오쓰 성에 발이 묶여서 끝내 결전에 참가할 수 없었다.

——오쓰 재상이 발목을 잡아주지 않았다면 서국무쌍이 참전했을 테고, 그러면 나도 위험했을지 모른다.

세키가하라 전투 후 이에야스는 다카쓰구의 역할을 격하게 칭찬하며 가신 이이 나오스케를 통해 다카쓰구에게 고야산에서 그만 내려오라고 권했다. 다카쓰구는 처음에는 거절했지만 야마오카 도아미, 이어서 동생 다카토모까지 설득에 나서자 산을 내려가기로 결정한다. 이 점도 오기를 부리지 않는 다카쓰구다웠다.

다카쓰구는 오사카에서 이에야스를 만났다. 그 자리에서도 이에야스는 극구 칭찬했지만,

——저는 반딧불이 다이묘일 뿐입니다. 주위 사람들 힘을 빌리지 않았다면 버틸 수 없었을 겁니다.

라고 천연덕스럽게 말해서 천하의 이에야스마저 당황하며 쓴웃음을 지었다고 한다.

다카쓰구는 그 공을 인정받아 와카사 국 팔만오천 석으로 가증전봉되어 오쓰 땅을 떠났다. 새해가 밝아 올해에도 오미 국 다카시마 군 가운데 칠천 석이 가증되어, 다 합치면 구만이천 석을 차지하게 되었다.

"시종 님은 교토에 계시다고 하더군."

레이지의 말투에는 경의가 담겨 있었다. 시종이란 저 서국무쌍 다치바나 무네시게를 말한다. 항복한 뒤 교스케는 다치바나 가의 호출을 받았다.

"자네 얼굴을 꼭 보고 싶었다."

즉시 출발하지 않으면 결전에 지각할지도 모르는 다급한 때였다. 서둘러 떠날 채비를 진행하는 경황없는 진에서 무네시게는 교스케를 만나자마자 그렇게 말했다.

"돌담이 무너지지 않았는데 왜 항복한 거지?"

무네시게는 의아해 하는 얼굴로 물었다. 적의 입장에서는 돌담이 여전히 제 역할을 하는 듯 보였으니 의아하게 생각하는 것도 무리가 아니다. 교스케는 꼭 필요한 요석이 저 일격으로 깨졌기 때문이라고 솔직하게 고했다.

"놀랍군."

무네시게는 늠름한 눈썹을 쳐들며 말했다. 사실은 그때 구니토모슈 측에서도 예기치 못한 사태가 일어나고 있었다. 겐쿠로는 봉화 연기를 보고 결전까지 시간이 남지 않았음을 알자 포신을 청소하는 절차를 생략하고 연사하는 쪽을 택했다.

포신이 삽시간에 달궈지는 가운데 너무 빠른 속도로 일격을 발포하자 대통의 꼬리마개가 날아가 버린 것이다. 결국 구니토모슈에게도 그게 마지막 포격이었다.

당연히 그 뒤 아무리 지나도 다음 포격은 없었다. 이쪽의 항복 움직임을 눈치 챈 거라고 생각했었지만, 이런 진상이 숨겨져 있었던 것이다. 무네시게는 더 이상 대통을 쏠 수 없게 되자 자기가 남을 테니 다른 장수들은 미노로 출발하라고 진언할 생각이었다고 한다. 그때 오쓰 성에서 항복 의사를 표명해서 어떻게 된 일인지 어리둥절했다.

"우연이었단 말인가……. 귀신의 못된 장난이라고밖에 생각할 수 없겠군……."

무네시게는 감탄했다. 구니토모슈도 요석을 노린 것은 아니었고, 표적으로 생각했다고 해도 명중시킬 수 없었을 것이다. 애초에 그런 돌이 있는지도 알지 못했다. 그 돌에 멋지게 명중한 순간 구니토모슈의 대통도 혼신의 일격 직후 기력이 다한 셈이다. 우연이라기보다 기적이라고 해야 어울리겠다.

"과연 우연일까요."

교스케의 말에 무네시게가 미간을 찡그렸다.

"아니면……?"

"왠지 납득이 가지 않습니다. 지금은 필연처럼 느껴집니다."

"하긴 전투가 길어지다 보면 이렇게 기적으로밖에 생각할 수 없는 상황을 만날 때도 있다. 대개 서로가 죽을힘을 다할 때 일어나지."

전쟁이란 궁극적으로 의지의 충돌이라고 한다. 수가 많은 대군이 수가 적은 과병寡兵을 쉽게 이기는 것은 과병 쪽에서 마음을 쉽게 접기 때문이다. 그러나 드물게는 과병이라도 의지를 관철해서 대군을 도륙할 때가 있다. 그리고 양자가 마지막까지 의지를 꺾지 않고 전력으로 충돌할 때 아무도 생각지 못한 결말을 맞이하는지도 모른다.

"인간이 도달하는 곳은, 결국 하나라는 걸까요."

"그럴지도 모르지. 한데…… 내일이면 좋을 텐데……. 아마 오늘이겠지. 내가 시간에 댈 수 있을지 의심스럽군."

그렇게 말하지만 무네시게의 얼굴은 개운했다. 뭐라고 대답해야 할지 망설이는 교스케에게 무네시게는 이제야 기억났다는 듯이 내처 물었다.

"오사카 성 성벽도 아노슈가 쌓았다. 도비타야도 참가했나?"

"네. 선대 시절에. 저도 참가했습니다."

"그래? 그럼 이번에는 우리편이네. 마음 든든하기 짝이 없군."

"그 말은……."

"결전에 참가하지 못해 설사 서군이 패배한다고 해도 나는 오사카 성에서 농성하며 끝까지 싸울 생각이야. 그러니…… 응?"

무네시게는 둥실 떠오르는 듯한 상쾌한 웃음을 남기고 군대를 추슬러 미노로 떠났다.

결과적으로 무네시게의 바람은 이루어지지 않았다. 미노의 결전에는 시간에 대지 못했고, 패전 소식을 들은 즉시 병력을 돌려 오사카 성으로 후퇴해 결사항전을 주장했지만 총대장 모리 데루모토는 항복을 결심하고 물러서지 않았다. 데루모토의 숙부이며 무네시게와 함께 오쓰 성 공방전에 가담했던 모리 모토야스는,

──마음이 하나가 되면 곧 난공불락입니다. 지금이야말로 모

리 가문도 마음을 모아야지요.

하며 눈물을 머금고 항전을 호소하기도 했지만 모리 데루모토
는 항복할 뜻을 굽히지 않았다고 한다.

여전히 포기할 수 없었던 무네시게는 오사카 성을 떠나 자기
영지인 야나가와로 돌아가 계속 동군에 대항했다. 뜨 오쓰 성에
서 함께 싸우던 쓰쿠시 히로카도도,

──이렇게 되었으니 이제는 이판사판이다.

라며 다치바나 가와 행동을 함께하기로 했다.

무네시게는 동군에 가담한 구로다 요시타카, 가토 기요마사,
나베시마 나오시게 등의 대군과 격전을 거듭하며 한 발자국도 물
러서지 않았다. 서국무쌍의 진면목을 보여주었다고 하겠다.

하지만 끝내 기력이 다하여 항복하고 말았다. 그것이 10월 25
일. 오쓰 성 함락으로부터 한 달 하고 열흘이 지났을 때 무네시게
의 전쟁도 마침내 막을 내렸다.

무네시게는 영지를 몰수당했다. 가토 기요마사나 마에다 도시
나가가 가신으로 들어오라고 권했지만 무네시게는 정중히 거절
하고 낭인이 되었다. 도요토미 가에 대한 의리는 지켰다. 이제 남
은 것은 자신을 지지해준 가신들을 위해, 그리고 목숨을 살려준
도쿠가와 가의 은혜에 부응하기 위해 다이묘로 복귀하겠노라고
기탄없이 선언했다고 한다. 그리고 최근 도토키 쓰레사다 등 자
신을 따르는 가신을 데리고 교토로 올라가 기회를 엿보고 있다는
이야기도 들린다.

"어렵겠지."

레이지는 돌을 건네주며 말했다. 서군에 참가한 다이묘는 남김없이 가이에키사무라이에게 내리는 중벌. 신분을 평민으로 내리고 영지, 저택 등 전 재산을 몰수하는 것되었다. 생존했다고 해도 다이묘로 복귀하기는커녕 당장 오늘 먹을 쌀도 없는 형편일 것이다.

"그분이라면 가능할지도 모르지."

무네시게가 없었다면 오쓰 성의 농성전도 결코 그렇게 끝나지 않았으리라. 무네시게가 서국무쌍이라 불린 까닭은 그 무용이나 지휘 능력 때문이 아니라 강철 같은 의지 때문이다. 그를 적으로서 대치해본 교스케는 그것을 이해하고 있었다.

"겐쿠로는 구니토모무라를 떠났다고 하던데."

불쑥 말하는 레이지에게 교스케는 작은 돌을 끼워 넣으며 대답했다.

"응, 들었어."

오쓰 성 공방전으로부터 세 달 뒤, 겐쿠로는 양부 산라쿠에게 잠시 여러 지방을 돌아보고 싶다고 말했다. 1년이 될지 3년이 될지 모른다. 다만 반드시 돌아오겠다고 약속하고 여행을 떠났다고 한다.

"또 골치 아픈 철포를 제조하려고 어디 단서가 될 만한 게 없나 기웃거리며 쏘다니겠지."

레이지가 내뱉듯이 말하자 교스케는 고개를 살짝 갸웃거리며 대답했다.

"글쎄 어떨지."

교스케는 무네시게와 대화한 뒤 겐쿠로와도 만났다.

"창과 방패. 다 필요했다고 해야겠지."

겐쿠로가 그렇게 말한 것은 뜻밖이었다. 아니, 아니다. 자신들은 전투 중에 수없이 대화를 나누었다. 그 과정에서 교스케는 겐쿠로에게 서서히 일어나는 변화를 느끼고 있었다.

평화의 형태, 평화의 질은 창이 결정하는 것도 방패가 결정하는 것도 아니다. 사람의 마음이 결정하는 것임을 깨달았다. 사람은 누군가를 해친 손으로 다른 누군가를 지키려고 한다. 그 마음의 모순을 상징하는 것이 바로 우리 두 사람이 아닐지. 인간의 어리석음, 추함, 안쓰러움을 깨닫고, 인간의 강인함과 아름다움을 떠올리게 하는 역할. 그러기 위해 결코 어느 한쪽이 두드러지지 않도록 절차탁마한다. 그런 의미에서는 우리 역시 모순된 존재가 아니라 궁극적으로 같은 곳에 도달하는 사이 아니겠는가.

어느 한쪽이 이겼다면 느낄 수 없었을 것이다. 두 사람이 함께 전부를 토해냈기 때문에 겐쿠로도 같은 것을 느끼고 있다.

그 증거로 헤어질 때 교스케가,

"자네가 있었기에……."

하고 말을 꺼내려는 것을,

"나도 같은 생각을 하고 있네."

라고 겐쿠로는 말허리를 자르듯이 말하고 떠나갔다.

겐쿠로는 아마 지금도 어느 하늘 아래서 평화를 향한 구니토모

슈의 대답을 찾고 있을 것이다. 그리고 그것이야말로 겐쿠로에게
나 나에게나 대답이 되지 않을까. 그런 생각을 하면서 교스케가
축대의 마지막 돌을 놓았을 때 젠타가 신난 목소리로 불렀다.

"도비타 님! 여기!"

"오오, 훌륭한걸!"

젠타가 멋지게 돌을 네 개 쌓아올렸다.

"건드리면 안 돼!"

교스케가 가까이 가자 젠타는 돌탑을 지키려는 듯이 두 팔을
쳐들며 말했다.

"안 건드린다."

"더 쌓을 수 있어?"

산들바람으로부터 돌탑을 보호하려는 듯이 몸을 비틀며 젠타
가 치켜뜬 눈으로 물었다.

"내가 쌓아도 되겠니?"

"응."

"좋아."

목소리가 들렸다. 지금 올려놓은 돌의 목소리인가? 어딘지 그
리운 향기가 콧구멍에 번졌다.

"교스케, 그럴 때가 아니야."

돌을 올려놓으려는 순간, 레이지가 먼 곳을 가리키며 말했다.

호수와 완만한 능선 사이의 가늘게 구불거리는 길을 한 무리가
걸어오는 모습이 보였다. 햇빛의 각도 때문에 사람들은 까맣게

보이지만, 단 한 사람만은 하얀 눈 한 송이를 떨어뜨린 듯 순백색으로 빛나고 있다.

교고쿠 가가 오쓰를 떠나는 날, 교스케는 오쓰 성으로 갔다. 다카쓰구는 오사카에서 곧장 와카사로 들어가기로 되어 있어서 그곳에 없었지만 오하쓰에게라도 작별을 고하기 위해서였나.

그리고 또 하나, 교스케는 말을 건네고 싶은 사람, 건네고 싶은 마음이 있었다.

──약속합니다. 이번에는 정말로.

그 말의 다음을 전해야 한다. 바로 눈치 챈 오하쓰가 어서 말하라고 짓궂게 재촉하는 가운데 교스케는 심정을 전했다.

──잠시만 기다려주세요.

교고쿠 가가 새 영지에서 기반을 닦을 때까지. 그것이 그녀의 대답이었다.

그리고 계절이 바뀌어 그때가 왔다. 오늘이 신부가 들어오는 날이다. 다카쓰구와 오하쓰가 배려해주었는지 과분할 정도로 화려한 행렬이었다.

"그러게 이런 날까지 꼭 막일을 해야겠냐고……."

레이지는 이마를 손으로 짚으며 깊은 한숨을 흘렸다.

"아마도."

이런 모습이 더 좋다고 말해줄 것이다. 교스케는 그렇게 말하려다가 낯간지러워서 그만두고 말았지만 레이지는 한쪽 볼로 웃으며 살짝 콧방귀를 뀌었다.

"젠타."

교스케는 살며시 돌을 얹어 놓았다.

와아! 젠타의 목소리를 오미의 바람이 휘감고 지나갔다.

초목이 살랑거리고 흰 구름이 흘러가고 호수가 잔물결을 퍼뜨리는 가운데 가만히 하늘을 우러르는 돌탑은 미동도 하지 않는다.

호수 서쪽 길을 따라 이쪽으로 다가오는 신부 행렬을 바라보며 교스케는 내일의 목소리에 귀를 기울였다.

편집자
후기

◉

◉

일개 석공의 이야기는 어떻게 대작이 되었나

몇 년 전 일입니다. 회사에 다니는 동생이 "슬슬 노후를 준비해야겠어"라는 깜찍한 말을 하더니 조그마한 카페를 차렸습니다. 그때부터 주중에는 회사로 출근하고 주말에는 카페에서 커피를 파는 생활을 병행하더군요. 한데 시행착오를 거쳐서 겨우 궤도에 올라서나 싶던 카페의 상황이 코로나로 인해 급격하게 위태로워졌습니다. 곧 해결되겠지 하고 낙관하던 코로나는 흡사 누군가 마지막 구호를 복창하는 바람에 되풀이되는 유격훈련처럼 끝날 기미가 보이지 않았고, 그에 따라 동생은 테이크아웃으로나마 몇 잔이라도 더 팔아보겠노라며 잠까지 줄였건만 상황은 나빠지기만 했습니다. 한번은 동생이랑 통화를 하는데 그런 말을 하더군요. 왜 대형교회는 아무런 규제도 하지 않으면서 자기처럼 힘없는 자영업자들만 규제하느냐고. 어째서 스키장에 떼거리로 모인 저 많은 사람들을 막지 않고 조그만 카페에 오는 사람들만 막느냐고. 그 말에 저도 한숨을 쉬다가 문득 이런 생각을 전해 봤습니다. 엎어진 김에 쉬어가랬다고, 앞으로는 비대면 영업이 활성화될 테니 이참에 너네 카페의 컨셉도 대대적으로 바꾸면 어떨까. 이를테면 '닌자 카페' 같은 식으로. 응? 그게 뭐냐고? 일단 이곳에서는 종업원을 만날 수가 없어. 천장이나 바닥에 모습을 감춘 채로 대기하고 있으니까. 주문을 받으면 대답은 하지만 주문하는 자의 눈을 피해 음료를 전달해. 손님 역시 다른 손님들과 마주치지 않도록 물속에서 빨대로 호흡을 하거나 지형지물을 이용해 은폐, 엄폐해야 하는데 계산은 닌자의 상징인 수리검에 카드를 꽂아……,

……까지 얘기했을 때는 이미 전화가 끊어진 뒤였습니다. 미안하다, 아우야. 하나뿐인 형이 이 모양이라서. 하지만 저는 진지했어요. 닌자 카페 같은 게 생기면 틀림없이 장사가 잘 될 거라 생각하고 조사해 봤거든요. 그러다가 흥미로운 사실을 알게 되었습니다. 우리가 영화에서 보듯 검은 옷을 입고 은밀하게 숨어 있다가 사샤샥 하고 나타나는 식의 모습은 훗날 창작된 것이고 전국 시대에 실재한 닌자는 다이묘에게 고용되어 용병이나 간첩 같은 역할을 도맡아 했었더군요. 특히 오미 국近江国(현재 시가 현)의 고카라는 지역은 닌자 마을로 유명했습니다. 이 지역에는 유력한

다이묘가 없었던 탓에 산적이 들끓어 사람들이 자신의 마을은 스스로 지켜야 한다는 의식이 강했던 데다가, 험난한 산에 둘러싸인 지형으로 쌀이나 작물을 재배하기가 힘들다보니 어쩔 수 없이 농사 외에 다른 기술을 찾아야만 했지요.

덕분에 오미 국에는 다양한 기술 집단이 존재했습니다. 위에서 설명한 닌자는 고카슈라 불리며 첩보 기술을 팔았고, 구니토모슈라는 집단은 총포를 만들었고, 아노슈는 성을 쌓는 기술을 시전했지요. 이 점에 착안하여 (무장이 아니라) 장인들의 대결을 그린 작품이 바로 『새왕의 방패』입니다. 오다 노부나가, 도요토미 히데요시, 도쿠가와 이에야스로 대변되는 전국 시대 수많은 장수와 지략가들의 틈바구니에서, 석공 장인과 총포 장인의 대결이라는 설정을 끌어낸 것 자체가 신박하다, 라는 평가가 출간과 동시에 이어졌는데요. 누가 이런 이야기를 생각해 냈는지 궁금하더군요. 작가 이름은 이마무라 쇼고. 한국에는 출간된 작품이 없어서 거의 알려지지 않았기 때문에 제가 살짝 조사해 봤습니다.

댄스 강사 출신 소설가

처음에는 이력 때문에 관심을 가지게 되었어요. 기사에 '댄스 강사라는 이색 경력의 소유자'라고 적혀 있더군요. 기자라거나 교사라거나 의사라거나 간호사라거나 편집자라거나 검사, 판사, 변

호사 출신 소설가는 봤지만 춤 선생으로 일하다가 소설가로 데뷔한 경우는, 잠깐 생각해 봤는데 떠오르질 않네요. 초등학교 교사였던 아버지가 교편을 놓은 뒤로 댄스 스쿨을 열어 청소년을 지원하는 활동을 시작하는 바람에 대학을 졸업한 이마무라 쇼고도 그곳에서 춤을 가르치게 되었다는 사연입니다. 잠깐 아르바이트 삼아서가 아니라 8년 가까이 일했습니다. 경연대회에 참가하느라 일본 대표로 한국에 춤을 추러 온 적도 있었다는군요. "말이 통하지 않았지만 춤으로 모두가 친해질 수 있었던 시간"으로 당시를 기억한다네요.

전환점이 된 것은 서른 살이 되던 해의 가을. 댄스 스쿨에 다니던 학생 한 명이 가출을 했다가 돌아왔는데 차로 집에 데려다 주는 길이었습니다. 차 안에서 이런저런 얘기를 하다가 '앞으로 무슨 일을 하고 싶은지' 물어봤던 모양이에요. 훗날 출간된 자신의 에세이 『교양으로서의 역사소설』에 이마무라 쇼고는 이렇게 적었습니다.

"어차피 이제 상관없다는 식의 쌀쌀맞은 대답이 돌아왔다. 자세히 캐물어 보니 대학에 진학하여 전공하고 싶은 일이 있긴 하지만 비싼 학비 때문에 부모님한테 폐를 끼치고 싶지 않다고 생각하는 듯했다. 자포자기한 표정의 아이에게 "장학금 같은 것도 있으니까 쉽게 꿈을 포기하지 마"라며 그럴싸한 말을 들려주었다. 그러자 내 말이 꽤나 답답했는지 아이는 나를 째려보며 차가운 말을 내뱉었다. "뭐야, 선생님도 꿈을 포기하고 있는 주제에!" 그 한 마디에 충격을 받았다. 과연 그랬다. 나는 주위에 '소설가가 되고 싶다'는 말을 떠벌였지만, 꿈을 이룰 엄두가 나지 않아 한 걸음도 내딛지 못하고 있었다. 제자에게 "꿈을 포기하지 마" 같은 설교를 할 자격이 없었다. 그날 밤새 잠을 이루지 못한 나는 다음 날 댄스 강사 일을 그만두었다. 제자들에게 "서른 살부터라도 꿈을 이룰 수 있다는 사실을 증명하겠다, 나오키 상을 받겠다"고 선언하고 습작을 시작했다."

흐음. 이 아저씨, 허풍이 심하네. 제자들은 그리 생각했겠지요. 물론 허풍이 아니었기 때문에 제가 이런 글을 끼적이고 있는 것이겠고요.

이마무라 쇼고는 데뷔로부터 약 4년 뒤에 『새왕의 방패』를 써서 정말로 나오키 상을 덜컥, 받아버립니다. 이건 굳이 비유하자면 로스앤젤레스 다저스의 지명타자 오타니 쇼헤이가 리그 역사상 최초로 한 시즌 50(도루)-50(홈런)을 기록한 사건과도 어깨를 나란히 할 수 있을 만큼 말도 안 되는 일이라는 걸 굳이 설명하지 않아도 짐작하시겠지요. 제가 지금부터 공부를 시작해서 사법고시를 패스하는 것보다 더 어려운 일인데. 대관절 서른이라는 나이에 제자의 한 마디로 떠밀리듯 데뷔하여 어떻게 엔터테인먼트 소설계의 혼마루라는 상을 수상할 수 있었을까요. 아무래도 그걸 좀 알아봐야겠습니다.

실제로 써보니 정말 써지더라, 그 이유는

이마무라 쇼고는 1984년 6월 18일 교토부 최남단에 있는 가즈
가와시에서 태어났습니다. 어려서부터 신주^{神主}신사에서 일하며 제사 등
을 담당하는 사람, 신관였던 할아버지에게 옛날이야기를 자주 들었고, 신
사에 비치된 과거장_{죽은 사람의 이름과 사망일을 적어 위패처럼 모시는 것}을 읽는
것도 좋아해서 초등학교 때는 과거장의 기록을 가지고 죽은 이들
의 인생을 이리저리 상상해 보는 짓도 자주 했던 모양이에요. 잠
잘 때는 이층침대에서 남동생이 아래, 자신은 위쪽 침상을 사용
했는데 동생이 "재미난 얘기 좀 해줘"라고 하면 즉흥적으로 머리
에 떠오른 이야기를 들려주곤 했답니다.

운명적 만남은 초등학교 5학년 여름에 찾아왔습니다. 헌책방에
서 발견한 열여섯 권짜리 『사나다 태평기_{전국 시대 사나다 일족을 그린 소설}』
를 구입하여 여름방학 동안 독파한 것이 시대소설에 빠져든 계기
가 되었지요. 어린 날 읽었던 몇 권의 책은 무엇을 준다 해도 바
꿀 수 없다는 추억의 계몽사 광고도 있지만, 다들 그런 운명의 책
이 한 권쯤 있지 않나요. 저도 출판 편집자로서 제가 좋아하는 책
을 만들며 나름대로 즐겁게 살아올 수 있었던 건 전적으로 어느
특정한 시기에 읽었던 책 덕분이었다는 생각을 하곤 합니다.

"『사나다 태평기』를 읽고 나서 집에 시대소설이 꽤 많다는 걸
깨닫고 찾아 읽게 되었다. 책만큼은 부탁하면 부모님도 전부 사

주셨다. 그때부터 중학교, 고등학교, 대학교에 이르기까지 시대소설에 푹 빠져 살았다. 닥치는 대로 읽었다. 이런 속도로 가다가는 읽을거리가 없어지는 게 아닐까 싶은 불안감을 느낄 만큼 시대소설에 푹 빠진 결과, 그렇다면 내가 직접 써야겠다, 라는 생각을 하며 작가의 꿈을 꾸기 시작했다."

　하지만 인생이 늘 그렇듯 꿈을 이루는 길이 순탄치는 않았습니다. 부모님의 이혼도 변수 중 하나였겠지요. 이마무라 쇼고가 쓴 소설에 '뿔뿔이 흩어지는 가족 이야기'가 자주 등장하는 건 이때의 경험 때문이라고 합니다. 대학을 졸업한 뒤에는 아버지의 설득으로 댄스 강사로 일하며 아이들을 가르치는 일을 하게 되지요. 아이들을 가르쳤던 경험은 훗날 작가가 되는 데 커다란 밑천이 됩니다. 단순히 강사와 학생의 관계가 아니라 대중연극의 여행극단처럼 가족적인 관계에 가까웠다고 하네요. 그들 가운데 한 명이 "선생님도 꿈을 포기하고 있는 주제에"라고 충고해 준 덕분에 정신을 차렸으니 그것만으로도 충분히 고맙다고 느낄 것 같긴 합니다.
　강사 일을 그만둔 쇼고는 이왕이면 시대소설과 관련 있는 일을 해야겠다 싶어서, 낮에는 문화재 조사원으로 일하며 돈을 벌고 밤에는 잠자는 시간을 쪼개가며 소설을 쓰기 시작했습니다. 목표는 확실했습니다. 나오키 상을 받는 것!
　그렇더라도 이제 막 걸음마를 뗀 단계에서 걷기도 전에 뛸 수는 없으니 우선은 그게 뭐가 됐든 '문학상'이란 것을 받아봐야겠다고 생각했던 모양이에요. 그리하여 단편을 완성한 다음 마감일이 가장 가까운 문학 신인상을 인터넷으로 검색해 보고, 최초로 탈고한 시대소설 단편으로 이즈 문학상에 응모하여 최우수상을 받습니다. 이게 말이 쉽지 공모전에 도전해본 분들이라면 상당한 성과임을 아실 테지요.

첫 번째 화살로 과녁을 명중시킨 그는 두 번째 화살도 주저 없이 날렸는데 이것도 연속으로 명중이었습니다. 도요토미 시대를 그린 두 번째 단편 「여우의 성」으로 규슈사가 대중문학상 대상(대상은 특별히 사사자와 사호 상으로도 불립니다)을 수상한 것이죠. 이때 시상식에서 원로 소설가 기타카타 겐조를 만나 쇼덴샤의 편집자를 소개받으며 작가로 데뷔하게 됩니다. 여기서 데뷔라는 말의 뜻은 자신의 이름으로 된 단행본을 출간한다는 의미로 이해하시면 될 듯해요. 2017년 3월에 출간한 데뷔작의 제목은 『화식조 우슈보로토비구미』, 에도 시대 소방수의 활약을 다룬 이야기입니다. '우슈보로토비구미' 시리즈는 집필을 시작해서 1권부터 5권까지 마감에 1년이 채 걸리지 않았다고 하니 대단하지요. 그 비결이라고 할까, 이마무라 쇼고는 《다빈치》(2024년 6월)와의 인터뷰에서 다음과 같이 말한 적이 있습니다.

"글을 쓰기 전부터 막연한 자신감은 있었다. 한데 실제로 써보니 정말 써지더라. 그 이유는 쉽게 설명할 수 있다. 책을 많이 읽었기 때문이다. 시대소설이라면 누구에게도 뒤지지 않을 만큼 읽었다. 그 과정에서 자연스럽게 감이 길러졌다고 할까. '이 시대의 이런 이야기는 아직 아무도 쓰지 않았구나', '등장인물이나 사건을 다른 각도에서 바라보면 어떨까' 하는 식으로 내 안에 이미 쓰고 싶은 스토리가 잔뜩 쌓여 있었다. 이렇게 말하면 어떨지 모르겠지만 나는 평생 소설의 소재가 떨어질 일은 없겠다고 생각했다(웃음)."

단순히 많이 읽기만 한 것도 아닙니다. 시대소설을 읽으며 그 배경이 되는 장소에 직접 가서 살펴보고 궁금한 대목이 생기면 하루 종일 도서관에 앉아서 자료를 찾아 온 시간의 두께가 무엇보다 큰 무기가 되었겠지요. 미야베 미유키의 표현을 빌리면 '언제든 써먹을 수 있는 서랍이 체계적으로 정리된 채 잔뜩 있었'기 때문에 가능한 일이었을 겁니다.

어떻게 다른, 참신한 소설을 쓸 것인가

작가로 데뷔한 이마무라 쇼고는 이듬해인 2018년 1월 문화재 조사원 일을 그만두고 오직 소설을 쓰는 데만 몰두합니다. 전업 작가가 된 것이죠. 이때부터는 그야말로 파죽지세라는 표현이 마침맞을 듯한데. 우선 2018년 5월에 『동신』이 제10회 카도카와 하루키 소설 상을 수상, 같은 해 6월에『화식조 우슈보로토비구미』
로 제7회 역사시대 작가 클럽 문고신인상 수상, 2020년 3월에『여
덟 번째 창』으로 제41회 요시카와 에이지 문학 신인상, 같은 해
10월에『진칸』으로 제11회 야마다 후타로 상을 수상하지요. 그리
고 마침내, 그렇습니다, '마침내'입니다. 2022년 1월『새왕의 방
패』로 나오키 상을 거머쥡니다. 데뷔 후 불과 4년 만의 일입니다.

　수상 포인트는 작가 다카무라 가오루가 잘 지적한 것처럼 "전
국 시대의 공성전을 그리면서 이를 무장이 아닌 돌담을 쌓는 석
공의 시선으로 바라보았다는 점"이겠지요. 전국 시대는 끝없는
내전의 시대였던 만큼 역사적 기록이 풍부하게 남아 있는 무장이
나 전략가들이 즐비했습니다. 지금까지의 시대소설은 그들이 주
연이었죠. '어떻게 다른, 참신한 소설을 쓸 것인가' 고민하던 이마
무라 쇼고는 '이 시대 석공 장인의 이야기는 아직 아무도 쓰지 않
았다'는 사실에 착안하여 이야기를 쌓은 것입니다.

　게다가 시대소설이라고 하면 뭔가 어려울 듯하다는 세간의 편
견을 무력화시켰다는 점도 높은 점수를 받았으리라 생각합니다.
저도 시대소설을 즐겨 읽습니다만 매번 많은 등장인물과 복식
과 생소한 용어 때문에 애를 먹곤 하거든요. 한데『새왕의 방패』
는 700페이지에 육박하는 분량의 이야기를 한 호흡에 읽을 수 있
을 만큼 걸림돌이 없어요. 이마무라 쇼고 본인은 영화의 장면처
럼 소설을 쓴다고 하는데. 독자가 이렇다 할 어려움 없이 소설 속
장면들을 머릿속으로 리플레이할 수 있다는 점이야말로『새왕의

방패』가 가진 장점이 아닐까 싶습니다. 그런 점에서 "포탄이 날아다니는 가운데 이런 것이 가능할까 싶지만 설령 허풍이라고 한들 잘도 이렇게 직접 보고 온 것처럼 썼다니 대단하다"는 하야시 마리코 작가의 평가에 완전히 동의하는 바예요.

다만 한 가지 의문이 들더군요. 지금껏 시대소설이 다루지 않았던 소재인데다가, '석공술은 군사기밀이기 때문에 자료를 남길 수 없어 구전으로 기술이 전수'되었을 터인데, 『새왕의 방패』 속 세부적인 디테일은 어떻게 구축할 수 있었을까요.

재미있게도 현대의 건축가나 건축 관련 산업에 종사하는 이들 중에는, 대대로 기술을 전수받아 온 아노슈의 후손들이 있다고 합니다. 이마무라 쇼고는 그들을 찾아가 취재한 것이죠. 잡지《청춘과 독서》와의 인터뷰에서 이마무라 쇼고는 다음과 같이 얘기했습니다.

"지진으로 무너진 구마모토성의 돌담을 재건하는 작업을 맡았던 아와타 건설의 아와타 스미노리 씨는 아노슈의 자손이기도 한 장인이다. 그분에게 다양한 이야기를 얻어들을 수 있었다. 예를 들어 장인들의 손이 유난히 깨끗한 이유는 손의 감각을 연마하기 위해 소금으로 손을 씻기 때문이라거나, 돌담을 쌓을 때는 먼저 잡석(기초 공사에 쓰는 자갈 같은 돌)이라 불리는 주먹만 한 돌을 깔아 지반을 다지는데 그 작업을 할 수 있을 때까지 15년은 수련을 해야 한다는 등. 실험에 따르면 현대 과학으로 만든 콘크리트

보다 전국 시대에 돌을 쌓아 만든 돌담이 더 강도가 높았다거나, 석공술은 군사기밀이어서 자료를 남길 수 없고 구전으로 기술이 전수되고 있다는 점도 흥미로웠다. 특히 이와타 씨의 할아버지에 대한 에피소드는 굉장했다. '돌의 목소리를 들을 수 있게 되었을 때 비로소 한 사람 몫을 할 수 있다'며 어느 위치에 어떤 돌을 놓아야 할지, 무수히 많은 돌을 한번 보는 것만으로 모두 꿰뚫어 보셨다고 한다. 돌과 관련된 초능력 같은 능력을 가진 분이 현실에 있었기 때문에 소설 속에서도 그 부분은 자신 있게 써내려갈 수 있었다."

여기서부터는 스포일러가 있으니 본문의 읽기를 마친 후에 돌아와 주십시오.

영리한 취재를 통해 태어난 인물은 도비타야 겐사이. 1000년에 이른다는 아노슈의 역사 속에서 '천재'로 불리며 당대 최고라는 뜻의 '새왕'이라는 별칭을 가진 인물입니다. 그가 유일하게 후계자로 인정한 교스케는 '돌의 목소리를 들을 수 있는' 능력의 소유자지요. 아노슈의 임무는 적의 공격으로부터 사람들을 '보호'하기 위한 돌담을 쌓는 것입니다. 교스케는 어린 시절 어머니와 동생을 지키지 못한 상처를 간직하고 있습니다. 즉 '지키지 못했다'는 회한이 있었기 때문에 돌담 쌓기를 통해 '지킨다는 것은 무엇인가'를 생각하고 또 생각하게 되는 것이죠.

그와 맞은편에 서 있는 겐쿠로도 비슷한 어린 시절을 보냈습니다. 아버지 우헤에는 활의 달인으로 명성을 떨쳤지요. 그 재능에 안주하지 않고 끊임없이 연마하던 우헤에는 화승총에 맞아 안타깝게 생을 마감합니다. 그 전까지 겐쿠로는 아버지를 만족시키기 위해 재능이 없음에도 불구하고 활 솜씨를 갈고 닦았지만 아버지의 죽음으로 수련을 헛수고로 느낍니다. 아무리 활을 잘 쏘아도 총을 이길 수는 없음을 깨달은 겐쿠로는 최고의 총을 만들기 위해 철포 장인이 되지요.

같은 상처를 품고 정반대의 길을 걸어온 두 사람은, 역사적 분수령이 될 세키가하라 전투 전야의 오쓰 성에서 결전을 치릅니다. 작가가 모든 역량을 쏟아 부은 대목일 텐데, 읽으면서 '돌담으로 이렇게까지 할 수 있다니!' 하고 몇 번이나 놀랐습니다. 돌담이라는 소재로 역동적인 전개를 차례차례 만들어내는 장면들은 흡사 만화적 상상력이 아닐까 싶을 정도였는데. 작가의 말에 따르면 황당무계한 방법이 아니라 기존에 있던 돌담을 쌓는 방법을 다양하게 구사한 거라고 합니다. 소설 앞부분에서 아껴두었던 '아노슈의 건축술'을 마지막에 모두 쏟아냈다는데 오쓰 성은 진즉에 폐성(현재는 시가 현에 기념비만 남아 있음)이 되어 이제는 성의 형태나 크기도 알 수 없기 때문에 "오히려 소설로 쓰기는 더 쉬웠다"는 얘기가 재미있더군요. 조그마한 역사적 단서 하나를 가지고 과감한 상상력으로 이야기를 부풀리며 전국 시대에 종지부를 찍는 마지막 전투를 신나게 연출해 나가는 작가의 모습이 떠오르는 듯하네요. 특히 적이 진격해 오는 가운데 전원이 총출동해 돌담을 수리하는 '가카리'에 대해서는 이렇게 설명했습니다.

"가카리는 내가 만든 말이다. 아노슈가 전쟁 중에도 돌담을 복구한 사실이 있기 때문에 거기서 영감을 얻었다. '전쟁터에 들어가는 석공 기술자 집단'이라는 것을 독자들에게 알기 쉽게 전달하기 위해서 만든 설정이다. 가카리 장면을 쓰면서 생각한 것은, 이런 상황에서 돌담을 쌓는다는 것은 정말 두려운 일이었겠구나 하는 거였다. 돌담을 쌓는 장소는 당연히 전쟁의 최전선이기 때문에, 석공의 위치는 병사와 마찬가지다. 예를 들어 눈앞에 총알이 날아온다는 묘사는 있을 것 같으면서도 별로 없다. 그건 (유명한 장수가 아니라) 일개 병사(석공)의 시점으로 전쟁을 그린 소설이 드물기 때문일 것이다."

드문 정도가 아니라 '여태껏 읽어보지 못한 시대소설'이라는 게 중론입니다. 오쓰 성에서의 공방을 '창'의 시선으로 한 번, 그다음 '방패'의 시선으로 다시 한 번 묘사함으로써 각종 미스터리를 해소하는 기법도, 교착된 전선을 역동적으로 만들었다는 측면에서 훌륭했습니다. 작가 이마무라 쇼고는 『새왕의 방패』로 나오키 상을 수상한 직후부터 소설의 만화화, 영화화도 속속 진행이 결정되는 등 순식간에 화제의 인물이 되었습니다. 여기에는 작품 외적인 작가의 기행(?)도 한몫을 했는데요. 이를테면 나오키 상을 받을 당시 수상식의 분위기를 띄우기 위해 인력거를 타고 회견장에 들어갔다든지, 나오키 상 수상회견에서 47개 도도부현을 순회하며 전국의 서점을 응원하는 기획을 발표하여 그해 5월 30일부터 9월 24일까지 118박 119일 이벤트 '이마무라 쇼고의 축제 여행'을 개최하는 식으로 말이죠. 한편 세 군데나 되는 서점을 직접 경영하는 책방 주인이기도 한데 공유 서가와 같은 독특한 아이디어를 구현하여 출판문화 활성화에 기여하고 있다는군요. 얼마 전 저는 이 서점들에 다녀오기도 해서 말씀드리고 싶은 에피소드가 많지만, 이미 편집자 후기의 분량이 차고 넘치므로 이쯤에서 마치도록 하겠습니다. 이마무라 쇼고 작가의 기행은 북스피어 블로그(네이버에서 '북스피어'로 검색)에서 이어가도록 할게요.

오랜만에 흥미로운 작가를 만나서 신이 난,
삼송 김 사장 드림.

새왕의 방패
초판 1쇄 발행 2024년 11월 29일

지은이	이마무라 쇼고
옮긴이	이규원

발행편집인	김홍민 · 최내현
책임편집	조미희
편집	김하나
마케터	마리
표지디자인	이혜경디자인
용지	한승
출력	블루엔
인쇄 · 제본	대원

펴낸곳	도서출판 북스피어
출판등록	2005년 6월 18일 제105-90-91700호
주소	(10595) 경기도 고양시 덕양구 동송로 23-28 305동 2201호
전화	02) 518-0427
팩스	02) 701-0428
홈페이지	https://blog.naver.com/hongminkkk
전자우편	editor@booksfear.com

ISBN 979-11-92313-59-7 (03830)